Kurt Tucholsky

Gesammelte Werke
Ergänzungsband 2
1911 bis 1932

Herausgegeben
von Fritz J. Raddatz

Rowohlt

Kurt Tucholsky

Republik wider Willen

Rowohlt

«Glückliches Kopenhagen, eine Oase in der Wüste»
(«Politiken» vom 3. 1. 1932) wurde von
Marliese Wessels ins Deutsche übertragen.

Schutzumschlag- und Einbandgestaltung
Klaus Detjen

1. Auflage August 1989

Satz Garamond (Linotron 202)
Gesamtherstellung Clausen & Bosse, Leck
Printed in Germany
ISBN 3 498 06497 5

Editorische Notiz

Kurt Tucholsky muß nicht vorgestellt, nicht ein anderes Mal interpretiert werden. Aber ein weiterer «Nachlaß»-Band: das will erklärt sein. Wer sich an den hier vorgelegten Texten vergnügen – oder über sie ärgern – kann, will wohl wissen, warum erst jetzt. Wie ist der Stand des Tucholsky-Materials, der Forschung, des Urheberrechts an seinem Werk?

Das Wort Nachlaß – exakt begriffen – ist fehl am Platz. Es gibt, mit geringfügigen Ausnahmen, keinen «Nachlaß» von Kurt Tucholsky; wenn man darunter Unveröffentlichtes, Manuskripte, Handschriftliches versteht. Kurt Tucholsky, der arm und verschuldet war, als er sich 1935 das Leben nahm, hat sich nie selber archiviert: bis auf eine dünne Mappe mit den ersten Rezensionen und ein paar eigenen Artikeln des sehr jungen Autors hat er nichts von sich (über sich, gegen sich) aufbewahrt. Keine Manuskripte, nicht die eigenen gedruckten Arbeiten, keine Briefe. Die Umstände seines Todes in Schweden (nicht mehr verheiratet, ohne Verwandte in der Nähe) brachten es mit sich, daß kaum Persönliches, so gut wie keine Möbel, keine Bücher «hinterlassen» wurden. Den Haushalt in Hindås löste nach Tucholskys Tod Gertrude Meyer auf, mit der er in Schweden lebte; in ihren sehr freundschaftlichen Briefen an Mary Tucholsky (der erste erhaltene Brief datiert vom Februar 1936) berichtet sie, daß vieles auf seinen Wunsch vernichtet, anderes aus Angst vor drohender Nazi-Okkupation verbrannt, ein Teil der Einrichtung zur Abdeckung von Schulden verkauft wurde. Gelegentlich tauchen in internationalen Antiquariaten Bücher aus seiner Bibliothek auf. Was es also gibt, ist eine umfangreiche Sammlung von dem, was «Tucholskyana» heißen könnte: Erstausgaben der zu seinen Lebzeiten erschienenen Bände, sämtliche Nachkriegspublikationen, Übersetzungen, Schallplattenaufnahmen, bis hin zu «Schloß Gripsholm» in einer Blindenschrift-Ausgabe.

Daraus besteht das Kurt-Tucholsky-Archiv; und es gibt

dort – neben vielem anderen – auch die Bücher, die Tucholsky rezensiert hat; Fotos; die «Weltbühnen»-Jahrgänge komplett; verschiedene andere Zeitschriften der Weimarer Republik wie «Uhu» oder «Die Dame» und ähnliches; sämtliche Anthologien, in denen Tucholsky-Texte gedruckt wurden; Hunderte von Leitz-Ordnern mit Presseausschnitten, wo und wie immer (seit 1945) Kurt Tucholsky erwähnt wurde. Und seine Briefe, soweit sie erhalten sind: die Briefe an seine geschiedene Frau Mary Gerold-Tucholsky, an Nuuna (recte: Hedwig Müller) und viele andere. Außer seinem kleinen Notizheft «Sudelbuch» sind das die einzigen Originale; übrigens fast alles getippt. Kurt Tucholsky hat wenig mit der Hand geschrieben.

Dieses Archiv hat Mary Tucholsky nach 1945 aufgebaut, Kurt Tucholskys zweite Frau, die er 1924 geheiratet hatte und die nach der Scheidung 1933, in Deutschland lebend, wieder ihren Mädchennamen annahm. Sie hat Kurt Tucholsky als Alleinerbin eingesetzt, was hieß: Erbin seines Urheberrechts. An sie gingen alle Tantiemen. Damit hat sie peu à peu, hier ein Buch, dort eine alte Zeitung, «Weltbühnen»-Heft für «Weltbühnen»-Heft, das Kurt-Tucholsky-Archiv in Rottach-Egern in dem Hause, in dem sie auch lebte, geschaffen. Niemand hatte Tucholsky-Texte, niemand auf der Welt wußte damals genau, wo er außer in der «Weltbühne» (von der in jenen Jahren in keiner Bibliothek der Bundesrepublik eine komplette Ausgabe existierte) noch publiziert hatte. Niemand übrigens auch kümmerte sich darum. Ein allmählich feiner und feiner gewirktes «Spinnennetz» der alten Dame – dort stieß ein Student auf etwas, da erinnerte sich ein Zeitgenosse, hier tauchte ein Text und dort ein Brief auf – ließ das Archiv wachsen. In der einen Woche schickte Kurt Hiller etwas, in der anderen Erich Kästner. Ernst Busch fand einen Chansontext, Kate Kühl sprach einen anderen – ohne Vorlage – aus der Erinnerung auf Band. Noch heute meldet sich mal ein Freimaurer (Kurt Tucholsky war Freimaurer) und hat etwas entdeckt und mal ein Kabarettist mit einem bis dato unbekannten Notenblatt.

So und nicht durch die Übernahme von irgend etwas Vorhandenem entstand das Kurt-Tucholsky-Archiv. Mary Tucholsky war keine Forscherin, sie hat nie in ihrem Leben in einer Bibliothek gesessen oder in Archiven gearbeitet. Sie war Sammlerin. Und ihrer Sammlung fehlten (zunehmend weniger) Stücke. «Finder» – Studenten, Journalisten, Freunde – schickten ihr Belege, aus Zürich, Berlin, Amsterdam oder Wien. Was sich von Kurt Tucholsky oder über Kurt Tucholsky fand, das gelangte in das Archiv. Mary Tucholsky hat es in toto, ohne die Ausnahme auch nur eines Blattes Papier, noch zu Lebzeiten dem Schiller-Nationalmuseum / Deutsches Literaturarchiv, Marbach am Neckar, als Schenkung vermacht. Dort ist es der Öffentlichkeit, Studenten, Forschern, zugänglich.

Ausnahme: Mary Tucholsky hat als bindende Voraussetzung dieser (Millionen-)Schenkung bestimmt, daß einige wenige Teile sekretiert bleiben. Das sind ihre Briefe an Kurt Tucholsky, ihre Tagebücher, ihr persönlicher Briefwechsel (etwa mit Gertrude Meyer) sowie einige der Briefe Kurt Tucholskys, die bisher noch nicht veröffentlicht sind. Ein bei Nachlässen übliches Procedere: Thomas Manns Tagebücher waren Jahrzehnte sekretiert; die Erben von T. S. Eliot haben noch jüngst seinem Biographen Peter Ackroyd die Einsicht in unpubliziertes Material verwehrt. Über die Situation der Briefe von Kurt Tucholsky wird im übrigen im gleichzeitig erscheinenden Briefband «Ich kann nicht schreiben, ohne zu lügen» referiert.

Ganz unabhängig vom Kurt-Tucholsky-Archiv, das ausschließlich Mary Tucholsky leitete und für dessen Zusammensetzung, Bestand und Aufbau nur sie zuständig und verantwortlich war, existiert die Kurt-Tucholsky-Stiftung. Sie wurde 1969 gegründet, hat seitdem ihren Sitz in Hamburg. Die Kurt-Tucholsky-Stiftung besitzt keinen Nachlaß, verwaltet kein Archiv. Sie hat zwei in den Satzungen präzise formulierte Funktionen: Stipendien im Sinne von Kurt Tucholskys Idee der Völkerverständigung zu vergeben; ausländische Studenten in die Bundesrepublik einzuladen, bundesdeutsche Studenten ins Ausland zu schicken. (Mary Tucholsky stellte das Stiftungskapital aus den Kurt-Tucholsky-Tantiemen zur Verfügung.) In den Jahren ihres Bestehens hat die Tucholsky-Stiftung bislang 37 Stipendiaten gefördert (mit jetzt monatlich 1000 DM); mal studierte ein Israeli in Frankfurt / Main, mal ein Hannoveraner in Paris, mal ein New Yorker in Berlin. Studienort und Themen (nicht notwendigerweise Arbeiten über Tucholsky) stehen zur freien Wahl.

Die zweite Funktion: Seit dem Ableben Mary Tucholskys (sie starb am 16. Oktober 1987) ist die Kurt-Tucholsky-Stiftung Alleinerbin des Urheberrechts von Kurt Tucholsky und Mary Tucholsky (was also auch ihre Briefe und Tagebücher umfaßt). Der Vorsitzende der Stiftung ist alleinverantwortlich; er schließt Verträge, wo und wie immer das Urheberrecht tangiert wird.

Bis 1960 gab es nur eher zufällig zusammengestellte Kurt-Tucholsky-Auswahlbände. Als der Rowohlt Verlag 1959 mit dem Plan einer Gesamtausgabe konfrontiert wurde, schrieb sein damaliger Cheflektor ein mehrseitiges Gutachten gegen diese Edition, die den Autor überschätze, ihm gar schaden würde. Ernst Rowohlt setzte praktisch gegen den gebündelten Willen seines Verlages die Ausgabe durch (die ab 1975 in einer zehnbändigen Taschenbuchausgabe fast hunderttausendmal verkauft wurde). Vor jetzt dreißig Jahren war das Wort Edition ein Fremdwort nicht nur bei Rowohlt – es gab keine zuverlässige Thomas-Mann- oder Bertolt-Brecht-Ausgabe, von Walter Benjamin, Siegfried Kracauer, Ernst Bloch, Ludwig Wittgenstein ganz zu schweigen. Es gab keine Werkausgabe irgendeines modernen Autors von vergleichbarem Standard, nicht Mehring noch Kästner, noch Roda Roda, gar Franz Jung. Kein Kerr, kein Siegfried Jacobsohn, kein

Ossietzky, kein Mühsam. Ein Kritiker wie Willy Haas fand soviel Tucholsky immer noch zuviel Tucholsky und bespöttelte die zu umfangreiche Ausgabe. Seitdem sind verschiedene neu zusammengestellte Textauswahlbände (etwa 1965 in der Reihe «Bücher der Neunzehn» «Ausgewählte Werke in zwei Bänden» oder 1985 «Deutsches Tempo», der erste Ergänzungsband zu den «Gesammelten Werken») erschienen und auch Einzeltitel (etwa 1964 «Schloß Gripsholm», 1964 «Deutschland, Deutschland über alles», 1969 «Rheinsberg» und 1983 «Das Kurt-Tucholsky-Chanson-Buch»).

Sie basieren auf dem jeweils verfügbaren Materialstand; wie übrigens auch die jetzt erstmals im Deutschen Literaturarchiv in Marbach komplett erarbeitete Personalbibliographie. Er mag durchaus noch durch künftige Funde erweitert werden. Denn nach wie vor gehen dankenswerterweise Hinweise ein: Da entdeckt ein Student in Wien einen Text; hier findet ein junger Forscher im Berlin Document Center eine «Akte Kurt Tucholsky». Viel wird es nicht sein, aber ein entlegenes Kabarett-Programmheft, die Antwort auf eine Umfrage in einer ausländischen Zeitschrift oder kleine Glossen aus einer Provinzzeitung – das kann gewiß immer noch auftauchen. Dieser «ziemlich» – aber eben nicht gänzlich – gesicherte Materialstand ist die Basis dieses (vorläufig) letzten Ergänzungsbandes. Er stellte den Herausgeber vor diverse Fragen.

1. Ist jede kurze Glosse Tucholskys notwendigerweise in Buchform zu bewahren («Die Jahrmarktszeitung», «Vorwärts» vom 4.10.1913; «Herrnfeldtheater: ‹Eine feine Familie›», «Vorwärts» vom 8.10.1913)? Muß eine Varieté-Kritik – «Den Affen macht Herr Lerner, eine schauspielerisch und vor allem artistisch ausgezeichnete Leistung...» («Dessert-Theater», «Vossische Zeitung» vom 17.2.1925) –, soll eine «Wintergarten»-Beobachtung – «Oho! Mia und Gerti sind ein paar nette Rollschuhläuferinnen...» («Der Winter-

garten», «Die Weltbühne» vom 28.8.1919) – wirklich «verbucht» werden; mit Anmerkungen über Herrn Lerner und die Fräulein Mia und Gerti? Selbst ihr Witz ist heute verblaßt – was Tucholsky selber voraussah («Dichtung», S.271): «Humor ist eine Sache, die von allen am wenigsten unsterblich ist. Ein Pathos kann über Jahrhunderte hinaus wirken; Humoristen halten sich erfahrungsgemäß nicht so lange, weil ihr Wichtigstes zwischen den Zeilen steht. Wortlos winken sie dem Leser zu: du weißt schon, wie ich es meine! Der Leser weiß und lächelt. Der Sohn des Lesers ahnt nur noch; der Enkel lacht nicht mehr und legt es beiseite.» Derlei also hat der Herausgeber beiseite gelegt und entschieden: Nein.

2. Kurt Tucholsky war ein vielbeschäftigter (und hochbezahlter) Journalist. Er hat viele seiner Ideen, Pointen, Einfälle mehrfach verwendet – eine lustige Beobachtung, die man in der «Weltbühne» las, taucht im «Organ der Varietéwelt» (5.7.1913) kaum verändert auf; vom berühmt gewordenen Chanson «Feldfrüchte» ist eine ziemlich bläßliche Variante «Radieschen» als Typoskript erhalten; seine Phobie gegen «Hund, sowie über Lerm und Geräusch» findet ihren Niederschlag in vielen winzigen Bosheiten, etwa in einer mit tu. gezeichneten Glosse «Musiklärm» («Vorwärts» vom 22.6.1912); Mannequin-Plaudereien («Modehäuser, Mannequins, Neue Einfälle» in «Die Dame» vom April 1925) oder ein Kurzkommentar in der Zeitschrift «Plakat» Nr. 5 vom September 1913 zu einem «Beklebten Plakat» – soll das in Leinen gebunden werden? Der Herausgeber hat entschieden: Nein.

3. Ein besonderer «Schwerpunkt der Kurt-Tucholsky-Forschung» sind die Chansons. Sie existieren in vielen Fassungen – oder gar nicht. Ich selber habe noch Trude Hesterberg mit ihrem köstlich-frechen Vortrag «Wenn ich mal wütend bin auf meinen Theo» gehört – aber im Archiv findet sich neben dieser «Tango» betitelten Fassung auch die bereits im «Kurt-Tucholsky-Chanson-Buch» abgedruckte «Ach, lege

deine Wange» («Lächle, Berliner»); dort ist auch «Die Okarina» aufbewahrt, jenes lückenhaft von Kate Kühl aus dem Gedächtnis festgehaltene Chanson; die «Berliner Morgenpost» publizierte am 31. 12. 1928 unter der Überschrift «7 Dichter und ein Couplet» ein Chanson, an dem unter anderem Walter Mehring, Friedrich Hollaender – und auch Kurt Tucholsky sich vergnügten, Tucholsky mit einem Vers.

Ungesichert ist auch die Identität einiger Chansons, die zum Beispiel von der «BMG Ufa Musikverlage» in München als Texte von Kurt Tucholsky behandelt werden, aber auf den vorliegenden Druckunterlagen ausgewiesen sind als Arbeiten des Friedrich-Hollaender-Mitarbeiters Erich Franz Glaser. Da bisher nicht verbindlich geklärt werden konnte, ob Glaser ein weiteres Pseudonym von Tucholsky ist oder umgekehrt Erich Franz Glaser ein Zu- oder Mitarbeiter Tucholskys war, blieben diese Texte unberücksichtigt.

All diese Splitter, Rudimente und Paraphrasen aufnehmen? Der Herausgeber hat entschieden: Nein.

4. Kurt Tucholsky war auch ein viel«befragter» Autor – zu so entscheidenden Lebensfragen wie Telefon, Radio, Hundehaltung, internationale Solidarität oder Arbeiterhilfe. So wenige Zeilen wie die aus «Der deutsche Rundfunk» (Jg. 7 [1928], Heft 36 vom 6. 9. 1929) oder aus der «Welt am Abend» (19. 11. 1927) als Bestandteil eines Buches? Der Herausgeber hat entschieden: Nein.

5. Einigen jungen Tucholsky-Forschern sind Funde und Hinweise zu danken, die sich aber nicht endgültig verifizieren lassen: Es gibt in der «Weltbühne» (nicht nur in der Rubrik «Antworten») und in anderen Zeitschriften Arbeiten ohne Signatur, die den Kenner des Tucholsky-Tones vermuten lassen, daß es sich um anonyme Arbeiten aus seiner Feder handelt. Da das aber nicht endgültig zu bestimmen, vielmehr nur zu mutmaßen ist, hat der Herausgeber entschieden: Nein.

Eine Ausnahme: Der Text «Der Zigaretten-Fritze» liegt zwar als Manuskript – von Mary Tucholsky mit Archivstempel versehen – vor, hat aber keinen Quellenvermerk, ist weder betitelt noch signiert. Auch hier – verläßt man sich auf die stilistische Tonalität – wäre es fraglich, ob es sich wirklich um einen Tucholsky-Text handelt. Da er aber im von Volker Kühn herausgegebenen Band «Hoppla, wir beben. Kabarett einer gewissen Republik 1918–1933» (Quadriga Verlag, Weinheim und Berlin 1988) als ein Text von Kurt Tucholsky vorgestellt wurde, ist er hier unverändert mit aufgenommen.

Das sind, wohl wahr, fünf so streitbare wie bestreitbare Neins. Jede Edition – wenn es sich nicht um «fertige» Romane, Stücke, Gedichte handelt – unterliegt einem subjektiven Auswahlprinzip. Wie jede Anthologie. In unserem Fall ist es einfach: Das in diesem Band nicht Gedruckte ist im Kurt-Tucholsky-Archiv im Deutschen Literaturarchiv Marbach am Neckar zu finden. Dort kann es jeder Interessierte lesen. Es bleibt ein Rest (wo bleibt *kein* Rest?). Der nennt sich hier Dossier. Es gibt nämlich Texte – «An Lora», «Der neue Hut», «Raffke» –, die sind entweder nicht datierbar (also in die chronologische Reihenfolge dieser Ausgabe nicht einzuordnen) oder – «Etzliche Gedanken den Herrn Casanova betreffend» – im genauen Sinn des Wortes kein Text, sondern in diesem Fall eine Ideenskizze für den Freund Walter Hasenclever; oder nur – «Eine Perle», «Fußtritt eines …?» – als offenbar nie publizierte Druckfahnen erhalten: Gemmen, wenn auch nicht ganz scharf geschnitten, auf die nicht verzichtet werden sollte.

Der divergierende Zustand der Druckvorlagen erforderte auch eine Entscheidung über Schreibweisen. Wo Tucholsky ganz evident Eigennamen falsch geschrieben hat (George Groß, Fanny Eßler) wurde korrigiert; wo er offensichtlich Stileigenheiten kultivierte («Programms», «Ergel»), wurden sie beibehalten; wo generell Schreibweisen sich verändert haben (Fotograf, Telefon), wurde an die heute übliche angeglichen, während erkennbar absichtlich von Tucholsky benutzte Altertümlichkeiten, die seinerzeit auch schon überholt waren («Intrigue», «Bureau»), ebenfalls beibehalten wurden.

Diesen Materialstand präsentiert unsere Ausgabe, die nicht lediglich als Hommage an den großen Chronisten der zwanziger Jahre zu lesen ist, sondern auch als ein genuines Tucholsky-Buch, das dem Leser noch einmal jene funkelnde Mischung vorführt, die dem Mann mit den 5 PS ein Millionenpublikum beschert hat: Unerbittlichkeit und trotzdem Charme, Geradlinigkeit, frivoler Witz und unter allem eine große Melancholie.

Hamburg, Ende März 1989 — Fritz J. Raddatz

1911

Caruso

«Hei levet noch
Hei levet noch...»

Und ob er lebt! – Mittwoch standen die Leute zu Hunderten in langen Reihen um das Opernhaus herum, von Schutzleuten bewacht (zu zweien angetreten!), stundenlang in der Kälte, um Billetts! Billetts! – Händler, Messenger-Boys, Dienstmänner, um Billetts!

Dieser Caruso ist ein Symbol.

Ob er so viel kann, daß dieser Spektakel berechtigt ist, sei dahingestellt, nein, es ist ganz gleichgültig, denn die Leute gehen nur des Spektakels halber hin. Diese Begeisterung hat mit Kunst soviel zu tun wie ein Landrat mit liberaler Politik.

Da leben in Deutschland, sagen wir, 100 Künstler, Musiker, Maler, Literaten, die Ungeheures leisten und noch mehr leisten würden, wenn sie anerkannt, also bezahlt würden. Wer kennt sie? – Die Kollegen, die kleinen Fachkreise, eine Zeitschrift nennt ihren Namen – aus.

Ja, aber Caruso. Das ist nicht der Sänger, der Künstler, der Musiker – das ist das Phänomen, der Mann mit dem hohen Cis, das Kalb mit drei Beinen, der Kerl mit dem Millioneneinkommen. Speziell das letzte zieht immer: dafür bekommt er nun 10000 Mark!! –

Es imponiert, und das ist schließlich die Hauptsache.

Dieser Mann schluckt Millionen – niemand mache ihm einen Vorwurf, denn er nutzt berechtigterweise die Konjunktur aus – und bei uns zerquälen sich starke Talente (und vielleicht größere) die Köpfe mit der intensiven Frage: wann essen wir heute Mittag? –

Dieser Artikel erscheint alljährlich, wenn der Göttliche schmettert. Es ist immerhin möglich, daß nach seinem Tode die Begeisterung nachlassen wird.

Der Dichter der «Weber» bei Ullstein und Mosse

Erst hieß es schüchtern, Hauptmann beschäftige sich momentan mit einer Bearbeitung der Parzivalsage für die Jugend. Nun kommt heraus, daß diese Bearbeitung bei Ullstein erscheinen wird.

Es ist nicht hübsch, daß der Hauptmann mit seiner Uniform handeln geht. Wenn auch das Dichten bei ihm kein Geschäft war, so wird es ihm doch niemand übelnehmen, wenn er seine Werke so günstig wie möglich verkauft. Aber ein Mann wie Hauptmann hat doch die Pflicht, zu sehen, an wen. Er mußte wissen, daß Ullstein ihn zu dieser Arbeit nur aufgefordert hat, um mit dem Namen zu protzen. Wie er mit anderen auch protzt.

Hauptmann, der vor 14 Jahren die «Weber» schrieb, durfte nicht einem Verlag seinen Namen vermieten, dem systematisch – in allen Dingen – die fettgedruckte Überschrift wichtiger ist als der Inhalt, der mittäglich den Geschmack durch dumme Witze und schlechte Sensation noch mehr verdirbt, der die Leibwäsche der Finanz und die Abführmittel der Schauspieler aus dem ff studiert, der politisch soweit liberal ist, wie das Geschäft es erlaubt – Hauptmann durfte das nicht.

Ullstein ist kein Vorwurf zu machen. Er ist Kaufmann.

Ebenso wie Mosse, der einen neuen Roman Hauptmanns zum teelöffelweisen Abguß... Abdruck wollte ich sagen, für das «Tageblatt» erworben hat.

Es ist ein trauriges Schauspiel, einen Dichter handeln zu sehen.

1912

Aus den Tagen von Sedan

(C. Lemonnier: «Aus den Tagen von Sedan».
Verlag Axel Juncker, Berlin)

Dies Buch ist eines der wenigen aus der antimilitaristischen Literatur, die künstlerisch überhaupt in Betracht kommen. Bertha v. Suttner, die sonst eine gute Seele, aber eine schlechte Musikantin ist, hat zu Lemonniers Werk eine ausgezeichnete Vorrede geschrieben. «Nicht das grimme Gelage wird uns vorgeführt», heißt es darin, «nur die Anordnung der geleerten Schüsseln und der umgeworfenen Gläser auf dem besudelten Tischtuch. Bazeilles ... Sedan ... Es ist eine alte, durch den Geschichtsunterricht eingeprägte Denkgewohnheit, solche Ortsnamen, an die sich eine Kriegserinnerung knüpft, eigentlich nicht mehr als Ortsnamen aufzufassen, sondern als die Symbolisierung großer Ereignisse und heftiger Gefühle von Ruhmesstolz oder Rachezorn. Man spreche das Wort Sedan aus und 100000 Deutsche sind dabei siegesfreudig – 100000 Franzosen schmerzlich grollend – bewegt, und die Schüler und Schülerinnen der ganzen Welt hören in den zwei Silben den historischen Klang. – Daß es ein Stückchen Erdboden ist mit ein paar Häusern darauf, wo zwei unglückselige Häuflein Menschen einander zerfleischten; und wie dieser Boden, der wahrscheinlich zerstampft, wie diese Häuser, die wahrscheinlich niedergebrannt sind, ausgeschaut haben ...»

Lemonnier sagt selbst von seinem Buch, es bestehe nur aus losen Notizen. «Nur» – diese Aufzeichnungen sind fabelhaft scharf gesehen, wie gute Skizzen: unter Hinweglassung alles Unwesentlichen. Wie fein ist es, daß sich Lemonnier jeder chauvinistischen Aufwallung enthält, daß zwischen den Zeilen nicht der Aufschrei erklingt: diese Deutschen! – sondern: der Krieg! Einmal, an einer Stelle, als er etwas Widerwärtiges von zwei deutschen Offizieren berichtet, heißt es: «Die Einzelheiten, deren ich in diesen Aufzeichnungen Erwähnung tue, sollen nichts anderes bezwecken, als das Verhalten des Siegers in eroberten Ländern darzutun: sie richten sich weder gegen den einzelnen noch gegen eine Nation.» –

Lemonnier ist durch die Schlachtfelder von Bazeilles und Sedan gewandert, und da sah er: ein Leichnam lag da, halb verfault, mit einem grünlichen Grinsen auf dem Gesicht, seine Lider regten sich, weil Würmer auf ihm herumkletterten... das Lazarett mit den brüllenden, kreischenden, fluchenden Menschenteilen, denn das waren nicht mehr Menschen, Chloroform war nicht vorhanden, einem Turko wurde bei voller Besinnung ein Bein abgesägt, und durch den scheußlichen Lärm der anderen drang das Knirschen der Säge... die endlosen Züge zerlumpter, halbtoter Gefangener – oder er ließ sich erzählen, wie sie das Mädchen in der Hütte vergewaltigten, sie hatten sie an den Tisch gebunden, die Eltern, die sich unter die Betten verkrochen hatten, mußten dem Scheußlichen zusehen... Pferde krochen über das Feld, blutend mit aufgerissenen Mäulern, manchen hingen die Eingeweide heraus... «die Mutter des Neugeborenen war, kaum genesen, aus ihrem Bett gerissen und mit Säbelhieben davongejagt worden. Vor Schreck war die Milch in ihrer Brust versiegt: mechanisch knetete sie ihr mütterliches Fleisch wie eine ausgepreßte Frucht.» Und einmal, als er von einer Sanitätskolonne spricht, sagt er – und das ist der beste Vergleich des ganzen Buches: «Über all diesem Jammer flatterte die schmutzig-weiße Fahne des Roten Kreuzes wie die Schürze eines Metzgergehilfen.»

Der (Tendenz-)Wert dieses Buches liegt auf der Hand. Die Suttner sagt in der Vorrede: «Es mag auf viele Leser so wirken, wie es der Friedensbewegung frommt – aber dann geschieht es ohne des Autors Vorwissen.» Und dann: «Daß der Krieg voller Greuel ist, wissen auch seine Anhänger – sie halten ihn nur für unvermeidlich.»

Die Suttner hat mit Lemonnier nichts zu tun. Sie hat in ihren (ein wenig sentimentalen) Büchern die letzte Ursache der Kriege, die wirtschaftliche Struktur der Gesellschaft, viel zuwenig berücksichtigt. Lemonnier, dieser große Künstler, spricht tiefste psychologische Erkenntnisse nicht aus, sondern er läßt sie uns von neuem finden.

Ich müßte das Buch abschreiben, wollte ich alles Schöne daraus erzählen. Briefe von Gefallenen sind darin, Reden, Gegenreden, die Luft dieser vergangenen Zeit ist wieder da...

Aber was nützt das alles: es sind selten über dieses Thema bessere Bücher geschrieben worden (eins: Andrejew, «Das rote Lachen», in der wundervollen Nachdichtung von August Scholz, das gewaltigste, furchtbarste von allen). Goethe hat zu Eckermann oft über den Chauvinismus aburteilend gesprochen, seitdem haben fast alle Großen den Krieg mit verabscheuenden Worten bedacht –: alles ist geblieben.

Daß wir hier an einen wunden Punkt rühren, beweist das Verhalten der Regierungen. Mit unerbittlicher Strenge sind sie hinter den Antimilitaristen her, sie fühlen, wenn die Hunderttausende erst einmal aus diesen Büchern gelernt haben, für welche Schemen (oder wessen Portemonnaie) sie sterben, dann ist es aus. Dann werden auch die Schlagworte: Ruhm, Vaterland, Ehre nicht mehr ziehen, dann wird der französische Arbeiter nicht mehr auf deutsche Kollegen schießen.

Und gerade hier läuft alles Spintisieren auf das Politische hinaus. Lemonnier hat (nach Andrejew) das *künstlerisch* Stärkste gegen den Krieg geschrieben. Praktisch heißt es für uns, daraus die Konsequenzen zu ziehen und dem Krieg den Krieg zu erklären.

Kriegshetzer

Es ist verständlich, daß jemand, der seine Rolle zu Hause ausgespielt hat, ungeduldig von einem Bein auf das andere trippelt, um herauszukommen.

Die Zahl der politisierenden inaktiven Offiziere wächst von Tag zu Tag. Aufsätze, Broschüren, Reden, Vereine –: das

Resultat ist stets dasselbe: der Krieg! Der unvermeidliche, frische, fröhliche Krieg! Mit wem – das wird dem Ermessen der vorgesetzten Behörde überlassen.

Mit welch unerhörter Frivolität gehetzt wird, zeigt das «Berliner Tageblatt» im Auszug eines demnächst bei Cotta – (Goethe..., Schiller...!) – erscheinenden Heftchens. Herr v. Bernhardi, ein General z. D., benutzt seine Mußestunden, um sich auf diese Weise seinen Vorgesetzten wieder ein bißchen in Erinnerung zu bringen. (Für bestellte Arbeit taugt das Ding zu wenig.) «Unverhüllte Drohung..., wirkliche Macht..., fester Wille...» – und so.

Es ist schließlich verzeihlich, erklärlich: man sitzt herum, hat nichts zu tun, immer mehr Leute beginnen einzusehen, daß das Heer zum wenigsten für den *äußeren* Feind geschaffen ist, daß die Zeit kommt, wo man es vielleicht entbehren kann...! Schreiben kann man, abschreiben auch – na also.

Aber das Gefährliche ist, daß die Herren, die übrigens wegen ihrer Klapprigkeit nicht mitschießen, *wirken*, daß man ihnen glaubt, daß nicht nur konservative Parteipolitiker aus naheliegenden Gründen hetzen, sondern daß «Tag» aus, «Tag» ein dieses parteilose Papier Hetzartikel bringt, daß an der Börse mit der Möglichkeit eines Krieges stark gerechnet wird – das ist es! –

Vielleicht kann man den alten ehrlichen Soldaten mit wirklicher Macht und festem Willen auch Maul und Feder pensionieren.

Der ungeschriebene Roman

Ich werde einen Roman schreiben; er wird im zweiten Empire spielen. Er soll ein Roman der Zeit werden – sie hat mich immer so gereizt, alle Modenbilder, deren ich habhaft werden konnte, habe ich angesehen, und ich beherrsche die Trachten schon ganz gut: die Herren mit hellbraunen Beinkleidern und dunklen, langen, schmalgeschnittenen Röcken, die Damen mit starren Seidenkleidern, die mit ungeheuren Rüschen verziert sind.

Aber einen fortlaufenden Inhalt mit Anfang und Schluß wird der Roman nicht haben: alles wird seinen Gang gehen, ganz unbekümmert um mich, der ich die Zufälle dieser Welt beobachte.

So muß es damals gewesen sein: in wundervoller Unbekümmertheit lebten sie dahin, Grisetten u. alte Herren, junge Modefexe und ehrwürdige Damen; sie schwatzten, soupierten, lachten, borgten, und all ihre Bewegungen, das Rauschen eines Kleides, das Klappern eines Fächers, eine weiße Hand liegt auf einem braunen Mahagonitisch – das sollte verloren sein? Sie waren begierig, die neueste Oper Offenbachs zu hören, Offenbach, der seine Zeit komponiert hat. Die göttliche Frechheit, die es verstand, durch die Musik Funken aus den Bürgern sprühen zu lassen... Das war kein Theater mehr, das alte Gebäude, in dessen Enge und Dumpfheit wir heute eintreten, das war ein Meer von Licht und einem gewissen schwankenden Taumel der Lustigkeit, Parfums und einem Odeur de femme.

Oben tanzen die Balletteusen – ein Herr in der Loge, die auf der Bühne liegt, lächelt – er wirft einer im Chor eine kleine rote Blume herunter, die niemand aufhebt. Die Hauptdarstellerin steht einmal mit zusammengepreßten Beinen und vorgebeugtem Oberkörper in der Mitte der Bühne, vor dem Soufleurkasten, singt ein freches Lied, das ganz Paris entzückt wiederholt...

Manches wird sich aber doch in dem Roman ereignen. Ich weiß z. B., daß ein Mord stattfindet, auf einem dunklen Korridor; einer wird ermordet – von wem? –, und auf seiner braunen Weste bildet sich schnell ein rostroter Blutfleck. Es wird sich an dieser Stelle darum handeln, den schreckhaften, furchtbaren Übergang vom Leben zum Tod klarzumachen, der uns gerade bei Unglücksfällen so ergreift: dieser z. B. hat eben noch bei zwei Frauen gegessen, er auf einem Stuhl, die Frauen auf dem rotbezogenen Sofa. Die jüngere von ihnen stickte kleine gelbe Vögel auf eine weiße Leinendecke. Er geht heraus, und nun auf einmal ist er nicht mehr! Und der unbekannte Täter! Da lief er entlang, hier muß er gestanden haben, er muß jetzt irgendwo sein, leben, atmen, sprechen. Wo – wissen wir nicht. Ich sah einmal im Museum eines Polizeipräsidiums eine alte, losgeschraubte Türklinke, die ein Mörder nach der Tat mit blutigen Händen niedergedrückt hatte; er öffnete die Tür, floh – man hat ihn nie fassen können. Und wir sahen damals alle neugierig auf die sorgfältig auf Pappe gebundene Klinke – sie wirkte wie eine amputierte Hand –, und während wir hier standen, lief der Mörder herum, existierte, schlug vielleicht gerade ein Frauenzimmer.

Und dann weiß ich noch, daß am Anfang des Buches die Heldin, jung, ganz jung, mit ihrem Kinde nach Paris fährt. – Man hat sie in der kleinen Provinzstadt verführt, sie bekam ihr Kind, die Eltern wiesen sie aus dem Haus – und nun fährt sie nach Paris. In ihrem kleinen Heimatort ist sie unmöglich geworden, aber dort in der großen, sagenhaften Stadt wird sie ihr Geld verdienen. Paris, das ist keine Stadt, das ist ein Traum. – Sie fährt schon neun Stunden in dem niedrigen Wagen der Eisenbahn, in dem es drückend heiß ist, die anderen Fahrgäste lachen und essen und spucken. Aber sie sitzt in einer Ecke, ihr Kind an der Brust. Merkwürdig – damals, als ihr ihr François oder Gustave zum ersten Mal das Mieder aufhakte, um sie auf die Brust zu küssen, hätte sie sehr geweint, wenn jemand anderer als er diese Brust gesehen hätte – hier aber gibt sie ihrer Kleinen zu trinken, vor allen Leuten – das Kind hat Durst.

Durch das halboffene Fenster dämmert ein dunkelbrauner Himmel mit matten, milchig weißen Sternen, und eine qualmige Lampe blakt im Innern des Wagens.

Vielleicht wird jemand kommen und sagen, ich solle erst

schreiben und dann bramarbasieren. Aber die Vorfreude ist doch so groß. Ich werde in dem großen Saal der Bibliothek sitzen und eifrig alle Werke lesen: Dokumente der Zeit und alte Bücher; ich muß Notizen machen und Auszüge, damit ich nachher mit einer gewissen Selbstverständlichkeit schreiben kann: «Mein lieber Henri», sagte die Pailard spitzig, «ich speise heute abend bei Veseurs.» Dies ist ein kleines, sehr exquisites Restaurant gewesen; es waren nur zwei Zimmer, man trank Champagner. – Als ich das in den Büchern las, war es tot und langweilig, aber ich habe mir aus den Bildern und aus den Büchern *mein* Paris des zweiten Kaiserreichs errichtet.

Es ist ein böses Zeichen unserer Zeit, daß junge Leute, statt jahrelang gewissenhafte Philologenarbeit zu tun, sich darüber ergehen, was sie schreiben *wollen*. Sie schreiben es nicht einmal; es ist betrüblich, welch Niedergang in geistigen Dingen von Älteren, Zuschauenden zu verzeichnen ist. Was mich anbetrifft, so bin ich sehr froh, mit meinem Verleger in einem kleinen Zimmer darüber zu disputieren, ob mein Buch Illustrationen haben wird oder nicht, über den Preis und ob es einen grünen oder einen schwarzen Ledereinband hat.

Ein Neuer

Ich will weder ein neues Genie ankündigen noch zum 54. Male in der Saison konstatieren, daß dieses Buch das Buch ist, vor dem alle andern Bücher eben nur Bücher sind. Aber Heinrich Eduard Jacob ist ein tüchtiger und geschmackvoller Künstler, und von den zehn Novellen im «Leichenbegängnis der Gemma Ebria» können sich einige schon sehen lassen. Das ist gleich die erste und beste, nach der das Buch seinen Namen trägt. Es wäre ganz dumm, hier auf Hofmannsthal hinzuweisen; gewiß hat Jacob gelernt, er ist Gott sei Dank kein «Narr auf eigener Hand». Seine Sprache ist gepflegt, ruhig, treffsicher und (dreimal Heil!) keine Musik, sondern Sprache. Ich habe oft an d'Annuncio denken müssen bei dieser eigentümlichen Vermischung von weicher Lyrik und scharfer Beobachtung (etwas, was Jacob einmal den «impressionistischen Klassizismus» genannt hat). Wie schön ist das hier: Ein Dichter, Settaglioni, hält die Leichenrede am Sarg der Schauspielerin und spricht von ihrer Sprache: «Wenn sie nur das Wort ‹Landleben› aussprach, ein gewisses Wort ‹Landleben› oder ‹die Freuden des Landlebens›, so besaßen wir auch schon die ganze Begebenheit, zu der dies Wort der Schlüssel war. Wir blickten aus einem Fenster über den wackersteingepflasterten Hof, wir hörten die Hühner gackern, sahen des Müllers Esel mit den stäubenden Säcken durch den Torweg trotten. An dem sonnenglänzenden Gehöft vorbei floß ein Bach und führte abgerissene Feldblumen mit sich. Der Wind schiffte lau durch die Wipfel der Kastanien; eine angenehme Schläfrigkeit umgab uns, zuweilen stieg ein roter und warmer Hahnenschrei über den Hof. Wenn sie das Wort ‹Vaterland› aussprach, so fielen ab von diesem Begriffe alle Verzuckerungen, womit hassenswerte Phraseure ihn rosarot umkleidet hatten, und er stand da in seiner nackten Erhabenheit, nicht ganz anmutig, aber geliebt, geliebt mit tausend Herzschlägen. Wenn sie ‹Meer› sagte, empfanden wir, obschon wir in einem kleinen, dumpfen Theater zusammengepfercht saßen, mehr als körperlich die blaue Frische. Wie strömte uns die Salzflut entgegen! Wie herb duftete der Tang! Und vielleicht hätte uns die Wirklichkeit enttäuscht, gegenüber dem Zauber, den das Wort ‹Meer›, von ihr gesprochen, aus unsern Gehirnen schlug... Von diesen und vielen ähnlichen doch sehr sachfreudigen Bemerkungen könnte man glauben, daß sie wirkungslos über die versammelt Lauschenden dahingestoben seien. Dem aber war nicht so. Im Gegenteil: in dem Augenblick, da Settaglioni es so wollte, gab es auch für den Schiffsmatrosen, der mit einem Mund voll Kautabak und öligen

Händen dastand, nichts Wichtigeres als das sprachliche Vermögen der dahingeschiedenen Schauspielerin.»

Außer dieser Novelle mit dem wunderschönen Schluß ist noch «Das kindliche Chaos» zu lesen und «Der Abschied des Schauspielers» und «Der Lenzbrief» mit dem unvergeßlichen Satz: «Und welche Versprechungen bringt dir der Wind!»

Aber das Buch ist nicht geschrieben, damit es besprochen, sondern damit es gelesen wird. Und es ist zu wünschen, daß recht viele es lesen, dann wird vielleicht Heinrich Eduard Jacob sich eines Tages entschließen, seine gesammelten Gedichte herauszugeben, die so unendlich Schönes enthalten.

Er hat ein Gedicht geschrieben «Das Totenmahl», und es gibt Verse darin wie diese: «Es war nicht mehr denn Hefe in den Bechern, und leise schmeckten sie in jedem Trunk: er ist nicht hier! Ach, daß er nicht mehr hier ist!»

Und es gibt «Epitaphia» von ihm, wie das einer Mutter: «Und ich war *so* von Nöten, hatte *so* viel der Zukunft abzubringen: Großes, Kleines. Es war der ungerechteste Befehl, der mich davon trug, eine Eingehüllte in Bitterkeit – die ich doch fast gewohnt war... Denn was sind Frauen? Willenlose Wasser, für die das Schicksal Bett gräbt und Gefälle.»

Und das Epitaph einer Braut: «Da kam ein Etwas, das ich nie ergründe, trat neben mich und rührte sanft mein Kinn, umgab die Augen mir mit einer Binde und nahm als eine Sehende und Blinde – mich hin...»

Vielleicht werden diese Gedichte eines Tages erscheinen, und ich möchte zwei vollständige Proben geben, die die ganze Begabung dieses starken Lyrikers zeigen:

Die Wiesen waren gottgedeckte Tische.
Der Blüten und der Quellen Honig floß.
Wir wandelten zu zweit die Morgenfrische.
Die lichte Wolke war uns Weggenoß.

Wir wünschten uns nicht rasende Gespanne.
Wir zogen hin mit unbeschwertem Sinn.
Und gaben einem unbekannten Manne,
Der bettelte, die letzten Münzen hin.

Und das andere, eines seiner stärksten Gedichte.

Dir war die Nacht ein Schrei der Lust,
mir war sie eine fromme Spende.
Ich hatte meine keuschen Hände
auf deine Knie hingelegt –

Dir war die Nacht ein Schrei der Lust –
da fand ich nicht die rechte Pforte
und sagte meine dunklen Liebesworte
an dir vorüber in die Ewigkeit...

Als Vagabund um die Erde

(Harry Franck: «Als Vagabund um die Erde».
Rütten und Loening, Frankfurt a. M. 1912)

Der Tatbestand ist ganz einfach: ein junger amerikanischer Student unternimmt eine Reise um die Erde, beginnt mit dem Atlantischen Ozean, dann London, Frankreich, die Schweiz, Italien, die Ufer des Mittelländischen Meeres, Arabien, Palästina, Kairo, das Nilland, Indien, Siam, Japan, der Stille Ozean. Derartige Reisen sind oft unternommen worden, seine Reise noch niemals. Er hat einen großen Teil dieses Weges zu Fuß zurückgelegt, auch das ist nicht neu, er ist fast ohne Geldmittel ausgefahren, andere haben sich durchgebettelt, aber Franck hat seine 110 Dollars für Fotografieren ausgegeben und sich seinen Lebensunterhalt erarbeitet.

Das Buch trägt als Motto den Ausspruch Rousseaus: «Um

die wirklichen Sitten eines Landes kennenzulernen, muß man in andere Schichten heruntersteigen. Denn die Lebensweise der Reichen ist fast überall dieselbe.» Woraus folgt, daß der Weltreisende, der mit Cook oder Stangen fährt, nur Kulissen sieht und außer den üblichen charakteristischen Bettlern nur Leute, die sich ein wenig in der Uniform von denen in der Heimat unterscheiden. Franck ist arbeitend durch die Welt gezogen. Was das heißen will, kann nicht einmal ein seßhafter Arbeiter ermessen. Von einer Stadt in die andere, ohne Kenntnis der Arbeitsbedingungen, ohne genaue Kenntnis der meisten Sprachen (er sprach allerdings englisch, französisch und deutsch, ein wenig spanisch und italienisch), aber was bedeutet das gegenüber den zahllosen indischen Stämmen und Arabern, mit denen er zu tun hatte?). – Der rein literarische Wert des Buches ist nicht eben groß. Es ist mit einer geschäftsmäßigen Sachlichkeit geschrieben und bietet dem Ethnologen nur insofern Neues, als hier einmal die uns geographisch bekannte Welt aus der Froschperspektive gesehen ist. Das ist speziell bei den europäischen Staaten von Interesse, die niemals beschriebene Unterwelt der großen Hafenstädte hat einer durchzogen, der sonst über ihr stand. So konnte er mit viel schärferem Auge ihre Gesetze und ihre Lebensform erkennen, als dies ein wahrer Vagabund je vermag.

In dem ganzen Buch ist keine der üblichen Heldentaten zu finden. Aber die Reise ist eine.

«Alles in allem trieb mich zu ihr eine angeborene Wanderlust, die ich als Amerikaner nicht als einzig für mich charakteristisch in Anspruch nehmen kann.» Aber wie verschieden ist diese amerikanische Wanderlust von der vielbesungenen deutschen. Bei uns ist es träumender Idealismus, der die Herzen weit macht und eine rechte Gunst erweisen will und ziellos hinaustreibt. Bei Franck ist es ein Überschuß an Kraft. Wieviel Energie muß dieser Mann, der durchaus als Durchschnittstypus seiner Rasse anzusehen ist, besitzen, wenn er sie so vergeuden kann. Es ist ein ungeheurer Überschuß an

Kraft, in der Welt herumzufahren, es immer wieder mit neuen Hindernissen aufzunehmen, ohne es zu müssen! Er hätte in jeder Stadt zum Konsul gehn können und heimreisen! Aber er plagte sich immer wieder, durch Empfehlungen, Sichvordrängen, mit Gewalt, auf alle Arten sich Arbeit zu verschaffen. Er hat alles gemacht. Er hat Viehtransporte geleitet, Feste bei dem englischen Konsul in Kairo vorbereitet, er war Clown, Matrose, Fischer, Gelegenheitsarbeiter. Es ist typisch für den Amerikaner, wie er die meisten Schwierigkeiten überwindet, ohne sie überhaupt zu kennen. Dieser Einzug jedesmal in eine fremde Stadt, ohne zu wissen, was kommt, wie es sein wird, immer mit der festen Zuversicht, nein, mit der absoluten Gewißheit: es wird sich schon irgend etwas finden, das ist typisch. Die Vorbildung durch den Sport: In Verona ist Bäckerstreik, und von der Stadtverwaltung wird Brot umsonst verteilt. Die Menge kämpft um jeden Laib. «Bei all ihrem Lärmen und Gestikulieren weiß eine italienische Menge nichts von den Grundregeln des Fußballspiels, so daß ich bald die vorderste Reihe erreicht hatte.» Oder ein andermal: Ein Glück, daß diese Siamesen nicht boxen können. Er ist gar kein Held, dieser Amerikaner. Kein Held in dem Sinne, daß er wie ein Deutscher alles nach dem heimatlichen Schema sieht und die Abweichungen anrempelt. Große Strecken ist Franck ohne Waffe gereist, und in Siam ist er und ein Australier, einer seiner Reisekameraden, von sechs Soldaten mit geladenen Gewehren verfolgt worden. Sie gingen ruhig weiter, in der Erwartung, daß die «wilden Männer» es nicht wagen würden, auf einen Weißen zu schießen. «Mein Fleisch zog sich zusammen, als ob es schon vorher den Stich der Kugel fühlte, und ich fragte mich, in welchen Körperteil sie mich wohl treffen würde. Aber der Kerl machte seiner Wut in Schreien und Zielen Luft; den Hahn abzudrücken, wagte er nicht.» Sie entrissen schließlich einem der Soldaten das Gewehr und schlugen die ganze Gesellschaft in die Flucht.

Harry Franck stellt den Menschen der kräftigsten Rasse dar. Er spricht einmal selbst von der «Energie des Westens» und er überschätzt sich keineswegs; er weiß genau, wann er zu schweigen hat, er ist wie ein Gummiball, elastisch, aber unzerstörbar. Wie verschieden von dem Germanen, der spröde zur Unzeit ist und sich lieber zerschlagen läßt, oder weich wie Wachs wird. Hätten wir ein Zehntel dieses ungeheuren Willens! Ein Zehntel dieser Natur, die mit allem fertig wird, kühl die Situation übersieht, nur das Nötigste tut und spricht und vor allem, vor allem: die es als so etwas Selbstverständliches wie die Luft und das Wasser empfindet, daß Pläne nichts taugen, die man nicht durchsetzt, Köpfe nichts wert sind, die nicht eine Mauer einrennen, und die einen Erfolg nicht bejubelt, sondern als natürlich erwartet hat. Hätten wir ein Zehntel dieser Energie! Die Moral, das Kunstleben, Familienspektakel mit klatschbedürftigen Frauen und Pantoffelhelden, die deutsche Politik, die Politik gegen Junker, die nur die Kraft tolpatschiger Bären besitzen – ein Zehntel der amerikanischen Energie, und es stände besser um uns!

Nachruf und Aufruf

Der Hauptmann von Köpenick ist tot.

Er starb zu London, in einem Spital. Was ist Ruhm…?

Sein Tod sei uns eine Mahnung: wo sind die anderen Gewerbe? Warum gibt es noch keinen Schneider von Hanau, keinen Obristen von Ludwigshafen, seines Zeichens Eisenhändler, keinen Polizeipräsidenten von Berlin, der eigentlich Friseur ist –?

Wir Deutschen sind ein gar ernsthaftes Volk. Viele von uns fühlen sich zwar sehr überlegen über uniformierte Schneider – aber es gab nur *einen* Hauptmann, der wirklich ein Schuster war.

Warum werden bei uns die «maßgebenden Stellen» nicht mehr gehänselt?

Warum sieht man nicht täglich Schutzleute durch die Straßen laufen, schwitzend, wichtig, mit durchweichtem Kragen, weil sich ein Trödler eine alte Maskenuniform anzog und ihnen befahl, den Anarchisten Mordini zu fangen, lebend oder tot?

Warum erleben wir es nicht, daß das Volk in Waffen und mit klingendem Spiel hinauszieht in den Ruhmeskampf. Reden werden geredet, zündende Reden, die Begeisterung kocht bis zum Siedepunkt, ein «Hoch!» mit Extrablättern und Fotografiertwerden – – aber nachher stellt sich heraus, es war eine Mystifikation, es war nur der Münchener Schauspieler Herr v. Possart, der sich als – leitende Persönlichkeit verkleidet hatte... (Allein Herr v. Bethmann ist nicht zu verulken: unsere Komiker sind zu kurz und zu intelligent.)

Wo sind die andern? – Der Hauptmann von Köpenick ist tot...

Vivat sequens! –

Na also –!

Wer wird hier totgeschwiegen? Wer will sich hier beklagen? Frank Wedekind wird immer populärer. Daran ist kein Zweifel, denn die neue Revue des Metropoltheaters nimmt ihn auf. «Julius Freund hat das Thema der Berliner Wedekindwoche zu einer von Rudolf Nelson vertonten Gesangsnummer benutzt, die den Dichter Frank Wedekind, seine Kämpfe, sein Schaffen und seine Zensoren behandelt. Giampietro, dem in der neuen Revue wieder eine große Rolle zugedacht ist, wird in der Maske Frank Wedekinds als Pierrot erscheinen.»

Ist das nun Popularität oder ist das keine? Fünfzigtausend

Menschen werden in ihren Schlagwortkasten vulgo Gehirn in eine Schublade diese Begriffe tun: Wedekind, Zensor, Schweinerei, Giampietro, Metropoltheater. Ich glaube, ich glaube fast, es war schöner und reiner, als er noch nicht populär war; die, die ihn kannten, verstanden ihn. Wo soll das hinführen? Soll etwa Heinrich Mann in die Wochen kommen? Sollen die Bäcker Wassermann-Hörnchen verkaufen?

Heinrich Mann, Jakob Wassermann, Frank Wedekind – sie können und dürfen nicht populär werden. Unsere Zeitgenossen sind schon verlogen genug, aber niemand von ihnen ist heute mehr so christlich, daß er seine Feinde liebt.

Die patriotische Synagoge

Am Montag wird zu Berlin eine neue Synagoge im Beisein eines Kaiservertreters eingeweiht werden. Die Kuppel ist mit *Cadiner Kacheln* aus der Fabrik Wilhelms II. geschmückt.

Der Weg von Galizien bis zur Fasanenstraße – da steht das neue Bethaus – ist weit. Es hat lange gedauert, daß er zurückgelegt wurde – über hundert Jahre. Aber die alte Ausnahmestellung der Juden zu beseitigen, das ist dieser zähen Rasse bis heute nicht ganz gelungen. Die Offiziere nehmen sie nicht und die hohen Staatsbeamten nicht. Das mit den Offizieren läßt sich verschmerzen. Außerdem ist der Jude intelligent und … überhaupt für den Offizierstand ungeeignet. Anders die Sperrung der Beamtenkarriere. Was da momentan an leitenden Stellen sitzt, sieht man: man haut Abrahams Söhne links aufs Ohr, man haut sie rechts aufs Ohr – und die Unfähigkeit einer Kaste wird, wie die gesamte auswärtige Politik, erst dann Sache der Nation, wenn man die Knochen der Soldaten braucht.

Der Jude ist noch heute von vielem ausgeschlossen; er wird «regierungsseitlicherseits» nicht allzu freundlich angesehen. Wie alles, was die Regierung Preußens tut, ist das dumm und unpraktisch. Denn *wie* konservativ der Jude ist, zeigt sich in der Fasanenstraße.

Hier kommen die sonst Geprügelten, Verachteten zusammen (die nur liberal sind, weil man sie nicht für voll nimmt...), hier *kacheln* sie mit *kaiserlichen Ziegeln*, hier steht unter ihnen ein hoher Offizier... Fühlen sie nicht, wie sie sich verspotten? – Was denkt sich der Kaiservertreter unter Leuten, die er nie in seinen Kreis wählen würde? – Jüdische Rekruten werden schikaniert – es ist würdelos.

Die *Staatsbürgerin* wird pöbeln, daß Wilhelm II. jemand in seinem Namen gesandt hat, der diensttuende Rabbiner wird von neuem die «unverbrüchliche Treue zum Kaiserhaus» bezeugen, und der hohe Offizier muß, muß, muß niedrig von Menschen denken, die sich selbst erniedrigen. Früher...

In Prag steht heute noch, unter Mietshäusern, die «Judenschule», eine uralte Synagoge, halb unter der Erde. Da saßen sie, alte und junge, und beteten verängstigt, wenn draußen scharfe Pfiffe gellten und die Steine gegen die Fenster prasselten. Hepp! Hepp! – Und rückten noch enger zusammen und beteten lauter...

Das Auge ihrer neugetauften Nachkommen aber sieht glänzend, gleißend, hoch oben an der Kuppel: – *Cadiner Kacheln.*

Die Festrede

Ein ungefährer Überschlag ergibt, daß am 2. September (mindestens) 15 000 Festreden in den dazugehörigen Sedanfeiern steigen werden. Wir alle kennen diese papiernen Sätze (eine Rede ist keine Schreibe, hat – für die Deutschen vergeblich – Th. Vischer gesagt), wir haben sie an unser Ohr schlagen hören, als wir träumend in Schulbänken saßen, und später, in Kasernen und Akademien, gab es ähnliches... Werden nicht noch heute wie damals Schlangen die Köpfe zertreten, Banner entfaltet und ins Wanken gebrachte Altäre des Vaterlandes dem gähnenden Schlund ... oder so ähnlich. Es gibt aber auch Festredner, die wie seiltanzende Exzentriks die Feindschaft gegen die Welschen (nicht Franzosen – Welschen ist das Wort, mit «Tücke» ewiglich gepaart) in großen Händen verstecken, um dem verblüfften Publikum Deutschlands Aufschwung vorzujonglieren. Hin – her, sie lügen alle.

Fühlen sie es nicht, daß sie lügen? – Sie fühlen es nicht.

Fühlen sie es nicht, daß es nur eines kleinen Spazierganges von zehn Minuten bedürfte, um der Festgesellschaft klar zu zeigen: hier sind Kinder, die essen nur alle drei Tage etwas Warmes, und hier sind welche, die schlafen zu dritt im Bett, und diese da müssen 14 Stunden Erntearbeit verrichten, und hier ist einer, der weiß seit Monaten nicht mehr, wie Fleisch schmeckt... Fühlen sie nicht, wie sie lügen, wenn sie ein Land preisen, dessen Einwohner über die Grenzen müssen, um drüben billige Nahrungsmittel einzukaufen...?

«Und so bitte ich Sie, verehrte Festversammlung, mit mir einzustimmen...»

Gewiß, stimmen sie ein. Denn sie *verdienen* alle, alle.

1913

Zur Psychologie des Theaterpublikums

Warum lacht das Theaterpublikum bei tragischen Stücken? Ich habe unzählige Male erlebt, daß an gewissen Stellen im Drama gelacht wird. Der Dichter hat das nicht gewollt, aber das Publikum macht sich ein kleines Extravergnügen. Und wenn das auf dem zweiten Rang häufiger geschieht als im Parkett, so ist daran nicht das Maß von Kunstverständnis schuld, sondern das von den Parkettmenschen gern befolgte Prinzip, in der Öffentlichkeit keine Gefühle laut werden zu lassen. Man kann nie wissen... Also: warum lacht das Publikum bei tragischen Stücken? Laßt uns sondieren: zunächst, *wann* lacht es? Grundsatz: 1. es lacht bei Kontrasten, 2. es lacht bei gewissen harmlosen, ohne Gegensatz hingestellten Worten und Gedankengängen (die noch zu untersuchen sind).

Was den ersten Fall angeht: jeder humoristische Effekt im Theater (jeder Humor überhaupt) beruht auf irgendeinem Gegensatz. Das Publikum, dies instinktiv fühlend, aber auch verkennend, belacht nunmehr jeden Gegensatz als Humor. Sagt einer zu seinem Bruder: «Fritz, willst du mir das Geld geben?» Und der antwortet gedehnt: «Jaa», und dann macht er eine kleine Pause und sagt, ruhig: «Ich gebe es dir nicht», dann lacht das Publikum, weil es gar nicht begreift, daß es nicht auf den Gegensatz ankommt, sondern auf die Charakterisierung des Bruders. Worauf wir zum zweiten Teil und zum Hauptpunkt kommen.

Das Publikum lacht über herausgegriffene Worte und Ideenkombinationen, weil es sie in anderem trivalem Zusammenhang gehört hat und sie nun wiedererkennt – und Wiedersehen macht Freude. Und wenn es sich um einen Mord handelt: das Wort «Schwiegermutter» ist allemal eine Quelle unbändigen Vergnügens. Die Tatsache, daß ein 90jähriger Mann zum siebenten Mal heiratet, und zwar seine erste Frau, wird mit freudigem Hallo begrüßt. Und so gibt es hundert Beispiele. Sie haben aber alle einen gemeinsamen Grund: das

Publikum glaubt (und wenn das Stück in bürgerlich-modernem Milieu spielt, erst recht), es habe das Recht, sich nach seinem Belieben Fetzen aus einem Drama herauszureißen. Wenn jemand einen faulen Witz macht, so lacht es über den Witz, statt zu beachten, daß auch dieser Witz nur ein Mittel zur Charakteristik ist. Der Dichter soll analysieren, das Publikum die Analyse als ein Ganzes begreifen. Einzelzüge sind eine schöne Sache, aber man muß wissen, daß es Einzelzüge sind.

Es steht noch recht schlecht um diese Dinge; und es ist kein so großer Unterschied zwischen unserem Publikum und dem englischen, das schon grinst, wenn in einem Drama ein Blinder einen Stuhl umwirft. Tragen die Schauspieler Kostüme einer vergangenen Epoche, so traut sich dieses Lachen nicht so recht hervor: ein Panzer verhüllt Hohlheiten, und für Tausende bedeuten Tiradengeschrei, Gesten und weiße Gewänder Tragik. Tragik im bürgerlichen Milieu reizt sie durch Äußerlichkeiten zum Lachen. Und sie wissen nie, wie grotesk ernst sie in ihren kleinen Zimmern die Dinge des täglichen Daseins nehmen.

Der Vogelladen

Mit den modernen Dichtern ist es so eine Sache: weil nicht jeder einzeln die Welt umspannen kann, so haben sie sich das geteilt; der eine bearbeitet die soziale Not, der andere das verschüttete Venedig, und der dritte protestiert feige und gekränkt zeit seines Lebens gegen die Schlüsselromane. Jeder seins.

Aber ich wollte ja eigentlich gar nicht von den Dichtern erzählen, sondern vom Vogelladen.

Da gibt es hier in einer belebten Straße der Stadt einen Vogelladen, und das Schaufenster steht vollgepackt mit vielen kleinen Käfigen mit Vögeln, und auch ein Ringelschwanzaffe ist da und ein Kaninchen. In der einen Reihe stehen nur Dompfaffen, dicke braune Kerle, und ihre Käfige sind alle etikettiert, damit man es weiß, was sie alles pfeifen können. Und sie können alle so schöne altmodische Lieder, die kein Mensch mehr pfeifen kann, sondern nur noch diese braunen Vögel und vielleicht die alten Förster, die sie ihnen beigebracht haben. Da gibt es:

«Ach Mädchen, erhör mich
Und sei mir gut» usw.

und:

«Wie die Blümlein draußen zittern» usw.

und viele andere schöne Gesänge.

Und jeder kann zwei, und er ist mächtig eingebildet auf seine Künste, die da vorn am Käfig stehen, und er blinzelt dich dick und faul an, daß du es gar nicht glauben kannst, daß er das pfeifen kann:

«Ich hab mir nur eines erwählet,
Schön Schätzchen, das mir gefällt» usw.

Und einer ist ein Skeptiker und pfeift:

«Ein Mädchen, das nicht tanzen kann» usw.

und sein Nachbar, der Humorist:

«Meine Mutter schickt mich her,
Ob der Kaffee fertig wär...»

Und es ist ganz ausgeschlossen, daß einmal der mit dem erwählten Schätzchen das Lied von dem erzitternden Blümelein pfeifen wird und umgekehrt. Da herrscht strenge Arbeitszeit [Arbeitsteilung?]. Sie fressen, saufen, blinzeln faul und träge, und manchmal pfeifen sie, aber jeder seins, jeder seins.

Das herrliche Tiefdruckverfahren

Seit einiger Zeit wird der «Weltspiegel», eine Beilage des «Berliner Tageblatts», in Kupfertiefdruck hergestellt. «Die Schönheit», sagt der Verlag, «und die künstlerische Wiedergabe dieser Bilder erfüllen den Beschauer mit Entzücken.»

Es ist hier nicht meine Aufgabe, festzustellen, *welche* Bilder den Kunstfreund mit Entzücken erfüllen, wie dieses Blatt systematisch dem Beschauer die Wahl zwischen Kitsch und Klitsch läßt... es handelt sich hier um das gepriesene Verfahren.

Als vor etwa einem Jahr Organe der Tagespresse (das «Hamburger Fremdenblatt» z. B.) begannen, mit Mertens-Tiefdruck zu arbeiten, war man überrascht. Abgesehen von üblen Zeichnungen hatten Tagesblätter in Deutschland bis jetzt nur schüchtern versucht, Fotografien zu bringen, und diese Schüchternheit hatte ihren guten Grund. Der weiße Untergrund kam durch, immer war die Struktur durch das Bild erkennbar – es war nichts.

Anders bei dem neuen Verfahren. Klar und fein nuanciert kamen die Illustrationen, manche muteten an wie die besten Ausführungen eines Fotografen. Auf Zeitungspapier. Auf diesem faserigen dünnen Papier, das kaum auf Strichätzungen, auf Reproduktionen von Zeichnungen angewiesen war, sondern auf aktuelle Fotografien. Nochmals: auf Zeitungspapier. Es lag kein Grund vor, dieses Verfahren bei dem Druck eines Blattes anzuwenden, das nicht nur Fotografien brachte, sondern auch Strichätzungen, Zeichnungen, dergleichen... Ein Blatt, das auf seinem kunstdruckartigen Papier bis jetzt sehr gut mit der Reproduktion von Fotografien ausgekommen war.

Aber das neue Verfahren hatte ja nicht nur einen minimalen Fortschritt in der Schärfe, sondern vor allem: *den braunen Ton!* Diesen verfluchten braunen Ton, der so schön in die Augen sticht, und bei dem der «kunstfreundliche Beschauer» gar nicht mehr anders kann als an das denken, was er so unter «Kunst» versteht... Der braune Ton, der die Dinge so schön unnatürlich, ach Gott so künstlerisch erscheinen läßt, der einzige braune Ton! –

Die Fotografien kommen also nunmehr ein wenig schärfer als früher, aber sie haben alle etwas Unangenehmes, sie prätendieren alle, «Kunstaufnahmen» zu sein, sie sehen – aufgenommen von gleichgültigen Angestellten großer Illustrationsbüros – liebevoll aus, von einer gewissen falschen Intimität, wie ein individuelles Hotelzimmer, das doch jedem zu dienen hat...

Strichätzungen kommen gar nicht heraus. Die Striche verlieren an Feinheit, daß es ein Graus ist, es sind lange Flächen geworden, keiner fügt sich mehr zum andern, und klotzig scheinen sie hingeschmiert... Ein Vergleich lehrte das: der «Weltspiegel› druckte eine Zeichnung des wundervoll grotesken Robinson nach, die in dem «Sketsch» gestanden hatte: dort fein, lustig, gestrichelt, fleißig – hier dick, unförmlich, wirkungslos. (Übrigens zeigt auch die Tiefdruckbeilage des «Sketsch», daß auf diesem Papier das Verfahren unnötig und kitschig ist.)

Aber eins kommt doch, für eines ist das Verfahren wie geschaffen:

Das ist das Odolmädchen mit dem tiefschwarzen Hintergrund und den blendendweißen Zähnen. Das ist die Biomalzjungfrau mit dem dunklen Gewande und den weißen Händchen, das sind alle holden Frauengestalten, die die minderwertige Reklame von sich gibt – sie leben erst wahrhaft auf im Tiefdruck auf dem glatten Papier, sie, die man schon gestorben wähnte, steigen aus den Gräbern, lächeln hold und verführerisch und zeigen uns die Prächte des Tiefdrucks und seines Verlages. Das ist so etwas für den Tiefdruck. Der Kitsch. Der flächige, nuancenlose, nur in den Kontrasten schwarz-weiß schwelgende Kitsch. Hier ist sein ureigenstes Gebiet.

So eine süße Sonne, die durch ein Wolkenmeer leuchtet, was sage ich: strahlt! – das ist es. Die Sonne ist übrigens auf der Rückseite einer neuen Zeitschrift, die sich mit viel Tamtam in Szene setzt: «Seidels Reklame». Auch sie gibt einen Beweis, daß das Tiefdruckverfahren maßlos überschätzt wird. Auch hier kommt wieder in technischem Sinne am besten der Kitsch. Dunkle, bräunliche Flächen, Fleckwirkungen, irgendwelche belanglosen Einzelheiten scharf, der Rest verschwommen – es ist nichts. (Außerdem ist hier das Verfahren nicht so gut durchgearbeitet wie beim «Weltspiegel». Eine Nummer erschien infolgedessen zu spät, und der Rand des Umschlags wurde ein Fiasko.) Die Zeitschrift ist mehr als mäßig: oft gebrachtes und längst bekanntes Material, schlechter Text, darunter eine Polemik gegen ein noch nicht erschienenes Buch von Ruben «Die Reklame». Wenn ein Kaufmann wie Seidel die Feder eintaucht, macht er sich die Finger schmutzig; wer aus irgendwelchen konkurrenzlichen Gründen neidisch ist, darf keine unsachlichen Kritiken über eine Sache schreiben, die noch nicht einmal vollständig vorliegt. Was den Tiefdruck angeht: hier hat er versagt, bei Mosse hat er versagt. Und wenn sich der Verlag noch so viel Gutachten zusammenholt, und es sind Leute darunter wie Behrens und Klinger … es geht nicht. Gott weiß, warum jene das von sich gegeben haben, vielleicht glauben sie es sich … es geht nicht.

Der Tiefdruck ist eine schöne Sache, um auf Zeitungspapier Fotografien zu reproduzieren, was man bisher nicht konnte – mehr nicht.

K.-K.

Wenn hier die Fanfare geblasen und so ein respektvolles Schweigen unterbrochen wird, so geschieht das, um die Begriffe «Kunst» und «Geschäft» scharf zu trennen, nicht aber handelt es sich um die einzelnen. Die Redaktion war für Andante, ich für Presto – so entstand ein munteres Allegro. Dem Schriftleiter habe ich zu danken, weil er es für zweckmäßig hielt, ein Tempo nicht zu zügeln, das ihm noch immer zu geschwind erschien; so wie er gewiß auch Angegriffene zu Worte kommen lassen wird.

Nicht etwa: Karikaturisten-Klub. Sondern: Konfektionskommis. –

Denn was hier in Berlin jetzt vorgeht, ist dies: das Niveau ist erfreulich gleichmäßig. Bernhard und Klinger haben eine Tradition geschaffen, auf deren breiten Bahnen jeder einigermaßen intelligente Kunstschüler behaglich einherwandelt, das Interesse für Plakate ist noch immer nicht erloschen, der Bedarf wächst, und so finden alle, was sie brauchen. Man müßte also denken, die Plakatmaler dieser großen Geschäftsstadt wären eine geruhige Gilde, die längst weiß, daß ihr Gewerbe mit Kunst nichts zu schaffen hat, da sie ja dem Kapital dienen, allwelche Faktoren nur den Anfangsbuchstaben gemein haben. Aber... Aber statt dessen sehen wir einen lärmenden Hühnerhof mißgünstiger Krakeeler, voll Konkurrenzgekakels.

Obersatz: hier wird geschwindelt. Es wird vorgetäuscht, man mache «Kunst», man verschönere das äußere Leben auf angenehme und geschmackvolle Art. Schwindel – man will Geld verdienen. Es wird vorgetäuscht, man habe eine Hebung der Berliner Kultur im Auge, wolle Geschmacklosigkeiten ausrotten, die armen Blinden an der sicheren Künstlerhand geleiten. Schwindel – man will Geld verdienen. Warum sagt man das nicht? – Ist es eine Schande? – Die Herren fühlen: *daß* sie Geld verdienen, gewiß nicht – wie sie es tun, allerdings.

Fakten: Die Karikaturisten veranstalteten einen Ball. Aber nicht so einen, wie es Künstler wohl zu tun pflegen: voller Laune, die auf nichts Rücksicht nimmt als auf den guten Geschmack, wirbelnd, tobend... nein, so nicht. Sondern fein – was der Berliner so fein nennt, mit «Stimmung – Humor – Betrieb», teuren Weinen und viel Kokotten. Und überall, im Festzug, in den dort verteilten Drucksachen – überall schimmerte die zarte Rücksichtnahme durch, die man auf die Herren Auftraggeber zu nehmen hatte, von Geschäfts wegen, das uns reich und angesehen macht, daß wir unseren Nächsten auf die Stiefel spucken können, amen! –

Sie veranstalten ein Zirkusfest. Es geht schief, sie werden ausgepfiffen – gut. Das passiert auch sonst. Aber warum es geschah, ist interessant zu untersuchen. Keiner ordnete sich dem andern unter, jeder wollte die günstige Gelegenheit benutzen, für sich und seine «Marke» soviel Reklame wie möglich herauszuschlagen. Und unvorbereitet und sich selbst überschätzend stellten sie ihre wirklich nicht gut gewachsenen Persönlichkeiten heraus und fielen herein. Sela. Nun haben wir hier in Berlin, wie sich das auch für einen ordentlichen Stand gehört, zwei Gruppen: die eine und die andere. – Waren die einen hereingeplumpst, so ließen jetzt die anderen eine Annonce los und erklärten sich für nicht identisch. Und motivierten das mit wirtschaftlicher Notwendigkeit. «Uns ist es ja gleich, aber die Kaufleute...»

Und hier sitzt der Kern: Die Berliner Plakatmaler haben sich völlig den Kaufleuten untergeordnet. Die Folgen sind ersichtlich: Die Kaufleute werden größenwahnsinnig, die Künstler werden ruiniert. Noch keinen sah ich fröhlich enden... Der Kaufmann, dem man so lange einen guten Maler als etwas Erhebliches hingestellt hatte, klopft auf die Tasche und kauft sich einen. Nun, er hat ihn, und das kriecherische Benehmen des Malers bestärkt ihn in der Annahme, daß er die deutsche Kunst gerettet habe und überhaupt. – Jedenfalls übernimmt nun der Kaufmann die gesamte Regie des Künstlers: er bestimmt, was herausgeht und was nicht; das heißt: *der, der ihn beraten sollte, in Dingen, von denen er nichts verstand, unterliegt nunmehr wiederum der Kontrolle des Laien.* Sie alle können ein Lied davon singen, was an guten Plakaten abgelehnt wird, was an Schätzen in den Papierkorb geht – verfertigt hat sie der Fachmann, abgelehnt der Laie. Nein, es soll ihm kein fremder Geschmack aufoktroyiert werden, aber der soll bestimmen, der es gelernt hat, nicht der Laie. Daß es so ist, ist die Schuld der Maler: Hielten sie zusammen, schmeichelten sie nicht ihren Auftraggebern, schlügen sie auch einmal einen Auftrag aus, weil sie ihn mit ruhigem künstlerischem Gewissen nicht ausführen können – es würde besser werden. Aber so ... Sie protzten mit der Person des Gekauften, und manche haben nichts dagegen: eine der widerlichsten Reklamen machte die Direktion des Berliner Eispalastes. In einer ekelhaft süßlichen Textannonce wurde ein Maler wie ein Frauenzimmer herausgestellt, was seine körperlichen Fähigkeiten anging: diesmal handelte es sich noch ums Tanzen... Nun, es traf keinen Verkehrten, denn dieser Herr ertanzt sich seine Aufträge, läßt sich und fähige Zeichnungen kinematographieren und lächelt von der Leinewand gewinnend ins Parkett. So sind sie alle, fast alle, und so groß ist ihr Eifer, daß sie vor nichts zurückschrecken, wenn es nur einen Auftrag bringt. Sie machen alles, was die Leute wollen. Sie lassen sich von den übelsten Schmocks die Texte ihrer Programms machen, sie werfen sich an alles, was Geld hat, heran – und unterstützen so Kunstfeinde und Gegner des Geistes. – Sie machen alles.

Sie veranstalten ein Ding, das sie Modenschau nennen – in einem Berliner Haus, das mit Kunst handelt, und sie machen dabei alle Konzessionen, die zu machen sind, und noch ein paar mehr. Sie tun sich mit den Elementen zusammen, die in zwanzig Jahren Geld *und* Kultur um jeden Preis machen wollen. Resultat: Berlin. Sie sind in guter Gesellschaft. Als das Zirkusfest ins Wasser gefallen war, schrieb Edmund Edel wimmernd, er erkenne wieder einmal seine guten Berliner, dieselben, die er so oft schmeichelnd in all ihrer Knotenhaftigkeit bestärkt hatte, wenn es galt, gegen etwas Neues, Unverstandenes zu pöbeln ... Der Montmartre, Steinlen und der einzige Toulouse-Lautrec haben kein Geld verdient, aber sie hatten ein Gefühl für sauber gewaschene Hände.

Das gibt es in Berlin kaum noch. Nimmt man Lucian Bernhard aus, der zu klug, und Scheurich, der zu fein für die anderen ist, so bleibt – einer wie der andere eine Gruppe von Herren, die als Inkarnation Berlins alle Wesensmerkmale dieser Stadt in sich vereinigen: Klamauk, Überzeugungslosigkeit und bedingungsloses Kriechen vor einer Hootfollé, die, aus Posen zugezogen, mit Geld alles kaufen zu können glaubt. Aber es geht nicht. Gott sei Dank geht es nicht.

Und wenn das Konfektionshaus in der Leipziger Straße «seinen» Maler als *Einkäufer* nach Paris schickte, anstatt ihn Inserate zeichnen zu lassen, und so einem Plakatmaler die Stellung verschaffte, die er schon lange verdient hat – es geht nicht.

Und wir können es uns nicht mehr schweigend ansehen. Was nur für Geld gemacht, von irgendeinem mit Bekleidungsgegenständen handelnden Menschen aus irgendwelchen Gründen gebilligt, als Plakat gedruckt wird, können wir hier nicht mehr ernsthaft und ästhetisch besprechen. Wir müssen uns einmal klarwerden: was momentan aus Berlin kommt, ist – mit geringen Ausnahmen – Handwerk.

Und Handwerk hat goldnen Boden. Aber mit Kunst hat das nichts zu tun.

Der Papagei

Ein rechtsstehendes Blatt bringt eine schlechte Satire auf die Beschlüsse der Budgetkommission, die über die Wehrvorlage beraten hat. Das «Zukunftsbild», das da entrollt wird, enthält einen Punkt 2, der mit erfreulicher Offenheit zeigt, daß es sich beim Militär weniger um Nützlichkeitsstandpunkte handelt als um Propaganda eines Systems, das sich nicht mehr anders zu helfen weiß. Also Punkt 2: «Die Armee muß dem Volke gründlich verleidet werden. Aus Ersparniskeitsrücksichten ist daher eine einheitliche, graue, unansehnliche Uniform ohne jeden Schmuck, ohne jedes Abzeichen einzuführen. Dem gemeinen Mann muß der Stolz auf des Königs Rock gründlich ausgetrieben werden.»

Hier ist es klar gesagt. Unsere Soldaten laufen wie die Papageien herum, ein alter General hat alle Farben des Regenbogens auf dem Leib, und er würde im Gelände, wie längst die Praktiker wissen, sofort niedergeknallt werden, weil man ihn in Hamburg sieht, wenn er in Lübeck angewackelt kommt. Aber dafür glotzen ihn die biedern Deutschen auf der Straße an, und worüber sie bei einem Negerhäuptling grinsen, darüber strahlen sie bei dem General: die Ausstattung ist es, die den Mann macht. Den Leuten wird eine Eitelkeit künstlich anerzogen, die Augen werden daran gewöhnt, daß diese häßliche Uniform «schön» sei – und in den Augen eines Kuhknechtes, der beim Stallausmisten nicht gerade in einer feinen Litewka arbeitet, mag sie das ja auch sein. Für einen Menschen, dessen Augen wirklich gebildet sind, ist sie scheußlich. Aber darauf kommt es ja gar nicht an: man will die Leute beduseln. Der bunte Rock!

Wie sagt jener? «Des Königs Rock.» Haben Sie schon einmal eine Einkleidung der neuen Rekruten mitgemacht? Nun, da kommen die Röcke der alten Mannschaften, deren Schweiß und Schmutz ausgekocht, aber nicht vergessen worden ist, aus der staubigen Kammer und sind gar kein Symbol von des Königs Herrlichkeit, sondern nur widerlich. Des Königs Rock!

Der Stolz auf des Königs Rock! Gewiß: auf den Rock. Oder werden etwa *die Röcke* angespuckt, getreten, geschlagen? Der gemeine Mann, der Kerl wird es.

Wie gesagt: Stolz. Und Bewunderung. Denn er umhüllt gleichmäßig Gerechte und Unteroffiziere.

Coda

Hier [siehe Seite 47 ff] wurde behauptet: eine Gruppe Berliner Plakatmaler macht keine saubere Kunst, sondern nicht saubere Geschäfte. Es wurde darauf hingewiesen, daß «die Bourgeoisie Berlins ohne Tradition und darum auf Moden und Kulturphrasen angewiesen sei» (Karl Scheffler). Es wurde gesagt, Kultur könne man nicht kaufen. Das wird aufrechterhalten. –

Es handelte sich nicht um die Plakatisten. Es handelte sich um Berlin.

Eine sachliche Erwiderung blieb aus. Karten kamen, Briefe, Telegramme, für die man jeden einzelnen bestrafen lassen könnte.

Sie fragten nicht: Hat er recht? Sie fragten sofort: Warum schreibt er das? Denn sie konnten sich nicht denken, daß einer um der Sache willen etwas täte.

Hier geht es nicht um die Person. Klinger hat mir in liebenswürdigster Weise Zeit und Erfahrung für einen Vortrag zur Verfügung gestellt, die andern kenne ich wenig oder gar nicht.

Gegen eine wirtschaftliche Amerikanisierung können wir uns nicht wehren. Wohl aber gegen eine geistige. Und es ist dem deutschen Kaufmann, der wegen seiner Sauberkeit, seiner Ruhe, seines Anstands in der Welt geschätzt wird, nicht adäquat, in einen Taumel gerissen zu werden, der Geld und nur Geld machen will.

Denn es gibt Besseres. Es gibt Solidität, Würde, Stetigkeit. Und die wollen wir uns bewahren.

Der Bühnenmaler

Walser hat über Bizet gemalt, Bie hat über Walser geschrieben, jetzt soll Peter Panter noch einmal über Bie... das ist zuviel.

Wenn ich mir so diesen schönen großen Band: «Das Theater» (bei Bruno Cassirer in Berlin) ansehe, dann vergesse ich ganz, daß ich eigentlich gar nichts von Musik verstehe. Mir kommt auf einmal alles so vertraut vor. Dabei muß ich bei jedem Bild nachsehen, wen es vorstellt. Aber wie entzückend bunt ist alles! Wie farbig, fein und zart! Das hat aber auch eine große Mühe gemacht, die Bilder so sorgfältig zu kolorieren! Nun, jetzt ist es reizend geworden, die pretiösen Gesichter sehen aus den Vermummungen lustig heraus – denn da sitzt es: Walser zeichnet immer Figurinen für ein Theater auf dem Theater. Er empfindet die Bühne als etwas, was sie heute leider nicht mehr ist, aber einmal war: als eine kulturelle Institution mit starker und ausgeprägter Überlieferung. Da darf man nicht fragen: warum ist dieses so und jenes so – das ist eben immer so gewesen, das genügt. Und so sehen denn – gerade bei den Dekorationsskizzen fällt das auf – alle Häuser ein bißchen ironisch aus, die Bäume sind keine Bäume, sondern Kulissen, die Berge keine Berge, die Fenster keine Fenster. Daher kein Wedekind, keine strengen Romeo und Julia.

Aber das steht alles in der Vorrede, die Oscar Bie dazu geschrieben hat und die eine feine Fabel erzählt: die Geschichte, wie der Auteur der Vorrede der Susanne seines Mozart eben diese Vorrede diktiert. Und daß er der reizenden kleinen Person nur Kluges und Treffendes in der hübschesten Form zu sagen wagt – das kann man sich ja denken.

Kasernenhygiene

Der Verein zur Erregung europäischer Zwistigkeiten, vulgo Wehrverein, gibt ein Blättchen heraus. Lehrreich immerhin...

Da berichtet zum Beispiel einer über die preußischen Kasernen. Nein, wirklich, diese Notiz ist keinem Parteiblatt entnommen, sie stand wirklich in der «Wehr», so heißt das Papier. Ein schärferes Urteil über die hygienisch-miserable Einrichtung dieser unmodernen Häuser kann nicht gefällt werden. Warum, fragt der Schreiber, werden heute noch Kasernen ohne Wasserleitung gebaut? – Da empfindet selbst der freudigste Soldat das Wassertragen als eine Schinderei. Warum, fragt der Schreiber, wird noch immer soviel an alten Uniformen herumgeflickt? Das ist unnötig, spart kein Geld, weil es zuviel kostbare Zeit kostet, und erbittert die Gemüter. Warum, fragt der Schreiber, gibt es noch überall in den Kasernen Ungeziefer? – Weil man keinen Beton mit Linoleumbelag hat, weil man noch Scheuerleisten hat, die unpraktisch sind...

Ja, wer spricht denn da? – Ein Genosse? – Ein Rebell? – Das werden wir sehen. Aber hat er nicht recht? – Reißen nicht die Helden den Mund auf und preisen das Soldatenleben, ohne die einfachsten Regeln der Sauberkeit und der gesunden Lüftung zu befolgen? – Sieben schlafen in einer Stube – und dann sind es nicht einmal viel –, und die Luft ist zum Durchschneiden, und die Lazarette taugen nichts.

Aber weiß denn der Schreiber nicht, daß hier nichts um seiner selbst willen geschieht? – Daß alles nur den einen Zweck hat, den Eigenwillen zu töten? – Daß der Mann nichts und der Vorgesetzte alles ist? – Er sollte es wissen.

Denn der, der ausnahmsweise einmal die Wahrheit über preußische Kasernenschmutzereien sagte, ist ein Stabsarzt. Aber ein anonymer! –

Und daß ein Militär nicht einmal offen die Wahrheit sagen

darf, weil man ihn sonst einsteckt, das zeigt so recht diese Gesellschaft in bengalischem Licht.

Muß noch ein paar Seiten später im Blättchen stehen, daß man dem «Vorwärts»-Schreiber, der das Sedanfest verspottete, das Blut aus den Fingern heraushauen sollte, daß es ihm in die Augen spritzt? – Wörtlich.

Aber wir wußten längst, daß diese verabschiedeten Majore an unterdrücktem Sadismus leiden. Und es muß ja auch nicht angenehm sein, erst über tausend Leute brüllend befehlen zu dürfen, die schweigend gehorchen mußten, weil sie einen bunten Rock trugen und weil der Vorgesetzte vor ihnen und das Zuchthaus hinter ihnen stand, und nun? – Nun ist man pensioniert, niemand, nicht einmal der Bäckerjunge hört mehr, wenn man flucht, und die große Welt ist durchaus kein Kasernenhof.

Sondern ein Arbeitsfeld.

Und da machen Unter- und Oberoffiziere allerdings immer Fiasko.

Die Familie

Die Herrnfelds haben ein neues Stück herausgebracht. Eine Posse, aber eine aus Fleisch und Blut. Kein Wort mehr über die Darstellung. Wir haben sie hier schon so oft abgeschildert – die gekrauste Nase des einen Bruders, die kugligen Augen des andern –, daß uns zu tun nichts mehr übrig bleibt.

Aber diesmal ist es das Stück, das uns aufhorchen macht, und damit ist es ein ander Ding. Ein erschreckender Naturalismus kriecht auf der Bühne umher, lümmelt sich in Fohtöchs, grunzt, bewegt aufgeregt die Gliedmaßen der Acteurs und läßt uns schmerzlich lächeln. Was ist das? Wir erinnern uns. Woran? Warum? Hört:

Leibusch, der alte Erbonkel, will heiraten. Er darf aber und soll und müßte es nicht; denn dann fällt das schöne Geld an die Frau (und an das Kind und – «ein Kind wird kummen...!» schreit immer einer, und das ist Anton Herrnfeld). Und die Familie brütet nun, grübelt, tobt und ächzt, wie sie den Onkel von seiner Heirat abbringen könnte. Es gelingt nicht. Aber – Schlußpointe: der alte Leibusch hat ein riesiges Vermögen, noch größer, als man es sich gedacht, ist großherzig, und reich beschenkt verlassen die heiratsfähigen Töchter das Lokal.

Das Stück gibt es schon so ähnlich einmal auf christlich, und da heißt es «Kettenglieder» und ist von Heijermans. Aber dieser Dichter nahm Stellung. Er deckte die Widerlichkeiten der Personen auf, wies mit dem Zeigefinger auf sie hin und sagte: «Da!» Die hier weisen gar nicht. Es ist eben so. Und nur, weil es sich um eine Posse – so scheint es – handelt, läßt sich das Berliner Publikum eine Darstellung seines Gottes, seines Tabus gefallen: eine Darstellung der Familie.

Bei Gelegenheit dieses Spiels vom alten Mann, der heiraten will, es aber nicht soll, wird aufgedeckt, was hier vorgeht. Was?

Wir sehen ein Knäuel Krebse. Eine Masse, die nie in Ruhe ist, die sich beißt, prügelt, zerfleischen möchte, aber nicht einmal dazu die Kraft hat. Eine zähe Masse, die alles, was in ihrem Bereich liegt, herunterzieht und tobt, wenn ihr einer entwischt. Ist es so? Es ist so.

Wie sie da am Schluß zusammensitzen – alle, der Onkel Baldrian und die Tante Speranza und alle, alle – an der Hochzeitstafel: da haben wir ein Symbol. Sie möchten sich am liebsten auffressen, gegenseitig, und alle zusammen den alten Leibusch. Aber sie sitzen doch zusammen, und statt einer reinlichen Trennung haben wir den trüben Mischmasch, den Skandal, den Spektakel. So geht es zu. Muß es das?

Vielleicht. Jedenfalls behaupten sie es. Es sei gut, daß der Mensch allein sei. Aber es ist auch nicht gut, daß er immer zu vielen ist. Denn als einmal Donat Herrnfeld brüllt: «Ist es denn gar nicht möglich, daß me einmal allein ist...!!» – da möchte man antworten: Nein! Bei dir nicht. Schaff dir erst die ganze Wirtschaft vom Hals, dann vielleicht. Aber sie hocken weiterhin zusammen. Die Geschichte von den feindlichen Schwägern ist einfach von der Straße geholt –: sie sind so verfeindet, daß sie nicht zusammen angemeldet zu werden wünschen. Aber ihr kennt das.

«Wenn ich das haben will, geh ich zu mir nach Hause», lautet das berühmte Wort des «Friedensfest»-Besuchers. Aber ist es denn nötig, daß er das bei sich zu Hause vorfindet? Nein.

Denn was dieser Wust schon an Energien verschlungen, was diese Hölle schon an Frauen und vor allem an Mädchen, die nicht herauskönnen, verdorben und zerfleischt hat: das ist nicht zu sagen. In der Brutwärme der Familie ersticken nicht nur die Genies. Auch der Mensch geht drauf. Ehemänner, die jede einsame Insel dem trauten Heim vorziehen, Mädchen, deren Entwicklung nicht gehindert wird, weil sie erst gar nicht dazu kommen, sich zu entwickeln, sondern gleich verheiratet werden: sie alle sind das Opfer der Familie. Wirklich wehrlose Opfer?

Aber sie müssen ja nicht. Kein Mensch kann sie zwingen. Denn deutlich zeigt es sich in dieser kleinen dummen Posse, daß das Zusammengehörigkeitsgefühl viel tiefer sitzt als im Portemonnaie, daß sie auch zusammenhocken würden, wenn sie alle Geld hätten. Sie solltens aber nicht. Die paar Guten, die immer darunter sind, sollten sichs gesagt sein lassen: man muß nicht. Lauft fort, seid rücksichtslos, pufft, wenn man euch pufft, und begebt euch in frische saubere Luft.

Und spart eure Gefühle für die Frauen auf, die euch einmal begegnen, und wenn ihr Glück habt, für einen Freund, und wenn ihr einen Haupttreffer macht: überhaupt nicht für einen Menschen, sondern für eine große und schöne Sache.

Operettenmusik

Wie muß sie sein, damit man sie gebrauchen kann – nicht: damit sie gefalle? Operettenmusik ist ein Gebrauchsgegenstand, wie Schränke, Kleider und eventuell die Zahnbürste. Wie muß sie sein? Muß sie musikalische Qualitäten haben? Muß sie leicht faßlich sein? Hübsch? Gemein? Dudelnd?

Ich weiß nicht. Das Publikum weiß auch nicht. Aber – brauchen muß man sie können. Im täglichen Leben anwenden, sozusagen...

Der Radfahrbote muß sich den Schlager vorführen können, wenn er, stumpfsinnigen Auges, durch die Straßen pedalt, nicht achtend, wen er anrempele – aber sein gespitzter Mund muß leise und falsch pfeifen: «Das ist der Herr da drüü–ben – von Numro süü–ben...» Die Komponierung muß geeignet sein für alle Lagen des Lebens: der Student, der frohbeschwingten Schrittes auf das Bücherregal zuschreitet, um seine Alimentationsverpflichtungsmängel festzustellen, muß es lieblich singen; das fegende und waschende Dienstmädchen muß die Bodenkammern erfüllen mit der Kraft ihres Mezzosoprans; die Kaffeetischrunde muß imstande sein, bei den großen Gesprächen über Kunst sie taktmäßig in die Debatte zu werfen, die Melodie nämlich, wenn anders es eine ist; und auf unseren häuslichen Gängen mag sie uns begleiten für und für.

Gott schütze die Operettenmusik! Wie denn, wenn diese alle, Erholung suchend von den Trivialitäten des Tages, die zweite Cherubim-Arie grölten? Wohin, wenn der moderne Schusterjunge, der Messingbeu, sich einen aus der «Aida» pfiffe? Wenn Florestan aus der Wanne tönte, worin der saubere Hausherr sich spült...!

Man muß etwas haben, das man im Munde trägt, wie in der Hand den Spazierstock. Die Amerikaner haben den Kaugummi. Wir haben die Operettenmusik.

Strindbergs «Totentanz»

Strindbergs «Totentanz» wurde im Deutschen Theater zu Berlin aufgeführt. Über die Aufführung wird uns geschrieben. Der Fall ist der: denke dir das legitime Zusammenleben eines Mannes und einer Frau, entkleidet von allen gesellschaftlichen, sozialen Einflüssen, so daß nichts übrig bleibt als die nackte Ehe – was geschieht? Was geschieht, wenn Mann und Frau nur auf sich angewiesen sind, in, sagen wir, in einem runden Festungsturm auf einer Insel lebend? Was geschieht? «Es ist vielleicht unsere Mission, uns zu quälen», sagt einmal der Mann, und dies ist schlimmer als eine Feindschaft von Kerl zu Kerl, hier haßt man aneinander vorbei. Und sie werden sich 25 Jahre lang küssen und anspucken, in derselben Stunde kreischen und ringen, weinen und lachen, hassen und ihre Kinder zu Parteikämpfern machen, Karten spielen und sinnlose Schreie ausstoßen zwischen Niederlagen und Siegen ... Das ist der Totentanz.

Es gibt ein paar Momente in diesem Stück, in denen die Menschen, der Ehemann und die Ehefrau, und der Freund und Feind beider, zu genau über sich Bescheid wissen und das auch aussprechen. Das Furchtbare steckt ja nicht darin, daß eine Frau sich an der Krankheit ihres Mannes rachsüchtig weidet, sondern daß in ihren ruhigsten, glücklichsten Stunden die Seelen glimmen wie glühende Asche, ein Hauch, und sie brennen lichterloh. Einmal wird gefragt: «Wenn du Richter wärest, wem würdest du recht geben, ihm oder mir?» Antwort: «Keinem.» Strindberg zeigt zähneknirschend die Niederlage eines, der recht hat. Zeigt, wie er von der Frau nicht los kann. Wie kein Mann los kann. Wie der alte General recht hatte, der sagte: «Wenn wir nur nicht mit ihnen schlafen müßten!» Strindberg stöhnt nicht: «die Frauen!» – sondern: «das ist das Komplement zum Manne.»

Die Regie begriff das. Vor allem: Wegener begriff das. Wenn er am Schluß nach allem Toben und Kreischen, nach allen wüsten Szenen, nach 25 Jahren Aufruhr und Hölle resigniert, an die Erde, an die Frau gefesselt, fragt: «Silberne Hochzeit?» Und wenn sie, die Frau, zu bleiben verspricht: «Also gut: silberne Hochzeit» – das war etwas Großes. Oder wenn der Herbstwind ein Fenster klirrend aufschlägt, ein Frösteln geht durch den runden Raum, der Kopf Wegeners reißt sich erschreckt offenen Mundes empor: dann fühlt man, daß es letzten Endes unwägbare Dinge sind, die die Beziehungen zwischen Mann und Frau regeln. – Die Szenerie war am Anfang die gleiche wie am Schluß: der Mann und die Frau saßen, den Rücken zum Publikum, jeder in seinem Lehnstuhl, er rechts, sie links, und es gab so viel dazwischen...

Der Atlantisfilm

Ein neues, luxuriöses Filmtheater, die Kammerlichtspiele aus der Tauentzienstraße, wurde am Donnerstag mit dem Atlantisfilm (nach Hauptmanns gleichnamigen Roman) eröffnet.

Was sah man in diesem Film?

An weißgedeckten Tischen sitzen ein paar Leute: Männer und Frauen. Ein Herr geht auf eine Buchsbaumhecke zu, bekommt von einem humpelnden Briefträger ein Schreiben, Wagen fahren hin und her, der Herr bewegt sich in einer Hotelhalle, wieder werden Kutschen von Pferden gezogen, eine Tänzerin tritt auf, der Herr fährt auf einem Dampfer nach Amerika, verliebt sich, das Schiff versinkt, der Herr wird gerettet, kommt nach New York und erlebt amerikanische Landschaften.

Das ist ungefähr der Filmeindruck. Aber, wird der Herr Filmdirektor sagen, dann haben Sie eben die Psychologie nicht entdeckt. Nein, aber gelesen hab ich sie. Auf vielen, vielen Tafeln wurde mir erklärt, worum es sich hier handelt. «Er bewohnt mit seiner Familie ein Haus...» Diese dramatische Tätigkeit des Bewohnens vollzog sich dergestalt, daß endlos lange die gesamte Familie im Garten hockte. Aber, wird der Herr Filmdirektor sagen, wie soll man denn das Bewohnen darstellen? – Gar nicht, Herr Direktor, gar nicht. Mein Nachbar kannte den (mäßigen) Zeitungsroman nicht, er wollte ihn sich kaufen – bevor er diesen Film gesehen hatte. Jetzt denkt er nicht mehr daran, denn er hat, wie wir alle, einen verworrenen und schwachen Eindruck an allerlei alltägliche, zusammenhanglose Geschehnisse mit nach Hause genommen. Nichts war zum Typischen gesteigert, nie hatte ein Maler die Szenen arrangiert oder ihnen Raumwirkung gegeben; sondern irgendein Inhalt, der uns einen Teufel anging, wurde von teilnahmslosen Spekulanten und mäßigen Schauspielern gestellt. Das Ganze wirkte wie eine schlechte Reportage, bei der man auch nie weiß, was eigentlich vor sich gegangen ist.

Wodurch wurde sie hier hervorgerufen? Durch Tamtam mit dem Namen Hauptmanns. Herr Hauptmann hat Geld gebraucht, und sie haben es ihm gegeben. Was sie ihm gegeben haben, kann er so bald nicht wieder hereinbekommen.

Das Haus strahlte in allen Prächten des modischsten Kunstgewerbes. Einzelheiten waren ganz hübsch, aber die Beleuchtungskörper sahen aus wie moderne Broschen, und goldenes, blaues und silbernes Licht spritzte auf das verschwenderischste umher. Zur Ouvertüre hatte man Beethoven bemüht, dann trat ein kleiner Junge auf und sagte einen Prolog auf, die Wochenchronik schnatterte vorüber, und dann eilte die Atlantismuse auf großen Füßen rasch bis zur Schiffskatastrophe und erregte allerlei ironisches Gelächter (mit Denkmalsenthüllungen und so). Aber der Clou, der Schiffsuntergang, enttäuschte. Wie da die Heizer sinnlos, noch im Wasser watend, die Kessel bedienten, die in Wirklichkeit längst explodiert wären, wie ganz kitschige Verse mittendrin auftauchten, wie beim Untergang des Dampfers das Meer spiegelglatt war... Aber wie das Nebelhorn geheult hat, das war doch eine Sache, was? – Nein, das war eine Kindertrompete, kein Nebelhorn. Und die Leute bei dem Unglück, wie? – Alles ging so gemütlich vor sich, Herr Direktor, daß mans direkt hätte mitmachen wollen. Aber der einarmige Artist? – Das war das einzige, was wirklich interessierte. Eine Varieténummer, losgelöst von allem andern: ein Mann ohne Arme, der alles Erforderliche mit seinen Beinen besorgt, und in seinen Zehen ist wahrhaftig die Physiologie der Hand, ihre Gesten und alle ihre Bewegungen.

So blieb alles im Äußerlichen. Beim besten Willen wird man in diesem Zeugs nicht mehr sehen können als Mittelmäßigkeit. Diese Kapitalisten können einem leid tun. Nun geben sie all das viele Geld aus, und es wird doch nichts. Denn das ist ein Fluch und ein Segen zugleich: der Kapitalismus kann aus sich heraus keine geistigen Werte schaffen, er kann uns nicht einen Augenblick zur Teilnahme veranlassen, auch wenn er sich Hauptmann und noch soviel Statisten kauft.

Der Zweijährig-Unfreiwillige

In Köln haben sie wieder einmal einem jungen Mann, der die Berechtigung für den Einjährig-Freiwilligen-Dienst durch Ablegung der Prüfung in Berlin erworben hat, das Zeugnis entzogen. Grund: Agitation für die sozialdemokratische Partei. Der Mann war in der proletarischen Jugendbewegung tätig, hat auch wohl an den Parteiblättern mitgearbeitet. Er beschwerte sich und bekam als Antwort ein paar dieser unhöflich und ungeschickt stilisierten Schreiben, in denen auf die Wehrordnung und irgendwelche Erlasse der Kriegsminister und eines Ministers des Inneren verwiesen wurde.

Die Herren täuschen sich. Es steht nicht in ihrem Belieben, die «moralischen Qualitäten», die da vorgeschrieben sind, nach ihrem eigenen Parteistandpunkt abzusprechen. Hätte sich der junge Mann politisch in Kriegervereinen einen patriotischen Rausch angetrunken, hätte er für Kaiser und

Reich nachts auf den Straßen randaliert, es wäre ihm nichts geschehen.

Vielleicht beschäftigen sich doch unsere Parlamente mehr mit diesem gesetzwidrigen Unfug, zwingende Vorschriften durch interne und heimliche «Verfügungen» illusorisch zu machen. Das Examen berechtigt zum Einjährigen-Dienst. Es ist selbstverständlich, daß die Berechtigung bei Bestrafung wieder entzogen wird. Alles andere ist faule Ausrede. Dieser Fall ist nicht der erste. Sie haben schon einmal in Berlin unerhebliche Ordnungsstrafen herangezogen, um den Sohn eines Sozialdemokraten zu schikanieren.

Eins nur ist hübsch: daß sie damit offen zugeben, der zweijährige Dienst sei eine Strafe. Ja, er ist eine. Nur würde es sich empfehlen, an die maßgebenden Stellen nicht solche traurigen Bürokraten hinzusetzen, die – weil sie gar keinen Ausweg mehr finden und weil man sich überhaupt ein bißchen wichtig und bemerkbar machen muß – den Militärdienst als eine Verurteilung für Korrigenden hinstellen.

Es ist hier dasselbe wie überall da, wo Verwaltungsbehörden in unmittelbare Berührung mit dem Publikum kommen. Jeder kleine Bezirksbeamte ist ein Fürst (unter den Hämorrhoiden), und der tapfere Mann bindet nur mit dem an, der ihn braucht.

Sie lächelt wieder!

Die Gioconda – man sprach nie anders von ihr, wie wenn man mit ihr geschlafen hätte – lächelt wieder. Noch in Italien, bald wieder in Paris, wo man sie nun noch häufiger als bisher fotografieren wird, weil sie früher da war und weil sie dann nicht mehr da war, und weil sie nun wieder da ist. Man berechne, was sie im Lauf der Zeit kostete: Telegramme prasseln, Illustrationen klatschen auf die Lithographiersteine, Schmöcke schwitzen, und wieder ist ein Verbrauch in Adjektiven wie in den alten Zeiten, da sie gestohlen wurde.

Sachte, sachte! – Es ist ja alles nicht wahr. Wer von euch hat denn je dieses Bild im Original gesehen? Und wer von euch, die es je gesehen haben, sah etwas anderes in ihm als das besternte Ding aus dem Baedeker? – Ihr wißt nichts von Malerei, am allerwenigsten von dieser alten Malerei, die Gegenstände nicht einmal kubusförmig sah.

Also geht die große Presse den Menschen voraus? – Sie turnt in der Luft, während jene, behaglich unten ihren Trab zottelnd, den merkwürdigen Evolutionen zusehen, die eigens für sie arrangiert werden. Würde eine Zeitung in der Form, im Stil und im Inhalt wirklich einmal nach dem Leserniveau gemacht, man würde staunen über diese Kindlichkeiten. Denn der Abonnent klaubt sich gewandt aus dem Bombast von Fachausdrücken, von Kulturanstrich, von Bildung schon das heraus, was er davon begreift, und das ist nicht allzuviel, sondern immer nur das Konkrete und das Bewußtsein, daß es ihn zwar gar nichts, andere aber schon sehr viel angehen müsse – denn sonst stände es doch nicht in der Zeitung. Also, da ist ein Bild gestohlen, und das ist sehr viel wert gewesen, und wir haben es auch schon mal in Reproduktionen gesehen, und nun ist es wieder da, und da haben wir ja auch ein Gutachten des Professors Wickelstroh, nun, der Mann wirds verstehen, das will ich meinen – so, und wie ist es denn mit dem Wehrbeitrag...?

Begieße einen Pudel mit Wasser, er wird mehr Eindrücke haben als der Abonnent, der sich und sein Blatt schüttelt, weitergeht und zwischen Ein- und Beinbrüchen gnädig *ad notam* nimmt, daß jene wieder lächelt.

1914

Die Kinderstube

«Bäh!» sagte die ganze Runde. «Bäh! Caspar, bäh!» – Und: «Hats weh getan? Hats weh getan? Nu seht euch bloß den Caspar an! Bäh, Caspar, bäh!»

Caspar stand in der Mitte des Kinderkreises und schnitt ein finsteres Gesicht. Er verstand die Welt nicht mehr. Die Sache war so gewesen, daß der Lehrer, ein roher und dummer Patron, die ganze Gesellschaft noch immer mit kurzen Hosen herumlaufen ließ, sie duzte und durchaus wie kleine Kinder behandelte. Sie waren aber schließlich aus den Kinderschuhen heraus, da waren Achtzehnjährige dabei, und einer war sogar schon zwanzig. Aber das ließ man nicht gelten...

Und nun hatte Caspar einmal dem Lehrer gehörig seine Meinung gesagt: er könne es nicht länger mit ansehen, wenn immer nur die Keile kriegten, deren Eltern nicht soviel zahlen konnten, wenn Herr Wachtmeister – so hieß der Lehrer – sie alle abkanzelte, als ob sie kleine Jungens wären, wenn er seine Nase in alles steckte...

Der Caspar hatte einen glühendroten Kopf bekommen, denn er dachte natürlich, die ganze Mehrheit hinter sich zu haben...

«Was!» hatte aber da der Herr Wachtmeister geschrien, «waas?! – So ein rüdiger Lümmel! Los! Sabojetzky, Lammers, Kammerbach! Haltet den Kerl fest, ich werde ihm das Fell versohlen!»

Und richtig; sie hatten ihn festgehalten, ihn, der doch ihre Freiheit wollte, und dann hatte Herr Wachtmeister seinen Rohrstock hervorgeholt und hatte geschlagen: eins, zwei, drei, vier... – bis fünfundzwanzig! – Und sie hatten gelacht, gejohlt, mitgezählt und sich unbändig gefreut...

Er hörte noch dieses Lachen, das viel mehr schmerzte als alle Prügel der Welt. Sie hatten gelacht... Ja, wußten sie denn nicht, wie alt sie eigentlich waren, wußten sie denn nicht, daß es draußen in den anderen Straßen Jungens im gleichen Alter gab, die lange Hosen anhatten und denen kein Wachtmeister mehr etwas zu befehlen hatte? Wußten sies nicht?

Oder wollten sies nicht wissen?

Denn immerhin: es hatte seine Vorteile, so als kleiner Junge behandelt zu werden. Zum ersten hatte man keine Verantwortung zu tragen, berief sich einfach auf Herrn Wachtmeister, ders so befohlen hatte, und war den ganzen Zimt los. Und dann... die Geschichte mit den Reichen... Wäre Herr Wachtmeister nicht gewesen, die ärmeren Jungens hätten sich längst zusammengetan und hätten die vier «Reichen» (wie sie allgemein hießen) zusammengehauen. Denn die nahmen den Armen noch ihr Letztes, wenn es so in ihren Kram paßte, sie ließen sich vorn und hinten bedienen und zahlten schlecht und manchmal gar nicht... Einmal hatte man versucht, sich aufzulehnen, aber da war der Herr Wachtmeister dazwischengesprungen, der immerhin an den Eltern der «Reichen» viel verdiente, und hatte den Armen noch eine Tracht Prügel extra gegeben...

«Bäh, Caspar, bäh!» schrien sie noch immer. Da raffte sich Caspar auf.

«Kinder», rief er, «der Wachtmeister hält jetzt seinen Mittagsschlaf. Wir können also nicht gehört werden. Kinder, werft diesen Menschen heraus! Seht ihr nicht, wie er uns alle quält, wie er uns einzwängt, wie er sich der vier ‹Reichen› gegen die fünfundneunzig Armen annimmt, wie wir nie, nie, nie zu etwas kommen, solange dieser Mensch im Hause ist? Werft ihn heraus, Kinder, wir sind...» Aber er konnte nicht weitersprechen. Eine schwere Hand legte sich auf seine Schulter.

«So?» sagte eine fette Stimme, «so? – Und was soll denn aus mir werden?» Es war der Anstaltspfarrer, Herr Kriechkriecher, der heimlich, wie das seine Art war, gelauscht hatte...

«Sie müssen auch heraus!» sagte der Junge eifrig. «Sie sind ebenso schlimm. Sie sind schlimmer, denn Sie umkleiden alles mit einem frommen Spruch!»

«Hülfä! Räbällion! Hülfä!» schrie der Pastor, und sein wehender Rock verschwand durch die Tür.

«Jungens», rief Caspar, «noch ists Zeit. Wer steht zu mir?»

Sie rührten sich nicht.

Ins Zimmer brachen Herr Wachtmeister und seine Leute. Der Pastor stand im Hintergrund und betete, während die dicken Hiebe der Peitschen auf Caspar klatschten. Er brach zusammen.

*

«Das Bürgertum», schrieb die «Kreuz-Zeitung» einmal, «hat alle Ursache, diese Wahlniederlage der Roten mit Befriedigung zu begrüßen.»

Lärmschutz

Ein Aufsatz über den Lärmschutz ist eigentlich stereotyp: man zitiert Schopenhauer, der das Peitschenknallen nicht vertragen konnte, ereifert sich in spaßhafter Übertreibung über heulende Gesangsjungfern, bedauert, daß die Stadt der randalierenden Jugend keinen Spielplatz baut, und nachdem man dann noch als gewissenhafter Deutscher festgestellt hat, was «Lärm», «Schutz» und der Lärmschutz insbesondere seien, bleibt alles beim alten.

Ein absoluter Schutz gegen den Lärm ist natürlich undenkbar. Die jedem Menschen innewohnende Freude, einmal auf den Tisch zu schlagen oder in der Morgenfrühe seiner Kehle rauhes Gebrüll tremolierend über den Hof ertönen zu lassen, läßt sich nicht unterdrücken. Aber es scheinen mir doch in den letzten Jahrzehnten die großen Städte gewisse Arten des Lärms aufzuweisen, die man ernsthaft bekämpfen sollte. Wie alles in unserm Lande, so zerfällt auch der Lärm in mehrere Gruppen: da haben wir den Spektakel, den eine indianermäßige Organisation der häuslichen Wirtschaft verursacht, da haben wir in der Tat den Lärm der randalierenden Kinder, und wir haben in der Tat die fast allgemeine Indolenz der Stadtverwaltungen, die den Kindern gerade die Verkehrswege als Spielplätze anweist – aber wir haben ein Drittes.

Die Hausmusik. Praktisch liegt die Sache so, daß die gegenwärtige Rechtsprechung nur in den allerseltensten Fällen dem Mieter das Recht zuspricht, seinem klavierübenden Nachbarn diese achtstündige Marter zu untersagen. Das Gesetz ist an diesen unhaltbaren Zuständen gänzlich unschuldig: es gibt dem Mieter, der nur Besitzer und nicht Eigentümer einer Sache ist, diese Besitzstörungsklage in den §§ 862 (858) und 865 des Bürgerlichen Gesetzbuches. Deutlicher kann man nicht sein: «Wer den Besitzer im Besitze stört, handelt widerrechtlich. Wird der Besitzer durch verbotene Eigenmacht im Besitze gestört, so kann er von dem Störer die Beseitigung der Störung verlangen. Sind weitere Störungen zu besorgen, so kann der Besitzer auf Unterlassung klagen. Diese Vorschriften gelten auch zugunsten desjenigen, welcher nur einen Teil einer Sache, insbesondere abgesonderte Wohnräume oder andere Räume besitzt.»

Man mag sich die Gesetzesbücher um die Ohren schlagen, um zu entscheiden, wann dem Eigentümer ein solcher Schutz gegen Störung zusteht: beim Besitzer ist die Sache ganz klar. Es fragt sich nur, ob hier eine «Störung» vorliegt.

Ach ja, Störung... Du sitzest etwa an deinem braunen Schreibtisch, und um dich herum liegen aufgeschlagen die Werke der sieben Weisen aus dem Morgenland, weil du ein achter zu werden beabsichtigst, und du liest und schreibst und knasterst das Zimmer voll, deine Rauchinsel, auf die dich deine Frau verbannt hat. Um dich herum ist Ruhe. Denn das Ticken deiner Uhr gehört mit zur Ruhe, und der Straßenlärm, der durch die geschlossenen Fenster heraufkommt, vermag nicht bis in dein Gehirn zu dringen: gegen ihn bist du abgestumpft. Schließlich ist er notwendig, und ein nützlicher Lärm stört kaum. Was ist dir in diesem Augenblick Verdi?

Nichts. Aber ihr ist er etwas, deiner Unterbewohnerin, Fräulein Nelly Pudel, und sie öffnet den freundlichen Mund und läßt die Luft durch ihre Stimmbänder ziehen und singt, du mein Gott, wie singt sie! Nicht schön, aber laut. Und sie fällt mächtig in den Flügel und läßt ihre Stimme anschwellen, und wenn sie ganz oben angekommen ist, macht sie ein paar kleine Kullerchen, und das heißt: Tremolieren. Wenn es aber noch lauter ist, dann nennt man es Koloratur. Du verstehst nicht, was sie singt, aber das ist auch nicht nötig. Du vermutest mit Recht, es handle sich um der Liebe Lust und Leid. Aber was ist dir Verdi? Du vertiefst dich in die sieben Weisen des Morgenlandes. Die sieben Weisen... Und was ist dir Kullack? Eine Jugenderinnerung allenfalls. Dem Kinde der Nachbarsfamilie, der kleinen Lieschen Hebebrand, ist er ein Quell masochistischer Vergnügungen, denn ein Allegro ist keins, wenn man es nur andante zu spielen in der Lage ist, und schwer ists auch. Nun: kein Meister fällt vom Himmel, wohl aber Lieschen Hebebrand jeden Vormittag zwei Stunden aufs Klavier. Die sieben Weisen... Hat der Gastwirt im Hause einen Phonographen? Schnarrt der Phonograph? Ja. Die sieben Weisen... Was spielt er? Das Lied von der kleinen Puppe, die sein – des Phonographen – Augenstern sei... Die sieben... Du gibst es auf.

Es ist eine Störung und eine unerträgliche dazu. Dem Broterwerb von ein paar hundert Gesanglehrerinnen und der Überschätzung der Musik in fünfhundert Bürgersfamilien steht die Ruhe einer ganzen Einwohnerschaft gegenüber. Schleppte dich jemand in ein Konzert und zwänge dich zuzuhören: du würdest ihn der Freiheitsberaubung anklagen – gegen die Hausmusik, die in unseren Großstädten einen Grad erreicht hat wie nie zuvor, sollte es keine Rechtsmittel geben? Der Grobe-Unfug-Paragraph gehört hier nicht her, weil seine fortwährende Anwendung unter ihn selbst fällt. Aber zivilrechtlich soll und muß ein Schutz geschaffen werden gegen die Dudler, die Schreier, die Musikmacher. Mögen sie Musik treiben (das richtige Wort), mögen sie sich ergötzen an dem, was sie ihre Abendunterhaltung nennen... aber sie mögen uns, die Arbeitenden, nicht stören.

Nur die Rechtsprechung kann hier helfen. Das klappert in jedem Haus wie eine Mühle, das Wasser rauscht, das Wasser schwoll, das rasselt, dröhnt und arbeitet ununterbrochen, wie Fabriklärm, bullert dumpf und läßt keinen zur Ruhe kommen. Noch hat jeder seinen Musikfeind, dessen Fehler, überstürzte Triolen, Unarten er genau kennt: «Ah, das ist weiter nichts! Er spielt nur seinen Faustwalzer!» Seinen – seit drei Jahren –, nachmittags von drei bis fünf. Nichtstuer, Schädlinge der Kunst und rücksichtslose Gewerbetreibende... nur die Rechtsprechung kann helfen.

Paul Paschen

Halten Sie Ideenassoziationen für sinnlos? Ich nicht. Die Kettenglieder werden wohl immer durch ein gemeinsames Drittes gehalten – hier gibt es keine Sprünge.

Das war im Sommer, da fuhr ich mit der Post von der Bahnstation in Mecklenburg durch staubige Waldwege und Chausseen an die See herunter. Ich saß vorn auf dem Bock und schnackte mit dem Kutscher, dessen breites Platt meine Sommerferien eröffnete. See und Tanggeruch und Platt: das gehört dazu. Wir sprechen so von allerhand, schon blitzt das Meer auf, und bald werden wir da sein. Unten – in einer Bodensenkung – lag die Stadt, die kleinen Häuser ertranken in einem Meer von Bäumen. Der Kutscher erzählte von seinem Bruder, der früher beim Militär gedient habe. «So?» sagte ich, «wo denn da?» Der Kutscher deutete mit der Peitsche nach Südwest: «Dor henner in Wismar!» In diesem Augenblick fiel mir Paul Paschen ein, der Schauspieler Paul Paschen. Es kam ganz blitzartig, ich besann mich, ihn in allerhand Rollen gesehen zu haben, und ob es der Tonfall war, in dem der Kutscher grade sprach, seine gewölbten Lippen, die Stimme: ich mußte an Paschen denken, der mich in Berlin nie außerhalb des Theaters beschäftigt hatte.

Es scheint mir nicht nur der heimatliche Tonfall zu sein, der noch immer – kostbarstes Gut der Sprache – unter den Versen, unter gut hochdeutschen Reden durchkommt: es ist wohl das ganze Land, der deutsche östliche Norden an der See, der Erinnerungen wachrief, wenn Paschen spielte. Diese wirkliche Treue, diese Echtheit, diese zwei festen Beine, der ganze Kerl, der immer zu helfen, immer die Dinge einzurenken bestrebt und bereit ist: das stammt nicht aus der großen Stadt. Er hat seitdem viel gespielt: einmal den Arzt in «Gabriel Schillings Flucht» – ah! wie er dazu kam, in den Skandal, in die Schlacht, in den Krawall, und mit kräftiger, ruhiger Stimme begütigte, abwehrte, energisch die kakelnden Weiber zurechtwies! Und wie so etwas in der Erinnerung haften bleibt; so ein paar einfache Worte: «Na, es kommt auch mal wieder anders, Schilling!» Das war nicht der Schauspieler, das war das Land, das ganze Land, das sprach. Gutmütigkeit, Bedauern, Hilfsbereitschaft – nicht den letzten Schritt tun wollen: Mecklenburg.

Und dann noch einmal, als Gerichtsrat im «Zerbrochenen Krug». Gewiß keine geniale Leistung, aber wie einfach, wie menschlich! Richtig ein Beamter, von dem man sich so schön vorstellen konnte, nein: mußte, daß er nun auch wiederum Vorgesetzte habe und da antichambrieren müsse und eine Frau und Kinder, zu denen er sich herabbeugte. Und wie klug und amüsiert blitzten die Augen, als Adam Tiedtke sich abhaspelte, um seine Unschuld, seine völlige Unschuld zu beweisen! Paschen nahm eine Prise, und es war so behaglich; er setzte sich, und man mochte denken, daß er sich so bequemgemütlich auch in der kleinen Weinstube in Utrecht hinsetzen mochte, wenns ans Trinken ging. Daß man dies alles eben denkt – daran ist nicht eine Bühnenpose schuld oder eine Technik: das ist die Wirkung des Menschen, des Norddeutschen Paschen.

Der Zauberladen

Bei Wells, in der entzückenden kleinen Geschichtensammlung «Der gestohlene Bazillus», gibt es einen Zauberladen, aber ich hatte nie daran gedacht, daß dergleichen auch in Wirklichkeit existiert. Wells hat sich das so ausgedacht, war meine Ansicht; er hat es hübsch dargestellt, wie er mit seinem kleinen Jungen Gip in den Zauberladen kommt, und dort wird ihm schrecklich viel vorgezaubert – gleichmütig übt der Magier hinter dem Ladentisch seine Künste aus, der kleine Gip fiebert und hält nur immer den Zeigefinger von Papa krampfhaft fest... bis schließlich auch Wells junior fortgezaubert wird und... aber lest nur selbst nach! – Kurz: eine wundersame Geschichte. Aber weil es auf dem Titelblatt des Buches steht, daß hier seltsame Geschichten ständen, kam ich nicht auf den Gedanken, es könne so etwas auch in der Stadt, in der ich lebe, vorhanden sein.

Doch: es war vorhanden. Es gibt in dieser Stadt einen Zauberladen. Einen leibhaftigen Zauberladen, und der dicke Maler Söderström hat ihn entdeckt, der stets auf der Suche nach Merkwürdigkeiten ist, nach eigentümlichen und seltsamen Dingen... Jetzt nahm er mich an den Zeigefinger, sagte: «Komm!» und zog mich fort... Nun, irgendwohin, der Straßenname tut nichts zur Sache, und es ist ja kein Reklameabenteuer, sondern ein wirkliches...

Man kam also herein, und es sah alles vielversprechend aus. Der ganze Laden war angefüllt mit Sachen, mit einem Wust von Gerümpel und Geräten, die man auf den ersten Blick nicht voneinander unterscheiden konnte... Dann war da noch ein kleiner dunkelroter Ladentisch, ein paar Verkäuferinnen, der Herr Zauberer und wenige Kunden. Der Raum war zum Bersten voll. Ich hatte noch das helle Straßentageslicht in den Augen, hier drinnen war es stockdunkel, vielleicht gehörte das so zum Handwerk... Aber man ließ mir gar keine Zeit zum Nachdenken. «Wenn ich bitten darf...»

sagte die Zaubermama, wohl die Frau des Oberzauberers, der böse lächelnd abseits stand... (Also ich will bei der Wahrheit bleiben: böse wird es gerade nicht gewesen sein. Aber es sah so aus.) Herrgott! Die Verkäuferin hatte sich einen Nagel durch die Hand geschlagen! Was war das hier? Ich komme nichtsahnend von der friedlichen Straße herein, und diese junge Frau schlägt sich einen Nagel durch die Hand! Bei Gott: durch den Zeigefinger! Sie lächelte freundlich und sagte nur: «Das ist ein sehr liebenswürdiger Trick!» Sie war aus Österreich und hätte bestimmt noch meinen Tod liebenswirdick gefunden. Plötzlich aber warf sie mir den Nagel auf den Ladentisch und sagte, ich solle ihn untersuchen, er sei nicht präpariert und überhaupt ein anständiger Nagel... Gewiß, ich konnte nichts finden, es war wirklich ein gutbürgerlicher Nagel, ohne Tücken, Schuld und Fehle... Und hier, bitte, habe sie ein Glas – und wir sollten genau achtgeben – schwups! ließ sie einen Groschen durch den Boden fallen. Aber bitte! Ich habe es doch selbst gesehen! Ich war doch dabei, ich stand doch direkt vor dem dunkelroten Ladentisch! *Mir* macht man nichts vor! Ich sagte ihr das auch, aber sie lächelte bloß wieder und zauberte, weil es ihr so Spaß machte, auf einmal von ein paar bunten Karten die Könige weg. Blank waren sie, weiß und glatt! Und plötzlich sagte sie: «P!», und wir sahen Asse auf den weißen Blättern, schöne rote und schwarze Asse, denen das Trumpf ordentlich auf der Stirn geschrieben stand, wenn ich so sagen darf... Da war nichts zu machen: wir durften alles betasten, aber nie fand sich irgend etwas Verdächtiges. Nun gab sie mir eine Karte in die Hand, es war der Kreuzkönig, und befahl mir, ihn zu zerreißen. Ich tats, aber ein kleines Stück Pappe fiel auf den Boden, es war das eine Kreuz darauf. Sie sahs nicht, und ich ließ es liegen. «P!» machte sie wieder, gab dem dicken Söderström ein Schnipsel zu halten, legte die andern in eine kleine, natürlich schwarze Kiste und zauberte sie wieder zusammen. Nur die Ecke fehlte, die der Söderström in der Hand halten durfte

– und sie paßte genau! – Unten aber, auf der Erde, sah ich das kleine Kreuz liegen, und ich habe mich sehr gewundert, wie doch nun der Zauberkönig drei Kreuze sein eigen nennen durfte...

Es begaben sich hier offenbar rätselhafte Dinge. Jetzt ergriff die Frau Zauberin ein Kartenspiel, ließ mich darauf blasen, und – da: das Kartenspiel war um die Hälfte kleiner geworden! «Und nun, bitte ich zu achten, p – ph p! – haben Sie hier ein Kartenspiel für Zwerge und Liliputaner!» – Wahrhaftig: jetzt waren die Karten winzig... und jetzt – jetzt waren sie überhaupt verschwunden! – «Halt! Noch mal!» verlangte ich. Die Magierin zögerte keinen Augenblick: Im Nu hatte sie das Spiel in der Hand, wieder wurden die Karten kleiner... «Und nun, bitte ich zu achten, haben Sie hier ein Kartenspiel für Zwerge und Liliputaner!» Ich gabs auf.

Aber wie wird das nun gemacht? Bedeutungsvolles Achselzucken. Der Oberzauberer kam selbst. Wenn er jetzt einen Stock genommen und den Söderström in ein Karnickel verwandelt hätte: ich wäre nicht erschrocken. Aber er nannte uns nur die Preise. Und da erschrak ich doch. Auch der Söderström erschrak, spielte verlegen mit seinen dicken Händchen und nahm so zum Spaß eine kleine alte Schachtel hoch, die da stand. Buff! – schoß es. Wir fielen ja wohl hintenüber. Der Zauberer lächelte überlegen. «Ein reizender Scherz! Wenn Sie nicht wollen, daß jemand etwas anfaßt...!» Er erklärte uns den Mechanismus und nannte den Preis. Nein, wir dankten. Aber jetzt war er losgelassen. Er schnippte mit den Fingern, und wir waren von Federn überwirbelt, er bürstete uns wieder ab, und die Kleiderbürste schrie Kuckuck!! wie eine Schwarzwälder Uhr, und das ist das Gescheiteste, was eine Kleiderbürste tun kann. Er bot uns Konfekt für unsere Feinde an und versprach uns, sie würden dann Essig in den Mund bekommen oder Holzwolle, wenn die Herren das vorziehen...? Er nannte die Preise. Wir dankten, blickten auf – da lief wirklich ein kleines schwarzes Ungeheuer den Spiegel herunter! Eine Spiegelwanze!! – Er erklärte sie uns, brachte eine Tube, auf der stand: «Werft das Scheusal an die Wand...!» und nannte die Preise. (Wir haben übrigens Spiegelwanzen gekauft, uns auch einreden lassen, es sei einfacher weicher Gummi – aber die Dinger benahmen sich in der Folgezeit so merkwürdig, daß wir ängstlich wurden und sie wegwarfen. Es waren doch Tiere...) Er zauberte markierte Geldstücke in japanische Schachtelsysteme, er zauberte sie wieder heraus, er ließ ein großes Licht verschwinden und entgegnete auf unsere Bitten, es doch wiederkommen zu lassen, die Eleganz dieses Kunststücks bestehe eben darin, das Licht völlig verschwinden zu lassen...

Nun: wir kauften etwas. Bevor ich das Geld auf den roten Verkaufstisch legte, sagte ich zögernd: «Aber... wie wird es denn nun gemacht?» – Schweigen. Das Geld klang auf dem Tisch. Zauberers lächelten, führten mich ins Allerheiligste, und die Demonstration begann. Wie? – Was ich da gezeigt bekam? – Aber kein Wort werde ich euch verraten, nicht ein Wort. Soll ich mal die Preise nennen? –

Und dann gingen wir heraus, der Magier verbeugte sich, tat uns nichts, die Tür öffnete sich... Draußen lagen die Straßen, rollten die Omnibusse, lärmten die Kinder – wie sonst. Und wir waren eben in Persien gewesen, im Morgenland, in Ostasien und waren lebhaft versucht, die Mauern zu betasten, die Menschen zu befühlen, um zu prüfen, ob auch alles echt sei und nicht plötzlich jemand mit dem ominösen Zauberstock käme, bliese «P!» und alles in Mehlkuchenteig verwandeln würde...

1918

Guckkasten

Damals, als eine Hofdame noch eine Hofdame war, veranstaltete ein sehr vornehmes Komitee in Greiz-Reiz-Schleitz einen Wohltätigkeitsabend. Zur Generalprobe hatte man auch die erste Hofdame Ihrer Fürstlichen Durchlaucht gebeten, die das Programm auf Stubenreinheit prüfen sollte. Es wurde getanzt und gesungen, so unter anderm das hübsche, alte Lautenlied Otto Julius Bierbaums:

> Ach, mein Schatz ist durchgegangen, Laridah!
> Erst wollt ich ihn wiederfangen, Laridah!

mit den Versen:

> Also, Herze, sei zufrieden, Laridah!
> Viele Hasen gibts hienieden, Laridah!
> Ist der eine dir entlaufen, Laridah!
> Kannst du einen andern kaufen, Laridah!
>
> Einen schönen weißen, weichen, Laridah!
> Mucki-Nucki soll er heißen, Laridah! –

Also gut, das Programm steigt, und die erste Hofdame Ihrer Fürstlichen Durchlaucht sehen durch die ebenso langstielige Lorgnette. Und werden dann gefragt, ob vielleicht Bedenken… «Nein», sagte sie, «Bedenken wären nicht. Nur das reizende Kinderliedchen wollen wir doch unter allen Umständen singen: das von dem kleinen, weißen, weggelaufenen Kaninchen…»

Die gute Seele!

*

Unser guter, alter, dicker Oberleutnant der Landwehr – er wird schön schauen, wenn er das hier liest – hat ein hervorragendes Mundwerk. Er stammt nicht umsonst aus der Weinpfalz.

Da erzählten sie im Kasino von den Haager Verträgen und davon, daß der Feind nur militärische Anlagen, nicht aber friedliche Hütten mit Fliegerbomben bewerfen dürfe. Und der Dicke hub an und sprach also: «Da dürfen Sie mich nicht bewerfen. Ich hab gar kee militärische Anlach!»

*

Weil wir gerade vom Kriege sprechen: Wir saßen damals in Kurland, der Stab in einer bösen Panjehütte. Der graue Stumpfsinn des Stellungskrieges lastete auf unsern Gemütern, und abends, nach dem Dienst, war so ziemlich alles knüppeldicke duhn. Dies zur Illustrierung des Milieus. – Eines Tages erscheint Exzellenz. Sehr groß, glatt rasiert, ein rotes Gesicht wie guter, alter Bordeaux. Da der Alte Fritz einen Krückstock getragen hatte, so trug er auch einen. Stieß mit diesem Knüppel die Türen auf, baute sich mit seinem Adjutanten hin und fragte jeden, was er sei und woher – na, was man so als Exzellenz fragt. Es ging alles ganz gut, bis er an meinen alten Freund Gruner kam. «Und Sie?» – «Komponist, Exzellenz!» – «Ah!» – die Obrigkeit machte ein Gesicht, wie wenn sie auf einen Flohzirkusdirektor gestoßen wäre. – «Komponist, i sieh mal an! Ham Sie denn schon mal was komponiert?» – «Jawohl, Exzellenz! Eine Oper!» – «Eine Opa? Wie heißt denn die Opa?» – «Maja, Exzellenz!» – «Maier? Kennen Sie Maier?» – Nein, der Adjutant kannte Maier auch nicht. – «Wo ist denn die Oper aufgeführt?» – «Im Königlichen Theater zu Wiesbaden, Exzellenz!» – Das fiel dem Mann auf. Königliches Theater... «So, so!» machte er begütigend. Aber ein Gedanke kam ihm noch. «Wie oft denn?» – «Dreimal, Exzellenz!» – Große Pause. Und dann fragte Exzellenz, sehr langsam und deutlich: «Und von die Opa wolln Se leben?» – Und ging mit markigen Schritten hinaus auf den östlichen Kriegsschauplatz.

*

1 grüner Tisch
stark gebraucht, ist Umstände halber zu verkaufen. Ministerium des Innern
Berlin NW, Unter den Linden 72/73
vorne rechts, 4 Treppen.

*

In die zweite Klasse der Berliner Stadtbahn steigt ein Arbeiter, bewaffnet mit einem Billett dritter Klasse. Eine Dame sagt empört: «Damit dürfen Sie aber nicht zweiter Klasse fahren! Sie müssen umsteigen!» – Da sagt der Arbeitsmann: «Ick will Sie mal wat sagen. Jetzt is Revolution, da jibt et keene Klassenuntaschiede. Ick kennte zum Beispiel du zu dir sagen, ick will et aber nich!»

1919

Justitia

Wir vermissen die bewußte Tendenz in der deutschen Rechtsprechung. Justitia hat eine Binde vor den Augen, gewiß, aber soll ohne Ansehen der Person und der Sache verhandelt werden? Ohne Ansehen der Folgen?

Als in den Jahren, da man die Schnurrbartspitzen recht gesträubt und die Gesinnung kantig gebügelt trug, die bewußte Tendenz der deutschen Gerichte zutage trat, Majestätsbeleidigungen oder was man dafür ansah, recht hart zu strafen, ereiferten sich sittliches Empfinden und Satire heftig dagegen. Gegen diese Tendenz oder überhaupt gegen das Auftreten einer Tendenz im Gerichtssaal? Die Meinungen waren geteilt, und die Sache ist ja mit dem fehlenden Objekt nun abgetan. Aber ich weiß nicht, ob es geraten ist, sich gegen jede Tendenz, die bei den Gerichten auftaucht, zur Wehr zu setzen.

Es soll, lehrt die Ethik, der einzelne Fall in Betracht gezogen werden – es sollen die Motive, vor allem die sozialer Art, sorgfältig abgewogen werden, und dann erst soll der Urteilsspruch erfolgen.

Aber damit räumt man dem Menschen eine ungeheuerliche Macht ein, über den Menschen zu richten. Damit wird der Richter zum rächenden und strafenden Gott, und es ist zu bezweifeln, ob ein Erdgeborener, und der preußische Beamte alten Stils insbesondere, dazu berufen und geeignet ist. Mein ist die Rache, spricht der Herr...

«Also Abschreckungstheorie», sagte das erste Semester. Das erste Semester weiß das alles ganz genau, und ich besinne mich sehr gut, daß ich die Welt nie besser verstand als in diesen jungen Jahren, da man so göttlich klug und weise war. Nachher wurden die Dinge wesentlich komplizierter... In der Tat: Abschreckungstheorie – oder, weil das besser klingt und auch der Sache, die nun erörtert werden soll, näher kommt: Erziehungstheorie. Wir haben keine pädagogische Rechtsprechung.

Ein Urteil, das nicht bekannt wird, hat seinen wahren Zweck verfehlt. Nun braucht nicht jedes Urteil durch den Trommler im Städtchen verkündet zu werden (und das wird ja auch bei dem Fabrikbetrieb in den großen Städten, wo die Schornsteine der Justiz tagaus, tagein rauchen, nicht gut durchzuführen sein) – aber die Tendenz, selbst die fehlende Tendenz, spricht sich heute schon herum und beeinflußt das Tun der Menschen, soweit das solchen Einflüssen zugänglich ist. Wir wissen und tadeln zum Beispiel alle, daß deutsche Gerichte Kindermißhandlungen manchmal so unbegreiflich milde bestrafen, daß man Tiere so gut wie ungestraft quälen darf und daß grober Vertrauensbruch und Diebstahl öffentlichen Eigentums nicht zu den Dingen gehören, die gleich den Kopf kosten. Die Tendenz fehlt hier überall, sie wird bewußt ausgeschaltet, und unbekümmert um die Folgen solcher Urteile prüfen die Richter den Fall und urteilen gewiß nach bestem Wissen und Gewissen.

Sie sollen nun nicht Plakat-Urteile fällen. Auch bilde ich mir nicht ein, daß soziale Motive durch die Aussicht auf strenge Bestrafung aus der Welt geschafft werden können – wer Hunger hat, stiehlt, auch wenn er dafür ins Zuchthaus kommt. Aber es gibt da Nuancen, Zwischengebiete; was wir vermissen, ist der einheitliche Zug, die bewußten Grundsätze, die durch die deutsche Rechtsprechung gehen sollten. Vom einzelnen aus betrachtet, ist es so etwas wie eine Art Paragraphen-Lotterie...

Denn der vielbeschäftigte Richter wird ja niemals die Kenntnis der Motive ganz ausschöpfen. Er wird ja niemals – das göttliche Richtschwert in Händen – den Mann, der da vor ihm steht, voll ausdeuten und niemals erklären können, warum er so und nicht anders handelte. Und wovon dann, seine lauterste Einsicht angenommen, der Urteilsspruch abhängen kann, das hat Tolstoi im ersten Kapitel der «Auferstehung», in dem die Richter wie aus Glas erscheinen, genugsam dargetan. Damit ist es also nicht allzuviel.

Die Wirkung aber solcher Rechtsprechung im Volke ist verheerend. Unsicher tappend, weiß keiner, welche Handlung schlecht, welche gut sei. Freispruch und Verurteilung jagen einander, bei scheinbar gleichen Umständen: das eine Mal stammte der Angeklagte von einer belasteten Mutter ab, das andere Mal hatte er vielleicht alle fünf Sinne beisammen, aber einen *dolus* zuwenig. Und die Hemmung, die einzige, die den Verbrecher überhaupt abhalten könnte: die Angst vor Strafe, wird zum schemenhaften Gefühl vor irgendeiner Unbequemlichkeit, die aber schon erträglich auslaufen werde.

Wir vermissen die feste Hand, die das Richtschwert führt. Wir wollen, daß – um Beispiele herauszugreifen – Kindermißhandlungen, Bedrohung des Lebens, grobe Vertrauensbrüche Gerissener, über die es nur ein Urteil im deutschen Volke gibt, besonders scharf bestraft werden. Zwei-, dreimal, zwanzigmal, dreißigmal – es hilft.

Sagt nicht, der Mensch dürfe nicht zum Mittel herabgewürdigt werden. Es ist wichtiger, daß einer büßt, damit Tausende die Gesellschaft verschonen. Es geht nicht an, daß dem Dieb zugute gehalten wird, die Bestohlene hätte das Portemonnaie nicht verschlossen – damit bekommt die Verschmitztheit im öffentlichen Verkehr einen Freibrief. Gerade weil er das ausgenutzt hat, soll er doppelt gestraft werden.

Für die bürgerlichen Rechtsstreitigkeiten lassen sich ähnliche Grundsätze aufstellen: die Bauernfängerei der Schieber in den großen Städten findet immer noch viel zu sehr Rückhalt an einer Justiz, die achselzuckend erklärt, sie sähe zwar den betrügerischen Dreh... aber der § 138, der den Verstoß gegen die guten Sitten behandelt, sei nicht gut anwendbar... Sie scheuen davor zurück.

Wir verlangen vom deutschen Richter dies: er bemesse die Strafen bei Delikten, die ihm dazu geeignet erscheinen, nicht so sehr nach dem Grundsatz der Vergeltung, sondern er verhänge sie, *um das deutsche Volk zu erziehen*; alle wissen, daß bei nachgewiesenem Mord die Todesstrafe eintritt – alle sollen auch wissen, daß bei Roheitsdelikten und ähnlichen Verbrechen mit deutschen Gerichten nicht zu spaßen ist.

Augenblicklich kann ein niedriger Mensch mit geringerer Strafe davonkommen als einer, der strauchelnd fehlte.

Wir erwarten von unseren deutschen Richtern mehr, anderes, Großes. Sie in erster Linie sind dazu berufen, das Volk praktisch, durch Anwendung und Bestärkung der sittlichen Grundsätze zu erziehen, die dann erst ins Reale treten. Aber es ist schließlich nicht damit getan, von einem Stand etwas zu fordern. Erwarten wir etwas von unseren Richtern, so müssen wir sie hoch bewerten. Und nur daran ist zu sehen, in welchem Maß ein Volk seine Richter wertet: wie es sie bezahlt. Ein plumpes Wort für eine große Sache. Aber schließlich ist alle Kritik hinfällig, wenn die unbedingte Integrität, die der Richter haben muß und bis jetzt hatte, nicht unterstützt wird von einem auskömmlichen und reichlichen Gehalt, das ein gesichertes Leben bewirkt und die schärfste Auswahl und Siebung unter der Masse der Andrängenden erlaubt. Assessoren warten heute acht Jahre und länger auf feste Anstellung – so gedeiht keine bewegliche Arbeitsfreudigkeit. Das muß anders werden. Erst dann, wenn die Regierung ihre Justizbeamten nicht nur gut bezahlt, sondern sorgenfrei stellt, werden unsere deutschen Richter ganz das sein können, was sie zu unser aller Heil sein müssen: weitausschauende und tatkräftige Erzieher ihres Volkes!

Ein merkwürdiger Fall

Ein dicker Mann sitzt in der Elektrischen und liest in einem Buch und schmunzelt. Sein fettes Gesicht strahlt – die Speckfalten graben sich ein, die Plusterbacken werden breiter und immer breiter – und plötzlich kann sich der Dicke nicht mehr halten, und er prusht mir die ganze Heiterkeit seiner Seele ins Gesicht. Das macht nun keinen Spaß. Aber immerhin muß ich doch sehen, was er da hat. Was mag es sein, das ihn so zum Schmunzeln – der schönsten Form des Lachens – bringt und sogar zum Lachen selbst? Und mir auf den Kragen? Ich gucke unter das Buch auf die Titelseite und lese – ach so! Ihm sei alles verziehen. Der Mann hat Zetterström gelesen.

Die Welt der Clowns ist eine merkwürdige Welt, und mancher findet sich nie darin zurecht. Wer aber darüber lachen kann, wo ernste Männer nichts Lächerliches sehen, wer schon in der Schulstunde eine Stunde Arrest bezog, weil er plötzlich so lachen mußte («Warum hast du gelacht?»... «Ich... Wegen nichts!» «Alberner Bengel!» – Konnte ich ihm sagen, daß ich über seine kleine Warze gelacht habe, die immer am Kragen auf und ab tanzte?) – wer also so veranlagt ist, der dürfte sich bei Hasse Zetterström tot und wieder gesund lachen.

Von dieser eigentümlichen Nummer liegen (im Verlage Dr. Eysler, Berlin) zwei Bücher vor: «Der Dynamithund» und «Meine merkwürdigste Nacht». Es stehen Kostbarkeiten in beiden.

Was Zetterström auszeichnet, ist sein sanftes Schweigen, wenns um die Wurst geht. Das hat schon Mark Twain gekonnt; er sagt ganz still seins, und nur eines sagt er nicht: die Pointe. Die muß man sich denken. Es sind Witze mit Spätzündung. Alles mit todernster Miene: Twain erhielt eines Tages ein Gedicht: «Warum lebe ich?» – «Weil Sie Ihr Gedicht nicht persönlich übermittelt haben!» antwortete er. So Twain. Und so noch viel schneller und ulkiger Zetterström.

Was sich in diesen beiden Bänden alles begibt, das ist nicht zum Blasen. Aber Zetterström ist der Mann, den nichts mehr wundert. Er ist immer so still und bescheiden und erinnert im ganzen an jenen Mann, der einem verrückten Freund von ihm begegnete. Der hatte den Tick, alle fremden Menschen anzureden, weil er glaubte, daß wir zu weit auseinander lebten. Er nimmt jenem Mann den Hut vom Kopf, fragt ihn, ob seine

Haare echt sind... Und der ist immer still und bescheiden. Und wird schließlich gefragt, warum er sich denn nicht wehre. «Ach», antwortete der Mann mit dem frommen Aussehen und dem dicken Haar, «ich bin Wärter in einer Anstalt für solche Leute gewesen – ich weiß, wie die zu nehmen sind – nur Milde und Geduld, nur Milde – –!» Nur Milde. Es kann geschehen, was will, Zetterström verliert die Fassung nicht. Da ist ein entzückendes Stückchen, das heißt «Glückliche Rettung» – wie da ein Dienstmädchen nebst einer Schwiegermutter ins Wasser fällt, und die beiden beschaulichen alten Herren sehen sich das an – das erinnert an eine Mischung von Spitzweg, Trier und Callot – es ist etwas hervorragend Ulkiges. Er ist der Urenkel des unvergessenen Gustav Wied.

Und weil wir ja alle soviel Telefonkummer haben und weil Zetterström das Telefon zu geradezu infernalischem Unfug benutzt, und weil das Dasein zur Zeit nicht übermäßig ergötzlich ist – deshalb empfehle ich lachlustigen Leuten und solchen, die es werden sollen, Hasse Zetterström zu lesen. Er ist ein merkwürdiger Fall.

Nicht wahr?

Die deutsche Umgangssprache ist in den letzten Jahren arg heruntergekommen. Das läßt sich vor allem daran beobachten, daß kaum einer mehr fähig ist, ohne die nichtssagenden Floskeln auszukommen, die jede Rede verunzieren.

Sehn Sie mal, der Berliner, ich meine, der hat das offenbar vom Hamburger übernommen, nicht wahr? Ich meine, das ist eine große Unsitte. «Sehn Sie mal, ich habe doch eine achtundzwanzigjährige Nichte, nicht? Und die ist doch taubstumm, nicht?» –

Durch diese Flickwörter bekommt die deutsche Umgangssprache etwas Unsicheres, Tastendes, Zaghaftes. Die Sätze verhallen, wie wenn einer alles mit drei Punkten am Schluß sprechen würde... nicht? Ja, es gilt geradezu als unfein und wenig höflich, einfach zu sagen, was man will. «Geben Sie mir, bitte, die Streichhölzer!» – das ist eine ausgemachte Grobheit. «Geben Sie mir doch mal, bitte, eben die Streichhölzer rüber!» muß es heißen.

Ach, dieses «doch!» – Sie flicken es überall ein, und es bedeutet einmal das lateinische *inter omnes constat*, unser deutsches «bekanntlich». Dann aber wird durch die vielen Dochs die Sprache auch rechthaberisch und ganz egozentrisch. «Geh doch da weg!» – «Schreib doch mal an Tante Amalia!» – «Wir wohnen doch schon lange da!» –

Niemand denkt sich mehr etwas dabei, wenn er so daherplappert, und man kann die Flickwörter alle fortlassen, ohne daß der Sinn des Satzes etwa verlorenginge. Man muß einmal mit angehört haben, wieviel Sätze der Nord- und Mitteldeutsche braucht, um auszudrücken, daß ihm etwas zu teuer ist. Ich dachte früher immer, dazu genüge einer: «Das ist mir zu teuer.» Jawohl! So, wie andre Leute in Begriffen denken, so denkt der Deutsche in ganzen Sätzen, die ihm sektionsweise aus dem Munde kullern. Etwa so:

«Was? Drei Mark und achtzig? Das ist ja unerhört, was Sie für Preise verlangen! Drei Mark und achtzig? Vor einem halben Jahr hat es noch zwei Mark und fünfundsiebzig gekostet! Aber da überteuern Sie die Leute, das ist ja der reine Wucher ist das! Ich meine, ich bin doch hier in einem bessern Geschäft, ich meine, da könnte man doch andre Preise verlangen, nicht?» –

Singts und bezahlt. Der Tonfall aber der neuen deutschen Umgangssprache, den du überall erlauschst, klingt nicht lieblich vor deinen Ohren, und voller Sehnsucht flüchtest du dich zu den alten deutschen Meistern edler Prosa und fragst dich verwundert, ob denn früher die Leute auch so gesprochen haben.

Denn, sehn Sie mal, ich meine, nicht wahr, das ist doch nicht... wie?

Krankheit und Besserung

«Wenn wir Berliner eine Lust entfachen,
Dann jehn wir feste ran (Verschtehste:
Schwung!)»

Peter Scher

Die Worte, die Hans Landsberg über die neuberlinische Unkultur vor einiger Zeit an dieser Stelle sagte («Berliner Tageblatt» Nr. 460 vom 30. September 1919), waren, wie sich aus zahlreichen Zuschriften ergab, vielen Menschen, denen es vergönnt ist, in dieser Stadt zu leben, aus der Seele gesprochen. Sie gelten natürlich nicht für alle Berliner; es gibt zum Glück noch immer eine, auch der Zahl nach, sehr anständige Minderheit. Die andern aber, die sich nicht mehr Spreeathener, sondern Pankeleute nennen sollten, lieben nicht zufällig den Kino heiß und innig: auch bei ihnen ist es gleich, was gespielt wird, wenn nur die Aufmachung schick ist. Gut braucht sie nicht zu sein.

Bei ihnen ist alles auf das Roheste, auf das Dickste, auf das Simpelste gestellt. Auf Geld. Auf öffentliche Anerkennung. Auf weite Bekanntschaft. Auf «Beziehungen». Und was das schlimmste ist: jene Unsicherheit, jene Unsolidität, die früher Schieberkreise auszeichnete, die man kannte und mied, hat sich heute tief in das Bürgertum hineingefressen; das alleräußerlichste Leben, das keine Flecken meidet, findest du heute zuweilen in Familien, die noch vor zwanzig Jahren dergleichen weit von sich gewiesen hätten. In diesem Falle haben die Großmütter recht.

Wären die Enkel lasterhaft! Sie sinds nie und nimmer. Sie sind bestenfalls unanständig, in Charakter und Lebensführung, aber immer von einer Bürgerlichkeit, die doppelt übel anmutet, weil sie nur an Sonn- und Festtagen getragen wird. Über den Bürger läßt sich diskutieren – der verdorbene Bürger ist eine üble Erscheinung.

Die Stadt ist krank. Alle haben das erkannt, fühlen ihr den Puls, geben ihr kleine Pülverchen ein oder belächeln die Krankheit, die sie im Grunde sehr reizvoll finden. «Der gnädigen Frau kleidet das Blaß so nett!» – Ich kanns nicht finden.

Die Person wird anämischer von Tag zu Tag. Denn es ist ja kein Kraftüberschuß vorhanden, der die Leute toben läßt und uns vergessen macht, in welcher Zeit und in welchem Jammer wir eigentlich hierzulande leben. Es ist der Rausch einer nervösen und körperlich heruntergekommenen Person. Und Hans Landsberg und Hunderte mit ihm rufen nach dem Doktor.

Ihr habt ihn im Haus. Mit Plakaten ist das nicht getan und nicht mit lehrhaften Predigten und nicht mit moralischen Entrüstungsstürmen und nicht mit Traktätchen. Mit denen schon gar nicht. Fangt bei euch selber an! Ihr habt den Arzt im Haus.

Es muß sich ermöglichen lassen, daß eine Reihe guter alter Familien sich von dem Krankheitsdunst frei macht. Es muß sich ermöglichen lassen, daß sie sich, in deren Salons eine alte, feine Geistigkeit früher einmal zu Hause war, auf ihre Vergangenheit besinnen und grundsätzlich alles von ihrem Umgang ausschließen, «wat mit Schwung» Betrieb macht. Es geht. Aber es muß einer den Anfang machen.

Besäße heute ein kleiner, aber einflußreicher Kreis den Mut, sich bewußt von der berlinischen Riesenschaukel loszumachen, auszusteigen, nicht mehr mitzutun – vielleicht könnte er den Grundstein zu einer bessern Kultur legen. Aber ein Verein darfs nicht sein, kein Klub, keine snobistische Gründung. Derlei kann aus einer starken Familienfreundschaft zweier, dreier Geschlechter wachsen, die ihren Einfluß weite Kreise ziehen lassen. Sie müßten nur erbarmungslos sein.

Sie müßten nur sagen: Wir wollen keine Schieber in unsern Zimmern haben. Keine Leute, die morgen nichts und übermorgen viel und überübermorgen alles haben. Keine, die die Scheinkultur einer größenwahnsinnig gewordenen Äußerlichkeitswelt anbeten und danach ihr Leben regeln. Keine, die sich geschmeichelt zur Ehre anrechnen, mit irgendeinem «Star» verkehren zu dürfen; keine, die spielen; keine, die nicht wissen, was ein stilles Buch und eine stille Stunde bedeuten.

Freilich, man kann sich damit nicht «zeigen». Man wird nicht fotografiert. Man kommt nicht in die illustrierten Zeitungen. Man ist, mit einem berlinischen Wort, überhaupt keine «Nummer». Haltet ihr das aus –?

Wers aushält, mag vorangehen. Wers aushält, mag einmal seinen Freunden zeigen, daß es auch ohne diesen ganzen Lärm und Schwindel geht, daß man besser, gesünder, billiger, vernünftiger und vor allem menschlicher lebt als das Rudel Spektakelmacher, die heute den Ton angeben – und was für einen Ton!

Gute Hausmusik, um ihrer selbst willen ausgeführt, Freude an Bildern, die nicht der letzte Expressionisterich gemalt hat, stille Freude an aller Kunst – und vor allem Freude an edelm Menschentum der andern: sie mögen solche Dinge pflegen.

Kennt ihr das stille Schmunzeln, das einen im Kino ergreift, wenn wir sehen, wie sich der Berliner erwähnter Sorte die Welt vorstellt? Wie er sich die vornehme Welt vorstellt, die großen Damen, das Leben auf Schlössern, in Sälen, am Badestrande? Es ist immer wieder die Panke – laßt mich die einzelnen Gegenden an ihren Ufern nicht näher bezeichnen. Aber Panke bleibts.

Macht einen Anfang. Geht in euch. Tut keine Buße – aber beginnt wieder zu leben. Und denkt an das schöne Wort des gefallenen Hermann Löns: «Die Füße fest auf der Heimaterde, aber die Gedanken darüber: so soll es sein.»

Es wird an uns sein, diese Heimaterde sauber zu erhalten.

Amüsiervergnügen

Ich gehöre ja im allgemeinen zu den lachenden Tieren *(Felix pardus ridens)* – aber wenn ich euch über eine so ernste Sache, wie es die Berliner Lustbarkeiten sind, erzähle, dann darf ich doch auch wohl einmal den Katerschnurrbart sträuben und ernst mit dem Stert wackeln, nicht wahr?

Es ist zu traurig. Da laufe ich nun für dieses rote Heft seit Wochen herum, um mich einmal ordentlich auszulachen und auch andere lachen zu machen – aber es glückt mir immer vorbei. Ich war... laßt mich nicht aufzählen, wo ich alles war – ihr würdet mich verspotten. Aber woher soll ich auch wissen, wo es lustig zugeht? Die Presse?

Die Welt fällt darob nicht ein; aber laßt mich einmal sagen, daß die Zeitungskritik über die leichtern Dinge des Theaters, über das Varieté, über den Kino von jener Unzuverlässigkeit ist, die auch von der ernsten Kritik nicht übertroffen werden kann – und das will etwas heißen. Soll ich konkret werden?

Soll ich sagen, daß die Neueinstudierung der «Bummelstudenten» im Berliner Theater hölzern und ledern ist? Daß Hilde Woerner weniger als nichts kann? Daß die Kinos von Tag zu Tag weniger Geist und mehr Spektakel machen? Daß die vielgerühmte «Dubarry» – wenn man einem Berliner von der Kino-«Dubarry» spricht, zieht er die Augenbrauen hoch, runzelt die Stirn und sagt: Fa-a-belhaft! – daß die «Dubarry» eine mächtig inszenierte Belanglosigkeit ist und ein Schmarrn dazu? Daß die Varietéprogramms matt und schwunglos sind?

Der Einfluß der Presse auf diese Dinge ist merkwürdig genug. Ich glaube nicht an ihre Wirkung auf das große Publikum. Meiner Meinung nach laufen die Leute in den Wegener-Film, auch wenn ihn die gesamte «Fachkritik» (Sie müßten die Jungens mal sehen!) ablehnt. Eigentümlicherweise aber richtet sich der Markt danach und die Direktoren. Die schlechte Kritik schadet dem Künstler in erster Reihe im Theaterbureau, nicht beim Publikum. Warum, keine Ahnung, wie...?

Wer nun weiß, auf welche Weise diese Kritiken zustande kommen, wer weiß, welches Unmaß von Beziehungen, Überredungen, Drehungen und Schiebungen notwendig ist, um eine halbwegs interessierte Kritik herauszukitzeln, der wundert sich nicht, wenn er ihre Unzuverlässigkeit bestätigt findet. Sie stimmt nicht. Es ist ja nichts richtig: ich bin seit zwei Wochen auf alte Empfehlungen der Tagespresse hereingefallen, und es war stocköde.

Liegt es an den Schreibern, die in die Stücke geschickt werden? Nun, es sind nicht die besten (so viel beste gäbe es auch gar nicht). Es sind auch nicht einmal die mittelguten (die gäbe es aber). Es ist Ausschuß, aus Indolenz, aus Verachtung der leicht geschürzten Muse (na, Muse...), aus Faulheit, und weils nichts kosten soll. Liegt es – *Felix pardus tristis* – liegt es vielleicht gar an uns?

Es ist wahr: wir sind nicht jünger geworden. Aber noch nicht so alt, um alle Schuld auf uns zu nehmen. Die Stadt trägt ihr gerüttelt Maß. Und ich kann alle die so begreifen, die da sagen: Ich habe es bis dahinaus, mich interessierts nimmer, wie Fräulein Woerner ihrs hinlegt, und ob Frau Durieux und ob sie nicht, und wie Pola Negri... Und die das Hütchen ergreifen, es sorgsam und liebevoll aufstülpen und sich still und schweigsam zurückziehen: in die böhmischen Wälder.

Der Tag der Wahrheit

Eindrücke aus einer Versammlung

Auf diesen Augenblick hatte ich mich vier Jahre lang gefreut. Endlich, endlich einmal laut und offen die Wahrheit sagen dürfen – endlich einmal sagen können, wie es wirklich draußen zugegangen ist, endlich einmal vom Krieg nicht im Stil jenes Kriegspresseamts sprechen dürfen: «Der brave Musketier... der Todesmut unserer Truppen... stramme Manneszucht Ritterkaste der deutschen Offiziere...» Endlich, endlich. Wenn wir draußen unter irgendeinem minderwertigen Leutnant oder verzogenen Militäranwärter gelitten hatten, entrang sich den Gequälten der Wunsch: «Jetzt sind wir stumm. Wenn wir sprechen dürften –!» Und nun konnten wir sprechen.

Der Bericht dieses Blattes über die Kundgebung des Friedensbundes der Kriegsteilnehmer wird den Lesern erzählt haben, wie es zuging. Darf ich an dieser Stelle all denen danken, für die Sache danken, die meinen Freuden und mir zugestimmt haben? Es war schön zu wissen, daß man nicht ganz allein stand.

Hübsche Dinge gingen vor sich. Am nettesten war wohl der Zwischenruf, der den Hauptmann Meyer unterbrach, als er gesagt hatte: «Ich stehe hier als alter, aktiver, preußischer Offizier und sage...» – «Pfui! Pfui!» riefen die anwesenden Soldaten unbekannter Herkunft. Das heißt: wenn einer einem verlogenen System gedient hat, so ist es seine Pflicht und Schuldigkeit, sein ganzes Leben lang fortzulügen, so hat er die Verpflichtung, niemals mehr die erkannte Wahrheit auszusprechen. Was sagt ihr dazu?

Aber ihr stimmt uns zu. Es tat so wohl, zu fühlen, daß die Erkenntnis von der Übelkeit dieses Kriegsbetriebes in viele Gemüter gedrungen ist, daß sich langsam, ganz langsam, die Einsicht Bahn bricht: Ja – wir sind behandelt worden wie die Hunde – schlimmer als die Hunde – wir waren «Leute», «Kerls», «Untergebene» – eine graue, geduckte, willenlose Masse. Aber keine empfindungslose Masse, und was sich vier Jahre lang aufgespeichert hatte, hier brach es wie mit einem Knall heraus, das Ventil platzte, und es entwich die zischende und berechtigte Wut der Erinnerung.

Nichts scheint mir falscher, als die kleinen eigenen Erlebnisse als Grundlage für die Beurteilung dieses Offizierskorps zu nehmen. Darauf kommt es nicht an. Die Angelegenheit ist nicht, wie die anwesenden Radaubrüder meinten, eine Stammrollenfrage. Es ist gänzlich gleichgültig, ob der Beurteiler des deutschen Heeres ein Drückeberger war oder ein Held. Worauf es allein ankommt, ist dies:

Ist es wahr, daß der Offizier dem Manne das Essen wegaß – ja oder nein? Ist es wahr, daß die gesamte Lebenshaltung des deutschen Offiziers im Kriege unverhältnismäßig besser war als die des Mannes, so daß kein kameradschaftliches Verhältnis mehr zwischen ihnen bestand – ja oder nein? Ist es wahr, daß sinnlos Tausende und Tausende einem wahnsinnigen militärischen Ehrgeiz geopfert wurden, wie es der Kindermörder von Ypern machte – ja oder nein? Nur *das* steht zur Diskussion und nicht persönliche Dinge.

Ich habe viele Eindrücke aus der Versammlung mit nach Hause genommen – der leuchtendste und unvergeßlichste ist dies Bild: Ich hatte gesagt, daß die letzte kurländische Hure dem deutschen Offizier nähergestanden hat als sein eigener Landsmann, der Muschkot – der Saal erbrauste. Unten stand ein lehmgrau gekleideter schwarzer Mann, er schwenkte seine Mütze, und in seinen Augen war so viel Dankbarkeit. Er hörte nicht mich – er hörte sich.

Kamerad, ich grüße dich. Es ist schön zu fühlen, daß man nicht allein steht.

Wenn der Mond, wenn der Mond

Es zittert dumpf zwölfmal der Turmuhr Klang,
Wind, der pfeift, die Nebel wehn!
Das Auto saust im Hui die Straßen lang,
aber nur für Taxe zehn!
Den Josef liebte seine Potiphar!
Chauffeur! So fahren Sie in eine Bar!
Na-nu! Na-nu!
Da ist doch alles zu!
Das kann nicht sein, das ist doch gar zu dumm!
Na, Kinder, gehn wir einfach hintenrum!

Wenn der Mond, wenn der Mond, wenn der Mond scheint schön,
dann geh ich rauf und runter,
wenn der Mond, wenn der Mond, wenn der Mond scheint schön,
werd ich erst richtig munter!
Der Schatten liegt auf Mann und Frau
ganz dunkelblau, ganz dunkelblau!
Wenn der Mond, wenn der Mond, wenn der Mond, wenn der Mond,
wenn der Mond, wenn der Mond vom Himmel lacht,
bei der Nacht, bei der Nacht, bei der Nacht!

Gar manchen Menschen schlägt der Mond aufs Hirn,
so zum Beispiel auch Herrn Krause!
Steigt auf zum dunklen Himmel
das Gestirn, ja, dann muß er aus dem Hause.
Und mitten in der Mondgespensternacht
Herr Krause plötzlich auf das Fenster macht!
Na-nu! Na-nu!
Da steht er ohne Schuh!
Er klettert auf dem Dach. O frühes Grab!
Und staubt da seine Hypotheken ab?
Wenn der Mond, wenn der Mond, wenn der Mond scheint schön,
dann steigt er rauf und runter,
wenn der Mond, wenn der Mond, wenn der Mond scheint schön,
wird der erst richtig munter!
Es strahlt im Licht ein Hinterbau,
ganz dunkelblau, ganz dunkelblau!
Wenn der Mond, wenn der Mond, wenn der Mond, wenn der Mond,
wenn der Mond, wenn der Mond vom Himmel lacht,
bei der Nacht, bei der Nacht, bei der Nacht!

Die Plätze liegen leer, man schuftet nicht,
jeder Mann hat Ruh und Ferien!
Nur in der Wilhelmstraße brennt noch Licht
in den deutschen Ministerien.
Was man am Tage demokratisch macht,
wird leise umgewandelt in der Nacht!
Na-nu! Na-nu!
Herr Ebert möcht sei Ruh!
Die rote Mütze, die Germania trägt,
sie nächtens gerne rechts vom Bette legt!
Wenn der Mond, wenn der Mond, wenn der Mond scheint schön,
dann geh da rauf und runter,
wenn der Mond, wenn der Mond, wenn der Mond scheint schön,
werd'n die erst richtig munter!
Es bleibt das Blut im deutschen Bau
ganz dunkelblau, ganz dunkelblau!
Wenn der Mond, wenn der Mond, wenn der Mond, wenn der Mond,
wenn der Mond, wenn der Mond vom Himmel lacht,
bei der Nacht, bei der Nacht, bei der Nacht!

Es bringt die Nacht, das ist nun einmal so,
die Erotik oft in Rage!
Frau Venus zeigt sich gerne dos à dos,
an der Ecke der Passage!
Du siehst daselbst kein süßes Mädchending,
nur Jüngeling siehst du an Jüngeling!
Na-nu! Na-nu!
«Ach, liebst du mich, Joujou?»
Doch mitten in der Liebe spricht das Biest:
Dir laß ick hochgehn, eh du dir versiehst!
Wenn der Mond, wenn der Mond, wenn der Mond scheint schön,

dann gehn die rauf und runter,
wenn der Mond, wenn der Mond, wenn der Mond scheint schön,
werd'n die erst richtig munter!
Umrändert strahlt manch Auge flau,
ganz dunkelblau, ganz dunkelblau!
Wenn der Mond, wenn der Mond, wenn der Mond, wenn der Mond,
wenn der Mond, wenn der Mond vom Himmel lacht,
bei der Nacht, bei der Nacht, bei der Nacht!

In seiner Wohnung schläft Herr Helfferich,
leicht gesträubt sind seine Haare!
Denn grade träumt er schwer und fühlet sich
als Untersuchungsausschußware!
Da plötzlich schlägt ein Ständchen an sein Ohr,
er hört im Garten einen Sängerchor!
Na-nu! Na-nu!
Wer stört da Karlchens Ruh?
's steht auf der Hitzigstraße, ei, wie nett!
ein nationales Huldigungsquartett!
Wenn der Mond, wenn der Mond, wenn der Mond scheint schön,
dann sing'n sie rauf und runter,
wenn der Mond, wenn der Mond, wenn der Mond scheint schön,
werd'n die erst richtig munter!
Ein kleiner Hund bellt leis: Wau, wau!
Die sind ja alle mächtig blau!
Wenn der Mond, wenn der Mond, wenn der Mond, wenn der Mond,
wenn der Mond, wenn der Mond vom Himmel lacht,
bei der Nacht, bei der Nacht, bei der Nacht!

Es schnarcht der Detektiv. Die Hähne schrein.
Und die Nacht ist tief und kalt!
Klamottenede bricht bei Meiers ein,
horch! der dicke Geldschrank knallt!
Die Blendlaterne blinkt, Herr Ede schwitzt,
bis ihm die Mütze tief im Nacken sitzt!
Na-nu! Na-nu!
Ist das ein Erzfilou!
Da liegt ein Zettel: «Sie! Ich habe bereits
mein ganzes Geld seit gestern in der Schweiz!»
Wenn der Mond, wenn der Mond, wenn der Mond scheint schön,
dann geht er rauf und runter,
wenn der Mond, wenn der Mond, wenn der Mond scheint schön,
wird er erst richtig munter!
Die Lappen zählt er sehr genau,
ganz dunkelblau, ganz dunkelblau!
Wenn der Mond, wenn der Mond, wenn der Mond, wenn der Mond,
wenn der Mond, wenn der Mond vom Himmel lacht,
bei der Nacht, bei der Nacht, bei der Nacht!

1920

Die Tscherkessen

Das war früher im Zoologischen Garten so:

Da kamen zweimal im Jahr oder auch öfter wilde Völkerschaften zu Besuch und zeigten, wie es bei ihnen zu Hause zuginge. Und wenn wir nachmittags schulfrei hatten, dann kratzten wir die fünfzig Pfennig Eintrittsgeld zusammen und begaben uns zu den wilden Völkerschaften, zu den Tscherkessen im Zoologischen Garten.

Da, wo jetzt der große Kino der Ufa steht, jagten auf einem freien Feld, von Zuschauern umsäumt, die wilden Völker auf ihren Mustangs einher. Aus friedlichen Hütten stieg romantischer Rauch gen Himmel, schmutzige, aber furchtbar interessante Tscherkessenfrauen verkauften Ansichtspostkarten und benahmen sich auch sonst recht tscherkessisch, die wilden Reiter schossen entsetzlich viele Platzpatronen in die Luft: kurz, es ging ganz so zu, wie sich Karl May aus Radebeul den Kaukasus vorstellt. Und wir waren beseligt und konnten gar nicht genug bekommen.

Wie wäre es, wenn wir das erneuerten? Wie wäre es, wir machten einmal für fünfzig Pfennig Eintrittsgeld – eine kleine Ausstellung auf: die europäischen Militärs? (Nicht etwa nur: die deutschen – das wäre ungerecht und nicht vollständig.) Vielleicht so:

Auf dem von Zuschauern umsäumten Felde marschiert eine Kompanie bunt angezogener Männer im Parademarsch – klipp – klapp – klipp – klapp –. Und vor der Front paradieren noch buntere Männer, die krähen und machen einen Höllenspektakel und beschimpfen die Kompanie maßlos: das sind die Offiziere. Aus kleinen Kasinohütten steigt friedlicher Rauch zum Himmel, in den Hütten trinken die Chargen Sekt, von dem eine Flasche so viel kostet, wie ihre Monatslöhnung beträgt. Im Hintergrunde sieht man einige kleine Requisitionen – auch ist eine Etappenstadt aufgebaut, in der es von angeschlagenen Verordnungen und Bestimmungen und andern Quälereien wimmelt. Irgendwo in Erdlöchern kampieren «Kerls».

Ach, es gibt so viel zu sehen – wohin man sieht, da ist etwas Neues. Sieh mal, und da: ein schreibender Heimkrieger – der hat eine Papageienuniform an und schreit immer: Krieg! Krieg! – Sieh mal, und da: ein Offizier mit vielen Kisten, was mag da wohl drin sein? – Sieh mal, und da! Und da! –

Aber ich sehe schon: wenn die Ausstellung zustande kommt, dann gehen alle gebildeten Europäer hin und sagen: «Aber ich bitte Sie! Das gibt es ja gar nicht! So etwas gibt es doch höchstens im Kaukasus. Bei den Tscherkessen!» –

Der Knochenzerschlager

Noske über die politische Lage: «Wenn einige Tausend einem Volk von sechzig Millionen die Gurgel zudrücken wollen, dann habe ich als Reichswehrminister keine Bedenken, ihnen die Knochen entzweizuschlagen.» Ich hätte Bedenken.

Ich hätte nämlich deshalb Bedenken, weil ich – wie der Minister auch – gesehen habe, daß mit dem «Zerschmettern» wenig herauskommt. Wilhelm, der kleinere Vorgänger Gustavs des Bleibenden, hat auch häufig solche Schmetterreden gehalten – mit welchem Erfolge, besagt Amerongen. (Wiewohl dem Minister dergleichen zu wünschen nicht freundlich wäre.) Ich hätte Bedenken, meinen Landsleuten die Knochen zu zerschlagen, weil zerschlagene Knochen noch niemals ein Argument gewesen sind. Und sie werdens auch diesmal nicht.

Bevor man so grausliche Drohungen in die Welt hinaustrompetet, muß erst einmal das eigene Reich in Ordnung sein. Ists das?

«Der Sergeant Drews vom Kan.-Zug 15 stand am 5. Dezember 1919 auf dem Bahnsteige des Lehrter Stadtbahnhofes und wurde von einem Menschen mit vorrevolutionärer Offiziersuniform wegen Nichtgrüßens angerempelt, auf seine Weigerung, ihm seinen Ausweis zu zeigen, tätlich angegriffen und mit dem Revolver bedroht. Dann ließ ihn der Mensch, Leutnant Heymann vom Reichswehr-Inf.-Regt. 29, durch einen Soldaten in Militärgewahrsam abführen. Nach dreitägiger Haft wurde Sergeant Drews durch Oberstleutnant von dem Hagen, Kommandeur des Reichswehr-Inf.-Regts. 29, dem der Kan.-Zug 15 zugeteilt ist, wegen dieses Vorfalles mit 28 Tagen Mittelarrest bestraft, deren Abbüßung ohne vorherige Belehrung über sein Einspruchsrecht vor Disziplinarbestrafungen und ohne die vor jeder längeren Arreststrafe sogar früher schon erforderliche ärztliche Untersuchung sofort nach ihrer Verhängung begann. Während der Arreststrafe reichte Sergeant Drews ein Gnadengesuch ein, um Weihnachten bei seiner alleinstehenden Mutter verleben zu können. Das von mehreren Durchgangsdienststellen befürwortete Gesuch wurde durch Oberstleutnant von dem Hagen abgelehnt. Er fragte beim Kan.-Zug 15 an, wann Sergeant Drews aus der Truppe entlassen werden würde. Der Antwort des Zugführers, Oberleutnant Hesse, Sergeant Drews würde nicht entlassen, folgte der *Entlassungsbefehl für Sergeant Drews* und die Kündigung für Oberleutnant Hesse.»

Diese Mitteilung stammt aus der Nr. [2?] der Nachrichten des «Republikanischen Führerbundes», der mit allen Mitteln in der republikanischen Reichswehr des Ministers Noske unterdrückt wird.

Der Leutnant alten Stils, in diesem Fall der Leutnant Heymann, setzt also seinen schlechten Willen gegen den guten der wirklichen Republikaner durch. Er hat dem Befehl, die Achselstücke zu entfernen, sowie dem Grußerlaß nicht gehorcht – und setzt seinen Ungehorsam durch.

Wenn Noske, der der guten Sache durch seine Ungeschicklichkeiten schon unendlich großen Schaden zugefügt hat, in seinem eigenen Revier sich nicht durchsetzen kann, mag er gehen. Es ist ein Irrtum anzunehmen, daß nur er uns von dem Abgrund des Bolschewismus trennt. Der Bolschewismus und das wirtschaftliche Chaos – sie kommen, wenn sie kommen, weil nicht gearbeitet wird, und sie lassen sich vermeiden, wenn die Wirtschaft durch die Vernunft aller Kreise wieder in Gang kommt. Noske ist bei diesen Vorgängen völlig unerheblich.

Es ist nicht gleichgültig, wie die ausübende Gewalt eines Staates organisiert ist. Es ist aber nicht notwendig, daß sie immer reaktionär gesinnt ist – ich kann mir sehr wohl denken, daß sie gut republikanisch, antiimperialistisch und demokratisch denkt und doch stramm für Ordnung und Ruhe eintritt – wenns unbedingt sein muß, auch mit Waffengewalt.

Die Menschen sind keine Engel. Wir sind hier immer gegen die Macht der Maschinengewehre aufgetreten und sind für äußerste Zurückhaltung gewesen. Wenns aber durchaus sein muß, und wenn ein Minister den Staat nicht anders erhalten kann als mit brutaler Gewalt, so mag er dazu greifen, wenn alles andere nicht mehr durchgreift. Kein politisch denkender Mensch wird ihm deshalb Schwierigkeiten machen. Dann aber geschiehts aus bitterer Notwehr, und man rede nicht vorher vom Knochenentzweischlagen!

Unter keinen Umständen aber darf die Republik Deutschland dulden, daß ihre bezahlten Beamten das Geld vom Staate nehmen und damit antirepublikanische Obstruktion treiben. Die Unfähigkeit Noskes, gegen seine Helfershelfer aus sehr trüben Tagen aufzutreten, ist das schlimmste Bolschewistenplakat, das es gibt. Wie lange wollt ihr es noch kleben lassen?

Jochimke, Jochimke, hüte di!

Ist dies das Adlon? Ists ein Kino?
Ists eine Kieler Hafenbar?
Ein Prinz fühlt sich wie im Kasino
und müllert mit dem Mobiliar.

Ganz wie in großer Zeit: erst brüllen,
dann «Deutschland! Deutschland!» –
dann den Schnaps – –
und dann tut sich in Glanz enthüllen
die Preußenseele mit dem Klaps.
Als ihr in Brüssel Sekt gesoffen,
da durfte nachts kein Belgier raus,
Sie durften nichts als hoffen, hoffen ...
Ihr lärmtet beim Kasinoschmaus ...
Wie tapfer, Prinz! Auf Zivilisten,
die auch noch in der Minderzahl,
haun unsere satten Monarchisten –
woher das Geld? – im Lichthofsaal.
Wer zahlt, gehts schief, Kontributionen?
Wer frißt die böse Suppe aus –?
Nicht die, die in Palästen wohnen –:
Der kleine Mann im Hinterhaus.

Gespräch mit dem Osterhasen

Der Vorsitzende der Freien Wirtschaftsvereinigung deutscher Osterhasen, Herr Osterhase Mönkemeyer, empfing mich freundlich und honett. «Aber bitte!» sagte er. Ich trat näher.

Das große Bureauzimmer enthielt lauter große Schränke, die an den Wänden standen, bis zur Decke hinauf reichten Regale und Fächer. Und darinnen standen und lagen Eier in allen Formen, längliche und kugeldicke, kubistische und altmodische, grüne, gelbe und blaue. Ich sah Herrn Mönkemeyer fragend an. Er wackelte mit dem Sterz.

«Ich weiß alles», sagte er. «Ich sei ein verrostetes Symbol, sagen die Leute, es sei lächerlich, heute noch anzunehmen, daß Hasen Eier legten, wo nicht einmal die Hennen genügend legen – Ostereier kaufe man fix und fertig zu Höchstpreisen in den Schokoladengeschäften – und wir Osterhasen sollten überhaupt machen, daß wir wegkämen. Überholt? Ich weiß doch nicht...» Er bewegte nachdenklich die Ohren.

«Aber so schlimm ist es wirklich nicht!» beeilte ich mich höflich zu erwidern. «Die Menschen sind vielleicht zur Zeit ein wenig stark mit anderen Dingen überlastet...» «Sagen Sie nichts», sagte Herr Mönkemeyer. «Ich weiß alles. Wir sind abgemeldet. Aus. Vorbei. Und waren doch einmal so viel... Da – sehen Sie!»

Und Herr Mönkemeyer hoppelte an die Schränke, richtete sich auf den Hinterbeinen auf und entnahm dem Gefach ein Ei und noch ein Ei und viele, viele Eier. Er erklärte.

«Unsere Organisation ist Tausende von Jahren alt. Hier haben Sie ein prähistorisches Ei. Da.» Ein runder Stein, den man allenfalls für ein Ei ansprechen konnte, lag vor mir. Die grobe Hand eines Diluvialmenschen hatte ein Hakenkreuz darauf gemalt. Gerührt betrachtete ich den Stein. «Es muß viele Mühe gemacht haben, dergleichen zu legen...» sagte ich schüchtern. Herr Osterhase Mönkemeyer nickte stolz. «Das waren noch Konstitutionen», sagte er. «Und hier», fuhr er fort, «das ist ein griechisch-römisches Ei.» Eine pompös angemalte Sache stand da vor mir auf dem Tisch – eine kleine Madonna hielt ein Jesukindlein im Arm, das Ganze ein Meisterwerk der Miniaturmalerei. Mönkemeyer geriet in Feuer.

«Wir haben eine Tradition», sagte er, «eine Geschichte! Eine Überlieferung, Herr! Da – und da – und da –!» Und legte ein Nürnberger Ei auf den Tisch und ein Ei aus dem Dreißigjährigen Krieg mit einer Inschrift: «Gib Frieden, Herr!» und ein Ei aus dem Schatz des Kaisers von China, dünn und leicht wie eine Teeschale...

«Ja», sagte ich. «Sie waren fleißig, Ihre Vorfahren –.» «Kommen Sie an die Schränke», sagte Mönkemeyer, «kommen Sie, sehen Sie!» – Und ich sah und sah, und alte Zeiten wurden lebendig:

Biedermeierisch und zart bemalt standen da kleine Porzellaneierchen in Reih und Glied, in einem war eine kleine Spieluhr angebracht, die zimperte, stellte man das Ei auf den Kopf, «Denkst du daran, mein tapferer Lagienka!», und Eier aus der weiland königlich preußischen Porzellanmanufaktur waren da mit vielen Zieraten und französische Eier und Eier aus der wilhelminischen Ära (furchtbar bunt und gänzlich hohl) und Kriegsgreueleier, auf denen schnurrbärtig abkonterfeit worden zu sein keinem Heerführer erspart war, und Eier, Eier, Eier... Mönkemeyer sah mich erwartungsvoll an: «Na?» sagte er.

Ich rang nach Worten: «Das sind gewiß sehr schöne Attribute Ihrer Industrie», sagte ich. «Sehr schöne Attribute – Und es steht gewiß zu hoffen, daß... auch fürderhin...» «Papp!» sagte der Hase. «Ich glaube, es ist vorbei. Es ist alles vorbei!» Seine treuen Augen umflorten sich. «Ich weiß doch nicht», sagte ich.

«Herr Pressevertreter», sagte der Hase Mönkemeyer, «glauben Sie, wir, die Freie Wirtschaftsvereinigung Deutscher Osterhasen, wir sähen nicht? Wir wissen genau, was vor sich geht. Die Welt ist desillusioniert. Die Leute glauben an gar nichts mehr. Die Formen sind zerbrochen. Was ist ihnen heute Quadrille, Sonett, Etikette, Sitten und Gebräuche?... Es geht alles drunter und drüber. Da bröckelt etwas ab, hier löst sich etwas auf – alles, was gewesen ist, geht langsam dahin – was ist Weihnachten, Ostern, Pfingsten. – Und was war es früher?» Er seufzte. Ich versuchte zu trösten.

«Nein», sagte er, «lassen Sie nur. Wir danken ab. Es scheint aus zu sein. Was ist das für eine Generation! Was für Menschen! Wohin treiben wir?» Er tat mir leid. Und da sagte ich ihm etwas, ihm, dem Hasen, das ich bisher noch keinem Menschen gesagt hatte.

Ich sprach: «Herr Mönkemeyer! Gewiß zerbrechen die alten Formen. Und vielleicht ist das ganz gut so. Gewiß schwindet das Alte dahin, gewiß glaubt heute kein Mensch – und auch die Kinder nicht – an das Alte, das einst der Lebensinhalt alter Generationen gewesen ist. Gewiß bemühen sich manche krampfhaft, so zu tun, als sei nichts vor sich gegangen, als könne man noch mit den alten Mitteln auf den alten Wegen die alten Zwecke erreichen. Gewiß: so ist das. Und Ihre Wirtschaftsvereinigung hat es schwer – ja, das sehe ich ein. Aber, Herr Mönkemeyer, solange es Menschen auf der Erde gibt, werden sie Stunden haben, in denen sie den ganzen Kram um sich herum vergessen und selig anfangen zu spielen. Mit dem Leben zu spielen, mit Blumen, mit Mädchen, mit den Dingen, und mit den Erinnerungen. Stunden, in denen es ihnen klar wird, daß es ja schließlich – bei aller Achtung vor den Metaphysikern – nicht darauf ankommt, einer Idee zu dienen, sondern, entschuldigen Sie das verpönte Wort, zu leben. Und glücklich zu sein. Und dazusein. Und wenn all Ihre Eier hier zerschlagen sein sollten –: die Menschen werden sich etwas Neues ausdenken. Oder untergehen. Es geht nicht alleine mit dem Verstand, es geht wirklich nicht. Wir brauchen die Form, das verspielte Zeug, die Frauen – und die Osterhasen. Wir brauchen sie, lieber Herr Mönkemeyer, wir brauchen Sie!» –

Die Augen des Osterhasenvorsitzenden leuchteten. «Glauben Sie?» sagte er fröhlich. «Glauben Sie wirklich?»

Ich nahm meinen Hut. «Ich weiß es», sagte ich langsam. Und da griff der Osterhase Mönkemeyer in den braunen Mahagonischrank und reichte mir ein Ei aus der Zeit der Barock, mit Girlanden und Putten bemalt, zart angetuscht, zierlich und hellblau. Und ein Spruch stand darauf. Ich las:

«WEIL LIEBE NICHT GELIEBT IST, MUSS ICH WEINEN.»

Das Reichsamt für …

Eines Sonnabend abends ging der stellvertretende Rektor des Stadtgymnasiums in Groß-Hainichen, Herr Professor Stellwagen, ein Pfeiflein schmauchend, durch die schmalen Gänge seines Nutzgärtleins. Da blühten artig und verschämt einige rote Rosen, denen der Herr Rektor hier zu blühen erlaubt hatte, da lag das gute grüne Gras im Abendsonnenscheine – Herr Professor Stellwagen hatte es selbst gesät –, da steckten die Kartoffeln und die Rüben demütig in der Erde und warteten darauf, daß man sie herausziehe, die Sonnenblumen nickten in den Himmel, fast ein wenig zu stolz, fast ein wenig zu übermütig – und da... Was war das?

Da rankten sich die Bohnenpflanzen – aber eine rankte sich nicht. Eine kroch an der Erde herum, gerade über den Weg, der da vorbeiführte, und wenn man nun nicht achtgab, dann konnte sie am Ende zertreten werden... Ärgerlich brummend hob sie Herr Professor Adalbert Stellwagen auf und band sie an den zugehörigen Stock, von dem sie so treulos abgefallen war. Dann ging er weiter und verdaute das ihm auf Grund seiner Lebensmittelkarten zugestanden habende Abendbrot und dachte so an allerhand. Merkwürdig: er kam immer wieder auf die Bohne zurück.

Das war doch nun gewiß nicht die einzige Bohne in den Gärten da ringsherum, die vom Stock abfiel, am Ende zertreten wurde und auf diese Weise verkam. Was war das? Das war eine Verschwendung. Das war doch gewiß nicht die einzige Bohnenpflanze in all den kleinen Städten und Dörfern ringsum, die da abfiel und verkam. Was war das? Das war eine Gefahr. Das war eine große Gefahr... Und dann ging Adalbert Stellwagen zu Bett.

Aber in der Nacht, als der Mond rund und behäbig, wie es sich für einen ordentlichen Mond gehört, ins Fenster schien, da fuhr Adalbert Stellwagen jäh empor und dachte nach. Bohnen...? Abgefallene Bohnen...? Und er berechnete.

Und berechnete, daß diese abgefallenen Bohnen allein in der Provinz Sachsen, bei, sagen wir, einem Areal von, na, zwanzigtausend Morgen, imstande wären, die Festung Przemysl drei Monate lang zu ernähren... Er war ein tüchtiger Statistiker. Er setzte die Zipfelmütze ab. Das ging nicht.

*

Am nächsten Nachmittag saß der Professor Stellwagen da und verfaßte eine Denkschrift, ein Promemoria sozusagen, an den Herrn Landwirtschaftsminister. Er legte darin ausführlich dar, was es mit den abgefallenen Bohnen auf sich habe und wie das verderblich sei, wenn man die Frage en bloc betrachte, und was das Land für einen Schaden davon habe... und dann leuchteten seine Augen, er blickte triumphabiliter an die Stubendecke, da war es, das erlösende Wort! Und dann schrieb er, daß die Feder nur so kratzte, und bat um Errichtung eines Reichsbohnenamts. Das war es. Und das hatte gefehlt.

*

Nach dem zweiundzwanzigsten Referat dieser Art – die nächsten einundzwanzig waren fein säuberlich in Maschinenschrift geschrieben – hatte der Landwirtschaftsminister in Berlin ein Einsehen. Er ließ sich den Rektor aus Groß-Hainichen kommen.

Der kam. Die Unterredung dauerte zwei Stunden, und Professor Stellwagen redete, wie er noch niemals geredet hatte. Der Landwirtschaftsminister versprach, mit den Herren vom Finanzministerium Rücksprache zu nehmen – von denen hinge alles ab.

Stellwagen steckte sich hinter den Abgeordneten seines ländlichen Bezirks. Er sagte ihm allerhand, ließ etwas von «zukunftsreicher Karriere» auch für den Abgeordneten fallen – –

Am 17. Juli 1920 wurde durch Erlaß II C Nr. 254 365 45 / III 5 A des Landwirtschaftsministeriums in Berlin *das Reichsbohnenamt* begründet. Chef des Reichsbohnenamts: Herr Prorektor A. Stellwagen. Und nun gings los.

Der Chef des Reichsbohnenamts tat etwas. Er forderte an. Schreibmaschinen, Regale, Aktenschränke, Räume – viel Räume – drei Geheime expedierende Sekretäre, fünf expedierende Sekretäre, drei Registratoren, Bureaudiener, Tippdamen, Regierungsräte – kurz: was der Mensch so zum Leben braucht. Er bekam von allem die Hälfte, schimpfte furchtbar und forderte in Zukunft das Doppelte von dem an, was er brauchte. So glich sich das wieder aus.

Und Prorektor Stellwagen organisierte:

Das «Reichsamt für die Erzeugung von Bohnen und verwandten Gemüsen nebst Aufsicht ihrer sachgemäßen Bewirtschaftung» zerfiel in zehn Unterabteilungen: in die Abteilungen für Acker-, Puff-, Pferde-, Sau-, Vieh-, Garten-, Schmink-, Busch-, Stauden- und Veitsbohnen. Und jeder Abteilung stand ein Regierungsrat vor, und Prorektor Stellwagen erhielt demzufolge den Charakter eines Oberregierungsrates. Und jede Abteilung hatte eine Registratur und ein Sekretariat und eine Botenmeisterei und eine Allgemeine Abteilung und eine Zentrale und viele, viele kleine Unterabteilungen ... Und über dem Ganzen thronte, schwebte unser Stellwagen.

Stellwagen, nicht faul, sah die Notwendigkeiten der Neuzeit ein: er schuf die Presseabteilung des Reichsbohnenamts. Er schuf die Nachrichtenstelle des Reichsbohnenamts, die Departementsabteilung und den Referenten für Bohnensachen beim Reichswirtschaftsministerium. (Die Regierung schuf immer mit. Sie sah gar nicht so genau hin, und wegen jedes Reichsamts konnte sie auch ihre Tätigkeit nicht gleich unterbrechen, nicht wahr?)

Und das Reichsbohnenamt wuchs, gedieh und blühte. Es hatte auch schon eine Geschichte: da war sein denkwürdiger Zusammenstoß mit dem Reichsgemüseamt, das ihm seine Kompetenzen streitig zu machen drohte – ha! die Kompetenzen!, das Heiligste, wo der Beamte hat ... Aber Stellwagen siegte, und das Reichsgemüseamt kroch klein und häßlich in seine Höhle zurück. – Da waren die dreiunddreißig Berichtigungen, die das Reichsbohnenamt der deutschen Presse zugehen ließ, und die sie alle, alle druckte – trotz der Papiernot. Das wäre ja auch noch schöner! Und das Reichsbohnenamt blühte und gedieh, und Stellwagen blühte auch und gedieh auch, und Kindes- und Kindeskinder dieses Mannes werden noch in sein Amt eintreten können, für sie ist gesorgt, denn aufgelöst wird es nie – habt ihr schon einmal gehört, daß ein deutsches Amt jemals aufgelöst worden wäre –?

Und wenn es nicht gestorben ist...

Bohnen? Wie denn? Wie meinen Sie –? Bohnen? Ach so! – Ob nun auch die Bohnen in Deutschland besser gediehen und ob nun auch wirklich keine mehr zertreten würden, und ob überhaupt die Bohnenzucht...?

Aber, Mensch, bedenken Sie doch: zehn Unterabteilungen und nunmehr zusammen dreiunddreißig geheime expedierende Sekretäre und fünfundzwanzig Regierungsräte und ein Oberregierungsrat und demnächst wohl ein Ministerialdirektor...

Was –? – Es sei Aufgabe dieser Stelle, sich um die Bohnen... Was haben Sie denn immer mit Ihren Bohnen? Bohnen brauchen wir gar nicht. Ein Reichsbohnenamt – *das* brauchen wir!

Dilettant.

Caput Nili

Afrika-Bücher sind gewöhnlich etwas höchst Schaudervolles.

Denn entweder sind sie von guten Fachleuten geschrieben und dann meist so langweilig, daß sie der, der nicht drüben gewesen ist, überhaupt nicht verdauen kann, oder sie stammen von Schmöcken, die sich im Schmuck ihres Tropenhelms unendlich wichtig vorkommen, mehr Löwen schießen, als guttut, und den schwarz-weiß-roten Laden noch ärger blamierten als seine bestallten Vertreter. Nein, ich kann mich mit den üblichen «Reisebeschreibungen», die von vielen Leuten so verschlungen werden, nicht befreunden, weil mir der Kopf des – zum Glück oft mitfotografierten – Autors selten gefällt. Und sein Kopf ist der Spiegel, und wenn der nicht blitzblank ist, dann braucht man wohl nicht hineinzusehen.

Aber dieses hier ist doch etwas andres. Dieses hier: das ist «Caput Nili», eine empfindsame Reise zu den Quellen des Nils von Richardt Kandt (bei Dietrich Reimer in Berlin).

Der Verfasser war Arzt – er fiel im Kriege – und ist in den Jahren 1897 bis 1902 zu dem Quellengebiet des Nils vorgedrungen. Über die wissenschaftlichen Ergebnisse seiner Reise mögen sich andre äußern – er stellt sie in seinem Werk nicht in den Vordergrund. Aber was hat dieser Mann nicht alles gesehen –!

Er ist so gereist, wie man wirklich reisen soll: er hat seine Heimat zwar für sich und in sich mitgebracht, aber er verglich nicht, sondern er erlebte: Afrika.

Erlaßt mir, aufzuzählen, was er alles nicht tut: wie er nicht als Regierungsassessor Afrika in Kompetenzen aufteilt, wie er nicht als wildgewordener Tropenoffizier in Negernhintern tritt – Vajiß die Peitsche nicht –, und wie er nicht Feuilletons erlebt. Er reist und sieht.

Und erzählt. Und das ist so sauber und männlich, daß man nur wünschen kann, Deutschland hätte viele solcher wirklichen Männer. Er beschäftigt sich mit den Negern, er sucht sie zu verstehen, aus sich selbst heraus zu verstehen – und frißt nicht morgendlich dreie zum Frühstück, wie der weiland Peters, und missioniert nicht an ihnen herum, wie irgendeine protestantische Tränensuse –, er steht einfach zu ihnen wie ein Mensch zum andern und bejaht sie und verneint sie, wo sie eben zu bejahen und zu verneinen sind. Und die Kapitel, zum Beispiel, über das Liebesleben des Negers sind so sachlich und gut, daß man sie heute, da dergleichen bei uns irrsinnig überschätzt wird, mit doppelter Freude liest. Landschaftsschilderungen sind in dem Buche, die durch ihre Anspruchslosigkeit eindringlicher wirken als schlechte Poesie, und alle Mensch-Beziehungen des Verfassers sind rein und blank. Im zweiten Band – am Anfang des achtzehnten Briefs – ist eine ganz merkwürdige Stelle, die der Leser des Buches sehr aufmerksam ansehen wird: ein fast antiker Glaube an eine Art Unverletzlichkeit eines Unglücksboten. Und wie liebevoll sich Kandt in die Korbhütten des Negers versenkt hat –: das müßt ihr selbst lesen.

Alles in allem: nicht das Buch eines großen Forschers, auch nicht das eines Fachmannes, auch nicht das eines alten Afrikaners oder das eines verkleideten Schriftstellers – aber das eines Menschen.

Neue Sorgen der Bourgeoisie

Modedummheiten und Auswüchse der Mode hat es immer, in allen Schichten und zu allen Zeiten gegeben. Aber was die Modetorheiten vor allen andern so auszeichnet, ist, daß sie viel Geld kosten, Lebensenergien verschwenden und doppelt und dreifach aufreizend auf die wirken, die nicht das nötige Brot zum Leben haben. Nichts versinnbildlicht so die kapitalistische Gesellschaftsordnung wie einer dieser großen Ozeanriesen: unten schuftet bei Höllenglut der Trimmer am Kessel, unten liegen zusammengepfercht in schlechter Luft, bei Unglücksfällen am schnellsten von den Rettungswegen abgesperrt, die Leute vom Zwischendeck – und oben runzelt einer unzufrieden die Stirn, weil eine Granatfrucht nicht so geeist ist, wie er das wohl erwarten darf: Der Querschnitt durch so ein Schiff ist recht lehrreich.

Nun will ja jeder gescheite Gesellschaftsreformer die Nivellierung nach oben: das heißt, es soll allen nicht gleichmäßig schlecht, sondern allen gleichmäßig gut gehen. Und man muß bei den Modetorheiten wohl unterscheiden, was übermütiger Spieltrieb ist, der nur fehl am Ort arbeitet, und was aufreizende Vergeudung darstellt.

Die ernsthaften Untersuchungen über irgendeinen neuen Dreh des Tanzbeines sind kaum noch zu belächeln, weil wir wissen, daß drei Straßenzüge vom Tanzsaal aus Kinder an Tuberkulose in Ungepflegtheit und Not zugrunde gehen. Die falsche Verteilung und Überproduktion von Luxusartikeln ist kaum noch zu belächeln, weil wir wissen, daß Seide und Wolle, hier zum Putz um den Hals einer Schönen gelegt, dort Arbeiterfrauen vor der Kälte schützen könnten. Ein Haus brennt, und es ist kein Wasser da, weil sich die Leute in der Nachbarschaft mit dem Wasser einen Grog brauen...

Die Dame, die sich eine Rose auf den Arm malt (wenn sich das etwa einbürgern sollte – was könnte man sich da nicht alles bemalen!), die Frau, die sich zur Abwechslung einmal den Rücken dekolletiert – sie alle sind Beispiele für die *Langeweile der Satten.* Und die Hungrigen schreien...

Wer keine Sorgen hat, der macht sich welche. Die Plutokratie aller Länder ist sich in einem ganz und gar einig: in den Sorgen ihrer Sorglosigkeit.

Revolutionswerkstatt

«Revolutionen werden gemacht!» – mit diesem Satz beginnt Emil Barth sein Buch: «Aus der Werkstatt der Revolution» (erschienen in A. Hoffmanns Verlag zu Berlin). Gemacht werden Revolutionen, fährt er fort, nach einer Evolution – und Evolutionen ohne die Existenz schlagkräftiger, energischer, aufopferungsfähiger Männer führen zu nichts, es gibt dann keine Revolution, alles verläuft im Sande... 1918 ists nicht im Sande verlaufen.

Die Schilderung dieser höchst bedeutungsvollen Epoche von Februar bis Dezember 1918 wird, je nach dem Schildernden, immer dieses Bild ergeben: Alle Welt taugte nicht viel, außer mir. Diesen Fehler macht Emil Barth nicht ganz mit – er erkennt die Tätigkeit und die Tüchtigkeit einer Menge Männer an, ohne sie natürlich zu nennen. Denn sie riskierten alle Kopf und Kragen. Die waren wirklich mutig. (Nicht Herr Ludendorff, der zweimal ausriß.) Die setzten wirklich wagemutig alles aufs Spiel – Leben, Familienexistenz, Freiheit und

Geld. In den Hinterzimmern von Kneipen, dauernd bespitzelt, beargwöhnt, nie gewiß, ob der Freund nicht morgen zum Verräter werden würde – das sind Helden ihrer Ideen gewesen. Und was kam dann –?

Eine klägliche Enttäuschung. Man muß nur im Buche das Gruppenbild der sechs Volksbeauftragten sehen, um alles zu begreifen. Sind das Köpfe –? (Und es waren noch lange nicht die schlechtesten.) Nein, Köpfe warens nicht. Und außerordentlich schmerzvoll und außerordentlich packend ist die Schilderung, wie leise, leise und unmerklich die ganze Revolution in ein bürgerliches Fest hinübersegelt, wie aus der Volkserhebung eine Organisationssache wird, mit Kompetenzstreitigkeiten, Stempelinschriften und Dienststellen. Von der Krippe zu schweigen, in die die Kindlein sich legen wollten.

Die Novembertage des Jahres 1918 sind vorbei. Da, zum ersten, zum bisher einzigen Mal in der Geschichte Preußens, wehte ein freier Wind in diesem Lande. (Freilich, Herr Meier, die Elektrischen gingen nicht alle!) Da hatte etwas die Massen ergriffen, was nicht nur Phrase war wie in der Augustbesoffenheit des Jahres 1914. Da – zum ersten Mal. Sie wurden schnell wieder nüchtern. Der Preuße kam durch, der Ordentliche, der Brave, der Objektive, der Gerechte, der Abwägende, der, hol ihn der Teufel, der sich Demokrat nennt.

Möglichkeiten – Möglichkeiten! Was hätte da alles geschehen können! Ein, zwei Tage lang hielt die deutsche Welt wirklich den Atem an. Alles lag in der Luft, alles im Bereich der Realität: völlige Zertrümmerung der Bundesstaaten, wirkliche Abrüstung, Herrschaft des Mannes und nicht des Herrn, Trennung von Kirche und Staat – alles, alles. Ein Schritt, ein so kleiner Schritt trennte uns damals von alldem...

Atmet auf. Die Gefahr ist vorbei. Wer weiß, für wie lange Jahre. Als Erinnerung an Schreck und beinah erreichte Seligkeit diene das Buch Emil Barths.

Einigkeit!

Als ich neulich aus einer Volksversammlung, die über die Sowjetbedingungen beraten hatte, nach Hause kam, standen an einer Ecke sechs Arbeiter und redeten wild aufeinander ein. Ich trat hinzu und hörte, daß zwei für Annahme waren und zwei für Ablehnung, und zwei wußten nicht recht, was sie wollten, und schrien infolgedessen am lautesten.

Inzwischen kamen von der nächsten Straßenecke in einer langen Reihe über die ganze Breite des Trottoirs hinweg, eingehakt, junge Leute daher mit hohen weißen Kragen, Schmissen im Gesicht, wie der Laternenschein zeigte – so schaukelten sie heran. Sie schluckten fröhlich und sangen ebenso laut wie falsch ein schönes Lied mit vielen Strophen vom Wirtshaus an der Lahn. Die Arbeiter gingen ruhig vom Trottoir herunter und disputierten auf dem Asphalt weiter. «Räteorganismus... Lenin...» Das hörte einer der Studenten – es mußten wohl Studenten gewesen sein –, drehte sich verachtungsvoll nach der Gruppe um und sagte zu seinen Kommilitonen: «Sieh mal die roten Schweine!»

Die Arbeiter achteten nicht auf sie. Und fester eingehakt, enger aneinandergeschmiegt, noch mehr geeint durch das gemeinsame Bewußtsein, *einen* Feind zu haben: den Proletarier – so zogen die Herren Studenten weiter und sangen taktmäßig und mit den Absätzen knallend von ihrer Frau Wirtin, die auch eine Magd hatte... *Die waren eins.*

Auf dem Damm aber standen immer noch die sechs und redeten wild ineinander herein und aneinander vorbei, von «Diktatur des Proletariats...» und von «Volkskommissaren...» und von «Verräter an der gemeinsamen Sache». Und schienen nicht zu wissen, wie da eben ihr großer Feind vorübergegangen war: einig, fest und stark.

Ich als Reklamefachmann

«Beherrschen Sie Ihre Kundschaft?» Ich beherrsche meine Kundschaft gar nicht, und der deutsche Werbeunterricht J. Iversen, Füssen in Bayern, schickte mir einen Prospekt und Hefte, aus denen ich lernen sollte, wie man seine Kundschaft beherrscht.

Ich habe nie so recht gewußt, was die Münchner Bevölkerung unter der Herrschaft des blutdürstigen Eisner gelitten und getan hat. Jetzt weiß ich es. Herr Iversen hat den deutschen Werbeunterricht erfunden – «den ich in seinen Grundzügen im April 1919 während der Räterepublik in München ausarbeitete, täglich der Verhaftung durch das damals herrschende Heldengesindel gewärtig». Wie gut, daß sie ihn nicht verhaftet haben! Denn ohne ihn wüßten wir nicht, wie wir Reklame zu machen hätten. Zum Beispiel so:

«Aufgabe 23. Machen Sie ein möglichst vollständiges Verzeichnis solcher Eigenschaften und Stichworte über eine Ware, die Sie kennen, bzw. auf einem Gebiete, welches Sie voll beherrschen. Dieses Verzeichnis ist sehr wertvoll und sollte möglichst vervollständigt werden, denn es dient dazu, die Anzeigen gewissermaßen auszupolstern, sie so zu gestalten, daß sie auf die Phantasie wirken.» Dazu hat Herr Iversen eine Schlagworttabelle abgedruckt mit vielen anpreisenden Bezeichnungen für Tabak, Zigarren, Tinte, Gemüsepflanzen und Möbel. Ich habe gelernt. Jetzt gehts los.

Politik
Feinste Mischung
Statt tägliches Brot
Saubere reine Züge
Aus feinsten Fetten
Tiefschwarz
Alles auf Nut und Feder gearbeitet

Literatur
Luxuspackung
Bei Damen beliebt
Nach antiken Vorbildern
Knallende Farbenpracht
Zart wie Spargel
Für Vielschreiber

Theater
Überfettet
Weiche Rundungen
Auf der Zunge zerfließend
Nicht an Kleinigkeiten gespart
Ungeahnte Farbenpracht
Mit Liebe gearbeitet

Das Leben
Havanna braun

Wenn ich so weitermache, werde ich schon nach kurzer Zeit in der Lage sein, Herrn Iversen, Füssen in Bayern, ein schönes Anerkennungsschreiben zu schicken:

«Ich lese die Hefte, die ich besitze, immer wieder durch und komme erst allmählich hinter all die Feinheiten, die mir beim ersten und zweiten Lesen entgangen sind. Da ist kein Wort zuviel oder zuwenig; jedes hat seine Bedeutung. Die Ankunft eines neuen Heftes erwarte ich mit Ungeduld, und kann ich dasselbe jedermann nur sehr empfehlen.

Hochachtend
Peter Panter,
Schriftstellereibesitzer
mit elektrischem Betrieb.»

Die Straße der Republik

Abzeichen sind etwas Äußerliches, aber in ihnen steckt für das Auge, für den Betrachter und für den Augenblick das Wesen der Dinge oder doch wenigstens die Erinnerung daran. Der Kampf um Abzeichen ist daher zu allen Zeiten immer ein Kampf für den Kern der Dinge gewesen, und das erste, was eine Partei tat, die anstelle einer anderen ans Ruder kam, war, daß sie die Abzeichen des verhaßten und gestürzten Gegners beseitigte. Sie tat das in der richtigen Erkenntnis, daß Wappen, Embleme, Zierstücke und Ehrenzeichen des anderen immer wieder an den anderen erinnern würden. So hat auch die Pariser Kommune die verhaßten Denkmäler des napoleonischen Regimes gestürzt.

Daß sich das nicht etwa geändert hat und daß dem auch heute noch so ist, zeigt die ungeheure Wut, mit der sich allenthalben die Bourgeoisie auf die Anhänger der gestürzten Räterepubliken warf, daß sie in pedantischer Raserei bemüht war, nicht nur durch Todesurteile, sondern auch durch Abschaffung der kleinsten Äußerlichkeiten alles auszumerzen, was an die verhaßten Roten gemahnen könnte.

Soweit die ernste Grundlage unserer Erörterung. Um uns nun etwas Spaßhafterem zuzuwenden: da hätten wir die deutsche Republik. Was dieses traute Mädchen schon alles für Kummer ausgestanden hat, seit sie ihr den uniformierten Jochen aus der Kammer genommen haben (und nun steht sie leer...) – das ist gar nicht zum Blasen. Denn die Liebe zu Potsdam, so still und so heiß, ist eine heimliche Liebe, von der niemand nichts weiß. Und weil hierorts alldeutscher Patriotismus gleichbedeutend mit Wohlanständigkeit ist, die sich von selbst versteht, weshalb auch niemand etwas dabei findet, wenn er in den unpolitischen Dingen auftaucht: deshalb hat diese freieste aller Republiken, wie sie zu firmieren pflegt, nicht an den alten historischen Grundlagen des Hohenzollernstaates zu rütteln gewagt. An seinem Geiste nicht und an seinen Äußerlichkeiten nicht. – Vom Geist wollen wir hier nicht reden. Er wurde in der Kadettenanstalt Groß-Lichterfelde hergestellt und war auch danach. Die Äußerlichkeiten aber umwimmeln uns auf den *republikanischen Straßen* auf Schritt und Tritt.

Was siehst du? Du siehst: die alten dynastischen Straßenschilder mit den alten dynastischen Namen, du sieht ganze *Schaufenster* mit kleinen, bunten wertlosen Seidenbändern, Blech-, Porzellan- und Silberkreuzchen, mit Orden und Ehrenzeichen, die, von Fürsten begründet, heute noch gekauft, verkauft und verliehen werden und verliehen von solchen, die sich für die Vollstreckung des letzten Willens der Könige von der Republik bezahlen lassen. (In wessen Namen werden eigentlich heute noch diese Orden verliehen? Antwort: Im Namen der Dummheit.) Du siehst *Ansichtskarten* mit den grinsenden Gesichtern fetter Heerführer, mit dem Kaiser am Frühstückstisch, wie er ein Täßchen Mokka schlürft, Unterschrift: «Unser Kaiser im Felde», du siehst alte Tunten, die mit einem Rosenbusch irgendeinen Säugling oder einen vernagelten Hindenburg einweihen, und dann stellt sich heraus, daß es «Unser Großherzogspaar» ist... Und das siehst du alles nicht, weil etwa immer ein böser Wille bei dem Ausstellenden oder dem Verkäufer dahintersteckt – es ist einfach Denkfaulheit und jene traditionell preußische Dummheit, die nicht erkennt, daß gerade dasjenige, worüber keiner mehr nachdenkt, das Gefährlichste ist. Aber nichts ist schwerer, als den Menschen seine Selbstverständlichkeiten abzugewöhnen. Der alte Trott ist so bequem...

Und daher siehst du denn vor allen Dingen – pfui Teufel! die Kriegsandenken an die Große Zeit. Es scheint Leute zu geben, die den Weltkrieg vergessen würden, wenn nicht der größte Mann dieses Jahrhunderts, der Graf Zeppelin, vom Klosettdeckel herübergrüßt. Und gemahnt nicht jenes Eiserne Kreuz aus Blech mit der Inschrift «Gold gab ich für Eisen 1914» an die deutsche Politik? Und so sind der Scheußlichkeiten noch viele.

Man sagt immer, der liebe Gott sehe aufs Herz. Das hat er in Deutschland gar nicht nötig. Wanderer, kommst du nach auswärts, so sage dorten, du habest uns hier schlafen gesehen, wie das Gesetz es befahl! Ein Blick in diese Republik – und man hat sie erkannt bis ins Gekröse. Denn es steht geschrieben: an ihren Straßen sollt ihr sie erkennen...

Und was erkennt ihr? Es hat sich nichts gewandelt!

Parlamentsberichterstattung

Sie taugt nichts. Schlimmer: sie gibt gar kein Bild oder ein falsches. Das hat zwei Gründe: Sensationsgier des Inseratenunternehmers und Parteilichkeit.

Die Parlamentsberichte müssen – so schreibt der journalistische Kodex vor – «aufgemacht» sein. «Aufmachung» bedeutet in der journalistischen Arbeit die große Konzession an die Denkfaulheit des Lesers und an seine Gier, niemals sachlich belehrt, sondern nur äußerlich gekitzelt zu werden. Demzufolge gelten Zwischenfälle und große Heiterkeit und «der Abgeordnete Buß schwingt erregt seine Fäuste gegen das Rednerpult» mehr als eine sachliche Auseinandersetzung. Das färbt auf das Plenum ab. Dem Parlamentshabitué ist ja längst bekannt, daß die Beratung im Plenum immer mehr eine Rodomontade, ein Spektakelstück, eine Zirkuspantomime geworden ist. Großaufnahme! Licht! Bewegung! Damals, als die gekränkten Journalisten ihre Berichterstattung einstellten, weil sie der Zentrumsvollbart Groeber Saubengels getauft hatte, glich das Parlament einer Sängerin ohne Publikum. Mutlos hingen alle Unterlippen herab. Für wen noch? Und eine sachliche ernste Beratung, wie sie ja hier und da noch vorkommt, ist gewiß am nächsten Tag, wenns gut geht, eine Angelegenheit, die kein Mensch liest.

Schlimmer als die Unfähigkeit ist der böse Wille. Jede Parteizeitung bläst die Rede «ihres» Abgeordneten bis zur Unförmlichkeit auf, und alles andre verschwindet daneben. Es ist das gute Recht der Presse, in den sogenannten Stimmungsbildern, hol sie der Teufel, so zu tun, als gäbe es nur eine einzige erfolgreiche Partei. (Man darf allerdings nicht sechs verschiedene Stimmungsberichte nebeneinander halten. Wie weise hat es der liebe Gott eingerichtet, daß die meisten Deutschen immer nur eine Zeitung lesen!) In den eigentlichen Berichten aber sollte jede Redaktion so objektiv sein, auch den Gegner zu Worte kommen zu lassen. Nein, da wird gestrichen und gefälscht, daß es eine Lust ist. Und die ausführliche und inhaltsschwere Rede des politischen Antipoden sieht dann ungefähr so aus: «Abgeordneter Kuhfladen: Wir brauchen eine neue Steuergesetzgebung. Die Ziegen in Pommern werden auch immer fetter. Die Bedenken des Kultusministers teilen wir nicht. Versailles ist eine Schande. Die Bewilligung zum Bau von Geldern für eine Rotunde auf dem Königsplatz lehnen wir ab (Heiterkeit links).» Dabei hat der Mann sicherlich all diese Gegenstände seiner Rede hübsch säuberlich der Reihe nach berührt; natürlich weder so unsinnig noch so kurz. Davor steht die Auslassung des Parteifreundes, und da ist dann keine Hyperbel und keine Redefigur, die nicht voll und ganz und in Danachachtung der Zweckzüglichkeit ausgedruckt wäre...

Diese stumpfsinnige Art der Parlamentsberichterstattung verkleinert das politische Horizontchen des Lesers noch mehr. Resultat: Deutschland.

Reform? Ich glaube nicht an reformierende Reglements. Es gäbe ja eine Möglichkeit, durch politisch simultan zusammengesetzte Kommissionen zwei Einheitsberichte in die Welt hinausgehen zu lassen: einen für große Zeitungen und einen für kleine. Dafür spricht: die annähernd größte Objektivität, die so zu erzielen wäre. Dagegen: Schwierigkeiten bei der Stilisierung und der Zeitmangel.

Eine Reform der Parlamentsberichterstattung wird also auf die Einsicht und den guten Willen der Beteiligten angewiesen sein. Ergel: wird sie nicht zustande kommen.

Zum 9. November

Mein entfernter Bekannter Theobald Tiger könnte mit Leichtigkeit zu diesem Erinnerungstage einige Verse brummen – aber es ist nicht an dem. Kein Grund zum Jubilieren. Eher zum Grimmigsein.

Was ist gewesen?

Ein System, das nicht mehr einen Schritt krauchen konnte – brach zusammen. Die Führer desertierten oder verkrochen sich. Die deutsche Welt hielt den Atem an. Einen Tag. Zwei Tage. Aber dann kamen sie aus allen Löchern gekrochen...

Ganz abgesehen von dem ungeheuren Fehler, daß man die Konkursverwaltung einer Pleitefirma übernahm und nun von den getäuschten deutschen Gläubigern alle Vorwürfe einzuheimsen hatte, die der alten Schwindelgesellschaft zukamen – warum hat man die alte kaiserliche Regierung nicht *ihren* Frieden abschließen lassen? –, ganz abgesehen davon: was waren das für Revolutionäre? Die tiefste Sehnsucht des Volkes war geweckt – aber nichts wurde davon befriedigt. Emil Barth hat in seiner lesenswerten Broschüre «Aus der Werkstatt der Revolution» einiges von diesen Männern erzählt. Gerechter Himmel! Welche Spießer der Barrikade! (Barrikaden gabs kaum. Sie sind im preußischen Allgemeinen Landrecht nicht vorgesehen.) Und der Kampf des Jahres 1919 war ein Bruderkampf, in dem die Reaktion erstarkte, erstarkte – bis sie heute wieder obenauf ist. Und das nicht ohne tatkräftige Mitwirkung des Oberpräsidenten Noske.

Hat sich etwas gewandelt? Was krähen die Süddeutschen, was schreien die Orgeschleute, was brüllen die Studenten? Sie haben doch alles. Alles: die Verwaltung, die den paar nach oben gespülten Ministern niemals richtig gehorcht hat, die Rechtsprechung, zu der wir in politischen Prozessen kein Vertrauen mehr haben, die Gesetzgebung, und das gefördert durch eine Wahl, wo der durch Bolschewistenplakate geängstigte Kleinbürger, von den Demokraten angefangen, alles scheel ansah – sie haben alles. Und wir können von vorn anfangen.

Und wir müssen da anfangen, wo wir 1914 aufgehört haben, und vielleicht noch früher.

Ihr werdet begreifen lernen müssen, daß mit Vorschriften, neuen Reglements über Betriebsräte, neuen Paragraphen, neuen Verordnungen allein noch gar nichts getan ist. Es ist eine Herzenssache, die hier abgehandelt wird. Und solange sie alle kalt, unverändert, mit dem preußischen Glauben an die plumpe Gewalt, ungeistig und stur an die Dinge herangehen –: so lange ist nichts zu machen. Räumt in den Familien auf, in den kleinen Konferenzzimmern der Schulen, unter der Kundschaft der Kolonialwarenläden, in den Portierslogen – da ist Arbeit –!

Macht eine lang andauernde Revolution: *die Revolution des kleinen Mannes!*

Und denkt mit altem Haß an jene vier Mordjahre kaiserlicher Prägung – an Jahre der Lüge, der Gewalttat, des Offizierrausches, der deutschen Erbkrankheit: des hemmungslosen Sadismus, der sich hinter der Vorschrift duckt. Kennt ihr nicht alle mindestens *einen* heimlichen Unteroffizier in Zivil? wenigstens einen sehnsüchtigen Wachtmeister? Verhinderte Menschenschinder? Und nicht alle sind verhindert.

Denkt an diese Jahre und spuckt einmal kräftig aus, wenn sie euch mit den alten Lügen kommen, die euch feiern sollen und in Wahrheit euch nur wieder demütigen werden. Denkt daran und an jenen Novembertag, an dem sich beinahe – beinahe! – das deutsche Geschick erfüllt hat...

Und arbeitet unverdrossen für einen neuen Tag, der ohne Blutvergießen und Gewalt jenes Reich heraufführen soll, das uns allen vorschwebt und das wir alle lieben: ein neues Deutschland –!

Die beleidigten Hotels

In Berlin sind mehrere große Hotels von der Polizei durchsucht worden, ob sie vielleicht Schleichhändlerwaren verkauften. Darob ungeheuerliches Gezeter in den Hoteldirektionen und in der bürgerlichen Presse. Die brachte mehr und längere Berichte über diese Vorfälle als zum Beispiel über die Ermordung von 32 Kriegsteilnehmern durch einen jungen, größenwahnsinnigen Lümmel aus dem preußischen Offizierkorps. Marloh... das ist ja auch nicht so schlimm. Aber keine Beefsteaks mehr? Det geht doch zu wie im Bolschewismus.

Die Durchsuchung der Berliner Hotels war rechtmäßig. Aber auch fruchtlos und in ihren letzten Motiven nicht zu billigen.

Damit hier keine Mißverständnisse aufkommen: Hätten wir eine staatlich geregelte Bewirtschaftung der Lebensmittel, so wäre es selbstverständlich, daß die großen Hotels ihr ebenso unterliegen müßten wie alle andern Einzelpersonen und Gruppen. Dann wäre über den polizeilichen Eingriff gar nicht zu reden, denn es ist durchaus nicht einzusehen, warum die rohe Macht des Geldes Vorschriften für die Allgemeinheit durchbrechen soll. Der Fall liegt aber verwickelter.

Ein Staat, der nicht die Macht hat, den Gutsbesitzer und den Kleinbauern zur Ablieferung von Lebensmitteln zu menschenmöglichen Preisen zu zwingen, soll seine lächerliche Maschinerie, die immer mehr zum Selbstzweck für die Gehaltsempfänger wird, nicht nur an den wehrlosen letzten Gliedern der Schieberkette auslassen. Es ist ökonomisch falsch gesehen, daß der Staatsanwalt schlafen muß, wenn der Bauer nicht oder zuwenig abliefert; daß er schlafen muß, wenn der Aufkäufer auf dem Lande schwarzgeschlachtete Ware zusammenkauft; daß er schlafen muß, wenn die Ware in die Stadt befördert wird; daß er schlafen muß, wenn sie hier an vielen Stellen verkauft wird – und daß er nun plötzlich an einer Stelle aufwacht.

Dazu kommt der groteske Umstand, daß der gesamte Polizeiapparat, vom Unterwachtmeister bis herunter zum Staatsanwalt, eben denselben Schleichhandel täglich benutzt und teilweise benutzen muß. Natürlich verzehrt der dicke Wachtmeister nach so einer erfolgreichen Razzia, von der Kälte und seinem aufgeplusterten Diensteifer gerötet, nachher in einer Kneipe beim Glase Bier eine Wurst, die womöglich demselben Schwein entstammt, dessen Schinken er im Adlon soeben beschlagnahmt hat. Natürlich «besorgte» sich der Staatsanwalt, der gegen die Hotelbetriebsgesellschaft vorgeht, seine Butter im Laufe der letzten fünf Jahre nicht immer auf die Speisefettkarte. Hier stimmt etwas nicht.

Dieser Staat hat strenggenommen kaum ein moralisches Recht, plötzlich einen kleinen Dieb zu hängen.

Das entschuldigt noch lange nicht den Tubaton der Entrüstung, der da von den Hotelbesitzern in höchster Not ausgestoßen wird. Vorschriften, sagen sie, mag ja der Staat erlassen, soviel er will – aber für uns gelten sie nicht. Schon schwillt die deutsche Männerbrust, schon verzweifeln sie an den höchsten Gütern der Menschheit und drohen mit Schließung der Betriebe, was Schieber, Staatsanwälte, Ententekommissionen und Kokotten gleichmäßig treffen würde. Es ist nicht leicht: Allemal derjenige, der diese Gesetze der Zwangswirtschaft nun auch wirklich befolgen soll, wehrt sich mit Zähnen und Klauen bis zum äußersten und beweist dir klipp und klar, daß es die andern nicht besser machen und daß er jedenfalls die Vorschriften keinesfalls befolgen könne, wolle er nicht untergehen.

Und so lastet denn die Zwangswirtschaft zu ihrem schlechten Teil auf dem letzten, den die Hunde beißen, auf dem, der sich durch keine Schmiergelder und keine Entrüstung seiner Fachgruppe wehren kann: auf dem Arbeiter und dem Kleinbürger. Der muß. Die andern tuns nicht und schreien.

Lustig ist in diesem Falle die Haltung der bürgerlichen Presse. Sie steht zwischen zwei Feuern: auf der einen Seite die von ihr verehrte Obrigkeit – auf der andern Seite gute Inserenten und gute Abonnenten. Hin und her geschleudert von den erregten Zuschriften der kriegführenden Parteien, bemüht sie sich schon wegen des darbenden kleinbürgerlichen Lesers, ein frommes Einerseits-Anderseits zu blasen.

Daß die Beamten der Polizei beim Vorgehen wiederum mehr ihrem Machtkoller als dem Paragraphen gehorchten, ist in Deutschland selbstverständlich. Sie nahmen entgegen den Vorschriften eine Haussuchung ohne Vorlage des schriftlichen Befehls vor und drohten, jeden niederzuschießen, der sich ihnen entgegenstellte. Sie werden sowenig bestraft werden wie jeder, der in diesem Kasernenhoflande seine Waffe dazu benutzt, um seinen Sadismus austoben zu lassen.

Der Hotelkampf wird nicht ausgefochten werden. Nach ein paar Geldstrafen, Protesten und Formalurteilen wird sich die Staatsanwaltschaft beruhigen, und nach wie vor werden die weitsichtigen Leiter der großen Betriebe ihren kargen Unternehmerlohn im Eden-Hotel bei Wasser, Brot, Seezunge und Sekt verzehren können. Das walte Gott. Amen.

Bußtag

Gestern ist Bußtag gewesen. Die Polizei hat noch einmal eine Verwarnung ins Land geschickt, die Kabaretts, die Lustspieltheater, die Tanzbühnen – sie durften in Anbetracht der Weihe des Tages nicht spielen. Nun ist das ja weiter kein Unglück, aber die Begründung ist unsinnig.

Berlin büßt nicht. Mit Ausnahme der geringen Zahl von Kirchenbesuchern, deren einer Teil wirklich gläubig ist und deren anderer nicht alle wird, kümmert sich kein Mensch um die rote Zahl im Kalender, sondern betrachtet den Tag, soweit er ins Geschäftsleben eingreift, als Gratissonntag. Ein innerliches Verhältnis zu diesem Tage hat er nicht. Er kann es nicht haben, weil er längst zur Kirche keines mehr hat und weil er sich höchstens bei Taufen, Hochzeiten und Todesfällen etwas Ähnliches vormacht. Berlin büßt nicht.

Die Revolution, die keine war, hat mit dem ungerechtfertigten Anspruch der Kirche, störend in das Leben einzugreifen, nicht aufgeräumt. Schade. Man wird den Konsistorialräten über kurz oder lang klarmachen müssen, daß die Zeit vorbei ist, wo ein kirchlicher Feiertag in der großen Stadt wirklich etwas bedeutete. Daß auch nur ein einziger Mensch etwa deshalb frommer würde, weil sich Celly de Rheidt an diesem Abend nicht die Hosen auszieht, ist nicht anzunehmen.

Tut *keine* Buße! Sondern spuckt der Polizeikirche in die Bouillon, wo, wann und wie oft immer ihr könnt! Amen.

Wo bleiben deine Steuern?

Vor mir liegt der Entwurf des Reichshaushaltsplanes für das Rechnungsjahr 1920. Im ersten Bande befindet sich der Haushalt des Reichspräsidenten, des Reichstags, des Reichsministeriums, des Reichskanzlers und der Reichskanzlei, des Reichsministeriums des Auswärtigen, des Reichsministeriums des Innern, des Reichswirtschaftsministeriums, des Reichsarbeitsministeriums, des Reichswehrministeriums. Die Haushalte der ersten sieben Dienststellen nehmen zusammen 313 Seiten ein – der Haushalt des Reichswehrministeriums umfaßt 255 Seiten.

Der Gesamtetat für das Heer von hunderttausend Mann einschließlich der Marine beträgt für das Rechnungsjahr annähernd *fünf Milliarden Mark*.

Diese Organisation, die bestenfalls eine ungeschulte Polizeitruppe darstellt und ohne Erlaubnis der Entente niemals vor den Feind kommen kann, ist noch nicht zwei Jahre alt. Am 9. November 1918 war das deutsche Volk aufgewacht und hatte erkannt, daß ein schlimmerer Feind als der jenseits der Schützengräben hinten in seinen Generalkommandos saß. Im Januar 1919 sammelte sich der Sozialdemokrat Gustav Noske mit einem Grafen Bismarck Offiziere und Mannschaften von der Straße auf, bekämpfte mit ihnen die klassenbewußten Arbeiter, schützte die Banken und erreichte in kürzester Zeit, daß ein neues Heer erstand. Ein Heer, das aus der großen Zeit jene verschwenderische Überorganisation, jenen bunten und lauten Apparat übernahm, ohne auch nur *eine* Leistung der alten kaiserlichen Armee aufweisen zu können. Die Arbeit, die da geleistet wird, ist ganz und gar eine Arbeit in sich. Die Reichswehr erinnert an eine Lokomobile, die das Holz, mit dem sie geheizt wird, selbst sägt.

Die folgenden Zahlen werden das Bestreben der leitenden Offiziere aufdecken, möglichst viel Kastenkameraden unterzubringen. Sie arbeiten alle, gewiß. Jeder, der die Verhältnisse kennt, weiß, daß sich preußische Dienststellen gegenseitig so viel Aktenarbeit machen können, wie sie wollen. *Diese Arbeit ist unproduktiv.* Die Arbeitslosenunterstützung nach Chargen weist folgende Einzelheiten auf:

Seite 8 des Etats «Reichswehrminister. Ausgaben für besondere Zwecke 4 Millionen. Die Mittel sind übertragbar und stehen ausschließlich zur Verfügung des Reichswehrministers. Die Jahresrechnung unterliegt der alleinigen Prüfung des Reichswehrministers, der auch die Entlastung erteilt.» Welchem Zweck dient dieser schwarze Fonds?

Seite 15: Die Offiziere und höhern Beamten des Reichswehrministeriums erhalten eine sogenannte Ministerialzulage von zusammen 484800 Mark.

Seite 44: «Besondere Ausgaben. Übungsreisen, Übungsritte und Besprechungen im Gelände 1270200 M.» Die berühmten Kritiken mit anschließendem Frühstück in frischer Luft («Was? 30 Kilometer Luftlinie ist das Dorf entfernt? Es wird schon einen näheren Feldweg geben!») sind in aller Erinnerung. Dieses Heer darf nicht kämpfen. Und für die Verdauungsgalopps seiner Offiziere *1 Million*?

Seite 68: Was man nicht deklinieren kann, sieht man als Nachrichtenwesen an. Die hunderttausend Mann haben sich so viel gegenseitig zu benachrichtigen, daß die «Andern persönlichen Ausgaben» des Nachrichtenwesens 2311000 M. und die «Sächlichen und vermischten Ausgaben» 2069000 M. betragen. Darunter befinden sich Futterkosten für 1300 Tauben und 145 Diensthunde. (Ist das der offizielle Ausdruck für Spitzel?)

Seite 76: Die Seelsorge der Reichswehr verschlingt insgesamt 601200 M. Es ist den Reichswehrangehörigen unbenommen, wie alle andern Leute in die Kirche zu gehen. Aber sie haben offenbar einen besonderen, einen uniformierten lieben Gott. Hat man schon jemals etwas von einem Feuerwehrpfarrer gehört?

Seite 88: Pferdehaltung 15412900 M.

Pferde mögen noch nötig sein. Wozu aber Heeresanwälte erforderlich sind, das weiß außer den Posteninhabern kein Mensch. Nach scheinbarer Aufhebung der Militärgerichtsbarkeit betragen die Kosten für die Rechtspflege im Heere 1376150 M. (Seite 78.)

Seite 218: «Gnadengebührnisse für die Ende März 1920 oder später mit Pension ausgeschiedenen Offiziere: 2000000 Mark.»

Aus Seite 249 geht hervor, daß an die Inhaber alter kaiserlicher Klunkerorden und Ehrenzeichen Ehrenzulagen von der Republik munter weitergezahlt werden. *Die Summe überschreitet weit eine halbe Million.*

Seite 150: «Reise- und Umzugsgebührnisse sowie Reisebeihilfen 2150000 M.» Wer das preußische Militär kennt, weiß, daß dies ein Gewerbe ist, das im Umherziehen ausgeübt wird. Wenn diese Wirtschaft mit den Versetzungen, Kommandierungen und Dienstreisen nicht wäre, hätte das von der Entente geduldete Trüpplein überhaupt nichts zu tun. Also macht es sich Scheinarbeit.

Der Geist der Reichswehr ist bekannt. Der Chef der Heeresleitung hat offen das deutsche Volk und damit den deutschen Feldsoldaten gegen die politische, also militärische Leitung während des Krieges ausgespielt und verhöhnt. Er hat sich und uns ein neues Sedan gewünscht. Man kann sich also ungefähr einen Begriff machen, wie die Erziehungsarbeit an dem republikanischen Reichswehrsoldaten aussieht. Seite 53: «Wenn die Reichswehr zu einer sicheren und zuverlässigen Stütze der Regierung herangebildet werden soll, muß neben der militärdienstlichen Schulung eine umfassende Fürsorgetätigkeit während der Dienstzeit einsetzen, die Geist und Sittlichkeit der Truppe hebt und fördert, dem Reichswehrangehörigen allgemeines staatsbürgerliches und politisches Verständnis vermittelt und vor allem sich außerdienstlich seiner annimmt und ihn der Versuchung der Straße entzieht.» Die Straße: das sind wir. *Die Entziehung kostet 18570450 M.* (Seite 54.)

Weil wir gerade von dem moralischen Geist der Reichswehr (und von dem Paasche-Mord) reden: die Sittlichkeit der Bendlerstraße verbietet nicht, der Reichswehr, deren politische Haltung während des Kapp-Putsches infolge ihrer schlechten politischen Erziehung durchaus zweifelhaft gewesen ist, noch Geld für einen versuchten Hochverrat zu bezahlen. Seite 43: «Bei Unterdrückung der Unruhen im März 1920 erwies es sich als notwendig, den Heeresangehörigen besondere Zulagen zu gewähren, deren Zahlung zum Teil bis Ende Juni 1920 stattgefunden hat. Es entspricht der Billigkeit, von der Einziehung der Mehrbeträge abzusehen.» Wie sagt der Berliner? «So siehst du aus!»

Die Redensart «Es entspricht der Billigkeit» kehrt häufig in diesem lustigen Etat wieder. Es entspricht zum Beispiel auf Seite 21 der Billigkeit, «auch Unterzahlmeistern, Oberfeuerwerkern, Feuerwerkern, Zeugfeldwebeln und Schirrmeistern das Weiterdienen zu ermöglichen». Sie werden als Unteroffiziere verwendet; das heißt: man braucht sie nicht. Aber man bezahlt sie doch.

Die Reichswehr war ursprünglich 200000 Mann stark und ist auf Befehl der Entente auf 100000 Mann verringert worden. Was tut der Deutsche, wenn er schon durchaus eine geliebte Dienststelle auflösen muß? Er wickelt ab. In dem ganzen großen Etat sind diese entsetzlichen Abwicklungsstellen noch gar nicht alle enthalten, aber auf Seite 33 bekommen wir einen Vorgeschmack: «Einschließlich 206 Zahlmeistern zur Erledigung der Abwicklungsarbeiten aufgelöster Reichswehrformationen. Für diese Arbeiten sind die Zahlmeister unentbehrlich.» Ein Gehalt ist manchmal auch unentbehrlich.

Ein Reichsmilitärgericht, das überflüssigerweise immer noch besteht, kostet 1434996 M.

Der Gesamtskandal ergibt folgendes Bild: Die Reichswehr ist 100000 Mann stark. Davon Offiziere: 4000 Mann. Unteroffiziere: 17627 Mann. Mannschaften: 78373 Mann. Rund gerechnet kommen also auf je 20 Mann 1 Offizier, auf je 5 Mann 1 Unteroffizier. Die Negerrepublik Haiti hat ein Heer, das besteht aus zwei Kanonen, einem alten Maulesel und einem General. Unsere Reichswehr hat 123 Obersten, 36 Generalmajore, 14 Generalleutnants, 4 Generale – in Generalsstellen befinden sich 54 Mann. Ein Hauptmann kommandiert durchschnittlich 100 Mann – *wenn* er sie kommandiert, was aber nicht der Fall ist, da viele Hauptleute in Schreiberstellen beschäftigt sind. Die Reichswehr hat im ganzen 41000 Pferde; jeder Offizier ist beritten, Stabsoffiziere haben zwei Pferde. Die Reichswehr hat 1806 Beamte.

Im Reichswehrministerium sitzen 557 Personen. Das Reichswehrministerium und die Heeresleitung kosten jährlich 15 Millionen.

Sie spielen große Zeit. Sie wirtschaften heute noch auf einem bankrotten Lande herum, als sei es belgische Etappe. Im Reichstag hat man sich neulich über die Besatzungskosten der Ententetruppen im Rheinland so sehr entrüstet und auch darüber, daß Deutschland dort die Katzen der Generalstöchter bezahlen müsse. *Ein* Land hat seine Katzen und ein *anderes* hat seine Affen. Wir haben unsere Reichswehr. Bevor ihr euch weiter entrüstet: Schafft euch doch erst einmal diese ungeheuerlichen Kosten vom Halse!

Die Soldatenspielerei auf dem Lande mit ihrem Milliardenetat wird nur durch die Eisenstirnigkeit der Marine übertroffen. Das soll in einem zweiten Artikel behandelt werden.

Und nur zwei ehrliche Zahlen stehen in dem ganzen Reichswehretat. Seite 4:

«Reichswehrministerium:
Einnahmen der Verwaltung des Reichswehrministeriums:
Verkaufserlöse und ähnliche Einnahmen . . . . . 30 M.
Alle übrigen Einnahmen . . . . 30 M.
Mithin Aktivwert der republikanischen Reichswehr: 60 M.

Wo bleiben deine Steuern?
II.

Wir haben hier voriges Mal betrachtet, welchen Anteil die Reichswehr an ihrem Fünfmilliardenetat hat. Stolz weht die Flagge Schwarz-Weiß-Rot auch über der Verschwendungssucht der königlich republikanischen Marine. Die Marine hat eine Haushaltsstärke von 14920 Köpfen. Diese 14000 Leute werden von 1111 Beamten verwaltet, so daß also *auf je 14 Mann ein Schreiber* kommt. Der allgemeine Werftbetrieb der Marine ist mit 78283480 M. veranschlagt. *Die Kosten für die Admiralität* (die der Heeresleitung entspricht) betragen *allein* 9124965 M., also annähernd ein Neuntel des Werftbetriebes. Man muß aber sehen, was es da alles gibt: die paar Schiffe, die man uns gelassen hat, haben immerhin noch acht Kontreadmirale, drei Vizeadmirale und was sich alles in der Admiralität herumdrückt, ist nicht zu sagen.

Der Chef der Admiralität hat für geheime Ausgaben einen *schwarzen Fonds* von 50000 M. Welches Kap zum guten Spitzel umsegelt er damit? Die sogenannte geistige Wohlfahrtspflege verschlingt 865 125 M. Man muß die Klagen aus den Seegarnisonen und Hafenstädten kennen, um den tiefen Abstand, der zwischen Zivil- und Marineoffizieren herrscht, zu ermessen. Rechnet euch aus, in welchem Sinne die Gelder für den neuen vaterländischen Unterricht verwandt werden!

Der Gesamtetat für die Marine von 15 000 Mann beträgt 513 530086 M., *also über eine halbe Milliarde.*

Bei diesen Betrachtungen ist die Existenz der noch immer bestehenden Heeresabwicklungsstellen nicht berücksichtigt. Die kosten den Staat abermals Hunderte von Millionen.

Die Ehrfurcht des Deutschen vor jedem behördlichen Apparat ist riesengroß. Zweifellos halten alle diese unformierten und chargierten Arbeitslosen eine gewisse Dienstzeit ein: Der Bureaukrat tut seine Pflicht... Sicherlich tun diese Oberkriegsgerichtssekretäre, Vermessungsdirigenten, Oberstabsapotheker, Nachrichtenoffiziere, Ministerialräte – sicherlich tun diese alle irgend etwas.

Aber es ist eine Arbeit in sich. Einer gibt immer dem andern zu schreiben, und was dabei herauskommt, ist ziemlich dürftig.

Der Tatbestand ist der: Die Entente hat dem Lande ein Heer von 100000 Mann gelassen, das eine rein repräsentative Rolle spielt. Für die internationale Kriegsführung ist Deutschland (offiziell) entwaffnet. Für die Aufrechterhaltung der Verfassung nach innen ist dieses Heer wie jedes Heer nur für kleine Störungen von links zu verwerten, denn wenn eine große Welle das ganze Volk erfaßt und es der Wille des ganzen Volkes ist, zu stürzen und zu ändern, so wird ein solches Heer mit Recht als nebensächlich weggespült. Und wenn der Putsch von rechts kommt, wird dieses Heer auch keinen Widerstand leisten. Es wird entweder kräftig mitwirken oder sich auf den Boden der «gegebenen Tatsachen» stellen.

Und diese Institution kostet den schuldenüberladenen Staat augenblicklich fünf Milliarden Mark jährlich.

Für einen gewandten Verwaltungsbeamten – und weiter sind diese Soldaten heute nichts – ist nichts einfacher, als die Notwendigkeit jeder einzelnen Stelle schriftlich ausführlich zu begründen. Das besagt gar nichts. Der Versorgungswunsch ist der Vater all dieser Ämter, und wenn man keine Arbeit hat, dann macht man sich welche. Der Etat wäre allenfalls für eine schlagfertige Armee eines bedrohten Landes verständlich – heute ist er nichts als der Schrei von hunderttausend Mann (und ganz besonders ihrer Offiziere) nach Versorgung.

Es ist eine Herzenssache, die hier abgehandelt wird. Verhätschelt im Kriege, überzahlt, mit Spiritus und Butter getränkt, von den Frauen und den Reklamationsbedürftigen überlaufen, können sich diese Kasinogötter und Etappengötzen ihr Leben nicht mehr anders vorstellen als so: bei einem Minimum von wirklicher nutzbringender Arbeit mit einem Maximum staatlichen Einkommens erhalten zu werden. Es sind bunte Drohnen.

Es sind aber auch gefährliche Drohnen. Das Militär hat sich, erzogen durch eine jahrhundertealte Tradition, einmal geschlagen, und dann wieder aufgemuntert durch Gustav Noske, an eine Vormachtsstellung in Deutschland gewöhnt. Man stelle sich nur einmal vor, daß irgendeine andere öffentliche Einrichtung zum allgemeinen Besten – wie etwa das Unfallwesen oder die viel wichtigere Feuerwehr – so viel von ihrer Arbeit hermacht wie diese wenigen Soldaten. Was leisten sie denn? Dafür, daß sie ein ungestörtes Wachtstubenleben führen, aufgeschreckt nur durch die Schikanen ihrer Vorgesetzten und durch die Angst, einmal ihre Stelle zu verlieren, werden sie sinnlos überzahlt. Dazu kommt, daß sie ihr Amt mißbrauchen.

Es ist nicht Sache des Militärs, den deutschen Geist zu pflegen, denn das sind zwei unüberbrückbare Gegensätze. Es ist aber ganz gewiß unehrlich, wenn ein Teil dieser Reichswehroffiziere, nach wie vor stramm wilhelminisch gesinnt, von der Republik Geld nimmt, um einen dreimal verfluchten preußischen Geist in den Kasernen zu konservieren. Drängen diese bezahlten Republikaner nicht alle heraus, die wirklich demokratisch sind? Wie wird der republikanische Führerbund bedrückt! Der Reichswirtschaftsverband deutscher Berufssoldaten klagt und klagt – denn an einer straffen berufsständischen Vertretung der Soldaten ist den Offizieren nichts gelegen.

Laßt euch nicht von dem schnurrenden Apparat der Dienstautomobile, der Aktenschränke, der Exerzierplätze, der Werftanlagen betäuben! Hier wird keine für das Staatswohl irgendwie beträchtliche Arbeit geleistet. Hier ist nichts als eine schwammige, aufgeplusterte Masse von interessierten Reaktionären. Und wer bezahlt sie?

Und da findet sich keine Mehrheit von gescheiten Politikern im Reichstag, die einen solchen Unfug glatt ablehnt? Da ist die Angst vor roten Armeen so groß, daß jede, aber auch jede sinnlose Verschwendung bei diesem Steuerelend glatt durchgeht? Das Geld ist herausgeworfen: denn wir haben keinen Nutzen davon. Das Geld ist schlecht angewandt: denn die republikanische Wehrmacht entwickelt sich langsam zum nationalen Kriegerverein.

Bedenkt, daß demgegenüber das ungeheuerliche Elend der Kriegsverletzten steht, die bei voller Erwerbsunfähigkeit 2000 M. jährlich weniger bekommen als ein unverheirateter Reichswehrsoldat – bedenkt die verzweifelten Kämpfe der hungernden Hinterbliebenen, die sie mit den Versorgungsämtern um jeden Groschen führen müssen. Mit den Versorgungsämtern, wo entlassene Offiziere der kaiserlichen Armee, zu Regierungsräten befördert, hocken und alles Interesse daran haben, ihre Arbeit in die Länge zu ziehen, damit sie desto länger im Besitz ihrer Stellen bleiben. Bedenkt, daß dieser Fünfmilliardenetat von einem bankerotten Volke aufgebracht werden soll und daß sich um Lohnerhöhungen der Arbeiter die bittersten und schlimmsten Kämpfe abspielen. Die da streiken nicht. Die sind unverwüstlich.

Wenn wirklich einmal Philipp Scheidemann, dessen Parteifreund Gustav Noske unter Zustimmung der Rechtssozialisten dieses neue System begründet, heraufbeschworen und geduldet hat, die Haltung der kostspieligen Reichswehr im Reichstag bemängelt, hört sich das Herr Seeckt (denn Herr Geßler zählt nicht) von der Loge aus mit glattem Dienstgesicht an, fährt mit seinen Leuten im Auto nach der Bendlerstraße zurück und weiß: Er hat nichts zu befürchten.

Denn unbeugsam, festgewurzelt, unverändert und unerschütterlich ruht im Herzen dieses Volkes und seiner Vertreter die Liebe zur bunten Macht, die Liebe zu «Unserm Militär»!

Die Papiere

Neulich las ich in der «Kreuzzeitung» einen längeren Reklameartikel, der den jungen Deutschen die Herrlichkeit einer Reichswehrsoldatenlaufbahn erklärte. Abgesehen davon, daß darin stand, die Haupttugend des republikanischen Soldaten sei der Gehorsam (Vater Geßler! Geheiligt werde Dein Name! Amen) – war aufgezählt, was der Soldatenaspirant vor seinem Antritt alles für Papiere vorzulegen hätte. Es waren herrliche Sachen dabei. Militärpapiere, Geburtsbescheinigungen, Polizeipapiere, Papiere, Papiere, Papiere... Was soll das alles?

Der Reklameartikel verlangte von den Papieren, daß sie den Lebenslauf des einzustellenden Soldaten «lückenlos» erzählten. Was soll das alles?

Die hohe Obrigkeit hat mit ihrem Papierfimmel ein ganzes Land angesteckt. Jeder Unternehmer, jeder Haushalt, jeder Arbeitgeber kann sich gar nicht mit der Vorlage von Papieren genug tun. Man muß den heiligen Ernst sehen, mit dem der Prüfende die gestempelten Papiere auseinanderfaltet. Ein Papier, das nicht gestempelt ist, ist überhaupt keins.

Es ist einmal die lächerliche Abneigung vor sogenannten «vorbestraften» Leuten, die diese Papiersucht großgezogen hat. Nun kann nicht oft genug wiederholt werden, daß die Tatsache einer deutschen gerichtlichen Bestrafung zunächst gar nichts heißen will. Dieser Staat hat so viele und so lächerliche Vorschriften erlassen, daß es ein großes Wunder ist, nur ein Sechstel seiner Gesamtbevölkerung – also von 60 Millionen 10 – bestraft zu sehen. Jeder kleine Dorfschulze läßt einen Paragraphen auf die Tafeln pappen, um die Notwendigkeit seiner eigenen Existenz darzulegen. Da die meisten dieser Paragraphen überflüssig und viele schädlich sind, so werden sie natürlich übertreten, manche Übertretung kommt heraus, und drei weise Männer des Gerichts verdonnern den Missetäter. Oder einer hat in einer augenblicklichen Notlage geklemmt, um zu essen – und das hängt ihm nun sein ganzes Leben lang an. Er ist nun vorbestraft. Und hat einen Klecks in den Papieren. Und mit hochgezogenen Brauen lesens die Arbeitgeber und Markthallenfrauen...

Das wäre also die eine Furcht, der Mann, der da vor dem Arbeitgeber steht, könne einmal in seinem Leben gesessen haben. Der Kenner des preußisch-deutschen Justizbetriebes kann da nur froh sagen: «Na wenn schon!» Diese Richterurteile schaden viel, aber sie wiegen wenig.

Der zweite Grund, von jedem Menschen bei jeder Gelegenheit Papiere zu verlangen, liegt in einer ekelhaften kleinbürgerlichen Neugier. Das alberne Meldewesen in Deutschland, das Zehntausende von Schreibern beschäftigt und Millionen von Einwohnern plagt, ist eine Überflüssigkeit, die kriminalistisch noch nie genutzt und kulturell immer nur geschadet hat. Dein Portier muß zum Beispiel wissen, wie du es mit der Religion hältst, das Fremdenbuch im Hotel hat viele schöne Spalten, und die verhinderten bayrischen Monarchisten behandeln augenblicklich alle Preußen als Ausländer, indem sie ihnen eine Meldepflicht auferlegen, die ungefähr an diejenige spionageverdächtiger Ausländer im Jahre 1914 erinnert.

Durch das ganze Getriebe der Papiervorlegungen in Deutschland geht der muffige Geist widerwärtiger Gesinnung des Obrigkeitsstaates. Der schnauzbärtige Gendarm, der auf alten Bildern den armen Handwerksburschen anherrscht, ist kein Holzschnitt, sondern Wirklichkeit. Ganz abgesehen davon, daß zum Beispiel die Spalte «Religion» nach der Reichsverfassung niemals ausgefüllt zu werden braucht (und es sind Fälle denkbar, wo einem sein protestantisches oder mosaisches Religionsbekenntnis schaden kann) – ist dieser ganze Glaube an die allmächtige Wahrheit der Papiere überholt und lächerlich.

Wie entstehen sie denn?

Das Papier möchte ich in Deutschland sehen, das ich mir bei einigermaßen guten Beziehungen nicht verschaffen kann. Es ist wie beim Militär: die ungeheuerlichsten Schutzvorschriften türmten sich vor Antritt eines Erholungsurlaubes, vor Empfangnahme eines Paar Stiefelsohlen, vor Einlieferung in ein Genesungsheim auf. Und wie wurde es gemacht? War man geschickt und gut angeschrieben, so sprach man mit dem, der solche Papiere auszustellen hatte, ein paar freundliche und manchmal auch inhaltsschwere Worte – und siehe da: auf einmal hatte man alles.

Denn das weitaus Widerlichste an der preußischen Korruption im Gegensatz zur russischen ist, daß sie verlogen legalisiert wird. Nach den Akten, Zeugnissen und Papieren ist immer alles in Ordnung. Aber wie die Papiere entstanden sind, danach fragt kein Mensch.

Die erzwungene Vorlage von Bescheinigungen und Zeugnissen ist, wäre sie nicht schädlich, belachenswert. Diese stumpfsinnige Bureaukratie glaubt dem lebenden Steuerzahler nicht, daß er geboren ist. «Das kann jeder sagen!» Papiere, Papiere! Drückte man früher einem lieben Gestorbenen sanft die Augen zu, so schreiben sich heute die Familienmitglieder am Totenbett die Finger krumm, damit jeder Brillenmensch von Assessor seine Schmierage auf dem Bureautisch vorfindet. Papiere, Papiere! Die Heldenbrust des grün-blauen Wachtmeisters wölbt sich höher, wenn er Papiere verlangen oder bestempeln darf. Man hat im großen und ganzen den Eindruck, in einem staatlichen Hengstgestüt zu leben: jedermann bekommt seinen Stempel auf den Hintern, und nur dann mag es ihm erlaubt sein, zu leben. Dieser von stellungsgierigen Offizieren und Großindustriellen terrorisierte Staat, der als «Republik» firmiert, hat den Papierwahnsinn nicht abgeschafft, sondern zur Blüte gebracht.

Er ist aber nicht nur spaßhaft. Er ist auch ungemein schädigend. Kriegsverletzte können vor Krankheit krepieren: wenn sie nicht ihre Papiere vorgelegt haben, dann sind sie, wie der Berliner so schön sagt: «Neese». Mag doch so ein von Ludendorff ruinierter Stumpf von Amt zu Amt krauchen – Papiere, Papiere! Millionen, die nach Verdienst schreien, bekommen keine Arbeit, aber vom Magistrat einen Fragebogen, auf dem sie zu beantworten haben: wo ihre Großmutter väterlicherseits die Windpocken auskuriert, und ob ihre Frau Tante mit mehr als drei Männern jährlich die Ehe gebrochen hat, und wann der älteste Sohn zum Offizierstellmacher befördert worden ist. Ohne das gehts nicht. Man muß sich nur diesen ganzen Irrsinn einmal durchdenken: ein satter und für seine Schreibarbeit überzahlter Assessor denkt sich so ein Monstrum von Liste aus, strahlt, weil er dafür Regierungsrat werden kann, und bedenkt nicht, daß die armen Menschen, die sie ausfüllen sollen, meist nicht die Tinte und niemals die Lust dazu haben. Aber es ist ein Papier zur Vorlage mehr da!

Der Papierwahnsinn schreckt vor nichts zurück. Lebensgefahr und Unfall gibt es für ihn nicht – Kassenarzt, Wachtmeister und Regierungsassessor bestehen auf ihrem Schein und ihren Scheinen. Papiere, Papiere!

Der Glaube an den Stempel ist beinahe so groß wie der an das Militär. Und das will etwas heißen.

Ihr ersauft in Papier, und bevor sich nicht alle – und nicht nur die Obrigkeit allein – von dem Glauben an diese Lappen frei gemacht haben, wird dieses Land das am besten registrierte und das am schlechtesten regierte sein.

Lieben Freunde! Ihr habt polizeiliche Meldeformulare, abgestempelte Lebensläufe, Führungszeugnisse, Militärpässe, Bescheinigungen, Zensuren. Papiere, Papiere... Wißt ihr, was ihr damit machen könnt –?

Schneidet sie fein säuberlich in viereckige handliche Blätter, piekt sie auf einen Nagel und – – Wie?

Ein Schrei aus der Not

Der Graf Harry Keßler hat die Kinderhöllen in Berlin fotografiert: das sind die Wohnungen der nicht einmal immer arbeitslosen Proletarier aus den Arbeitervierteln Berlins. Wo Wohltätigkeit einsetzt, da ist im Staate etwas nicht in Ordnung», sagt Multatuli. Und daß die Sammlungen für die Kinder keine sozialen Probleme lösen, ist gewiß. Aber wer diese Not einmal gesehen hat, wie ich, der weiß, daß jeder anständige Mensch in solchem Falle sofort nach der Brieftasche greift. Es ist die augenblickliche Reaktion auf einen solchen Anblick. Leere Räume und kalte Räume und rachitische Kinder und skrofulöse Kinder und Kinder, die den ganzen Tag überhaupt nicht ausgehen können, weil sie bis auf einen dünnen Kittel ganz nackt sind, und Frauen und Kinder, die krank und schmutzig in einer kalten Wohnung dunkle Winterwochen lang hocken, zwecklos, sinnlos, der Organismus nimmt den dünnen Nahrungsbrei auf, scheidet ihn wieder aus, wozu? wozu? Keiner hat ein Bett für sich allein. Sieben, zehn, dreizehn Menschen schlafen in einem Raum, in den kein Agrarier seine Schweine hineintreiben würde. Ein Säugling lag in einen langen Lumpen gewickelt, das war seine Wäsche. Wally und Willy, acht und sieben Jahre alt, haben wir gemessen: sie waren 90 Zentimeter hoch. Kümmerliche Ordnung, der kümmerlich aufflackernde Wille, nicht zu verlausen. Und alles vergebens. Der Friedenskram an den Wänden zerbröckelt. Neuen kann man nicht kaufen. In aller Augen: Es hat ja doch keinen Zweck. Die glücklichen Kinder sterben. Die andern tun so, als ob sie leben.

Es gibt ein Konto bei der Bankfirma S. Bleichröder, Berlin W., Behren-Straße 63. Das heißt: Konto Kinderhölle.

Die böhmische Nachtigall

«Damals so wie heut...»

Noch immer blasen pausbäckige Posaunisten im Finale des zweiten Aktes in ihre Tuthörner, daß einem angst und bange wird, noch immer weint Liebestragik und herzbrechendes Leid über die Bühne, und «Es ist alles aus» schmalzt der Tenor. Und eine wogt mit dem Busen... Das ist halt eine Wiener Operetten – da kannst nix machen.

Aber vergessen ist der Notenstrudel, die gerühmte Feinheit der Instrumentation, der gottbehüte Dialog und jene Witze, die uns die Haare zu Berge stehen lassen – vergessen ist alles, wenn in der «Spanischen Nachtigall» die Massary auf der Bühne des Berliner Theaters steht, gleitet, schwebt, lächelt und die feinsten und diskretesten Mittel verschwendet. Verschwendet –? Pfeif auf das Stück. Diese Kunst ist Selbstzweck.

Ein kleiner Seitenblick lehrt uns und sie, daß es alles nicht so schlimm gemeint ist mit der Tragik, das letzte Raffinement des Tonansatzes, der Atemtechnik wird selbstverständlich gehandhabt, und ich kann mir ja nicht helfen: der Appetit kommt beim Zuhören, und ich habe eine unbändige Sehnsucht nach der Massary bekommen. Nach der richtigen, die nur in einigen tiefen Tönen andeutet, was sie alles könnte: da wäre eine Szene, wo der adelsstolze Beau das Gemach der Gouvernante betritt und sie nehmen will, selbstverständlich – und sie zieht nur um ein weniges die Augenbrauen hoch und sagt: «Ich fürchte, das wird nichts werden...» Aber das ist eine andre Geschichte.

Was die «Spanische Nachtigall» anbetrifft, so gibt die einzige Frau das Letzte, was künstlerischer Wille, Geschmack und feinste Technik der Sprache und des Gesanges herzugeben haben. Am schönsten – wie immer – die Augenblicke, wo aus Tiefen unterirdisch dustre Herkunft herausbricht – ein tiefer Kehlton, gefährlich und siegesgewiß: Mir machst du nichts vor – ich weiß doch – ich komme von unten –.

Neben ihr harmloser Spaß und Unfähigkeit und der lange Ralph Arthur Roberts mit den Affenbeinen, der einen Trott hinlegt – à la bon cœur! Er hat Kugelgelenke, wo andere Menschen durchaus festgewachsen sind, wahrt immer die Grenze, meckert und schiebt einmal hinter seiner Dame her – feixend, unerhört gemein, fast niggerhaft geil. Und dabei im nächsten Augenblick liebenswürdig, spielerisch aufgelöst und eine wahre Augenfreude.

Über allen und allem aber: Sie. Im Bänkelduett ein paar Takte von so undeutscher Leichtigkeit, daß einem das Herz in Sehnsucht nach dem verlorenen Europa aufging. Ein Engländer, der hier zu Besuch war, sagte: «Man nimmt die Deutschen bei uns noch nicht gut auf. Aber wenn diese Frau herüberkäme...» Und eine sagte: «Ich finde, daß dieses Ehepaar zu dem augenblicklich Amüsantesten in Deutschland gehört.»

Die andre nicht minder schöne Hälfte wollen wir ein andermal betrachten. Inzwischen einen großen Korb voll gelber Rosen zu ihren Füßen. Sie hebt ihn und senkt schnuppernd den schwarzen Kopf hinein. Und schweigt. Und dann ein kleines spöttisches Lachen.

Sie ist, auf diesem Felde, unsre einzige.

Dame in Weiß

Auf einer Redoute, des Nachts um halb eins,
da wogten der Masken gar viele.
Es tanzten die Farben, ein jeder trug seins
im eignen historischen Stile.
Die freundlichen Gruppen
der Rococopuppen,
es tanzt der Pierrot
im fetten o-ho,
es tanzen die Pritzelgestalten
in weichen und seidigen Falten.
Nur eine, nur eine,
sie hat die schlankesten Beine...
Nur sie sah ich, immer nur sie,
denn sie trug sich so gänzlich uni.
Dame in Weiß, Dame in Weiß,
was kann das Leben denn kosten?
Dreh dich im Kreis, Dame in Weiß,
dreh dich im ruhigen Boston!
Gabst mir dein Haar, blond, wie es war,
immerdar sollst du mir tanzen,
dreh dich im Kreis, nimms nicht so heiß,
reizende Dame in Weiß!

Sie kam zu mir gerne. Kam zu mir nach Haus.
Sie mochte nur tanzen und küssen,
sie sprang aus den lästigen Hüllen heraus
und hat vor mir tanzen müssen.
Wie weiß lag das Zimmer
im milchigen Schimmer.
Die Sonne, sie sengt,
die Fenster verhängt,
hell stand sie da vor mir, die Traute,
und ich spielte für sie auf der Laute.

Es packte die Nackte
die Tanzmelodie nach dem Takte.
Nur sie sah ich, immer nur sie,
denn nun trug sie sich gänzlich uni.
Dame in Weiß, Dame in Weiß,
was kann das Leben denn kosten?
Dreh dich im Kreis, Dame in Weiß,
dreh dich im ruhigen Boston!
Gabst mir dein Haar, blond, wie es war,
immerdar sollst du mir tanzen,
dreh dich im Kreis, nimms nicht so heiß,
reizende Dame in Weiß!

Wie lang ist das her! Wie oft denk ich dran,
Es hat sich so vieles gewandelt.
Man bot mir so oft schon was Ähnliches an,
heut wird ja mit allem gehandelt.
Man tanzt, was verboten,
für teure Banknoten,
nach jeder Façon
in manchem Salon.
Und doch bei den letzten Finessen
kann eine ich niemals vergessen.
Die Glieder, das Mieder,
das war einst und kommt niemals wieder.
Du tanztest so arglos im Scherz,
denn es tanzte ja schließlich dein Herz.
Dame in Weiß, Dame in Weiß,
was kann das Leben denn kosten?
Dreh dich im Kreis, Dame in Weiß,
dreh dich im ruhigen Boston!
Gabst mir dein Haar, blond, wie es war,
immerdar sollst du mir tanzen,
dreh dich im Kreis, nimms nicht so heiß,
reizende Dame in Weiß!

Das ist der Herzschlag

Geh ich durch die Straßen um die Berolina,
seh ich die Visagen dicker Geldverdiener,
in dem wilden Gaukelspiel,
Geld besagt heut gar nicht viel,
jeder zählt die braunen Scheine,
eins, zwei, drei, vier.
Wie die Kavaliere mit den Nutten tanzen,
Rußland importiert die Händler und die Wanzen,
in den Lokalen,
sieh, wie sie zahlen,
der Lockenkopp, die Schmalzfrisur,
'sist alles nur Glasur!
Und ob auch fiebernd tobt ein ganzes Land,
was hilft uns über all den Unverstand?
Das ist der Herzschlag, der zusammenhält,
trotz Rebellion in einer Flammenwelt!
Wenn auch der Nachbar schwimmt in süßem
Sekt und Rauch bis nachts um vier,
und klettert hoch und immer höher noch das
Überseepapier!
Solang die Kiefern stehn im Grunewald,
solang die Sonne auf den Asphalt knallt,
solang wir noch auf Arbeit gehn:
Da sag ich nein! 'ne solche Stadt, die darf nicht
untergehn!

Ach, ich Unschuldsengel dacht November achtzehn:
Endlich, endlich werde ich's einmal vollbracht sehn,
's blieb wie einst Paradefeld,
Republik war abgemeldt!
Noske ließ Kommis marschieren,
eins, zwei, drei, vier.
Alle hatten nur die Augen links gewendet,

alle hat der Glanz des Achselstücks geblendet,
bis die ertappten
glänzend verkappten
Jagow, Traub und Bredereck
uns zogen in den Dreck.
Doch siehe da, die Zeit war nicht mehr groß,
und warum zog das ab, ganz lüttwitzlos?
Das war der Herzschlag, der zusammenhält,
trotz Kapp und Pack in einer Flammenwelt!
Setzt eure Flinten, eure Säbel, eure Panzerautos ab!
Wir kommen besser ohne euch in unsern guten alten Trab!
Solang in unsern Wäldern rauscht der Wind,
die Ähren golden in der Ernte sind,
sich Mühlen flott im Winde drehn:
Da sag ich nein! Ein solches Land, das darf nicht
untergehn!

Unabhängige gibts und Mehrheitssozialisten,
Militärs und andre dufte Bolschewisten,
wer nicht hört, wird abgeknallt.
Jeder glaubt nur der Gewalt,
jeder Mann hat Ideale,
eins, zwei, drei, vier.
Jeder Stand und jedes Land hat Sondergruppen,
unsre ganze Erde wimmelt voller Truppen!
Immer mit der Ruhe!
Ohne dies Getue
kommt die Welt vielleicht zurück
zum kleinen bißchen Glück.
Und mitten im Spektakel und Gerauf,
Herrgott! Ich geb die Hoffnung doch nicht auf:
Das ist der Herzschlag, der zusammenhält
die Republik in einer Flammenwelt!
Vertragt euch, Kinder, reicht euch wieder mal die alte
Bruderhand

auch übern Schlagbaum weg, die ganze Welt ist doch ein einziges Land!
Solang für alle eine Sonne scheint,
das Menschenherz auf Erden lacht und weint,
solang wir Mensch zum Menschen stehn:
Da sag ich ja! Ein solches Land, das kann nicht untergehn!

Jetzt im Lenz, wenn alle kleinen Knospen springen,
in Grünau die ersten Finken leise singen:
Zuckt es durch die Großstadt hin,
Tippmamsell und Schneiderin,
jeder Mann hat seine Brautens,
eins, zwei, drei, vier.
Kleine Mädchen kommen in die Lenzeswochen.
Strohhut raus! Hier können Familien Kaffee kochen.
Lenchens weiße Fahne
in der Vorortbahne
wird zerknautscht, wie kam das bloß
auf einen fremden Schoß.
Der Chef im Auto, Maxe auf dem Rad,
was eint denn schließlich doch die ganze Stadt?
Das ist der Herzschlag, der zusammenhält,
süß eingehakt in einer Flammenwelt!
Steigt der Tarif und steigt der Streuselkuchen und das helle Bier,
die Nase hoch! Denn uns kann keiner. Mensch! Vastehste: wir sind wir!
Solang der Dampfer puckert zur Abtei,
sich Pärchen knutschen im April und Mai,
wir Arm in Arm ins Freibad gehn:
Da sag ich nein! Ein' solche Stadt, die darf nicht untergehn!

Das Lied vom Piepmatz

In ihrem Zimmer stand ein Bauer klein,
darin hüpft auf und ab ein Vögelein.
Die Federn sind schneeweiß, der Schnabel rot,
die Jungfrau ihm ein Stückchen Zucker bot.
Weil sie nun öfter mit was Süßem kam,
so wurd ihr Vogel langsam lieb und zahm –
er hüpft im Zimmer, zierlich und gewandt auf ihre Hand.
Läßt er was fallen nonchalant und weiß,
so droht sie mit dem Finger und spricht leis:
Piepmatz, du kleines Tier! Du kannst ja nichts dafür!
Putz deine Feder, mal muß ja jeder;
fällt auch von dir weg ein dünner Kleck, Kleck,
Piepmatz, du kleines Tier, du kannst ja nichts dafür!
Ich seh dirs an: dir fehlt ein Mann!
Ach Piepmatz, du kleines Tier!

Die Jungfrau hatte nicht nur ihren Matz,
die Jungfrau hatt auch leider einen Schatz.
Der Schatz war richtig ein Kommerzienrat,
der furchtbar viele dicke Gelder hat.
In jener sagenhaften großen Zeit
gab man ihm auf sein schlichtes Bürgerkleid
für die «Verdienste» um das Vaterland ein Ordensband!
Weil man dergleichen heute nicht mehr kriegt,
sieht er sein Knopfloch öfter an und spricht:
Piepmatz, du kleines Tier! Du kannst ja nichts dafür!
Jetzt kommt kein neuer, du warst mir teuer,
warst doch der Klack auf meinem Frack, Frack,
Piepmatz, du kleines Tier, du kannst ja nichts dafür!
Reiche vergehn! Orden bestehn!
Ach Piepmatz, du kleines Tier!

Die Jungfrau hatte leider noch 'nen Schatz,
auch dieser hatt in ihrem Herzen Platz.
Und wie das manchesmal im Leben geht:
als sie es sah, da war es schon zu spät.
Wie sie nun morgens in ihr Bauer sah,
auf ihren Vogel mal genauer sah,
sitzt er in seinem Käfig mit Geschrei auf einem Ei!
Und weil er drauf gemütlich sitzen blieb,
spricht seine Herrin, die so vogellieb:
Piepmatz, du kleines Tier! Du kannst ja nichts dafür!
Putz dir die Feder, mal muß ja jeder,
fällt auch von dir weg ein kleiner Kleck, Kleck,
Piepmatz, du kleines Tier, wir könn'n ja nichts dafür!
Ahnen wir zwei, woher das Ei?
Ach, Piepmatz, du kleines Tier!

Das Wort der Tante

Wenns fein ist – wenns fein ist,
dann sitzt da an der Wand
die Freifrau Ritz von Riegelstein
mit einem Leutenant.
Die Nichte – die Nichte –
die tanzt im Silberschuh.
Die Tante, die hebt das Lorgnon
und sieht dem Tanze zu.
    Hier sieht es gar nicht nach Kommiß aus...
    der Tante fällt fast das Gebiß raus...
«Na, Gottseidank, die Jugend hier – gehört zur Haute volée –
drum sage ich als Tante nur, wenn ich hier das so seh:
    Es ist ja reizend, wie die jungen Leute miteinander verkehrn!»

Wenns laut ist – wenns laut ist,
dann zieht der durch die Stadt,
ein Sportverein und noch ein Verein –
wer grad 'ne Fahne hat.
Sie kommen – sie kommen
aus Werkstatt und Büro.
Das Licht geht aus – das Messer raus –
und dann, dann geht es los.
Und alle hauen immer wieder,
und brüllen dabei Hoch und Nieder!
Sechs Straßen weit ist ein Gebell im Baß und im Falsett...
und manchem looft det Auge schnell noch übers Schemisett...
– Ist ja reizend, wie die jungen Leute miteinander verkehrn!

Wenns heiß ist – wenns heiß ist –
dann fahre ich aufs Land.
Mein Onkel steht bei der Gendarmerie
und ist ein Herr Serschant.
Er sagt zu mir: «Die Jugend –
die jeht heut mächtig ran –
Nu komm man gleich heut abend mit
und sieh dir das mit an!»
Da steht ein Busch von weißem Flieder
und schwankt ein bißchen auf und nieder...
Dahinter pflückt ein junges Paar der Liebe süße Beern...
Und der Gendarm packt mich am Arm: «Was sagst du zu den Jöhrn»?
(stummes Spiel)

– – – – «Ferkels –!»

Erinnerung aus der Etappe

Lille ist eine wunderschöne Stadt!
Darin lag meine Kompanie!
Bis der Zapfenstreich geblasen hat,
ging ich in die Brasserie!
Darinnen saß ein blondes Kind,
grad so, wie unsre Mädeln sind,
ich fragte leis: «Wie heißen Sie?»
Sie sagt: «Marie.»
Doch da rief mich die Kompanie!

Unser Pisang hatte sein Quartier,
wo die großen Bäume stehn.
Und am schwarzen Abend waren wir
in den Schatten nicht zu sehn.
Ich faßt sie um den runden Leib,
sie lachte froh, das junge Weib...
Ich drückt sie und ich bat sie sacht
um eine Nacht...
Und sie sagt: «Ja, auf Wiedersehn!»

Der ihr Schatz war schon ein Praktikant
des Pariser Stadtgerichts.
Meine Grete saß im Pommernland,
und wir hatten nun beide nichts...
Ich fragt sie: «Hast du keine Reu?
Ich bin nicht treu! Du bist nicht treu!» –
Da sagt sie, und sie küßte mich:
«Jetzt lieb ich dich!» –
Und der Rest war uns einerlei!

Lille ist eine wunderschöne Stadt!
Manchmal denk, manchmal denk ich dran.
Wenn die Kleine mich gestreichelt hat,

fing sie leis zu singen an. –
Der Sternenhimmel spannte sich –
«Mon petit jou-jou»,
so nannt sie mich…
Und lieb ich auch mein Gretelein –
ich denke dein…
Einen Gruß, einen Gruß! übern Rhein!

Es lebe die Gleichheit

Der Mond flirrt durch die Gassen,
er kann es nicht fassen.
Warum nur hängt denn ganz Berlin des Nachts die Fenster zu?
Der Mond schickt seine Strahlen,
die hellen und fahlen,
durch Jalousie und Spitzenstore und sagt dann nur: Nanu?
In der Nacht, in der Falle weich, Falle weich,
in der Nacht sind sie alle gleich, alle gleich!
Mit den Röllchen und der Miederschnur
fällt die ganze Tagespolitur…
In der Nacht, in der Falle weich, Falle weich,
in der Nacht sind sie alle gleich, alle gleich!
Börse und die Politik, o Graus,
wie sehn die all im Nachthemd aus!

Herr Ebert prustet nächtig,
sein Bauch stört ihn mächtig,
er nimmt sich die Bandagen ab, die ihm der Arzt empfahl…
Und wenn die Herrn Kollegen
zu Bette sich legen,
dann träumt das ganze Kabinett in Ängsten von der Wahl…
In der Nacht, in der Falle weich, Falle weich,
in der Nacht sind sie alle gleich, alle gleich!
Mit dem Gehrock und dem Schappoklapp

fällt die ganze Reichstagswürde ab...
In der Nacht, in der Falle weich, Falle weich,
in der Nacht sind sie alle gleich, alle gleich!
Ebert! Menschenskind, du altes Haus!
wie siehste bloß im Nachthemd aus!

Der schwarze Balkanschieber
im Adlon im Biber
an seines Königs Namenstag, da wäscht er sich gar sehr.
Das Mädchen seiner Lüste
sieht abends die Kiste,
seit der da keinen König hat, da wäscht er sich nicht mehr...
In der Nacht, in der Falle weich, Falle weich,
in der Nacht sind sie alle gleich, alle gleich!
Mit dem Gehpelz und dem Kuttaiwaih
bricht gar oft der schöne Wahn entzwei...
In der Nacht, in der Falle weich, Falle weich,
in der Nacht sind sie alle gleich, alle gleich!
«O mein werter Herr!» so spricht die Maus,
«wie sehn Sie bloß im Nachthemd aus!»

Der große Filmdirektor,
des Abends, da steckt er
den Schlüssel in der Diva Tür, die nimmts nicht so genau –
Doch unter ihren Decken,
da sagt er voll Schrecken:
«Na, wenn ich so was haben will, geh ich zu meiner Frau!»
In der Nacht, in der Falle weich, Falle weich,
in der Nacht sind sie alle gleich, alle gleich!
Abends werd'n die Menschen weich und schlapp,
das hängt alles von der Dame ab...
In der Nacht, in der Falle weich, Falle weich,
in der Nacht sind sie alle gleich, alle gleich!
Gehn sie heute abend nun nach Haus:
wie sehn sie all im Nachthemd aus!

Presse-Walzer

Die Presse, die Presse – die hat es nicht leicht:
Ihr wollt doch am Kaffeetisch lesen
vom Standpunkt, den unsere Valuta erreicht,
und ob eine Baisse gewesen.
Die Kenner, sie flüstern,
die Blätter, sie knistern –
es drahten die Enten
die Korrespondenten –
Und es rattern die großen Maschinen –
es geht ja doch nicht ohne ihnen...

Wir schreiben und schreiben, damit jeder hat
ein Morgenblatt und ein Abendblatt!
Wir schreiben und schreiben, damit jeder hat
ein Morgenblatt und ein Abendblatt.
Und leis unser Auge nur weint –
und leis unser Auge nur weint –
weil nachts, weil nachts, weil nachts keine Zeitung erscheint!
Weil nachts, weil nachts, weil nachts keine Zeitung erscheint!

Hält Bauer 'ne Rede, grollt Spartakus,
gibts mal eine Grippeverbreitung,
huscht hin durch den Zirkus Polonius –:
ihr sucht es tags drauf in der Zeitung.
Es stechen und piken
die bösen Kritiken –
drum schlingt sich der Reigen
der Heiratsanzeigen –
Und ihr sprecht zu uns, die wir euch dienen:
«Es geht ja doch nicht ohne Ihnen –!»

Wir schreiben und schreiben, damit jeder hat
ein Morgenblatt und ein Abendblatt!
Wir schreiben und schreiben, damit jeder hat
ein Morgenblatt und ein Abendblatt.
Und leis unser Auge nur weint –
und leis unser Auge nur weint –
weil nachts, weil nachts, weil nachts keine Zeitung erscheint!
Weil nachts, weil nachts, weil nachts keine Zeitung erscheint!

Total Manoli

Mensch, sieh dich um!
Sag mal, warum ringen sich die Hände?
Weil diese Zeit fiebert und schreit, wackeln alle Wände.
Ein Taler ist kein Taler mehr, ein Konkubist kein Maler mehr.
Es fehlt dem Welttheater die Reinhardt-Regie.
Total Manoli! Total Manoli!
Die meisten Menschen haben heut ein kleines Rad.
Total Manoli! Total Manoli!
Such dir mal wen in ganz Berlin, der das nicht hat.
Tanz des Geschlechts um Manoli rechts rum,
die ganze Erde tanzt von früh bis abends spät
stets um das Dings rum, Manoli links rum!
Ihr seid doch alle, alle, alle etwas durchgedreht.

Mensch, bist du reich,
laß dich nur gleich mit Musik begraben:
Neunzig Prozent will doch am End das Finanzamt haben.
Das Beste und das Teuerste versteuerste, versteuerste,
und nur die Kinderkriegerei ist steuerfrei.
Total Manoli! Total Manoli!
Die meisten Menschen haben heut ein kleines Rad.
Total Manoli! Total Manoli!
Such dir mal wen in ganz Berlin, der das nicht hat.

Tanz des Geschlechts um Manoli rechts rum,
die ganze Erde tanzt von früh bis abends spät
stets um das Dings rum, Manoli links rum!
Ihr seid doch alle, alle, alle etwas durchgedreht.

Unterm Stadtbahnbogen

Hörn Se mal! ich liefer doch
Butter, Gold und noch und noch
Scheine, Schweine per sofort und Ultimo.
Hörn Se mal! Nu is er weg!
Alles geb ich gegen Scheck:
Wurst ab London, ich bin gar nicht so.
Und fragt ihr mich: Wo hast du sie, die Kisten mit dem Vieh?
Ich hab sie unterm Stadtbahnbogen,
wo alle Züge donnernd ziehn,
die Bars, die habn bei mir bezogen,
und drum herum läuft ganz Berlin.
Ich fürcht mich nicht,
denn mir kann nichts passieren.
Ja auf der Eisenbahn, da muß man schmieren.
Ich hab sie unterm Stadtbahnbogen,
du weißt es nur noch nicht, Berlin.

Schließlich bin ich auch ein Mann.
Manchmal geh ich mächtig ran:
Feine Beine fesseln mich in stiller Nacht.
Eine Fürstin kannte ich,
sie ging auf und wider 'n Strich,
dämlich, nämlich: Meine Alte wacht.
Und fragt ihr mich: Wo küßt du sie, die Fürstin mit dem Pli?
Ich hab sie unterm Stadtbahnbogen,
wo donnernd alle Züge ziehn,
ich war ein bißchen ungezogen,

und drum herum lief ganz Berlin.
Es ging nicht mehr expreß
in meinen Jahren,
dann macht ich so, dann ist sie abgefahren.
Ich hab sie unterm Stadtbahnbogen,
du weißt es nur noch nicht, Berlin.

Jede Abendzeitung zeigt,
wer bei uns wohl morgen streikt.
Ofte hoffte ick mir: 'ne Demonstration.
Vorne der Beamten Hauf,
dann die lieben Sowjets drauf
und zum Schluß die Ententekommission.
Und fragt ihr mich: Wann streiken die, die ganze Kompanie?
Ich hätt sie unterm Stadtbahnbogen,
wo donnernd alle Züge ziehn,
so gern gesehn, wie sie da zogen,
und drum herum steht ganz Berlin.
Wir sehn euch gerne gehn,
ihr edlen Recken,
ihr könnt uns alle mal nicht länger necken.
Gingn die da unterm Stadtbahnbogen,
dann wärs uns wohler in Berlin.

Zum ersten Mal . . .

Eines Tags in Chemie schloß ich eine Wette
und ich raucht fröhlich die erste Cigarette.
Ach! Da wurde mir so weh und krank,
und da verschwand ich plötzlich stundenlang;
mir schien, ich platzt vor Nikotin,
ich hört im Bauch die Dämpfe ziehn!
Zum ersten Mal, zum ersten Mal,

da langts nicht her noch hin!
Mir war so schwül im Sinn!
Weil ich noch ein Anfänger bin!

Eines Nachts kam ich leis an die Mädchenstube,
und ich guckt, denn ich weiß: Anna ist kein Bube.
Ach! Das hab ich gar zu gern gemocht,
und da da hab ich an die Tür gepocht.
Die Maus, sie sagt: «Da wird was draus!»
Doch gleich warf sie mich wieder raus!
Zum ersten Mal, zum ersten Mal,
da langts nicht her noch hin!
Mir war so schwül im Sinn!
Weil ich noch ein Anfänger bin!

Neulich macht meine Lo eine kleine Reise,
und ich rutscht ebenso auf ein Nebengleise!
Ach! Da packte mich die große Scham,
weil ich vom Regen in die Traufe kam.
Und doch, die Liebe kriegt ein Loch,
an diesem Mädchen krank ich noch!
Zum ersten Mal, zum ersten Mal,
da langts nicht her noch hin!
Mir war so schwül im Sinn!
Weil ich noch ein Anfänger bin!

Der Zigaretten-Fritze

Zigarren, Zigaretten gefällig? Also nu laßt mir mal hier rein Kinder, Zigarren, Zigaretten!

(Der erste Kellner Machen Sie, daß Sie hier rauskommen!)

Als wie icke? Freie Bahn dem Tüchtigen. Mir können Se nich verwechseln. Zigarren, Zigaretten? Ein Zug und die

Neese sitzt hinten... Echter Tabak, echtes Papier, echte Preise.

(DER ZWEITE KELLNER Raus! Das ist hier ein ziemlich feines Lokal. Gehen Sie auf die Straße!)

Wat als wie icke? Wer sich mir entgegenstellt, den zerschmettre ich. Zigarren, Zigaretten gefällig? Na Sie da hinten sind ganz still. Mit Ihnen kann ich ne Viertelstunde reden, und da denke ich an ganz was anderes. Nabend Herr Doktor. Faule Börse heute. Fest? Das sind noch die einzigen Leute in Berlin, die halten fest und treu zusammen. Nabend Fräulein. Wie jehts denn? Na, Sie sind janz ruhig. Wenn Sie Ihre Erinnerungen schreiben, denn is det wie bei Tirpitz, da sind auch immer die andern dran schuld. Zigarren, Zigaretten!

(DER DRITTE KELLNER Raus oder...) *Schild: Brüder nicht schießen!*

Mir können Sie nich verwechseln. Zigarren, Zigaretten gefällig? Ein feines Lokal is det hier. Ein sogenannter Zirkuskeller. Und so schön rot angemalen. Nachts stehn hier die Pferde und die Statisten von oben. Un det hier? Offenbar der Weg, der zur Höhe führt. Da wolln wir mal langkrauchen. Mir hat eener jesacht, det heißt Blumensteech. Blumen... Rosen, Tulpen und Narzissen... Zigarren, Zigaretten gefällig? Nabend Herr Kapellmeister. So da bin ick. Ick hab zwar nich Kaiser gelernt, aber jetzt wer ick mal det Podium einweihen. Ich stehe wie auf Kohlen. Nu hörn Se mal uff zu spielen, Herr Kapellmeister. Det reinste Wunder, det se Ihnen noch nicht als Falschspieler innjespunnt habn. Nu sind Se mal janz ruhig und lassen Se mich hier beim Kerzenschein meine Lebenserinnerungen erzählen.

Ick bin der led wie Sie mir hier sehen, der lediggeborne laufende Nummer, Name Dienstgrad, und fall immer uff de Beene. Mein Vater uff den könn wir uns zu Hause eijentlich janich besinnen. Meine Mutter is eine nette Frau, eine reputierliche Frau, eine freundliche Frau. Ich estimer det alte Mädchen. Geschwister hab ick zehn. Der ältste sieht aus, als ob er die janze Nacht mit dem Gesicht auf den Rohrstuhl geschlafen hat, der führt da oben im Zirkus den Chor der Eumeniden, na sowat Jemütliches. Ich selber bin richtig, mir können Se nich verwechseln. Ich habe schon alles in meinem Leben gemacht. Jott, wenn ich noch an die jute alte Zeit zurückdenke wie ich noch Bülows Mohrchen hab in den Schwanz gekniffen und dann stand am nächsten Morgen bei Scherl, der Graf is leicht unpäßlich. Det warn herrliche Zeiten, und manchem warn se noch nicht herrlich genug, und so wurden wir denn entgegengeführt... Ja, damals! Wie eenen vom Schloß runtergesagt hat: Bis zum letzten Hauch von Mann und Roß, denn hab ick gedacht, der meint mir, und denn bin ick hin als Mutwilliger nach de General Pappkartonstraße. Au, da warn ja schon ne Menge Leute und ick sachte: Wo wird denn hier untersucht, ick steh hier wie auf Kohlen. Na, nu rin in det Zimmer, und da stand ja auch der olle greise Stabsarzt, und der sacht zu mir: Treten Sie mal auf de Matte, sacht er zu mir.

Ick trete. Er sacht: Was sind Sie, sacht er. Ick sage: d. u., sach ick. Er sacht: Holn Se mal tief Atem un sieht aus Fenster. Na, ick sage, denn hättn Se mir auch telefonisch untersuchen können. Denn sacht er, machen Se mal ne Kniebeuge, sacht er. Ick sache wieso? Ick habe von Natur krumme Beene. Jetzt wird er zu mir sprechen. Sehn Se mal, wie man sich täuschen kann. Se sind ja k. v. Was wollen Se denn nu werden? Ick sage: Na, am liebsten hätt ick ja son Pöstchen wie Sie. Er fragt, welche Waffengattung. Ick sage, vielleicht Schuster. Er sagt, det is überfüllt. Diplomaten haben wir genug. Sie jehn bei Infanterie. Ick also nu raus, un da haben wir mächtig jebuddelt. Einmal hab ich bei dem Divisionsgeistlichen an Unterstand geschrieben: Der Pfarrer steht in Jottes Hand, was braucht denn der den Unterstand. Drei dünne Jeistliche haben drinnjelegen, und ick habe drei Tage dicken jekriecht. Aber wir steigen doch immer wieder stolz in die Höhe. Peng! *Luftballons*

Denn wa ick als Bursche bei ne Pressestelle. Ne, sowat von Kriegsbejeisterung hab ick überhaupt noch nich jesehn.

Der Oberst sachte immer: Stimmung, meine Herren, mehr Stimmung! Es war wie in de Kammerspiele. Bloß der machte det noch ville schöner. Bei die Marneschlacht sachte er: Meine Herren, der einfache Mann is mit die Aufjaben det Kriejes beschäftigt. Wir wolln ihn nich stören. Da haben se denn auch janischt jesacht.

Na un denn wurde die jroße Zeit immer kleen un kleener, un uff eenmal war se aus. Ick hängte den roten Unterrock von meine Panjefrau als Fahne raus, un nu warn wa ja alle Jenossen. Det war doch nu janz anders als früher. Wenn früher een Unteroffizier mit seine Braut ausjing, und ick stand in meinem Spezialjeschäft an die Ecke, denn ick los: Gunabend Herr Oberstleutnant, Gunabend Herr Major, man muß doch die Kundschaft wat bieten. Na, un denn bei de Revolution, da sachte ick immer: Zigarren, Zigaretten jefällig. Morjen Herr Ministerialdirektor, Juten Tach Herr Minister ohne Portefeuille, Mahlzeit Exellenz – det freut die einfachen Leute. Det wa ne bewechte Zeit damals. Wie die großen Lastautos durch die Linden fuhren un die Leute schossen immer von oben runter, denn stand da son dicker Schutzmann an de Friedrichstraße, der blökte immer: Rechts jehn, rechts jehn, aber nichts zu machen, damals gingen die Leute alle links. Ick mir nu mein Kasten umjehängt un immer rin in det dickste Jedränge, wo die Volksseele kochte. Sehn Sie, sone Volksseele, die muß ne halbe Stunde kochen, bis sie richtig weich wird. Un wenn denn der Krach am jrößten war un die brüllten alle: Nieder mit Scheidemann, hoch Liebknecht, denn habe ick mit meinem sonoren Baß dazwischen gerufen: Ick bitt die Herren, een Spielchen zu machen. Un wenns mal ganz doll kam, det hab ick doch von Noske gelernt, dann raus mit de Kaffeemühle. *Maschinengewehr*

Nu stellt ick mir auf den Hängeboden der jegebenen Tatsachen. Da standen schon ne Menge Leute. Ick stellt mir also um und stürzte mir in det moderne Jeschäftsleben. Ick habe mit allens jehandelt. Wie ick aus dem Feld kam, da habe ick mir in Berlin erst ordentlich ausjestreikt. Bei Mosse hab ick jestreikt, bei Scherl hab ick jestreikt, bei Ullstein hab ick jestreikt un wenn de Leute mich jefragt haben, wat wolln Sie? Denn hab ick jesacht: Zulage, un denn hab ick weiter jestreikt.

Sehn Se, so wie der olle Nante hat an die Ecke jestanden, so haben wir Berliner eijentlich alle an de Ecke jestanden: die Hände in de Hosen, die Neese hoch, un denn in de Augen son janz kleenes Blinzeln. Wissen Se, die Fremden haben det janich so jesehn, aber unsereener hat es doch jefühlt, un wenn der Nante auch dot is, wir von der Panke sind nich totzukriegen. Det is übrigens een juter Refrain.

Det wa damals, als die Elektrischen streikten, da stand an eene Ecke son janz verlassener kleener Wagen mit zwei janz verlassene kleene Pferde, un da habe ick mir die Verwaisten anjenommen un bin jetürmt... Hier noch een jeheizter Verdeckplatz nach Plötzensee, lauter Sitzplätze. Un wenn denn die kleenen Mädchen kamen un fragten: *auf niedlich* Fahren Sie auch über den Wittenbergplatz, denn sachte ick: Fräulein, ick fahre Ihn über was Se wollen. Einmal hatte ick sechs Demokraten auf dem Wagen, die fuhren nach dem Reichstag, da is mir die Karre umjefallen, weil se alle so von rechts nach links gewackelt haben. Aber nu kamen doch meine Freunde un sachten, wat Mensch, du fährst hier mit Pferd und Wagen, und bei uns loofen die Waggons alleene. Da habe ick mir denn nu mehr die kaufmännische Branche zugewandt. Ick zerlegte mit Maxe draußen in Niederschönhausen een Mahachonischrank in lauter kleene Stücke, und die packten wir denn in Silberpapiere in un nu los. Hier noch die einzig richtige Schweizer Sahnenschokolade, det Stück zu acht Mark, wissen Se, son Jeschäftsbetrieb reibt uff. Hängen Sie mal den janzen Tach an die Quasselstrippe. Neulich sag ick zu det Fräulein: Wilhelm! Da hat se mir natürlich nich verbunden. Mit das Telephon, das is schrecklich. Ick kannte mal een jungen Mann, der hat anjefangen zu telephonieren, un denn hat er jeheiratet un sich fortjepflanzt, un wenn er nich jestorben is, denn telephoniert er heute noch. Aberst ick laß doch nicht von meinem Berlin. Wenn der Asphalt so glitscht un sich die Bogenlampen darin spiegeln, un mitten in dem Mordsmatsch stehen lauter Elektrische in eener Reihe, un een Kutscher sacht zu dem andern: Na Mensch, du hast wohl lange nich dein eigenes Geschrei jehört, denn weiß ick doch, wat det is: Berliner Leben, überhaupts un so. Det is übrigens een juter Refrain.

Mir können Se nich verwechseln. Ick habe schon allens in mein Leben jemacht. Hier in mein Kasten hab ick jeführt Kaiserbilder un Hindenburgbüsten un schwarzweißrote Fahnen, un jelbschwarze Fahnen un schwarzweiße Fahnen und paterjotische Busennadeln un rote Fahnen un Liebknechtbilder un kommunistische Jesangbibeln un allens wat der Mensch braucht. Mir hat mal eener jesacht, wissen Se, sacht er, det is jammerschade, det Sie keine Leitartikel haben, un da hab ick mir denn det Zeitungsjewerbe zujewendet, un ick hatt se alle in mein Kasten. Freie Presse, Neue freie Presse, janz hervorragend freie Presse, Das freie Wort, Der freie Mensch, Die Freiheit, ick bin ja so frei, un wenn se mir die verboten hatten, denn verkoofte ick son dünnes Papier in Rollen, det is ja schließlich keen jroßer Unterschied. Ick war eben immer obenuff. Ick habe – *Ein Leutnant geht über die Bühne*

Der wees noch von nischt, den habn se noch nischt jeschrieben. *sofort wieder einhaken, als ob nichts geschehen sei* Ick habe Botengänge gemacht, un angestanden bin ick bei alle Polonäsen. Uff Zijarren un uff Pralinées, auf Kinderbadewannen un Nachttöppe mit Rollen, un denn noch uff die bessern Luxusgegenstände zum Beispiel auf Theaterbillets. Hier noch een billiger Platz fürs Metropol! Wat, Herr Doktor, Sie koofen bei die Konkurrenz? Na da sehn Sie man zu, det der Platz noch ins Theater liecht. Aber man lernt ne janze Menge dabei. Neilich steh ick hier draußen vorm Zirkus, un da höre ick, wie se drin telefonieren. Hier Reinhardt-Werke. Wie? Drei Naive, welche Farbe bitte? Ja eine Heroine können wir noch abstoßen. Moissi? Det jeht nich. Der singt heute abend den Hamlet. Sprechrollen? Die haben wir nicht. Da gehn Sie man bei Bohnen in de Staatsoper, der pfeift die Leute was.

Ja, mit die Kunst, sie wollten wir ja auch beim Film haben. Da kam eener zu mir, der sachte, kommen Sie mit, Ihnen dreh ick durch. Wissen Se, da sollt ick in son Uffklärungsfilm mitwirken. Na, det war ne Marke. Ick komm da hin, da hatten se son Zimmer uffgebaut, mit schwellende Kissen un een Mächen, die hatte bloß een Rubinring an. *Klavierspiel, Flüstern* Det war een Uffklärungsfilm. Aber die Leute haben ja janz recht. Jede deutsche Jungfrau muß über die sadistisch-masochistisch-homosexualistischen Vorgänge genau Bescheid wissen. Wie soll denn son Mächen sonst die Wirtschaft führen. Es passieren da die merkwürdigsten Dinger. Neulich hat eine sehr bekannte Filmdiva geheiratet, da hat nachher der Zimmerkellner vons Hotel jesacht, die hat immer jerufen: Großaufnahme, Licht, Bewegung!

Aber wat is denn det janze kleene Theater jejen det jroße Theater, gegen die Politik, det is erst een Theater! Son Regierungsmann von heute, der kann einem ja leid tun. Rechts zieht ihn een Jeheimrat an Frack, un links zieht ihn die Partei, un damit er nichts falsch macht, da macht er janischt. Nu haben se der Germania ne neue Mütze aufgesetzt, aber der Kopf is der alte geblieben. Kopp is übrigens übertrieben. Was die Leute gegen Noske haben, det wees ick nich. Fürn ungedienten Mann macht er die Sache doch sehr schön. Erst wollten ja die Konservativen een jroßen Wahlverein gründen. Aber wie er det Reichswehrministerium übernommen hat, denn haben se jesacht, det is janich mehr nötig. Un er is in so jute Fürsorge, wenn er erkältet is, denn wickelt ihn sein Adjutant persönlich ein. Na, un die andern, ne Zeitlang bin ick für die täglich uffs Fundbüro jegangen, da hab ich fragen müssen, ob vielleicht einer ihre Grundsätze wiedergefunden hat, aber die sind reine nich zu finden.

Mir könn Se nich verwechseln. Ick bin überall. Au, in

Reichstag war ick och, da hat Helfferich den Untersuchungsausschuß verhört, un denn hat er auf den Tisch jekloppt un hat jesacht: demnach beantrage ich gegen den Minister David eine Zuchthausstrafe von sechs Jahren.

Wie ick da ruff jekommen bin, da habe ick den Saaldiener jefracht, wo is denn hier der Untersuchungsausschuß, da hat er jesacht, det wissen wir och nich, wir hören schon seit vierzehn Tagen nischt von ihm, hier reden bloß immer die andern.

Wie Ludendorff neulich in Berlin war, da is er draußen bei die Kadetten in Lichterfelde jewesen un hat die Front abjeschritten. *träumerisch* Jaja, det is de neue Zeit. Ick wees nich, früher war det janich so, daß verabschiedete Offiziere mit nem Zylinder auf dem Kasernenhof jestanden haben. Aber der Kommandeur in Lichterfelde, der hat zu die Jungs jesacht, det is Deutschlands ältester Kadett.

Mal herhören. Ick bin nämlich hier in den Zirkus jekommen, um Euch mal so ganz freundlich und bestike die Wahrheit zu sagen. Einer musse Euch mal, die Wahrheit sagen. Euch sacht se ja keener. Valleicht die Zeitungen? Die sind froh, wenn Ihr se kooft, die sagen nischt.

Jetzt wollen sie ja alles sozialisieren. Sozialisieren is, wenn man sacht, bei mir jeht es nich, aber wennses valleicht mal mit der Konkurrenz versuchen wollen? Ich habe eene Tante, ne olle jute Dame, die hat een Haus, son kleenet Häuseken uff dem Lützowplatz, die wolln se jetzt auch sozialisieren. Die olle Frau is janz unglücklich, un hat jesacht, sie kennt die Kehrseiten des Lebens, un wenn sie ihr da rausschmeißen, denn wendet sie sich der Politik zu, lachen Se nich Herr Kapellmeister, Ihnen sozialisieren se nich, Sie sind keen lebenswichtiger Betrieb.

Manches hat sich ja jeändert, aber manches hat sich auch wieder janich geändert. Wenn ick so sehe, wie die Leutnants mit dem Monokel rumlaufen, uff Taille, vastehste, links det kleene Käsemesser, in voller Kriegsbemalung, denn sage ick mir immer, manches vajeht nich. Un manche werden nich alle.

1921

Stammtisch

Am Nebentisch bei Huth Gesichter wie aus dem guten alten «Simplicissimus». «Exzellenz!» sagt einer. Er hätte es gar nicht zu sagen brauchen. Wir sind im Bilde.

Die Exzellenz, ein älterer Herr mit einer milden Pontiac-Nase, wie Fontane das nannte, führt den Vorsitz. Einer ist da, der sieht aus wie ein älterer Sekretär Wurm. Kleine funkelnde Äuglein, und ich sehe ihn förmlich hinter der verschlossenen Tür seines Amtszimmers die Hände reiben, wenn er einen (auf dem Aktenwege) ordentlich hineingelegt hat. Einer, der aussieht, als ob er keine saubern Socken trägt. Am schlimmsten die jungen Herren. Bei den vorgerückten Jahrgängen ist die preußische Borniertheit immerhin durch eine gewisse alkoholische Bonhomie gemäßigt, sozusagen mit Rotwein angemacht. In den Gesichtern der Jüngern ist nichts als kantige Menschenverachtung und hochnäsigste Schnöselei. Ihre ganze Aufmerksamkeit gilt dem einen: daß die andern nicht dazugehören. Willst du diesen Köpfen von Ethik reden –? Erzähls deinem Wasserzug. Er ist gelehriger.

Sie sprechen laut – und es ist nicht möglich, wegzuhören. Die Unterhaltung währte dritthalb Stunden oder – zu sechs Mann, Verzeihung, «Herren» – acht Rotsponflaschen lang. Also eine ziemlich ergiebige Unterhaltung. Und sie drehte sich abwechselnd um Gehaltsfragen und Gehaltsfragen und um Ressortstänkereien und Ressortstänkereien. Und um Karriere. Und nur einmal trat einer mit dem praktischen Leben in Fühlung und bat mich um Feuer.

Ein Blick, und sie stehn im Hemde. Man braucht nur hinzusehn, um zu weinen: Also das regiert uns! Das entscheidet über Existenzen, über Landstriche, über Verordnungen und über die Anwendung von Gesetzen –! Das? Sie sind stehengeblieben. Sie spielen einfach nicht mit, leben in einer andern, in ihrer Welt des Apparats, der Selbstzweck geworden ist. Nehmen von der Republik Geld und hassen sie.

Und ein Volk ist so töricht, sein Schicksal dieser Verwaltung anzuvertrauen. Weil es keine andre hat. Und wahrscheinlich keine andre auf die Beine bringen kann.

«Guten Abend!» sagen jetzt die Edeln der Nation. Und gehen in ihre S. C.-Betten und schlafen den Schlaf derer, die Liebknechts Mörder segnen – den Schlaf der Gerechten («Erlauben Se mah! Das is nich unsa Ressoah!»). Und wachen morgens, ein wenig verklebt, auf. Und stopfen sich in die Unterhosen und in die Oberhosen und schreiten gemessen zum Amt, um weiterhin auf dir herumzuregieren.

Palais de Danse

Abends im Berliner Palais de Danse. Die tschechische Tänzerin wird zusehends munterer – sie geht auf, als ob man sie in warmes Wasser getaucht hätte. Es ist aber auch zu schön ...!

Der Saal erstrahlt im Stil Ludwigs des Kitschigen; daß die Kellner auf dem Bauch keine Ornamente tragen, ist ein Wunder. Vorn an der Tür steht: EINTRITT NUR IN GESELLSCHAFTSTOILETTE – aber kann man im Sakko nicht auch in Gesellschaft gehen? Wir sind immer fein, wa? Ob wir fein sind!

Die Kapelle hebt an. Es ist die beste Tanzkapelle Berlins (lieber S. J., morgen wird im «Berliner Revolverfutteral» stehen: «Wie Kommunisten Inserate ködern!») – die kleine runde Badewanne, in der getanzt wird, ist einen Augenblick leer, das Parkett glänzt ... Mensch, diss Parkett hat was jesehn ...! Und dann tanzt ein Paar.

Eine so aufmerksame Zuhörerschaft kann kein Parlamentarier haben, wie diese beiden. Sie: ganz nett – so von dem Typus: «... aber sie hat hübsche Augen!» – und Er: ein lockengekräuselter, gebückter Strumpfwarenverkäufer. Er ist aber Berufstänzer. Sie tanzen gut, ohne daß es gut aussieht. Wippen auf dem Platz, ein paar lustige Schritte. Ungeheurer Applaus. Ab.

Und wieder hebt die Kapelle an, und das Volk stürzt sich in die Arena. Die feinsten und die ältesten Damen Berlins. Woher die nur alle das Geld haben? Eine trägt einen wundervollen Pelz. Sicherlich echtes Reptil. Einer wogt vor Erregung der Busen. Soweit der kleine Vorrat reicht. Und los gehts.

Es wird unruhig, unruhig unter den Tänzern, unruhig im Publikum. Ich äuge – da tanzt ein mittelgroßer, fetter Mann in einem wundervollen Kaiserwilhelmgedächtnisgehrock – nein, da tanzt Gollnow. Der Mann legt einen Polka hin, daß alles schlicht begeistert ist. Er tanzt etwas, das es überhaupt nicht mehr gibt, etwas, das es wahrscheinlich nur in der Tanzstunde bei Petersen in Gollnow gegeben hat. So, mit Touren und Alleinrumdrehen und Pirouettieren, und jetzt – wahrhaftig! –, jetzt kniet sich der Fettbauch vor der Dame mitten im Tanz hin und jetzt wieder – und wieder. Der Saal erbraust. Und während wir uns noch freuen, steigt – du mein Preußen! – steigt ernsten Gesichtes der Stallmeister des Vergnügens in die Manege und verbietet dem Mann solche Kokolores. Der fügt sich und wedelt weiter in einem unmöglichen Polka dahin. Eins, zwei – eins, zwei – eins, zwei, drei, vier... Schade. Es war eine Fächerpalme aus Papier.

Und die Jünglinge reißen die Nasenlöcher auf und schlenkern und schieben und hopsen und gleiten – je nach Bedarf. Und die Damen sind ganz in sich versunkene Lieder in Laub... Und der Takt zuckt. Oben, an der Spitze des Bogens von dem Geigisten, hängen die Herzen. Und er zieht sie.

Um Punkt soundsoviel Uhr packen die Verursacher des Bachanals, die göttlichen Musiker, ihr Handwerkszeug zusammen. Denn alles ist in Berlin organisiert: die Musiker, die Kellner, die Lokale und die Lust.

Und wir gehen. Was war das? Es wurde getanzt, und einer dachte immer vom andern, der sei ein interessantes Bild, und schließlich waren sie wirklich alle zusammen eines. Na... interessant... Sie sind alle mit Spreewasser getauft: die Musiker, die Weine, die Manager und die Lust.

Die neuen Troubadoure

Der früher die Frauen durch Saitenspiel und Gesang verführte, war ein braungelockter Italiener mit einem Samtbarett, und die blonden deutschen Hausmütter schwärmten deshalb so für ihn, weil für den Rattenfänger das alles nicht galt, was ihnen das Leben schwer machte: die Überlieferungen und die Gebräuche, die Formeln und der Zwang. Er stand immer in irgendeiner Verbindung mit dem Teufel, und Romantik war – von der Nachtigall über Rossini bis zum Straßensänger – das, was nicht zum Alltag gehörte.

Das hat sich sehr gewandelt. Der Troubadour von heute, der Tenor der Straße, ist der Tenor des Westens. Caruso ist alt und fett, und inzwischen ist den Leuten ins Blut gegangen, was der Nigger sang. (Es ist sehr schwer, heute in Deutschland das Wort Neger in den Mund zu nehmen, ohne daß einem die Leute mit dem Ausruf «Schwarze Schmach» über den Mund fahren. Aber die schwarze Schmach scheint mir, soweit sie besteht, viel mehr eine französische zu sein, und vergewaltigende Abessinier desavouieren nicht den Rhythmus von Nigger-Songs.)

Der neue Troubadour ist auch gar kein Nigger. Von dem hat er sein ein und sein alles gelernt: den Rhythmus. Der preußische Parademarsch ist dagegen ein primitives Gebilde: Bumm ist links, und über den Paukenschlag hinaus geht es im Takt nicht. Die neuen Troubadoure können etwas andres. Was, das hat Hans Siemsen in Nummer 10 der «Weltbühne» auseinandergesetzt. Bevor ich seine Schilderung gelesen, hatte ich aufgeschrieben, was sie vorstellen, haben und sind.

Zunächst einmal sind sie ganz unpathetisch. Deshalb ist es auch nicht richtig, wenn sich die ausgezeichnete Jazzband, die grade in Berlin gastiert, in bunte Tünnes-Kostüme hüllt. Die Leute sollten in Zivil arbeiten. Sie arbeiten: es ist das krasseste Gegenteil von Romantik, was sie machen. Sie untermalen den Alltag. Sie wollen den zuhörenden Viehkommissionär, den Postrat, den Blusenhändler – sie wollen sie gar nicht in das lichte Reich der Träume erheben, wo es am blauesten ist, sondern sie haben ein tiefes Verständnis für das Gehalt von Fräulein Piesenwang und für die Konzessionsschwierigkeiten der befreundeten Automobilfirma. Ihre Musik klappert im selben Takt wie die Schreibmaschinen, die das Publikum vor zwei Stunden verlassen hat, ihr Gesang ist rhythmisiertes Prinzipalsgeschrei, und ihr Tanz ist der ums Goldene Kalb. Jazzband ist eine Fortsetzung des Geschäfts mit andern Mitteln.

Was von der Negerromantik in die Musik dieser Weißen herübergenommen ist, wird abgeblasen, und noch die süßeste amerikanische Liebesprimitivität hat hier einen ironischen Unterton.

Das alles vollzieht sich unter dem größten Spektakel. Einer sitzt vor einem Gestell mit Kasserollen, Sektkühlern und Eisenketten – er würde auch auf andern häuslichen Einrichtungsgegenständen trommeln, wenns gewünscht wird. Sie sind so entzückend unbeteiligt, wenn sie Musik machen. Ein dicker Banjo-Spieler ist da, der kümmert sich um nichts, und wenn der Saal einfiele, dann würde er immer noch melancholisch das Seinige aus dem Instrument herauszupfen. Der dicke Klarinettist wiegt sich entzückt zu den Takten seiner music, der mit der Posaune hat abstehende Ohren, manchmal gehen alle mitten im Stück ein bißchen weg, und nur der Herr mit den Kasserollen hämmert auf seinen Töpfen weiter herum, weil doch die Leute tanzen wollen. Und dann erscheint auf einmal, vielleicht von der Herrentoilette her, der Mann mit der Klarinette, ist sofort im Bilde und bläst munter mit. Auch die übrigen Mitspielenden finden sich so sachteken wieder an, und alles nimmt seinen Fortgang, als ob gar nichts gewesen wäre...

Zwischendurch tanzt der Mann mit den abstehenden Ohren. Das ist kaum Tanz zu nennen. Er exekutiert einen Shimmy, nein: er tanzt überhaupt nicht – das ist seine Art, sich fortzubewegen, er geht so durch sein Leben hin: die Hände in den Hosen, mit abstehenden Hosen, mit abstehenden Ohren, ganz unbeteiligt und unsäglich vergnügt...

Jemand riet mir neulich, ich solle hingehen, es sei gradezu höllisch. Ich fand es gar nicht höllisch. Ich weiß schon, warum mein Ratgeber das gesagt hat: diese Musik zersprengt alle alten grazilen Formen, und größere Antagonisten als der junge seidene Marquis mit der Theorbe und diese musizierenden Kaufleute sind gar nicht denkbar.

Der Rhythmus zuckt, der Gegenrhythmus arbeitet wie ein leise klopfender Motor fest und kompliziert dagegen an, eine Melodie spült über alles hinweg, und was man auch gegen diese Bande sagen kann: Sie ist verdammt real.

Potasch & Perlmutter

Das ist der lustigste internationale Brei, der je auf einer Bühne gestanden hat. Galizische Auswanderer haben in Amerika das Stück gemacht – ihr mittelalterlich-deutscher-hebräisch-polnischer Jargon steht im Gegensatz zu einem amerikanischen Englisch; das Stück ist importiert, und hier in Berlin ist nun etwas ganz andres daraus geworden. Man hat nicht gemildert – man hat übersetzt. Also doch gemildert.

Denn das Ghetto am Hausvogteiplatz ist nach allen Seiten hin offen – der kleine Moritz hat zwar das Mauscheln halb verlernt, aber die halbe Klasse mauschelt schon. Jargon wird in der Grenadierstraße gesprochen, wo die Börse auf dem Fahrdamm brabbelt: am Dönhoffsplatz heißt man nicht mehr Potasch, sondern Potter – und wenns Glück gut ist, gibt es Chrimseln unterm Weihnachtsbaum. Das ist ein merkwürdiges Gewächs, der deutsche Jude.

Ein Wagnis, in der herrschenden Ludendorfferei ein solches Stück auf die Bretter zu bringen – und ein gelungenes Wagnis, weil es koscher gekochter Kitsch ist und außerordentlich lustig dazu. So unprätentiös und ehrlich ist man uns im Deutschen Theater lange nicht gekommen. Und die leicht verwaschene Aufschrift: «Unter Aufsicht des Rabbinats» schadete gar nichts: der gute deutsche Mann kann keinen Juden leiden – doch seine Küche ißt er gern.

Was da oben exekutiert wird, ist dem Inhalt nach genauso wichtig wie eine Tanzoperette – aber um wieviel lustiger, leichter und spaßiger ist das alles! Hier und da leuchtet reine, unverfälschte, gequirlte Butter – so etwas von Edelmut war noch gar nicht da, wie ihn diese Kaufleute sofort greifbar ab Herz zur Verfügung haben. Einer überbietet immer den andern, und in all dem Gekakel zweier ständig sich streitender Kopien leuchtet das gute jüdische Gemüt.

Wie sie sich zanken, das ist allerdings ganz herrlich. Ich erinnere mich, als kleiner Junge ein paarmal den Familienskatsonntagnachmittagen meiner Onkel beigewohnt zu haben – so ähnlich müssen die im Geschäft gewesen sein. Es ging so nach der Melodie: «Was spielst du denn da? Das ist ja Bowel! Bowel, sag ich dir! Bockmist! Du kannst spielen – mna! Ich schmeiß die Karten hin – mit so enem Menschen spiel ich nicht!» Und dann der andre: «Also quasseln mer oder spielen mer?»

Wundervoll die unvergängliche Skepsis – das zweite Auge, das immer zuguckt, wenn das eine weint, und noch in der Katastrophe kontrolliert, ob dem Gegner oder Partner auch ja der Schlips sitzt... Und alles so unaufdringlich – weil ja die dumme Rolle, die der deutsche Jude als «Köppchen» genießt, nur durch die Sturheit der Kassuben, mit denen er Geschäfte macht, zu erklären ist. Am Mittelmeer gibt es viele Stämme, die dem Juden über sind – weshalb Italien keinen Antisemitismus hat –, und nach Amerika muß dieser Geisteszustand auch erst importiert werden. Man haßt den Juden drüben nicht, weil man ihn nicht fürchtet.

Das Publikum lachte sich scheckig. Als der eine der Sozien die große Edelmutskiste aufmachte und rief: «Ich lasse mich für einen Dollar aufhängen – ich mich –, aber nicht einen andern, einen Unschuldigen –!», da donnerte es Beifall, Beifall in einem Lande, wo immer nur die Schuldigen die andern aufhängen lassen.

Gespielt wurde ganz reizend. Herr Etlinger erinnerte an eine sanfte «Kugel» – butterweich, liebenswürdig und mild betete er seine Rolle vor. Er ist aus Wien, das Stück aus Amerika: aber beiden gemeinsam ist in diesem Falle das Judentum – alles andre sind ja nur Felle und Uniformen. «Schma Jisroel» würde der semitische Araber zum beschnittenen Eskimo sagen, wenn sie einander begegneten.

Paul Graetz habe ich noch nie so leise, so fein und so menschlich gesehen. Er nutzte keine Gelegenheit aus, die jeder Mime normalen Kalibers aber ordentlich benutzt hätte – und er hatte einige ganz starke Momente. Ein russischer Emigrant klagt ihm sein Leid, er steckt ihm zehn Dollars in die Hand, schlägt dann eine bogenförmige Kurve über die Bühne und sagt: «Nebbich!» In diesem «Nebbich» steckte mehr Mitgefühl als in einer ganzen Predigt des Geheimen Konsistorialrats Dr. D. Conrad in der Kaiser-Wilhelm-Gedächtnis-Kirche zu Berlin. Und alle Witzworte Paules schlugen ein, und er machte auch, daß sie einschlugen – aber man merkte es nicht.

Herr Nunberg war so erschreckend echt, daß es einen grausen konnte. Er sah aus – alle eure Schwäger sehen so aus. Frau Kupfer tat, was der geschnürte Busen hergab.

Wenn nur der gute alte Mann von der «Täglichen Rundschau» im Theater war! Sicherlich würde er schreiben: «Sie haben den Nazarener geschändet! Hakenkreuziget sie!»

Und oben, im Himmel, hielt Donat Herrnfeld die Hände gestreckt, öffnete die kugeligen Augenlider von einem kleinen Nickerchen und segnete die Gesellschaft da unten. Und noch einer lächelte Herrn Etlinger Gewährung: Victor Arnold. Und weil diese beiden Genien schauspielerischen Humors es gutheißen, wollen wirs auch tun. Bis hundert!

Nachschrift der Firma: Zu gesund!

Noch immer …

Der aus Asien zurückgekehrte Auslandsdeutsche sagt:

«Wie traulich mich das alles anspricht! Nichts hat sich bei euch verändert! Noch immer fahren in Berlin die elektrischen Bahnen, daß man denkt: jeden Moment rührt sie ein Schlagfluß, und nun bleiben sie ganz und gar stehen. Noch immer wimmelt es von Tafeln und Schildern, die den Mitbürger darauf hinweisen, daß dieses Gefäß ein Spucknapf und kein Alligator sei, und daß es verboten ist, etwas zu tun, und die begründen, warum es verboten ist, und die erzählen, wer und mit wessen Genehmigung er es verbiete … Noch immer hört einen Schritt hinter der Schwelle der Polizeibureaux die Menschenwürde auf, und der Mensch wird Laus schlechthin. Noch immer beginnt die Amtstätigkeit aller Ämter erst beim zweitenmal, nach der Melodie: ‹Da müssen Sie erst …› Noch immer sind die Herren, die im Kriege ‹Kerls› waren, auf den Straßen, auf den Plattformen der Bahnen, in den Geschäften so von Offensivgeist getränkt, daß man glaubt, jeden Augenblick werde unter diesen Helden eine Schlacht ausbrechen. Noch immer singen die Kinder in den Schulen die alten dummen Lieder. Noch immer verderben in schlechtgelüfteten Hallen halbwüchsige Jungen ihren Leib mit turnerischen Übungen, die das Gegenteil von gutem Sport darstellen. Noch immer tut jeder Deutsche so, als ob sein Beruf der Weltangelpunkt sei, ohne den der kosmische Mechanismus nicht zu denken sei. Solche Furcht haben sie um ihre Pension. Noch immer hat jede Kaste – ihr nennt das Stand – ihren kleinen Privatvogel, den sie vergnügt flattern läßt. Noch immer besteht der Hauptstolz eurer Männer, nicht: etwas wert zu sein – sondern: mehr wert zu sein als die andern. Noch immer …»

Ich sagte: «Lieber Freund! Warum sollte sich hier etwas geändert haben!»

Er sagte: «Die Leute waren im Krieg. Sie haben halb Europa gesehen!»

Ich sagte: «Sie haben gar nichts gesehen als sich selber.»

Er sagte: «Die Revolution.»

Ich sagte: «Gewiß. Gegen eine Revision der Menschheitsrechte und der Verfassung hat der Deutsche nichts. Aber in den Gemeinden darf nichts geändert werden.»

«Soll ich», fragte der Auslandsdeutsche, «also wieder nach Asien –? Aber da ist der unterbietende Kaufmann, der kegelnde Verwaltungsbeamte und der deutsche Club, daß Gott erbarm. Wo – wo ist er nun, der gute Deutsche?»

«In den Büchern», sagte ich. «In den Büchern.»

Schwarz-weiß-rote Erinnerungen

Wenn es wieder Krieg gibt: alle Hurraschreie gehen wieder mit. Aber diesmal *alle* in die Etappe.

Die Kompanie bestand aus *uns*. Vor der Front schnarrten *die anderen*. Auf den lehmigen Landstraßen froren, schlichen, dursteten *wir*. Hoch zu Roß preschten *die anderen*. In den Revierstuben warteten demütig, fiebernd, geschüttelt *wir*. Faule Witze über uns rissen *die anderen*.

Aber wenn wir nicht mehr wollen –: dann gibt es nie wieder Krieg –!

Der Herr Intendant

Weil in den Romanen und Lokalberichten der Herr Intendant ein Mann war, der sehr blond, sehr schlank und sehr aristokratisch aussah, als Graf bei Kavallerie gestanden hatte und den Theaterkram mit müder Geste so nebenbei schmiß, von strammstehenden Theaterarbeitern ehrfürchtig gegrüßt wurde und die kleinen Ballerinen in seinem Arbeitszimmer, na, warten ließ –: deshalb bewunderten die guten Deutschen einen jeden Intendanten. (War einer zufälligerweise kein glatter Dummkopf, wie Seebach und Hülsen, dann stieg der Respekt ins Ungeheure.) Und bewunderten um so mehr, als man das nicht werden konnte: Intendant – die Laune, pardon, die Gnade des Königs oder Kaisers machte einen dazu. Vom Himmel hoch, da kam er her.

Die Desertion des King scheint hierorts dazu gedient zu haben, alten Leihbibliotheksidealen in die Wirklichkeit zu verhelfen. Es hagelt Intendanten.

Der deutsche Titelunfug ist in der Republik gewaltig gewachsen. (Woran sie ganz unschuldig ist – denn ihr fehlt zum vollen Glück nur noch ein Monarch.) Das Lustigste ist, daß die harmlosen Bürger, die sich mit den Titeln ihrer Sehnsucht schmücken, nun wirklich glauben, an die alten, bewunderten Vorbilder heranzureichen. Aber so viel Post-, Stadt-, Berg-, Zoll- und Studien-Assessoren es nun auch geben mag: so gehaltvoll dämlich wie ein Regierungsassessor der guten, alten Schule ist keiner. Es sind ja doch alles nur strebsame mittlere Beamte, die sich unerhört gehoben fühlen, wenn – wie im Roman! – der Friseur ihnen den Stuhl zurechtrückt: «Bitte, Herr Assessor!»

So auch der Intendant. Sie kommen wild vor. Jeder Stadttheaterthespis verfehlt nicht, sich am Telefon mit: «Intendant Piesecke» zu melden – ja, die Manager von Vergnügungsstätten schmücken sich eilig auch mit diesem süßen Titel. Daß er wertlos ist, empfindet keiner. Sie spielen alle noch: Kaiserreich.

Und ein Publikum spielt munter mit. Welche Wonne, einen – wie auch immer beschaffenen, aber doch einen – Assessor in der Familie zu haben! Und gar einen Intendanten –! Die Assoziationen bei diesen Titeln sind die alten geblieben. Inhalte haben gewechselt – macht nichts: der Deutsche will seinen Titel.

Und dieser Spaß mit all den vielen Intendanten, die es heute gibt, ist so bezeichnend für die Lächerlichkeit, in der eine Nation heute noch lebt und empfindet.

Nicht darüber haben sie sich gekränkt, daß es Assessoren und Exzellenzen und Oberassistenten gab, die jeden, der es nicht war, verachteten. Sie waren darüber böse, daß sie es nicht auch waren. Und so, wie es bei der militärischen Schutzpolizei keine «Leute» mehr gibt, sondern nur noch Wachtmeister – so beeilt sich das ganze Land, Titel, Titel, Titel zu fressen und zu verleihen. Sie glauben an den Titel.

Was eine Amtsbezeichnung mit dem Menschen zu tun hat, ahnt nur der Deutsche. Die ganze Feigheit und Ohnmacht eines verächtlichen Systems liegt darin: die Feigheit von Männern, die den Titel brauchen, weil die Persönlichkeit nicht langt, und die Ohnmacht, ohne Kriecher seinen Willen durchzusetzen. Das geht ohne Ansehen der Partei durch alle: der schikanierende Bahnschaffner, der stramm organisiert ist, und der Kriegsgerichtsrat, der plötzlich – im Gegensatz zu den sozialistischen Schulräten – für jeden Posten geeignet ist: diese Beamtenschaft braucht den Titel.

Kein Geld und keine Geltung, aber: Jedermann sein eigner Intendant. Es muß – so habe ich gelesen – jeder seinen Platz auf der Leiter der Ordnung haben. Und wo stehen diese Deutschen? Sie halten sie.

Taschenpolizei

«Jehn Se ausenanda!
Bleim Se hier nich stehn!
Sonst muß ick mit Ihnen
Nach de Wache jehn!»

Hans Hyan «Schutzmannslied»

Unter diesem merkwürdigen Titel «Taschenpolizei» ist ein kleines Büchlein erschienen, das dem Schutzmann, dem grünen wie dem blauen, eine Hilfe sein soll, wie er sich bei allen Amtshandlungen zu benehmen hat.

Wenn man die Praktiken dieser Polizei kennt – und wer

kennt sie als Gewerbetreibender, als Privatmann, als Mieter oder Arbeitnehmer nicht! –, dann macht es einigen Spaß, in dem Bändchen zu blättern. Da, wo die Anweisungen gut sind, muß man lächeln – weil in der Praxis keine befolgt wird; und da, wo sie nichts taugen … Aber wir wollen selbst sehen.

«Taschenpolizei. Hilfsmittel beim ersten Einschreiten und Wegweiser für die Behandlung der am häufigsten vorkommenden Fälle im Dienste der Exekutivpolizei. Von Heinz Eiben, Polizeimajor. (Kameradschaft, Verlagsgesellschaft, Berlin 1921.)» Es geht los:

Zunächst fällt auf, wie sich die Polizei in allen Fällen, wenn sie sich rechtzeitig nicht mehr zu helfen weiß, auf das Allgemeine Preußische Landrecht von 1794 stützt – und zwar auf jene berüchtigte Ziffer 10, II, 17, in der die Aufgaben der Polizei in weitester, unverbindlichster Form geschildert werden. Da steht ungefähr, daß sie für Ruhe und Ordnung zu sorgen habe – wir wissen, wie sie es tut, und wir wissen auch, wer es tut. Mit diesem Gesetzesparagraphen, dessen Geist so alt ist wie ganz Preußen, läßt sich alles machen. Zum Beispiel begründet damit die Polizei ihr vermeintliches Recht, jedermann auf ihre Bureaus zu zitieren. «Die Pflicht, sich den Polizeibehörden zur Vernehmung zu gestellen», sagt das Büchlein, «gehört zu denen, welche jeder Untertan im öffentlichen Interesse unentgeltlich erfüllen muß.» Erschienen ist das Buch 1921 – der im Dienst befindliche republikanische Polizeimajor kennt also noch Untertanen. Und behandelt sie wohl auch dementsprechend. Nun ist er zunächst rein formal im Unrecht: die Lehrbücher, Kommentare und Reichsgerichtsentscheidungen sprechen übereinstimmend immer nur von einem Vernehmungsrecht der Polizei, *soweit sie Organ der Staatsanwaltschaft* ist – wenn sie in eigener Sache Auskunft erheischt, ist es sehr bestritten, ob sie ohne weiteres vorladen darf. Ich möchte das verneinen. Es ist leider viel zuwenig bekannt, daß man nur unter ganz gewissen Umständen der Vorladung der Polizei überhaupt Folge zu leisten braucht – *daß aber ein Aussage-*

zwang niemals besteht. Von diesem *Recht* jedes Deutschen, *seine Aussage in allen Angelegenheiten vor der Polizei zu verweigern,* steht in dem Büchlein nichts. Es ist wohl der Autorität nicht zuträglich.

Ähnlich liegen die Dinge bei Verhaftungen. Wir wissen ja, wie leicht die geltende Polizeipraxis mit dem «Einspunnen» bei der Hand ist: rechtlich begründet ist das alles kaum. Wenn man in diesem Polizeibüchlein die verwickelten Erwägungen durchliest, die so ein Polizist anstellen soll, bevor er einen verhaftet, dann muß man sagen: Die Theorie ist zu kompliziert, und die Praxis ist zu brutal. Diese feinen Unterschiede zwischen Verhaftung, Festnahme, Inverwahrungnahme und ähnlichem dummen Zeug bemänteln nicht, daß in vielen Fällen falsch vorgegangen wird und daß der Deutsche seine verfassungsmäßig garantierte Freiheit der Person eben nur in der Verfassung besitzt. Der kindliche Unfug, der in Deutschland mit «Papieren», «Ausweisen», «Legitimationen» und ähnlichem getrieben wird, hört nur da auf, wo eine Legitimation sehr nötig wäre: bei der Polizei selbst. Das Büchlein veröffentlicht eine Erkenntnis, nach der allenthalben gehandelt wird: «Pflicht der Polizeibeamten zur Legitimation. Die Nichtvorzeigung der Erkennungsmarke ist selbst dann unerheblich, wenn die Vorzeigung durch besondere Instruktion vorgeschrieben ist. Es genügt die Nennung des Namens und Amtscharakters.» Wonach denn also jeder betrunkene Korpsstudent sich als Kriminalbeamter ausgeben dürfte, ohne daß es dem Passanten möglich ist, eine ausreichende Legitimation zu erzwingen. Es sind ja nur Untertanen.

Die Polizei hat überhaupt Rechte, die gleich nach denen des lieben Gottes kommen. Wenn die Theaterzensur fortfällt, wenn die Gerichte nicht so funktionieren, wie Brunner es gern möchte: die Polizei verbietet auch ohne richterliche Erkenntnis – immer nach 10, II, 17 – nach dem Allgemeinen Preußischen Landrecht – «im voraus solche Theateraufführungen, die den polizeilichen Interessen zuwiderlaufen». Wonach zu richten. Ja – «die Polizei kann auch einschreiten und die Fortsetzung eines nach ihrer Ansicht nicht genehmigten, aber genehmigungspflichtigen Betriebes verhindern, wo durch den Strafrichter aus der entgegengesetzten Auffassung heraus Freisprechung erfolgt ist». Das heißt: die Gerichte existieren für die Polizei nicht. Wie denn überhaupt in Preußen das Verwaltungsrecht so eine Art Gesellschaftsspiel junger Referendare und verkalkter Landgerichtsräte zu sein scheint, für die Praxis hat es keine allzu große Geltung. Bei einer theoretischen Auseinandersetzung über die Zulässigkeit einer Verhaftung spricht das Lehrbuch: «Brauch und Gewohnheit sowohl, als auch die ausführende Gewalt (der Regierungswille) folgen in Fällen dieser Art aber nicht *dem förmlichen Recht*, sondern geben den Ausführungsorganen die Befugnis, ja, machen es ihnen zur Pflicht, den Umständen gemäß zu handeln und das *Zweckmäßige* dem formell Rechtlichen überzuordnen.» Das Formell-Rechtliche heißt: U-Boot-Boldt; das Zweckmäßige: Sylt.

Von welchem Kommißgeist diese schlecht ausgebildete Polizei durchdrungen ist – gegen den Willen vieler ihrer Angehöriger, aber immer getrieben von den politisch interessierten Vorgesetzten –, zeigen zahllose Einzelheiten: «Unzucht», lehrt das Buch, «ist jede außereheliche Geschlechtsvereinigung.» Das ist objektiv und kulturell falsch. Das ist sie eben nicht. Aber «regiert» wird freilich nach diesem unsittlichen Satz: man denke nur an die Schnüffeleien in den Hotels, an die polizeiliche Auslegung des Kuppeleiparagraphen, an die Nichtachtung der wirtschaftlichen und sittlichen Anschauungen eines Volkes, das gut genug war, sich die Knochen in Schützengräben zerschießen zu lassen, aber nicht reif genug, darüber zu bestimmen, was Unzucht ist und was nicht, und das es sich von einer kleinbürgerlich gerichteten Beamtenklasse vorschreiben lassen soll. – Daß das «Meldewesen» zu den «wichtigsten Zweigen der Polizei» gehört, wissen wir alle aus zahllosen überflüssigen Belästigungen. Wir wissen es aber auch aus dem mangelnden Straßendienst der Polizei. «Ein Kind ist ins Wasser gefallen?» – «Wir bedauern, die Beamten haben keine Zeit, sie machen Bürodienst.» – Und aus dem Polizeiparadies gibt es nur eine Rettung: Hänge dich auf! Denn höre, Untertan: «Der Selbstmord fällt nicht unter das Strafgesetzbuch.» Gottseidank.

Die politischen Abschnitte des Büchleins sind ebenso interessant wie verschwiegen: in dem Kapitel «Streik» ist nichts davon zu finden, wie die Polizei in Wirklichkeit grundsätzlich *gegen* streikende Arbeiter Stellung nimmt. Und auch von dem famosen, immer noch geltenden Heineschen Schießerlaß steht nichts in dem Werk, das sorgfältig aufzählt, welche Voraussetzungen erforderlich sind, um einen Leierkastenmann wegen unbefugter Ausübung seines Gewerbes zu verhaften, und welch schwierige Erwägungen der Polizeibeamte dazu anzustellen hat. Es sagt aber nichts darüber, daß jeder ehemalige Unteroffizier in grüner Uniform berechtigt ist, *ein Todesurteil zu vollstrecken*. Ist ein Polizeibeamter lässig in der Aufsicht seines Gefangenen, ist er zu faul, dem Entsprungenen nachzulaufen, befürchtet er eine Bestrafung seiner Lüderlichkeit: *dann schießt er*. Und blutend liegt auf dem Pflaster ein Dieb, der vom Gericht vielleicht seine vierzehn Tage bekommen hätte. Auf der Flucht erschossen...

Das Büchlein ist ein Kulturdokument. Die juristisch belanglosen Verordnungen in irgendeinem Ministerialblatt gelten ihm für bindendes Recht, es hält an dem alten «Obrigkeitsstaate» mit «Untertanen» fest – und das einzig Amüsante ist, daß der Abschnitt «Titel» zwischen «Tollwut» und «Tingeltangel» steht. –

Der preußische Minister Severing hat ein weites Feld. Es soll hier nächstens ausgeführt werden, wie *Servilität* und *Sadismus* sich stets ergänzen – und das ist die Theorie. Die Praxis aber gibt dem Minister viele Gelegenheiten, mit der widerwärtigen preußischen Polizeiauffassung aufzuräumen, die dem Beamten alle und dem Publikum keine Rechte zuweist; die durch ein falsches Kameradschaftsgefühl jeden Übeltäter, wenn er in Uniform ist, deckt – siehe die schwarze Hundertschaft – und die unsere Polizeiwachen zu dem gemacht hat, was sie sind: zu Überbleibseln des preußischen Kasernenhofes. Der preußische Subalternbeamte ist in vielen Fällen unsachlich, grob und größenwahnsinnig. Er fühlt sich vor dem Dienstmädchen und duckt sich vor der Offiziersuniform. Heute noch.

Herr Severing sollte gewisse Elemente in der Polizei ins Auge fassen und zu unser aller Wohle sagen:

«Jehn Se ausenanda –!»

Der Sieg war zum Greifen nahe!

Da ist im Verlag für Sozialwissenschaft (zu Berlin SW. 68, Lindenstraße 114) ein kleines Heft herausgekommen: «Der Sieg war zum Greifen nahe!» – und das müßte hinaus aufs Land.

Den Lesern der «Weltbühne» brauche ich nur anzudeuten, wie in dieser außerordentlich interessanten Broschüre knapp und klar die wichtigsten Dokumente des Zusammenbruchs gesammelt sind, um zum Ausdruck zu bringen, wie unendlich wichtig dieses gute Material ist: Denkschriften der höhern Militärs, ihre eignen Urteile über die unhaltbare Lage, die Telegramme des alten Hindenburg, diese Telegramme, worin auf sofortigen Abschluß des Waffenstillstands gedrungen wird. Zum Auswendiglernen. Die Annexionspläne Ludendorffs sind abgedruckt – halb Belgien wollte der Mensch «fest in der Hand» behalten. All diese Dinge werden heut nicht nur vergessen, sondern frech gefälscht, vergraben, umgebogen und umgelogen. Wie wäre sonst die Dolchstoßlegende erklärlich, eine der ungeheuerlichsten Beschimpfungen des eignen Landes, ein Film, der vor Millionen wonnegrunzender Deutscher tagtäglich aufgeführt wird! «Im Felde unbesiegt»? «Zur See unbesiegt»? Diese Schwarten: auf den Müll! Die Broschüre: aufs Land!

Wer einmal in den letzten Jahren die deutsche Provinz etwas näher kennengelernt hat, der wird wissen, welche Luft da weht. Die nationale Presse und die deutsch-völkische Flugschriftenliteratur arbeiten wie geschmiert, und das sind sie ja wohl auch. Hier, auf dem Lande, da wäre einzuhaken. Ihr solltet das Heftchen lesen und dann einem Verwandten oder Bekannten aufs platte platte Land schicken. Traurig genug, daß die Republik dergleichen nicht in viel größerm Ausmaße tut, als es geschieht.

Aus diesem Heft könnten die Deutschen lernen. Zum Beispiel läsen sie, wie im Jahre 1920 das ††† Dörrgemüse aus dem Felde vom Reichswehrministerium verkauft worden ist: «Dieses Dörrgemüse wird, da es in seinem Nährwert Wiesenheu mittlerer Güte entspricht, als Pferdefutter verausgabt werden.» Besinnt ihr euch auf die deutschen Ärzte, die, nach Kalorien abgestuft, den Landsleuten vorlogen, ihre Unterernährung sei nur ein Laienirrtum?

Wenn man diese kleine Broschüre gelesen hat – und man muß sie lesen –, dann kommt man langsam dahinter, daß die gesamte geistige Kriegsnahrung im Lande dasselbe gewesen ist wie das Dörrgemüse: Wiesenheu mittlerer Güte.

Raschle, raschle, seidner Kimono

Glänzt der Fudschijama nachts in Weiß,
bete ich zu Brahma heimlich leis.
Mond scheint auf die Dächer
still in Ruh,
unser bunter Fächer winkt ihm zu.
Raschle, raschle, seidner Kimono,
deine kleine Geisha sehnt sich so,

sie sitzt im Teehaus
und steckt den kleinen Zeh raus.
Singe, singe, kleiner Kolibri,
ferner Liebster, warum kommst du nie?
Kleine Geisha sehnt sich so,
und sie wäre wieder froh,
bist du bei ihr unterm Kimono!
Kleine Geisha sehnt sich so,
und sie wäre wieder froh,
bist du bei ihr unterm Kimono!

Horch, wie durch die Bäume Windhauch lief,
Liebster, und ich träume opiumtief.
Yoshiwaras Gassen warten dein,
wollen dich nicht lassen, komm, sei mein!
Raschle, raschle, seidner Kimono,
deine kleine Geisha sehnt sich so,
in Nagasaki nach ihren Kerls in Khaki.
Singe, singe, kleiner Kolibri,
ferner Liebster, warum kommst du nie?
Kleine Geisha sehnt sich so,
und sie wäre wieder froh,
bist du bei ihr unterm Kimono!
Kleine Geisha sehnt sich so,
und sie wäre wieder froh,
bist du bei ihr unterm Kimono!

1922

Die verkehrte Welt

in Knüttelversen dargestellt

Vorspruch

Es ist euch allen wohlbekannt
Das schöne Reich Schlaraffenland,
Das Land aus Weißbrot, Milch und Wurst,
Wo keiner Hunger leidet und Durst,
Wo alles gebraten und gebacken ist,
Und wo kein Mensch das Essen vergißt.

Doch gibt es auch eine verkehrte Welt.
In der ist alles auf den Kopf gestellt!
Nicht, daß die Leut auf den Händen gehn
Und die Häuser auf den Dächern stehn,
Nein, die Menschen handeln dort verkehrt!
Darum ist ihr Leben so erschwert,
So voller Qual und großer Not,
Daß wie Erlösung kommt der Tod.
Das Leben der Armen wie in der Hölle brennt,
Wie ihrs jetzt aus Vers und Bild erkennt.
Die Augen auf! daß die verkehrte Welt
Wird einmal von euch auf die Füße gestellt!

Die verkehrte Welt

Dem Arbeiter gehts in der verkehrten Welt schlecht,
Gewalt herrscht dort und nicht das Recht,
Die Reichen trinken goldenen Wein
Und sind die Herren ganz allein,
Sie stahlen die Macht vor langer Zeit
Den Armen und sind voll Unbarmherzigkeit.

Nun müssen die Armen die Hände regen,
Daß die Reichen ihren Körper pflegen,
Reiten, Auto fahren und im Wagen sitzen,
Während die Armen bei der Arbeit schwitzen.
Daß der Arme nicht seine Ketten zerbricht,
Kommt ein fetter Pfaffe, der zu ihnen spricht:
«Die bestehende Ordnung hat Gott eingesetzt,
In die Hölle kommt, wer sie verletzt,
Ist auch jetzt euer Leben schwer,
Im Himmel wird es glücklich sehr,
Alle, die hier jetzt hungern und frieren,
Werden dann dort als Engel spazieren,
Alle, die jetzt bei der Arbeit schwitzen,
Werden im Paradies unter den Palmen sitzen,
Drum seid geduldig, ertragt das Los,
Gott nimmt euch auf in seinen Schoß.

Der Reiche kommt in den Himmel so schwer
Wie das Kamel durch ein Nadelöhr,
Drum ist er eigentlich viel schlimmer daran
Als der allerärmste Bettelmann,
Ihr sollt ihm nicht fluchen, sondern Mitleid haben
Und alle eure Wut vergraben.
Betet zu Gott in eurer Not,
Daß er euch gibt euer täglich Brot,
Daß er euch in seinen Himmel aufnimmt
Und eure Herzen demütig stimmt.
Wer sich empört, über dem schlagen die Flammen
Des höllischen Schwefelpfuhls zusammen.»

Und es sprachen die schwarzen dicken Pfaffen:
Gott hätt die verkehrte Welt erschaffen!
Und wer diese verkehrte Welt zu ändern versuche,
Den Gott in die feurigste Hölle verfluche!
Die Armen hörten das und blieben lange stumm.

Aber dann entgegneten andere, die nicht dumm,
Und sagten: «So könnt doch ein ‹lieber Gott› nicht sein,
So teuflisch, so ungerecht und so gemein!
Man sagt doch, er sei voller Barmherzigkeit!
Man nennt ihn doch Vater der Seligkeit!
Und wenn er regierte das Sternenzelt,
Da müßt ihn doch empören die verkehrte Welt!
Wie könnt er nur eine Stunde zulassen,
Daß die Arbeiter hungern, die Reichen prassen!»

Als diese Rede die Reichen hörten
Und sahen, daß sich die Armen empörten,
Da schickten sie noch mehr Pfaffen und Polizei über die Erde,
Daß der Arme wieder gläubig werde.
Wer nicht an den Gott im Himmel glaubte und
Ungläubig war, der wurde wie ein Hund
Verfolgt und gemartert, gefoltert, verbrannt,
Und Galgen und Scheiterhaufen wuchsen im Land.
So zwangen die Reichen die Armen durch Feuer und
  Schwert,
Daß der verkehrte Gott wurde als ein richtiger verehrt.

Den Reichen in der verkehrten Welt
Das Beten der Pfaffen gar wohlgefällt,
Drum forderten sie auf die Klerisei,
Daß sie auch der *Schule* Hüter sei!
So trägt der verkehrten Welt Schulunterricht
Der verkehrten Welt muckerisch Kirchengesicht,
So wird auch in der Schule verkehrt,
Für die Herrschaft der reichen Leute, gelehrt!

Dort regiert, maskiert im Weisheitsfrack,
Vor allem «Knüppel aus dem Sack!».
Da werden gestutzt der Seele Flügel,
Das Herz wird gelegt in Zaum und Zügel,

Die Vernunft wird getötet, der Stolz gebückt,
Die Kindersehnsucht in den Staub gedrückt!

Das alles, weil die verkehrte Welt
Den reichen Leuten wohlgefällt.
Die Armen müssen sich deshalb ducken
Und den allergrößten Blödsinn schlucken,
Demütig sein, verprügelt, geschändet –
Schon mancher hat deshalb sein Hundeleben beendet!

Wie aber könnten im Grünen und Freien
Die Kinderseelen blühen, gedeihen,
Wie Wolken im blauesten Himmel verschweben,
Wachsen, sich wandeln, schön werden und leben!
Jetzt aber sperrt man die Kindlein in dunklen Massen
In dunkle Ställe, das heißt in «Klassen»,

Denn das meiste Geld in der verkehrten Welt brauchts
Militär,
Drum reichts nicht für die Schulen mehr.
Dem Mann, der den Soldaten das Morden lehrt,
Wird seine Arbeit nicht so erschwert
Wie dem Lehrer; er kriegt der Rekruten höchstens zwölfe,
Sie zu erziehn als Schlachtenwölfe.

Das sind in der verkehrten Welt die Klassen,
Wo alle Kinder früh erblassen,
Dumm werden, schon in Jugend alt,
Nur lau, nicht feurig und nicht kalt.
Sie senken auf die Erde hin die Stirn,
Als hätten sie im Kopf kein Hirn,
Als schlüge kein Herz in ihrer Brust,
Als lebten sie hin ganz unbewußt.

Denn der Verkehrte-Welt-Staat braucht nur
Die hirn-, herz- und willenlose Kreatur,
Die schuftet bis zum Umfallen mit Sklavensinn
Und bringt den Herren allen Gewinn.
Lehrer an der verkehrten Welt Schule sind ganz
Ohne Schwung und Seelenglanz.
Sind Unteroffiziere und Leutnants geworden,
Und tragen Hakenkreuze und Orden.

Nur die kommen an diese Schule hin,
Die lehren nach der Herren Sinn,
Die die verkehrte Welt unterstützen,
Und die Kirche und den Geldsack schützen.
Wer die Wahrheit genial verdreht,
Lehrt gar auf der Universität!
Am höchsten wird in der verkehrten Welt geehrt
Die Wissenschaft, die schlimm verheert,
Die ausforscht, wie am besten man
Ein Land und Volk vernichten kann!

Der verkehrten Welt Rechtsgelehrsamkeit
Dem Unrecht Schein von Recht verleiht.
Sie erklärt es als natürlich Recht,
Daß es dem Armen gehe schlecht.
Auch der Pfaffe gibt dazu den Segen:
«Alles ist in Gottes Hand gelegen.»

In der verkehrten Welt wird gearbeitet viel,
Jedoch mit ganz verkehrtem Ziel!
Der Technik Wunderwerk und Riesenkraft
Fast alles nur für Krieg und Luxus schafft,
Für Zerstörung baut und für die Reichen,
Und nicht ein Werk für die Armen und Bleichen.
Und doch wär es ein Kinderspiel,
Allen zu geben, gut und viel!

Die Lager schier bersten von guten Sachen –
Doch in Nöten leben, die sie machen!

Die die Villen und Paläste mauern –
In dumpfen Wohnungslöchern kauern!
Die die Pelz- und Seidenkleider nähen,
In schlechten, dünnen Kleidern gehen!
Die schwer die Kohlen graben für den Winter,
Frieren daheim mit Frau und Kinder!

Trotz Not an Brot wird Korn verschwendet
Und felderweis zu Schnaps verwendet!
Die verkehrte Welt ist hirnverrückt,
Die den Armen drückt und den Reichen beglückt!

So ging es lange Jahr auf der Welt,
Alles war auf den Kopf gestellt.
Und der Weltkrieg kam und zertrat die blühende Flur,
Ein Trümmerhaufen wurde die Natur,

Die Pfaffen beteten im grausigsten Krieg
Zu Gott um Massenmord und Sieg
Und weihten die Fahnen und großen Kanonen
Und flehten zu Gott, keinen Feind zu verschonen.

Vier Jahre lang in der verkehrten Welt
Hat die Hyäne des Krieges gebellt,
Hat Menschen gefressen, zwölf Millionen,
Und tat nicht Frauen und Kinder verschonen,

Die ganze Erde schwamm in Blut,
Doch die reichen Leute hatten es gut,
Sie saßen sicher und weit vom Schuß
Und schwelgten in Macht und Überfluß.
Die Pfaffen habens in der verkehrten Welt gelobt,

Daß Arbeiter gegen Arbeiter tobt,
Sie haben die Mordgeräte gepriesen
Und ließen in Gottes Namen Ströme Blutes fließen.
Was übrig blieb vom grausigen Massenmord,
Das schleppt sich jetzt im Elend fort...

Da war den Armen am Ende doch zuviel
Das grausige Verbrecherspiel,
Da sagten sie: Revolution!
Könige und Kaiser fielen vom Thron,
Sie gingen auf Reisen, nach Holland, hinaus
Und lebten weiter in Saus und Braus.
Die Reichen hatten ein wenig Angst, aber bald
Hatten sie wieder Macht und Gewalt,
Denn die Empörung war nichts wert,
Es blieb die verkehrte Welt ja verkehrt!
Es blieb der Reichen kleiner Hauf
Über der Masse der Armen obenauf.
Die Armen wurden ins Zuchthaus geschickt,
Die Aufrechten wurden durch Gesetze geknickt,
Der Hunger wurde mit blauen Bohnen gestillt,
Die Massengräber wurden gefüllt.

Die Pfaffen und die Klerisei
Beteten: «Gott, laß gehen das Übel gnädig vorbei!»
Die Reichen hatten Arme bestochen
Durch wenig Fleisch, aber einen fetten Knochen,
Den sie den Armen gnädig hinstreckten,
Als sie den Staub unter den Tischen leckten.
Sie sagten: «Wir wollen euch helfen, wir sind gerecht,
Wenn ihr den Aufstand der Sklaven brecht.»

Und weil die Welt verkehrt, haben Arme für einen Knochen
Den Aufstand der armen Brüder gebrochen!
Und doch sind alle Schutzleute, alle Gendarmen,

Alle, die schießen auf die Armen
Auf den Befehl der Unterdrücker,
Selber Arme und arme Schlucker.
Es glich das Volk dem Elefant,
Den leitet eines Zwergen Hand!

Kein Schauspiel ist so ekelhaft,
Als wenn die Schwäche lenkt die Kraft.
Jedoch, es kommt einmal die Stund,
Da bellt der rote Hungerhund.
Not bricht Eisen! heißt schon ein Spruch,
Dann ruft das Volk: Es ist genug!

Dann wird das Volk stürzen die Verkehrten,
Dann wird es endlich Frieden werden,
Dann werden alle Blutaussauger,
Schieber, Prasser, Garnichtstauger,
Lügner, Pfaffen, Kinderquäler,
Dicke, fette Geldabzähler,
Alle reichen Halsabschneider,
Alle Pelz- und Seidenkleider
Ausgemistet, und die verkehrte Welt
Richtig auf die Füße gestellt!

Das Schlemmerparadies

Kennen Sie den erfreulichen Zustand, in dem man sich befindet, wenn man sich über und über kalt abgebraust hat –? Die gereinigten Poren atmen die frische Luft ein, die Blutzirkulation ist erhöht, die Muskeln fühlen sich selbst und sind froh darüber – das Ganze ist hoch ergötzlich. So eine reine Luft weht in dem entzückenden Buch: «Das Schlemmerparadies» von Hans W. Fischer (bei Rösl & Cie. in München erschienen).

Die Lebensbreviere, die wir hier so in Deutschland haben, sind ja im allgemeinen ein Scheul und ein Greul. (Wenn die Lebenskünstler «Angostura» sagen, tauschen sie nicht mit den Goncourts.) Aber wie hier bei Fischer der Genuß am Essen, am Rauchen und am Trinken ausgekostet ist, ohne daß man jemals den Eindruck der Spießigkeit oder des Snobismus hat: das ist wirklich heiter. Er sagt so hübsche Sachen über das innere Wesen dieser Gegenstände, die wir Menschen uns einverleiben, er sagt sie so verständig und so nett! Speisen sind so beschrieben, daß einem auch nur halbwegs charaktervollen Menschen die Appetitfäden in perlenden Schnüren zu laufen beginnen. «Wer mit einem Paukenschlag beginnen will, probiert eine echte Hamburger Aalsuppe, auf dem Schinkenknochen gekocht...» Die Anschaulichkeit aller Schilderungen erinnert an die guten alten Stilleben, wo sich Maler und Beschauer liebevoll ins physische und metaphysische Innere der Hammelkeulen versenkten...

Und das Buch ist so angenehm norddeutsch. Es ist ganz unjüdisch – was in diesem Falle ein Vorzug ist –, denn an schmückenden ästhetisierenden Beiwörtern haben wir – heiliges Prag! – übergenug. Dies Buch ist kühl und warm zugleich – es gibt gewisse Liliencronsche Saufgedichte, an die es lebhaft und auf das schönste erinnert. Und daß Hans W. Fischer sogar diejenige Seite der Liebe, die gewissermaßen als Dessert serviert werden kann, ohne daß die Frauen dadurch erniedrigt zu werden brauchen, so zart und sauber geschildert hat: das macht das Buch zu einem literarischen Leckerbissen des Gourmets.

Das Werkchen gehört selbst ins Schlemmerparadies.

Neue Zeit

Daß die Entwicklung zu stocken scheint, daß in allen Künsten die ältesten Mottenkisten noch einmal aufgemacht werden: das ist nicht die Müdigkeit eines verbrauchten Zeitalters. Auch nicht die Abgeschlossenheit des Landes ist schuld daran. Hinter der Rampe ist deshalb alles beim alten geblieben, weil in den Logen das Publikum gewechselt hat.

Die neuen Reichen kennen eben «Haben Sie nichts zu verzollen?» noch nicht und lassen es sich demgemäß vorspielen. Daß man kleine souperaufmunternde Ferkeleien auch so sagen kann, daß die Damen sie sich mit anhören dürfen, hat sich erst kürzlich bei denen herumgesprochen, die ihrerseits einen verlorenen Krieg gewonnen haben. Sie entsinnen sich noch aus ihren Grünkramläden, daß die Kundschaft gesagt hatte: «Heute abend gehen wir mal in eine französische Posse!» Man platzte vor Neid, damals, als Mutter noch die sauern Gurken selbst einlegte... Heute ist man soweit und läßt sich also die französischen Possen vortrudeln.

Unfähig, neue Kulturgüter zu erzeugen, halten sie sich vorläufig an die bewährten alten und kopieren sklavisch, was sie einstmals so bewundert haben. Man muß nicht vergessen: Das Leben fängt ja erst jetzt richtig für sie an. Daß die Welt inzwischen weitergegangen ist, geniert sie nicht – sie beherrschen die Szene, sie sind dran und beginnen nun, langsam und herablassend die feinere Psychologie der Jahre um 1900 einzukaufen.

Und so stockt denn alles: der eine kanns, der andre hats, und die Kulturproduzenten richten sich nach dem Abnehmer, der alles nachholt, was er vor zwanzig Jahren versäumt hat. So kommt der Genießer von heute sachte auf die französischen Provinzschlager unsrer Schultage und lacht dröhnend, wo der jäh aus der Entwicklung gerissene Logenbesucher des Kaiserreichs keine Miene verzieht.

Diese neue Zeit ist ein schlechtes Abziehbild der alten. Hans im Glück, betagt, aber mit guten Verbindungen zu den

Feen, holt alles nach, was er in seiner ärmlichen Jugend entbehrt hat. Nur das Gute nicht. Und so bleibt denn der einzige Rudolf Rittner weit, weit dahinten…

Aber wir haben die tröstliche Aussicht, alle Schmarren, die um das Jahr 1910 als piekpervers und hochelegant zu gelten die Ehre hatten, noch einmal auf dem Ladentisch zu sehen. Frau Piesecke kanns und will es ganz genau wissen.

Selber–!

Die Sache ist so: Die Welt war in Unordnung, und Mohamed und die Propheten machten sich daran, sie aufzuräumen. Allein konnten sie es nicht. Steil und glühend lohte ein Fanal zum Himmel, leuchtete, züngelte und erlosch. Geblendet blieb die Menschheit zurück und gründete zur Erinnerung an den großen Mann einen Verein. Der Verein verwaltete den Nachlaß, fälschte die Absichten des Verblichenen ein wenig für den Alltagsgebrauch um und arbeitete unter der alten Firma weiter. Soweit Kirche, Partei und Schopenhauer-Gesellschaft.

Es ist nun sehr merkwürdig zu beobachten, wie besonders oppositionelle Kollektivitäten und grade die, die sich zur Aufgabe gemacht haben, den Staat zu reformieren, in ihrem eignen Dienstgetriebe genau dieselben Unarten und Fehler aufweisen wie ihr Feind, der ihnen die Existenz gibt. Sie tadeln die schlechte Kolonialorganisation eines Reiches und sind nicht fähig, ein anständiges Haustelefon in Gang zu bringen. Es gibt da die merkwürdigsten Dinge.

Es gibt bei allen reformatorischen, radikalen, oppositionellen und der Tendenz nach vorwärtsstürmenden Gruppen Kabinettsintriguen, Ministerstürze, hinterhältige Stunks, Ämterkleber, Postenjäger und jenen Konservativismus, dem die Funktion so schnell Selbstzweck wird. Daß eine unorganisierte Menge die Bastille gestürmt hat, ist noch allenfalls verständlich. Aber daß ein Bastillestürmer-Verein bei dem Unternehmen gescheitert wäre, ist klar: denn der zweite Vorsitzende hätte nur mitgemacht, wenn auch er an der Spitze marschiert wäre. Es kann sein, daß sich das Mitglied einer radikalen Organisation herausnimmt, im Parlament Dinge zu sagen, bei denen sich den Konsistorialräten der Rechten die wenigen Haare um die Glatze, wie bei der Tonsur der Konkurrenz, erheblich sträuben – aber daß demselben Himmelsstürmer gelänge, einen alten, untauglichen Schriftführer seiner Innung an die frische Luft zu setzen, das glaube ich nicht. So konservativ ist kein ostpreußischer Kartoffelbauer wie der härteste Anhänger einer Gruppe, wenn es um seinen Verein geht. Das Banner flattert, und Ressortstänkereien werden im Hause angefertigt.

Der angegriffene Staat ist, wie immer, recht ungeschickt. Er sollte, wenn man ihn auf die Füße tritt, dasselbe rufen wie der Schuljunge, dem sein Nebenmann Esel sagt – er sollte sich an die Nase fassen und dem Angreifer zurufen: «Selber!» Er darf das nicht, wenn es sich um den einzelnen Reformer, um das überragende Individuum handelt; denn der einzelne ist wohl befugt, Ideale aufzustellen, die man niemals erreichen kann (ohne daß seine vielleicht inkonsequente Lebensführung ein Einwand wäre). Wenn aber eine Kollektivität sich vermißt, eine andre Kollektivität, die nur größer und mächtiger ist als sie selbst, zu tadeln, dann wäre wohl die erste Voraussetzung dazu, daß sie selbst nicht in alle die Krankheiten verfällt, von denen Menschen gepackt werden, die sich zu irgendeinem Zweck zusammentun.

Christus darf sagen: «Nein.» Sagt es die Gruppe, so wird sie nur sehr schwer um die Lächerlichkeit herumkommen, weil jeder, der in ihre Amtsstuben gerochen hat, fast immer sagen darf: «Selber!»

Stimmungsbild aus dem Reichstag

Wenn heute im Reichstag ein einigermaßen gescheiter Mensch eine Rede hält, verlassen die Deutsch-Nationalen prompt das Lokal. Die Edelsten der Nation erheben sich von ihren Sitzen und gehen. Es hagelt Rufe: «Feiglinge! Jetzt gehen sie!» – Die deutsch-nationalen Stirnen ziehen sich hoch, die Mundfalten herunter, sie sind verletzt über so viel schlechte Manieren... Besonders die Frauen wissen sich gar nicht zu lassen vor lauter Vornehmheit. Drüben ruft einer: «Helfferich geht auch!» – Karlchen, diese Mischung von Assessor und Kellner, dreht sich noch einmal um und winkt frohgemut herüber. Er ist schon wieder obenauf. Und die Sitze der Rechten, wo so viel Gesäße und so wenig Köpfe versammelt sind, bleiben leer.

Was machen diese Leute während des größten Teils der Sitzungen? Ihre Wähler denken, sie hörten zu und nähmen teil – denn dazu sind sie ja gewählt worden. Nein, das tun sie nicht. Was machen sie also –?

Im Wandelgang auf der rechten Seite des Hauses steht eine seltsame Gruppe. In tiefen Sesseln sitzen uralte Frauen, drum herum stehen uralte Männer. Es sieht aus wie die Abordnung eines königlich preußischen Armenhauses oder noch besser: wie die Vorsitzenden eines Vereins früherer Schloßkastellane. Es sind kleine Leute, das sieht man. Sie haben alle etwas Gedücktes im Blick, sie stehen gleichsam mit den Augen stramm.

In ihrer Mitte sitzt ein Abgeordneter der Rechten, ein würdiger Mann mit einem großen Fußsack im Gesicht: Er liest den armen Leuten aus einem Schriftstück etwas vor. Die Gesichter bleiben bekümmert – wahrscheinlich vertröstet er sie, verspricht ihnen irgend etwas, das er in der nächsten halben Stunde vergessen hat, weil er laufen muß, wenn Stinnes pfeift. Und dann werden die armen Leute nach Hause gehn.

Und der Zuschauer fragt sich verwundert: Warum gehen

diese Armen zu diesen Leuten –? Wie kann ein vernünftiger Mensch mit fünf gesunden Sinnen zu dieser Partei hingehen, diese Partei wählen, die von Großverdienern und Kapitalisten strotzt, die während der ganzen Reichstagssession nur nachsinnt, wie sie deren Rechte halten und erweitern kann? Zwischen zwei Frühstücken wird einmal «warmes Herz fürs Volk» gespielt – für das Stimmvieh, den Untertan, das Kanonenfutter.

Die armen Leute wackeln jetzt aus dem Reichstag und debattieren leise und eifrig. Sie sprechen darüber, was ihnen der dicke Satte vorgelesen hat.

Arme Leute! Ihr seid die Dummen. Man hat euch betrogen. Geht in euer Landstädtchen zurück oder in euer Altersheim. Und wartet die paar Jahre, die ihr noch zu leben habt, darauf, daß euch der Deutschnationale seine Versprechungen erfüllt. Er wirds nie tun. Er hat keine Zeit. Er muß dem Unternehmer Hugenberg helfen, er muß Verbände finanzieren, die den «deutschen Geist» bewahren. (Im Wappen: eine Handgranate.)

Die armen Leute! Sie haben auf der falschen Seite des Hauses gestanden.

Tanzkunst

Was kann aus einer Mietshausschublade Gutes kommen? Daß die paar Geviertmeter Raum, die du, Deutscher, mit Bewilligung des zuständigen Wohnungsamtes und nach erfolgtem Nachweis der Bedürfnisfrage deiner Existenz, bevölkern darfst, Wohnung heißen: das ändert nichts an der Tatsache, daß die meisten Städter heute, erst recht heute, ein menschenunwürdiges, geplagtes, lächerliches Dasein führen... Gehen aber doch aus ihrem engen Zimmermuff in beleuchtete Säle und genießen dortselbst, nach erfolgter Anmeldung beim zuständigen Polizeirevier, nach Ablegung der Garderobe und nach Einnehmung des ihnen zugewiesenen Platzes: Körperschönheit. Fatinga tanzt.

Es mutet ein wenig lustig an, wenn – seit Isadora Duncan – die Tanzschreiber aus diesem Volk, aus dieser ökonomischen Lage, aus diesem Boden heraus den Tanz zu einem Nationalelement, zu einer Art öffentlicher Kunstübung machen wollen und das Maul so erschrecklich voll nehmen, als gäbe es die von Grosz gezeichneten Fratzen nicht, als liefen diese Puppen unsres größten Karikaturisten nicht stinklebendig herum... Schönheit? Na, dann auf Wiedersehn.

Die ein wenig krampfig konstruierte Historie des Tanzes (also der gar nicht bodenständigen und aufgepfropften Tanzabende vieler Mädchen), diese gemachte Historie ist schon ein paarmal geschrieben worden: von Hans Brandenburg (das Buch hat die herrlichsten Fotografien) und von Frank Thieß, der mehr schwitzt als alle Tänzerinnen zusammen und es in dieser Beziehung mit jedem Kunstschriftsteller aufnehmen kann. Ernst Blaß tut das gar nicht. Bis auf den Titel ist das kleine Buch, das er geschrieben hat und das mit hübschen Bildern geschmückt ist, ausgezeichnet: «Das Wesen der neuen Tanzkunst» (bei Erich Lichtenstein in Weimar). Ob das das Wesen der Tanzkunst ist und ob die als selbständige Kunst wirklich existiert, lebt und da ist –: jedenfalls sind es sehr feine Anmerkungen zum Thema, und das ist auch etwas wert.

Die Schilderung des «exakten Zauberwalds» – so nennt Blaß das alte Ballett – ist sicherlich das Beste, was es in dieser Schublade gibt: die technischen Grundlagen des Tanzes sind ruhig und sachlich erörtert, und die Charakteristiken der großen Tänzerinnen sind so unaufdringlich und bescheiden, so leise und so klug abgefaßt, daß man seine helle Freude haben muß. Die «Canaille» der Valeska Gert, ein Meisterstück des modernen Tanzes, ist noch nie so gut und so knapp, in fünf Zeilen, aufgezeichnet worden (und das hat diese große Künstlerin verdient). Und mancher Satz in dem Büchlein gemahnt – höchstes Lob – an den Marionetten-Aufsatz Heinrichs v. Kleist.

Schlangenmoos

«Für die Schutzpolizei wurden als Frühlingsanfang Kurse eingerichtet, die sie in die Kenntnis der Bestimmungen einführen sollten, welche Tier- und Pflanzenarten dauernd unter Schutz zu stellen sind. Lycopodium (Bärlapp-Pflanze oder Schlangenmoos) wurde ihr besonders ans Herz gelegt.»

Da liegts gut. Und dicht daneben liegt eine Ministerialpolizeiverordnung vom 30. Mai 1921, durch die eine ganze Anzahl von Tieren und Pflanzen beschützt werden. Sie dürfen weder feilgehalten noch angekauft, verkauft oder befördert werden. Wenn keine deutschvölkischen Pflanzen gemeint sind, ist folgendes dazu zu sagen:

Hunderttausende von Säuglingen siechen dahin, weil das Land nicht genügend Milch an die Stadt liefert und weil diese Milch an die Marzipanfabrikanten verschoben wird. Ackerknechte wohnen und leben unter entwürdigenden Umständen. Der Schulunterricht ist ungenügend; es fehlt allerorten an Lehrmitteln, an gutbezahlten Erziehern, an Büchern. Die Armenpflege funktioniert schlecht; die Krankenkassen geben den größten Teil ihres Geldes für die Verwaltung aus. Die Rechtspflege schreit zum Himmel. Was tut der Staat?

Er kümmert sich um Schlangenmoos. Er hat weiter keine Sorgen, als daß diese gewiß sehr schätzenswerte Pflanze «im Straßenhandel vornehmlich zu Dekorationen von Tafeln oder auch zur Herstellung von Kränzen feilgehalten und verkauft» wird – und richtet einen Kursus für seine Beamten ein, damit diese Trefflichen Lycopodium clavatum, den Kolbenbärlapp, von dem Gürtelkraut wohl zu unterscheiden vermögen! Damit beschäftigen sich erwachsene Menschen.

Aber ist das nicht ein Sinnbild dieses Staates überhaupt? Weit entfernt, auch nur den allereinfachsten Forderungen, die man an ein Gemeinwesen stellt, gerecht zu werden, streckt er seine Fühler mit den Beamtensaugköpfen in die feinsten Verästlungen des Lebens, und nicht eher wird dieser

Polyp, dessen abgehauene Arme sofort nachwachsen, dahinsterben, als bis man erkannt hat, was er ist. Und als bis man danach handelt.

Das Beamtentum des modernen Staates ist Selbstzweck und verwendet seine Hauptkraft darauf, sich zu erhalten und sich zu vermehren. Der Überschuß kommt in mannigfacher Form dem Gesamtinteresse zugute (oder auch nicht). Es ist nicht wahr, daß die Allgemeinheit, wie man theoretisch lehrt, ihre Beamten, die sie gar nicht kennt, mit der Verwaltung beauftragt. In das Beamtenhaus huscht der Stellungsuchende durch die Hintertür, weil ihn drinnen die Pension lockt; aus dem Fenster des Vorderhauses sieht er stolz hinaus und behauptet, einen Auftrag zu haben. Und kümmert sich um Schlangenmoos.

Streiche dem modernen Staat die tausend läppischen Aufgaben, deren Lösung er sich anmaßt, ohne auch nur die einfachsten erfüllen zu können, und du machst Tausende von Beamten überflüssig. Wann tun wirs?

Inzwischen sei gutes Muts. Dein Grünkramfritze wuchert, daß seiner Frau das Fett unter der Haut kocht, Verbrecher werden geprügelt, statt daß man sie straft, Wohnungsuchende zerreiben sich im Mechanismus der Ämter, und wenn ein Krieg ausbricht, krepiert all das vor den Maschinengewehren aus deinen Steuergroschen. In diesem Höllental aber siehst du ein Idyll:

Blutbeschmiert, bestochen, in den Händen die offiziöse Presse und in den Taschen die Schatzanweisungen der Großindustrie, roh und sentimental zugleich, wandelt dort der Vater Staat, auf seinem Haupte ein Kränzlein von Schlangenmoos. Und sorgfältig achtet sein klobiger Fuß, daß er keines dieser Pflänzchen zertrete.

Der Chauffeur

«Wat'n? Ick soll Ahlemann noch ma angaschiern? Bei mir – ocke! Ahlemann! Mensch! Wat mit den is –? Det wissen Se nich? – Der hat valleicht rumjespielt mit 'ne Klingelleitung – aber wat 'n richtjer Schofför is, davon weeß der nischt! Der is ja schonst dreimal umjekippt mit seine Nuckelpinne! – Ja, 'n feiner Herr iß er – fährt imma mit'n Anlassa – wie son Herrenfahra – und weeß det allens besser – aber sone Maschine – det is 'n Orjanismus! Det muß man vastehn!

Det erschte Mal wa er rausjemacht nach't Rennen – na, und da hatte er einen jehoben – und denn, jleich hinter die Olympia-Bahn – mein Ahlemann – rums – rumm mit den Kasten, und alles lach in'n Dreck! Wa ja noch jut abjejangen – aber der Schreck! Der Wahrn natürlich hopps. Nö – bessahlt hat a nich.

Det zweete Mal is a bein Umbiejn jejen 'n Mast jefahrn – da hat 'n 'n Jrina aufschreihm wolln – und denn wollt a auskneifen – und denn is a nochmal wo jejenjefahren, und denn hatten sie ihm. Sie ham denn Anzeije astattet – und er hat denn... ick weeß nich jenau – so acht Wochen hat a wohl abjemacht.

Na, und det dritte Mal – diß war hier janz in meine Nähe! Da hat er een kleenet Kind totjefahrn. – Ja. Na – nu sitzt a. Und *den* soll ick wieda angaschiern? – So wie icke –? Sie, der kann ja noch nich mal richtich abölen kann ja der!

Ick will Ihn mal wat sagen: *wenn eener dauernd so ville Pech hat, denn is det keen Pech mehr* – vastehnse? Denn is der Mann ehmt untüchtig – und na – denn will ick ehmt nischt mehr mit 'n zu tun haben. – 'n Ahmd –.»

*

Es gibt aber Leute in Deutschland, die vertrauen noch auf ihre Chauffeure, die sie so herrlich durch die «große Zeit» kutschiert haben. Und obgleich die Herrschaften derart umgekippt sind, daß uns allen was passiert ist – nur ihnen nicht, denn sie sind rechtzeitig abgesprungen –, wollen manche sie wiederhaben und sich noch einmal von ihnen fahren lassen.

Ihr auch –?

Dollar = 2000 Mark

Wir heulten, schrien und fackelten
vom armen Proletarierpack;
inzwischen aber wackelten
die letzten Taler aus dem Sack.

Gottfried Keller (1847)

Dollar zweitausend – bald ist es soweit. Und das Katastrophale ist nur, daß die Entwertung des Geldes nicht *gleichmäßig* mit dem Dollar Schritt hält – sondern daß alles bunt durcheinander geht: der eine steigert um hundert Prozent und der andere um zweihundert, und der um die Hälfte und der wenig, und der gar nicht, weil er die Macht nicht hat.

Der erste ist der Mann mit den Lebensmitteln. Und er kann das, weil die andern müssen. Die sofortige Steigerung der Butter, der Milch, des Fleischs ist in keiner Weise gerechtfertigt – hier ist der Dollarkurs nur Anlaß, nicht Ursache. Eine bessere Ausrede können die Leute gar nicht finden. Nun bekenne ich ja beschämt, daß ich gar nichts mehr von der Volkswirtschaft verstehe, seit mir neulich ein großer Getreidehändler auseinandergesetzt hat: Wucher gibt es gar nicht. «Wucher» – das ist nur ein Schlagwort für Versammlungsredner. Schade – wenn er nicht in die Theaterloge hätte gehen müssen, so wäre er mir vielleicht gefolgt, und ich hätte ihm die Arbeiterquartiere gezeigt, in denen es keinen neuen Stuhl gibt, keine neuen Kleider, keine Schuhe, kein ganzes Stück Wäsche – – Wucher ... nein, den gibt es nicht. Den haben wir uns ausgedacht.

Was nun?

Die Gefahr liegt klipp und klar vor uns: Geht das so weiter, so setzt es Unruhen. Gibt es die, weil weite Schichten sehen, daß nichts – aber auch nicht das Leiseste geschieht, um einen geradezu schamlosen Wucher abzudrosseln, so ist gleich ein ganzes Rudel «Ordnungsmänner» auf dem Plan. Kinder sterben, weil sie keine Milch haben – alte Leute müssen noch einmal das Tragbündel auf die Schulter nehmen und arbeiten, bis sie zusammenbrechen – stillende Mütter sind in Verzweiflung – den Schreibern guckt der Ärmel durch die blanke Jacke – jeder sieht an sich herunter und sagt: «Nun geht der Stiefel aber wirklich nicht mehr!» – und er muß *doch* noch gehen – – sie aber rufen: «Ruhe und Ordnung!» Ruhe und Ordnung...? Jeder Mann sein eigener Wucherer. Das ist freilich auch eine Ordnung.

Und es ist mehr als wahrscheinlich, daß jede eingehauene Fensterscheibe dazu dienen muß, der Reichswehr und ähnlichen Ordnungsorganen aufs neue die Existenzberechtigung nachzuweisen. Wenn bei uns die Menschen vor Hunger schreien, weil sie nicht mehr gerade stehen können, dann nennt man das «Kommunistenaufstand» – und so viel Aufstände und so viel Kommunisten gibt es gar nicht, wie sich eine gewisse Klasse bei uns herbeiwünscht. Und weil der Arbeiter nicht den gesegneten Stumpfsinn des Mittelstandes aufweist, jener bürgerlichen Schicht, die heute zwischen oben und unten zerrieben wird und wehklagt und jammert – aber sich zu keinem Handeln aufraffen kann, es sei denn zu dem, auf die Arbeiter zu schimpfen –: deshalb wird der Arbeiter diese Teuerung letzten Endes auszubaden haben.

Die Gefahr ist unendlich groß. Man braucht nicht einmal an Verzweiflungstaten unbesonnener Elemente zu denken, die mit ihrem entwerteten Geld nicht mehr ein noch aus wissen – es genügen schon die unausbleiblichen kräftigen Lohnbewegungen, um die Hüter der Ordnungszellen auf den Plan zu rufen. Sie warten nur auf das Chaos, das ihre Wirtschaftspolitik selbst heraufbeschworen hat. Und deshalb rufen wir den Arbeitern zu:

Seid auf der Hut! – Laßt euch nicht provozieren! Wer sich jetzt an euch herandrängt, um euch Irrsinnstaten anzuraten, ist entweder bezahlt oder ein Wahnsinniger. Hände weg –!

Womit keineswegs gesagt ist, daß wir in Temperamentlosigkeit verharren sollen, bis es den hohen Herren in der Burgstraße gefällt, den Dollar noch höher hinaufzutreiben. (Viel höher, als ihn zum Beispiel Amerika im Vergleich zur Mark bewertet.) Die Rechtspresse, der die Abonnenten (Beamte) die Ohren vollwimmern, weil es mit dem Gehalt nicht mehr gehen will, sagt bereits: Es muß etwas geschehen. Aber – – es darf nicht sozialisiert werden! – das heißt: es soll alles beim alten bleiben.

Und hier liegt der Kern alles *Übels*. Die Finanzpolitik dieses Landes ist verfahren, seit Erzbergers Wirken [fehlt eine Zeile] Geschmack – aber er hat wenigstens *etwas* gewollt: eine einigermaßen gerechte Steuerverteilung. Und nichts macht in der gesamten Welt so viel Eindruck, nichts ist jetzt bei der französischen Propaganda in Amerika zugkräftiger gewesen, über nichts sind die Engländer mehr erbost als über eine Tatsache –:

In Deutschland zahlen die Besitzenden zu wenig Steuern.

So, wie in den überorganisierten Krankenkassen der gesunde Arme für den kranken Armen sorgt und der Bemittelte aus dem ganzen Kram heraus ist – so wälzt dieser bankrotte Staat Reform auf Reform, die nur dem einen ängstlich aus dem Wege geht: durch eine vernünftige Steuergesetzgebung, die sich im Gegensatz zur geltenden wirklich durchführen läßt, *den Besitzenden* zu erfassen. Die Finanzämter sind unnachsichtig mit deinem kleinen Gehalt – die Steuerspezialisten für den Dollarschlecker sitzen auf der anderen Seite: an der Seite des Privatmannes, der hinterziehen will. Und der hinterzieht. Du zahlst. Der Landmann, der Großunternehmer – sie gehen frei aus.

Sämtliche «Aufklärungsverlage» der Schellingstraße in Berlin, alle diese «Ligen» und «Kulturverbände» und «Arbeitsgemeinschaften» beweisen in dicken Broschüren, die deine Millionen kosten, wie unfähig die Bolschewisten ihre Wirtschaftspolitik machen. Der Kapitalismus soll sich an seine Nase fassen. Zwei ungeheure Blamagen seines Wirkens liegen vor: Wien und Berlin. Die Krone und die Mark zeigen seine Pleite an, sein Unvermögen und seinen bösen Willen.

Die Banker schwellen an. Der Dollar steigt. Im Hintergrund liegen die Kappleute und warten.

Die Republik wider Willen

Die Verfassungsfeier am 11. August hat in Berlin einen guten Verlauf genommen. Nun, da die Fahnen eingezogen und die Fackeln abgebrannt sind, darf man ein wenig zurückblicken.

Ich habe selbst in der «Freiheit» die Frage aufgeworfen, ob wir keine größeren Sorgen hätten, als einen Verfassungsfeiertag zu begehen, der eine Verlegenheitsausflucht vor der Erinnerung des 9. November ist. Wir wissen alle, daß die Demonstration an jenem Abend allein uns nicht helfen kann – und so hat sie auch keiner gemeint. Wir wissen alle, daß die Schicht Schwarz-Rot-Gold noch obenauf schwimmt, und daß es im Innern erst besser werden kann, wenn wirklich die Personalveränderungen vorgenommen worden sind, die wir stets gefordert haben: auf den völlig monarchistischen Gerichten, in den Schulen, auf den Universitäten, in den Verwaltungsbehörden und, selbstverständlich, in der Reichswehr, deren Zuverlässigkeit nicht diskutierbar ist, solange sie wie heute zusammengesetzt ist. Das alles haben wir über einer Feier niemals vergessen.

Was hier festgehalten werden soll, ist, daß sie mit nur zögernder Unterstützung der Republik in Gang gekommen ist.

Es ist festzustellen, daß wir in vielen Regierungsstellen

diejenige Auffassung und den guten Willen angetroffen haben, der nötig war – aber diese Stellen schienen in ihrer Wirksamkeit stark beschränkt zu sein. Es ist ja gemeinhin so, daß die Tugend *eines* Ressorts *alle* für sich beanspruchen – daß aber Fehler der Regierung immer auf *ein* Ressort abgewälzt werden. *Wer* in diesem Falle das Karnickel war, ist eigentlich schwer zu sagen – ich glaube, es war ein ganzer Stall davon da. Denn so liegen doch die Dinge:

Die Regierung darf sich ja nicht einbilden, daß *sie* etwa so viele Menschen auf die Beine und in den Lustgarten gebracht hat. Davon ist bei dieser Vorbereitung überhaupt keine Rede. Wäre das unermüdliche Wirken Karl Vetters nicht gewesen, der neben seinem Beruf, neben den zahllosen Ämtern, die er bekleidet, noch Zeit und Muße fand, zu organisieren, einzuteilen, Parolen auszugeben und immer wieder an alles zu denken – die abendliche Feier wäre wohl im stillen Kreise der betreffenden Beamten verlaufen. Was tatsächlich geschehen ist, haben die *jungen Republikaner* vor sich gebracht.

Die Regierung versteht sich nicht auf Massenbehandlung. Sie hat keine rechte Vorstellung von der Wirkung solcher Dinge und weiß nicht, was die Leute wollen und was Eindruck auf sie macht. Ungefähr neun Zehntel von dem, was die republikanischen Verbände gefordert haben, ist niemals zur Durchführung gelangt – es waren so selbstverständliche Dinge darunter, wie: den Platz vor dem Reichstag nicht mehr «Königsplatz», sondern, wie sich das gehört, «Platz der Republik» zu nennen. Gott weiß, an welchem Geheimrat das gescheitert ist. Von allen anderen Vorschlägen ganz zu schweigen, die natürlich den Kern der Sache faßten. Nein, das wollte man nicht.

Ich weiß schon: es war kein offizieller Feiertag. Aber es ist auch früher so häufig mit dem guten Willen allein gegangen – man hat dann eben die betreffenden Vorschriften gefunden, die man brauchte. *Man muß nur wollen.* An diesen Willen glaube ich nicht recht.

Ich weiß auch sehr genau, daß es auf solchen Feiertag allein gar nicht ankommt. Aber er ist doch schließlich der sinnlich wahrnehmbare Ausdruck einer politischen Tatsache – und es gibt ja genug Mitbürger, die etwas sehen wollen, bevor sie an etwas glauben. Man unterschätze das nicht: der selige Wilhelm hat das fast so gut verstanden wie Manoli – und beider Reklame hat sich gelohnt. Davon weiß die Republik noch nichts.

Sie wird sich ganz und gar anders einstellen müssen, wenn sie auch nach innen den Erfolg haben will, den sie braucht. Und sie braucht ihn bitter nötig. Vorläufig ist noch nicht viel davon zu merken, daß sie die stützt, die ihr helfen wollen.

Eine Republik wider Willen –? *Dann müssen die heraus, deren Wille sie nicht ist.* Denn wichtiger als alle Personalrücksichten und heimliche Sabotageakte ist uns eine kraftvolle republikanische, demokratische Staatsform.

Wohltätigkeit

Davon ist man jetzt eigentlich ganz abgekommen: Gutes zu tun. Es ist nicht modern.

Wohltätigkeit ist zwar nach Multatuli immer ein Zeichen dafür, daß etwas faul ist im Staate – und das ist auch richtig. Aber ich muß doch sagen, daß es mir heilsamer erscheint, bis zur endgültigen Lösung der sozialen Frage wenigstens persönlich etwas, ein klein wenig nur, für die Armen und Heruntergepolterten zu tun, als einfach die Hände in den Schoß zu legen. Es ist niemals so schwierig gewesen, Leute für eine wohltätige Spende heranzubekommen, als grade jetzt.

Dabei ist sehr merkwürdig, daß, zum Beispiel, die ältern, früher in Wohlstand befindlichen Familien immer noch eher etwas geben als jene neuen Reichen, die doch eine beschränkte Lebensführung aus eigner Anschauung kennen. Nein, die wollen nicht. Und das Gefühl dafür, daß es eigentlich eine Art Pflicht ist, andrer zu gedenken, wenn man selbst viel verdient – dieses Gefühl ist fast ganz verlorengegangen.

Ein Freund hat mir neulich erzählt, wie es auf dem Begräbnis eines alten Onkels von ihm zugegangen sei: da war die ganze Familie erstaunt, was sich da für ein Trauerzug auf dem Friedhof eingefunden hatte – Krüppel, Blinde, die geführt wurden, alte Madamchen, Kinder in sauber gebürsteten Zöpfen – viele Leute, die keiner kannte. Es waren Menschen, die der Verstorbene unterstützt hatte, sein Leben lang, ohne daß das einer wußte. Heute...? Ich kenne eine reiche Dame, bei der müßte im Trauerzug nur der Schoßhund hinterherwackeln.

Nun muß man ja nicht nach den Listen der großen Zeitungen gehen und nach dem Geschrei, das diese oder jene Riesenspende hie und da von sich macht. Es wird natürlich immer noch unendlich viel Gutes getan, in der einzig richtigen Weise, in der so etwas zu geschehen hat: leise. (Dank denen, die es angeht!) Aber das ist bei weitem nicht genug. Und vor allem nicht genug von denen, die es tun könnten.

Es ist ganz erstaunlich, wie die Großverdiener – scheußliches Wort für ebensolchen Begriff – fertigbekommen, so ungeheuerlich viel Geld einzustecken, ohne dabei auch nur einmal im Jahr für die Armen etwas zu geben. Und wenn sie es schon einmal tun: dann sicherlich an der falschen Stelle.

Die Dinge liegen ja nun so: Die einen lesen Moritz Heimann – die gäben, wenn sie nur könnten; meistens können sie heute nicht mehr. Die andern lesen Gesammelte Werke in Ganzleder – und die könnten, aber sie tuns nicht. Und jeder von ihnen, ausnahmslos jeder, wird dir erklären, daß es grade ihm beim besten Willen unmöglich sei... weil grade er so viele und drückende Verpflichtungen habe... Aber hier ist einzusetzen. Es sind nicht nur die neuen Reichen, und besonders ihre Frauen, denen man das Gewissen wecken muß. Vielfach ists bei denen nicht einmal Herzensroheit, sondern hauptsächlich Phantasiemangel (worin vorzüglich manche junge Herren groß sind – sie denken nicht an das Elend der andern, wollen nicht daran denken und spüren eines milden Geistes keinen Hauch). Es ist nicht nur der Konjunkturgewinner, der zu faul und zu herzensträge ist, Gutes zu tun. Es ist auch der neue Mittelstand, dem es nichts ausmachte, wenn er monatlich einer wohltätigen Stiftung zehn Mark überwiese. Aber lieber platzt er. Und daß «viele Wenig ein Viel machen», wird er niemals begreifen.

Dies ist kein Aufruf, irgend etwas Bestimmtes zu tun – und ich mag auch keinem in seinen Privatgeschmack hineinreden. Aber wenn Sie wieder einmal in einer alten Manteltasche unvermutet zwanzig Mark finden und wenn Sie einmal in einer Herzensfalte unvermutet eine kleine Portion Güte auftreiben –: erinnern Sie sich, bitte, dieser Zeilen.

Ein Smoking alleine macht es nicht

Eh heut ein Herr mal ausgeht,
und eh er aus dem Haus geht,
was hat er da für Schererein.
Er denkt, es kann nicht schaden:
Du nimmst noch vor dem Baden
mal was zum Maniküren ein.
Weg ist das Kragenknöpfchen,
und auf dem Wasserköpfchen
hat er das wundervolle
Frisurnetz für die Tolle.
Am Lackschuh sitzt das Bändel,
der Schlips ist nicht zu groß.
Er spritzt noch rasch Lavendel
und denkt, jetzt geht es los.
Ein Smoking, ein Smoking alleine macht es nicht
und auch kein Decolleté!
Die Tasche, die Tasche für Scheine
macht es nicht, wenn ich zum Bummeln geh.

Und tut ihr euch auch noch so fein,
so gehts nicht ins Vergnügen rein.
Ein Smoking, ein Smoking alleine macht es nicht,
man muß in Stimmung sein!

Es sitzen in den Logen
nur wenig alte Dogen,
was man da für Gesichter sieht.
Das Antlitz voller Pose
gehört in eine Hose,
das ist so gar nichts fürs Gemüt.
Und muß man schon so mies sein,
dann soll man voller Kies sein,
das sind sie auch und denken:
Man ja dem Wirt nichts schenken.
Und trotz der glatten Tollen
bleibt das Vergnügen weg;
denn was sie haben wollen,
das gibts nicht für 'nen Scheck.
Ein Smoking, ein Smoking alleine macht es nicht
und auch kein Decolleté!
Die Tasche, die Tasche für Scheine
macht es nicht, wenn ich zum Bummeln geh.
Und tut ihr euch auch noch so fein,
so gehts nicht ins Vergnügen rein.
Ein Smoking, ein Smoking alleine macht es nicht,
man muß in Stimmung sein!

Jede Landpartie hat mal ein Ende

Wenn in der Maienzeit alles grünt auf weiter Flur,
schiebt Jüngeling und Maid an den Busen der Natur.
Wie schön küßt so ein Mann in dem weichen Blumenflor.
Am Abend nimmt er Abschied dann und singt ihr leis ins Ohr:

Jede Landpartie hat mal ein Ende,
jede Extratour hat einen Schluß.
Kleines Mädchen, gib mir deine Hände,
kleines Mädchen, schenk mir einen Kuß.
Einmal muß der Herrgott schlafen gehen,
einmal löscht er alle Lichter aus.
Scheint die Sonne noch so schön,
einmal muß sie untergehn,
sag, 's war hübsch und geh nach Haus.

Trinkt eine Frau zuviel, ja, dann sag ich dir voraus:
sie fällt im Liebesspiel für den Abend völlig aus.
Schon nach dem sechsten Schnaps hat die Zärtlichkeit ein End,
denn sie hat ihren Schwips, und du sitzt da mit dem Talent.
Jede Landpartie hat mal ein Ende,
jede Extratour hat einen Schluß.
Kleines Mädchen, gib mir deine Hände,
kleines Mädchen, schenk mir einen Kuß.
Einmal muß der Herrgott schlafen gehen,
einmal löscht er alle Lichter aus.
Scheint die Sonne noch so schön,
einmal muß sie untergehn,
sag, 's war hübsch, und geh nach Haus.

Wies heut hienieden ist, so verdreht war es noch nie:
Kein Mensch zufrieden ist, ob im Land, ob Industrie.
Muß schon schlecht Wetter sein, sollten wir uns doch verstehen,
zueinander etwas netter sein, denn so kanns nicht weitergehn.
Jede Landpartie hat mal ein Ende,
jede Extratour hat einen Schluß.
Kinder, reicht euch doch nur mal die Hände,
weil man ja zusammenhalten muß.

Mit dem Kopf kann keiner durch die Wand gehn,
darum laßt das Schelten, laßt das Schrein.
Liebe Leute, merkt euch dies:
auch in Moskau und Paris,
da gibts wieder Sonnenschein.

Was kleine Kinder sehn!

Ach, wie sieht es manchmal in der Kinderstube aus,
wenn Mama, o Graus!, einmal nicht zu Haus!
Mit dem Finger in der Nase liegt Fritzchen auf dem Bauch,
Gretchen nach altem Brauch, die popelt auch!
Erich hat mit der Trompete sich was ausgeheckt,
ein neues Spiel entdeckt, sie sich wo reingesteckt,
Kurtchen spielt Soldat und reitet um den Tisch Galopp
und trägt auf seinem Kopp 'nen Henkeltopp!
Was kleine Kinder sehn,
das wollen sie haben,
sie stecken alles gleich in ihren Mund!
Wir sind nicht so,
wir geben euch ja gerne,
was man nur irgend Kindern geben kann.
Zuerst, da wollt ihr Sonne, Mond und Sterne,
und wenn ihrs habt, dann guckt ihrs nicht mehr an!

Die Gesellschaft von Berlin, die kenn ich vom vorigen Jahr,
weiß, wie das damals war, kenn jedes einzge Paar!
Kenn den Hausfreund und die Kinder und auch den Opapa,
und sie sind schließlich ja noch alle da!
Aber ach! seh ich mir alle die Damen an
und geh mal näher ran, hat jed' 'nen andern Mann!
Wer was auf sich hält von unserm feineren Publikum,
heiratet still und stumm die Reihe rum!
Was kleine Kinder sehn,

das wollen sie haben,
sie stecken alles gleich in ihren Mund!
Und dabei könnten sies doch billiger haben,
doch nein, sie schließen gleich 'nen Ehebund!
Wir sind nicht so, wir scheiden euch ja gerne,
wen man nur irgend von euch scheiden kann.
Zuerst, da wollt ihr Sonne, Mond und Sterne,
und wenn ihrs habt, dann guckt ihrs nicht mehr an!

In der Kahlbaum-Diele

In der Nacht, wenns uns Vergnügen macht,
und wenn der Mond, der alte Bummler, runterlacht,
ziehn wir los mit einer Menge Moos
und wissen ganz genau, die Stimmung wird famos.
In der Nacht, wenn jede Jazzband kracht,
und wenn die heiße Liebe brennt, die wir entfacht.
Na gehn wir mal mit mächtigem Skandal
von einem in das andre Nachtlokal.

In der Kahlbaum-Diele hab ich sie gefragt,
ob ich ihr gefiele, hat sie Nein gesagt.
Doch ich wußt gleich weiter und gab ihr zwei Drinks
mit 'nem kleinen Hm-ta-ta, Hm-ta-ta, Hm-ta-ta,
und da sagte sie gleich Ja, und wupp – dann gings.

In Berlin, wo nachts die Autos ziehn,
da blühen überall Vergnügungsindustrien.
Der Asphalt von unsern Schritten hallt,
wir sind noch jung, wir sind noch jung und noch nicht alt!
Denn Berlin, das ist nicht zu erziehn,
da hörst du jede Nacht die neuen Melodien.
Na gehn wir mal mit mächtigem Skandal
von einem in das andre Nachtlokal.

In der Kahlbaum-Diele hab ich sie gefragt,
ob ich ihr gefiele, hat sie Nein gesagt.
Doch ich wußt gleich weiter und gab ihr zwei Drinks
mit 'nem kleinen Hm-ta-ta, Hm-ta-ta, Hm-ta-ta,
und da sagte sie gleich Ja, und wupp – dann gings.

Raffke

Ick bin die allerneuste Zeiterscheinung,
Sie treffen mir an alle Orte an –
ick pfeife uff die öffentliche Meinung,
weil ick als Raffke mir det leisten kann.
Ick bin die feinste von die feinen Nummern,
ick steh schon in die Illustrierte drin;
denn ob Jeschäfte oder Sekt und Hummern:
Ick knie mir rin, ick knie mir richtig rin!

Mein Vata war ein kleiner Weichenstella,
und meine Jugend, die war sehr bewegt –
ick stand doch damals in'n Jemisekella,
wo meine Frau die Jurken einjelegt.
Denn stieg ick uff. Und wurde richtig Raffke.
Und steckt die janze Welt in'n Dalles drin: –
Det macht mir nischt, denn ick vadiene daffke.
Ick knie mir rin, ick knie mir richtig rin!

Von wejen Kunst un so – ick kenn Tosellin!
Ick weiß, der Strauß, der singt det hohe Fis.
Nur weiß ick nich jenau von Boticellin,
ob det nun 'n Cognak oder 'n Keese is,
'n Bild in Auftrag jeben dhu ick imma,
weil ick nu mal 'n großer Meez'n bin –
Jefällt mirs nich, häng icks ins Badezimma:
Ick knie mir rin, ick knie mir richtig rin!

In der Jeschäfte wüsten Lärm und Hasten
vajeß ick auch die süße Liebe nicht.
Sie, meine Olle is valleicht 'n Kasten,
die hat so zweihalb Zentner Schwerjewicht!
Aus meinen Schloß mit seine Silberputten,
da mach ick raus, wenn ick alleene bin –
Et jibt ja Jott sei Dank noch so viel Nutten –
Wat Sie hier sehn an meine dicken Händen,
den janzen Perlen- und Brillant-Salat –
Sie, det sin alles meine Dividenden,
denn ick bin dreißigfacher Aufsichtsrat.
Und in den alljemeinen Weltenkoller,
da schieb ick still zur Bank von England hin:
Und macht ihrs doll – ick mache immer Dollar!
Ick knie mir rin, ick knie mir richtig rin!

1923

Dreißig Operetten

«In Berlin laufen zur Zeit 30 Operetten.»

Das lese ich so in der Zeitung: daß in Berlin jetzt, in diesem Sommer, dreißig Operetten aufgeführt werden, alle zu gleicher Zeit: jeden Abend, alle dreißig Stück.

Im Januar, als noch die dichten Flocken vom Himmel herunterfielen, da faßten sich dreißig Librettisten mit dem Zeigefinger an den Kopf, machten ein angestrengt nachdenkliches Gesicht und riefen: «Ha – ich habs!» – Je eine Idee hatten sie – alle dreißig Stück. Nämlich eine Operettenidee. Dreißig Librettisten telefonierten ihre Freunde an und erzählten ihnen diese einfach glanzvolle, unbezahlbare, noch nie dagewesene, phänomenale Idee: «Also paß mal auf – da ist ein Liebespaar, das hat...» Und dreißig Freunde fanden sich – die wollten für diese originelle, sicherlich erfolgreiche Idee die Schlagertexte verfassen.

Dreißig Textdichter setzten sich an dreißig Schreibtische und fingen an zu dichten – über sich eine rummelnde Hausfrau, vor sich eine graue Straßenfront und unter sich kalte Füße:

Ein Abend ohne Tanz,
Ein Dackel ohne Schwanz,
Ein Mädchen ohne Liebe, die sind alle drei nicht ganz!

oder:

Mazeppa, du schönste der Tscherkessen!
Mazeppa – ich kann dich nicht vergessen!

oder:

Das Kindchen in der Windel –
Macht vielerlei – –

und so.

Dreißig Schreibmaschinistinnen schrieben diesen Unfug auf weiße Bogen, und dreißig Librettisten brachten ihre unsterblichen Werke zu dreißig Komponisten.

Dreißig Komponisten legten sich aber ordentlich ins Zeug, als sie das «Buch» bekamen. An dreißig Flügeln ging ein Psalmodieren und Präludieren an, süße Erinnerungen tauchten auf, dem korpulenten Puccini zapften sie das musikalische Fett ab. Wagner und Lehár, Offenbach und Fall – sie hatten nicht umsonst gelebt. Die Komponisten transpirierten vor Eifer – die minderen schwitzten. Und es fielen ihnen herrliche Sachen ein.

Dreißig Komponisten wurden die Qual ihrer Umgebungen. Die Frauen und die Geliebten mußten dran glauben, Manschetten und Speisekarten wurden mit Motiven vollgeschrieben, telefonisch wurden Schlager vorgespielt, kritisiert und wieder verworfen – dreißig Komponisten hatten es nicht leicht.

Dreißig Verleger prüften dreißig Operetten. Dreißig gerissene Kaufleute stürzten sich, den Spaßgeiern gleich, auf dreißig Künstler. Dreißigmal wurde mit den Armen in der Luft herumgerudert, Gott als Zeuge angerufen, Verträge ausgeschrieben und wieder zerrissen, Rechtsanwälte beschrien und Sekretäre beschimpft – dreißig Operetten waren schließlich unter Dach und Fach.

Im Mai, als die ersten Knospen sprangen – was ihnen aber gar nichts nutzte, denn auch sie waren schon längst ein Operettenrefrain –, saßen dreißig Theaterdirektoren vor den dreißig Operetten. Dreißig wilde Schlachten huben an.

Dreißigmal rangen Textdichter die Hände, weil die notorisch besten Schlager gestrichen wurden; dreißig bis in die Seidenstrümpfe gekränkte Divas liefen aus der Probe, die goldenen Armbänder zornig schüttelnd: «Wenn diese lächerliche Person singt, singe ich nicht – keinen Ton!» – Dreißig beschwörende Theaterdirektoren holten sie wieder zurück – und sie sangen viele Töne. Dreißig Tenöre brachten dreißig Komponisten zur Verzweiflung, für einen von ihnen mußte eine neue Tonart erfunden werden, weil die vorhandenen nicht ausreichten.

Dreißig Generalproben endeten mit dreißig Ohrfeigen – dreißig Garderobieren wischten sich von dreißig Stirnen den Schweiß und sanken erschöpft auf dreißig Stühle. Dreißig Vorhänge rauschten in die Höhe.

Die Sintflut brach herein. Dreißig Publikümer hörten sich die dreißig Operetten an – begeistert, hingerissen, kühl bis ans Herz hinan, gleichgültig, tobend vor Freude. Dreißig Freunde stürzten hinter die Bühne und sagten zu Komponisten, Textdichtern, Theaterdirektoren und Schauspielern: «Faaabelhaft –!» Dreißig kleine Soupers krönten dreißig Premierenerfolge.

Dreißig Kritiken erschienen, dreißigmal überlegten die Kritiker, wie man den alten Klimbim dieses Jahr neu ausdrükken könne – dreißig Kassen gaben Freibillets aus, und an ganz Schwachsinnige wurden auch Karten verkauft.

Dreißig Operetten laufen in Berlin. In Hatz begonnen, in Hatz einstudiert, voller Hoffnungen angesetzt, mit leichtem Schielen auf Amerika. Warum sollen es die anderen so gut haben – sollen die Japaner auch Operetten hören! – Dreißig Operetten gehen in die Musikliteratur ein – von dreißig Operetten weiß im nächsten Jahr kein Mensch mehr etwas.

Dreißig gegen einen – so fielen sie über mich her. Aber ich Glücklicher: ich bin in keiner drin gewesen.

Arno Holz und sein Werk

Der Dichter in der Dachstube, eine hübsche Attrappe für das Kino, gehört heute zu jenen leicht lächerlich gewordenen Erscheinungen, die der ernste Kaufmann des Lebens für überflüssig hält, weil sie Waren weder produziert noch verschiebt, noch verbraucht. Und alles, was nicht mit der Ware zusammenhängt, dürfte heute seine Existenzberechtigung schwerlich nachweisen.

Arno Holz, der ein halbes Säkulum lang, seit jenem Tage, da er die ersten Striche aufs Papier zu setzen vermochte, keinen Augenblick lang jene Konzessionen gemacht hat, von denen andere heute leben, scheint mir eine wertvolle Widerlegung jenes Scheerbartschen Satzes: «Charakter ist nur Eigensinn.» Bierbaum hat einmal gespottet, Holz habe «den Naturalismus und die laufende Maus erfunden». Es ist aber als Gesamtwürdigung eines solch bewundernswerten Lebens denn doch ein anderes Fazit zu ziehen. Dem Dichter flicht der Bartels keine Kränze, und diese schnellebige Nation, immer bereit, zu vergessen, wer den flinken Modegötzen von heute die Bahn geebnet hat, weiß offenbar schon längst nicht mehr, wem einmal «Vor Sonnenaufgang» gewidmet gewesen ist. Dieser Mann hat in der deutschen Literatur eine Tür aufgemacht, und alle, die sie seitdem passiert haben, sollten ihm danken.

Ein Teil der jungen Generation, der nicht weiter als von einer Premiere zur andern sieht und dessen historische Betrachtungsweise sich darin erschöpft, die dramatischen Journalisten des Tages in einer Reihe mit Lao-tse, Hölderlin und Dante zu stellen, gibt dem Volk die beste Entschuldigung, einen Mann zu vergessen, dessen Charakterfestigkeit beginnt, legendär zu werden. Man ist heute Filmdramaturg und außerhalb der Dienststunden ideal. Dieser hat alles in seinem Leben ausgeschlagen: Ehren und Titel und lockende Angebote und auch die Bitten um die winzigste Anpassung.

Damit baut man keine Schlösser. Und eine Nation, die sonst so viel Gefühl dafür hat, daß es ehrenvoll ist, als Freier unterzugehen, wenn man als Sklave nicht zu leben vermag, hat alle Ursache, Arno Holz jenen Kranz zu reichen, den er sich Blatt für Blatt, Jahr um Jahr mit einem dornenreichen Leben verdient hat.

Der Gassenhauer

Mein Gustav ist ein braver Mann...
nur mit dem Charakteehr –
son Stiesel!
Weil er sich nie entschließen kann –
er wackelt hin und her...
son Stiesel!
Er weeß nich, wat er will und mag,
er quengeliert ja bloß!
Und jeden Sonntachnachmittach
jeht det Theater los:
Wo er mit mir hinjehn soll...
denn sag ick liebevoll:

Int Kino jehn, det willste nich –
det is dir viel zu dumm!
Konditorei, det willste nich –
da sitzte ja bloß rum!
Spaziernjehn – det sag ick nich,
weil du denn jleich so brüllst:
Wat willste denn –
wat willste denn –
Ick weeß schon, watte willst –!

’n anderer Mann klebt Marken ein
oder läßt den Radio an –
son Stiesel…
oder löst de Kreuzworträtseln uff –
det tut ’n *anderer* Mann!
Son Stiesel…
Mein Justav sieht den Joldfisch zu
und zieht die Jacke aus –
«Na, Meechen», sacht er, «jehn wa nu
oder… bleiben wa zu Haus…?»
Ick weeß, wie er det meint…
und sahre: «Lieber Freund – –»
Refrain

Man kann den Mann nich böse sein,
es schreit ja ausn raues –
die Liebe.
Und wenn er auch aus Jummi is,
ick schmeiß ’n doch nich raus…
aus Liebe –
In die Natur jibbs ne Saisong
mit Blietenlaub in Haar…
der *Mensch*, der hat et mächtich bong:
der blieht det janze Jahr…
Ick weiß et janz jenau:
Wat sacht mal jede Frau –?
Refrain

1924

Die verbrannte Tänzerin

Paris, im Mai

Als ich mir aus der Oper in Paris meine Karte für Schaljapin holte – (was ein richtiger Berichterstatter ist, der protzt erst einmal seine Leser ein bißchen an) –, da sah ich, daß es in der Oper auch ein kleines Museum gibt. Im Baedeker: zwei Zeilen. Das spricht dafür. Ich hin.

Das Museum ist ein kleiner Saal, angefüllt mit Erinnerungen an die glorreichen Jahre der Oper. Sie kennen gewiß diese Schwäche für profane Gegenstände, die einmal von großen Leuten benutzt worden sind – es hat etwas Rührendes und etwas Lächerliches, ich weiß – aber man kommt schwer davon los. Da liegen:

Geigenbogen von Paganini. Sein Kolophonium. Die Kastagnetten und die Tanzschuhe Fanny Elßlers. Die Stimmgabel, die Meyerbeer benutzt hat. (Doch. Es steht drunter.) Ein süßes kleines Fernrohr, in blauer Emaillearbeit, das war ein Opernglas. Bilder von der Malibran. Karikaturen von Berlioz. Von Offenbach. Von Richard Wagner. Das Porträt Wagners von Renoir. Bühnenbilder, auf kleinen Puppentheatern in Pappe nachgebildet, von einer so bezaubernden Kitschigkeit, daß man nur wünschen kann: Wollte Gott, sie sind so gewesen! Goldene Dosen, Ehrenketten, Taktstöcke – und viel angebrannter Fundus.

Denn das Pariser Opernunternehmen hat dreimal gebrannt: 1763 und 1781 und 1873. (Da stand es noch nicht an dieser Stelle, sondern war im Palais Royal und anderswo.) Und Hosenträger von Rossini. Und kleine Puppenfigurinen: *«Le jeu»* – mit Spielkarten auf dem Bauch. *«Le feu»* – dito mit Flammen. Und an einer Tür alte, verrostete Rampenlichter, Soffittenlampen – ach, du lieber Gott! diese Funzeln haben einmal Licht und Helligkeit und Freude verbreitet! (Aber vielleicht mehr als unsere Hundertkerzigen.) Aber sie haben nicht immer nur Licht und Freude ausgestrahlt. Einmal auch den Tod. Da liegen unter Glas verbrannte Tüllfetzen, mit braunen Flecken, in einem kleinen Holzsarg. Das sind die Überreste der Tänzerin Emma Livry.

Gleich neben dem Museum ist die Opernbibliothek, und weil ich doch ein richtiger Brillendeutscher bin, habe ich ein bißchen gegraben und folgendes gefunden:

Am 15. November 1862, es war ein Sonnabend, gab man «Die Stumme von Portici». Das Fräulein Livry, ein junges Mädchen von zweiundzwanzig Jahren, hatte im zweiten Akt, auf einem Praktikabel stehend, auf der Bühne zu erscheinen und zu tanzen. Sie war schon vor ihrem Auftritt da, um einen Sänger singen zu hören. Damals hatte man noch offene Gasflammen auf der Bühne. Die Direktion hatte versucht, den Tänzerinnen imprägnierte Trikots anzuziehen – aber das gesamte Corps de ballet war rabiat geworden: das nähme den Stoffen die Appretur, solches Zeugs zögen sie nicht an, und so blieb alles beim alten. Die Livry stand da, mit ihren elf Jupons übereinander. Die Uhr war neun.

Und mit diesen elf Jupons kam sie der offenen Flamme zu nahe, fing sofort Feuer und merkte es im ersten Augenblick nicht. Der wachthabende Feuerwehrmann rief «Stillstehn!» – weil er löschen wollte. Da erst drehte sich Fräulein Livry um, schrie und lief – brennend – zweimal über die Bühne. Das Theater heulte vor Entsetzen. Und die Tänzerin rief um Hilfe, aber niemand wagte, an sie heranzukommen. Bis schließlich ein Feuerwehrmann sich auf sie stürzte, sie zu Boden riß und sie mit Tüchern umwickelte. Dann ging das Feuer aus. Der Mann hieß, wirklich, Müller.

Die Tänzerin wurde in ihre Wohnung in die Rue Laffitte gebracht, das ist nicht weit von der Oper. «Der Transport», sagt ein Bericht, «war ein einziger Schrei.» Sie hat dann noch ein Vierteljahr gelebt; es ist nicht gelungen, sie mit diesen schrecklichen Brandwunden, die sie davongetragen hatte, durchzubringen. Sie starb im Alter von 23 Jahren.

Ihre Büste steht in der Oper. Es muß eine schöne, stattliche Blondine gewesen sein, mit ausdrucksvollen Zügen und der etwas länglichen französischen Nase, die man hier häufig an Frauen sieht. Und noch etwas ist aufbewahrt: der Abguß ihres Beins, hergestellt, als sie noch am Leben und gesund war. Ein gut geformtes, schlankes Tänzerinnenbein. Der Rest liegt in dem kleinen Holzsarg. Sie könnte vielleicht noch heute leben, wenn das nicht geschehen wäre – das Ganze liegt jetzt zweiundsechzig Jahre zurück.

Das wäre das Neueste, das ich aus Paris zu berichten wüßte.

Die Fratellinis

«Je sais combien Les Fratellini aiment Molière, et j'ai souvent pensé que Molière eût aimé Les Fratellini.»

(Eine Dame im Goldenen Buch der drei Clowns Fratellini)

Täterätä –! macht die Bumskapelle im Zirkus Médrano zu Paris. Ein merkwürdiges Rauschen geht durch das Publikum, die Leute setzen sich auf den Sitzen zurecht, die Mienen sind froher, gespannter... Alle Hälse werden länger. Durch welchen Eingang kommen sie?

Hallo! Der ganze Zirkus steht auf dem Kopf und prasselt und knallt im Beifall. Da ist er.

Durch das Loch in der Manege kommt François Fratellini, der eine von den dreien, die das Entzücken von Paris ausmachen. Kalkweiß im Gesicht, im klassischen Paillettekostüm des traditionellen Clowns, mit seidenen, roten Strümpfen, goldenen Halbschuhen, sehr leicht, sehr graziös und bezaubernd liebenswürdig. Laute Unterhaltung mit dem Stallmeister, durch Ohrfeigen beendet. Nach den Ohrfeigen: er, Fratellini, hat Löwen dahinten im Zirkus, aber keinen Wärter.

Ob der Stallmeister nicht einen wüßte? Der Stallmeister weiß auch keinen. Ja, da ist guter Rat teuer...

Da kommt – par hasard, zufällig, durch Gottes gnädige Fügung – ein seltsam Paar dahergewandelt. Erst ein älterer Herr, der aussieht wie ein dicker Amerikaner auf Urlaub, in einem etwas schäbigen Frack, schwarzem Zylinder und – auf alle Fälle – mit einem riesigen schweren Gummiknüttel. Man kann nie wissen. Hinter ihm – nein, das hat die Welt noch nicht gesehen – ein Kerl, der in seinen Hosen ersauft, mit ungeheuern, schwappenden Schuhen, einem schwarzen Mund von einem Ohr bis zum andern, einer Nase wie ein Klingelknopf und hochgeschminkten Augenbrauen, die unmittelbar unter vielen wilden Haaren sitzen, und Wadenstrümpfen... Das Näschen ist rot, wie es sich gehört, der Rest des Gesichts weiß und bunt ausgemalt. Er hat auch ein kleines Hütchen auf einem spitzen Kegelschädel, und im ganzen ist er etwas schüchtern... François guckt auf. Der Stallmeister auch. Ob die Herren vielleicht...?

Kurzes Palaver. Der Ältere stellt sich vor. Das Ding da (dem übrigens kurze Borsten auf den Beinen wachsen), das Ding da ist sein Sohn. Und, voller Rührung über seine eigene Schöpfung, in breitestem Clownsdialekt: «Embrasse Peppa –!» Geschieht. (Geschieht noch oft.) Der Liebenswürdige setzt dem Alten die Sache auseinander. Das paßt großartig – der hat keine Arbeit und erkundigt sich, ob es bezahlt wird. Es wird bezahlt, und ob! Gut, dann soll es der Sohn machen. Der Sohn soll zu den Löwen hineingehen und seins arbeiten. Der Sohn steht dabei wie ein alter Nachttisch und weiß nicht, wo Gott wohnt. Der Alte sieht ihn lieb an, gibt ihm einen zärtlichen Rippenstoß und macht ihm seine Pflichten klar. «Hast du Angst?» – Nein, Angst hat das Ding nicht. Nur die Knie schlottern ihm ein bißchen, aber das kann ja wohl von der Zugluft sein. Na dann: «Embrasse Peppa –!» Der Handel soll gerade abgeschlossen werden, da speit das doppeltgeöffnete Tor zwei Zirkusdiener mit einer Bahre hervor. Auf der Bahre, unter Tüchern, liegt etwas. Tiefes Schweigen. François nimmt den Hut ab. Der Stallmeister macht ein ernstes Gesicht. Der Amerikaner sieht der Bahre nach, die durch das andere Tor verschwindet. «Was... was war das?» fragt der Alte. «Das ist der Löwenbändiger von heute!» sagt der Stallmeister. Allmächtiger! Der Alte wundert sich, und das Ding...

Sein Hütchen wackelt, die Knie tanzen, und das ganze Jammergestell bricht in ein furchtbares Geschrei aus. Nein! Er will nicht zu den Löwen! Er will nicht aufgefressen werden! Aahh! – Der Alte, beutelüstern, redet erregt auf ihn ein, François schreit, der Stallmeister beruhigt... Dem zukünftigen Bändiger werden Waffen gebracht, eben was man so im Löwenkäfig gebraucht: eine Heugabel, ein Reitersäbel und eine alte Trichterpistole. Der Sohn versucht, ob man darauf pfeifen kann. Man kann. Es gibt einen schönen Ton. Da nahen wiederum zwei Zirkusdiener, wiederum mit einer Bahre, wieder mit einem leider etwas ramponierten Bändiger. Nun ist der Teufel los... Und schließlich geht der Sohn, nachdem er Peppa embrassiert hat, denn doch in den Käfig, und man hört einen furchtbaren Knall, und er scheint schon zerrissen, und dann kommt er an, mit einem Torso an Garderobe, vielen Löchern mit etwas Hose drum herum – aber der Leib, der Leib ist gerettet! Und dann kommt noch eine Bahre und ein Löwe und Krach, Geschrei und Flucht...

Und die Leute freuen sich! In Paris wird das Publikum, bei aller Naivität der kleinen Leute in den kleinen Theatern, niemals so warm wie bei uns ein ausverkauftes Haus, wenn etwa auf der Premiere zum erstenmal Guido Thielscher auf der Bühne erscheint. Diese rauschende Bewegung, diese Wärme, dieser Herzschlag von Tausenden – das habe ich hier nur zweimal erlebt. Einmal bei Sascha Guitry – und dann bei den Fratellinis.

Die Fratellinis sind drei Söhne eines Italieners, der sich, wie

Breitensträter, seine ersten Zirkuserfolge in einem Kriegsgefangenenlager holte, im Jahre 1860. Seine Söhne sind der Nationalität nach Italiener, haben aber Italien noch nie gesehen. Paul, der Amerikaner, ist auf Sizilien geboren, François in Paris, Albert (das Ding) in Moskau. Sie arbeiten in sechs Sprachen, wenns sein muß: Französisch, Englisch, Spanisch, Russisch, Italienisch und Deutsch. Deutsch – denn sie haben vier Jahre vor dem Kriege bei uns in Berlin im Zirkus Busch gearbeitet. Sie kennen Hamburg und Wien – in Berlin hat François am Hackeschen Markt gewohnt, und daß da noch keine Tafel angebracht ist, liegt sicherlich nur an den Zeitumständen. Es sind alles drei richtige Zirkusleute: von klein auf haben sie in der Manege gearbeitet, und sie können alles.

Es sind Clowns eines eigenen Stils. Man darf nicht an den englischen Clown oder an die amerikanische Niggerkomik denken – es ist etwas ganz anderes. Besonders François erinnert sehr an Watteau, an einen Pierrot der alten Schule – auch sprechen sie (was ja der große englische Clown kaum tut), sie führen kleine Szenen auf, es ist der Anfang jeder Theaterkunst, die Hanswurstszene auf dem Jahrmarkt. Nur schließt sie anders, als es der Pickelhering tat. Die Fratellinis sind nämlich ausgezeichnete Musikanten. Jedes Auftreten endet damit, daß François reizend Geige spielt, der Alte dazu die Konzertharmonika und – aus dem Dunkel auftauchend – Albert, das Ding, mit einer Jazzbandflöte, die er parodistisch mißhandelt und genauso spielt, wie er selber ist: aus ihr wird ein Gemisch von Rührung und Komik. Man muß über ihn lachen und möchte ihn immerzu streicheln... Und während der Zirkus tobt, verschwinden die drei.

Man weiß, wie schwer es ist (nicht in der Politik, sondern im Zirkus), den dummen August zu markieren. Wieviel Kunst, wieviel körperliche Geschicklichkeit, wieviel Menschenkenntnis steckt in diesen kleinen Szenen, wenn sie gut sind! Der Vater des dummen August ist bekanntlich (bekanntlich ist, wenn man es aus einem Buch abgeschrieben hat) Tom Belling, der im Jahre 1864 in Berlin – ich glaube, es war bei Renz – eines Abends stolperte, sich die Jacke zerriß und ironischen Beifall bekam, den er sich merkte. Und er blieb in dieser Rolle des Unglücksraben. Aber was haben die Fratellinis aus diesen Rollen herausgeholt! Der Alte, ewig freundlich-gleichmütig, der ruhende Pol in der Erscheinungen Ohrfeigenschlacht. Das Ding, rührend, hilflos, die zweite Stimme, die sich selbständig gemacht hat. Einmal blies er eine große Trompete, und als die andern schon längst aufgehört hatten, rummelte er immer noch weiter, man hörte nur: Wumta – wumta wumta – es war nicht schön, aber er hatte es doch so gelernt! Ein Stück Unglück, dem Wasser zum Kopfe herausspritzt, dem böse Menschen Bogenpfeile in die Kehrseite schießen, der aber auch, als Salome aufgemacht, in seidenen Höschen seinen Mann steht... Und François Pierrot, graziös, leicht wie eine Feder und das Entzücken der Kinder. Woher ich das weiß –?

Die Fratellinis sind in Paris um ihrer Wohltätigkeit willen bekannt. Noch dieser Tage haben sie – natürlich umsonst – in einem Pariser Kinderkrankenhaus gearbeitet, sie haben an den Krankenbetten von armen Kindern gedudelt, sie haben Tausende von Kleinen glücklich gemacht. Wer Kindern nicht gefällt, ist kein guter Clown... Da frage man nur bei Chaplin an. Einmal haben sie auch – als bisher einzige Clowns – in der geheiligten Comédie Française das Entree gespielt, auf einer großen Soirée. «Wir und Paderewski», sagen sie, «haben den größten Erfolg gehabt.»

Eine halbe Stunde vor ihrem Auftreten sitze ich in ihrer Garderobe. Ein länglicher, wie ein Dach gegiebelter, mit Sachen und Fundus vollgepfropfter Raum. Pappzähne und Holzarme und Kegelkugeln und Fischblasen und ausgestopfte Ratten und Bälle und Musikinstrumente und Fotografien und gerahmte Zeitungsausschnitte – dieser Aufsatz wird hoffentlich auch einst dort prangen – und Schminke und ein Kamm in der Butter... Es sieht ganz richtig aus. Ich unterhalte mich mit den dreien. Sie sprechen gut deutsch. Sie erinnern sich gern und genau an Berlin. Erkundigen sich nach allem. Ob es sich sehr verändert hat –? «Ach ja!» muß ich sagen. Wir sprechen von dem Artistenaustausch zwischen den beiden Ländern. François entwickelt absolut vernünftige Ansichten: die französische «Loge Indépendante des Artistes» wolle schon, im Prinzip... aber es gäbe da noch Schwierigkeiten... (Wenn die Berliner Direktoren schlau sind, sichern sie sich diese drei, die ein Fressen für die Spree wären.) Das Gespräch gleitet zu allem möglichen über – sie zeigen alte Bilder, ihr Goldenes Buch, in dem Rothschild steht und Tristan Bernard und die Pawlowa und die halbe Comédie Française und George Carpentier... Die Fratellinis sind – wie fast alle Leute vom Varieté und vom Zirkus – viel bürgerlicher als Theaterschauspieler, viel kameradschaftlicher, viel posenloser. Sieht man näher hin, so erblickt man drei vernünftige, klar denkende, anständige Bürgersleute. An Hermann Bangs «Vier Teufel» darf man gar nicht denken.

Inzwischen sitzen sie an den langen Schminktischen. Und unter meinen Augen verwandeln sich diese drei, von denen besonders Albert einen ausgezeichneten Zivilkopf hat (er sieht aus wie ein gebildeter Hofschauspieler) – verwandeln sich diese drei in die richtigen Fratellinis: der Alte nimmt nur wenig Farben, François wird kalkweiß, und Albert beschmiert sich kunstvoll das ganze Gesicht, Zug für Zug des Menschen verschwindet, und das unendlich listig-rührende, traumhaft idiotische Clownsgesicht entsteht langsam. Unter den Strichen, die seit achtzehn Jahren Abend für Abend dieselben sind – in Moskau, in Paris, in Berlin, in London, in Lissabon, in Wien –, überall. Sie steigen in die unmöglichen Hosen, die Pailletten rascheln, ein Faß, ein hölzerner Hammer, die Gitarre, die Musikinstrumente werden zusammengepackt... Oben hört man das Beifallsrufen für die vorige

Nummer. Die Fratellinis klettern die wackligen Holzstufen herauf, es riecht nach Pferden, nach warmem Stroh, nach Menschen... Die Musik macht: Täterätä –! Sie schieben den Vorhang beiseite, und da schlägt schon der Beifallssturm des vollen Hauses über ihnen zusammen. –

«Deutsch»

Wenn heute einer in Glauchau geboren und in Insterburg gestorben ist, dann rühmen ihm die Nekrologe nach, er sei ein «echt deutscher Mann» gewesen. Was soll er denn sonst gewesen sein? Ein Neger? Ein Kalulu-Indianer? Ein Eskimo? Natürlich war er echt deutsch. Aber man trägt das jetzt so.

Die ganze Borniertheit des Nationalismus spricht aus diesem Adjektiv. Es genügt, irgendeinem Krümel das Epitethon «deutsch» anzuhängen, und Kaffeemaschine, Universitätsprofessor und Abführmittel haben ihr Lob weg. Der Ursprungsort, der in den meisten Fällen selbstverständlich ist, wird in eine positive Bewertung umgelogen, und das ganze Land kriegt mit der Zeit den Größenwahn. Man kann keine Zeitschrift mehr aufschlagen, ohne daß einem auf jeder Seite dreimal versichert wird, dieses sei deutsch, jener habe deutsch gehandelt, und der dritte habe nach deutscher Art Konkurs oder sonstwas gemacht.

Darin liegt nun nicht nur: Lob des Deutschtums – was noch erträglich und verständlich wäre, sondern der Ausschluß der gesamten übrigen Welt von obgesagten guten Eigenschaften. Das Kinderlied «Deutschland, Deutschland über alles» mit seinem Sammelsurium von deutschen Weinen, deutschen Zigarrenkisten und deutschen Fehlfarben hat da viel Unheil angerichtet. «In echt deutscher Treue...» Gibt es südamerikanische Treue? Malaiische? Hinterborneosche? Vielleicht gibt es sie, aber sie ist nicht so schön, nicht so garantiert regenfest, nicht so «echt-deutsch». Ford kann für seine Wagen keine marktschreierischere Reklame machen als diese Echt-Deutschen.

Rührend ist an den Kirchturmnationalisten, daß sie alle wähnen, die gesamte Welt sei mit ihnen einig, bewundere, liebe und fürchte sie. Der Lieblingspoet meines Reichspräsidenten (ich weiß nie, ob er auch noch andre deutsche Dichter kennt), der echtdeutsche Hoffmann von Deutsch-Fallersleben hat es ja schriftlich: jene von ihm benannten Substantive «sollen in der Welt behalten ihren alten guten Klang». «Moi je prends une orangeade – mais une allemande!» sagen die Pariser Chauffeure.

Aber es gibt ein altes Gesetz: Je kleiner die Stationen sind, desto lauter werden die Namen ausgerufen. «Lippoldswerder!» brüllen die Schaffner, achtmal. In Berlin ruft keiner. Es versteht sich von selbst.

Die Einstellung

Deutschland ist augenblicklich auf das Wort «Einstellung» eingestellt. Gott weiß, wer das erfunden hat – es riecht nach A. O. K. und nach diesem gemacht objektiven Stil der Militärbehörden, die sich, wie Flaubert, hinter ihrem Werk verkriechen, wozu sie, im Gegensatz zu ihm, allen Grund haben. Dieses dumme Wort besagt – wie alle Modewörter – im Grunde gar nichts.

Wenn ein bezahlter Lump ein Attentat auf einen Republikaner macht, so ist er «national eingestellt»; wenn einer von Politik nichts versteht, so ist seine Einstellung eine rein wissenschaftliche; die Richter sind auf Kommunistenverfolgungen eingestellt und das Baby auf seinen Stuhlgang. Wie ist deine Einstellung zu Paris? Ich bin auf Marie eingestellt (aber sie nicht auf mich). Und auch unter den Schrift- wimmelt es von Ein-Stellern. Die Große Berliner Welteinstellung ist eröffnet!

Technische, politische, literarische Werke, die Zeitungen, die Redner – alle sind sie eingestellt. Es ist so wie mit dem Wort «Faktor», das man heute allerdings nicht mehr trägt: es heißt überhaupt nichts. Aber es ist Mode. Und über Modewörter sagt der gute, alte Wustmann:

«Verbreitet werden neue Wörter namentlich durch die Jugend und durch die Ungebildeten, die keine Spracherfahrung haben, die nicht wissen, ob ein Wort alt oder neu, gebräuchlich oder ungebräuchlich ist; dann werden sie oft in kurzer Zeit zu Modewörtern... Man hört oder liest ein Wort – entweder ein neugebildetes oder, was noch öfter geschieht, ein bereits vorhandenes in neuer Bedeutung! – irgendwo zum ersten Mal, bald zum zweiten, dann kommt es öfter und öfter, und endlich führt es alle Welt im Munde, es wird so gemein, daß es selbst denen, die es eine Zeitlang mit Vergnügen mitgebraucht haben, widerwärtig wird, sie anfangen, sich darüber lustig zu machen, es gleichsam nur noch mit Gänsefüßchen gebrauchen, bis sie es endlich wieder fallenlassen. Aber es gibt immer auch eine kleine Anzahl von Leuten, die, sowie ein solches Wort auftaucht, von einem unbesiegbaren Widerwillen dagegen ergriffen werden, es nicht über die Lippen, nicht aus der Feder bringen. Und da ist auch gar kein Zweifel möglich: wer überhaupt die Fähigkeit hat, solche Wörter zu erkennen, erkennt sie sofort und erkennt sie alle.»

Soweit Wustmanns Einstellung.

Und nur einmal ist das üble Wort in der letzten Zeit richtig gebraucht worden. Da stand zu lesen:

«Das Verfahren gegen Kahr, Lossow und Seißer ist eingestellt.»

Denn so sind die Bayern eingestellt, und so sehen sie aus.

Haarmann

In Hannover haben sie einen gekriegt, der hat vielen jungen Leuten die Kehle durchgebissen. Der gemütvolle Berliner prägte bei dem Frauenmörder Großmann das Wort: «die Braut auf der Stulle». Hier waren es andre Irrungen des Triebs, und das mögen die Ärzte unter sich ausmachen. Aber da ist noch etwas: Dieser Haarmann war offenbar Polizeispitzel.

«Die Pressestelle beim Oberpräsidium Hannover teilt mit: Die von Berliner Zeitungen gebrachte, neuerdings auch von hannoverschen Zeitungen übernommene Nachricht, der Polizeipräsident von Hannover, v. Beckerath, habe im Zusammenhang mit der Sache Haarmann sein Rücktrittsgesuch eingereicht, ist falsch. Der Polizeipräsident hat sein Rücktrittsgesuch nicht eingereicht.» Aha!

Der Fall wird nicht aufzuklären sein. Gegen die Sache spricht höchstens, daß Gustav Noske den Polizeipräsidenten deckt. Aber ganz abgesehen von diesem Lokalskandal, bei dem behauptet wird, die Polizei habe ihre Pflicht nicht getan, muß doch auf eins wieder aufmerksam gemacht werden.

Es gibt keine Polizei der Welt, die nicht mit Spitzeln arbeitet. Die Unmöglichkeit, in illegalen Schichten mit legalen Mitteln zu arbeiten, hat nur die Oberste Heeresleitung im Kriege nicht eingesehen. (In Rumänien forderte einmal der Generalstabsoffizier einer Division die von einem Spion unterzeichnete Quittung für erhaltene 500 Lei.) Die letzten, feinsten Fühler der Polizei sind unsauber – das wird immer so sein. Der echte Wunsch, aufzuklären, Rücksichten auf die Karriere, Vorsicht und Furcht, durch zu frühen amtlichen Eingriff alles zu verderben, schafft die Achtgroschenjungens. Bis dahin ist die Sache nicht sehr schön, aber schließlich entschuldbar.

Faul wirds erst, wenn die Aussagen solcher Individuen, die pekuniär und manchmal auch anders an der Untersuchung interessiert sind, für voll genommen werden. Es ist vielleicht noch allenfalls zu verstehen, daß höhere Polizeibeamte die Methodik ihrer eignen Maschinerie nicht preisgeben.

Daß aber Richter in schwarzem Talar und weißer Unschuld nicht zu wissen vorgeben, wie Polizeiprotokolle zustande kommen, ist ein Skandal, den man in allen größern – vornehmlich politischen – Strafprozessen beobachten kann. Die Aussagen des Angeklagten: «Ich bin geschlagen worden», «man hat mich nicht schlafen lassen», «ich war schon so erschöpft, daß ich alles zugegeben habe» – werden gar nicht geprüft. (Irgendwelche Rechtsgarantien vor der Polizei bestehen bekanntlich nicht.)

Niemals aber – mit Grund: niemals – wird von einem Gericht geprüft, wer der Anzeiger, wer der «Zeuge» war, auf den sich die polizeilichen Beobachtungen stützen, wer das Gespräch abgelauscht hat, wer die Zusammenkunft gesehen haben will. Die Polizeibeamten werden immer gedeckt und sagen nichts aus. Der Richter, das Lämmchen, sitzt auf seinem Sessel und ahnt nichts. «Durch die Aussage des Herrn Kriminalkommissars ist festgestellt...» Der Hintermann bekam drei Mark achtzig die Stunde, oder wie der Tarif sonst lautet. Man stelle sich in einem Strafprozeß einen Zeugen vor, der dem Angeklagten schwer verschuldet ist und nun gegen ihn aussagt...

Wieweit von der Polizei Lockspitzel verwendet werden, ist schwer nachzuprüfen. Daß Spitzel verwendet werden, ist verständlich. Daß deutsche Richter niemals die Grundlagen eines Polizeiprotokolls prüfen, sondern daß diese dunkle Brühe ohne Sieb durch die Kanäle der Staatsanwaltschaften läuft, vor den Richter, dem sie klar wie dicke Tinte erscheint, das zwingt neben andern Gründen immer und immer wieder dazu, die Urteile, die von deutschen Gerichten in politischen Strafprozessen – und ganz besonders in Landesverratsprozessen – gefällt werden, mit dem äußersten Mißtrauen zu betrachten und aus den Ansichten des Gerichts keinerlei Rückschlüsse auf die tatsächlichen Vorgänge zu ziehen.

Der erste Händedruck

Paris, 1. Oktober 1924

Der Reichskanzler Marx hat in London einen ausgezeichneten Eindruck hinterlassen. Die Engländer und Franzosen waren angenehm enttäuscht, daß sich einmal nicht jener vierschrötige Typus des preußischen Großgrundbesitzers erhob, auch nicht der trockne und stumpf-korrekte Beamte, dessen Seelenlosigkeit seine Heimat «gute Manieren» nennt – denn als es hieß, der deutsche Reichskanzler habe das Wort, stand ein stiller und bescheidener Mann auf, der sachlich und fest in der Materie, aber angenehm leicht und konziliant im Ton das Seine vorbrachte. Also: der Eindruck war ausgezeichnet.

Nun fehlt es aber nicht an Stimmen, die flüstern, es sei Herrn Herriot doch ein wenig peinlich gewesen, daß grade ein Klerikaler als sein Verhandlungspartner auftrete, einer von den Vatikanleuten, die ein guter französischer Republikaner so sehr verabscheut. Ja, Stresemann, fahren die Stimmen fort, Stresemann – das sei ganz etwas andres. Herriot und Stresemann hätten sich gleich beim ersten Händedruck erkannt.

Herr Gustav Stresemann ist in diesem Jahre Freimaurer geworden, und das ist in Frankreich nicht unbekannt geblieben. Der Vielgeschäftige, der keine industrielle Vereinigung, keine politische Partei, keine Clique und keine Gruppe an sich vorübergehen läßt, in der er Zukunft wittert, hat sich bemüßigt gefühlt, nun auch in Weltanschauung zu machen und eine kleine moralische Rückversicherung mit guten Beziehungen bei den großen preußischen Landeslogen aufzunehmen. Man kann nie wissen – denn dies ist der erste Grundsatz des deutschen Außenministers: «Sei dabei!» Und er ist allemal dabei.

Inzwischen haben die französischen Kardinäle Herrn Herriot eine Art Kriegserklärung zugeschickt: er solle die geistlichen Orden nicht bedrücken, die geistlichen Schulen unangetastet lassen und dem Klerus in Elsaß-Lothringen, der unter Deutschland gute Tage gehabt hat, nicht ans Leder gehen. Ferner solle Frankreich seine Botschaft beim Vatikan nicht, wie beabsichtigt, aufgeben. Frankreich, das die Trennung von Kirche und Staat zwar praktisch nicht völlig durchgeführt hat, aber im großen ganzen doch als ein Land nach einem siegreich durchgeführten Kulturkampf anzusehen ist – Frankreich ist über die Kardinäle hergefallen, und sieht man von den Parteien ab, die die Kirche dazu benutzen, um monarchistische und reaktionäre Pläne zur Ausführung zu bringen, so steht Rom hier einer geschlossenen republikanischen Truppe gegenüber. Auch in der Schulfrage.

Soweit gut. Jetzt aber hat die «Ere nouvelle» in ihrer Ausgabe vom 28. September herausgefunden, dieser etwas unerwartete Angriff der französischen Kardinäle sei eine Art Weltverschwörung des Vatikans; denn «aus sicherer Quelle» wisse das Blatt, daß Mitglieder der deutschen Zentrumspartei den Franzosen unter der Hand mitgeteilt hätten, sie seien bereit, eine franzosenfreundliche Politik in Deutschland zu machen, wenn Frankreich die Botschaft beim Vatikan beibehielte. Was mag das wohl für eine Quelle sein –?

Ich gehe hier nicht nur Enten schießen. Die Ansicht der «Ere nouvelle» hat einen ernsten Hintergrund. Denn es gibt in Frankreich, einem der klassischen Länder der Freimaurerei, genug Leute, für die der Klerikale der unbedingte Feind ist. (Wilhelm Feldmann hat in der «Vossischen Zeitung» erst jüngst treffend darauf hingewiesen.) Wie Frankreich seine Klerikalen beurteilt, müssen wir ihm überlassen. In Deutschland liegt es zur Zeit aber doch anders.

Das Land d'Outre-Rhin gleicht einer in Konkurs gegangenen Firma, die unter Geschäftsaufsicht steht. Diese Geschäftsaufsicht, die darauf achtet, daß der Schuldner nicht wild um sich haut und auch noch die letzten Aktiva verschleudert, ist das deutsche Zentrum, eine der wenigen Parteien, die überhaupt bei uns noch so etwas wie Politik zu machen verstehen. Das Zentrum ist niemals treu republikanisch gewesen, so wenig, wie es treu monarchistisch war – es ist eine Sache für sich, mit ganz besondern Interessen, mit besondern Strömungen, besondern Fundamenten. So bedauerlich diese Tatsache auch sein mag: die Zentrumspartei, und namentlich ihr linker Flügel, ist tatsächlich in den letzten schweren Jahren der ruhende Pol gewesen, das Bleigewicht in einer hohlen Figur, dazu ein Sammelbecken von Köpfen mit ausgeprägt gesundem Menschenverstand und einer gewissen Großzügigkeit, die dabei aber niemals die Realität außer acht ließ. Was der reisende General Ludendorff-Lindström mit feinem politischen Takt einmal herausgepoltert hat: daß die Deutschen sich von den «Römlingen» gängeln ließen, ist schon richtig, aber die Äußerung verkennt eben die unendliche Überlegenheit der Zentrumsleute und die politische Unmündigkeit der Junker und der junkerlichen Industriellen. Ist gegängelt worden? Dann mag doch das Kind allein laufen lernen! Vorläufig krauchts am Boden.

Dabei ist es nicht einmal schlecht geführt worden. Das Zentrum ist seit den Tagen der Friedensresolution durch seine Verbindungen über die Welt immer sehr gut unterrichtet gewesen; was nach Königsberg und Belgard in Pommern niemals gedrungen ist, und wenn es dort hinkam, auch gar nicht verstanden wurde, das wußten die Leute um Marx sehr gut. Und sie verwandten es nicht eben zum Nachteil Deutschlands. (Welchen Preis sie sich hierfür freilich bezahlen ließen – das ist eine andre Frage, und eine Frage der Innenpolitik Deutschlands.)

Frankreich täte also nicht recht daran, einem deutschen Politiker nur deshalb zu mißtrauen, weil er dem Zentrum angehört. Daß Art nicht von Art läßt, daß in manchen Fällen das deutsche Zentrum einem bedrängten französischen Klerus indirekt beispringen würde, das ist nicht ganz falsch. Aber auf der andern Seite – was steht denn da?

Es ist nicht anzunehmen, daß Gustav Stresemann zu den

Maurern gegangen ist, um damit in Frankreich Eindruck zu machen. Er ist schlau – aber nicht klug.

Zu befürchten steht nur, daß manche Franzosen geneigt sind, in ihm wegen seiner Zugehörigkeit zur Loge einen guten und trefflichen Mann zu erblicken. Er tut allerdings zur Zeit alles, um diesen Glauben zu zerstören. Er zerschlägt so viel Fensterscheiben wie Wilhelm, sobald er nur den Mund auftut – und er ist ja viel zu sehr gebunden, um jemals eine stramme und klare Politik machen zu können. Er ist nicht zuverlässig.

Sein Freimaurertum aber wäre zuallerletzt geeignet, ihn zu einem guten Republikaner in französischem Sinne zu stempeln. Diese internen Wohltätigkeitsvereinigungen wie Stresemanns Loge Friedrichs des Großen sind ausgesprochen reaktionär. An ihren Rändern soll sie sich mit völkischen Verschwörern von allerlei Graden berühren, denen die Geheimniskrämerei nur allzu recht war. Logen wie die Große nationale Mutterloge zu den drei Weltkugeln in Berlin, die Herrn Stresemanns Loge übergeordnet ist, lehnen außerdem jede Verbindung mit den französischen Freimaurern ab; der «Gedanke der Menschheit» reicht nur bis Saarbrücken – dahinter wohnen offenbar keine Menschen mehr und «Brüder» schon gar nicht. Eine etwas merkwürdige Sorte von Freimaurerei, die in erster Linie dem Staat – und was für einem! – untertan ist und nachher, so zur Verdauung nach einem guten Festmahl, auch der alten Idole gedenkt, die in diesem Kreise längst ihren Sinn verloren haben. Nein, dieser mangelhafte Kirchen- und Synagogen-Ersatz eines Sparkassenvereins ist wirklich keine antiklerikale Gefahr mehr und eine internationale schon längst nicht. Es gehört die ganze Unbildung und Sturheit gewisser Offiziersverbände dazu, um gegen die «Gefahr des Freimaurertums» zu protestieren und ihren Mitgliedern den Eintritt in diese harmlosen und einen ehrwürdigen Namen mißbrauchenden Konventikel zu verbieten. Diese Logen sind längst zu Trampellogen geworden.

Und dem hätte sich Herriot geneigt gezeigt? Wenn das

wirklich wahr ist, so wäre das eine Naivität, vor der die Franzosen gar nicht genug zu warnen sind. Die sehr ernsthafte Freimaurerbewegung in Frankreich ist mit der deutschen, wie sie die Landeslogen repräsentieren, überhaupt nicht zu vergleichen. Alle an das Freimaurertum Stresemanns etwa geknüpften Hoffnungen wären, seiner Person und der Sache wegen, völlig unangebracht. Drüben, bei den Franzosen, geistig hochstehende Vereinigungen von Männern, die ihre Gesinnung bei jeder Gelegenheit – vor allem aber in der Politik – in die Tat umsetzen. Als man vor der Marne-Schlacht im Jahre 1914 in Frankreich die Militärdiktatur erwog, wurden die Republikaner ängstlich: wenn nun solch ein Diktator eines Tages Republik Republik sein ließe...? Der Name eines Offiziers wurde damals nur deshalb überall mit Vertrauen aufgenommen, weil er Maurer war – so fest ist das Vertrauen dieser Kreise in ihre Mitglieder in praktischen Fragen und grade in praktischen Fragen. Hüben, bei den Deutschen, eine lendenlahme Vereinsmeierei mit verblasenen Überbleibseln alter Ideologien, die zu nichts verpflichten, Herrn Stresemann nicht und auch sonst keinen. Die Redensart: «Das sind die richtigen Brüder!» bekommt hier einen ungeahnten Sinn.

Man möge sich auf französischer Seite keine Illusionen machen. Herr Stresemann wird konsequent seine Politik der Inkonsequenz fortsetzen, und Herr Marx ist in erster Linie Politiker, in zweiter ein Klerikaler, und wohl kaum einer, der finstere Pläne zur Abwürgung der Republik in Frankreich wälzt. So einfach ist die Welt nicht.

Gustav Stresemann ist ein alter Umfaller. Seine Taten liegen vor. Sollte er sich noch einmal mit einem Ausländer beim ersten Händedruck verstehen, so muß man ihn mit der Nase, durch die er seine Reden aufzusagen pflegt, auf seine Vergangenheit stoßen und ihm so viel Vertrauen entgegenbringen, wie er verdient. Nicht viel, aber dafür auch nicht lange.

Bei dem Autor der «Garçonne»

Eine gute alte Freundin von mir hat einmal das Gebot geprägt: «Du sollst nicht alles mit der Sexu-Elle messen –!» Die Menschen scheinen anders zu messen, denn sonst wäre ein Welterfolg wie der der «Garçonne» von Victor Margueritte nicht zu erklären. Dieses Buch hat den europäischen Kontinent überschwemmt und den südamerikanischen erobert, es liegt auf den Nachttischen der Junggesellen, wird unter den Kopfkissen der jungen Damen verborgen und ist überall. (Es gibt sogar schon eine dicke Parodie, von Hans Reimann.) Und warum dieser Widerhall auf der ganzen Erde? In Verkennung und Überschätzung des Stoffes? Als Ersatz für ungelebte Abenteuer? Wie dem auch sei: hier ist – vor zwei Jahren – der Typus der vermännlichten Frau zum erstenmal angezeigt, hier ist nichts erfunden, sondern ein Vorhandenes scharf geschildert – Victor Margueritte hat den Bubenkopf in die Literatur eingeführt.

*

Wenn man von Cannes die Küste des Mittelmeers südwärts fährt, über St. Raphael hinaus, zu den Orten, wo das blaue Meer aufhört, nur ein dekorativer Hintergrund zu perlengewohnten Kais zu sein, fort von Orten, wo die feinen Leute die schwere Arbeit ihrer Erholung leisten: so kommt man an den winzigen Hafen von Sainte-Maxime. Er liegt auf der Nordseite einer Bucht, gegenüber sieht man die kleinen Häuschen von St. Tropez, bewaldete Erhöhungen schließen die Ufer ein. Ich gehe durch den Ort, das schaumgekräuselte Wasser zur Rechten, es ist warm, nur ein stoßartiger Wind schüttelt die Blätter und jagt geriffelte Schauer über die glatte Fläche des Meeres. Jetzt bin ich fast aus dem Ort hinaus, die Straße zieht sich in den schattigen Wald – und da vorn, vor der Mauertür seines Besitztums – steht ein hochgewachsener Mann in braunen Hosen, brauner Bauernjacke, die den kräftigen Hals freiläßt, mit einem schwarzen Gürtel, ohne Hut, die hellen Haare machen den Mann jünger, als er sein mag. Das ist Victor Margueritte.

Wir begrüßen uns und gehen, durch eine kleine Pforte, einen steilen Weg hinauf, zu seinem Haus. Da ist Frau Margueritte, die den Gast willkommen heißt: eine lebhafte, schwarzhaarige Dame mit wunderschönen Augen. Das Haus ist im provençalischen Bauernstil gebaut: rötlich-gelb im Ton, mit einer großen Veranda, die vorn offen ist und an der Seite kleine Fenster aufweist; nach unten verbreitert sich das Haus sanft geschweift; wie es denn auch überhaupt keine Ekken hat, sondern überall abgerundete Kanten. Hinter dem Haus steigt der Wald jäh an und schützt Garten und Villa vor dem Wind. Wir gehen ins Haus.

An der kleinen Inschrift des Eingangs vorbei: *«Vitam impendere vero»* – in das Innere, wo ländliche Geräte und Erinnerungen von allen Wänden grüßen: Kessel und Bilder und Strohhut und Sonnenschirm einer alten Bäuerin... Die Fenster des Arbeitszimmers gehen aufs Meer, man sieht noch Hügel und Ufer der gegenüberliegenden Halbinsel, dann die unendliche Weite.

Das Gespräch nimmt seinen Ausgang bei der berühmten Tochter des Hauses: bei der «Garçonne». Sie ist im Jahre 1922 erschienen. Zensurverbot? Man hat's versucht. Eine Liga von Familienvätern nahm Anstoß und reichte eine Klage ein. Die Staatsanwaltschaft, in einer diffizilen Lage, wandte sich an den damaligen Justizminister, Herrn Barthou. Der sagte – aus innerpolitischen und persönlichen Gründen –: Nein. Da verfielen die Verfechter der Sittlichkeit auf einen anderen Ausweg. Margueritte war Offizier der Ehrenlegion. Im November 1922 waren sie abgewiesen worden. Bereits im Dezember lagen dem maßgebenden Mann der Legion, dem General Dubail, demselben, der schon in den Affären Sarrail und Caillaux seine Rolle gespielt hatte, dreitausend Unterschriften vor, die die Entfernung des Schriftstellers aus der Legion forderten.

Und er wurde entfernt! Es war der erste Fall seit Bestehen der Legion, daß ein mit der Rosette Geschmückter seines Abzeichens beraubt wurde, ohne daß eine gerichtliche Verurteilung vorausgegangen wäre. Das Kabinett Herriot will den Fehler wiedergutmachen. Margueritte rührt keinen Finger und sieht gemächlich zu, wie sich die Dinge weiterentwickeln.

Inzwischen fraß der Erfolg des Buches weiter, noch geschürt durch das Geschrei auf der andern Seite. Man steht jetzt beim 565. Tausend – allein, was die französische Ausgabe angeht. Das Buch ist in fast alle Sprachen übersetzt. Bevor die rechtmäßige spanische Ausgabe herauskam, lagen sieben unbefugte Nachdrucke in Spanien vor; in Argentinien haben sie die französische Ausgabe Seite für Seite fotografiert und so herausgegeben; und selbst der Osten, wo schon der Chinese Werthern und Lotte zierlich auf Glas gemalet, blieb nicht zurück: es gibt auch eine japanische Übersetzung der «Garçonne».

Es gibt auch eine deutsche. «Ich autorisiere Sie», sagte Victor Margueritte, «zu sagen: Diese Ausgabe ist nicht nur eine Verballhornung, ein Verrat an meinem Werk – sie ist auch ein Diebstahl!» *(«Ce n'est pas seulement un trahison – c'est un vol!»)* Was den Verrat angeht, so ist zu bemerken, daß die deutsche «Garçonne» tatsächlich in einer Aufmachung und in einer (gekürzten und schludrigen) Übersetzung herausgekommen ist, die dieses harte Wort durchaus rechtfertigt. Was den Diebstahl betrifft, so wird eine Reklameberichtigung nicht ausbleiben. Aber schließlich muß ja der Autor wissen, ob er sein Geld bekommen hat oder nicht, und es scheint mir für das Ansehen der deutschen Verleger im Ausland nicht grade förderlich zu sein, wenn die Übertragung eines Verlagsrechts oder seine Nichtübertragung mit einem Prozeß zwischen dem deutschen Verleger und dem französischen, Herrn Flammarion, anhebt. Kein Ruhmesblatt.

Die «Garçonne» ist das erste Stück einer Trilogie «La femme en chemin», die jetzt fertig vorliegt: «La Garçonne» – «Le Compagnon» – «Le Couple». Die Wirkung dieser Trilogie ist interessant genug. Ich frage: «Was sagen die Frauen zu Ihrem Werk?» Er: «Die Frauen des arbeitenden Volkes sind alle für mich. In der kleinen Bourgeoisie sind die Ansichten der Frauen geteilt – sagen wir: zwei Drittel dafür, ein Drittel dagegen. In den höheren Schichten sind sämtliche Frauen dagegen.» Frau Margueritte sagt: «Eine Frau, die angekettet ist und die vom Mann lebt, liebt solche Schilderungen nicht.» Und dann gleitet das Gespräch auf ein Thema, das man hier eigentlich nicht erwarten sollte. Wer aufmerksam die französische Presse liest, den verwunderts nicht. Victor Margueritte ist *Pazifist*.

Die «Ere Nouvelle» hat bereits vor einiger Zeit Aufsätze Marguerittes gebracht, die sich mit der Frage der Kriegsschuld befassen und die in der schärfsten Form die Alleinschuld Deutschlands am Kriege bestritten. Dieser alte Offizier von den 27. Dragonern, der heute noch mit vielen Erforschern dieses strittigen Gebietes, so mit dem Baron Baudran, in enger Fühlung steht, dieser so erfolgreiche Romancier arbeitet zur Zeit an einem *mehrbändigen Werk über den Krieg und den Versailler Vertrag*; der erste Abschnitt wird den Titel führen: «Les crimenels». Er fragt nach den demokratischen Strömungen Deutschlands, nach den Pazifisten, nach den Aussichten für eine endgültige Verständigung, die neues maßloses Unheil verhüten könne. Er wird lebhaft, zeigt Ausschnitte und Proben, bekämpft den Versailler Vertrag, der Europa zugunsten profitierender Dritter in immer neue Streitigkeiten stürzen werde – und nun wird auf einmal klar, warum damals diese hitzige Verfolgung durch den Bloc National in der Angelegenheit der Ehrenlegion eingesetzt hat. Es war gar nicht so sehr die «Garçonne», die die Gemüter in Wahrheit erregt hatte – es war etwas ganz andres. Es war «Au bord du goufre» (Am Rande des Abgrunds), die äußerst scharfe Kritik des Militärs Margueritte an seinen ehemaligen Kameraden, eine haargenaue, vernichtende Untersuchung des Wirkens und Werdens des französischen Großen Generalstabs, ein Buch, das unter anderm zeigt, wie sehr sich die Militärs aller Länder gleichen, und das nach seinen detaillierten Schlachtenplänen und historischen Schilderungen, die bis auf das Jahr 1871 zurückgehen, zu dem schönen Schluß kommt:

«Wie fruchtbar könnte die Zukunft sein und wie schön das Leben, wenn wir, des Blutvergießens satt, an Stelle des alten scheinheiligen Sprichworts: ‹Si vis pacem, para bellum!› – den Rat hören wollten, der gebieterisch aus den Gräbern tönt:

‹Si vis pacem, para pacem!›»

Das hat die Rosette der Ehrenlegion gekostet.

Aber das ist schließlich Sache der Franzosen und ihre Angelegenheit. Aus allem aber, was Margueritte mir sagte, hatte ich den Eindruck, den ich hier nun schon so oft gehabt habe: Es ist vielen verständigen Franzosen ernst mit einem wahren Versöhnungswillen, sie wollen den Frieden, das Entgegenkommen, und sie wollen die Versöhnung. Immer und immer wieder hat man mir gesagt, wie unbillig der Vertrag Clemenceaus empfunden würde – der Deutschland aller Kolonien beraube und damit dem Bevölkerungsüberschuß kein Ventil gäbe, gefährliche Spannung, neuer Grund zu Reibereien und neuen Kriegen. Margueritte bestätigts, gibt dem scharfe Formulierung, arbeitet dafür und wird gehört.

Wir gehen in den kleinen Garten hinaus. Hier ist alles, Stück für Stück, gesammelt, in langen Jahren aufgebaut und angelegt. Der Vater, Kolonisator in Algier, hat vielleicht diese Freude am Bauen in die Söhne gelegt (von denen der frühere Mitarbeiter Victor Marguerittes, Paul, im Jahre 1918 gestorben ist).

Am Strand gibt er mir die Hand, wir nehmen Abschied. Ich sehe die braune Jacke langsam um die Wegkrümmung verschwinden. Wieder stößt der Wind in die Bäume, er bringt Staub mit sich und wirbelt Blätter, es ist der Mistral, der in der Nähe nicht immer so heroisch wirkt wie jenes unsterbliche

Gedicht... Die kleinen dicken Palmen auf kugeligem kurzem Stamm, die aussehen wie in die Erde gepflanzte Ananasfrüchte, bewegen heftig ihre langen Fächer. Um die Landzunge schraubt sich ein Auto in die Landschaft, sein böses Summen hört sich an, wie wenn der liebe Gott einen riesigen Zahn plombiert – und da bin ich am Hafen, wo die altmodischen Segelschiffe liegen. Das Wasser ist jetzt dunkellila, über den Bergen ist der Himmel ganz bezogen, und nur im Norden strahlt er noch – Abend zugleich anzeigend und Süden – in einem tiefen kobaltfarbenen Blau.

Wahlvergleichung

Es ist in letzter Zeit üblich geworden, die Wahlresultate der verschiedenen Länder miteinander zu vergleichen und ihre gegenseitige Beeinflussung zu untersuchen. Das ist ein müßiges Spiel.

Der Wähler wählt in den meisten Fällen nicht das, was man nachträglich in seine Wahl hineinlegt. Er hat einen lokal eng begrenzten Horizont; der Leitartikler, manchmal, einen etwas weitern. Man darf nie vergessen, wie kleinliche, gefühlsmäßige, nur dem Landsmann verständliche Gründe für die Stimmabgabe eines Wählers maßgebend sind. Die Franzosen haben im Mai dieses Jahres keine deutschfreundliche Wahl gehabt; die Politik, die sie, größtenteils, aus rein innenpolitischen Gründen gemacht haben wollten, ergab dann unter anderm auch eine friedlichere Stimmung gegen Deutschland – maßgebend für die Wahl des einzelnen war das nicht. Die Wahlresultate Englands haben tausend innenpolitische Gründe, künstlich geweckte Sentiments der letzten Minute, die nun für ein paar Jahre stabilisiert sind – daraus Sieg oder Niedergang des demokratischen oder des konservativen Weltgedankens zu folgern, ist Unsinn.

Denn eine neue amüsante Spielerei hat begonnen: die Einflüsse darzulegen, die die eine Wahl auf die andre gehabt hat, haben wird, wird haben können. Ach, der Kaufmann des einen Staats hat dieselben Interessen wie der des andern, und im Grunde wollen sie alle dasselbe. Was ist das für ein törichter Unfug, sich und den andern Leuten einzureden, der Wähler sondiere sorgfältig alle Wahlresultate der umliegenden kleinen Dörfer und gebe danach seine Stimme ab. Gewöhnlich denkt sich der Wähler viel, viel weniger, als man denkt, und wenn die Linke des einen Landes die Niederlage der Rechten im andern voll Freude begrüßt, so folgt sie darin einer schönen Überlieferung, die keinen praktischen Wert hat.

Man sollte genug aus den letzten zehn Jahren gelernt haben. Demokratische Regierungen haben sich benommen wie die wilden Tyrannen, und konservative sind mit artiger Milde an ihr Werk gegangen – auch sie getrieben oder geschoben von den Umständen. Den emsigen und ewigen Politikastern aber ist zu sagen, daß die Politik eine viel kleinere Rolle auf der Welt spielt, als die meisten Wichtigmacher unter ihnen wahrhaben wollen. Es gibt Menschen, die nie aus dieser Welt der Ausschußsitzungen, Mehrheitsbeschlüsse, Wahlkreisgeometrien herauskommen und nicht über die Abgeordneten, ihre Reichskanzler und Kommissionen, ihre Kompromisse und Vertagungen hinauszusehen vermögen. Mag sein, daß da in diesen Réunions viele Gesetze angefertigt werden – regiert wird die Welt meist anderswo. Aber es tut so wohl, das wichtig zu nehmen und sich auch so vorzukommen. Man lese politische Leitartikel dieser Sorte, die etwa ein Jahr alt sind – und man hat ein Bild von dem vertanen Quantum Intelligenz, Arbeit, Kombinationsgabe, Zeit. Die Politik ist auch ein Stigma eines Landes – ihr einziges oder gar hervorragendstes ist sie nicht.

Und solche politischen Leitartikel zu schreiben mag ein Beruf sein und eine ansprechende Beschäftigung. Irgendeine tiefere Bedeutung kommt diesem Treiben nicht zu.

Dem Andenken Siegfried Brycks

Bei uns werden selten gute Berufsbücher geschrieben. Ich meine nicht: «Anleitung zum Karpfenfang in den südlichen Nebenflüssen der Donau» oder «Die Kriminalität in Postämtern von Städten unter fünfzigtausend Einwohnern», sondern ich spreche von jenen Büchern, wie sie bei uns selten und in Amerika und England häufig sind. Da verbreiten sich Männer des praktischen Lebens klar und offen über ihren Beruf und vor allem über den Beruf, wie er hinter den Kulissen aussieht. Bei uns verbietet das die Würde und der betreffende Fachverband. Und wenn es denn doch einmal geschieht, daß einer wirklich aus der Berufsschule plaudert, dann kann man sicher sein, daß eine persönliche Stänkerei dahintersteckt und er einem Kollegen, einem Direktor, einer Firma eins auswischen will. Für solche Bücher gibt es ein untrügliches Kriterium: Wenn sie einen Außenstehenden interessieren, sind sie gut. «Par Fil Special» interessiert und ist gut.

Der Autor eines in Frankreich bekannten Buches «Historie d'une Marie», André Baillon, hat das «Notizbuch eines Redaktionssekretärs» veröffentlicht: «Par Fil Special» (erschienen bei F. Rieder & Cie, Paris, 7 Place Saint-Sulpice). Hier liegt der für unsere Begriffe seltene Fall vor, daß jemand nicht aus Schmähsucht und nicht aus Lust am Skandal witzig und amüsant aus der Schule plaudert, also aus der Redaktion – sondern um der Sache willen.

Der moderne Humor ist kein Individualhumor mehr. Die Zeit, wo man «schrullige Typen» einer Kleinstadt abmalte, ist endgültig vorbei, und das befreiendste Lachen, das es heute gibt, ist soziologischer Natur: Bei den andern gehts also mit allen Einzelheiten ebenso zu wie bei mir, ich fühle mich im Innersten angesprochen, ich kenne das, bravo! Die harmlose Sorte dieses Humors offenbart sich in Straßenbahngeschichten, jeder ist einmal Fahrgast; in Arztgeschichten, jeder ist einmal Patient; in Bürokratengeschichten, jeder hat sich einmal vor einem Schalter halb krumm geärgert. Aber das ist ein wenig allgemein, und viel tiefer führt der Humor, wenn eine spezielle Berufsgruppe behandelt wird. Baillon hat sich eine große Tageszeitung vorgeknöpft, und das Herz hüpft einem im Leibe vor Freude.

Es ist nun ganz gleichgültig, wen Baillon gemeint hat und was alles an «Persönlichkeiten» hinter dem Buch steckt. Das interessiert uns gar nicht. Uns interessiert ganz andres.

Was zunächst die Stellung eines französischen Redaktionssekretärs angeht, so ist zu sagen, daß es bei uns dergleichen kaum gibt. Der letzte große deutsche Redaktionssekretär, den ich noch gekannt habe, war Siegfried Bryck vom «Berliner Tageblatt». Dieser merkwürdige und nach mehr als einer Richtung hin einzigartige Mann versah so etwas wie den Posten eines «geistigen Bezirksfeldwebels», sofern dies keine *contradictio in adiecto* ist, denn er hatte alles von einem geistigen Menschen und gar nichts von einem Feldwebel. Aber er war so der Macher vons Ganze. Bryck schrieb nicht, bewahre. Nie hat ihn jemand eine Zeile schreiben sehen. Aber er war einer der besten Umbruchredakteure, die die deutsche Presse je gehabt hat. Ein Mensch, der die Mitarbeiter anregte, stoppte, bändigte; der Nachrichten hervorlockte, Unstimmigkeiten beseitigte, dem Blatt ein Gesicht gab und immer die beste Überschrift zu jedem Telegramm aus dem Ärmel schüttelte. Im übrigen besorgte er alle Arbeiten, die eigentlich die andern hätten erledigen sollen. Daß er die Zeitung nicht auch noch druckte, lag nur daran, daß er zu dick war. Das also ungefähr ist ein Redaktionssekretär.

Das Buch Baillons hat ein Vorwort, das ich hier wiedergeben will, weil es gar keine bessere Charakteristik dieses «Tagebuchs eines Redaktionssekretärs» gibt.

«Sinet ist bei derselben Zeitung Sekretär vom Tagdienst, bei der ich den Nachtdienst habe. Er weiß, daß ich ein Buch über den ‹Bau› schreibe. Er sagt: ‹Man muß nicht in den

Napf spucken, aus dem man ißt.› – ‹In den Napf, Sinet! Wer sagt Ihnen, daß ich reinspucke?› – ‹Na...!› Schritte. Und da ist die Unterhaltung dann stehengeblieben.» –

Nach einer kurzen Einleitung, in der man erfährt, wie Baillon zu der Stellung eines Redaktionssekretärs gekommen ist, gehts los: «Notre journal.» Die Schilderung strahlt vor Frechheit. Ach, und wie ist uns das alles vertraut! Er zählt auf, was es alles bei der Zeitung gibt: Büros, Geldschränke, Teppiche in den Empfangsräumen... «Es gibt Ressorts: die Verwaltung, die mit der Redaktion auf Kriegsfuß lebt, die Direktion, im ewigen Krach mit der Redaktion und der Verwaltung; die Expedition, die zankt sich mit der Verwaltung, der Redaktion und der Direktion.» Und: Es gibt Sachen, die es nicht gibt: «Zündhölzer, wenn man Feuer haben will; ein Buch, in dem noch alle Seiten da sind; eine Überzeugung; ein Kollege, der wirklich kollegial wäre; kleine Vögel, die singen...» Worauf sämtliche Personen einer Zeitung, seiner Zeitung, also aller Zeitungen durch einen guten Friedenskakao gezogen werden.

Die ewige Sorge um die Nachricht, um die Information. «Ein Bankier braucht nötig eine Million: er träumt, er habe eine Goldmine entdeckt. Er begibt sich in den Verlag; er bezahlt. Daß er bezahlt hat: das ist keine Information. Daß er geträumt hat, ist auch keine.» – «Der Bankier hat eine Mine entdeckt. Sehen Sie, das ist eine Information!»

Denn es muß bemerkt werden, daß die Abhängigkeit der großen Zeitungen von den Wirtschaftskräften des Landes in Frankreich viel offener zugegeben und auch in diesem Buche viel freier glossiert wird, als das bei uns möglich wäre. (Ich halte dunkle Beeinflussung allerdings für gefährlicher als blanke Korruption.) Im übrigen ist alles wie bei uns: vor allem die Hauspolitik eines Blattes. «Dies kann man sagen oder nicht sagen. Jenes muß man sagen. Das eine kann man unter keinen Umständen sagen. Das andere kann man nicht sagen. Also kann man nicht anders... sagen... nicht sagen...» Die

Mitarbeiter wissen nicht, das Publikum weiß erst recht nicht, der Sekretär weiß.

Und weil die französischen Zeitungen und Betriebe noch weniger amerikanisiert sind als die deutschen, so sieht das Archiv der Zeitung so munter und schäbig aus, wie ich es in deutschen Redaktionen auch schon angetroffen habe.

Und als ob ich zu Hause wäre, lese ich diese Schilderungen: Wie man nicht ins Sekretariat gehen darf, ohne angebullert zu werden; wie der sündige Redakteur auf die Direktion zitiert wird (der Direktor zum Besucher: «Bitte setzen Sie sich! Wollen Sie lieber diesen Sessel? Der ist weicher, da sitzen Sie besser!» Zum Redakteur: «Setzen Sie sich!»); wie kein Gespräch zu Ende geführt wird, ohne daß an der wichtigsten Stelle das Telefon klingelt und der Audienzerteilende den Besucher stumm und dumm sitzen läßt; und eine der himmlischsten Stellen des Buches: die Geschichte mit den alten Jahrgängen.

Im Direktionszimmer steht die ganze Zeitung nach Jahrgängen gebunden. Erster Jahrgang. Einfache Überschriften, ruhige Spalten. Ein Minister ist gestürzt, man meldet: Ein Minister ist gestürzt. Ein Verbrechen: fünf Zeilen. Sicherlich gab es damals schon Frauenschänder: nichts von Schändern. Hingegen, sehen Sie sich diesen Artikel an: «Die Lage in Europa.» Voll von Ideen. Die Leiter hatten welche. Ich erinnere mich nicht mehr genau, was es für welche waren, aber es war irgend etwas mit *Bonheur Social*. Da wieder Ideen: in diesem Artikel, in jenem. Und dann schöne Versprechungen: unter allen wie immer gearteten Umständen die Wahrheit sagen...! Keine Kompromisse schließen...! Und dann dieses murksige Format! Dieses dünne, kleine Papier! Wer mag das wohl gekauft haben? Zweiter Jahrgang. Dritter Jahrgang. Guck an! Sieh, sieh! «Das Verbrechen in der... Straße!» Dicke Überschrift. «Das Mysterium der Frau ohne Kopf», «Das Bild eines Meisterschwimmers», «Die Fotografie eines gestohlenen Kolliers», «Eine Vergewaltigung» (zehn Zeilen). Ideen, wo seid ihr? Das Format ist größer geworden, und für die Ideen ist weniger Platz vorhanden. Überspringen wir ein paar Jahrgänge. Siebenter Jahrgang. Oh, ah! «Laster!» – «Blut!» «Mord und Totschlag!» (Das geht auf eine Vergewaltigung.) Noch ein «Mysterium der Frau ohne Kopf» (drei Spalten). Hier ein Wettfahrer im Trikot; ein Boxer; aus Versehen auch das Bild eines Gelehrten. Gemeinplätze über die internationale Lage. Die übliche offizielle Sauce. Früher hätte man das politisch gepfeffert. Aber hier kommt alle Welt auf ihre Kosten. Und das große Format! Das glänzende Papier! Und so viel Seiten! Und unter dem Kopf: «Die größte Auflage aller Blätter!» Und das ist wahrscheinlich das einzige, was keine Lüge ist. Ist das nicht die Entwicklung aller großen Zeitungen?

Herrlich die Schilderung der Chefs. Natürlich sind es zwei. Wenn irgend etwas passiert: «Ich würde ja furchtbar gern ... Aber da muß ich erst mit meinem Sozius ...» Und dann diese Stelle, die ich mir gar nicht allein gegönnt habe: *«Ils se plaignent.»* («Ils» sind die Chefs.) Sie beklagen sich: «Unsere Leute arbeiten nicht genug. Was tun wir? Wir leben von morgens bis abends für unser Blatt.» – «Na, gewiß doch»! setzt Baillon hinzu; «es ist ihr Blatt, nicht unsers.» –

Und so zieht das vorbei: dumme Besucher und gerissene Besucher, alte Abonnenten, die alles wissen wollen, und Kritiker, die alles besser wissen, junge Kollegen, die Ehrgeiz, und entlassene Kollegen, die Hunger haben, und der Mann, der die *faits divers* macht. Manchmal irrt er sich ... Ausrede: *«Que voulez-vous? Il faut que les lecteurs sachent.»* Und wie schnell alles gehen muß! Und wie es in letzter Minute nicht so darauf ankommt und wie es erstens gleichgültig ist und es zweitens doch keiner merkt. Und wie über allem, ungeschrieben, die große Zeitungssentenz steht: «Das Publikum ist noch dümmer.»

Ein himmlisches Buch. Deshalb so entzückend, weil es wirklich einmal Türen, Klappen und Fenster aufmacht und weil es wirklich einmal den Beruf so zeigt, wie er ist. Baillon ist kein Zyniker. (Man findet unter österreichischen Journalisten sehr häufig den Typus des Zeitungsschreibers, der über sich selbst, aus Reue und Rückversicherung, Pech und Schwefel regnen läßt; unangenehme Kunden, denen man nicht einmal ihre Unanständigkeit glaubt.) Baillon ist kein Zyniker, sowenig wie Siegfried Bryck einer war. Bryck war nicht kaltschnäuzig-frech, sondern ein Mann der wußte. Der hinter die Dinge und Menschen gesehen hatte, und dem man nun gar nichts mehr erzählen konnte. Aus dieser Ecke heraus ist auch das Buch «Par Fil Special» geschrieben. Es zeigt das Wesen der Presse, und es lehrt noch ein andres.

Es zeigt die gradezu verblüffende Egalisierung der Welt. Weil die ökonomischen Bedingungen aller Gesellschaftsordnungen (mit Ausnahme der primitiven Stämme und Rußland) auf der ganzen Welt die gleichen sind, deshalb beeinflussen sie mit genau der gleichen Wirkung auf das schwerste und tiefste: Gefühle, Stimmungen, Wünsche und die Arbeit des Tages. Rasse und Bodenbeschaffenheit, Tradition und Geschichte färben nur, die Zierate ändern sich, die Fassaden sind verschieden.

Drin aber, im Zimmer, sitzt überall, in allen Ländern, auf allen Kontinenten ein Mann, der Bescheid weiß. Er blättert die ersten Jahrgänge seiner Zeitung auf und lächelt.

Dichtung

Wenn einer Hunger hat, kann er nicht lachen. Es ist wohl möglich, in diesem Zustand sehr böse, sehr gute, sehr scharfe Witze zu machen, zu denen die anderen dann etwas gereizt das Gesicht verziehen. Aber mit Humor hat dieser Vorgang nichts zu tun. Hat die neue Generation Humor?

Wer in den Jahren 1914 bis 1924 die Zeit «humoristisch» ansah, war ein Spießer oder ein Lügner. Das genügsam satte

Lächeln, das milde verzeihend jedem Scheul und Greul zulächelte und «bloß den Humor nicht verlieren» wollte, war eine Sünde in diesen Jahren. (Der schauerliche Otto Ernst ist dafür ein Beispiel.) Wenn Menschen bluten, wenn Menschen verhungern, dann gibt es keinen anständigen Standpunkt, der dem «Humor zu seinem Rechte verhilft».

Was nicht hindert, daß man auch in solchen Zeiten gewisse Dinge hier und da humoristisch ansehen kann. (Der treffliche Hans Reimann ist dafür ein Beispiel.) Nur war es unmöglich, aus dieser Betrachtungsweise so etwas wie ein Axiom zu machen.

Humor ist eine Sache, die von allen am wenigsten unsterblich ist. Ein Pathos kann über Jahrhunderte hinaus wirken; Humoristen halten sich erfahrungsgemäß nicht so lange, weil ihr Wichtigstes zwischen den Zeilen steht. Wortlos winken sie dem Leser zu: du weißt schon, wie ich es meine! Der Leser weiß und lächelt. Der Sohn des Lesers ahnt nur noch; der Enkel lacht nicht mehr und legt es beiseite. Jede Zeit hat ihren Humor, und Rabelais ist die große Ausnahme, und vielleicht auch noch Swift, obgleich bei ihm die Satire meist stärker ist als der Humor. Und so heißt der Humor der Zeit einmal Wilhelm Busch, bei dem man das leise Schwinden der Beziehung schon heute beobachten kann (seine Briefe bleiben – seine heiteren Verse sind zur Hälfte schon verblüht); das andere Mal heißt der Humor Morgenstern…, aber bezeichnenderweise hat es damit sein Bewenden, und er hat bis jetzt keinen Nachfolger gefunden.

Das, was sich heute als «Humorist» ausgibt, hat in den meisten Fällen einen böse spießigen Anstrich. Es ist der kümmerliche Humor der «schrulligen Originale», der jämmerliche Humor der falschen Terminologie: die kleinen Ereignisse beim Schlächter und in der Küche werden in hochtrabenden Worten erzählt, was immer seinen kleinen Effekt macht – aber dieser Sechsgroschenhumor berührt die junge Generation mit Recht gar nicht.

Die junge Generation hat Humor. Und zwar hat sie ihn – weil wir in Deutschland keine Gesellschaft haben, in der sich Politik, Wirtschaft, Kunst finden – innerhalb der einzelnen Kreise. Es gibt in allen den zahllosen Zirkeln und Cliquen einen spezifisch esoterischen Humor, den der Außenstehende nicht versteht. Wird die Grenze überschritten, so bleibt in den besten Fällen der Witz.

Die junge Generation hat keinen Humor – wenn man diesen Humor nach seiner künstlerischen Ausdrucksfähigkeit mißt. Unter allen jungen Schriftstellern dieser Tage gibt es keinen, der die persönliche Überlegenheit hätte, fern aller Witze die menschliche Komik der Ereignisse zu sehen. Ein Musterbeispiel dieser Gattung, die wir nicht haben, ist Georges Courteline. Dieser in Deutschland viel zuwenig gelesene und viel zuwenig übersetzte Franzose hat alle Sorten des Humors: vom Lächeln bis zum Grinsen. Aber er ist kein Spießer, weil er sich niemals damit begnügt, das Generelle in allen Lagen des menschlichen Lebens zu sehen – er läßt dem bösesten und bittersten Reformer noch seinen Platz, wenn er vom Militär spricht, und erledigt nicht die Sehnsucht nach Besserung durch die flaue Humorigkeit eines Biertrinkers.

Unter den jüngeren Literaten findet sich meist eine merkwürdige Verachtung des Humors. Es ist, als habe man sich zu schämen, wenn man gelacht hat. Eisige Mienen ringsum belehren dich, daß man sich in seiner Gesellschaft nicht den Kragen abbindet. Und es gibt meines Erachtens nur einen, der in unserer Literatur wirklich Humor hat: das ist der Schriftsteller Heinrich Zille. Der Schriftsteller – denn der Mann hat Bücher geschrieben, die weit über seine Zeichenkunst hinausgehen. Und ich besinne mich, mit ihm einmal bei einer sehr vornehmen Familie eingeladen gewesen zu sein, wo es so fein zuging, daß wir Beklemmungen bekamen; Papa spielte Harmonium, Mama wackelte vor innerem Adel mit allem, wo gibt – und die Kinder waren so altklug, daß einem das Grauen ankam. Auf dem Nachhauseweg fragte ich Zille, wie es ihm gefallen habe. Er dachte einen Augenblick nach und sagte dann: «Die Leute sind emsig glücklich!»

In den modernen Almanachs der Verlage findet sich allenfalls die Gesellschaftssatire – der neuere Humor gar nicht. De Coster darf Humor haben – uns ist er auf Bütten nicht gestattet. Man sagt, George Grosz habe den Humor abgelöst und erschlagen. Das ist nicht wahr. Grosz hat persönlich ein so starkes Gefühl für Humor (nicht nur für Satire), daß er sicherlich noch einmal milde und still mit der reinen Freude an der Beobachtung auch diese Seite seines Wesens zum Ausdruck bringen wird. Man sollte nicht den ganzen Laden schließen, weil einige Angestellte Trottel sind. Da der Humor nicht ganz mit dem Verstande zu fassen ist, sondern – entschuldigen Sie das harte Wort! – auch vom Herzen herrührt, verführt er dazu, Kleinbürger zu züchten, von ihnen produziert und von ihnen konsumiert zu werden. Aber es gibt auch einen grimmigen, einen unterirdisch gluckernden, einen lebenskräftigen Humor. Wer einmal einen weitgereisten Mann gehört hat, womöglich einen, der sich Geld unterwegs selbst verdienen mußte, einen Schlosser, einen alten Schiffsarzt, der wird gefühlt haben, daß man die Welt mit kräftiger Überlegenheit auch humoristisch ansehen darf.

Es ist eine Frage der Physis. Und es ist wohl denkbar, daß in einem schöngeistigen Verlag von lauter Hornbrillen weder der Verlegermeister noch die Lektoren, noch gar die Autoren einen Funken Humor haben, sondern nur einer. Der Portier.

1925

Das nervöse Paris

Paris, 21. Dezember 1924

Paris ist nervös.

Eine merkwürdige Unruhe hat die Stadt ergriffen. Der Vergleich mit dem «großen Schrecken», der um 1789 herum ganz Frankreich erfaßt hat, liegt nahe. Es ist jene Massenangst, die damals Räuberbanden, rote, weiße, ausländische Armeen um die nächste Ecke kommen sah, die Tausende von Männern immer en vedette sein ließ – auch das moderne Rußland hat diese panischen Massenbewegungen ohne realen Grund ja kennengelernt. Es soll aus Paris ein stärkerer Abfluß reicher Leute nach dem Süden erfolgt sein – Gerüchte schwirren und werden dementiert; die einen sagen, die Kommunisten seien daran schuld, die andern: die Reaktionäre, die dritten: die Konservenhändler – denn es gibt viele Familien, die nicht wegreisen können und sich aus Angst vor etwas Kommendem «eindecken». Diese Erscheinung hat das Straßenbild nicht verändert – es ist kaum etwas zu sehen –; aber man wittert leise Vorläufer einer Panik. Die Vernünftigen selbst fragen: «Können Sie sich diese Panik erklären?» – womit sie ihre Existenz zugeben. Die Stadt ist nervös. Neulich wurde auf dem Boulevard ein Chauffeur von einem Schutzmann angehalten, weil er an einen andern Wagen gefahren war. Im Nu waren zwei-, dreihundert Menschen um die beiden versammelt, alle Welt nahm Partei gegen den Schutzmann, es gab eine mächtige Keilerei, bei der Freund und Feind nicht durch die Gesinnung, sondern durch die räumliche Nähe gegeben waren, und dem Chauffeur wurden die Kleider in Fetzen vom Leibe gerissen. Verstärkung von Polizisten, Massenaufzug vor der Präfektur – und das alles wegen des Chauffeurs... wegen gar nichts. Der Vorfall war keine Ursache zum Spektakel, sondern Anlaß, Zeichen einer innern Unruhe. Hier stimmt was nicht.

An der Börse waren vor ein paar Tagen die üblichen Coulissiers-Gerüchte verbreitet – «Eisenbahnerstreik!». Nicht eine Silbe wahr. Der Polizeipräsident von Paris hat dann eine Untersuchung eröffnen lassen, um die Urheber dieser törichten Gerüchte zu ermitteln... Paris ist nervös.

Nun ist Paris in dieser Hinsicht nicht Frankreich – die kleine Landstadt geht ihren Trott, und die Leute in Avignon scheren sich den Teufel um die Pariser Nervosität, freuen sich, daß sie endlich ein mondänes Hotel haben, und machen nach wie vor ihre Geschäfte. Aber nach Avignon fragt kein Mensch – an Paris mißt jeder das ganze Land. Und Paris ist nervös.

Die Sache fing so an, daß sich die reaktionären Kreise nach der ersten Verblüffung über ihre große Niederlage am 11. Mai rasch sammelten und erholten, ihre Presse wurde kecker mit jedem Tag, und der alte sozialistische Renegat Millerand bildete mit den Klerikalen, die in Frankreich fast ohne Ausnahme zur schwärzesten Reaktion gehören, mit den Nationalisten und mit den Bankiers einen festen Bund. Er formte seine patriotische Liga, er begründete seine Zeitung – «L'Avenir» –, er hielt Reden und war auf dem Plan. Zunächst wurde er ausgelacht.

Dann kam die Frage an die Reihe, ob in Elsaß-Lothringen zur strikten Anwendung der Gesetze gegen die religiösen Orden für die weltliche Schule geschritten werden solle. Die Geistlichkeit, die unter dem deutschen Regime eine andre Machtposition gewöhnt war, schrie Zeter und Mordio. Nun ist hier ein Vergleich nicht am Platze – der französische Katholizismus und der deutsche sind, politisch betrachtet, so völlig verschieden, daß eine Identifizierung zu den allerschwersten Irrtümern führen würde. So wie ja auch die französische und die deutsche Demokratie, die französische und die deutsche Sozialdemokratie einander wesensfremd sind – es ist ein Grundfehler, das gleiche Etikett mit dem andersgearteten Inhalt der Flaschen zu verwechseln. Der französische Klerus kreischte also auf, und im ganzen Lande setzte eine rege Agitation ein. Die große politische Tradition und die immense Geschicklichkeit der Leute aus Rom läßt nun eine solche «Propaganda» in Frankreich ein bißchen anders aussehen als das blöde Gepöbel unsrer zukünftigen Richter, Regierungsräte, Staatsanwälte, Ärzte und Professoren, die heute noch die deutschen Universitäten schänden. Das brüllt im Lande herum, sauft Bier und weiß nicht, wo Gott wohnt. Die hier wissen es. Die Mischung von abgefeimter Demagogie und raffinierter Dialektik, die tiefe Menschenkenntnis, die den Hörer nicht da faßt, wo er hart ist: im Verstand, sondern da, wo er weich ist: im Herzen, die nicht den Bürger anredet, sondern den Familienvater – das ist verbunden mit großem Wissen, echter Bildung, einem Training des Gehirns fast ohne Beispiel.

An jeder Vespasienne – so heißen diese kleinen runden Blechhäuschen, die so häßlich sind – klebte ein «Offener Brief an Herrn Herriot», verfaßt von einem Pater, der den Krieg mitgemacht hatte – «Ich habe Herrn Herriot nirgends getroffen: weder am Chemin-des-Dames noch...» –, und der die Worte enthielt: «Wir sind 1914 gekommen, ohne daß man uns gerufen hat – wir werden jetzt nicht gehen!»

Im allgemeinen hat diese Propaganda auf den sehr logisch denkenden Franzosen nicht ganz die erhoffte Wirkung gehabt – aber sie war doch gefährlich genug. Vor allem da, wo sie sich versteckt gab und die großen Worte um der großen Wirkung willen mied.

Der Hebel, an dem man das Rad angreifen konnte, war der Kommunismus.

Mag sein, daß Sinowjew mit seiner europäischen Taktik eine ganz bestimmte Linie einhält – aber beurteilt man diese Taktik nach ihren Wirkungen, so muß man sagen, daß die Russen entweder ihre ganze Kraft auf den Fernen Osten und keinen Wert auf Europa legen, oder daß Sinowjew ein Dummkopf ist. Es gibt keine Dummheit, die die französischen Kommunisten nicht gemacht hätten. Sie haben, wie überall, die bürgerlich verdächtigen Intellektuellen weggejagt, die «Humanité» wird heute von Leuten dritten Ranges gemacht, sie heulen im Parlament die ganze Skala des Bürgerschrecks herunter – und arbeiten nicht. Sie sind der schlimmste Feind der französischen Demokratie, ihr unerbittlichster, ihr schädlichster. Wollen sie das? Ist das ihre Taktik, sich auf alle Fälle gegen diese nicht mit der deutschen vergleichbare Demokratie des Westens zu wenden, weil natürlich auch sie nicht die große Frage des Arbeitslohns, der Bodenverteilung, kurz: einer Revolutionierung löst, lösen kann, lösen will? Soll das so sein?

Die Wirkung ist – gewünscht oder nicht gewünscht – katastrophal.

Alle Industrien, die an einem Krieg, an der Unordnung, an der wilden Anarchie zwischen den Staaten interessiert sind, malen den schwarzen Mann, den Bubu, die rote Gefahr aus Moskau an die Wand. Die Geistlichkeit, die Banken, die vor einem neuen, saubern Regime Angst haben, die Reaktionäre aller Schattierungen – alle atmen erfreut auf. «Eine Kommunistenschule ausgehoben!» «Sadoul in Frankreich!» Die Kommunistenschule war eine der üblichen Parteiseminare, und Sadoul ist nach Frankreich gekommen, um sich begnadigen zu lassen; ob und wieweit er sich vorher über diese Begnadigung orientiert hat, mag dahingestellt bleiben. Auch Guilbeaux wurde erwartet, kam aber nicht. Die Amnestie wird wohl im Senat knapp durchgehen – und die Kommunisten sind um ein paar Märtyrer ärmer. Eine große Kommunistenrazzia fand statt: annähernd hundert Ausländer wurden ausgewiesen (darunter nur ein Deutscher, aber viele Italiener) – das Raunen hört nicht auf, die Gerüchte lassen nicht nach, Paris ist nervös.

Ich halte diese künstlich erzeugte Unruhe für die Wirkung der oppositionellen Propaganda. Zu einer Unruhe hat das tief bürgerliche Frankreich keinen Anlaß. Da ist ein gesundes Land, mit einer völlig intakten Bauernschaft, mit einer Währung, die auch durch internationale Spekulation nicht so leicht kleinzukriegen ist, wie sich das die Francbaissiers denken (einmal hat sich das ja zum Glück schon gezeigt, und der frevelhafte Versuch, vierzig Millionen Menschen ins Unglück zu stürzen, hat zum Glück auch Herrn Castiglioni einen Teil seines Vermögens gekostet), es gibt in Frankreich eine ganz geringe Arbeitslosigkeit – also warum Panik?

Weil der mächtige und einflußreiche reaktionäre Teil des Landes seinen Bürgern mit aller Gewalt einreden will, es müsse mit Arbeiterdrosselung, Börse und Knebel regiert werden. Weil das so ganz anders geartete und anders begründete Vorbild Englands die französischen Konservativen zu dem Glauben verleitet hat: Was drüben möglich ist, können wir auch! Weil der ungeregelte Wirtschaftsbetrieb, das neckisch so genannte «Spiel der freien Kräfte», wobei alle Menschen, die nicht wie die Bullenbeißer hinter ihres Nächsten Geldschrank her sind, unter den Wagen kommen, nicht gestört werden soll. Weil Hausbesitzer, die hier mit ihren Mietern einen gradezu unerhörten Wucher treiben, weil Arbeitgeber und Industrieherren in «Ordnung» verdienen wollen. Stört sie die Regierung, vor der sie Furcht haben? Und um deren Entfernung willen sie der Bevölkerung von Paris Furcht suggeriert haben?

Sie stört sie leider nicht genug. Man ist von Herrn Herriot ganz leise enttäuscht.

Und zwar nicht, wie der vertrottelte Amtsrichter von Klein-Kleckersdorf an der Klecker meint, weil er zu demokratisch, sondern weil er nicht demokratisch genug regiert. Auch hier zeigt sich wieder, daß alle Taktik, alle Strategie, alle «Realpolitik» zur Macht gekommener Oppositioneller für die Demokratie stets übel ausschlagen. MacDonald ist daran gescheitert (aus andern Gründen); Herriot kann daran scheitern.

Es ist nicht nur deshalb so, weil selbstverständlich jeder Beamtenapparat reaktionär ist und sich durch eine Kooption ergänzt, die keine «Außenseiter» im Klan haben will; nicht nur deshalb, weil ein reaktionärer Klüngel den Verwaltungsapparat, der ihm ergeben und adäquat ist, glatter laufen lassen kann, nicht nur deshalb, weil die Regierungsgewohnten eine größere Routine haben – in der Behandlung von Menschen, Akten, Parlamentsparteien –: es ist so, weil den demokratischen Regierungen Europas der Mut fehlt.

Die Kommunisten sagen: die Fähigkeit. Sie könnten nicht, denn auch sie wären Sklaven des kapitalistischen Regimes, tausendfach gebunden.

Ich weiß doch nicht recht. Es hat hier in Frankreich eine Menge Reformen gegeben, die man von dem Kabinett Herriot sofort, auf der Stelle, in den ersten Wochen erwartet hat – es ist nichts erfolgt, und sie hätten nicht einmal gar soviel gekostet. Die Amnestie kommt ein bißchen zögernd; die Wiedereinstellung der Eisenbahner, die im Jahre 1920 wegen des großen Streiks auf die Straße gesetzt worden sind, wird nicht mit der kräftigen Geste vorgenommen, die nötig wäre, um Eindruck zu machen; die Bekämpfung der «vie chère» ist nicht einmal zu spüren – die Leute sind unzufrieden, enttäuscht, nervös.

Tritt dazu, daß Herriot seit ungefähr vierzehn Tagen bettlägerig ist. Das ist persönliches Pech; und es wird auf der andern Seite wacker ausgenützt. Die «Liberté» des Herrn Taittinger, Deputierten von Paris, setzt an den Kopf des Blattes dieses unübersetzbare Wortspiel: «Monsieur Herriot est forcé à garder la chambre... mais la Chambre n'est pas forcé à garder Monsieur Herriot», sowie das übersetzbare: «Um nicht zu fallen, hat sich Herr Herriot ein bißchen hingelegt!» Und so geht das munter alle Tage. Zugegeben, daß es immer gefährlich ist, wenn ein Ministerpräsident auch das Auswärtige hat, so daß nun alles auf seine zwei Augen gestellt ist – aber wo ist das Ministerium? Man sieht es nicht, man hört es nicht, und die Güte des Herrn ernährt es doch.

Die internen französischen Skandale will ich dabei nicht einmal erwähnen. Die reißen hier niemals ab. Herr Billiet hat zur Wahl Geld gegeben; wem hat er Geld gegeben, wer hat genommen, wer hat nicht genommen; du hast einen Scheck bekommen, ich habe keinen Scheck bekommen... das allein ist es nicht. Es ist die tiefe Unzufriedenheit von Leuten, die man so lange nervös gemacht hat, bis sie es glücklich geworden sind.

Es muß gesagt werden, daß Deutschland in all dieser Nervosität keine Rolle spielt. Kein Mensch spricht davon. Noch immer gibt es Unentwegte, die in Deutschland den Erbfeind sehen (aber sie sind verschwindend klein, diese Gruppen); die Politiker blicken unruhig über den Rhein, welche Dummheit man nun wieder dort machen wird, um ihnen hier ihre schwere Aufgabe noch mehr zu erschweren – das Volk spricht nicht von Deutschland. Der stille Handel des Handelsvertrags geht fast unbeachtet vor sich – die Wirkungen werden die Konsumenten ja nachher spüren. (Ein trauriger Produzentenhandel, erschwert durch die Bureaukratien beider Partner und gesegnet von den nationalen Fahnen – es ist eine Freude, in Europa zu leben.) Aber wegen dieser Dinge ist niemand nervös.

Die Stadt Paris ist unruhig. Nach der großen Fremdeninvasion der letzten Jahre hat sie sich wieder auf ihr französisches Teil besonnen – die Amerikanisierung schreitet nicht mehr so rasch fort wie früher. Es wäre ein Jammer, wenn dieses schöne und wertvolle Land unter den schadenfrohen Beteuerungen des Auslandes von Fiebern geschüttelt werden sollte, die mehr aus einem überheizten Ofen als aus dem Innern eines gesunden Körpers kommen.

Inzwischen ist der Höhepunkt der hier geschilderten Krise überschritten. Gegen die «Liberté» ist Herriot eingeschritten, ebenso gegen den «Eclair», den sabotierende Beamte aus Nollets Ministerium mit militärischem Material versorgt haben. Die Amnestierungsvorlage ist, vom Senat ziemlich böse zugerichtet, von der Kammer verabschiedet worden. Über die «Revolution» haben sich die Gemüter etwas beruhigt. Das Symptom ist fortgefallen – die innern Ursachen der Nervosität sind geblieben.

Anatole-France-Dämmerung?

Peter Panter schreibt uns aus Paris:

Wenn einer augenblicklich in einem literarischen Salon von Paris sagt: «Anatole France... ein großer Dichter!» – so wird er da nicht alt werden. Die letzten Hammerschläge auf einem Sarg sind noch nicht verhallt, und schon hat sich herausgestellt, daß diese Beerdigung nur noch eine Formalität gewesen sei. Die Herren Aragon, Breton, Delteil, Drieu la Rochelle, Elmard und Soupault nennen ihr Pamphlet «Le Cadavre»; es sind junge Leute der rechten Seite des Hauses, Drieu la Rochelle trägt schon das dunkelweiße Hemd der Faschisten. Auf der Linken das gleiche: Bernier, Fucier, die der Clarté nahestanden, singen das gleiche Lied, aber etwas sanfter.

Ein Revisionist. Ein Epigone. Ein Lauer. Ein guter alter Herr. Ein gewählter Schriftsteller. Ein Ausweicher. Ein Kompromißler. Man kann schon etwas zu hören bekommen.

Ich denke, das alles ist kein Grund zur Aufregung. Das hat es immer gegeben. Es hat Zola-Baissen und Zola-Haussen gegeben; nach Zolas Tode wurde der Naturalismus totgeschlagen, begraben, verbrannt, ausgelacht, fast vergessen. Wie sagt der Weise? «Große Wahrheiten haben das tragische Schicksal, erst als Ketzereien verschrien und dann als Banalitäten ausgelacht zu werden.» Hat Frankreich so viel Unbedingte, Originale, Heiße, kräftige junge Herren Kämpfer... daß es sich diesen Luxus erlauben könnte? Ein Alter ist doch nur dann eine Gefahr, wenn er die Jungen hindert, aufzusteigen – und das hat France niemals getan. Man mag das sterbliche und das unsterbliche Teil des Mannes sondern (wers vermag, wers heute schon vermag) – eine «France-Schule», die hat es niemals gegeben. Es ist jedem unbenommen, seinerseits aufzusteigen.

Also gar so schlimm ist das nicht. Die Aufregung wird sich wieder legen, die Achseln werden nicht mehr zucken, das Geschrei auf dem Urnenhain wird aufhören... Und wenn alle die da oben tot sind, wird einer noch leben: der Vater von Crainquebille.

Pariser Tage

Vorgestern

gab mir ein Freund eine französische Lokalzeitung: «L'Espress-d'Angers». Angers ist eine Stadt im Departement Maine et Loire, östlich von Nantes gelegen. Was hat man sich in Angers mitzuteilen? Siehe da: *«Les Pangermanistes devant la défaite.»* Spengler, Keyserling, die Militaristen – eine kleine sorgfältige Arbeit von einem Herrn Boyer Sainte-Suzanne. Übrigens kein politischer Hetzartikel, sondern nur ein Beweis für die Bemühung, den Nachbarn zu verstehen. Daraus folgt ja nicht, daß Frankreich keine andern Sorgen hat. Enge erzeugt Monomanie. Also spricht Wundt: «Es ist ein unabänderliches Gesetz intellektueller Betätigung, daß jede Verengung des Gesichtskreises eine Konzentration des Interesses mit sich führt, die für die Wertbeurteilung der Gegenstände entscheidend ist.» Die Deutschen sind nur allzu sehr geneigt, sich für den Nabel der Welt zu halten und stets zu glauben, «aller Augen sind heute gerichtet auf...». Auf das Kino, werter Herr. Die pathetischen Anrufe an die «Welt» sind ein bißchen abgenutzt und unterbleiben besser. Aber wir sollten nicht immer nur bis zur Erschöpfung und zum Überdruß den «Matin» und «La Liberté» zitieren, sondern uns auch einmal in der französischen Provinzpresse umtun, die in mehr als einer Hinsicht interessant ist. (Unter den Blättern des Kartells ist da die tapfere «Dépêche de Toulouse» an erster Stelle zu nennen.) Schließlich haben die letzten Kammerwahlen gezeigt, wie wenig Paris für die allgemeine Stimmung in Frankreich bedeutet. Dieser Kessel hat einen Manometer, aber er geht ein wenig nach.

Gestern

Der im Spiritus der Literatur aufbewahrte Besoffene bei Glaßbrenner, Pietsch geheißen, hat einen französischen Kollegen bekommen. Pietsch war nicht ohne und Kattundrucker. Es ist derselbe, der, «aus der Moewesschen Niederlage aller Sorten» kommend, die bläulich leuchtenden Worte sprach: «Heute Pietsch, morjen Pietsch, übermorjen Pietsch, det andre Monat Pietsch und wenn't Jahr um is, noch Pietsch! Und wenn ick dot bin, erst recht Pietsch!» Und dann, leise zu sich allein: «Det kann ick. Davor bin ick Mutter!» Der Franzose ist nicht minder weise, hat aber andere Sorgen, ihn molestiert die neue Umwelt. So soll er sich denn jüngst an einer Straßenecke niedergelassen haben, mitten auf einem Boulevard, und dortselbst, mit dem belehrenden Zeigefinger auf alle die Leute zeigend, in folgenden Exkurs ausgebrochen sein: «Die Leute hier... Man kann ja mit niemand mehr reden... heutzutage. Sieh mal da: Chinesen, Amerikaner, Lappländer, Engländer, Irländer, lauter Länder. Die verstehen mich aber nicht!» Und dann, schmerzerfüllt: «Wozu soll man sich denn besaufen, wenn man sich mit keinem mehr unterhalten kann?» Überschrift: Die Fremdenüberschwemmung in Paris.

Heute

Es ist schon spät, aber das möchte ich doch noch aufschreiben. Es sind Kosaken in Paris. Nicht die singenden Don-Kosaken, die man in Berlin einmal bewundert hat; sie nennen sich «Cosaques-Djigultes» und sind fast dreihundert Männer. Auf dem Champ de Mars, zwischen Eiffelturm und École Militaire ist eine große Reitbahn hergerichtet, Tribünen sind aufgeschlagen – man kann da zusehen. (Früher gab es etwas Ähnliches da; wo jetzt die langgestreckte Hundehütte des Ufa-Palastes am Zoo steht – da war zu sehen «Originalleben der Tscherkessen, beritten, unberitten und Frau und Kind im Arme, am Lagerfeuer sinnend». Kinder bis zum Feldwebel aufwärts zahlten die Hälfte.) Ja, also die Kosaken. Man hat Bauernjungens aus Südrußland, Reiter, Sänger und Tänzer in die üblichen Sonntagsuniformen gesteckt, leuchtendes Rot, strahlend weiße Lammfellmützen, lange, gewichste Stiefel – kurz: saubere Kosaken, was eine *contradictio in adiecto* ist. Sie reiten sehr gut, die im Galopp langgestreckten Pferde sehen manchmal unter ihnen aus wie die Rennpferde auf den alten englischen Stahlstichen; sie tanzen, einer oder zwei, alle andern schließen sich zu einem großen Kreis zusammen und sind nur Rhythmus, Trommel, Takt, dumpfer Ruf. Sie jagen die Gäule durch Feuer, sie stehen kopf, hängen neben den Pferden und erwischen Tücher, die in der vollen Jagd vom Boden aufzuheben sind... In der teuersten Loge sitzen offenbar weiße Russen, ihr Beifall klingt hier und da wie «Nun gerade!» – sie erinnern sich, und wir erinnern uns auch. Kosaken? Waren das nicht die, die der Zar heranholen ließ, wenn «politische Unruhen» ihn bedrückten? Sie waren zuverlässig, diese Kosaken – das schlug, peitschte, hieb, schoß, zertrampelte, ließ verschwinden... man ging ihnen gern aus dem Wege. Sie waren der herumfuchtelnde Arm der Ungerechtigkeit. Das weiß ich alles – aber auf einmal begibt sich etwas Merkwürdiges. Während die Männer im Takt das kleine Stadion umziehen, singen sie ihre alten Marschlieder, mit «Urra!» und Theater-Pistolengeknall, draußen bullern die Autobusse, und an meinem Platz steht der Preis. Und plötzlich langt ein unsichtbarer Arm über die Holzbarriere. Dieser Gesang, das taktmäßige Schreiten, Männer, die im

Dunkeln gehen und singen, ein Trupp zu Pferde, andere, die mit losen Zügeln warten, das Lederzeug knarrt, eine Art Männlichkeit, die es eigentlich gar nicht mehr gibt. Dies ist so weit vom Gaskrieg...! Und sie singen. Sie stehen unter den bleichen Bogenlampen und nicht «wo die Weizenfelder in großen, blaugrünen Wellen unter dem kalten, nördlichen Mond hin und her wogen» – die Landschaft hilft ihnen nicht, die scharfen Bergkuppen sind nicht da, nicht der weite Himmel, der scharfe Geruch nach Pferdemist, nach altem Stroh, Tabak. ...Kein Chadschi-Murat ist unter ihnen. Aber wie eine Flamme steigt eine Sehnsucht auf, ein wahnsinniges Begehren, gegen alle Erkenntnis, gegen alles Wissen: die Sehnsucht nach dem alten Rußland, das endgültig dahin ist. Diese Galanterie, dieses Essen, diese Bummelabende, diese Art zu arbeiten, diese Gutsbesitzer, diese Buntheit auf der Seelenpalette – von allen Emigranten durch die Ballette, Nachtkneipen, Theater, Kabaretts der ganzen Welt bis zur Ermüdung gehetzt, übertrieben, abgeschwächt, ausgenutzt, verlogen und weinerlich verkauft, zynisch verkauft, in gutem Glauben verkauft – dieses Rußland ist nicht mehr. Jetzt weiß ich, warum die da drüben so klatschen. Man kann mit dem neuen Reich seinen Frieden schließen, man muß es wahrscheinlich. Ob es hier und da noch kleine Zwischenfälle gibt, wie neulich, als der französische Minister de Monzie die Eröffnungsfeier des russischen Pavillons auf der Pariser Ausstellung verließ, weil dort «Propaganda» getrieben worden sein soll... dieses Reich steht. Die Emigranten weinen um etwas, was nicht nur ihnen unerreichbar ist. Diese Sentimentalität ist viel, viel stärker als die deutsche, weil sie dich nicht süß als Schmerz durchrinnt – sie gurgelt dich ab. Man kann aber damit weiter leben. Gute Nacht, Kosaken. Was sie singen, habe ich nicht verstanden. Was sie singen, habe ich verstanden. Es war die Melodie, die durch Millionen Herzen auf der Welt zieht. Rußland. Rußland. Mátuschka Rußland.

Morgen!

Heute nicht mehr. Es fehlen nur noch zehn Seiten, aber ich kann nicht mehr. Das Buch des Zwanzigjährigen liegt seit Tagen auf allen Tischen, die ich benutze. Es ist «Le Bal du Comte d'Orgel» von Raymond Radiguet, einem jungen Dichter, der mit zwanzig Jahren starb. Dies war das letzte Werk, das er vollendet hat. Es ist raffiniert gemacht. Er hatte sich zur Aufgabe gesetzt, einen Roman zu schreiben, in dem nur die Psychologie, nicht die Vorgänge, romanhaft sein sollte. *«Style: genre mal écrit, comme l'élégance doit avoir l'air mal habillée.»* Es ist ihm bis ins Kleinste gelungen. Aber liest man zweihundert Seiten, so ziehen sich alle Sinne schmerzhaft zusammen, es ist, wie wenn man zu lange durch ein Mikroskop gesehen hat. Die Parodie, die Paul Reboux in einem Bande seiner «A la manière de...» (Nach berühmten Mustern) gibt, trifft dieses Werk nicht. Schießt man, würde ich folgenden Pfeil auf den Bogen legen: «Weil der Graf wußte, daß seine Gattin nicht die Wahrheit sagte, um sich innerlich durch die Preisgabe dieser Wahrheit völlig zu belügen, antwortete er auf die Frage, ob Paul bei ihm sei, was ihm natürlich bekannt war, mit ‹Nein›. – Paul hörte da ‹Ja› hindurch. Paul ergriff den Telefonhörer. Diese Bewegung hatte siebzehn Motive (folgen die siebzehn Motive, klassifiziert). Er hörte das Amt, gab aber nur vor, es zu hören, weil er den Eindruck erwecken wollte, er höre es nicht...» Das Buch hat hundertundzehn Auflagen. Mich juckt die Roheit zu sagen: Es ist ein Taifunchen im Fingerhut, eine Madenschlacht. Und nur eine hübsche Stelle habe ich darin gefunden, als von der wahren Internationale des Adels nach und im Kriege die Rede ist: «Müssen sich Herrschaften zanken, wenn sich die beiderseitigen Bedienten in den Haaren liegen –?»

Übermorgen

werde ich mir im Amt das Papier abholen, ich bin bestellt. Unter den Bemerkungen, die der durchreisende Deutsche unweigerlich in Paris macht, ist auch die von der «Schlappheit» der Franzosen. Falsch. Was ist besser: ein widerstandsfähiger Kern mit weichen, nachgiebigen Rändern, der keinem etwas zuleide tun soll – oder eine gallertartige Masse mit Eisenkanten? Von der Art, wie Franzosen alle Kleinigkeiten des Lebens behandeln, auf ihre innerste Art rückzuschließen, ist gänzlich verkehrt. Es gibt Länder, wo die ganze Macht des Staates aufgeboten wird, wenn ein Strafporto nicht bezahlt ist – es gibt Länder, die ihre Staatsmacht erst aufbieten, wenn es sich lohnt. *Fiat iustitia, pereat mundus.* Sie geht unter. Und die Gerechtigkeit mit ihr. *Fiat mundus, pereat iustitia.*

Drei junge Oldenburger

Je mehr die Mechanisierung und Egalisierung des deutschen Lebens fortschreitet – eine Gehirnspurenweite, ein Hühneraugenmittel, eine Staatsgesinnung –, um so mehr bemühen sich die Annoncenpapiere, dem Leser Vielfältigkeit, Buntheit und altväterisches Biedermeierleben vorzutäuschen. «Eine junge Bielefelderin spazierte gestern abend …» Welch ein Mädchen aus der Fremde! «Drei junge Oldenburger wollten vor zwei Tagen …»

Drei junge Oldenburger: man sieht ordentlich die weißen Bauerntaler von den roten Westen herabklingeln, ungewohnt ist den ländlichen Gestalten der städtische Asphalt, und mit diesem landsmännischen Unfug wird die deutsche Vaterlandsliebe großgezogen. Denn weil die Mehrzahl der Köpfe unfähig ist, sich einen großen, fast immer ins Abstrakte verschwimmenden Verband vorzustellen, dem sie heutzutage knapp angehören, so werden die alten Gruppen aufrechterhalten, die es heute nur noch gibt, damit es sie gibt. Was fingen wir auch ohne einen «Lippischen Staatsrat» an? Nicht auszudenken.

Nun hat es eine deutsche Kultur nie gegeben, und eine deutsche Städtekultur nur an ganz wenigen Orten. Hamburg hat so etwas, vielleicht auch noch Frankfurt am Main – wenn du aber sonst mit verbundenen Augen in eines der Weinkabaretten, in eine Beamtenfamilie, in eine Schule geführt wirst, so kannst du nach verrutschter Binde nicht unterscheiden, wo du bist: ob in Bitterfeld, Glauchau, Nürnberg oder Köln. Vor dem Denkmal der hochseligen Kaiserin Augusta am Brandenburger Tor stand einmal ein Arbeiter und sah sich die Puppe lange an. Und sprach: «Die sieht so eenjal aus...!» Deutschland auch.

Nun ist Uniformierung noch keine Stammeseigenart, sondern Mangel an Phantasie. Und weil sich die langweilt, wird dieses bunte landsmannschaftliche Leben konstruiert, diese Kostüm- und G'schnasfeste: Deutsche Akademie (unter Teilnahme garantierter Dichter!), tausend Jahre Rheinland, fünfhundert Jahre Bremen, hundert Jahre Verkehrsstockung am Potsdamer Platz – und jedesmal der gleiche Auftrieb von Schmöcken, Inseratenagenten, wuchernden Hoteliers, Universitätsprofessoren, Fahnenweihen, Kunstausstellungen, Rundfunkunfug, Ministerreden.

Dem Vollbart ist es noch eine Überzeugungssache; dem Glattrasierten mit der Hornbrille ein kühles Geschäft. Die Textbeilage kleiner und großer Anzeigen registriert die Volksstimmung: «Die Kieler Frauen haben gestern...» Wenn man schon keine Individualität hat, dann borgt man sich eine. Am besten beim Maskenverleihgeschäft. Als olle ehrliche Seemänner verkleidet gehen da die Kinobesucher der Einheitsfilme, die gleichen Leser von Tarzan, die gleichen Verbraucher von 4711 umher, sehen sich an, kneifen das linke Auge zu und erkennen sich als Landsleute: als alte Hessen-Nassauer.

Hat Berlin eine Gesellschaft?

«Berlin hat eine Mittel-Volée.»
Architekt N.

Zur ersten Gesellschaft gehört immer einer weniger, als jeder glaubt. Berlins Gesellschaft steht sich selbst im Wege, und sie unterscheidet sich von andern – etwa von der Pariser – in einem Hauptpunkt: jede Berliner Klasse will über sich selbst hinaus.

In Berlin hat man den Eindruck, als seien Wohnung, Beruf, Alltag nur *provisorisch* – das Eigentliche und Wahre aber eine gemietete Eleganz. Die verächtlich heruntergezogenen Mundwinkel, mit denen der Besitzer von ein paar mäßig-bürgerlich ausgestatteten Zimmern dem Hotelkellner eine Flasche Wein zurückschiebt, mit dem Bemerken: «sonen Wein trinke ich nicht –!», dieses Vortäuschen eines Weinkellers, die Hast, mit der Perserbrücke, Pelz und Auto in den Vordergrund geschoben werden, aber niemals selbstverständlich sind, fast niemals richtig anwachsen – alles das ließe sich mit «junger Gesellschaft» erklären, wenns nicht schon so lange dauerte. Berlin ist zu rasch gewachsen.

Berlin hat eine Gesellschaft, aber keine exklusive, weil jeder inklusive ist. Ich glaube nicht, daß es westlich von Berlin noch einmal eine Stadt gibt, in der jede Schicht am Abend in die nächsthöhere klettern, mit aller Gewalt für etwas Besseres gehalten werden will – also gerade dadurch einen Mangel an Selbstsicherheit verrät, der erschreckend ist. Und es gelingt um so leichter, weil anderswo Vermögen nötig sind, um ein Manko an Geburt, gesellschaftlicher Beziehung, Amtscharakter oder was sonst verlangt wird, wettzumachen – in Berlin genügt etwas Geld. Wie leicht läßt sich da lügen!

Die alte Gesellschaft ist zerbrochen – ihre Formen sind nicht mehr gültig, ihr Verkehr ist nicht mehr aufrechtzuerhalten. Ihre laute und kümmerliche Kopie, der erschwitzte

«Salon», vermag das nicht zu ersetzen. Eine neue Gesellschaft scheint mir noch nicht dazusein.

Snobs – Ministerialdirektoren – das muntere Künstlervölkchen – Hochfinanz und Großindustrie, unter vollkommener Ausschaltung von Finanz und Industrie –: ihre Feste und Bälle, ihre Tees und Sportempfänge – sie riechen nach bösem Gewissen. Jede beachtliche Gesellschaft hat wenigstens eine Wahrheit: ihre gesellschaftliche Lüge. Nicht einmal die ist hier wahr.

Und so, wie sich der Mittelstand vor dem Kriege in dem Begriff «Kempinski» eine *Nachahmung* schuf und einen billigen Abklatsch des nächsthöheren Amüsements, so ist der höchste Stolz unserer Gesellschaft: zu gelten – und nicht: zu sein. Und durch allen noch so kostbaren Trubel, der das Wort «Demokratie» so ganz und gar mißversteht, durch den aggressiven Luxus, in dem sich fast niemals einer befindet, der nach oben so strenge Trennungslinien zieht wie nach unten, der auch nach oben eine Art Stolz entwickelt und gar nichts anderes sein will, als er eben ist – durch allen feierlich aufgeputzten, aber gepumpten «Betrieb» scheint mir auch heute noch ganz leise das Wort Fontanes wie ein messingner Faden zu schimmern: «In Berlin kost' alles 'n Sechser!» (Valuta.)

1926

Der kleine Mann spricht

Franz Hessel hat einmal gesagt: «Der Literat, der nach Paris geht, soll nicht nur Paul Valéry und die Sekretäre von Anatole France interviewen – wenn er Frankreich beurteilen will, erkenne er zunächst, daß seine *concierge* ein Mensch ist.» Das ist wahr. In Berlin wird das Gespräch mit dem Arbeitnehmer für den Fremden lehrreich sein – aber das Verfahren, mit ihrer zwanzig zu sprechen, kann er wesentlich abkürzen: er braucht sich nur an den Vorsitzenden der Organisation zu wenden, die in Frage kommt, und wird, wenn er Glück hat, den Extrakt dessen, was er wissen will, erfahren. Die Privatgespräche werden dann nicht mehr viel Neues für ihn geben. In Frankreich ist das ganz anders.

Ich habe mich unzählige Male mit den «kleinen Leuten» unterhalten – mit Gevatter Schneider und Handschuhmacher, mit den Besitzern der Kaufläden, den Elektrikern, den Schustern, den Stubenmalern... Und weil es in letzter Zeit vorgekommen ist, daß mich diese Leute ihrerseits besucht haben, um sich über die «Situation der Lage» zu unterhalten – so will ich aufschreiben, was sie sagen und wie sie es sagen.

Um von Paris zu sprechen – und Paris ist nicht Frankreich –, so ist zu bemerken, daß die Leute über das beunruhigt sind, was mit ihren Finanzen vor sich geht. Man vergegenwärtige sich die Situation: die Franzosen sind ungefähr da, wo wir im Jahre 1919 waren, also ganz im Anfang einer Inflation. Die Produkte, deren Herstellung mit dem Ausland verknüpft ist, steigen mit dem englischen Pfund, aber Lohnbewegungen größeren Ausmaßes gibt es noch nicht; das Leben ist für den Fremden billig, wenn er keinen Luxus verlangt, der die Weltmarktpreise ziemlich erreicht hat; das Leben ist durchaus nicht unerträglich für den Franzosen, der arbeitet. Und alle arbeiten. Die Kosten der Lebenshaltung sind erhöht, aber für alle noch erschwinglich. Und nun muß man diese kleinen Leute sprechen hören.

Mit einem meist vollkommenen Mangel an Aufklärung über wirtschaftliche Zusammenhänge verbinden sie einen klaren und gesunden Menschenverstand. (Wenn ich hier sage: «sie» – so sind nicht drei gemeint, sondern annähernd fünfzig oder sechzig, mit denen ich mich unterhalten habe und die durchaus keine Originaltypen darstellen, sondern den Durchschnitt.)

«Wir, die kleinen Handwerker und Kaufleute – wir werden zuerst daran glauben müssen, wenn etwas schief geht,» sagen sie. «Die Hausfrau, die Petroleum einkauft, macht uns für den Aufschlag verantwortlich; daß wir wieder von andern abhängen, will sie nicht glauben und kümmert sie nicht.» Und dann sprechen sie über Politik. Generalnenner: Politikmüdigkeit. Das sicherlich nicht akademiefähige Wort *«députisme»* kehrt oft wieder, was etwa mit «Abgeordnetenkram» zu übersetzen ist – sie sind müde; das Vertrauen in die *«cuisine»* des Palais Bourbon und der Ministerien ist gleich Null. Die Klarheit, mit der sie das sehen, ist geradezu unheimlich. Ihre Erkenntnisse sind empirisch und werden immer als Abstraktion formuliert. Sie wissen von den Mängeln des französischen Parlamentarismus. Sie wissen. Und wie drücken sie sich aus –!

Die kristallklare Logik dieses Volkes zeigt sich wohl nirgends so leuchtend wie hier – diese kleinen Leute sind ja keine Rhetoren, es war kaum einer dabei, der auch nur Vorsitzender einer politischen Lokalgruppe wäre – sie improvisieren doch beim Sprechen, aber das sitzt und flitzt und klappt! «Der Franzose gehorcht nicht – mit eiserner Disziplin ist bei ihm nichts zu machen. Ach, welch Widerspruchsgeist! Wir sind Individualisten!» Rauchen verboten! – Rauchen verboten? *Où est mon étui –?* Und nun gar: *Défense absolue de fumer! – Défense absolue? C'est la pipe!* Schärfer kann man es nicht formulieren. Besser auch nicht. In diesen Reden ist so wenig Nationalstolz... Und man möge immer bedenken, daß es sich nicht um ausgesuchte Milieus handelt, um pazifistische Vereine (die den Deutschen so oft als «Frankreich» vorgeführt werden) – es sind wahllos herausgegriffene Leute, Herr Meier und Herr Schulze.

Alle sparen, alle sind Besitzer: eines Häuschens, eines Sparkassenbuches, einer reputierlichen Wohnungseinrichtung. Alle haben Vertrauen in ihr Land. Die Klugen sind besorgt. Ein großer Teil ist indifferent – optimistisch.

Ihre Parlamentsmüdigkeit, die vollkommene Hoffnungslosigkeit gegenüber dieser Art, Politik zu machen, ist nur für den überraschend, der nicht in seine Zeit hineinhorcht und nicht schon längst gespürt hat, wie unmodern und ohnmächtig dieser Betrieb geworden ist. «Also Diktatur,» frage ich. Sie verneinen nicht unbedingt. An die «Action Française» denken sie dabei nicht einmal. Die spielt keine kleine Rolle in der intellektuellen Jugend, die oft auch dann scharf rechts gesinnt ist, wenn sie der Daudet-Gruppe nicht angehört. Diese jungen Leute sind ehrlich Suchende, von den Rowdys abgesehen. Die kleinen Leute aber kennen ihre augenblickliche Hilflosigkeit, das vollkommen Sinnlose dieser Ministerienwechsel, den Betrieb in der Kammer, die Gleichgültigkeit der Machinationen, den Selbstzweck der Institutionen. Und man muß hören, wie sie das aussprechen, ohne geschwollene Worte wie «Einstellung» und «Überbau» und «Problem» – sie sprechen so natürlich.

Ein Teil von ihnen ist freilich vollkommen ahnungslos – das darf man nicht verschweigen. Es scheint doch, als verbreiteten sich praktische Kenntnisse sehr schwer – aus den schlimmsten Erfahrungen der Nachbarn haben ja die Völker aller Inflationen in Europa wenig oder nichts gelernt. Der kleine Sparer, der Rentner, der mehr oder minder gut situierte Bourgeois in Frankreich sieht unscharf und urteilt oft überhaupt nicht. Aber viele kleine Leute, viele großstädtische Arbeiter, weisen einen gesunden Menschenverstand auf, der ganz erstaunlich ist.

Diese Gespräche verlaufen meist etwas einseitig: ich halte

es nicht für meine Aufgabe, den Franzosen in ihre inneren Verhältnisse hineinzureden oder hier Propaganda irgendeiner Art zu machen. Ich höre, sie sprechen.

Und während sie sprechen, erkenne ich, wie wenig doch das Parlament der Ausdruck des Volkes ist, wie sehr das in sich kreiselt; wie man auch bei der ausländischen Presselektüre ein Land kennen muß, um richtig zu lesen, wie die Leitartikel allein noch gar nichts besagen. Der richtige Sinn liegt darunter.

Und ohne jede Parteinahme: einhellig ist die Erkenntnis, daß der Wahnsinn des Krieges schuld an diesem Wirrwarr ist, an der Geldnot, an der Kalamität – es gibt auch nicht einen, der nicht freimütig darüber spricht. Dieser Anschauungsunterricht wäre unseren nationalistischen Schreiern in der Provinz, die nicht aus Klein-Zschoche herauskommen, sehr zu gönnen...

Möge Frankreich die lächerliche Kinderkrankheit des Faschismus erspart bleiben, der alle Nachteile der politischen Klan-Wirtschaft in sich vereinigt, ohne die paar Vorteile der öffentlichen Kontrolle beizubehalten. Das Land ist im Kern gesund und wird wahrscheinlich auch hier seine große Kraft zeigen, die sehr verborgen liegt:

Laissez faire – laissez passer und in der letzten, der allerletzten Minute mit einer fast übermenschlichen Anstrengung das Steuer herumwerfen.

Geldverdienen und Glücklichsein!

«Par le travail où l'on ne chante plus, se fait un grand œuvre d'abêtissement humain.»
Pierre Hamp

Ernste Arbeit, das ist in Deutschland ein Pleonasmus, denn frohe Arbeit scheint es dortselbst nicht zu geben. Gegen Arbeitsfröhlichkeit hat der Deutsche ein tiefes Mißtrauen, und Johann, der muntere Seifensieder, wäre längst gekündigt, weil nach Ziffer 10 der Arbeitsordnung Deutscher Seifen-Großbetriebe beim Herstellen der Seife Pfeifen und Singen nicht statthaft ist. Die Amerikaner halten es damit anders.

Professor Julius Hirsch hat hier davor gewarnt, amerikanische Einrichtungen sinnlos auf deutsche Verhältnisse zu übertragen, und sicherlich ists ja damit noch nicht getan, wenn auf der Tauentzienstraße Gummi gekaut wird. Immerhin verlohnt der Einblick in die angelsächsische Gefühlswelt (in die englische noch mehr als in die amerikanische) – und ein merkwürdiges Heft «Geldverdienen und Glücklichsein!» gibt uns die Möglichkeit, es zu tun. Man lasse sich durch die Umschlagszeichnung nicht abschrekken. Herbert N. Casson heißt der Verfasser, man sieht ihn vorn im Buch, bebrillt und ein bißchen sonntagsschullehrerhaft. Was will der Mann –?

Das kleine Buch (im Verlag Ernst Angel zu Berlin erschienen) spricht von der Arbeit, und zwar hauptsächlich von der Arbeit des Angestellten. «Das Beste, was von unserer Erziehung gesagt werden kann, ist: daß ihre Bemühungen scheitern.» Der Verfasser, ein Kanadier, will auf das Jungenhafte im Mann zurück und begründet das so: «Die so hoch gepriesene Erfahrung der Erwachsenen besteht größtenteils darin, zu wissen, was *nicht* getan werden kann. Unsere zehn Gebote beginnen: Du sollst nicht! Aber das Gebot des Jungen lautet: Du kannst!» (Ängstlicher Augenaufschlag Peter Panters nach oben, in den politischen Teil.)

Um beim Geschäft zu bleiben: Casson will den Spiel- und Sporttrieb des Mannes wecken und ausgebildet wissen. Er hat sehr gut erkannt, daß der Mann im Gegensatz zur Frau seine Arbeit niemals ganz und gar ernst nimmt, das heißt, wenn er ein richtiger Mann, also ein Stück Faulpelz ist. Und Casson zählt alle kleinen Mittel auf, mit denen man einen Mann nicht nur zur Arbeit heranbekommt, sondern ihn mit einer Art geistigen Taylor-Systems steigert und steigert. Nicht kindisch: kindlich sollen wir bleiben. Und mit diesem Jungenshumor geht nun Casson daran, seine Geschäftsgrundsätze zu entwickeln. Nach einer himmlischen Sporttabelle, in der die verschiedenen Völker eines aufs Dach bekommen, für die Art, in der sie Sport machen: die Amerikaner technisch, die Franzosen tenorhaft, die Deutschen überorganisiert, anstatt eben einfach zu spielen – zeigt Casson an einem Beispiel, wie er es meint. Er spricht von einem Tauziehen in Quebec. «Acht Mannschaften verschiedener Nationalitäten waren da, und die leichteste Mannschaft gewann. Sie kam von einem britischen Kriegsschiff, das im Hafen vor Anker lag. Diese britische Mannschaft wurde auf das Kommandowort zu einer einzigen Kraft – sie zog, als wäre sie *ein* Tier mit vielen Beinen. Zwischen den verschiedenen Zügen rieb der Kapitän ihre Hände mit Harz ein, gab jedem Mann ein Stück Zucker und ermunterte sie mit lobenden Worten. Die französische Mannschaft war viel schwerer, aber jeder Mann zog nach eigenem Ermessen. Sie wühlten die Erde auf und verbrannten ihre ganze Energie – aber sie zogen nicht gleichzeitig. Auch die amerikanische Mannschaft war schwerer, aber jeder einzelne hatte über das Ziehen seine eigenen Ideen. Die schwache britische Mannschaft zog sie Zug bei Zug über die Linie. Nicht Kraft brachte das zuwege: es waren Harz, Zucker, Lob und Zusammenspiel.»

Das ist, in einer Anekdote, der Inhalt des kleinen Buches. Der amerikanische Geschäftsgrundsatz vom «Dienst am Kunden» ist hier straff entwickelt – Europa sollte lernen, es kennt ihn kaum. (Paris, beiläufig gesagt, ebensowenig wie Berlin. Man ist sehr liebenswürdig in Paris, aber der Gedanke, dem Kunden unpersönlich-sachlich leichtzumachen, hat sich hier noch nicht herumgesprochen.) Cassons Buch wäre unsern Kaufleuten sehr zu empfehlen. Was sie nach der Lektüre sagen werden, weiß ich schon. «Ja, aber bei uns... da geht das nicht!» Es geht auch bei uns; es wird gehen müssen, will das Land nicht zurückbleiben.

Das Buch scheint mir aber noch aus einem andern Grunde außerordentlich lehrreich, und zwar wegen seines Stils. Der ist wohltuend wie ein frisches Bad, weil er so angenehm *einfach* ist. Da jeder Stil die Quittung der vorangegangenen Denkoperationen ist, so zeigt sich hier, welch klar denkendes und sauber funktionierendes Gehirn Herr Casson sein eigen nennt. Welche Wohltat! Das Vorwort scheint als Gegenbeispiel hingesetzt zu sein. Es ist zwar klug und stellt dem westlichen Unternehmeroptimismus den östlichen des Bolschewismus treffend gegenüber... Aber wie ächzt und knarrt der Stil, über den kein Wort zu verlieren wäre, wenn nicht fast alle so schrieben! «Alle diese Eigenschaften sind christliche Postulate, es sind aber auch sportliche Qualitäten, und wir sehen staunend, wie das modernste Geschäft in dieser Phase unversehens christlich und sportlich zugleich wird...» Und nun sag noch: «Angelegenheit» und «Einstellung», richtig, er sagts – und da ist jener falsch-verwickelte Stil, mit der Wassersucht an Fremdwörtern, wie wir ihn aus den meisten deutschen Zeitschriften kennen, der Stil mit den falsch-geistreichen Sprüngen, mit der falschen Nachlässigkeit und der falschen Wissenschaft, der Stil, wie er heute jedem halbwegs Halbgebildeten glatt aus der Schreibmaschine geht. Da, wo diese Schriftsteller an einem Bandwurm würgen, erzählt der Amerikaner eine Geschichte. Zum Beispiel die, wie man nicht Propaganda machen soll, wenn ein Bestattungsinstitut um einen Annoncentext bittet. «Ich schlug vor, als Schlagwort für die Anzeige zu wählen:

Einmal muß es doch sein – warum nicht gleich?»

Und Casson fügt leicht melancholisch hinzu: «Aber der Unternehmer wollte nicht recht zustimmen...»

Natürlich ist Cassons Buch eins von Hunderten, und ich kann mir gut denken, daß einem die stete Wiederholung dieser «Alltags- und Straßenweisheit» auf die Dauer zum Halse herauswächst, so, wie man sicherlich als Fremder drüben das stereotype Lächeln der Lebensfreude nicht mehr sehen mag, das im Kino und auf Bildern Vorschrift ist. Ich weiß auch, daß die hier verbreiteten Gedanken theoretisch nicht gerade fest verankert sind und daß das erste Kapitel über «Harmonische Persönlichkeit» lieber nicht dastehen sollte... aber es ist so viel Kraft in dem Heft, so viel Praxis und das Wirken so vieler Generationen. So erscheint mir besonders jene Stelle, die dem modernen Literaten seine überschätzte Rolle als «Denker» abspricht, sehr beachtlich.

Eine Schwalbe macht noch keinen Sommer. Aber ich bin ganz sicher, daß diese Art von Literatur die unsere beeinflussen wird, und sicherlich zu ihren Gunsten. Meine Generation hat Französisch fast immer im Hauptfach, und Englisch nur gelernt, wenn sie es wollte. So sieht auch ihr Stil aus. Wir haben noch heute Leitartikler, die so schreiben, wie man sich im Jahre 1890 in Posen den französischen Stil vorstellte. Ich glaube, man nennt das «elegant» und «silbrig». Hier ist ein neuer Stil, einer, der gutes Deutsch befruchten kann, und vielleicht befreit er es von jener Aufgeblasenheit, von der es heute befallen ist.

So sei das Cassonsche Heftchen allen denen empfohlen, die dem «Krampf des Berufs» verfallen sind.

Es ist eine gute Abmagerungskur für überflüssiges Hochmutsfett.

Das Reichsarchiv

Hier ist schon öfters Gelegenheit genommen worden, vor der Tätigkeit des Reichsarchivs zu warnen, und die Abgeordneten, die statt in Lehrbüchern der Taktik lieber im Budget lesen sollten, werden nochmals darauf aufmerksam gemacht, was da für das Geld der Republik getrieben wird. Die ehemaligen Offiziere, die dort wirken, treiben eine kriegshetzerische und antikulturelle Propaganda bösester Art. Herr Obkircher, einer der Oberarchivräte, verherrlicht in der «Deutschen Zeitung» offen den Krieg, zu dessen neutraler Geschichtsschreibung er angestellt ist, freut sich, daß wieder kriegerische Spielsachen gekauft werden, und lobt die Käufer offizieller Regimentsgeschichten, die selbstverständlich, da sie vom Leiden des gemeinen Mannes im Kriege überhaupt nicht sprechen, keinen Pfifferling wert sind. Man kann sich denken, wie die Geschichtsschreibung dieses Archivs aussieht, das, in seiner jetzigen Personalzusammensetzung und Arbeitsart, eine einzige schädliche Überflüssigkeit darstellt.

Es gibt zwei Möglichkeiten für solch ein Archiv:

Entweder es beschränkt sich auf die Sammlung von Fakten und bemüht sich, so etwas wie tendenzlos zu sein, was es kaum gibt. Immerhin wäre eine rein militärwissenschaftliche und historische Sammlung von Briefen, Aktenstücken, Kartenmaterial und Bildern ohne jedes Ansehen der Tendenz denkbar.

Oder das Archiv nimmt Stellung – dann hat es zum mindesten die Pflicht, wenn es schon nicht republikanisch und pazifistisch arbeiten will, für die Verbreitung der beiden großen entgegengesetzten Tendenzen zu sorgen: der militaristischen und der antimilitaristischen. Es wäre durchaus denkbar, daß ein solches überparteiliches Archiv Kenntnis von beiden gibt, bewußt die Tendenzen unterstreicht und mitteilt: So urteilen darüber die Offiziere, Söhne aus industriellen Familien; so urteilen in ihren Feldpostbriefen sozialdemokratische Arbeiter; so urteilt ein politisch indifferenter Stabsarzt.

Aber eine militaristische, zum Kriege hetzende, antipazifistische Tendenz als Reichsgesinnung auszurufen, ist eine Fälschung dieser Gesinnung, stellt einen Mißbrauch von amtlichen Akten dar und unterdrückt die Meinung von Millionen Menschen, die den Krieg von einer andern Seite kennen als von der des Stabskasinos. Diese Menschen haben das Recht, gehört zu werden, ihre Witwen, ihre Waisen und die Generation derer, die in der Herausgabe von Regimentsgeschichten die niedrige Erinnerung an eine widerwärtige Abdeckerei erblicken, für die wiederum durch Lüge, Fahnen und Betrug neue Opfer gesucht werden.

Die Abgeordneten sollten das Budget des Reichsarchivs in seiner jetzigen Zusammensetzung streichen.

Pariser Tage

Vorgestern
lag Caillaux auf einer Chaiselongue, quer und hintenübergelehnt, und ihm gegenüber Nitti; ich saß artig und bescheiden dabei und hörte zu. Das war bei Victor Basch. Als Caillaux hereinkam, verstummte einen Augenblick das Gespräch, er wurde vorgestellt, hatte es aber nicht nötig. Er erinnert an einen Obersten aus einem sehr guten Kavallerieregiment, aber er ist ohne jede Eckigkeit; als er einer Frau die Hand küßte, geschah das mit runder Geste und einer ausgekochten Routine, es sah aus, als sollte in einer Vorverhandlung bereits der ganze Vertrag unterschrieben werden. Dann erschien seine Frau, keine von den schmalen Pariser Figuren, eher etwas stärker, ich behielt die Erinnerung an eine freundlich lächelnde Maske, dahinter lauert sehr viel Energie. Dann also saßen wir drei in dem kleinen Zimmer.

Nitti sprach von den Jesuiten und ihrer Macht. Caillaux: «Ihr Organisationstalent ist bewundernswürdig, ihre Intrigenwirtschaft glorios. Ihre Pläne immer kindlich, eigentlich kindisch.» Wir sprachen über den deutschen Prozeß Keil, in dem behauptet worden war, Poincaré habe völkische Spitzel beauftragt, Material über Caillaux herbeizuschaffen. Ich erklärte, was in diesen Kreisen «Material» genannt wird – selbst Caillaux hielt Poincaré nicht für so dumm, sich mit diesem Schlamm in Verbindung zu setzen. Er erinnerte an Dreyfus und die damaligen Schmutzereien. Als er von Spionen sprach und vom «Poteau de Vincennes», dem Pfahl, an dem die zum Tode Verurteilten standrechtlich erschossen werden, ließ er das Monokel fallen und lehnte sich noch lässiger hintenüber. Mir lief eine ganz kleine Gänsehaut den Buckel hinunter; wie nahe hatte er diesen Pfahl gestreift! Sein Prozeß hatte 1920 stattgefunden – wäre das im Kriege gewesen, so hätte man das Ergebnis vorausberechnen können. So aber ging der Biß des «Tigers» ins Leere, und das Zirkusprogramm hat nun gewechselt: das Raubtier schreibt dicke Bücher, «Demosthenes» heißt das letzte, der Braten sitzt auf der Chaiselongue und wartet seine Zeit ab. Da immer wieder dieselben Leute Politik machen, so wird auch seine Stunde noch einmal kommen. Nach so viel Enttäuschungen, Niederlagen, Siegen und Wendungen: man hat nicht gerade den Eindruck, neben einem Menschenfreund zu sitzen.

Gestern
habe ich einem Franzosen den Eiffelturm gezeigt. Er war noch nie oben, natürlich. In Berlin soll es ein Märkisches Museum geben, ich weiß nicht einmal, wo es liegt. Und über die Leute auf der Siegessäule habe ich immer freundlich gelächelt. Schließlich beschäftigen sich ja alle Menschen nur mit ihrem Tageskram. Ist «ganz Paris in Aufregung über Genf»? Die Fachleute vielleicht. Aber es ist eine Lüge der Historiker, zu behaupten, ein Volk sei politisiert. Das kleine Leben geht immer weiter.

Mittags lange Unterhaltung mit einem Kneipenwirt. Locarno? Die französischen Schulden an Amerika? Die neue Poesie? Nein, aber die Katze war lungenkrank, denken Sie nur, und da kenne ich aus dem Kriege einen Stabsarzt, der verkehrt hier im Lokal, und der hat mir diese kleinen gelben Pillen gegeben, hier, sehen Sie? Und davon ist die Katze gesund geworden. Die Gäste, die mit der Lunge nicht in Ordnung sind, nehmen die Pillen jetzt auch, und seitdem essen sie viel mehr. Die Katze liegt unterdessen auf dem «Zinc», dem

Schanktisch, und schnurrt mit halbgeschlossenen Augen. Sie ist geheilt und hat den Arzt längst vergessen. Das soll vorkommen.

Heute
hat mir Léon Bazalgette ein Heftchen zugeschickt: «George Grosz, l'Homme et l'Œuevre» (Les Ecrivains Réunis, 11 rue de l'Ancienne Comédie, Paris). In seinem kleinen Vorwort, das die Reproduktionen einleitet, ist sehr gut darauf hingewiesen, wie Grosz fast niemals die reine Natur schildert, immer Menschen, immer nur die Menschen. Wie Balzac. «Eine Gefahr für manche Gesichter» – doch, das ist er. Die französische Avantgarde kennt und schätzt Grosz. Und ist übrigens klug genug, das Internationale an ihm zu sehen. Er schildert ja auch viel mehr als nur gerade das Inflationsberlin.

Morgen
will ich zu einer kommunistischen Versammlung gehen. Ach, es wird nicht viel dabei herauskommen, und das Geschrei: Lenin ante portas –! ist eine Dummheit und ein Vorwand zu übeln Taten. Was ist denn der französische Arbeiter? André Lebey, der Freund des verstorbenen Symbolisten Pierre Louys und selbst ein ausgezeichneter Schriftsteller, sagte es neulich so nebenbei in einer Unterhaltung. «L'idéal de l'ouvrier français, c'est: rêver en révolutionnaire et vivre en petit bourgeois.»

Übermorgen
werde ich nun darangehen müssen, das Buch liegt schon aufgeschnitten und drohend da. Vater Daudet hat ein Buch geschrieben. Der Mann ist gewiß nicht unbegabt, als Pamphletist sogar sehr amüsant. Dieses Mal hat er es mit der Psychoanalyse. Er tobt dagegen: eine teuflisch-germanische Erfindung, Hektor, friß nicht! Das kommt vom Juden! Es lohnt nicht einmal, den Titel zu nennen, aber es ist doch drol-

lig, zu sehen, wie immer, wenn eine Theorie auftaucht, die die braven Bürgergesetze von Schuld und Fehle antastet, das gleiche Gebell anhebt, allenthalben. Ja, es genügt schon, daß Einsteins Rechnungen verblüffend ausfallen, und es wird eine Parteisache daraus gemacht. Schon vor zwanzig Jahren hat Freud einmal berichtet, wie an einer amerikanischen Universität einer seiner Schüler auf das egoistische Element der Träume hingewiesen habe, und wie sich im Traum alles um das Ego drehte... Da stand eine Amerikanerin auf und sprach: «Der Verfasser ist Österreicher und kann wohl nur über österreichische Träume sprechen. Ich bin Amerikanerin. Was meine Träume anbetrifft, so sind sie immer streng altruistisch.» – «Ich weiß nicht», sagt ein Arzt bei Roda Roda, «wie das bei euch in Königsberg ist – also bei uns in München sitzt die Leber rechts.»

Bücher gehen zur Zeit einigermaßen in Frankreich; seitdem man die Preise für Luxusausgaben um fünfzehn Prozent erhöht hat, sogar ausgezeichnet. Ob dieses Buch von Daudet ein Erfolg sein wird –? Ernst nehmen ihn nur seine Anhänger, und die werden nicht ernst genommen. Und ich kann mir auch nicht denken, daß man zwischen zwei Leitartikeln, vier Volksreden und acht Flugblättern, auf denen der neue Innenminister Malvy ein «Verräter» und «Malvy-Allemand» und, in Erinnerung an die Affäre Mata Hari: «Mata-Malvy» genannt wird – daß man da auch noch Zeit findet, die Theorie der Psychoanalyse zu widerlegen. Aber freilich: bei uns weiß ja im «Stahlhelm» jedes Kind, daß Einstein unrecht hat und daß Psychologie etwas Unwürdiges ist. Hinterpommern ist groß, und Träume der deutschen Fürsten sind niemals egoistisch.

Tour de France

St. Valéry-en-Caux ist ein kleines verschlafenes Nest zwischen Dieppe und Le Havre, ein Häfchen, ein Strändchen, ein Marktplätzchen. Aber gestern mittag gegen ein Uhr gab es doch erstaunte Fensterläden, auf der Straße achtzig Arbeiter in ihren blauen Jacken, alle mit Fahrrädern – ein Stück Gendarm und die vierzehn Badegäste. Le Tour de France –!

Die Radmannschaften, die da zur Zeit in vier Wochen ihre fünftausend Kilometer herunterreißen, sind vor einigen Tagen von Evian weggefahren, über Mülhausen, Metz, Dünkirchen, Dieppe, Le Havre – dann geht es weiter über Bordeaux, Bayonne, Luchon, in die Pyrenäen, Perpignan, nun sind sie wieder am Meer, Toulon, und dann über Dijon hinauf nach Paris. Die sind hier durchgekommen.

Aus irgendeinem unerklärlichen Grunde haftet dem Radsport etwas Gewöhnliches an – er hat keine Herrenfahrer. Was da auf den Sätteln sitzt, ist «richtig» – flinke Jungens, oft aus dem Schlossergewerbe, Zeitungsfahrer, Proletarier zwischen 15 und 25. Hier gibt es also wenig gesellschaftliche Vorführungen – aber dicken Sport.

Zunächst erscheinen wichtige Automobile auf der Bildfläche, werden surrend am Hotelchen vorgefahren und laden aus: durchwehte und bestaubte Redakteure des «Auto», des «Sporting», die hier zu Mittag essen. Sie schreiben auf den noch plattenbedeckten Tischen. Sehen nur auf, wenn ein Kollegenauto vorbeisaust und über die kleine Brücke haspelt – und wenn das Auto mit dem Lautsprecher vorübertutet: «Allô – Allô –» und das O ganz dumpf und lang, und dann ist es schon um die Ecke. Es singt die Resultate aus und Warnungen und was man so fürs Herz braucht.

Eine Stunde Verspätung. Dicke Marktfrauen mit gradezu unwahrscheinlichen Popos sitzen auf wehrlosen Meilensteinen, die «Poulbots», wie die jungen Bengels nach dem Zeichner heißen, machen Spektakel, die wichtigen Männer haben jetzt aufgehört zu frühstücken – aber dann winken doch da oben an der Wegbiegung die Leute mit den Händen, schwenken Hüte, der Gendarm pfeift dienstlich auf seiner Dienstpfeife, aber meint es nicht so schlimm – und da sind die ersten.

Braun vor Dreck, mit ein paar Reserveschläuchen über der Schulter, vor der Lenkstange ein Fläschchen – so kommen sie in recht heiterm Tempo daher. Zwei liegen an der Spitze, dann eine kleinere Gruppe – dann mehr, immer mehr, das Gros. Danach die Autos. «L'Intransigeant» und nochmals «L'Auto» und die überwachenden Männer und Hilfswagen und Neugierige – und auch die «Humanité» hat ein Auto gestellt und rattert brav mit ihren roten Fahnen immer hinter den Rennleuten her. Und dann ist es für eine Weile aus.

Allerdings – die «Humanité». Sie gibt von dieser Überlandfahrt täglich Berichte, die in ihrer Mischung von Sportinteresse und Klassenkampf auf einen guten deutschen Kommunisten wahrscheinlich schrecklich wirken müssen. Ja – vielleicht ist das nicht ganz nach der Vorschrift. Das Ding ist nur das: die «Humanité» wird gelesen, gefressen, gekauft – denn sie ist seit einigen Wochen nicht wiederzuerkennen: bunt, amüsant, literarisch brauchbar, für den Arbeiter fesselnd, für den gelernten Kommunisten instruktiv und, was das Wichtigste ist: für den Indifferenten anziehend. Das Blatt macht neugierig. Manche andre kommunistische Blätter tun das nicht.

Da fahren sie hin. Einer, Cuvelier, der irgendeinen Etappensieg hinter sich hat, soll gesagt haben: «Jetzt wird mich wenigstens einmal meine Portierfrau ernst nehmen» – eine Sentenz, die endlich erklärlich macht, wozu man Rennen fährt –, und so guter Laune scheinen sie alle zu sein.

Sie sind populär – für drei Monate, versteht sich –; aber hier ist das, wofür sich die jungen Leute wirklich interessieren, besonders junge Arbeiter. In deren Händen sieht man «L'Auto» hauptsächlich – ein täglich erscheinendes Sportblatt, das für alle Zweige des Sports berichtet. Und das übrigens einen außerordentlich witzigen Briefkastenmann hat. Man findet in seiner Rubrik die überraschendsten Antworten. So diese, die ich nur im Vorbeigehen gepflückt habe: «In La Rochelle machen von 30 Briefträgern nur 2 Sport – das ist doch ein Skandal! Was hältst du davon?» Antwort: «Steck die Post an – et n'en parlons plus.»

Da rollen Sie. Oben, von den Felsen, kann man sie noch eine Weile sehen – dann verschwinden sie in Sonnenstaub und Glanz. Wer zurückbleibt, philosophiert immer hinterher. Nun denn:

Der Mensch ist ein Säugetier und benötigt zum Leben Nahrung, Luft und Wasser. Damit ist ihm aber noch nicht alles gegeben. Auf daß ihm wohl sei, braucht er: den Betrieb. Einen schönen, vollen, runden, bewegten Betrieb mit allem, was dazugehört: Organisation, Gruppen, Kollektivehre, Kampf, Platz und Sieg. Über diesen Betrieb vergißt er mitunter den Zweck des Rummels – und wer das zu benutzen versteht, der kann mit ihm alles, alles unternehmen, was er nur will.

Sogar Kriege.

Paris-Zehlendorf

Führer von Paris gibt es genug – und wie die nähere Umgebung der Stadt, la banlieue, aussieht, wissen viele deutsche Reisende, die nach Frankreich kommen, auch. Aber wenn man nun einmal von den Sehenswürdigkeiten, von den Schlössern und den historischen Gedenkplätzen absieht: wie wohnt der Pariser, der nicht in Paris wohnt?

*

Die Wohnungskrise der Stadt Paris ist so groß, daß auf die Vororte etwa ein Fünftel der in der Stadt arbeitenden Bevölkerung entfällt. Wohnungsämter gibt es nicht – die Mietpreise sind hoch; sie waren schon vor dem Kriege höher als zum Beispiel die Berliner, und es ist dem deutschen Reisenden dringend abzuraten, französische Preise durch Umrechnung seinen Vorstellungen näher zu bringen. Eine Wohnung von vier kleinen Zimmern in der Stadt, die 12000 Fr. Miete kostet, kostet eben nicht 1500 M. – sondern: 12000 Francs.

Denn trotz der Inflation sind die Gehälter hier noch nicht so mitgegangen, und eine klare Idee gibt immer nur der Reallohn: wie lange mußt du arbeiten, um einen Anzug zu haben? Tatsächlich gibt der Pariser einen für unsere Begriffe unverhältnismäßig großen Teil seines Einkommens für seine Wohnung aus – ohne übrigens dafür das entsprechende Äquivalent zu haben.

Eine Wohnung in Paris zu bekommen ist schwer, wenn nicht unmöglich. Mit der Wohnungsvermittlung befassen sich eine Unzahl «agences», die wieder mit Unteragenten arbeiten – wie überhaupt der von Leo Stahl hier berührte Mangel der Überzahl von Kommissionären im französischen Wirtschaftskörper gerade auf dem Gebiet der Wohnungsbeschaffung stark zutage tritt: von der Tatsache, daß eine Wohnung ihren Mieter wechselt, leben mindestens vier Menschen: der «gérant», also der Hausverwalter, der in den meisten Fällen noch etwas bekommt, wenn er überhaupt mit dem neuen Mieter den Vertrag abschließt, die «concierge», die Portierfrau, und sicherlich zwei Agenten. So sind denn viele Wohnungen in den Händen der Inflationsfremden.

In den Vororten sieht das kaum besser aus, wenngleich da mit der Entfernung von Paris die Möglichkeit wächst, Wohnungen zu annehmbaren Preisen zu finden. Das ziehen also viele Leute Paris vor – dazu kommt, daß die Abonnementspreise auf den Eisenbahnen außergewöhnlich billig sind: Wochenkarten, Abonnements für «familles nombreuses» und andere Vergünstigungen mildern die Wohnungskrise erheblich.

Der erste Eindruck, den sämtliche Pariser Vororte, ohne jede Ausnahme, auf den machen, der sie sich einmal auf ihre Bewohnbarkeit ansieht, besteht in der Scheußlichkeit ihrer modernen Architektur. Was dieses so kulturvolle, in tausend andern Dingen künstlerisch empfindende Volk sich in den letzten zwanzig Jahren da aufgebaut hat, ist bitter. Es ist nicht die Architektur der deutschen oder österreichischen Gründerjahre – es ist die vollendete Stumpfheit und die Öde einer platten Maurerphantasie.

Die Mehrzahl der Häuser ist aus «meulières» gebaut, einem groben, gelbgrauen Stein, der durch Zement verbunden ist. («Jeder Franzose», sagte mir einmal ein belgischer Architekt, «ist mit einer meulière im Bauch geboren.») – Das Ideal jedes Rentiers, jedes kleinen Kaufmanns, der in der Lage ist, sich so ein Haus bauen zu lassen, hat in der Tat diese Form angenommen. Nun ergäbe das an sich nur eine etwas montone Gleichförmigkeit – aber wie häßlich ist das, wie verbaut; wie wenig zweckentsprechend diese Grundrisse, wie töricht diese von Bauernhäusern übernommenen spitzen Dächer, wie grauenvoll häßlich die schmiedeeisernen Gitter an den Fenstern... Und dabei möchte es jeder anders als der Nachbar haben. Die Umgebung von Paris ist streng individualistisch angelegt, ohne jeden Gedanken an große Gesichtspunkte, und für Jahrzehnte hinaus baulich verschandelt. Das hat, wie jede Erscheinung in der Architektur, einen soziologischen Grund.

Die schönen großen Parks der Höflinge, die großen Besitzungen des französischen Adels, die königlichen Parks selbst müssen heutzutage, weil unrentabel, entweder verstaatlicht werden – wie zum Beispiel schon längst Versailles –, oder man teilt sie auf. Diese «lotissements» sind berüchtigt: berüchtigt wegen der bösen Geschichten, die es da mit den Käufern der kleinen Parzellen gibt. Hat so ein Käufer einmal angezahlt, ist es natürlich aus, und er ist so ziemlich der betreffenden Grundstücksgesellschaft auf Gedeih und Verderb ausgeliefert. (Wir haben in unserer Stadtgeschichte einen Fall, der ein wenig an diese Zustände erinnert: das ist die Aufschließung, die vor dem Kriege in den westlichen Vororten betrieben wurde. Die Technik der damaligen Gaunereien war aber eine andere.) Der kleine französische Sparer – Pleonasmus – kauft sich nun so eine Parzelle und läßt bauen, mit den billigsten Mitteln, mit dem billigsten Material – es gibt schon Holzhäuschen für 6000 Francs – für ein Einfamilienhaus kann man heutzutage mit etwa 50000 Francs rechnen. Und so sieht es auch aus.

Nirgends eine bedeutende Idee, die weiter als bis zur Gartenecke reicht – nirgends eine Straßenarchitektur – nirgends eine Kommune, die etwa wagte, in die Privatinitiative einzugreifen. Geld heißt: Gartenzaun, und was innerhalb dieses Zaunes geschieht... da hat niemand nix to seggn.

Ich rede hier nicht einer Kasernen-Normalisierung das Wort; aber diese Pariser Vorortarchitektur der letzten Jahre spielt doch nur «Privateigentum», tut so, als seien diese Häuser von Individuen und nicht von Teilen einer Kollektivität bewohnt, die mit Presse, Kino, Rundfunk die Menschen mechanisiert – in Frankreich allerdings in einem für Europa erstaunlichen Minimum. Immerhin: sieht man diese Häuschen, so glaubt man nicht, in einem Lande zu sein, in dem der moderne Baumeister Corbusier lebt, von dem es schon ein paar ausgeführte Häuser in den Pariser Vororten gibt. Jener belgische Architekt, von dem ich sprach, bewohnt ein von ihm selbst gebautes Häuschen, das durchaus im englischen Landhausstil errichtet ist. Davor bleiben Sonntag nachmittags die Franzosen stehen und sagen: «Ah çà – c'est vraiment laid!» Sie halten einfache Zweckmäßigkeit für Häßlichkeit.

Natürlich gibt es Hunderte und Hunderte von älteren Besitzungen, die anders aussehen – wie ich hier überhaupt nicht von den schönen Häusern spreche, die sich die Hochfinanz, die großen Theaterleute, die Industrieherren in der Pariser

Umgebung haben errichten lassen. Was hier geschildert wird, ist der Normaltypus des kleinen französischen Hauses in Paris-Zehlendorf – und das ist eben nicht schön.

Die alten Besitzungen weisen noch vielfach die «maison carrée» auf, jenen fast quadratischen, ruhigen Bau – mit wunderschönen, hellen und großen Zimmern, dicken Mauern – sehr häufig auch diese mit allem modernen Komfort. Der Normaltypus aber ist wenig erfreulich.

Es ist schade.

Die Landschaft besonders um Paris hat etwas von großer Lieblichkeit – sie ist durchweg zivilisiert, aber sie hat Stil – noch in den letzten Winkeln hat sie einen parkartigen Charakter. Dahinein platzen nun diese dummen Maurerwürfel, die ja für die nächsten zwanzig oder dreißig Jahre vorhalten müssen – und weil auch die Parzellen und Parzellchen ohne großen Verstand geschnitten sind, lediglich im Hinblick darauf, aus dem Grund und Boden möglichst viel Geld herauszuschlagen, so wird das architektonische Bild der nächsten Zukunft für Groß-Paris nicht sehr heiter aussehen. Ich kenne fast die gesamte nähere und weitere Umgebung der Stadt, die übrigens nach einem dunkeln Gesetz im Westen schöner und reicher ist als im Osten: nicht nur, daß man nicht an Dahlem denken darf, macht die Sache so traurig. Denn es wäre ja denkbar, daß die fremde Stadt ihre eigenen Werte birgt, und mit Vergleichen kommt man nie weit. Nein: Paris hat aber dem nichts an die Seite zu setzen; das Gute ist alt, und das Neue ist nicht gut.

Immerhin: die Pariser sinds zufrieden, und das ist schließlich die Hauptsache. Und die anderen finden, wenn sie nur Bescheid wissen, immer noch genügend hübsche Ecken, maßvolle Architektur, und in einem ornamentlosen Häuschen in reizvoller Landschaft so eine Art Glück im Winkel.

Repräsentanten

Schauspieler aller Länder hatten sich in Berlin vereinigt, und Gustav Stresemann hielt im Deutschen Bühnenklub eine Rede. Ich muß nun aber doch fragen, wo denn eigentlich die verständigen, die radikalen und die repräsentativen Männer dieses Landes sind. Daß diesen mittlern Bürger, der da durch die Nase nacheinander zum Staatsmord hetzt, den widerlich-korrupten Ruhrkampf nach Kräften unterstützt und heute die abgelegten Zitate des Herrn von Bülow spazieren führt, weshalb man ihn mit vollem Recht den «Weißbier-Bülow» nennt – daß den nicht eine Woge des Gelächters hinwegfegt, das ist arg bedauerlich. Man stelle sich vor, daß irgend sonst jemand, der nicht beamtet ist, diese Brocken von Banalitäten unter geistigen Menschen aufsagt, und man wird ermessen, mit welchem Gähnen man ihn Rechtens unter den Tisch fallen läßt. Und warum werden wir immer, immer, wenns offiziell wird, von solchen Gestalten vertreten?

Weil es viel zuviel unter uns gibt, deren Eitelkeit geschmeichelt schnurrt, die die hohe Wonne ganz empfinden, «dabei»-zusein – «Immerdabayern» hat Harden sie einmal genannt –, weil der kleine Untertan sich angekitzelt fühlt, wenn er mit einem Gehaltsempfänger der Rangklasse XII zusammensitzen darf. Der Außenminister persönlich war da – man ist doch ein Deibelskerl, wie weit mans gebracht hat, auch dabeigewesen zu sein.

Viel Vergnügen. Der positive Wert dieser «Weltkongresse» ist selbstverständlich gleich Null. Daß wir diesen Kreisen, die 1914 so glorreich umgefallen sind, das schärfste Mißtrauen entgegenbringen, muß man uns schon zugute halten – wir haben eben etwas aus den Ereignissen gelernt. Daß es nun aber noch dieselben Leute sein dürfen, ganz genau dieselben, jene, die in das Horn schon einmal von der andern Seite hineingepustet haben, das ist doch wohl eine Zumutung für jeden vollsinnigen Menschen.

Noch einmal Herr Wolfgang Heine und Herr Stresemann und Herr Luther und Herr Marx – es ist bedauerlich genug, wenn sich überhaupt wertvolle Menschen finden, die das Spiel mitspielen; vielleicht halten sie sich durch ihre Stellung dazu für verpflichtet. Aber traurig, daß niemals sie es sind, die den Ton angeben, sondern der stumpfe, geölte, lächerliche Beamte neudeutschen Stils, der seine Gemeinplätze aufsagt und ernsthafte Menschen glauben machen will, er habe irgend etwas zu vermelden.

Die junge Generation kämpfender Menschen sollte grundsätzlich die Teilnahme an Veranstaltungen ablehnen, wo sich so etwas breit macht. «Soyons amis, Cinna» – hat der August mit dem Silberstreifen gesagt. Cambronne, Gustav, Cambronne.

Anglikanische Pastöre

Also das geht nun gar nicht. Ich habe sie im Zug nach Lourdes gesehen und auf vielen Bildern: die glatten Ledergesichter der Hagern, wie Fußball-Champions, und die guten, onkelhaften der Dicken – ja, sie hatten diese schwarzen Röcke an, es waren wohl Geistliche, alles, was recht ist... aber es waren keine.

Ob es nun unsre kontinentale Bilderbucherziehung ist oder was immer: noch am letzten, fettsten, suppenbauchigen katholischen Landpfaffen ist einmal das Geheimnis vorübergegangen. Er hats wohl nicht verstanden, seinerzeit, und jetzt tut er seinen Dienst, so wie andre Menschen Eisenbahnschranken schließen – aber es ist einmal vorübergegangen. Die hohen Kirchenfürsten in Lourdes sahen aus wie die Komiker – aber sie gehörten vermöge Vorbildung, geistigen Trainings, Abstammung, Jugenderziehung einer Kollektivität an, die es verstanden hat.

Mit den Protestanten ist es schon nicht ganz einfach: es ist alles so gutbürgerlich, so verständig, so sanftmütig, so klar – so ganz und gar nicht dumpf-religiös. Es ist keine Musik darin. Aber nun die Engländer! Und die Amerikaner!

Nehmt mir das auch nicht übel: sie sind ohne jede Restriktion komisch. Die Prätention, die da glaubt, mich glauben zu machen, ein bis ins letzte Fäserchen rationaler Herr Smith sei nun auf einmal mit Prokura für ein höheres Wesen ausgestattet – das will mir nicht eingehen. Im Film die Schlußpaare mit langsamer Geste einsegnen – gewiß, warum nicht. Aber ernsthaft mitwirken, wenn von Metaphysik die Rede ist, und nun gar, wenn von keiner die Rede ist – das ist herzerquikkend schön. Man fühlt sich so schön draußen, wenn man sie dahingehen sieht – im Pariser Empire stand einer da, das kantige Kinn hölzern in die Luft gestreckt, so sah er auf das Treiben der sündigen Welt. Man sollte diese Pastöre nicht ausgehen lassen. Sie kompromittieren die ganze Firma.

Nach Deutschland dürfen sie. Da gibt es nichts, was die Religion kompromittieren könnte. Denn wenn der Deutsche sieht, wie einer – und nun gar noch mit Unterstützung der Staatsgewalt – eine saure Gurke feierlich umtanzt, so genügt der feste Wille und der starre Glaube des andern, um ihn wankend zu machen. Er spürt da zutiefst etwas von einer neuen Autorität, und das ist immer gut. Dem Volke müssen die sauern Gurken erhalten bleiben.

Zwei Welten

Wer einen Beruf ergreift, dem macht er Spaß; wer von ihm ergriffen wird, der arbeitet sich so dahin. Weil nun aber der deutsche Sinn danach strebt, eine Nummer eins zu sein – wie halten die Leute das aus? Schließlich sind doch die meisten: angestellt, hingestellt zu einer Muß-Arbeit, die sie bestimmt nicht ausübten, hätte man sie gefragt; Kettenglieder sind es, Stufen für den Aufstieg anderer. Das ist wenig schön.

Ganz abgesehen von dem kleinen Hilfsmittel der Titel, die nach Möglichkeit gegen die sprachliche Pejoration arbeiten, aus einem Gerichtsdiener einen Justizwachtmeister, aus einem Knecht einen landwirtschaftlichen Angestellten machen, gibt es noch etwas anderes, ohne das die meisten Menschen nicht leben könnten. Sie leben in zwei Welten.

Sie leben – zwischen neun Uhr morgens und sechs Uhr nachmittags – in ihrer Bureauwelt, in ihrer Ladenwelt, in ihrer Kaufmannswelt. Da gehts ziemlich kümmerlich zu, da sagt man «Petsch!» zu ihnen oder: «Harschfeld, holen Sie mir mal den Jahrgang XV herüber!» oder: «Warum sind Sie heute morgen wieder zu spät gekommen ...?», und die Aussichten, daß sich das in den nächsten fünfundzwanzig Jahren ändert, sind gering. Aber die andere Welt ...

Die andere Welt heißt: der Verein.

Der Verein ist die Traumwelt der Erwachsenen, Märchenland ist er, Wunscherfüllung und Paradies. Im Verein, ja, da ist der Mann noch was wert ... Da erschließt sich eine ganz neue Welt.

Man sollte es nicht für möglich halten, daß dieser bescheidene kleine Mann, der da morgens immer so brav von der Ringbahn ins Bureau trottet, «in Schachkreisen» eine angesehene Persönlichkeit ist; daß jener biedere Prokurist mit den zwei Gesichtern – eins für den Chef und eines für die ihm unterstellten Nichtprokuristen – sich abends einen schwarzen Rock anzieht und so etwas wie eine Fünfgroschenmagie verzapft, bei brennenden Leuchtern und klopfenden Hämmern ... man sollte es kaum glauben.

Und der Sport –! Der beste Läufer Brandenburgs an der Havel, von den Schönen des Landes bejubelt, steckt morgens um neun seine gleißende Krone unter das Lüsterjackett und schreibt Zahlen in ein Buch, das ihm nicht gehört, das ihn eigentlich nichts angeht, an das er nur gefesselt ist: durch das Gehalt. Der berühmteste Tormann der Oberliga: wo steckt er am Tage? Der Rekordmann der Brustschwimmer? Der erste

Vorsitzende der Wassersportler? Harun-al-Raschids sind es, versteckte, verkleidete, verzauberte Prinzen.

Und das Vereinsleben – man unterschätze es nicht! Erinnert man sich der ungeheuren Aufregung, die es setzte, als sich der Zweigverein Gelsenkirchen dem Beschluß der Zentrale wegen der abzuführenden Mitgliederbeiträge nicht fügen wollte? Hei, das gab heiße Kämpfe! – Unser Schriftführer, der dicke Gläser, stand auf – ich seh es noch, als wäre es gestern gewesen – und donnerte fünfmal gegen den Vorstandssitz: «Zur Geschäftsordnung! Zur Geschäftsordnung!» Das waren Stunden! Aber am nächsten Morgen saßen wir schon alle wieder im Bureau und kritzelten, emsig gebeugt, in die großen Bücher, die uns nicht gehörten und die uns eigentlich gar nichts angingen.

Ehre dem Vereinsleben, denn es ist der Trost einer leidenden Menschheit –!

Nur ist zu fragen: wie es denn die Leute machen, daß sie so mühelos von einer Welt in die andere springen können?

«Paul T. ist in Briefmarkenkreisen ein angesehener Philatelist.» Gut. «Paul T. leitet die Registratur des Geschäfts.» Auch gut – obgleich es da gar nichts zu leiten gibt, weil Paul und die Briefordner ganz allein im Zimmer sind, aber man sagt das so. Wie nun aber macht es Paul, um nicht von einer Welt in die andere zu kippen – genau die Miene aufzusetzen, die nötig ist: die etwas bescheiden-dämlich-aufgeweckte in der Registratur und die selbstbewußt-sachverständige in Briefmarkenkreisen? Wirft er es nie durcheinander?

Er wirft es nicht durcheinander. Geduckt ordnet er die Briefe – gerecht spricht er sein Anathema über falsche Thurn und Taxis und Mauritius. Mehr, er flüchtet von der einen Welt in die andere. Kommt der Alte frühmorgens um elf mit hochrotem Kopf in die Registratur gepoltert und brüllt: «Warum legen Sie die Korrespondenz mit Vohwinkel unter F – machen Sie doch Ihre Augen auf!» – dann klebt er noch emsiger Papier an Papier und beugt den Kopf. Aber in ihm jubiliert eine innere göttliche Stimme: «Du Ochse – du kannst ja nicht einmal eine Ganzsache von einer einfachen Marke unterscheiden! Ignorant! Tropf! Laie! Komm mal in meinen Verein – da wärst du sooo klein...» – «Sagten Sie was?» ruft der Chef herüber. «Ich? Nein, Herr Edler! Ich dachte nur...»

So hat der moderne Mensch, Preis ihm!, das fahrbare Paradies erfunden – eines, das man immer bei sich führen kann. Es verleiht innern Halt und ein bißchen äußern auch. Es stärkt. Es ermutigt. Es reckt grade. Es ist ein inneres Gegengewicht gegen die Tücken des Alltags.

Dahinseufzend unter der Last trüber Alltagsarbeit, aus der man nur die kümmerliche Freude herausschlagen kann, zu fühlen, daß es Leute gibt, die nichts von ihr verstehen, haben sie alle einen Trost. Sie gehören «...kreisen» an. Sie sind in diesen «...kreisen» eine bekannte Persönlichkeit, die der Fachmann schätzt. Im Diesseits haben sie ein Jenseits gefunden. Der Referendar ist gar kein Referendar, sondern ein bekannter Theosoph; der Bureauvorsteher tut nur so, glaubt ihm nicht! – er hält den Rekord im Stabspringen; der Briefträger ist ein Radiofachmann; der Hotelportier ist Langstrekkenschwimmer; der Rechtsanwaltsschreiber Motorradsportler. So ist jeder Mensch zweimal vorhanden.

Nur die Berliner Theaterdirektoren werden in dieser Saison lediglich einmal vorhanden sein, Stück für Stück. Denn sie können sich den Luxus einer zweiten Welt nicht erlauben. Dieser Beruf füllt einen Menschen aus.

Typographisches

Zur Zeitungslektüre gehört viel Phantasie. Die hat vor allem der Leser nötig, um sich vorzustellen, wie die Nachricht, der Artikel, die Notiz, die er da liest, in Schreibmaschinenschrift auf einem Bogen Papier aussieht. Man muß sich stets die Aufmachung wegdenken.

Der Metteur in Deutschland, der Redaktionssekretär in Frankreich – sie klassifizieren die Ereignisse, und wir haben Fett- und Mager-, Groß- und Kleingedrucktes zu lernen. So gruppiert sich leicht die Welt. Und weil seit dem Kriege der alberne Unfug der Schlagzeile besonders da aufquillt, wo es gar nichts zu schlagen gibt, so muß man sich den Tratsch, der drunter steht, immer mager und grau ausmalen, um seine Unerheblichkeit zu empfinden.

Wie weißer Raum um einen Titel die Bedeutung von Autor und Arbeit hebt! Wie Perlschriften ganze Welten aus der Welt drängen! Wie Großgedrucktes sich einhämmert und dritte Beilagen Bedeutung absprechen!

Dagegen hilft nur eins: vielerlei Zeitungen lesen. Da wird die mühevolle Arbeit der Arrangeure recht deutlich: wie das gleiche Material, vom gleichen Nachrichtenkaufladen geliefert, in verschiedenen Blättern verschieden aufgemacht ist; wie hier auf der ersten Seite brüllt, was dort auf der vierten flüstert; wie sich hier versteckt, was sich dort spreizt; und wie da gar nicht vorhanden ist, was hier den Verkaufswert als Schlagzeile erhöht.

An der Tomatensauce ist ihre rote Farbe nicht unwichtig: farblos schmeckte sie wahrscheinlich halb so schön.

Wenn aber alle wie die Wilden schreien, hört man zum Glück gar nichts mehr, das Ohr wird heiser, und von der lächerlichen Wichtigmacherei der Inseratenkaufleute bleibt ein verworrenes Geräusch.

Zum Schluß fängts die Geschichtschreibung auf, und so kommen wir ins Lachkabinett der Nachwelt.

Ausgezeichnete Leute

In französischen Zeitungen wird grade erörtert, ob es nunmehr nicht an der Zeit sei, den Deutschen, die das Bändchen der Ehrenlegion besessen, das durch den Krieg davongewehte wieder zurückzugeben. Wenn ein Fremder die Ehrenlegion bekommt, denkt man: Das muß schon jemand sein. Wir erfahren zu unserer freudigen Überraschung, daß die Kunstschriftsteller Fulda und Lothar unter den ausgezeichneten Leuten waren. Fulda, sagt «Comoedia», hat zwar das Manifest der 93 unterzeichnet, aber das mache nichts; ein bißchen besoffen waren wir damals alle. Was Lotharn anbetreffe, so habe er sich um die französische Dramatik recht verdient gemacht. Hat er.

Wem die Franzosen ihre Auszeichnungen verleihen, das ist ihre Sache. Was geschieht, wenn die beiden Künstler ihren Orden wieder zurückbekommen: wie da Eitelkeit und nationale Rücksicht auf die Kundschaft miteinander kämpfen werden, wie plötzlich die deutsche Verfassung (das gibts) auftauchen wird, die das Tragen von fremdländischen Orden bzw. Ehrenzeichen verbietet... denn wenn uns das in den Kram paßt, dann sind wir mächtig verfassungstreu. Aber da ist noch ein andres.

Die französische Auseinandersetzung läßt wieder einmal nachdenken, wie merkwürdig das Verhältnis des modernen Nationalstaats zu geistig schaffenden Menschen ist. Das hat mit den beiden da nichts zu tun – aber wir haben anmutige Gegenbeispiele bei uns zu Hause. Was soll man von einem Kultusminister halten, der bei Vorträgen und Kundgebungen in den feinsten Regionen von Philologie und Philosophie zu Hause ist und einem Unterhaltungsschriftsteller vierzehnten Grades ein Geburtstagslied singt, das ähnliche Manifestationen desselben Beamten völlig wertlos macht? Haben diese Leute kein Unterscheidungsvermögen? Doch – aber sie loben mit absoluter Instinktsicherheit den staatstreuen, den biedern, den anständigen, den staatserhaltenden Mann. Ein Patzer kann er sein.

Ich kann darob nicht weinen. Ich habe nur den einen Wunsch:

Der Staat, so, wie er heute ist, soll sich überhaupt nicht um uns kümmern. Er soll uns zufrieden lassen, seine Straßen beleuchten, die Gefängnisse reformieren und, wenn er ein übriges tun will, die Aborte der Deutschen Reichsbahn in einen menschlichen Zustand versetzen. Das sind seine Kulturaufgaben. Um den Rest kümmere er sich nicht. Es geht ja doch schief. Gehemmt durch Verständnislosigkeit, Bureauangst, Kastengeist und Ressentiments, greift er fast allemal daneben, und es ist grundfalsch, wenn jetzt in Deutschland von dem tapfern Arno Holz und andern geglaubt wird, eine «Deutsche Akademie» oder sonst ein staatliches Institut könnten irgend etwas bessern. Man kann die Maden ein bißchen umlegen – es bleibt immer ein fauler Käse.

Inzwischen werden der Hofpornograph Lothar und Fulda, «der Seiltänzer auf dem Parkett», ihre Knopflöcher ausbürsten, weil man nie wissen kann. Ritter der Ehrenlegion? Sie können mit dem französischen Spießer sagen, was der zu sagen pflegt, wenn er sie bekommt: «Et vous savez – je n'ai rien fait pour cela!» Neugebackne arme Ritter.

Rundfrage: Sechs Dichter sehen durch die Zeitlupe

Als alle ausgelacht hatten und Onkel Paul, dem bei Gemütsbewegungen sentimentaler und geschäftlicher Art leicht das Wasser in die Augen schießt, sich die Tränen abgetrocknet hatte, sagte Papa zum Erzähler: «Da müßt ihr doch aber ein sehr vergnügtes Leben auf eurer Farm in Kalifornien haben?» Der bisher einen Sack lustiger Geschichten ausgeleert hatte, daß sie klirrend und glitzernd auf den Tisch gerollt waren, schüttelte den Kopf und wurde plötzlich beinahe ganz ernst. «Ein lustiges Leben –?» sagte er. «Nein, das eigentlich nicht. Lustig... Ja, die Geschichten, die ich euch hier erzählt habe, sind ja recht lustig, und wahr sind sie auch, aber sie sind doch ein Extrakt unseres Lebens, das wir dahinten führen. Es vergehen Monate, bis sich so eine Geschichte ereignet, und wieder Monate bis zur nächsten –.» «Was liegt dazwischen?» fragte Papa. «Dazwischen liegt gar nichts», sagte der andere. «Dazwischen ist es leer.»

Der Mann hat ganz recht.

Die Literatur ist ein Zeitraffer und die Wirklichkeit eine Zeitlupe. In der Darstellung des Raffers geht das alles ganz schnell. Es entstehen Bewegungskurven, die es eigentlich nicht gibt. Hier arbeitet eine optische Verkürzung der Zeit auf dreihundertachtundvierzig Seiten eines Romans; da wird geboren, in Windeln geguckt, zur Schule gegangen, Pubertät durchgemacht, da werden Verlobungen und Heiraten zelebriert, Ehen erlebt und entzweigebrochen, sie altern, sie sterben, und ich will noch gar nicht einmal davon sprechen, daß in der Mitte der Seite dreihundertachtundvierzig das Wort «Ende» ein verlogener Rahmen ist, der das Ganze herzig abschließt... Denn in Wirklichkeit geht es weiter, und das ist eben das Schlimme, daß alles immer weiter geht.

Aber so gerafft geht es ja gar nicht zu. Die Wahrheit läßt sich Zeit und zerlegt die Dichtung mit der Sorgfalt der Zeitlupe in einzelne Bewegungen, hübsch eine nach der anderen, auch wenn der Zuschauer mitunter vor Langerweile oder an Tabes dabei zugrunde geht. Ihm bleibt nichts erspart. Wir Deutschen, die wir eine ganze Kiepe voll philosophischer und literarischer fixer Ideen auf dem Rücken mit herumtragen, stehen wohl manchmal mit offenem Munde vor einer Zeitlupe der Realität. Wie langsam das alles geht, wie exakt minuziös, wie man alles so schön unterscheiden kann...! Das ist dann der Augenblick, wo man die Kunst für das eigentlich Reale hält und die Wirklichkeit wie einen Film anzusehen beliebt: nur kann man aus dem Kino immer dann herausgehen, wann man gern möchte, und fünfundsechzig Akte sind mitunter ein bißchen viel...

Der Zeitlupenmann nimmt das Leben auseinander und breitet es sorgfältig vor uns aus: er betrügt den lieben Gott und schaltet uns in die Zeitmaschen ein. Der Zeitraffer reißt es wieder zusammen.

Die Literatur läßt alles Überflüssige weg, aber die große Zeitlupe «Dasein» läßt sich nichts wegnehmen und setzt es sorgfältig wieder ein. Da liegst du im Bett, die kleine Uhr tickt, dein Herz klopft ziemlich schnell, und was da im Dunkeln um dich herum vorbeisickert, so daß du eine Bewegung zu spüren vermeinst, was langsam, ganz langsam rinnt, deutlich erkennbar, mit jener in Watte gewickelten Langsamkeit der Zeitlupenbilder: das ist dein Leben.

Warum freust du dich auf die Sommerreise?

Warum freust du dich auf die Sommerreise?
Warum, pourquoi, perché, why?
Träumst schon im März nur noch vom Bahngeleise,
parceque, because, darum, weil:
Man fiebert halt auf Wiesen, Feld und Bäume,
nach Kuhstallduft, nach Heu, nach Blumenblühen.
Einmal nur unter blauem Himmel träumen
und nicht nur immer Geld verdien'.

Das ist bei mir so,
das ist bei dir so,
das ist bei ihm so,
das ist bei ihr so,
das ist überall egal,
das ist international!

1927

Chauve-Souris in Paris

In Berlin hatte man uns immer gesagt: «Der ‹Blaue Vogel› –? Ja, das ist ganz hübsch und nett, aber da müßten Sie erst mal die Mama dazu sehen, die ‹Fledermaus› des Herrn Balieff!» Gesagt, getan – die «Fledermaus» gab ein Gastspiel in Paris, und nun haben wir sie gesehn.

Es soll vorkommen, daß Kinder hübscher sind als ihre Eltern, und wenn der «Blaue Vogel» eine Nachahmung ist, dann ist er eine ganz ausgezeichnete, die das Original um das Vielfache übertroffen hat.

Da ist zunächst der Herr Balieff, eine dicke alte Winterfliege, die in grauslichem hartem Französisch gern so viel Charme haben möchte, wie Jushny mühelos entwickelt. Welche Schwere! Welche dummen Witze! Die Leute lachten, doch von dieser silberhellen, feinen, beschwingten Stimmung wie im «Blauen Vogel» war nichts zu merken.

Es stiegen die vierzehn Bilder des Programms. Ja, es war alles sehr schön, bunt und gut gemalt. Aber die wild gewordenen Komparsen, die sich da oben dressiert tummelten, erstarrten zu lebenden Bildern, ein automatenhafter Ablauf war zu sehen, zerspielt und zerpinselt schwanden die schönen Chansons dahin... Gewiß, manches war sehr hübsch: «Amour et Hierarchie» war eine kleine Verspottung der Soldaten: wie da immer ein Vorgesetzter vom Nächsthöhern verdrängt wurde, wenn er der Geliebten auf dem Stadtplätzchen die Kur schnitt; «La Grande Opera Italiana» war reizend – die Herrn Actörs und Damen Actricen sangen zu wild bewegter Musik nur musikalische Ausdruckszeichen: «Ritardando» sangen sie und: «Con espressione». Und so gab es noch manches hübsche Bild.

Aber im großen ganzen war es doch ungemütlich. Die Art wird am besten bezeichnet, wenn man sagt: es ist eine Kunst der reichen Leute. An keiner Stelle und nach keiner Richtung hin anstößig, zu nichts verpflichtend, bunt, teuer, gut parfümiert – also genau das, was ein tüchtiger Hotelportier den Herrschaften nach dem Diner empfehlen kann («Es war leider nur noch Loge da –!»). Keine Ironie und keinerlei Bosheit, keine Skepsis und keine Schattenseite – alles eitel Glück und Milchschokoladenplakat. Wer das nun in Berlin gemacht hat: Herr Jushny oder Herr Jarosy, die Maler oder die Regisseure oder alle zusammen: als die kleinen Soldatenmarionetten nach der herzbewegenden Melodie «Freu dich, Fritzchen!» ihre Parade abtrippelten – in Paris haben wir uns nicht gefreut.

Und Herr Morris Gest, der die amerikanische Tournee der «Fledermaus» arrangiert hat, muß ein sehr geschäftstüchtiger Herr und der Amerikaner im Parkett ein sehr naiver Mann sein – für uns ist da nicht viel. Gest prangt im Programm genauso, wie man ihn sich vorgestellt hat, Nabel und Mutterkuchen dieser gleichgültigen Mama eines so netten Kindes.

Kriegsfilme

Im Kriege sind viele Kriegsvorgänge von den Generalstäben gefilmt worden – auch, mit Lebensgefahr der Operateure: Nahkämpfe. Wo sind diese Filme –?

Sie sind in der Kriegszeit vorgeführt worden – freilich nur «im internen Kreis», damit die Brotkarteninhaber das Durchhalten nicht verlernten. Jetzt, nach dem Kriege, sind manche Filme an eine Vaterländische Film-Gesellschaft m.b.H. abgegeben worden, die sie an den Verein für Deutschtum weitergegeben hat. Der hat sie, wiederum im geschloßnen Kreise, seinen Leuten vorgeführt – und dem hat man nun ein Ende gemacht. Das ist schade.

Die Filmstelle beim Reichsarchiv, wo so viel ehemalige Offiziere sitzen, die nie in ihrem Leben ein Archiv gesehen haben, bewahrt diese Filme auf – «ihre öffentliche Vorführung ist jedoch seit vielen Jahren durch Verfügung des Reichsinnenministers aus innen- und außenpolitischen Gründen verboten». Das ist sehr schade.

Denn die ganze Feigheit und Verlogenheit der Militärs ist darin: sie wagen nicht, diese viehischen Szenen vorzuführen, damit keiner, der sie nicht mitgemacht, erfahre, wie denn das ist: ein Krieg. Sie trauen sich nicht, einen Nahkampf mit verröchelnden, verzuckenden, zerrissenen Stümpfen laufen zu lassen, damit niemand sagen könne: Das ist der Krieg! Dem Volk muß die Religion erhalten bleiben. Und nur der Blinde ist selig, und das Bild von Sais war verschleiert.

Zu den unverzeihlichen Fehlern der Novemberverräter, die ach! leider so gar nichts und niemand verraten haben, gehört der, militärisches Material in großem Umfang liegengelassen zu haben. Die wenigen Versuche, die gemacht wurden, intime Briefwechsel, kaiserliche Depeschen, Akten des Militärkabinetts zu erfassen, wurden durch die Ordnungsmänner – wie Ebert und Heine – sofort im Keime erstickt. «Ebert», erzählt einer, ders mit angesehen hat, «arbeitete vom ersten Tag an wie ein Regierungsrat». Er dachte auch so. Und so blieb alles in den Händen der Hackepeter.

Das Reichsarchiv publiziert unermüdlich eine Publikation nach der andern für den Krieg – nicht eine dagegen. Wagts doch! Kommt heraus mit euern Abdeckerfilmen! Zeigt den Frauen, den Kindern, denen, die nicht dabei waren, wie gestorben wurde – wie das aussieht: ein Heldentod, wie das aussieht: das Feld der Ehre! Wagts doch!

Ihr wagts nicht. Ihr wißt genau, wie ich es weiß, wie wir alle es wissen: in ruhigern Zeiten, wo die Zeitung die Gehirne nicht mit dem Gas der Patriotenlüge umdämmert hat, liefe ein Schrei durch Deutschland, durch die Welt. Nie wieder Krieg? Nein:

Pfui Teufel!

Wo waren Sie gestern abend?

...Gestern, warten Sie mal... Man macht so viel in Paris, dieser Trubel... gestern... richtig: gestern abend waren wir in einer Revue. Wie das war –?

Sehen Sie, das Nette an den Pariser Revuen ist: daß die Leute vorher zu Abend gegessen haben. Sie glauben nicht, wie das beruhigt. Nach dem Gemüse das Halbgefrorene, nach dem Eis die Früchte, nach den Früchten – nein, danke, keinen Käse! – den Kaffee und einen Martell, die Zigarre – und dann eben: die Revue. Sie ist einfach ein Gang mehr, die Zigarre ist der Übergang, beiden gemeinsam, dem Essen und dem Theater. In Berlin sitzen die Zuhörer etwas hungrig mit hochgezogenen Augenbrauen da und kritisieren Nummer für Nummer, Bild für Bild. Das verträgt die Revue gar nicht, das darf man nicht tun. Sie ist ein Bilderbuch, die Revue, eines übrigens, das man sich nicht zu oft ansehen sollte. Alle Jahr einmal, zweimal... mehr gibt sie nicht her.

Es sind da immer ein paar entzückende Personen, junge Dinger oder auch reifere Frauen, die das Parkett aufs angenehmste kitzeln. Nicht wahr, ein hübsches Gefühl, nachher nicht am Bühnentürl stehen zu müssen und keine Dummheiten zu machen und keine Enttäuschungen zu erleben – – Man sieht ein bißchen mehr auf die Bühne, als nötig ist, stellt sich dies und jenes vor, dann tanzt die Dame ab, und wir haben nur Spaß gemacht... Ja. Die Mistinguett – ja, immer noch. Nun, sie fangen bereits an, Witze über sie zu machen, in den kleinen und kleinsten Revuen von Paris, im Œil de Paris und in den Noctambules und da herum – aber sie nimmt doch das Publikum immer noch – hopp! – auf den Arm. Ja, ein bißchen dick, der Arm. Aber wie die Frau diese vier Stunden durchsteht –! Und auch deutsche Tänzerinnen waren da, ah, das wissen Sie ja, daß es heute keine Nationenrivalität mehr gibt oder noch nicht, wie Sie wollen... Sie dürfen auch heute ruhig diese Bilder untereinander austauschen; solange nicht gesprochen wird, merkt das kein Mensch, und wenn man vom Lokalsketch und dem «bunten Komiker» absieht, der das Argot der Stadt spricht, dann ist es so schön ausgeglichen von Yokohama bis Breslau, dem gewaltigen Seehafen... Es ist eben überall dasselbe.

Ja, also gestern waren wir in dieser Revue. Morgen habe ich sie sicherlich halb vergessen, nur, wenn die Orchester diesen Charleston spielen, fällt mir der Partner der Mistinguett wieder ein, mit seinem dämlichen Spazierknüppel und seinem Lächeln, für das sich zugereiste Damen um mich herum leise interessierten. Das ist nun eine Sensation, die wir kaum noch verspüren: die Revue als, sagen wir, seelisches Stärkungsmittel... Nein, gar nicht. Diese Riesenbilder im Geschmack tollgewordener südamerikanischer Bananenhändler, noch mehr Gold und Silber und Silber und Gold und Rot, viel schreiendes Rot und Frauenfleisch... scharfgewürzte Steaks, nach denen sich gut trinken läßt... Lieber Freund... Aber von Zeit zu Zeit braucht man das. Die Revue gehört zur großen Stadt, sicherlich zur Großstadt. Ausgleich zum Geschäft, Gegengewicht zur Börse, anderes Ende des Wippbalkens «Arbeit». Zu Hause alles gesund, die Orders in Ordnung, mit dem Sozius verkracht, mit dem Finanzamt günstig akkordiert... und gestern abend? Gestern abend waren wir in einer Revue.

Opel bringt...

Sie haben, lieber Stephan Ehrenzweig, vor acht Tagen ganz richtig angemerkt, wie Peter, der Panter, bedenklich knurrte und schnarrte, als er Ihren Bericht über den Bali-Film der Frau Lola Kreutzberg las und redigierte und in Satz gab... Und Sie haben gefragt, was er denn gehabt habe. Dies:

Sie stellen die Heiligkeit der fotografierten Tempeltänze den dummen Texten gegenüber, die in den Film hineingeschneidert worden sind. Rechtens. Sie machen sich über die ein wenig ölige Manier der Vortragenden lustig, die Asien verniedlicht. Gut. Aber nun ist da ein – angebliches – Menschenopfer, dargebracht von einem durch Religion und Chemikalien berauschten Gläubigen, der sich einen Dolch in den Leib stoßen läßt, um diesen Dolch heilkräftig zu machen... Das hat Frau Kreutzberg gefilmt, und Sie bestreiten Ihr mit hohem Pathos das Recht hierzu. «Sakrileg» lese ich da, und «Alles ist heilig, nur das Heilige nicht» und «Ihre Hände haben nicht gezittert, Frau Kreutzberg?» Lieber Stephan Ehrenzweig –:

In Asien stoßen seit Jahrzehnten Buddha und Ford zusammen. Absolutes Kennzeichen des Kommis: Ford recht zu geben. («Mal den Brüdern zeigen, was Fortschritt ist!») Darüber brauchen wir uns hier nicht zu unterhalten, wie grauenhaft der Standpunkt dieser Koofmichs ist, die den Absatz nützlicher Spülklosetts mit geistigen Siegen verwechseln. Aber es scheint mir nicht minder simpel, nun Buddha recht und Ford alle Schuld zu geben. Wo fängt die an, wo hört die auf?

Auflassung eines Tempelgrundstücks: Sakrileg. Durchdringung patriarchalischer Bevölkerungsschichten mit modernem Nachrichtendienst: Sakrileg. Einführung europäischer Kleidung: Sakrileg. Langsam bröckelt das alte Asien ab; etwas Neues entsteht, das wir nicht ganz klar übersehen – Sakrileg? Glaubensopfer fallen, unerhört, aber da eine Schuld hineinzukonstruieren, will mir nicht gefallen.

Ganz abgesehen davon, daß ich den nicht roh schelten kann, der den Tod eines Menschen fotografiert. Ich habe Menschen sterben sehen, an der Mauer und im Krankenbett – glauben Sie mir: nach dem sechsten Mal wird aus Tragödien ein physiologischer Vorgang, Menschen sind so eingerichtet. Und so heiter mir diese Roheitskomödianten vorkommen, die uns da erzählen, wie viele Perser von ihrer manikürten Hand fielen, so peinliche Empfindungen wir bei den Jagdprotzen, bei den Kraftprotzen, bei den Blutprotzen haben –: mir will ein Pathos etwas vergeudet erscheinen, das bei Vorgängen einsetzt, die Notwendigkeit geworden sind. Schlagen Sie der Welt das Alte Testament auf den Kopf: daß es einen merkwürdigen Klang gibt, ist zunächst nicht immer der Fehler der Welt, und ganz neu ist es auch nicht, und das große Staunen darüber, daß Herr Lehmann an der Ecke kein Heiliger ist, will mir nicht eingehen. Es gibt Leute, denen das Gefühl für Feierlichkeit fehlt.

Sehen Sie: dem Katholizismus, dieser Diesseits-Religion, hat es noch nie geschadet, wenn eine seiner heiligen Handlungen gefilmt worden ist, lateinische Menschen sind darin, wie Sie wissen, viel unbefangener und weniger keusch.

Drehen Sie das Rad nicht rückwärts, lieber Ehrenzweig. Der Seifenfritze aus Bunzlau ist mir, wenn er die Welt beglükken will, ein gleiches Greul wie Ihnen. Aber der Apostel, der Ford entgegentritt und fluchend die Rechte erhebt, um Herr über die Maschine zu werden, kann die Erfahrung machen, daß man die Maschine beherrschen muß, um sie zu bändigen. Ein Schraubenschlüssel ist gut. Eine Bibel ist gut. Wie gut... Übrigens brennen zu Tibet in Lhasa im Palast des Dalai-Lama elektrische Birnen. Man kann nichts aufhalten.

Deswegen also hat Peter, der Panter, den Redaktionsboden gescharrt. Er ist nicht gefühllos. Er glaubt nur, daß für den, der die gleichen Gefühle öfter zu sehen bekommt, die Räder der seelischen Maschinerie sichtbar werden.

Technik allein ist noch nicht blasphemisch. Sie zerstört nur alte Magie. Und setzt eine neue.

Versunkenes

Mit der Literatur der Balten ist das so eine Sache.

Sie waren, was ihren Berufssparren anbetraf, die Apotheker Europas, denn sie hatten fast sämtlich einen schönen Vogel. Diese Mischung von Verschrulltheit, entzückendem Biedermeier, schlimmster Reaktion und bezauberndster Kultur, Unzuverlässigkeit – alles ging durcheinander. Lassen wir einmal, so gut es geht, die Politik beiseite.

Da habe ich ein Büchelchen gefunden, das heißt «Versunkenes», und die Autorin trägt den gut baltischen Namen Helene Hoerschelmann, vielleicht ist sie mit dem kleinen großen Münchner Zeichner verwandt. (Das Büchelchen ist bei Eugen Salzer in Heilbronn verlegt.) Ich schämte mich ein wenig, es anzuzeigen, weil es kein gutes Buch ist, auch keine feine Literatur – mitunter ist es süßlich – dann wieder innerlich nicht wahr – es ist eben so ein epigonenhaftes Dilettantenbuch, wie es die Balten zu Hunderten geschrieben haben. (Merkwürdig: außer Eduard von Keyserling, dem verstorbenen feinen Novellendichter, hat das Land kein bedeutsames literarisches Talent hervorgebracht – von dem Untalent des Grafen von Darmstadt ganz zu schweigen. Es ist alles blasser Tee, obgleich die Leute den herrlichsten Stoff vor der Nase hatten. Aber der Spreewald schreibt keine Ammenstücke.)

An diesem Buch ist für den, der im Land gewesen ist, und für den, der zu lesen versteht, das Schönste die Luft, das Leben jener versunkenen Tage... Am besten ist es natürlich in den persönlichen Erinnerungen getroffen: «Aus dem Kinderlande». «Wenn die Zwiebäcke – das waren zwei Schwestern nur mit einem Jahr Altersunterschied –, als sie fünf und sechs Jahr alt waren, lange dünne Zentimetermaße um die Köpfe geschlungen, die hinten weit über den Rücken baumelten, in seligster Wunschlosigkeit durch die Zimmer gingen, im Wahn, daß nun endlich Zöpfe von fast lästiger

Pracht und Fülle ihnen hinten hingen, während sie nur die rührendsten Strohschwänzchen von zehn Zentimetern Länge hatten...» Und das Strand- und Ferienerlebnis, wo der Vater, alljährlich, traditionell, den ersten Morgen am Strand ging und immer rief: «Atmet, Kinder, atmet –!» – solche Dinge sind für Dritte stets leicht komisch; aber wenn man den Zweiten spielt, gar nicht mehr.

Eines der Grundgeheimnisse: das alte Familienhaus. Einmal, von einem Garten: «Er war ganz und gar gesättigt und erfüllt von Vergangenheit, und alle waren verwachsen mit ihm.» Wie überhaupt die ungeheure Stabilität, etwas, das wir ja kaum noch kennen, dem Buch seinen Reiz als kleines Gerank am Spalier der Zeitschilderungen gibt.

Die Erzählungen sind weniger gut – stellenweise hat da die Verfasserin versucht, über ihr bescheidenes Können hinauszugehen – das ist nicht schön. Gut ist nur das Private. Wie die Kinder baden, wie sie die hohen Sturzwellen «Flut» und das Wellental «Ebbe» nennen – und wie es dann in der Privatsprache heißt: «Jetzt kommen schon die Mittelwellen...» Und Weihnachten – das sei anderswo auch möglich?

Ja. Schwerlich. Nein.

Deshalb schwerlich, weil es diese friedensgesättigte Landschaft nicht mehr gibt – die Leute, die ihre Verdrehtheit auf großen Gütern (immer auf den Köpfen eines wie gute Hunde behandelten Dienstpersonals) zu Ende leben konnten; weil man die Menschenpflanzen nicht mehr in dieser Form frei wachsen läßt – ich will gar nicht sagen, ob das gut oder schlecht ist.

Fest steht nur eines:

Daß diese Balten, deren Jugendjahre vor dem Jahre 1905 lagen, etwas Unvergeßliches, uns fast Legendäres erlebt haben: eine geschlossene, festgefügte, fast zweifelsfreie glückliche Kindheit.

1928

Rumänien, die «Schande Europas»!

Nach meiner Kenntnis halte ich das Land für einen schönen Apfel, auf dem eine dicke Schicht Maden sitzt: Rumäniens herrschende Klasse. Das bäuerliche Proletariat lebt elend und schuftet für die Pächter, die wiederum ihre Herren betrügen, und die kennen zum Teil ihre Güter gar nicht, weil sie in Paris sehr wichtige und häufig nächtliche Staatsgeschäfte haben. Rumäniens Proletariat wird fast ganz von einer verkommenen Beamtenschaft und ihren Frauen verdeckt, von bürgerlichen Nichtstuern in den Städten, die von der lateinischen Kultur weder Henry Barbusse noch Anatole France, sondern nur den Gebrauch französischer Parfüms angenommen haben. Verdeckt wird das rumänische Volk aber hauptsächlich durch die Clique seiner Politiker, die mit wenigen Ausnahmen das Äußerste an Korruption und Unsauberkeit darstellen. Es ist ein Operettenstaat mit einem tragischen Chor: den Bauern. Auf der moralischen Höhe seiner Beamten steht auch die berüchtigte Siguranza, Rumäniens politische Polizei.

Die Schmach der Judenverfolgungen lastet noch heute auf dem Lande, und was früher einmal in Mitteleuropa der Jude gewesen ist, das ist heute für viele Staaten der Kommunist: ein rechtloser Gejagter, an dem sich jeder Polizeilümmel die Hacken abtreten darf. Die grausamen Folterungen, die in den Gefängnissen des Balkans heute vorgenommen werden, in Bulgarien wie hauptsächlich in Rumänien, ohne daß sich der moralische Völkerbund jemals um die Notschreie der Opfer kümmert, sind für die Quäler ganz ungefährlich – wären die Kommunistischen Parteien und die Ligen für Menschenrechte nicht, kein Mensch wüßte von ihnen.

So aber wollen wir es in die Welt hinausschreien, daß mit Boris Stefanow Hunderte und Hunderte in den rumänischen Gefängnissen verrecken, vor ihrem geistigen Auge das Bild einer Heimat, um die man sie betrogen hat – auf ihren Lippen einen Fluch und einen Schrei um Hilfe.

Bewahrt den Fluch in euren Herzen und gebt den Hilfeschrei weiter!

Pariser Abend

Louis Jouvet, der modernste Schauspieler in Paris, bringt in seiner «Comédie des Champs-Elysées» ein neues Stück von Bernard Zimmer: «Le Coup du 2 Décembre». B. Zimmer gab neulich im «Atelier» von Dullin eine sehr matte Bearbeitung der «Vögel» des Aristophanes, eine satirische Möglichkeit von Weltenweite kaum benutzend... das Stück hatte aber einen kleinen Erfolg, trotz der sauertöpfischen Lustigkeit Dullins, von dem sie hier mehr Geschrei machen, als dieser Schauspieler Wolle an sich hat.

«Le Coup du 2 Décembre» – das ist jener Staatsstreich Napoléons des Dritten, den er im Jahre 1851 gegen die damalige Nationalversammlung vollführte. Dieses Datum weiß der junge Charles Lèbre ganz genau, und auf die Frage seines Vaters, des Untersuchungsrichters: «Was war am 2. Dezember?» erkundigt er sich, welches Jahr gemeint ist, fragt: «1851?» und schnattert auf, was er fürs Schulexamen lernt... Aber das meint der Herr Papa nicht, den Jouvet spielt, eine hölzerne Schießbudenfigur, mit dem singenden «Acksang», der im Süden Frankreichs zu Hause ist. Papa meint etwas anderes.

Das Dienstmädchen bei Untersuchungsrichters hat es in sich, nämlich ein Kind, und um das handelt es sich. Sie benennt als Kindsvater den Jungen, es gibt einen furchtbaren Krach, und Karlchen muß von nun ab in der Dachkammer bei Wasser und Brot arbeiten, ganz allein. Nicht ganz allein...

Denn drei Frauen umschnurren ihn, umbuckeln ihn, umschauern ihn: drei Freundinnen des Hauses; die Nichte des Richters, die Frida heißt, aus der Schweiz stammt und fortgesetzt Freud zitiert, nebenbei so töricht, so maßlos mißverstanden, daß es nicht gerade für Herrn Zimmer spricht, der sich dabei nicht über die Freudianer, sondern über die Lehre selbst höchst albern lustig macht. «O mein Gott – wie schön!» sagt Frieda einmal deutsch im französischen Text – die Worte klingen, wie wenn jemand einen Stein in einen Sumpf plumpsen läßt... Den Jungen umtänzeln die Frau Professor sowie die Frau Major, die sich beide in der kleinen Stadt langweilen und denen der Sündenfall eines hübschen Bengels eine kleine Sensation ist... Mit der Frau Major geht der Junge beinah durch – da sagt das Dienstmädchen, die es immer noch in sich hat, er sei gar nicht der Vater gewesen, die Majorsche ist enttäuscht, was soll sie mit einem unschuldigen Gymnasiasten anfangen, sie sagt sich von ihm los, er weint, und der Papa Untersuchungsrichter steht hinter dem Stuhl und ruft: «Ich verstehe das alles nicht – ich verstehe es nicht...»

Unverständlich ist eigentlich nur, wie man dergleichen aufführen kann. Das schnurrt ab wie eine Posse; das unübersetzbare Wortspiel «Le Coup du 2 Décembre» dürfte mit dem «Ding vom 2. Dezember» nicht eben unzutreffend übersetzt sein, und wäre nicht die höchst saubere Regie Jouvets und die Leistung des Ensembles, dann bliebe nichts als eine undramatische Sache. Zimmer ist ein schwacher Dramatiker, dem lyrische Augenblicke gelingen und dicke Situationskomik; bei näherer Betrachtung stellt sich heraus, daß er auf die drei beutegierigen Damen eifersüchtig ist, sein Junge ist der einzige, der in dem Stück gut wegkommt, und der kommt nicht gut weg. Die Satire steht auf der Höhe einer Fußbank; diese traurigen Kleinstädter dem Gelächter des Publikums auszuliefern ist eben keine Heldentat. Fräulein Bogaert ist eine Schauspielerin, die wohlschmeckend anzusehen ist, Herr Bouquet spielt herrlich alte Männer, so etwas zwischen Gülstorff und Carl Etlinger, und Jouvet ist selbst noch in diesem Stück er selber. Aber eines gibt es doch an dieser Komödie zu lernen.

Die Kleinstadtmänner sehen, wie fast auf allen französischen Bühnen, so aus wie selbst Franzosen nicht mehr aussehen, und das will etwas heißen. Sie benehmen sich, wie sich nur Schauspieler auf der Szene benehmen, es ist eine Nebenwirklichkeit, und mit dem Leben hat das kaum noch etwas zu tun. Und wenngleichen gerade die naturalistische Schauspielkunst in Deutschland auf einer viel beachtlicheren Höhe steht als in Frankreich, allwelches Land sie immerhin erfunden und dann, wie so viele andere seiner Erfindungen, links liegengelassen hat, so bleibt doch immer wieder verwunderlich, wie gering im modernen Schauspieler die Lust am Nachmachen ist, der Ur-Spieltrieb, die äffische Freude, Gesten ohne Inhalt zu kopieren, die Lust an der Echtheit des Lebens. Die stilisierte Bühnenkunst nimmt auch noch den letzten Rest davon fort, und doch glaube ich, daß hier, und nur hier, das Herz der Schauspielkunst schlägt. Werner Krauss hat das begriffen – noch in seinen Requisiten lebt diese fast teuflische Freude, dem Leben ganz nahe auf den zuckenden Leib zu rücken, es nachzumachen, es nachzuschaffen, es noch einmal zu erschaffen. Sehen die Schauspieler nicht, was um sie vor sich geht? Die Franzosen bestimmt nicht, jedenfalls gibt es kaum einen auf dem gesamten französischen Theater, der von dieser Freude des Kopierens besessen wäre, es interessiert sie gar nicht. Und bei uns –? Aber ich will den Berliner Kollegen nicht ins Handwerk pfuschen …

Ein Tragepfeiler jeden wertvollen Theaters ist der nachschaffende Humor.

Pariser Publikum

Paris, Anfang Oktober

«Heute sitzen sie wieder auf den Händen!» sagen die Schauspieler, wenn das Spiel zwar gefallen hat, die Leute aber nicht klatschen. Daß Zusammensetzung, Charakter und Art des

Publikums allabendlich wechseln, weiß niemand besser als die Leute auf der Bühne. Doch läßt sich trotz allen Wechsels für eine Stadt, für eine Provinz ein gewisser Typus Publikum feststellen... Wie ist das Pariser Publikum?

Naiv und subtil.

Naiv: worüber in einem französischen Theater gelacht wird, ist mitunter unvorstellbar. Paris hat der Welt den Bühnenrealismus gegeben; wie so viele französische Entdekkungen und Erfindungen ist auch diese von den Franzosen vor die Welt hingeschleudert worden... da!... und Frankreich selbst kümmert sich nicht darum – mögen die andern das ausbeuten. Und sie haben es ausgebeutet. Auf den meisten Pariser Bühnen spielen Schauspieler, die die Schule des Naturalismus niemals passiert haben. Das Pariser Theater ist grundsätzlich anders als das deutsche – für unsere Augen: welche verstaubten Späße!, welche abgestandenen Typen!, welche Chargen von vorgestern! – Und darüber wird gelacht. Es wird unabänderlich gelacht, wenn der ewig gleiche betrogene Ehemann umherschlurcht; wenn der ewig gleiche betrügende Ehemann «Himmel, meine Frau!» zurückprallt; wenn der rotnasige Gerichtsdiener seine Späßchen macht... Das Pariser Publikum ist aber, besonders in den kleineren Theatern, noch naiver als bei uns die Leute im Film.

Daß in den Theatern der lateinischen Rassen nach langen Tiraden der Schauspieler mitten ins Spiel geklatscht wird, ist bekannt. Es wird aber auch applaudiert, wenn die Tugend siegt und das Laster seine gerechte Strafe erhält und untergeht... Es hat für einen Fremden etwas unbändig Komisches, zu sehen, wie ein ganzes Theater aus dem Häuschen gerät, wenn der edle Held den bösen Verführer mit harten Faustschlägen vor sich hertreibt und nun das Publikum tobt: «Bravo! Bravo! Noch mal prügeln!»

So naiv sind sie. Und daneben, zu gleicher Zeit, haben die gleichen Leute eine Zartheit der Empfindung, wie man sie kaum in deutschen Kammerspielen antreffen kann. Der Reiz eines gut geformten Satzes geht auf die Masse über; seine Wirkung reicht bis in die höchsten Ränge («Ça, c'est lancé!»), es ist immer wieder erstaunlich zu sehen, wie das Pariser Publikum fast aller Grade auf die Nuance reagiert, auf die feinste Biegung, auf den Hauch einer Andeutung... Dann rauscht es durch das Theater, dem Tier Masse läuft eine Gänsehaut über die tausend Rücken... und daher die Möglichkeit, der Zensur, der Sitte und allen Mächten zu trotzen – hier braucht man nicht mit dem Zaunpfahl zu winken... ein Streichholz tuts auch.

Es muß für deutsche Schauspieler, ganz abgesehen von der Sprache, nicht leicht sein, vor Pariser Publikum zu spielen. Es ist leichter und schwerer. Leichter: weil sie naturnäher und im ganzen nicht so blasiert sind, wie man das anderswo antrifft; schwerer: weil sie noch die feinste Nuance abschmecken. Publikum fremder Länder ist nicht besser und nicht schlechter als das deutsche. Es ist anders.

Film mit Scheibe

Es ist merkwürdig, wie manche Franzosen aus den Pantinen kippen, wenn sie etwas unternehmen, was hier in Paris als «modern» gilt.

Da läßt zum Beispiel die Pariser «Kamera» das «Studio des Ursulines» einen Film laufen: «Seestern» – das hat die Welt, zum Glück, noch nicht gesehn. Der sonst so verdienstvolle Fotograf Man Ray ist der Papa dieses Kindes.

Der Film hat eine reizvolle Idee – Ray hat den Einfall gehabt, durch eine *Scheibe welligen Glases* zu fotografieren – was Bilder ergibt, die alle wie von Munch gemalt aussehen. Gesichter sind nicht zu erkennen – die Konturen verschwimmen nervös – und so kann der Regisseur wagen, eine Liebesszene zu zeigen, bis zuallerletzt: die Dame entkleidet sich völlig, der Akt wirkt wie gemalt, aber das ganze Kino hat nicht schlecht gelacht, als sich der angekleidete Herr vom Bett erhob und mit dem Zwischentitel «Adieu, Madame!» die Leinwand verließ. Es war sehr heiter.

Der Rest ist falsch verstandener Expressionismus; dumme Allegorie; unverständlicher Wechsel von scharfen Sachaufnahmen und verschwommenen Gemäldekopien, die dem Wesen des Films völlig entgegengesetzt sind – es ist eine wertlose literarische Spielerei, die sich allemal aufs Bild ausredet, wenn die Idee versagt – und auf den Einfall, wenn das Bild nichts taugt. Meist war beides der Fall.

Man muß nicht glauben, daß eine Kümmerlichkeit dadurch zur «Kunst» wird, daß man sie durch eine verzerrende Glasscheibe fotografiert.

In der Kunst und im Sport sollte es keinen Nationalismus geben. Was gut ist, ist gut, und was schlecht ist, ist schlecht.

Der französische Film ist einmal der erste der Welt gewesen. Es gibt heute keinen französischen Film von wirklichem Wert mehr.

Auf dem Nachttisch

kann auch manchmal das Grammophon stehn. Ist die Grammophon eigentlich Masculinum oder Neutrum? Ich werde das nie lernen. Ich kann ihn, es nur aufdrehen – dann lauft er. Nachts lasse ich leise Jack Hylton spielen – das beruhigt ungemein. Was von Hylton bei Elektrola erschienen ist, ist beinah alles gut im Thema – immer ersten Ranges in der Wiedergabe. Wie die fetten Saxophone den Rhythmus zusammenhalten! wie die Geigen ziehn! die Klaviere klopfen! die kleinen Männerstimmen singen – so kann ich auch singen, aber ich tus nicht. Es ist zu schön. Manchmal zünde ich einen Walzer an: «Wie schön sind doch die Tränen einer Braut –», nein: «Where are there tears in your eyes?», das hat er schon dreihundertvierzehnmal spielen müssen. Der Doktor Lehmann hat auf seinen Lieblingsplatten einen kleinen Postzettel kleben: «EILT SEHR» steht darauf. Ich fragte ihn, was es zu bedeuten hätte. «Eilt sehr meinem Herzen zu –» sagte er. Jack Hylton eilt meinem Herzen zu.

Ich habe ihn in Paris gesehn, zweimal in einer Woche. Der kleine, dicke Bauernjunge hampelte da vor seinem Orchester umher, und den Jungens machte das einen Spaß! Der weiß, was Musik ist.

Konservenmusik? Meinetwegen: ich kann ihn mir nicht engagieren – und im Radio muß ich mir die paar guten Jazz-Konzerte mit so viel dummen Vorträgen erkaufen – «Das Kaninchen als gesellschaftsbildendes Element im achtzehnten Jahrhundert» – oder «Der Kleinkalibersport als Abführmittel. Lassen Sie sich durch den Darm gesund schießen!» –, da drehe ich schon lieber den oder das Grammophon auf, den Zwitter. Ich kaufe mir in fremden Ländern, in die ich komme, immer Grammophonplatten, zur Erinnerung – aber «Grammophon» und die Sache mit Lola Elektrola sind wirklich gut gemacht. Horch, er spielt, der Hylton... na? Es wird dunkler und dunkler, jetzt läßt er nach, nun ist es ein Trauermarsch im Baß, er gurgelt, nun macht er wie Grock: «Boaaa –», gleich hat er ausgeröchelt... Ich muß ihn aufziehen. À tout à l'heure –!

Das sprechende Haus

Da gibt es in der Rue des Bernardins in Paris ein merkwürdiges Haus, in dem wohnt die französische Sprache – es ist das Laut-Institut der Sorbonne.

Der ehemalige Rektor der philosophischen Fakultät, Herr Brunot, hat es im Jahre 1911 eingerichtet, seit vier Jahren untersteht es dem Professor Hubert Pernot, und in einem Monat findet die offizielle Einweihung des völlig modernisierten Instituts statt, das schon funktioniert.

Sie haben etwa 7000 Grammophonplatten: französische Dialekte, die untereinander so verschieden sind wie das ostpreußische Platt und das Niederbayerische; marokkanische Musik; die Stimmen großer Schauspieler und kleiner Politiker... alte Platten, bei denen man noch die Nadel innen aufsetzen muß, von wo sie sacht nach außen läuft, neue Platten, die elektrisch aufgenommen worden sind – alles das ist da zu hören.

Da gibt es Fabeln von La Fontaine, die in unzähligen Exemplaren an die französischen Schulen verteilt werden, damit auch der kleinste Bauernjunge seine Sprache vollendet gesprochen vernehmen kann; wie liebt der Franzose seine Sprache! Das Institut könnte alle Platten haben, die Frankreich produziert: es gibt ein Gesetz (Loi du Dépot Légal), wonach alle französischen Firmen verpflichtet sind, je eine Platte im Institut zu hinterlegen – das Institut sucht sich aber nur die geeignetsten aus; wir haben ja etwas Ähnliches in der Deutschen Bibliothek in Leipzig. Neulich war der Professor Pernot, der auch eine «Revue de Phonétique» herausgibt, in Rumänien und hat von dort einen ganzen Waggon voller Material mitgebracht: etwa 600 Platten, die er im Lande während anderthalb Monaten aufgenommen hat.

Wir sehen die Kartothek nach alten Platten durch – Clemenceau und Jaurès sind leider nicht vertreten, sie haben sich beide geweigert: der Alte, weil ihm das überhaupt nicht paßte, und Jaurès, weil er, der große Volksredner, die Menge brauchte – vor einem Apparat könne er das nicht... Der Professor Pernot hat eine große Platte in der Hand und legt sie auf... Der frühere Präsident der französischen Republik, Herr Deschanel, spricht.

Eine weiche, tönende Stimme – die Vergangenheit spricht: 1911. Es ist der typische französische Redner, der da etwas über die Kolonien sagt – mit den auf- und absteigenden Kadenzen, mit jener uns merkwürdig klingenden Akme der Rede, die lange vor dem Satzende liegt, so daß der Satz langgewellt sanft hügelab fällt – es ist eine alte Aufnahme, aber schon recht gut gemacht.

Wir gehen durch die hellen Gänge des Hauses, Herr Pernot spricht rühmend von dem Kollegen in Hamburg und in Berlin, vom Professor Doegen, der an der Staatsbibliothek in Berlin das Lautinstitut verwaltet.

Denn hier im Institut werden die Fremden im Französischen gedrillt – und wie! Da sitzen geduldige Assistentinnen und sprechen den Engländern, den Deutschen, den Amerikanern, den Tschechen, den Bulgaren und den Südamerikanern unzählige Male die Vokale vor, zeigen ihre Mundstellung, verdecken den Mund und lassen den Studenten raten, was das für ein Vokal gewesen ist... Es rollen die Rrrs der Balkanleute, du hörst die kehligen Laute der Spanier, es kauen die Engländerinnen ihr Französisch... das ist eine schwere Sprache! Ich kenne genau zwei Deutsche, die wissen, was ein französischer Vokal ist, hinter dem so oft leise noch ein zweiter Vokal mitschwingt, ein o ist kein o, ein e ist kein e – und man muß sehr musikalisch sein, um diese winzigen Nuancen aufzufangen... In drei Monaten machen aber die meisten Schüler ganz gute Fortschritte.

Hier sitzt eine Lehrerin, die den fortgeschrittenen Studenten die Diktion beibringt, und wenn der Kurs vorbei ist, können sie im Grammophonraum dasselbe Gedicht, von ihr gesprochen, immer wieder abhören, sooft sie wollen. Die Assistentin spricht ein herrliches Französisch: die Sprache liegt gewissermaßen unter der Zeitlupe, Vokal klingt an Vokal, Konsonant reiht sich an Konsonant, wie eine Perlenschnur rollen die Verse, sie spricht sehr langsam, und du hörst das Herz der Sprache klopfen. Ich möchte am liebsten den ganzen Nachmittag zuhören. So schön wird nur noch auf den Kanzeln oder in der Comédie Française gesprochen.

Die französische Kulturpropaganda vollzieht sich im stillen – leis wirkende Kräfte sind die Stärke dieses Landes.

Burgunder 1928

Frühstück im Rathaus zu Dijon, Schlaraffeninsel in einem Meer von Burgunder. Der erste Gang:

Les Amuse-Gueule «Aux Trois Faisans»

«Amuse-Gueule» ist gut, leider unübersetzbar: «Fresse» ist zuviel und «Mündchen» ist zuwenig, gemeint sind die Hors-d'œuvres. Warum sitze ich hier und fahre in das Tal der Schlemmerei, immer mit dem Fuß auf der Bremse, während der Kalorienmesser 100 zeigt? Weil in Dijon eine «*foire gastronomique*» stattfindet, eine Ernährungsausstellung, wie sie in Berlin sagen, und weil die Bourgogne schön ist, und weil die französische Provinz für jeden wichtig, der Frankreich verstehen will. In Paris versteht er es nur halb. War die Ausstellung schön? –

Le Filet de Sole au Chambertin

Der Fisch ist viel hausbackener als sein fürstlicher Titel – er ruht in einer Sauce, die an die besten baltischen Erzeugnisse auf diesem Gebiet erinnert, eine sämige, gelbe Sache. Ja, die Ausstellung – nun, Dijon ist keine große Stadt, wohl aber das Zentrum der französischen Küche, einer der französischen Küchen. Was es da alles zu sehen gab! Es ist merkwürdig, wie fast alle Ausstellungen unserer Zeit über die Ränder quellen: nach einem unwandelbaren Gesetz stehen auf sämtlichen Ausstellungen der Welt Gemälde und Leibbinden und Kinderbadewannen und Abendkleider, ganz gleich, ob es sich um Käferausstellungen, um Automobilausstellungen, um Bücher oder um Wohnhäuser handelt – immer sind ganze Quadratkilometer mit Gegenständen bedeckt, die auch nicht das leiseste mit dem Thema der Ausstellung zu tun haben. Das muß wohl so sein, und so ist es auch hier gewesen. Doch war genug zu sehen, was sich auf eine «*bonne chère*», einen guten Happenpappen bezog: dicke Silberkarpfen schwammen in Bassins umher, bunte Fasanen traten in einer Käfigrevue auf, viel zu schön, um gegessen zu werden, ein Pfaffe ließ sich einen Bratofen erklären, weil man heute nicht mehr auf Holz brät, aber lassen wir die historischen Erinnerungen. Ich schlenderte –

La Fricassée de Volaille du Duc Charles

Über dies Fricassée ist zu reden, über die begleitende Sauce nur zu singen. Ich schlenderte durch die Ausstellung, sah, wie Gebrauchsgegenstände, deren Erfindung lange zurückliegt, immer noch mit Ornamenten überbacken werden, daß es einen graust; die meisten Fabriken haben ja einen *horror vacui* und dulden keinen leeren Fleck auf ihren Erzeugnissen, deren manche aussehen wie die Kaiser-Wilhelm-Gedächtniskirche von innen; glatt, sachlich und leicht zu reinigen sind nur die allerneuesten Apparate: die Gefrierschränke zum Beispiel. Die anderen sind vom Pilz des Ornaments überwuchert und zerfressen von der Reblaus des Kitsches. Und das alles überflutet von dem Krach, der aus gurgelnden Lautsprechern kommt, eine Barbarei, Musik so zu verstärken – Gulliver sieht die Haut der Riesendamen und erschauert: zu nah, zu nah! Hinten, bei den Weinen, sind die Verkäuferinnen schon sehr vergnügt, betrunken keine, keiner, niemand. Eine der Damen singt mit Stimme Nr. 4 ein herziges Lied, tief errötend eile ich weiter, im Rundfunk könnte sie das nicht singen …

Le Fond d'Artichaut farci

Um mich herum sitzen lauter Kollegen; es ist ein internationaler Journalistenkongreß, und weil mich die großen Informationsjournalisten nur für einen Schriftsteller und die Nobelkandidaten nur für einen Journalisten estimieren, so sitze ich mit halbem Gemüt auf meinem Stühlchen. Die Journalisten sind sehr nett aufgenommen worden; insbesondere hat Herr Mercier, der Konservator des Museums in Dijon, das eine Perle ist, die Gäste mehr als nur «herumgeführt»; der Bürgermeister hat sie empfangen, Reden sind gehalten worden, und ein Stadtrat hat sogar das Haus erklärt, in dem Voltaire einmal gewohnt hat. «Als Voltaire nach Dijon kam, fiel ihm bei dem Empfangsdiner auf, daß die Kellner alle so gut aussahen und so miserabel bedienten. Er erkundigte sich diskret und erfuhr, daß es junge Leute aus den besten Familien waren, die so den großen Mann von Angesicht zu Angesicht sehen wollten.» Hier machte der Redner eine kurze Pause und fuhr fort: «Voltaire starb kurze Zeit danach.» Nun, das kann vorkommen...

Le Cœur de Charollais à la Broche

Und dazu einen sehr schönen Wein; nun halten wir bereits bei den schwereren der Burgunder. Er hat die richtige Farbe, ein leicht braungetöntes Rot, das ihn von dem tintigen Rotschwarz der Bordeaux unterscheidet. Die Winzer können mit dem Weinjahr 1928 zufrieden sein, und unsere Söhne werden einmal einer den anderen einladen und sagen: «Sie werden bei mir einen 28er bekommen...», an dieser Stelle sagt der Franzose: «Vous m'en direz des nouvelles!» («Na, was sagen Sie nu –?») Wenn dieser Wein erst einmal zwanzig Jahre in den Flaschen liegt, dann werden sich bei seiner Entkorkung Wunder abspielen: die ältesten Feinde werden einander gerührt in die Arme sinken; der junge Hugenberg wird den jungen Piscator finanzieren; der Landbund wird zugunsten der Industrie auf Schutzzölle verzichten, und die jüngsten Verleger werden ihre ältesten Versprechungen halten... so ein Wein ist das. Mit diesem Wein und solchem Essen versehen, braucht man keinen Arzt, sagt ein altes burgundisches Sprichwort. «Aiveu bon vin, bon pagne et bonne châ, en peu envi lai maidecine ai cetera!») Und eine alte Inschrift besagt: «Les vins de Savigny sont nourrissans, théologiques et morbifuges» – die Weine von Savigny sind nahrhaft, gottgefällig und ein Tränklein gegen den Tod. Kein Wunder, wenn sich abends am

Stammtisch die Bürger von Dijon und solche aus der Gegend von Bordeaux den Ruf ihrer Weine ins Gesicht feuern... sie hatten ganz rote Köpfe, und ein Dicker, der sich sachte an den Tisch herangefressen hatte, rief: «Et votre vin de Bordeaux – c'est de la pharmacie!» Da hast du es.

La Glace Plombières

Uff. Warum geht das mit dieser Vielesserei eigentlich nicht mehr, in unseren Tagen? Ich halte nichts von einem Sozialismus, der sich lediglich in einer Art schlechten Gewissens entlädt – aber erstens patscht man nicht gern in einem Teich, wenn nebenan Leute dürsten, und zweitens haben Sport, unsere Lebensweise in den großen Städten und eine fortschreitende Erkenntnis vom menschlichen Körper solche Rabelais-Speis' unmöglich gemacht. Mir kann ja nichts mehr geschehen, denn ich bin so dick, daß ältere Semester der Gynäkologen noch an mir lernen können – aber es geht doch nicht mehr. Das Blut steigt einem zu Kopf, man schwillt zusehends an, und die Burgunder Küche ist – im Gegensatz zur Pariser – außerordentlich schwer, wie überhaupt der flämische Einschlag hier überall zu fühlen ist. Du spürst das schon am Geruch, der aus den Bratöfen kommt, alles schwimmt hier in Fett und Sahne – noch acht Tage so, und Kürschner müßte mich aus dem alphabetischen Verzeichnis in eine Sonderliste setzen. So hat denn auch in unseren Tagen die Poesie des Essens etwas leicht Lächerliches – man ist, statt wie früher mit allen Zungen zu schnalzen, eher geneigt zu sagen: «Freßsack!», und man mag es nicht, wenn einer übertrieben viel vom Essen spricht. Das hat mit der wahren und leisen Kultur der Küche gewiß nichts zu tun – aber wir halten wohl eher auf Reinheit der Zutaten, auf eine gesunde Ernährung, auf Bekömmlichkeit der Nahrung, die uns instand setzen soll, zu arbeiten, ohne beschwert zu sein – Völlerei ist das allerseltenste Laster unserer Zeit. Und das ist gut so.

Les Fruits

Und Champagner – also Tischreden. Die Tischreden spielen in Frankreich eine große Rolle, ihr einzig Gutes ist, daß sie nicht zwischen den einzelnen Gängen steigen, sondern am Schluß, wenn sie keinen mehr stören. Ach – sie stören ja doch...

Denn es ist immerhin merkwürdig, daß – in welchem Milieu auch immer – alle Beteiligten gänzlich vergessen haben, wie sehr sie sich schon bei diesen nimmer endenden Tischreden gemopst haben. Und doppelt erstaunlich, wenn man in einen Kreis gerät, der sozusagen beruflich Geist zu haben hat, hätte, haben müßte: von den Spitzen der Behörden zu schweigen. Gewiß: man darf in einer Tischrede keine Enthüllungen, keine genialen Wendungen, keine Briandschen Wirkungen erwarten – aber eine solche Flut von Banalitäten, die immer und stets auf uns herunterprasselt..., das ist hart. Und wenn sie gar lyrisch werden! Wenn der Fachmann pathetisch zu donnern beginnt: das ist wie Selterwasser – es moussiert, aber es ist doch Wasser, Wasser... Ach, die Welt ist unvollkommen, und die Kunst der Tischreden ist fast verlorengegangen, aber leider nicht die Sitte, welche zu halten. Geltungsbedürfnis, Eitelkeit, die Wonne, die eigene Rede im Schädel tönen zu hören, bewirken, daß keiner aufhört, bis nicht alles ringsum in tiefem, die Verdauung förderndem Schlummer liegt. Herr Henessy, der jetzt Landwirtschaftsminister geworden ist, sprach, und ich mußte inzwischen alle kleinen Kuchen aufessen, die in Reichweite waren, denn zu lesen hatte ich nichts. Aber das geht mich nichts an: ich bin hier bloß injeladen, nich uffjefordert, und wenn der Bürgermeister von Dijon mit echter Volksversammlungsstimme gegen die hohen Zollmauern der andern donnerte, so zog nur leise wie ein kleines Frühlingslied die Erinnerung durch mein Gemüt, wie selbst die Weine aus Algier in Frankreich nicht zollfrei sind, und was wohl die französischen Winzer sagten, wenn die rheinischen Weinbauern für ihre Weine in Frankreich Zollfreiheit verlangten... Europa ist ein vergnügter Kontinent.

Les Frivolités

Gemeint sind nur die kleinen Kuchen – schade. Und von all den Tischreden habe ich nur die herrliche Talleyrand-Anekdote behalten, die Stephan Valot vom «Œuvre» erzählt hat. Talleyrand hatte eines Tages einen Banausen zu Gast, der trank die edelsten Weine hinunter wie Wasser. «So nicht, lieber Herr», sagte Talleyrand zu ihm; «so nicht.» – «Und wie denn –?» fragte der erstaunte Gast. «Anders», sagte Talleyrand. «Wenn ein Glas alten Burgunders vor einem steht, so nimmt man das Glas in die Hand, hebt es langsam hoch, läßt das Licht in der Röte spiegeln und atmet den Duft ein... Und dann stellt man das Glas wieder vor sich hin.» – «Und dann –?» fragte der Gast. «Et puis», sagte Talleyrand, «on en parle.»

Lasset uns von den Weinen reden. Man braucht kein Saufbold zu sein, um das zu tun, und ich kann mir den Wein recht gut aus meinem Leben wegdenken. Aber da er nun einmal da ist, wollen wir ihn in weiser Mäßigung gebrauchen, ihn loben und in ihm die Seele des Landes erkennen und einatmen, darin er wächst.

Das schönste Geschenk

Nun liegt endlich von meinem Lieblingsfotografen Albert Renger-Patzsch ein Band mit hundert Fotos vor: «Die Welt ist schön» (bei Kurt Wolff in München erschienen). Das ist das Beste vom Besten.

Es ist ungemein bezeichnend, daß unter keinem dieser Bilder etwas andres steht als eine Ziffer – keine Unterschrift. Die wäre auch ganz unnötig – diese Bilder sprechen selbst und brauchen keine erzählende oder erklärende Unterschrift. Schnell soll gesagt sein, was Renger-Patzsch alles nicht ist –: kein süßlicher Frauenfotograf; kein «Malerischer»; kein Stilfatzke – der Mann hat einfach drei Augen; zwei im Kopf, mit denen er den Bildausschnitt sieht, und die Linse im Kasten. Von diesem Buch kann man schwer loskommen.

Renger-Patzsch fotografiert hauptsächlich die Landschaft, das Tier, die Stadt, das Material und nur wenig Menschen: so etwas wie Porträts sind nur vier im ganzen Buch. Am schönsten sind die Pflanzen und die Aufnahmen, auf denen nichts ist als Stoff, Masse, Körper – das, was man anfassen kann, was man mit den Sinnen wahrnehmen, spüren, streicheln kann. Wollbündel und Schuhleisten, kleine Näpfchen und Holz – die Materie ist so beseelt und belebt; das hat wohl noch nie ein Fotograf fertigbekommen. Es ist – um mit Kraus zu sprechen: das «Indianerstaunen über die Zivilisation» – Kaffeebohnen glänzen fettschwarz, und man möchte sie zwischen den Zähnen zerkrachen lassen; junge Bäume sehen aus wie Gazellenleiber, wie Tierbeine – nein: wie junge Bäume; Pflanzen leben, und die Aufnahmen 50–59: Glas, Porzellan, Eisen und Tuch, gehören zum Schönsten, was je auf den großen Ausstellungen der Welt zu sehen gewesen ist.

Dieser herrliche Fotografienband zeigt uns aber noch mehr als die Kunst eines Körpers. Er zeigt unsre Zeit.

Wie seltsam polytheistisch, wie gottlos und wie des Gottes voll sind diese Bilder! Wie liegt alles nebeneinander – scheinbar urteilslos aneinandergesetzt! So ist die Welt – neunundfünfzig Jahre sind wir hienieden vorhanden; rieche am Kaffee, höre den Frost klingen; schmecke die süße Milch; fühle den Gabardinestoff und sieh! sieh! sieh! Einbezogen ist die Technik in die Natur – Eisengerüste sind wie Wälder, Schornsteine wie Felsen; Brücken wie Gewachsenes. Dogmenlos ist diese Kunst, scheinbar ganz und gar ohne Voraussetzungen, gut und böse gilt hier nicht – so sieht ein Gott die Welt. Und so ist sie schön.

Renger-Patzsch hat uns zu Weihnachten das schönste Buch von allen geschenkt.

Der Geistige und der Sport

Er hat mir nichts gegeben – er hat mir nichts genommen – der Name des Sports sei gelobt.

Denn der Sport hat unendlich viel Gutes getan: er gewöhnt Büromenschen an die frische Luft; er veranlaßt die Leute aus den großen Städten, nicht immer in ihren Steinmauern zu hocken, und wandelt sie, nun sind sie frisch, jünger und lebendig. Daß er den nackten Körper wieder zu dem gemacht hat, was er eigentlich ist: nämlich ein Wunderwerk der Natur, das man zu pflegen und nicht zu begrinsen hat, nur nebenbei.

Als ich ein kleiner Junge war, da standen in Heringsdorf und Swinemünde die älteren Herren, mit einem Operngucker bewaffnet, etwa hundertfünfzig Meter vom Damenbad entfernt, und die Augen fielen ihnen fast aus dem Kopf – «welche Formen!», murmelten sie, wie man damals sagte, um Anomalien zu bezeichnen, die von zu fetter Ernährung und zuwenig Bewegung herrührten... Wenn die Kirche das Frauenturnen verbietet oder einschränkt, so tut sie damit nichts Gutes – wir sind heute gewohnt, uns an einem schönen Frauenkörper zu erfreuen; aber mit gierigen Augen zu starren, wenn eine Frau badet, ist nichts als eine Geschmacklosigkeit. Das hat mit seinem Segen der Sport getan.

Die Haltung vieler europäischer Geistiger dem Sport gegenüber will mir weniger gefallen.

Ich habe zwar stets begriffen, wie einer Sport treiben kann: wie man aber nur und nichts als zusehen kann, wenn andere es tun, wird mir ewig verschlossen bleiben. Beim Pferdesport liegt die Sache ganz klar; beim Fußball bleibt mein Gehirnfach leer.

Was aber ganz und gar kindlich erscheint, das ist die fast würdelose Bauchkriecherei vieler Intellektueller, die atemlos alles tun, um nur ja der geistesschwachen amerikanischen Überschätzung des Sports nachzueifern. Ein Automobil verändert das Leben; der Sport verändert das Leben – daran ist kein Zweifel. Daraus aber eine, mit Verlaub zu sagen, «Weltanschauung» zu machen, das ist unsern Snobs vorbehalten. Sie haben noch nicht begriffen, daß man nur um solche Dinge lärmt, die noch nicht selbstverständlich geworden sind – ich möchte einmal sehen, ob einer von denen seinen Gasbadeofen besingt. Er nimmt Rechtens morgens ein Bad und schweigt im übrigen davon. Nur der besitzt den Sport, der nicht von ihm besessen ist.

Ist die amerikanische Geistesrichtung, die zunächst nur ihre Ungeistigkeit exportiert, wirklich stärker als Europa? Ich glaube, daß Europa und besonders das leicht zu irritierende Deutschland schwächer sind – sie haben solche Angst, nicht up to date zu sein, und wo die Précieuses Ridicules vergangener Zeiten französelten, da engländern sie heute, wie hier Karl Scheffler neulich so trefflich ausgeführt hat. Diese Snobs sind die Angelbliemchensachsen der Welt.

– Hurra! – Ferien –!

Hast du dies Buch in deiner Hand:
Hurra! dann gehts ins Ferienland!

Endlich mal raus aus den staubigen Straßen –
endlich die Schule hinter sich lassen –
endlich mal raus aus dem Großstadtgeschrei –
hinein in die Ferien! – Seid ihr dabei?
Hinaus in die Berge, zum Strand, hinaus ...!

Und so sieht der Tag der Abreise aus:
Morgens um sechs schrillt der Wecker durchs Haus:
«Raus aus den Betten – Rauauauau–aus!»
Und jetzt geht aber ein Gelaufe
los, ein Getrappel und Geschnaufe,
denn jeder will der erste sein:
und Lucie fällt in die Badewanne rein,
und Hans will den Papagei mitnehmen,
und heult – – «Du sollst dich wirklich was schämen!»
Und Grete hat mit Frollein Krach –
und die lieben Eltern …?
Ach,
die – ! – –

Mama muß sich um alles kümmern –
das Telefon klingelt, die Kinder wimmern –
Mama packt und ordnet und zählt
und paßt auf, daß für unterwegs auch nichts fehlt.
Und belegt die Brote und umwickelt die Bücher
und faltet die Hemden und rollt die Tücher –
und Papa indessen in guter Ruh
sitzt auf dem Koffer, denn der geht nicht zu.

Anna, das Mädchen, geht allen zur Hand …
Und Flops, der Hund, bellt wie nicht bei Verstand –
Und Lucie will den Baukasten mit den Steinen
mitnehmen und fängt deshalb an zu weinen – –
Und Hans hat Angst, den Zug zu versäumen,
Und Grete will die Puppenstube ausräumen …
Und Papa indessen in guter Ruh
sitzt auf dem Koffer, denn der geht noch immer nicht zu.

Acht Uhr fünf! Es ist höchste Eisenbahn!
«Ist das Auto schon da?» – «Tritt nicht in das Porzellan!»
Anna! Grete! Lucie! Hans!

Flops heult – ihm trat einer auf den Schwanz...
Und Papa indessen in guter Ruh
freut sich: denn nun ist der Koffer zu –!

Uff!
Nun sitzen sie alle im Wagen!
«Was wollt ich denn dem Mädchen noch sagen?»
Lucie will wissen, wie lange wir fahren –
Hans zieht grad Greten an den Haaren –
Im Kopf der Mama fällt indessen
eine Klappe herunter: «Zurück!
Wir haben die Schlüssel vergessen!»

Alle sind mächtig aufgeregt –
Wohin hat Mama die Schlüssel gelegt –?
Als sie zurück in die Wohnung kommen,
da hat keiner die Schlüssel weggenommen –
die liegen brav auf dem Stuhl – aber auf dem Tisch
tanzt Anna, das Mädchen, mit einem Flederwisch
zum Grammophon – und vor Schreck wird sie weiß wie eine
Lilie...
Und es stürzt wieder herunter die ganze Familie!

Hin zum Bahnhof. Drei Minuten sind noch Zeit!
Ist das große Gepäck in Sicherheit?
«Seid ihr alle da?» – «Sind die Kinder drin?»
«Bedaure, mein Herr, hier kann keiner mehr rin.»

«Mutti, haben wir auch nicht die Thermosflasche
vergessen?»
«Aber Hans, denk doch nicht schon wieder an Trinken und
Essen!»
«Erst mal zählen: eins, zwei, drei, vier, fünf Mann!»
Achtung, es pfeift! Der Zug rückt an.

Hurra – Ferien! schreien die Kinder alle drei!
Hurra – Ferien! – und von dem Kindergeschrei:
Hurra – Ferien! vergessen Mama und Papa alle Mühn – –
Und hunderttausend vergnügte Kinder
ziehen aus Magdeburg und Stettin und Berlin
in die

– Hurra! – Ferien –!

1929

Mauserzeit in geflügelten Worten

Neulich ist mir beim Packen der Büchmann auf die Füße gefallen.

Ich liebe dicke Bücher; man kann sie als Briefbeschwerer benutzen, damit einem im Zugwind nicht die Bogen wegfliegen; man kann andere, kleinere Bücher gegen sie stellen, sie behüten wie Großväter die jungen Kinder... dicke Bücher sind schön. Manchmal kann man auch in ihnen blättern. Im Büchmann habe ich geblättert.

Geflügelte Worte, steht da... ja, sind sie denn noch geflügelt –? Oder liegen nicht Hunderte von ihnen flügellahm, ohne Fügel, in der Mauser am Boden und piepen uns nur noch kläglich an? Wer sagt denn das alles noch...? Es ist eine Wandlung mit ihnen vor sich gegangen.

Da stehen sie nun, Seite auf Seite, und viele stammen aus den klassischen Werken der Deutschen. Aber sind die noch so klassisch? Vor allem: beherrscht die junge Generation diese Dramen, Romane, Lustspiele... sind die um Remarque noch damit aufgewachsen? Oder ist ihnen ein gut Teil der klassischen Literatur nur noch Schulspuk, Hekuba, wie der Dichter so schön sagt – vage Erinnerungen an eine Zeit, an die sie nicht mehr denken wollen, an langweilige Schulaufsätze – und nicht einmal mehr das?

Bei den Schreibenden wird man mit Bestimmtheit feststellen können, daß es die Älteren sind, die in ihre gepflegte Prosa einen Vers einflechten, und den meist ohne Quellenangabe, so verschämt-nebenbei... Dieses Spiel spielt man nicht mehr so intensiv, wie man dies früher getan hat.

Die Sprache ist – Gott sei Dank – kälter geworden, härter, sachlicher – man lese etwa die Reden aus der Zeit der Paulskirche, und man wird einen merkwürdig blumigen Stil finden, allerdings einen, der nach vertrockneten Herbariumsblumen duftet, es regnet Vergleiche, lange, gewundene Sätze... Man findet das heute noch: wenn die Regierungsvertreter die Zweckessen der Verbände beehren, geht es meist hoch her. Aber das sind alte, gewendete Fräcke.

Der Fürst Bülow – o Jahrgang 1902, das war vor deiner Zeit! –, der wurde ja mit dem «Büchmann» fast so geneckt wie mit seinen zwei Pudeln; alle drei umwedelten ihn und waren ihm gefällig und zu Diensten, wann er sie nur brauchte. Er hatte nur zu pfeifen... «Mohrchen!» und: «Büchmann!», und schon waren sie da und machten schön.

Aber ein rollendes Zitat in einer Rede hat heute, zwanzig Jahre später, etwas vom kleinen Mann; es schmeckt so abgestanden... ist nicht mehr recht vorhanden... die Jungen hören es und fragen sich: «Warum sagt er das nicht in vernünftiger Prosa?» Es verpufft. Flügellahm sind sie, die geflügelten Worte.

Und während sich die alten Adler, wenn auch ausgestopft, erhalten – auch Patroklus ist gestorben und war mehr als du –, sind die jungen gar nicht erst alt geworden. Wie der Dichter so schön sagt: Wen die Götter lieben, der stirbt jung... Wie hat sich Büchmann da geirrt! Wie seine Nachfolger! Wie wenig ist geblieben von dem, was als «Geflügelte Worte aus der Geschichte» verzeichnet steht; und nun gar die aus der neueren Geschichte! «Volldampf voraus!» und «Wir müssen aus dem Turm heraus!» und «die Klinke zur Gesetzgebung» und «The germans to the front!» – dahin, dahin. Von den geflügelten Kriegsworten gar nicht erst zu reden. Denn die fallen schon in eine andere Kategorie; in die – jetzt will ich auch einmal ein geflügeltes Wort prägen –: in die *fliegenden Worte*.

Die «fliegenden Worte» – das sind die, die alle Jahr aufflattern, und im nächsten Jahr kennt sie kaum einer noch, husch, vorbei. Es sind nicht eigentlich Modewörter – es sind jene «scies», wie der Franzose das nennt, Redensarten, die es immer gegeben hat, die aber heute, wie mir scheint, die echten geflügelten Worte abgelöst haben. In Frankreich hieß das früher eine ganze Weile: «À la gare» und «Ça fait riche» und nach dem Kriege: «Sans blague» (großer Erfolg von Grock, der dieses Wort lang aus dem Munde zog, wie Gummibonbon), und das haben wir natürlich in Deutschland auch.

Bei uns haben die Revuen davon gelebt; nach einem merkwürdigen Naturgesetz lachen die Leute, wenn solche Worte gesagt werden, auch wenn sie gar nicht komisch angewandt sind. «Sei sparsam, Brigitte!» ist einmal auf alle Fälle ein «Lacher» – morgen wird da eine neue Brigitte sein. Manchmal sind es Fachausdrücke der Technik, der Ämter, manchmal ist es ein Reklamewort, aufgeschnappt aus dem Wirrwarr der Anzeigen, abgelesen aus den leuchtenden Zeilen der Dachreklamen... manchmal ein Coupletrefrain, die Zeile eines «Song», wie Herr Lax das nennt, besonders die, die nicht von ihm sind. Wie Äsop (6. Jahrhundert v. Chr.) so schön sagt: «Sich mit fremden Federn schmücken.»

Aber geflügelte Worte – wo seid ihr hin? Es wenden sie immer weniger Leute an; und wer sie anwendet, weiß meist nicht, was er da sagt; und wer es weiß, der sagts nicht, weil er Angst hat, nicht verstanden zu werden... wenn ich mich nicht irre, so kriechen immer neue fliegende Worte aus dem Ei. Denn das geistige Gut eines Volkes ist stets im Wandel begriffen, es versinken ganze Gesteinsschichten, die man für «ewig» gehalten hat, ewig sind aber u. a. nur die Dummheit und die Bücherlaus, der Rest hält sich nicht so gut.

Und so kommt es denn, daß ich meinen dicken Büchmann ganz brav auf die Abmagerungskur schicken kann, denn mindestens hundert Seiten sind überflüssig geworden, und wenn die Neuausgabe die gerade fluktuierenden fliegenden Worte aufnähme, so sind die schon hinüber, wenn das Buch erscheint – das geht, wie es im Kriege 1866 so richtig hieß, mit «affenartiger Geschwindigkeit».

Geflügelte Worte sind wie verdeckte Töpfe, die man sich, mit geschlossenem Deckel, weiterreicht – der andere wird schon wissen, was drin ist.

Arme geflügelte Worte – die Volière wird immer leerer. Noch vor zwanzig Jahren... war das ein Gekreisch und Geflatter! Heute sitzt wohl dieser und jener Vogel noch auf dem Ast und putzt sich die armseligen Federn... wie der Dichter so schön sagt: «Lenchen hatte einen Piepmatz.»

Was aber die Klassikeraufführungen ohne die richtigen geflügelten Worte anfangen, das ahnt allein der Regisseur, der ihnen durch überraschende Gestaltung die Klassik schon austreiben wird. Wie der Dichter so wahr sagt:

Regie wird oft nicht schön empfunden,
weil sie stets mit Klamauk verbunden;
doch jeder Jüngling hat nun mal
'n Hang zum Bühnenpersonal.
Drum, Künstler, ziehe frisch vom Leder –
die Kunst ist schwer. Regie kann jeder.

Der Gruß

Hierorts, den heutigen.

An
den Herrn Leser der «Vossischen Zeitung»
Dort.

Sehr geehrter Herr!

Hier stock ich schon... Ist das richtig? Anrede? Anrede mit Titel? Ohne Titel? Einige industrielle Verbände haben beschlossen, alle Höflichkeitsfloskeln in Briefen überhaupt fortzulassen – aber wenn man nun nicht auf sie verzichtet... Wie man beginnt, ist noch allenfalls zu eruieren – aber wie hört man auf? Da gibt es tolle Sachen.

In vorzüglicher Hochachtung
Ihr sehr ergebener

Krach! Protest! Glocke des Präsidenten! Wir sind nicht ergeben! Gut: nicht ergeben:

In vorzüglicher Hochachtung
mit den besten Empfehlungen

Schon ähnlicher – aber was ist das: «Hochachtung»? Was heißt überhaupt: Hochachtung? Achten Sie den Mann? Und hoch? Wie hoch – Bon:

Mit der Ihnen gebührenden Achtung...

Das ist eine Beleidigung! Schön: – – – – – (gar nichts)

Das ist erst recht eine Beleidigung! Das Reichsgericht hat...

Sagen Sie selbst: Deutsch ist keine leichte Sprache, wie?

Woraufhin sich die Deutschen etwas Neues ausgedacht haben. Nicht genug damit, daß jeder Deutsche eine Original-Weltanschauung besitzt, deren wahre Qualität darin besteht, daß die andern sie eben nicht haben; nicht genug damit, daß er aus dem Kochen, dem Tanz, der Stenographie und dem weichen Kragen je eine prima Weltanschauung gemacht hat (welches Wort nicht leicht in fremde Sprachen zu übersetzen sein dürfte), packt er nun auch noch die seine Weltanschauung in die Schlußformel seiner Briefe. Denn wohin gehört sie auch sonst! Da liest man denn:

Mit Frontheil!

Mitten im Frieden. (Vater Seldte soll sogar einmal signiert haben: «Mit Frontschweingruß»...) Und da gibt es die allerherrlichsten Abwandlungen, und sie sind alle echt:

Mit deutschem Seglergruß!
Mit Keglergruß!
Mit katholischem Gesellengruß!

– sind das nun besondere Arten Grüße? So, wie ein bayerischer Gruß, den man sich oft entbietet...? Und wie, wenn sie nun durcheinanderkommen, die Grüße, und einer schreibt als Geburtshelfer versehentlich:

Mit Korkzieher-Fabrikanten-Gruß

es ist nicht auszudenken.

Wenn ich nicht irre, findet sich zum Beispiel das bergmännische «Glückauf!» als Schlußfloskel auch dann, wenn die Herren mit Kohlen handeln, und so einer in der Baisse spekuliert, wird es ihm nicht lieblich in den Ohren klingen...

Aber abgesehen von:

Mit deutschem Dobermanngruß

ist da noch ein andres. Was setzt man unter den Gruß? Seinen Namen, natürlich. Ja, aber so einfach ist das nicht. Der Deutsche hat zwei Namen (drei: «Doktor» ist ein Vorname) – zwei Namen: einen Geburtsnamen, mit dem man ihm pfeift, und einen Titel, mit dem man ihn ehrt. Und den Titel setzt man unter den Namen.

Mahrenzeller, Abteilungsleiter

oder:

Plofitzke,
Königl. Bayerischer Gesandter in Berlin

und so fort. Ein Titel muß sein. Ich bekam eine Zeitlang Briefe, die waren unterzeichnet:

Schulze,
Mitglied des Reichsverbandes

und das wird schon gestimmt haben. Was aber die ganz feinen Leute sind, die haben zwei Titel. Das stammt aus dem Kriege – da unterschrieben die Öppersten mit dem Dienstgrad und der Funktion, die sie gerade ausübten.

Ich bestrafe den Gefreiten Max König 5 / II mit drei Tagen mittlerem Arrest, weil er den Kriegsschauplatz in Pantoffeln betreten hat.

v. Massow,
Oberstleutnant und Transportführer.

Und das hat sich gehalten, es klingt ja auch sehr pompös. Nun kann mal also lesen:

Wallich,
Ministerialrat und Umstandskommissar

in beliebig heitern Varianten. Das hat sich sogar in die Kaufmannswelt hineingefressen: wenn in Amerika einer einen Schuhtrust kontrolliert, ist er der «president» – bei uns heißt das «Generaldirektor». Es ist wahr, man kann auch nicht so nackt herumlaufen wie Adam (Geheimer Paradiesrat und Evabesitzer) – einen Titel braucht der Mensch, weil das andeutet: er ist nicht allein – umhüllt von der Kollektivität geht er umher und ist geschützt... Ich auch! Ich auch einen Titel! Pfui. Wer wird sein Herz an Äußerlichkeiten hängen. Ein geistiger Mensch tut so etwas nicht. Gott sieht nicht auf den Brustlatz und die Visitenkarte; er sieht vielmehr auf den Charakter und das Einkommen. Indem ich dasselbe auch von Ihnen erhoffe, bin ich

mit deutschem Hip-Hep-Hurra

Peter Panter

2. Kassenwart im Reichsverband Deutscher Wilddiebe

An die alten Soldaten!*

Ihr habt 4½ Jahre lang gelitten, geschwitzt, geblutet und geschwiegen. Sie haben euch nicht zu Worte kommen lassen. Jetzt wollen wir reden. Wir wollen sagen, daß wir nach unserer feldgrauen Leidenszeit erkannt haben, daß nicht der Tod vorn das Schlimmste war, sondern die Schinderei hinten. Wir wollen sagen, daß wir die Wertlosigkeit und die Sünden des preußischen Militarismus voll erkannt haben, und daß wir keine Wiederholung wünschen. Wie war es denn? Es war so, daß es zwei Welten gab: die der Herren und die der Kerls. Da gab es keine Brücke, das war nur eine trennende Kluft. Die einen hatten alle Pflichten, die andern alle Rechte. Beförderung bedeutete: mehr sein als der andere, und sie bedeutete die Möglichkeit der Treterei nach unten. Das deutsche Offizierskorps betont nicht zu Unrecht seine großen Verdienste beim Kampfe und beim Sturm. Seiner Aufgabe dem eigenen Untergebenen gegenüber ist es nicht gewachsen gewesen. Der deutsche Offizier war kein Volkserzieher. Kalt, feindlich und fremd stand er seinen eigenen Landsleuten gegenüber, die nicht die Achselstücke trugen. Das Leben bei den höheren

* Dieser Text aus dem Jahr 1920 ist irrtümlich hier eingeordnet.

Stäben und überall da, wo viel Offiziere zusammen aßen, stand in krassem Gegensatz zu dem tierhaften Dahindämmern der Muschkoten. Der hielt den Mund und stand stramm. Die Herren tranken Moselwein zu erheblich billigen Preisen. Wie war es denn? Es war so, daß diese Verseuchung des Volkes durch den militärischen Größenwahnsinn auch noch die untersten Schichten ergriff und so der Stubengefreite ein kleiner Ludendorff war. Darunter haben wir alle gelitten.

Militarismus ist eine Geistesverfassung, es ist der Glaube an die Gewalt, an die – und vor allem an die Kasteneinteilung der Menschheit. Seine Zeit ist vorbei. In alter Zähigkeit klammert sich all das Volk, das nichts Besseres gelernt hat, an die Posten und Pöstchen der Wehren, bezahlt von euch, gerichtet gegen euch. Der Etat für die Reichswehr beträgt für das nächste Jahr 2½ Milliarden; dabei sind 56 Generale. 56 Generale einer wehrlosen Nation, die lieber untergehen will als das Soldatenspielen lassen.

An euch, alte Soldaten, geht der Ruf, euch zusammenzutun. Wir wollen nicht untergehen. Wir hassen das Soldatenspiel, wie wir den soldatischen Ernst gehaßt haben. Ihr habt euch schon zu Verbänden zusammengetan, die eure wirtschaftlichen Interessen vertreten. Hier geht es um mehr, um soviel mehr, als Ideen mehr sind als Geld.

Der «Friedensbund der Kriegsteilnehmer», der über das ganze Land gespannt ist, bittet euch, in seine Reihe einzutreten. Nach einer politischen Überzeugung fragt er nicht. Er sieht euch in die Augen und fragt nur das eine:

Erinnert ihr euch an vier unsagbare Jahre? Erinnert ihr euch, verheiratete und junge Männer, einmal «Menschenmaterial» und den Erdklumpen im Schützengraben gleich gewesen zu sein? Erinnert ihr euch, daß man euch angesehen hat, wie man keinen Hund ansieht und daß ein willfähriges Küchenmädchen in Lille den Herren mehr galt als ihr, die eigenen Landsleute?

Wenn ihr euch daran erinnert, dann kommt zu uns.

Auf dem Nachttisch

«Bitte geben Sie mir zwölf Neuerscheinungen – ich möchte damit nach der Scheibe schmeißen!» – Das sagt leider keiner; der törichte Wettlauf mit den Schatten geht munter fort, als ob ein Buch dadurch besser wird, daß es eine Bauchbinde: «Soeben erschienen!» ziert! Um das Neue soll man sich stets kümmern; das Neueste ist halb so interessant, wie seine Verbreiter glauben. Und das dauerhafte Alte steht.

Diesmal habe ich mir einige Bücher auf den Nachttisch gelegt, von denen nur eines «vient de paraître» – die andern liegen wohl schon eine ganze Weile vor. Die sind von der älteren Generation verfaßt, und in ihnen fällt mir etwas Gemeinsames auf. Kinder des neunzehnten Jahrhunderts haben sie geschrieben: und mechanistisch sind sie ausgefallen und daher unzureichend. Nun möchte ich beileibe nicht jene törichte Mode mitmachen, jenes Jahrhundert wüst zu beschimpfen, da ich ja nicht aus Darmstadt stamme; diese bœufs à la mode vergessen, daß das neunzehnte nicht nur «noch» mechanistisch war, sondern es auch einmal «schon wieder» gewesen ist – als gesunde Reaktion auf eine Romantik, die in ihrer Karikatur verblasen auslief. Aber zugegeben: wir danken ihm viel, diesem Jahrhundert – doch nun ist es zu Ende. Und wie historische Bildsäulen ragen seine Vertreter in eine neue Zeit, die was tut? Die, soweit sie sich erkennt, demütig sucht, bescheiden tastet und weiß, daß und was sie nicht weiß. Ihr Bestreben, Unbewußtes bewußt zu machen, heißt oben Freud; ist es das, was jene älteren Herren sofort – aber automatisch – ausrufen, wenn von diesen Dingen die Rede ist: Okkultismus, Weißenberg, Spiritismus, Tischrücken und, etwas höher: Theosophie und Anthroposophie? Wollen sehen.

«Phantastica, Die betäubenden und erregenden Genußmittel» von L. Lewin (im Verlag Georg Stilke zu Berlin). Das ist eines der schönsten Märchenbücher, die ich jemals gelesen habe. Es handelt von den Rauschgiften.

Als Materialsammlung scheint mir das Buch ganz unschätzbar; es gibt wohl nichts von dem, was in dieses Fach schlägt, das hier fehlte –: nicht nur die «großen» Genußmittel wie Alkohol, Tabak und Kaffee werden zergliedert – sondern vor allem jene wenig bekannten, wie das unheimliche Mescalin, enthalten in der nach dem Verfasser benannten Pflanze «Anhalonium Lewinii», jenes Gift, das seltsame Visionen erzeugt und eine völlige Änderung des Seelenlebens hervorbringt; es wird in Mexiko gefunden und gebraucht. Auch die Erscheinungen, die bei Gebrauch der kleineren Gifte vorkommen, sind genau geschildert – ohne Überschwang, sehr klar und sehr aufregend. Es ist eine ganz merkwürdige Lektüre.

Die soziale Seite der Sache wird von Lewin vernünftig abgehandelt – ein Vorzug des Buches. (Die Stelle gegen die tabakrauchenden Frauen muß mit dem Alter des Verfassers entschuldigt werden; hier ist er meines Erachtens schwer im Unrecht.) Aber ganz besonders gut hat mir gefallen, was er über – nicht: gegen – die Abstinenten sagt. «Es ist eine unbegreifliche, durch nichts gerechtfertigte Überheblichkeit, deren sich so oft Abstinente schuldig machen, einen Menschen, der Freude am Wein hat, als minderwertige Kreatur anzusprechen.» Hipp, hipp! Es ist auch in dieser Bewegung, die natürlich das Ideal der Abstinenz braucht, um die Realität der Temperenz zu erreichen, jener Umschlag erfolgt, den einmal ein leider zu jung verstorbener Autor mit dem guten Schlagwort der «Verkappten Religionen» umrissen hat – um eine neue Stenographie durchzudrücken, errichten sie eine Weltanschauung. (Und wenn ihr platzt: Stenographie ist nun einmal keine Weltanschauung. Sie ist es nur in Deutschland, wo die Vereine wild wachsen.) Lewin steht zu diesen Fragen in gesunder Mäßigung – scharf ist er nur an einer Stelle, und an der mit Recht: in der Frage des Morphium-Mißbrauchs. Hier unten im Garten blüht grade der Mohn; als ich heute morgen in eine rote Blüte hineinsah, darin ein blauschwarzer Kern seltsam schlief, wurde mir leicht lyrisch zumute. Wohl nur wenige unter uns wissen, welch fürchterliche Verwüstungen das Morphium angerichtet hat und in immer steigendem Maße anrichtet – kein Appell an den Völkerbund hilft; Lewin setzt auch auseinander, warum keiner helfen kann. Die Seuche wütet heimlich – viel, viel heimlicher als jede andere, und er, ein Arzt, glaubt überhaupt nicht an die dauernde Wirkung von Entziehungskuren, ich kann nicht beurteilen, ob mit Recht. Aber lest das – es wird euch sehr kühl ums Herz werden und wieder heiß – in schöner Abwechslung.

Soweit gut.

Sobald nun aber jenes Gebiet beginnt, das dahinter liegt – hinter den Giften und ihren Wirkungen, hinter den Räuschen: da versagen Buch und Verfasser. Mit Darwin ist der Sache eben nicht mehr beizukommen, Gott strafe die Monisten (sobald sie den politischen Kampfplan verlassen, wo ich immer auf ihrer Seite zu finden sein werde, so es gegen die verweltlichte Kirche geht). Nein, hier hört es auf. «Haben Halluzinationen und Visionen... eine stoffliche Ursache? Meiner Überzeugung nach: ja!» Hm. Ursache? wirklich: Ursache? Und wie wäre es mit einer nur gleichzeitigen Erscheinung, die seelisch das ist, was jene Räusche physisch sind? Hier steht Lewin vor einer selbsterrichteten Holzplanke – klettern kann er nicht, und nun glaubt er, dahinter käme nun nichts mehr. Da fängts aber erst an. Warum benutzen Menschen diese Gifte? (Wenn jetzt einer von diesen Anatomieklempnern «neurasthenisch» sagt, dann wollen wir mit Neuerscheinungen werfen!) Ist der Rausch die Fortsetzung des Ichs, oder gibt es überhaupt «fremde» Bahnen, in die man geworfen werden kann? Was ist eine Vision? Ignorabimus, sagt der vorsichtige Mann. Schon viel, daß es einer sagt. Aber es hilft uns nicht weiter. Ade, Neunzehntes. Wo ein Auto herrschen will. Es hat zu dienen.

Man kann aber nicht überall mit ihm hinfahren. Zum Beispiel nutzt es einem auf der Osterinsel gar nichts – da hindert es nur, besonders, wenn man von ihm besessen ist. Da hätten wir: «Die Osterinsel» von Friedrich Schulze-Maizier (erschienen im Insel-Verlag zu Leipzig). Kein Ruhmesbuch des Verlages; ich weise auf das Werk nur hin, weil es eines der eigentümlichsten und schönsten Rätsel schildert, die uns die Völkerkunde aufgibt.

Wäre ich ein echter, rechter Buchbesprecher, so hätte ich mit «unerhört» und «fabelhaft», mit «genialisch» und «Sensation» um mich zu werfen, denn so muß eine richtige Buchkritik sein. Es erscheint ein Buch über Dschingis-Khan, und Leute, die dieses Wort noch drei Wochen vorher nicht glatt buchstabieren konnten, machen dir einen hin, daß dir ganz mongolisch um die Nase wird. In Frankreich wüßte man: aha! – bei uns tun sie das gratis. Bei uns tun sie überhaupt das Böse gratis. Ja, also die Osterinsel.

Sie liegt – ich sehe eben einmal nach – auf dem 110. Längen- und dem 25. Breitengrad im Großen Ozean. Bis Südamerika kommt dann nicht mehr viel; die Insel ist ganz isoliert. Auf ihr wimmelt es von den traumhaftesten Bildwerken, die man sich denken kann, aus dem leicht porösen, vulkanischen Felsen herausgehauen – wann, weiß man nicht genau; wozu, kann man nur erahnen; es sind riesige Steingeschöpfe, wie von Ensor, sicherlich gehen sie nachts umher und erscheinen den andern Bildwerken aus Blut und Eiweiß im Traum. Von diesen Gespenstern erzählt das Buch.

Und hier kann man nun einmal einen Zivilisierten nackt sehen – es ist kein sehr erfreulicher Anblick. Zunächst ist an Originalarbeit wenig zu spüren; das Werk vermittelt nur die Kenntnis alter und neuerer Literatur, ohne sie übrigens exakt anzugeben, neben den mäßigen Bildern ein Hauptmanko des Buches. Hatte der vermögende Insel-Verlag keinen bessern Autor zu versenden?

Der steckt in seiner Zeit bis zum Halse – kaum einen Fingerbreit sieht er über ihren Rand. Ganz abgesehen davon, daß wir diesen etwas gönnerischen, schelmischen Ton nicht mögen, mit dem von dem «Völkchen» der Insulaner gesprochen wird, vermutlich, weil sie sonnabends nicht auf dem Wiehk-End fahren – es ist einfach unzureichend, an eine fremde Volksseele so heranzugehen. «Sie sind passionierte Menschenfresser – und lassen sich von metaphysischen Motiven aufs stärkste inspirieren.» Hier wollte ich aufhören zu lesen, gewann es aber über mich, fortzufahren, und entdeckte: «Wir stünden also vor der seltsamen Tatsache, daß das Ältere uns durch das Jüngere erklärt wird und daß das Ältere das Stilisierte, das Jüngere das Naturalistische ist, während man doch annehmen muß...» Nur, wenn man zu einem Wasserklosett betet und nicht weiß, wo Gott wohnt. Die Methode, mit der Religion und Magie auseinandergehalten werden, ist rührend; einmal, bei Schilderung eines religiös entfachten kleinen Aufstandes gegen die Weißen, wo die Kanaken einen Ausbeuter ins Meer geworfen haben: «So bitter real waren die Beziehungen zwischen Magie und Politik.» Bei denen da! Bei uns gibts dergleichen nicht. Und auf Seite 201 haben wir denn auch prompt den Ausruf, auf den ich zweihundert Seiten lang gewartet habe: «So ist denn... die Osterinsel trotz mancher Dunkelheiten und Rätsel doch kein für sich abgesondertes Geheimnis mehr, wir brauchen uns nicht mehr in losen Vermutungen zu ergehen oder gar zu okkulter, nur dem Spiritistenblick vergönnter Schau unsere Zuflucht zu nehmen...», denn wohin kämen wir da! Vielleicht am Ende an das Wesen der Welt... Ein Mikroskop hustet; das Mittel will regieren – es ist nichts damit.

Dabei finden sich ein paar sehr gescheite Stellen; so die, wo das Walten der katholischen Missionare geschildert wird, die auf der Insel unendliches Kulturgut zerstört haben, wie sie das oft getan haben; die auch in ihren ersten, so wichtigen Schilderungen aus Interesse zur Firma die vorhandenen Religionsspuren herabsetzen, umfälschen, nicht verstehen... spendet den Missionsgesellschaften! Ein einziges Mal (auf Seite 154) dämmerts: «Die moderne Völkerkunde betont mit berechtigtem Nachdruck die naive Einheit, in der bei primitiven Menschen ‹Homo divanans› und ‹Homo faber›, Magisches und Technisches, zusammengehen, die bei uns Zivilisierten quälend auseinanderklaffen.» Aber davon ist in diesem Buch dann nichts mehr zu spüren. Und es ist ungemein bezeichnend, daß das Verständnis des Verfassers für die Traumfiguren in ästhetischer Beziehung ausreicht; er würdigt sie als Kunstgegenstände ganz richtig. Darin also ist er viel weiter als etwa die französischen Reisenden, die im achtzehnten Jahrhundert die Insel besuchten und sich sicherlich über die Figuren herrlich amüsiert haben. Ästhetik: ja. Magie: nein. Ade, Neunzehntes!

Es ist eben nicht möglich, über Rauschgifte und über die Osterinsel zu arbeiten, wenn man nur Rauschgifte und nur die Osterinsel sieht. So geht das nicht. Ein Fachmann, der nichts ist als ein Fachmann, ist ein Esel. Wie kann man bei solchen Gelegenheiten an der Psychoanalyse vorbeigehn! Man kann eben nicht. Es gibt nichts, aber auch nichts auf der Welt, was zur Zeit ohne die Hilfsmittel des Marxismus und der Freudschen Lehre erkundet werden könnte – wohl verstanden: Hilfsmittel. Auf ihnen kann man dann aufbauen. Ohne das wird belanglose Schlosserarbeit, was da geleistet wird. Was ebenso für die «reinen» Marxisten und die «reinen» Psychoanalytiker gilt. Ade, Neunzehntes!

Ein beinah Zeitloser aber ist in diesen Tagen siebzig Jahre alt geworden: Knut Hamsun. Da wollen wir erst einmal vor Respekt einen Absatz machen.

Hier ist ein Wunder, glaubet nur. (Auch wenn Thomas, der Mann, gesagt hat, er sei der «größte Lebende» – er ist es wirklich. In eckigen Klammern: wann verfaßt eigentlich Herr Verfasser Mann diese lobenden Buchkritiken, die man allenthalben plakatiert sieht? Eine immer gestelzter als die andere, gekünstelt, voller falscher Klassizität – welch Gehrock schmiegt sich über dieser eingefallenen Brust! Es muß gar nicht leicht sein, mit so viel Pompon derart steril... Habeat.)

Da ist Hamsun ein anderer Kerl. Der ist heute siebzig – aber wie werden sie bei uns alt, und wie wird der alt! Er wird immer lebendiger, immer reifer, immer erdnäher, dabei diese völlige Abwesenheit von Würde, deren starre Panzerplatten die erloschenen Herde unserer Sechzigjährigen umschließen, von Richard Strauss gar nicht zu reden. Je töter sie bei uns sind –: desto goethehafter kommen sie sich vor. Ehre dem da oben im Norden!

Über ihn hat sein deutscher Verlag (Albert Langen in München) einen biographischen Band erscheinen lassen: «Knut Hamsun, Das unbändige Ich und die menschliche Gemeinschaft» von Walter A. Berendsohn. Ja...

Dies ist nun nicht das neunzehnte Jahrhundert – das kann man nicht sagen. Es ist etwas andres. Es ist das germanistische Seminar. Nein, meine Herren.

Wunderschön die Bilder – es wird einem immer wieder warm ums Herz, wenn man das sieht – anständig und reinlich die philologische Arbeit, die sich an keiner Stelle mausig macht; mit unendlichem Fleiß ist da für die Hamsun-Freunde neues Material zusammengetragen, das wohl keinem von uns vorher bekannt gewesen ist. Alles schön und gut.

Aber von unserm Hamsun; von seiner Seele; von seinem Wesen; von der Welt dieses Mannes – davon kann ich in diesem Band beim besten Willen nichts entdecken. Das Merkwürdigste ist, daß der Verfasser genau gefühlt hat, worauf es ankommt; alle Fragen sind sorgfältigst angeschnitten, aber keine ist auch nur andeutungsweise beantwortet. Er fühlt – aber er weiß nicht. Auch hier: es geht nicht ohne Freud, ohne *Marx* geht es, wenn man Hamsun ganz isoliert betrachtet – da, wo seine tiefe Wirkung untersucht werden soll, brauchen wir ihn. Da ist ein mäßiger Ausfall gegen die Psychoanalyse in der Literatur – ihre Überschreitungen durch Kleinbürger der Seelenforschung zugegeben, als Methodik wird sie sich ausbilden müssen – aber so, ohne sie? Nichts finde ich von dieser zunächst rätselhaft anmutenden Wirkung, die Hamsun hervorgerufen hat. Das Wort «Neuromantik» genügt eben nicht; natürlich ist es richtig, zu sagen, daß seine Leser, die ihn mit ihrem Herzblut lieben, Enttäuschte sind, Zerrissene, Harfensaiten, die er zum Klingen gebracht hat; es ist richtig, daß er, aus dem Getriebe fliehend, mit vagen Bauernidealen im Kopf, uns niemals eine Lösung geben kann, was nur ein eingeschriebener Marxist «bedauern» kann, den wiederum wir bedauern – davon steht manches da. Aber es fehlt der Kern. Es fehlt die Musik. Es fehlt die innere Schau. Auch hier wieder die abweisende Gebärde: mit einem Hymnus sei es nicht getan … Das kommt auf den Hymnus an. Die Methoden des germanistischen Seminars sind hier ganz und gar unzureichend – das Heil kommt heute nicht mehr von den Universitäten. So kann nur der norwegische Literat erkundet werden, der Hamsun nebenbei auch ist. Es ist etwas Abstinentes in diesem Buch – Hamsun, der in seiner Jugend ordentlich einen gesoffen hat, weil ein Bauernjunge, ist damit nicht zu erklären. Berendsohn hat ganz recht, wenn er sagt, die nordischen Erzähler jener Kneipnächte möchten damit Knut Hamsun auf ihr Niveau herunterziehen … nein, das wollen wir gewiß nicht. Aber ohne den Rausch ist diese Blume nun einmal nicht zu erfühlen – ich will verrecken, wenn ich hier das Wort «Dionysos» hinsetze.

Schade. Nicht nur, weil das Seminar mitunter daneben haut. In einer ernsthaften literarischen Untersuchung Herrn Edschmid zu zitieren, deucht mich leicht komisch, und ihn gar «feurig» zu nennen … deutsches Haarwasser ist doch nicht feurig. Grade über das, was uns alle bewegt: über den Zerfall des Ich mit der Gemeinschaft – grade darüber finde ich nichts, was ich nach Hause nehmen könnte. Sehr schade.

Und so bleibt denn die schönste Biographie dieses seltenen Mannes, dem wir unsern Gruß entbieten: sein Werk. Sein Werk – das ihr bei Langen in Einzelausgaben oder in einer sehr hübschen Gesamtausgabe erstehen mögt, wo einmal alles beieinander ist: unsere Zeit und ihre Aufhebung; Märchen und der Geruch von nassem Holz, Tang und dampfenden Pferden; das Meer und die Berge; die letzte Verfeinerung der Gefühle und die größte Kraft, aber eine Kraft, die flieht und die auf der Flucht immer stärker wird – wie dünn der Text und wie unendlich stark das Bild des kleinen Arbeitshäuschens, das sich Hamsun auf seiner Besitzung in Nörholmen gebaut hat – noch heute flieht er vor den Seinen, wenn er zur Arbeit geht... wie manche Tiere sich verstecken, wenn sie eingehen oder sich begatten, sie fühlen sich dann so wehrlos. Da liegt das Haus, ein kleiner weißer Bau, an einem Hang, Freikorps pflegen an solchen Hängen gern Leute zu erschießen, weil sich die Kugeln so schön fangen... da liegt es. Die Wolken gehen darüber hin, ein kleiner mooriger Teich liegt davor, da sitzt er und schreibt. Ganz allein. Ein Bauer mit Nerven.

Blutrache in Leipzig

Es ist leider nicht lustig – es handelt sich um das Reichsgericht.

So etwas geht nun ganz still durch die Zeitungen; kein republikanischer Hahn kräht danach:

Im Jahre 1910 tritt ein Deutscher, namens Gies, in die französische Fremdenlegion. Im Jahre 1911 macht er seinen Fluchtversuch; Gefängnis. 1914: Algier, Marokko, Indochina. Im September 1918 ist seine Dienstzeit abgelaufen; er kommt nun als deutscher Gefangener in das Lager von Châlons. Dort bedrängen ihn die Franzosen: du kommst hier heraus, wenn du dich noch einmal bei uns anwerben läßt, du bekommst eine Pension! Nun stelle man sich die Lage des Mannes vor: acht Legionsjahre auf dem Buckel, seine Heimat hat er in der ganzen Zeit nicht gesehen, es bindet ihn wohl auch nichts, im Lager ist es grauenhaft... er sagt topp, verdingt sich zunächst bis «zur Beendigung des Krieges», dann auf weitere fünfzehn Jahre. Er steht später merkwürdigerweise während der Ruhrbesetzung in Essen. Weihnachten 1928 lassen sie ihn los – der Hammel geht nach Deutschland zurück. Wird sofort verhaftet. Weil er in Essen...? Nein. Das Reichsgericht ist viel gerissener.

Sie nehmen diesen armen Burschen hopp, weil er – hör gut zu! – weil er durch seine Anwerbung nach Algier dort einen «Franzosen freigemacht habe»! Der also nun gegen die Deutschen kämpfen konnte... «Aus den Äußerungen des Vorsitzenden während der Verhandlung war zu entnehmen, daß noch eine größere Anzahl deutscher Fremdenlegionäre, denen es wie Gies ergangen ist, wegen Kriegsverrats belangt werden sollen.»

Es steht ohne Beispiel in der Geschichte der Völker da, daß ein Regime die Debet-Konten der bankerotten Vorgänger zum Ausgleich bringt. Die ganze Untertanseligkeit Fritz Eberts und seiner Leute kann nicht besser zum Ausdruck gebracht werden als durch ihren immensen Fehler, damals nicht sofort durch Verordnungen einen dicken Strich zwischen sich und der Vergangenheit gezogen zu haben. Aber wie konnten sie das: sie waren ja selbst diese Vergangenheit!

So sind nun diese armen Hunde der Rache des Reichsgerichts ausgeliefert. Auf die Konstruktion des Urteils wird kein Jurist hineinfallen. Die Entscheidung besagt:

Wenn ihr den Krieg liquidiert habt – wir nicht. Wenn du, Republik, vielleicht glaubst, daß es damit sein Bewenden hat, daß du den Vertrag von Versailles unterzeichnest, dem Kaiser und den andern Kriegsmachern Pension zahlst – für uns ist die Sache noch lange nicht erledigt. Wir kommen noch elf Jahre hinterher angewackelt und rächen uns an unsern Landsleuten für den verlornen Krieg! Fünf Jahre Festung hat Gies bekommen.

So hat jeder seins: der seine Strafe und wir dieses Reichsgericht.

Rundfunk und Kunst der Lebenden

Fort mit der Zensur

Über Musik kann ich mich nicht äußern – davon verstehe ich nicht viel.

Der Rundfunk kann die *Literatur* der Lebenden fördern – obgleich das Ohr nicht so aufnahmefähig ist wie das Auge, und hier besteht eine Gefahr. Für faule Leser macht manchmal eine «Bücherstunde» die Lektüre eines Buches überflüssig – hat er etwas über ein Werk gehört, so kann es geschehen, daß er es nicht mehr liest. Aber diese Gefahr ist klein im Vergleich zu dem Nutzen, den eine anregende Bücherstunde schaffen kann.

Nein, die bisherige Leistung genügt ganz und gar nicht. Und hat einen Grund, und dieser Grund heißt: die Zensur.

Solange die Deutschen nicht lernen, daß es nichts Unpolitisches auf der Welt gibt und geben kann, so lange ist der Rundfunk elend unvollkommen. Es kann keinen unpolitischen Rundfunk geben – es kann nur einen politischen neutralen Rundfunk geben (was er heute nicht ist). Selbstverständlich hat auch der schärfste Hitler-Mann das Recht, seine Bücher und seine Helden, seine Gedenktage und seine Ideale im Rundfunk zu propagieren – solange er damit keine strafbare Handlung begeht. Der Kommunist hat das gleiche Recht. Der steuerfeindliche Bauer hat es. Die Großindustrie. Der Arbeiter. Die Frau, die für den Gebärzwang ist. Die Frau, die gegen den Gebärzwang ist. Nur eines geht nicht: daß eine Partei auf Kosten der anderen bevorzugt wird. Fort mit der Zensur –!

Und fort mit dem intoleranten Hörer, der überschäumt, wenn ihm da etwas ins Haus gesprochen wird, mit dem er nicht einverstanden ist. Dann soll er die Antenne erden! Solange der Spießer, der seine Ruh haben will, das Programm durch Druckbriefe bestimmt, so lange kann der Rundfunk seiner Aufgabe nicht gerecht werden.

Schulkampf

«Wer gegen mich zu rebellieren wagt...!»
Direktor Freitag,
Lessing-Gymnasium, Berlin

Da erscheint eine kleine Zeitschrift ‹Der Schulkampf›, Organ der Sozialistischen Höheren Schüler, herausgegeben vom Sozialistischen Schülerbund. Bravo!

Was zunächst auffällt, ist die erstaunliche Reife der Aufsätze und des Tones. Hier ist mit gradezu intuitivem Scharfsinn zweierlei vermieden, was sonst fast jede deutsche Jugendbewegung von vornherein zum Scheitern verurteilt: das quitschige Pathos und die Funktionärsbrille. Was das Pathos angeht, so wird das noch am ehesten von den Machthabern geduldet, weil es ungefährlich ist: es ist einfach eine Pubertätserscheinung, wird als solche gewertet und tut keinem Menschen etwas zuleide. Diese großen Worte werden später, mit der Klampfe, an die Wand gehängt... das bleibt nicht. Hier ist nichts davon. Hier ist auch nicht dieser schrecklich unjunge Typus, der zum Parteifunktionär prädestiniert ist; jener schon mit siebzehn Jahren besinnliche, vorsichtige, in der Organisation versaufende junge Herr – einer jener, von denen man sich später nie vorstellen kann, wie der wohl einmal jung gewesen sein mag. Nichts ist hier davon. Hier ist: Klarheit, Mut, Draufgängertum und scharfes Gefühl für die Realität. Dabei habens die Jungen nicht leicht.

Das preußische Kultusministerium, in dem heute der gescheite, gebildete und in seiner politischen Aktivität maßlos überschätzte Professor Becker sitzt, hat den Schülern und Schülerinnen eine kümmerliche Art «Selbstverwaltung» gegeben. Es gibt «Sprecher», die in geheimer Wahl gewählt werden; einen Schülerausschuß, eine Klassengemeinde, die in einer lehrplanmäßigen Stunde zur Aussprache über die Klassengemeinschaft aufzufordern ist; es gibt eine Schulgemeinde, und da, wo sie nicht besteht, soll über ihre Einführung zu Beginn jedes Schuljahres klassenweise abgestimmt werden…, das steht auf dem Papier. Die Wirklichkeit sieht ganz anders aus.

Zweifellos hat sich das Verhältnis des Lehrers zum Schüler geändert, und zwar zum Bessern gewendet. Unsereiner hat die ganz bösen Zeiten – mit Prügelstrafe, mit schärfster Autorität der Pauker, mit Drill – nicht mehr erlebt; wobei hinzugefügt sein mag, daß ich in einer großen Stadt zur Schule gegangen bin, wo ja erfahrungsgemäß alles halb so schlimm zu sein pflegt. Wenn ich an meine Schulzeit zurückdenke, so tue ich das nicht mit dem Gefühl des Hasses, sondern mit dem einer unsäglichen Verachtung für die Typen, die uns da unterrichtet haben – und wie unterrichtet! Ich habe heute noch, nach vierundzwanzig Jahren, den Klang jenes Satzes im Ohr, den mir mein Freund Hans J. auf die Frage, wie denn die Herren Lehrer im Abitur gewesen seien, sagte: «Albern wie immer.» Gelernt haben wir nicht viel – mein Wissen krankt noch jetzt an Lücken, die ich nie wieder aufzufüllen vermag. Dieser Unterricht war, in seinen großen Teilen und von erfreulichen Ausnahmen abgesehen, eine sinnlose Quälerei und das Fahrgeld nicht wert.

Ist das nun wirklich besser geworden? Es gibt heute schon, besonders unter den jüngeren Lehrern, eine Art sauberer Kameradschaft mit den Schülern, wirkliche Zusammenarbeit, aus der allein etwas gedeihen kann – aber das ist noch nicht überall so, es ist vor allem in der Provinz nicht so, wo der Direktor und sein Kollegium die «Autorität» wahren, jenes Gemisch aus privatem Sadismus, Faulheit und Unfähigkeit. Mit dem Knüppel kann jeder Hammel regieren. Und jeder Hammel tut es.

Zum erstenmal, seit ich diese Dinge verfolge, tönt mir aus einer Schülerzeitschrift ein Ton entgegen, der ergreift: die fühlen mit dem Kopp, und sie denken mit dem Herzen, um ein Glaßbrennersches Wort zu variieren.

Sie wissen:

Schulreform ohne Gesellschaftsreform ist ein Unding. Sie wissen: es gibt keinen objektiven Unterricht, jeder Unterricht hat vielmehr die natürliche Tendenz, die Grundlagen der herrschenden Klasse zu vertreten und sie in die Köpfe der Jungen und Mädchen hineinzutrommeln, und zwar – und das ist die Gefahr! – als selbstverständlich und untendenziös hineinzutrommeln. Das lehnen diese tapfern Jungen ab.

Sie wissen: mit einer gesunden Aufklärung über die Welt, über die Geschlechter, über die Wirtschaft, über den Staat zu warten, bis man «heraus» ist, führt zu gar nichts; die entscheidenden Jahre müssen genutzt werden. Und sie wissen: nur wirklich freie Persönlichkeiten sind befugt und legitimiert, Kinder zu erziehen. (Man erlasse mir das schreckliche Wort: «Jugendliche».) Was finden sie nun vor?

Sie finden das vor, was wir in ganz Deutschland zurzeit sehen: eine Reaktion, um so gefährlicher, als sie in den Formen häufig verbindlich ist. «Es ist alles gar nicht so schlimm.» Es ist genauso schlimm, wie es gewesen ist – es ist viel schlimmer; aber man merkt das nicht immer gleich so. Wo die Herrschenden so töricht sind, ganz aus sich herauszugehen, entstehen diese Vorkommnisse, von denen der ‹Schulkampf› noch massenhaft zu berichten weiß: der jetzige Direktor des Goethegymnasiums in Frankfurt am Main, Herr Neustadt, der früher in Berlin Lehrer gewesen ist, tituliert seine Schüler zum Beispiel so:

«Louis – lackierter Affe – gespreizte Null – Roß – Rindvieh – Idiot – Klotzkopf – Knote – Lumpengesindel – mulmige Pflaume», und dergleichen berechtigt offenbar zu einer Beförderung, nicht etwa zur Pensionierung. Und so hundertfach.

Viel schlimmer als alles dieses ist der Ungeist, der durch viele Klassen weht.

Was da heute getrieben wird, ist nicht Fisch und nicht Fleisch. Es ist nicht mehr die alte Paukschule, wo nur gebimst wird, es ist aber auch noch nicht die neue Schule, in der Menschen herangebildet werden. Das mag für die Provinzialschulkollegien schwer sein; sie haben ja selbst kein geschlossenes Weltbild, wie sollen sie den andern eins geben! Das Tragische an dieser jungen Generation, das sie deutlich fühlen, ist: sie baden die trüben Jugendideale mäßiger Kleinbürger aus. Jeder lebt ja sein Leben zu Ende... diese das ihre, und was auffällt, ist die vollendete Hilflosigkeit dieser Männer. Da schreibt – nicht im «Schulkampf» – ein «Oberstudiendirektor» über die Not des Literaturunterrichts in der großstädtischen Schule. Der Mann gehört zu den Denkenden unter seinen Genossen, er will etwas für die Jugend tun, er fühlt, wie ihm die Felle unterm Stuhl wegschwimmen, aber er kann nicht. Hilflos, hilflos... Daß es mit der Emilia Galotti nicht mehr geht, weiß er. «Wer kann nun von früheren Dichtern als Wegweiser und Wegdeuter herangezogen werden?» Ja, wer wohl? «...Vielleicht solche Leute wie Oscar Wilde...» Das ist in seiner Jugend «modern» gewesen, das galt als dekadent, pervers, neue Zeit, was weiß ich – und er glaubt wirklich, daß so eine Kunstblume noch einmal aufblühen wird! Es ist ein Jammer.

Das alles wissen die jungen Schüler des «Schulkampfes» genau, sie machen sich nichts vor, kaum ein Aufsatz ist darin, der mit Phrasen gefüllt ist, fast alle weisen Gedanken auf – und wer zu dieser Jugend geht und nicht ebensoviel von ihr lernt, wie er sie zu lehren ausgesandt ist, der mag ja ein ganz braver Studienrat sein, aber ein Lehrer ist er nicht. Die Lehrerschaft hat denn auch das einzige getan, was ihr zu tun übrig blieb: der «Schulkampf» ist in den Schulen verboten. Und wird hoffentlich vierfach vertrieben und gelesen.

Das sexuelle Gebiet spielt keine übermäßig große Rolle in diesen Heften. Und das ist recht so. Wie himmelweit ist diese verständige Jugend von solchen Ausverkäufen in Jugend entfernt wie Klaus Mann sel. Erben! Für diese Heutigen ist vieles selbstverständlich geworden; einmal lehnt eine ganze Oberprima diese traurige «Aufklärung» ab, die man ihr offiziell zum Abschied mit ins Leben geben will: so will sie nicht aufgeklärt werden – entweder ganz oder gar nicht. Die Provinzialschulkollegien wählen: halb.

Zwei Gedanken durchziehen diese ausgezeichneten Hefte: der Klassenkampf und der Kampf gegen die falsche Autorität, gegen jene, die nicht erarbeitet, sondern eingesetzt ist. Hiergegen bäumt sich alles in der guten Jugend auf – und rechtens.

Was den Klassenkampf angeht, so können ja nun die Liberalen aller Schattierungen – einschließlich der Sozialdemokraten – heulen: «Kommunisten! Kommunistisch verhetzt! Kommunistisch mißbraucht!» Davon ist keine Rede. Diese Gruppe besteht kaum aus Kommunisten, schwört gewiß nicht auf das Kommunistische Manifest – fühlt aber, daß ohne das Proletariat jede Bewegung im Keim verdorren muß. Lieber kommunistisch beeinflußt als national verhetzt; zum Beispiel von dem durch das Kultusministerium gehätschelten «Verein für das Deutschtum im Ausland». Über die Nationalen auf den Schulen ist nicht zu reden: dieses mulmige Pathos, diese trübe Erkenntnislosigkeit, diese bramsige Mannbarkeit, die gar keine ist, richten sich selbst. Was die zahmen SPD-Leute angeht, so wissen sie nicht, was sie an der Jugend sündigen. Sie fühlen ja die eigenen Niederlagen nicht; neulich schrieb einer von ihnen, wir hier «kläfften, während sie reiten». Reiten? wirklich reiten? Aber das Grausig-Komische ist doch eben, daß sie nicht reiten; daß sie im Chausseegraben liegen, seit 1918; von einer Position in die andere gedrängt, vertrieben, verhöhnt, nicht ernst genommen, geschlagen auf allen wichtigen Gebieten – wirklich: reiten?

Gegen solche Halbheiten steht diese Jugend.

Sie steht ebenso scharf gegen die Lehrer, die nur Pauker und Feldwebel geblieben sind. Gegen jene, die gegen den Kalender leben. Wüßten diese kleinbürgerlichen Pensionsrentner nur, wieviel echte, wieviel innere Disziplin in diesen Jungen und Mädchen ist – wie schwer und wie leicht es ist, mit der Klasse Ordnung zu halten, statt über und gegen sie: sie faßten ihr Amt anders auf. Aber daran ist nicht zu denken; auch gibt es da eine Sorte nationaler Lehrerinnen, die noch weitaus schauerlicher sind als ihre männlichen Kollegen; wieviel verglimmende Brunst ist in dieser Militär- und Gewaltanbetung... Dralles Blüten-Illusion.

Ganz besonders übel ist es in der Provinz. Was von da an Beschwerden in die Hefte des «Schulkampfs» dringt, schreit nach Besserung. Weiß Herr Becker das? Aber ich kann im Schlaf hersagen, was er erwidern wird: «Man kann nicht immer so... wir haben eine Koalitionsregierung... Sie glauben nicht, wie schwer es ist, Fachleute zu finden, die den Anforderungen... solange keine direkten Verstöße gegen die Verordnungen nachgewiesen sind...» Gute Nacht. Kein Satz davon schlägt durch: als ob sich ein Geist jemals hindern ließe, zu wirken – und noch dazu, wenn man die Macht hat! Von da ist nicht viel zu erhoffen – heute nicht.

Halt dich wacker, guter «Schulkampf»! Geh ran. Sags ihnen. Und nenn, wie bisher, Namen. Stell sie an den Pranger. Lehrer sind keine Götzen, sie sind nicht vom Himmel heruntergefallen. Steh ein für die guten – peitsche die schlechten. Ihr seid eine Macht. Heute eine kleine, morgen eine größere; auch ihr Schulklassen steht in einem Klassenkampf – vergeßt es nie. Und kämpft für ein besseres, für ein neues Deutschland!

1930

Die Keuschheitsgürteltiere

Das war im seligen Frieden – da sah man im «Simplicissimus» ein Schaufenster mit sehr freibrüstigen Wachspuppen, die waren schön onduliert und wohlgefällig nackt. Davor stand ein kleiner Knabe, der Nase nach unverkennbar der Polizeipräsident von Jagow, der schleckerte mit der Zunge. Und sprach:

«Wenn ich mal groß bin, konfiszier ich mir so eine!»

Das Landesjugendamt der Rheinprovinz zu Düsseldorf konfisziert sich alle Tage einen. Zur Zeit haben sie den Italiener Pitigrilli beim Kragen. «Der Keuschheitsgürtel» (erschienen im Eden-Verlag zu Berlin).

Ich liebe Herrn Pitigrilli nicht. Er ist, was Hamsun einmal recht boshaft von Maupassant gesagt hat: ein Kommis der Erotik; er schleckert, stiert den Damen verzückt zwischen die Beine, ein billiges Parfüm geht von diesen Büchern aus, eine fatale Lüsternheit, literarisch mit Aphorismen aufgeputzt, die von einem ehemaligen Kammerdiener Oskar Wildes stammen könnten... es ist dummes Zeug. «Wrobel muß selbst zugeben...» Ich gebe zu:

Noch unter Pitigrilli steht ein Jugendamt, das sich erdreistet, literarische Werturteile abzugeben, nach denen es nicht gefragt ist; ein Amt, das seine Befugnisse überschreitet; ein Amt, das sich nicht nur lächerlich macht, sondern das durch eine beharrliche reaktionäre Tendenz anfängt, gefährlich zu werden. Heute ist es Pitigrilli – wer wird es morgen sein?

«Das Buch ist kein Schund. Es ist für einen gebildeten und reifen Leser sogar interessant, festzustellen, wie sich die Geschlechtssphäre im Kopfe eines geistreichen Schriftstellers gestaltet, der ausschließlich in seinem Werke die tierischen Geschlechtsfunktionen kennt und es weit ablehnt, im Verkehr der Geschlechter etwas von Ethik und Moral zu sehen. Gegen die Tendenz des Buches, die Moral zu vernichten, den Geschlechtsakt als eine ausschließlich animalische Angelegenheit darzustellen, läßt sich im Hinblick auf das Gesetz vom 18.12.26 nur sagen, daß sie an sich schmutzig ist. Aber das Buch wimmelt auch von obszönen Worten, Sätzen und Situationen, die mit gefährlichem Zynismus und beißendem Haß gegen Andersdenkende häufig abstoßend und ekelhaft wirken, wenn sie auch in die Form von ‹Geistreicheleien› gebracht sind. Für die Jugend ist das Buch stärkstes Gift. Die Prüfstelle wird in diesem Falle zu entscheiden haben, ob die flüssige Sprache und die schriftstellerische Form des Werkes einen Freibrief darstellen, um die moralischen Anschauungen der Jugend völlig zu zerstören. Das Buch ist an allen Kiosken und Buchhandlungen ausgestellt. Die Schüler der höhern Lehranstalten stellen ein Hauptkontingent der Käufer der Bücher Pitigrillis.»

Die Berliner Prüfstelle hat funktioniert. Das Buch ist vorläufig auf die Liste gesetzt.

Berlin hat zwar zunächst gesagt, mit der bösen «Weltanschauung» sei es nichts, das Gesetz besage ja ausdrücklich, daß deswegen kein Buch verboten werden dürfe. Aber:

«Die Prüfkammer in ihrer heutigen Zusammensetzung ist jedoch im Gegensatz zu dieser ständigen Spruchpraxis auf die Frage nach dem Wert des beanstandeten Werkes nicht eingegangen. Sie hat vielmehr die Indizierung des Buches beschlossen, weil nach ihrer Meinung die betont materialistische Behandlung und die Form der Darstellung sexueller Vorgänge darin eine Gefahr für die Jugend bedeutet und das Buch deshalb als Schmutz anzusehen ist.»

Also doch. Daß Herr Tovote für Ja gestimmt hat, erheitert den Tatbestand wesentlich. Der Spruch Leipzigs steht noch aus.

Früher, als wir vor dem Gesetz warnten, hat man uns erzählt: Aber ihr übertreibt. Wer wird sich denn an ernsthafte Literatur wagen! Wir wollen doch nur, nur jene industrielle Hintertreppenschreiberei bekämpfen, jene Fünfgroschenhefte, die am laufenden Band hergestellt werden: «Mit fünfzehn Jahren im Irrenhaus oder Der Landgerichtspräsident in den Klauen von Mädchenhändlern» – dagegen werdet ihr doch nichts haben... Wir wußten, was kommen wird; wir haben es gesagt. Auf die Demokraten ist in dieser Beziehung nicht zu rechnen. Die SPD hatte Wichtigeres zu tun; wenn in Deutschland ein Unheil im Anzug ist, dann steht die Bonzokratie dieser Partei da und setzt durch, daß im § 8 des Unheils statt «muß» die Worte «soll nach Möglichkeit» stehen. Es sind wackere Parlamentarier.

Inzwischen setzen die Jugendämter ihren Unfug fort.

Ich bestreite, daß diese Verbote von dem Wunsch, die Jugend zu schützen, diktiert werden. Hier wird ein Beamten-Kleinkrieg geführt; wenn das Verbot durchgeht, so reiben sich die in Düsseldorf die Hände – hurra! Es ist eine interne Angelegenheit zwischen Dunkelmännern und Verlegern, die jene geschädigt haben wollen. An einer Stelle der Begründung verrät sich auch der politische Zweck. Da ist der «beißende Haß gegen Andersdenkende...» – was hat das mit Jugendschutz zu tun? Nichts hat es damit zu tun. Hier wird keine Jugend geschützt.

Die Leute vom Düsseldorfer Jugendamt wissen natürlich so gut wie wir, daß es lächerlich ist, die Moral der deutschen Jugend durch Verbot von zehn oder zwanzig Büchern zu schützen. Hundert andre liegen und hängen daneben. Das Unterfangen ist kindisch und aussichtslos; es ist auch überflüssig, denn der Schaden, den solche Bücher bei ein paar Onanisten anrichten, ist ein Hundertstel so groß wie jener viel größere Schaden, an dem diese Jugendämter sich indirekt mitschuldig machen:

die Arbeitslosigkeit, die Geldnot, die gedrückte Lage der Jugend – unter anderm hervorgerufen von einer sinnlosen Belastung der Steuerzahler durch einen künstlich aufgeblasenen Beamtenapparat geschäftiger Nichtstuer und reaktionärer Feinde der Literatur.

Unsere Aufgabe

Darüber schreibt uns unser verehrter Freund Tucholsky folgendes:

«Die theoretischen Auseinandersetzungen sind richtig. Aber vergeßt ja nicht die *Propaganda*, die dem Gegner erst einmal die allersimpelsten Begriffe eintrommeln soll, die er nicht hat. Wir dürfen ja nicht die bolschewikische Bewegung vor 1917 und nun gar vor 1905 sklavisch kopieren. Damals schienen die kleinen Gruppen in der Emigration zu theoretisieren; wer dumm war, konnte das verlachen. Aber hinter ihnen stand unsichtbar Rußland, ein ganzes Land nämlich, seine oppositionelle Intelligenz. Bei uns ist das anders gelagert. Das haben die Nationalisten, die Kirche und die Militärs recht gut erkannt. Daher unsere Schwäche – daher das beschämende Schauspiel, daß allemal dann, wenn Deutschland ‹offiziell› wird, die anderen sprechen, als seien wir gar nicht vorhanden. Hier muß energisch gearbeitet werden. Wir müssen bei allen sich darbietenden Gelegenheiten, bei denen wir auch nur die Aussicht auf Repräsentation haben, den anderen zeigen: ‹Halt! Deutschland seid nicht ihr alleine! Es gibt noch andere, mit denen man rechnen muß.› Wir begehen manchmal den Fehler, die Auseinandersetzungen in den kleinen und meist machtlosen Kreisen als das einzig Bewegende zu halten; wir vergessen dabei, daß wir uns dabei an bereits Überzeugte wenden, an solche, die es schon wissen – und meistens noch immer dieselben. Daher meine ständige Mahnung: Burschen heraus! Womit natürlich keine Barrikaden gemeint sind. Wohl aber Kampf. Kampf in allen Rayons, in denen wir uns behaupten können. Wir brauchen eine Reihe von kleinen Siegen. Sonst werden wir in Deutschland nicht weiterkommen.»

Dazu einen kleinen Teil beizutragen, muß auch jeder von uns bemüht sein. Jeder neugeworbene Abonnent des «Anderen Deutschland» ist ein kleiner Sieg des Pazifismus. Deshalb sorgt für einen guten Erfolg des Roten Wettbewerbs! Stärkt unsere Organisation!

Kabarett zum Hakenkreuz

«Na, lach doch mal! Na, lach doch mal! Muh! Miau! Baubau –!» Fotograf aus den neunziger Jahren.

Der beliebteste Einwand gegen den Mann auf der andern Seite ist: er sei nicht auf der Höhe seiner Zeit. Der Einwand ist nicht sehr kostspielig, wobei nicht einmal untersucht werden soll, was denn eigentlich unsere Zeit und wo denn eigentlich ihre Höhe sei ... Die Jahreszahlen des Kalenders zeigen keine klare Aufwärtskurve an, und ich für mein Teil zweifle sehr daran, ob ein altägyptischer Priester «zurück»geblieben ist und ob wir es ihm gegenüber gar so herrlich weit gebracht ...

Aber es gibt Erscheinungen, bei denen sich das Wort «von gestern» geradezu aufdrängt. Zu diesen Erscheinungen gehören die Satiriker der deutschen Rechten.

Viel gibt es nicht davon. Die Familie der Satiriker (Ehrenmitglied: Jonathan Swift) soll nicht mit dem unsäglichen Rumpelstilzchen gekränkt werden, ein ehemaliger Major, der die Republik mit den Unterröcken der Frau Zietz beschimpft und die Diktatur mit dem Südtiroler Helden Mussolini gefeiert hat ... so tief wollen wir denn doch nicht schießen. Was nun die Hakenkreuz-Satiriker angeht, so haben sie es, sollte man denken, gar nicht so schwer: sie predigen uns fortwährend, wie schlecht diese Zeit sei, die Originalrevolution sei nur bei ihnen zu finden, nur sie seien modern, nur sie die deutsche Zukunft ... und in der Opposition sind sie auch noch: also scheinen alle Vorbedingungen gegeben zu sein, daß dort peitschende, gute, wirksame Satire gemacht werden könnte. Ja, Kuchen.

So etwas von Witzlosigkeit war noch nicht da. Wenn ich das Zeug so lese, das die nationalsozialistischen, die völkischen, die rechts gerichteten Bünde unter sich lassen, dann juckt es mich in allen Fingern. Nein, so nicht – ich möchte nur hingehen und es besser machen. Ein Jammer, daß man nicht Angriffe gegen sich selbst veröffentlichen kann... Ich weiß doch, wo wir wirklich verletzbar sind. Die wissen es nicht. Ach, wie schießt ihr schlecht –!

Da gibt in Hamburg ein dem alten «Kunstwart» entlaufener Herr Dr. Stapel ein Blatt heraus: «Deutsches Volkstum.» Das Blatt hat viel Umhängebart, enthält aber von Zeit zu Zeit lesenswerte, ernste Aufsätze, wie ja gewiß die Intelligenz und die Sauberkeit nicht parteimäßig aufgeteilt sind: hüben alles, drüben nichts. Soweit gut. Aber den Dr. Stapel reitet der Teufel, er hält sich für einen Spaßmacher, er glaubt, daß man über ihn auch dann lache, wenn er das wolle, während man am meisten über ihn lacht, wenn er das nicht will – und nun hat er seine Aufsätze gegen... gesammelt, gegen die Republik, gegen den Pazifismus, gegen mich, gegen uns, gegen was Sie wollen. Das Bändchen heißt «Literatenwäsche». Es ist typisch für die ganze Gattung.

Zunächst verhaut sich der gute Stapel im Objekt. Journalisten sind in Deutschland leider nicht so populär, daß man eine Satire, die alle angeht, auf ihrem Wirken aufbauen kann; es ist so viel Atelierfest in diesem Buch, aber es ist ein herzlich langweiliges Fest. Publizisten angreifen? Warum sollte man nicht? Wir haben in Deutschland viel zuviel Würde – ich möchte einmal sonntags das sein, was gewisse im öffentlichen Leben stehende Männer an Wochentagen zu sein glauben. Wenn aber die deutsche Presse einen Fehler hat, so ist es der, zuwenig von sich selbst zu sprechen, von ihren Nöten, ihrer Problematik... Vielleicht ist diese Bescheidenheit löblich, ich weiß es nicht, ich glaube es nicht. Die große Presse ist angreifbar. Das weiß jeder Journalist, der seinen Beruf liebt; jeder von uns kennt die Fehler, die den Zeitungen anhaften: jene, die vermeidbar sind, und jene, die allen Zeitungen immanent bleiben, solange es sie geben wird. Man soll keine Unfehlbarkeit statuieren, die gibt es nicht.

So unbeschwert machen wir uns an die Lektüre. Wäre der Text so hübsch wie die im Stil Heinrich Kleys gehaltenen Streubildchen A. Paul Webers (mich hat er als Laus aufgepiekt), dann könnte man 126 Seiten lang lachen. So gähnt man, als seien es dreihundert. Also malt sich in diesem Menschenköpfchen die Welt:

«Der Matrose Stibitzke war während des Krieges mehrfach wegen Dienstvergehens bestraft worden. Auch fand er den Wachtdienst furchtbar anstrengend. Darum wurde er Revolutionär.» Stapel, einen runter. Dieser Schüler hat offenbar die letzten zehn Jahre geschlafen. Denn sonst wüßte er von den oft unerträglichen Verhältnissen auf den Kriegsschiffen; er wüßte von den durchaus objektiven und ganz und gar parteilosen Berichten der ehemaligen Deckoffiziere, von den Ergebnissen aus den Untersuchungsausschüssen, die ein gerüttelt Maß an Schuld, an Leichtsinn und Mangel an Menschenkenntnis vieler Seeoffiziere einwandfrei festgestellt haben. Von Schlimmerem zu schweigen. Für Stapel ist die Revolution ausgebrochen, weil die Matrosen keinen Wachtdienst mehr machen wollten. Und nun gehts los.

Packte er die «neuen Herren» noch da, wo sie wirklich zu packen sind! Er sieht das gar nicht. Er kennt die Leute nicht, er kennt nur ihren Widerschein in den Zeitungen, wie überhaupt diese gesamte völkische Polemik fatal nach Druckerschwärze riecht: alles ist aus der Presse genommen, aus dem Leben so gut wie nichts.

Er – und fast alle seine Genossen – machen so ziemlich dasselbe:

Zunächst etwas Erlaubtes. Sie halten den Literaten, die im Kriege «Hurra!» gerufen haben und die heute pazifistisch oder doch zum mindesten republikanisch sind, dieses alte Hurra vor. Das mögen die Herren unter sich abmachen. Eine derartige Polemik hat einen gewissen Sinn, obgleich echte Wandlungen der Beteiligten vorgekommen sind. Immerhin: Konjunkturjobber gibt es in allen Bewegungen, auch in der nationalen. (Harden nannte das: die Leute aus «Immerdabayern».)

Die Personalunkenntnis Stapels und seiner Freunde aber ist grotesk; was sie da treiben, ist unerlaubt dumm. Arthur Schnitzler ist für ihn der Mann mit der Unsittlichkeit, Eugen Diederichs wird von ihm angepflaumt, von ihm, der doch zu jenem stehen müßte, von den zweifellos vorhandenen Verdiensten des Mannes zu schweigen. Dann nimmt er Sling her. Uns allen ist Sling zu früh dahingegangen; als nebensächlicher Wunsch schwingt in mir mit: Schade, daß er dem nicht noch hatte einen auswischen können! Aber vielleicht hätte er es gar nicht getan. Dabei war Sling zu einer anständigen Polemik immer bereit; aber doch nicht mit einem, der überhaupt nicht fühlt, wie den Zuhörer im Gerichtssaal der Schmerz über das Unrecht im Recht durchzucken kann...

Wie dieser Stapel sich seinen Stoff zurechtbiegt, dafür ein Exemplum. Ich hatte einmal gefragt, warum denn der Verlag Brockhaus das noch nie veröffentlichte Manuskript Casanovas, das er noch in seinen Schränken birgt, nicht herausgibt. Und nicht ich allein hatte so gefragt. Ich sagte: «Die Gründe, die den Verleger bewegen, damit nicht herauszukommen, sind nicht recht ersichtlich. Wenn er etwa glaubt, daß das Werk für seinen Verlag zu frivol sei, dann braucht er es ja nur zu verkaufen.» Das sperrt Herr Stapel im Druck und setzt als Überschrift hinzu: «Dann braucht er ja nur...» Das heißt für seine Leser: Seht, wie sie schachern! Für diesen Panter ist auch das Werk Casanovas nur eine Ware. Ja, denk mal, Hedda! Das ist es nämlich wirklich, neben seinen anderen Eigenschaften; genauso, wie Brockhaus keine Messen zelebriert, sondern ein dem Irdischen zugewandter Kaufmann ist. Geistige Produkte sind eben unter anderem auch Ware. Zum Beispiel kann man auch auf das «Deutsche Volkstum» abonnieren.

Da wird man dann allerdings finden, daß dessen Herausgeber kein richtiges Deutsch schreiben kann. «Die Sprache», sagt er einmal, «ist jiddisch-berlinisch, man merkt an jedem Satz die vor sich gegangene Übertragung aus dem Jargon.» Dann schon lieber Jargon; der Herr Doktor Stapel täte gut, einmal das Kapitel «Das Partizipium» in Wustmanns «Sprachdummheiten» nachzulesen, er hätte dann diesen vor sich gegangenen Fehler vermieden. Aber so genau kommt das bei den alten Germanen nicht drauf an.

Den Pazifismus tut Stapel – wie fast alle seine Genossen – gern mit dem Hinweis auf die kriegerischen Vorkommnisse im Tierreich ab. «Nie wieder Krieg», sagte der Frosch zum Storch, als er im Storchschnabel zappelte. Ich glaube nicht, daß das Bürgerliche Gesetzbuch, unter dessen Schutz auch Herr Stapel lebt, sich das Tierreich zum Vorbild genommen hat; von Krapotkins «Gegenseitiger Hilfe im Tierreich» braucht jener nichts zu wissen.

Mit einem «Nationalistischen Ausklang» schließt das Heft. Gott sei uns vor solcher Lyrik gnädig, an der nicht nur die Gesinnung mäßig ist, sondern auch die Verse nichts taugen:

Hab fürder guten Mut!
In deines Herzens Grund
Wallt dir ein edles Tröpflein Blut,
Uralt und kerngesund.

Diese Lyrik wallte früher durch den Briefkasten des «Kladderadatsch», und das ist schon lange her.

Das sind die Jonathan Swifts der Rechten, kleine Leute wie aus dem ersten Abschnitt von «Gullivers Reisen». Man muß sich nur einmal die Arbeit machen, diese völkischen «Beobachter» aller Provinzen durchzublättern – ein hartes Unterfangen; man muß diese grenzenlos flache und platte Afterphilosophie der Gebildeten unter den Nationalisten ansehen, diesen Abfalleimer gebrauchter Ideen, und man wird verstehen, wie alle ihre Bemühungen, daraus eine neue Methode zu machen, fehlschlagen und fehlschlagen müssen.

Wer verurteilt ist, solch einen Kram lesen zu müssen, der schließt resigniert die Akten über die emsigen Bemühungen dieser Satiriker und murmelt ein kleines, zweisilbiges Wörtchen dabei, das mit einer vor sich gegangenen Übertragung in die Alltagssprache gekommen ist und mit einem N anfängt; es drückt Bedauern aus, ein wenig Schadenfreude, ein wenig Ironie, ein wenig herablassenden Spott und Mitleid, Mitleid, Mitleid.

Angenehmes – Unangenehmes
Das Jahrhundert des Tieres

Angenehmes

Tiere bei andern sind schön – um mich herum lenken sie mich von der Arbeit ab, weil wir uns zuviel zu erzählen haben. Aber bei andern sind sie sehr lustig, schon, weil manchmal so ein Baubau denselben Charakter annimmt, wie ihn sein Herr bereits hat, oder aber er ist das Gegenteil... Am schönsten aber sind Tiere in der Natur.

Den Gänsen mag ich stundenlang zusehen; hier allerdings ist der Vergleich mit den Menschen naheliegend – es ist aber auch zu heiter. Auch Schweine haben etwas höchst Sympathisches – am nettesten ist die Mutter mit ihren Ferkeln; wenn der Bauer vernünftig ist, haben wir da die reinste Kinderstube, die man sich denken kann. Hier ist das Tierische überall noch eingeengt.

Wenn aber die Katze und der Kater sich nachts im Garten gegenübersitzen und sich in jenen fast menschenähnlichen Lauten anschreien, stundenlang, ohne sich zu rühren... bis sie plötzlich fauchend davonspringen oder aufeinander los... das ist ein kleiner Urwaldersatz.

Tiere machen mich nachdenklich; wenn ich eines sterben sehe, ohne ihm helfen zu können, kann ich den Tod fast mit den Händen fühlen, geh nicht, sage ich, bleib – aber er ist schon fort und hat das Leben mit sich genommen, und was er übrigläßt, ist eine Hülse.

Seit sie acht Millionen Menschen in Europa für die Fahnen totgeschlagen haben, ist alle Welt sehr für die Tiere eingenommen. Selbst für die, die man in das Granatfeuer gejagt hat, obgleich sie doch gar keiner Nationalität angehört haben. Da, bei solcher Gelegenheit, sollte man Tiere lieben.

Unangenehmes

Was verdankt mein Leben dem Tiere Unangenehmes?

Hundegebell. Stundenlanges, störendes, überflüssiges Hundegebell bei der Arbeit. Da bellt gar nicht der Hund, dem gewöhnlich sehr schlecht zumute ist, weil sie die größte Gemeinheit an ihm begangen haben, die an einem Lauftier möglich ist: sie haben ihn angebunden.

Da bellen die schlechten Eigenschaften des Hundebesitzers.

Seine Rücksichtslosigkeit; seine bäurische Besitzdumpfheit; seine Nervenstumpfheit und seine törichte Unfähigkeit, Tiere richtig zu behandeln.

1931

Wenn kein Licht ist

Zu den schwersten Aufgaben, die es auf Erden gibt, gehört offenbar die Leitung eines Elektrizitätswerks. Wenigstens habe ich noch nirgendwo gewohnt, wo nicht plötzlich, schwups, das Licht ausgegangen wäre. Ja, das ist ungerecht, was du da sagst – so oft ist es gar nicht ausgegangen, vielleicht drei-, viermal –, und jetzt machst du so viel davon her. Das ist ja gar nicht so schlimm. Nein. Wohin man kommt, dieselbe Geschichte: abends, wenn man das Licht am nötigsten braucht, im Winter, wenn man sich rasieren will – knips... kein Licht. Einmal habe ich in Schweden gewohnt, da versorgte uns der Trollhättanfall mit dem Licht, also, sie hatten da Wasser in Elektrizität verwandelt, ich weiß nicht, wie man das macht, aber wir haben es ja in der Schule gelernt. Sonntag früh zum Beispiel konnte man auf dem elektrischen Topf kein Wasser kochen; da ging der Trollhättanfall zur Kirche. Ja. Übertreibe ich? Wie ist das, wenn kein Licht ist...?

Wenn kein Licht ist, sind wir erst einen Augenblick ärgerlich – das Gefühl ist ähnlich, wie wenn man sich setzen will und es hat einem jemand den Stuhl von hinten weggezogen. Ja, erst sind wir ärgerlich, und dann rufen wir Frollein Krause, sie soll die Lampe bringen. Oder wir holen sie selber, denn wenn das Licht ausgeht, ist Fräulein Krause nicht da. Das ist im Leben so eingerichtet. Wir holen also die Lampe.

Die gute Lampe...! Sieht mürrisch aus, die alte Frau. Kein Wunder: wenn man immer nur herangeholt wird, wenns den Leuten nicht gut geht... Streichhölzer, wo sind denn die... Streich... Das Flämmchen... flackt, die Lampe brennt. Sehr widerwillig brennt sie, auch riecht sie penetrant nach Deterding. Natürlich kein Petroleum drauf! Hundertmal habe ich der Krause schon... wo ist das Petroleum? Wo das Petroleum ist? Ja, die Lampe sagts nicht; da mußt du schon selber nachsehen.

Nie wird ein Sterblicher ergründen, was es alles für Flaschen in einer Küche gibt. Und hat er es ergründet: nie wird er verstehen, was in den Flaschen drin ist. Und warum in jeder Flasche immer etwas anderes drin ist, als wo drauf steht. Das kannst du doch nicht sagen: als wo drauf steht! Warum, laß mich. Die Leute verstehen das schon. Da wollen wir mal ein bißchen an den Flaschen riechen. Hm, hm, hm... manche Menschen schütteln mit dem Kopf, wenn sie etwas gerochen haben. Dann riechen sie noch mal. Was das Mädchen alles aufbewahrt! Das ist doch Tinte? Steht drauf: Rotwein. Na, lassen wir das. Das ist Petroleum. Warum steht dadrauf: Kürako? Was soll das heißen: Kürako? Ach, das war neulich der Curaçao, und den hat sie umgießen wollen – Kürako ist gar nicht schlecht. Also gut, heizen wir die Lampe damit. Nun brennt sie. Ich trage sie ins Arbeitszimmer, auf den Schreibtisch.

Die Lampe brennt mit mildem Schein und heißt natürlich Minna. Das sieht ja ein Pferd. Minna. So traulich und harmlos, gutmütig und zuverlässig – das liegt aber an der weißen Lampenglocke; wenn man die abnimmt, sieht Minna aus, als käme sie gradenwegs vom Anhalter Bahnhof, München–Berlin, nachts vierter Klasse, die Haare hängen ihr zumplig ins Gesicht, aber Minna! Rasch stülpen wir die Lampenglocken wieder auf, und alles ist weißlich milde und treu und behaglich. Da sitzen wir nun, ich und Minna.

Wie klein das Zimmer auf einmal aussieht! Sehr groß ist es ja sowieso nicht, aber nun im Lampenschimmer ist es gradezu klein. Die Schatten haben sich in den Ecken versammelt... das habe ich irgendwo gelesen, das darf ich also nicht sagen... gut, keine Schatten in den Ecken; oben auf der Decke, wo der Stukkateur Mehlwürmer geringelt hat, die sich in den Schwanz beißen, scheint eine kleine Sonne: von der Lampe ist das. Wenn man sie da jahrelang stehenläßt, dann gibt es einen schwarzen Kreis. Wie war es früher? Am schönsten muß das gewesen sein, wenn die Festsäle mit Kerzen erleuchtet waren! Wie da die Schatten zuckten! Wie die gepuderten Schultern der Frauen glänzten, so matt, wie Elfenbein – ganz anders als bei diesem gefesselten Licht, Licht auf Flaschen gezogen, pfui! Und wie beweglich das Helle und das Dunkle in den Gesichtern auf und ab lief! Die Leute konnten bei dieser Beleuchtung nie starr aussehen, und die lebendigen Frauen waren doppelt und dreifach lebendig. Ja – aber wochentags saßen sie da um eine Kerze herum und später um eine Lampe – sehr traulich, wie? Sogar sehr gesund für die Augen. So buttergelb ist der Schein; man müßte Minna einen grünen Glashut aufsetzen, dann schimmerte sie grünlich, aber milchweißlich ist auch sehr schön. Was, Minna, Plock macht Minna und entläßt ein kleines brennendes Flöckchen aus dem Schornstein. Sie hat es sehr eilig, Minna fährt durch die Zeit. Andersen ließe sie jetzt sagen: «Seht ihr – da habe ich verachtet auf dem Speicher gestanden, zwischen allen den andern Kisten und Kasten, die lange nicht so fein sind wie ich, denn ich bin aus einer feinen Familie, ich war Lampe bei einem Kammeradjunkten. Auf dem Speicher sind ja nachts Mäuse und auch ein Kobold, Gott soll uns bewahren!» Was, Minna? Minna funzelt träumerisch vor sich hin. Sie sagt nichts.

Jetzt haben wir uns schon aneinander gewöhnt; Minna brennt, und ich schreibe. Einmal macht sie mir vor lauter Liebe einen Fettfleck auf das Papier, aber das tut nichts. Sie ist doch das Zentralfeuer, der heimische Herd, meine kleine Privatsonne. Wie, Minna? Dich müßte eigentlich eine Frau in der Hand tragen, nachts; eine Frau mit einem langen grauweißen Nachthemd, die Haare aufgesteckt, die Füße in Latschen, Minna, du leuchtest auch zu allem, du bist eine brave, gute, liebe... Die Krone im Zimmer hellt auf – wie ein majestätischer Sonnenaufgang ist das. Ah! erwartet sie. Ich denke: Ah! – Ganz hell ist es. So hell. Gar nicht! So hell, wie es eben immer ist, und wie es überhaupt zu sein hat!

Herrgott, mach doch die dämliche Lampe aus. Steht da, klein und häßlich, gelb und verfunzelt. Weg damit. Pütt!

Oben steigt ein graublauer Rauchwurm aus dem Zylinder

und legt sich quer durchs Zimmer. Er sieht aus wie eine Wolke auf alten Sezessionsbildern, aus dem Jahre 1901. Stell die Lampe weg. Alles voll Petroleum... die Hände... Minna? Wer heißt hier Minna? Hier ist keine Minna.

Es gibt Träume mit elektrischem Licht, Radio und allem Zubehör. Und es gibt Träume, wenn kein Licht ist. Ist das dein Ernst? Es ist mein Spaß – also mein Ernst.

Auf dem Nachttisch

«Das ärztliche Volksbuch», herausgegeben von Heinrich Meng, K. A. Fließer und Paul Federn. Drei stattliche Bände, erschienen in dem höchst verdienstvollen Hippokrates-Verlag zu Stuttgart. Das ist wieder mal ein «Doktor-Buch», zu dem man ja sagen kann.

Nicht nur der mechanisierte Krankenhausbetrieb macht eine seelische Mitwirkung beim Vorgang der Heilung unerläßlich; es gibt überhaupt keine Heilung, die ganz und gar einseitig an einem Patienten, als Objekt, vollzogen würde. Will aber der Patient mittun, so kann er das unter rational gebildeten Menschen nicht mehr allein durch Anspannung seiner meist ramponierten Seelenkräfte; er muß es über den Umweg des Rationalismus tun: er muß also wissen, «was ihm fehlt». Das ärztliche Volksbuch unterrichtet ihn in ausgezeichneter Weise.

Um das einzig Negative vorwegzunehmen, das mir aufgefallen ist: die Fotos sind gut, aber die farbigen Tafeln haben so etwas Verwaschenes, man geht nicht immer mit ganz klaren Vorstellungen davon. Der Text ist sauber, klar und vor allem ganz und gar vernünftig. Er belehrt ohne erhobenen Zeigefinger, und die Herausgeber haben noch dazu etwas sehr Gescheites getan: sie lassen nicht eine medizinische Schule allein zu Worte kommen, sondern mehrere: Homöopathen und Allopathen, und vielerlei Therapie wird, soweit ich das beurteilen kann, vorurteilsfrei und ruhig besprochen. Ganz besonders gescheit und aufklärend ist alles, was über die Hygiene des Alltags gesagt ist: über die Vorbeugung gegen Krankheiten, über Geschlechtskrankheiten und Geschlechtsgesundheit; Atmung und Turnen: so ein Buch wird gewiß nur Gutes stiften. Es ist daneben für Laien das beste medizinische Nachschlagewerk, das ich kenne. Und wenn es auf Abzahlung ist: «Wer zwei Paar Hosen hat», sagt Lichtenberg, «mache eines zu Gelde und kaufe dieses Buch.» Denn wie ein Radioapparat innen aussieht, das wissen viele, aber wie der Mensch innen aussieht, das wissen viele nicht, und die meisten beginnen, sich auch erst dann dafür zu interessieren, wenn es für sie zu spät ist.

«Es glüht wieder unter harter Kruste.» Wie bitte? «Es glüht unter der Kruste.» Gewiß, aber... was... wie – «Vorstoß. Prosa der Ungedruckten.» Herausgegeben von Max Tau und Wolfgang von Einsiedel (erschienen im Verlag Bruno Cassirer, Berlin).

Eine Anthologie schlechter Prosa. Wenn einer schreibt: «Aus den Vorräumen vernahm man charakteristischen Lärm, als verwehrte das Gesinde Herzudrängenden den Eintritt», so versteht der Schreiber nichts von Epik, denn «charakteristisch» ist ein Zeitungswort, und gestaltet ist so gar nichts. Aber diese Autoren sind in ihre aufgeschnappten Modewörter so verliebt, daß es einer zu dieser immerhin beachtlichen Leistung bring: «Ein roter, über die ganze Breite seiner mitleidslosen Stirn verlaufender Strich meldete menschlich, daß der Helm dieses Haupt drückte – aber wohl schon verbildet hatte.» Das Haupt des Helden, nicht das des Autors. Wenn einer schreibt: «Dostal bleibt abgängig dem Dienst und dem Hause, unwillig abwehrend Zuspruch», so ist diese scheußliche Mischung von österreichischem Amtsdeutsch und Sternheimschen Komödiendeutsch was?

«Darum sprechen sie aber auch nicht in der Sprache der Literaten, sondern sie wenden sich an alle, denen es noch um echte Dichtung zu tun ist.» Sie: das sind die in dieser Anthologie vertretenen Autoren. Diese Autoren, unter die auch Walter Bauer geraten ist, werden uns in der Vorrede und in den Reklamen als «nicht zünftige Schriftsteller» vorgestellt. Das habe ich gern. Es scheint also so zu sein, daß man, um anständige Literatur zu produzieren, nicht nur Autobusschaffner sein kann, sondern es sogar sein muß, als ob nicht ein Beruf von 1931 im Gegensatz zu dem Stadtschreiberamt Gottfried Kellers dem Schreibenden die Hauptsache fortnimmt, die er für eine saubere künstlerische Leistung braucht: Zeit. Grade die hat er nicht. Ich muß mir eine Grippe lachen, wenn ein Schriftsteller darauf stolz ist, daß er es ist – aber lassen sich die Herren Anthologie-Herausgeber ihren Blinddarm bei einem Gärtner herausnehmen? Ich beim Arzt. Der hat das nämlich gelernt, und wenn er ein guter Spezialist ist, dann hat er Jahre seines Lebens damit verbracht, zu operieren. Schriftsteller im Nebenberuf sind meist keine.

Selten ist wohl eine schlechte Anthologie dreister und dümmer eingeleitet worden, als es die beiden Herren tun, die den «Vorstoß» herausgegeben haben. Wer sind sie eigentlich? Auf Grund welcher Leistungen spielen sie sich so auf? Sie halten es wirklich für einen Vorzug, in diese Anthologie aufgenommen worden zu sein – weil sie die Manuskripte angenommen haben? Sie hätten vor allem eines zurückweisen sollen: ihre Vorrede. «Die Prüfung der verschiedenartigen Einsendungen erfolgte zunächst nach Richtlinien, die sich aus ihrem besondern Formcharakter ergaben.» Ja. Und es glüht unter harter Kruste, und nun wollen wir aber alle mal nicht mehr vom «Wissen um...» schreiben, und wie diese paar gleichgültigen Feuilletons da eingeleitet werden, das ist nicht zum Blasen! Von «Snobisten» reden diese Literaturisten, und: «Das Neue der echten Dichtung liegt nämlich weniger in dem, was sie sagt, als in dem, was sie verschweigt. Und die Autoren dieser Sammlung, sie können wieder verschweigen.» Sogar ihr Talent; es ist ganz innerlich, außen ist gar nichts zu sehn. Kurz und gut: auf diesen Vorstoß kann ich keinen Zurückzieher machen; so sieht der Nachwuchs hoffentlich nicht aus.

Land und Leute: Angelica Balabanoff «Wesen und Werdegang des italienischen Faschismus» (erschienen im Verlag Heß & Co., Wien). Zeigt den Werdegang Mussolinis, geschildert von seiner ehemaligen Genossin. Der gradezu grauenerregenden Schmeichelei, mit der deutsche liberale Interviewer Mussolini angehimmelt haben, weil er ihnen nicht mit dem nackten Hintern ins Gesicht gesprungen ist, sondern sich wie ein gesitteter Mensch benommen hat («Ich weiß gar nicht, was Sie wollen: Er ist doch so ein netter Mensch!») – solcher unwürdigen Haltung steht dies Buch gegenüber. Man muß einen Teil Ressentiment abziehen. In Jules Romains' «Diktator», der zwar nichts gestaltet, aber vieles klug umredet, werden der zur Macht gekommene Genosse und der in der Theorie verbliebene Genosse gezeigt. Das ist ein unüberbrückbarer Gegensatz, und das Wort «Verrat» flammt auf. Im Falle Mussolini hätte es einen Sinn, von Verrat zu sprechen, wenn der Mann jemals ein echter Sozialist gewesen ist, was ich bezweifle. Frau Balabanoff läßt kein gutes Haar am Faschismus; ich stimme ihr gefühlsmäßig zu. In den Grundzügen macht das Werk den Eindruck höchster Wahrhaftigkeit: sicher ist der Faschismus eine Herrschaft gegen die Arbeit, ebenso sicher umkleidet er sich mit arbeiterfreundlichen Gesetzen, und die hundsgemeine Terrorisierung des einzelnen, die Präponderanz des Staates noch im Nachttopf des Italieners: das ist abscheulich. Ganz besonders lehrreich der Anhang, der das Konkordat und die Carta del Lavoro zum Abdruck bringt.

Balabanoff ja. Robert Michels nein. Der hat bei Orell Füssli in Zürich ein Werk «Italien von heute» erscheinen lassen, und das darf denn doch wohl als ein Skandal bezeichnet werden. Von dem mörderischen Stil gar nicht zu sprechen: «Da aber sowohl ein Überhaupt-nicht-organisiert-Sein als auch ein Nicht-in-einer-anerkannten-Gewerkschaft-organisiert-Sein gestattet ist...» Viel schlimmer ist die Gesinnung dieses

Buchs. Hier haben wir den an das herrschende Regime eng angeschlossenen Professor in Reinunkultur, jenen, der alles, aber auch alles, was geschieht, mit seinen sakralen und statistischen Mätzchen umgibt, um zu beweisen, es sei gut, was geschehen sei. Ich bin fest davon überzeugt, daß Michels genau dasselbe Buch andersherum geschrieben hätte, wenn Italien heute kommunistisch wäre, oder wenn es gelungen wäre, den Faschismus abzuwehren. Alles, was ist, ist vernünftig, sagt Hegel. Er hätte gewisse Professoren ausnehmen sollen.

Eine solche Verkennung der Tatsachen ist gradezu unerhört. Kein Wort vom Terror; kein Wort über die widerwärtigen Verfolgungen der Nichtfaschisten; kein Wort vom andern Italien. Dafür aber so: «In diesem Punkt geben Mussolini und viele aus seiner Umgebung mit ihrer treuen Arbeitsamkeit, die sich beim Duce selbst bis ins Unglaubliche steigert, das beste Beispiel.» Weiß dieser schmeichelnde Soziologe nicht, daß ein Diktator für sich arbeitet? daß es seine Sache ist, für die er Nächte und Nächte schuftet? Es handelt sich nicht um Geld. Es handelt sich um viel mehr: es handelt sich um Geltung. Wir wollen doch die törichte Legende von den Staatsmännern, die «sich aufopfern», beiseite lassen. Mussolini hat viele andre geopfert, und wenn Michels, dieser Hofgeschichtsschreiber, ihm den hohen Mut lobend anmerkt, mit dem jener sich angeblich ohne Bewachung unter das Volk mischt, so spricht das nicht grade für die Beliebtheit des Mannes. Das Buch ist dumm und unbrauchbar; nicht etwa, weil es den Faschismus lobt, sondern weil es ihn dumm lobt. Michels gleicht jenem Typus, den Lewis im «Babbitt» beschreibt: dem Professor, der den Kapitalisten die nötige wissenschaftliche Weihe für ihr Tun gibt. Es ist immer einer da, der weiht. Robert Michels braucht sich nicht mehr zu entwickeln; der Mann ist fertig. Friede seiner Universität.

Max Hodann «Sowjet-Union» (erschienen bei der Deutschen Verlags-Aktien-Gesellschaft Universitas in Berlin).

Mit diesem Buch hat sich Hodann zwischen sämtliche vorhandene Stühle gesetzt; schon deshalb ist das Buch zu loben. Den Sozialdemokraten ist es zu sowjetfreundlich, und den Kommunisten sicherlich zuwenig. Wobei denn einmal auf den gänzlich unbegründeten Hochmut, auf den peinlichen Studienratston hingewiesen werden mag, mit dem in den Organen der schläfrigen sozialdemokratischen Bildungsarbeit Bücher besprochen werden. Auf Grund welcher Leistungen sich diese verkümmerten und verstaubten Bonzen eigentlich erlauben, mit erhobenem Zeigefinger zu lehren, was sie nicht verstehen, weiß ich nicht. So viel Mißerfolge und dann noch frech? Diese Kerle sind die schlimmsten Hindernisse bei der so nötigen Einheitsfront gegen den Faschismus.

Das Buch Hodanns will die russischen Eindrücke seines Verfassers so wiedergeben, wie er sie gehabt hat – das gelingt ihm vortrefflich. Es will sie deuten – das gelingt ihm nicht so gut. Kein Vergleich mit Feilers grandiosem «Experiment des Bolschewismus», das noch da, wo es irrt, turmhoch über fast allen andern Rußland-Büchern steht (erschienen im Societäts-Verlag zu Frankfurt am Main). Rußland ist ein hinter der europäischen Zivilisation zurückgebliebenes Land, das alles einholen will, was es in zweihundert Jahren versäumt hat. Es versucht dort ferner eine revolutionäre Regierung, ihr Programm durchzusetzen. Das sind zwei verschiedene Dinge. Diese beiden Dinge gehen häufig ineinander über, aber man darf sie nicht vermengen. Das Buch Hodanns ist breiter als tief, aber es ist ein anständiges, ganz und gar unbeeinflußtes Werk: keine Schleuder, keine Harfe – eine gute Untersuchung. Es gibt dem Leser keinen konfektionierten Standpunkt – er mag selber nachdenken und aus den gebotenen Tatsachen lernen.

«Das Käthe Kollwitz-Werk» (erschienen im Verlag Carl Reißner, Dresden). Wunderschön und gar nicht genug zu empfehlen. Schade, daß Arthur Bonus die Einleitung geschrieben hat. Er versucht darin, das Herz der Kollwitz auf die halbreligiöse Formel von Friedrichshagen 1902 zu bringen, etwas ganz und gar Schreckliches. Man lese etwa heute

Bölsche… aber dann schon lieber Katholizismus, tausendmal lieber. Bölsche ist ein Altarkelch mit Lagerbier.

Die Reproduktionen der Radierungen sind so gut, wie sie nur sein können – natürlich geht auf dem Wege über den Druck viel verloren. Wo aber ist dieses einmalige Pathos geblieben? Wo gibt es ein dieser Kraft ebenbürtiges Werk in der jetzigen revolutionären Bewegung?

Es sähe heute anders aus, gewiß; es wäre weniger gefühlvoll, es wäre härter – aber wo ist es? George Grosz liegt auf einem andern Feld. Die Kollwitz ist für uns etwas Einmaliges. Laßt uns den Hut abnehmen.

Zum Schluß finde ich gar keine Worte des Entzückens. «Aus der Frühzeit der Photographie 1840–70», von Helmuth Th. Bossert und Heinrich Guttmann (erschienen im Societäts-Verlag, Frankfurt am Main). Ja, also das ist etwas für uns Idylliker, Reichsverband Deutscher Idylliker, E. V., Sitz: Dinkelsbühl.

Früher habe ich alte Fotos gesammelt; ich besitze noch einen ganzen Kasten voll, und ich bin dankbar, wenn mir einer welche schenkt. (Zaunpfahl.) Das ist bezaubernd, was es hier zu sehen gibt. Die Technik aus den ersten Anfängen der Fotokunst ist wundervoll, und es kommen heute schon viele Leute auf den Geschmack an diesen alten Blättern oder Daguerreotypien. Das wäre aber nur für die Fotografen. Doch liegt der Zauber dieses Buches in etwas anderm.

Hier ist ein Stück Leben aufbewahrt. Es ist rührend, das alles zu sehen – nicht etwa, weil es «niedlich» ist. Wir kennen ja diese fürchterliche Zeit epigonalen Bürgertums, das sich in Attituden und Posen seiner alten Epochen gefiel. Niedlich… nein. Doch sind uns die dargestellten Leute, Berühmtheiten und ganz anonyme Menschen, so nahe, wie keine Zeichnung das je vermitteln kann. Man riecht die Menschen. Man wittert sie und ihre Zeit. Keine Linse ist objektiv, wenn das Ding auch so heißt. Aber ein Stück Wirklichkeit gibt sie doch, und es ist ganz wunderbar, was wir hier zu sehn bekommen. Ein Beispiel für viele: niemals gibt uns irgendein in Prowangssa-Öl gemalenes Hofbild so einen Friedrich Wilhelm den Vierten wie den auf dem Foto: einen satten, wohlgenährten, nicht einmal uneleganten Aristokraten, soweit ein Hohenzoller dieser Observanz das zu sein vermochte. Man versteht die Leute viel besser, wenn man ihre alten Fotos sieht: schade, daß es von Goethe keine gibt. Sicherlich hätte er darauf ein bißchen ausgesehen wie Possart, halten zu Gnaden. Und erst die Frauen ...! Und die Gruppenaufnahmen ...! Und das alte Paris ...!

Wer auch nur ein Paar Hosen hat, mache auch sie zu Gelde und kaufe dieses Buch.

Herr Wichtig

Im Verlag Orell Füssli in Zürich ist ein kleines Buch von Rolf Italiaander erschienen: «So lernte ich segelfliegen». Der Verfasser, ein Sechzehnjähriger, erzählt darin von einem Segelfliegerkurs, den er in Rossitten besucht hat; ein wenig zu fertig, nicht ganz so unmittelbar, wie man sich das wünschte – aber im großen ganzen recht sympathisch.

Wir erfahren aus dem Büchlein dies und jenes, auch, daß es bei dieser Erziehung durch alte Offiziere nun einmal nicht ohne jene militärische Schroffheit abgeht, die auf die Betroffnen wie süße Liebkosung wirkt ... also das ist ein masochistischer Erbfehler. Nun aber hat das Buch ein Vorwort, und das sieht so aus:

Lieber Rolf Italiaander!

Soeben bin ich mit dem Manuskript Ihres «So lernte ich segelfliegen» fertig. Das war mir eine hocherfreuliche Weihnachtslektüre. War ich doch selbst im August dieses Jahres zum erstenmal in Rossitten gewesen und stand noch ganz unter dem Eindruck dieser Landschaft und dieser Schule!

Der Segelflug ist ein stolzes Zeugnis für die Leistungen deutschen Geistes trotz schwerster äußerer Bedrückung.

Freut euch, ihr deutschen Jungen und – Mädels, an dieser Schilderung deutscher Jugendlust beim Segelflug!

Dominicus
Staatsminister a. D.
1. Vorsitzender des Deutschen Luftfahrverbandes.

Man sieht den Mann: ein ehemaliger Kommunalbeamter, behängt mit Titeln und einem ewigen Gehrock, etwas Grausliches. Frage: Warum ist der Segelflug ein stolzes Zeugnis deutschen Geistes trotz schwerster äußerer Bedrückung? Das ist doch gar nicht wahr. Diese Jungen da freuen sich an einem Sport, das geschieht in jedem Lande, und es sei ihnen gern gegönnt. Wozu muß in diese, wie man denken sollte, harmlose Betätigung das Gift des Nationalismus hineingetragen werden?

Weil in Deutschland keine Verdauungsstörung vor sich geht, ohne daß nicht einer dazu brüllt: «Im Felde unbesiegt! Trotz allem! Hurra!» Sie bekommen es sogar fertig, ein Fliegerdenkmal zu errichten, auf dem diese Unwahrheit prangt:

Wir toten Flieger
Blieben Sieger
Durch uns allein.
Volk
Fliege wieder
Und du wirst Sieger
Durch dich allein.

Schön, aber falsch. Die toten Flieger sind jene, die abgeschossen, also unterlegen sind – was ihnen gewiß nicht zur Schande gereicht. Aber aus einem Abschuß, den man im umgekehrten Fall als Glorie feiert, einen Sieg zu konstruieren, das geht doch wohl nicht an.

Rossitten. Segelflug an der Rhön. Herr Dominicus, Staatsminister a. D. Verein für das Deutschtum im Ausland. Es ist überall dasselbe. Es ist übelste Wichtigmacherei, Nationalismus, geistige Aufrüstung an allen Ecken und Enden und Reklame für den nächsten Krieg.

1932

Glückliches Kopenhagen, eine Oase in der Wüste

Ein Mann fiel vom Mond. Die Deutschen legten ihn sofort herüber auf die rechte Straßenseite; die Franzosen fragten: «Vous venez de la part de qui?»; die Italiener zogen sich scheu zurück, denn sie hielten ihn für einen Spitzel Mussolinis. Eine dänische Dame näherte sich, beschnupperte ihn und sagte flüsternd: «Ist das nicht Frau Johansens geschiedener Mann?»... Hierauf begab sich der Mann wieder zurück zum Mond.

*

Heiligabend saß ich in einem Restaurant im Kopenhagener Hauptbahnhof. Vergnügte Junggesellen aßen dort und auch einige Hausfrauen, die an diesem 24. ohne Haushaltsarbeiten sein wollten. Sie saßen wie auf einer Insel, umspült vom Meer kinderreicher Familien. In diesem Bahnhof bin ich oft angekommen. Und nun sitze ich da und denke darüber nach, warum ich so gerne hier ankomme.

Für den Fremden ist der Hotelportier der Bürgermeister der Stadt. Der Gast weiß nur wenig von den Sorgen seines Wirtes. Er geht nur herum, versucht Geschäfte zu machen, und das gelingt nicht immer; er versucht sich zu amüsieren, und das gelingt meistens, wenn er Geld hat. Was ist das Besondere an Kopenhagen?

Die schönen Frauen? Die haben bestimmt nicht auf Herrn Panter gewartet, der ihnen mitteilt, daß sie schön sind. Sie sind genauso, wie sich die Germanen eine Französin vorstellen, die wiederum viel hausbackener ist als ihr Ruf. Die Dänin ist reizend konsequent inkonsequent. Ihre Treue reicht sogar zur gleichen Zeit für mehrere aus.

Geh durch die Straßen dieser Stadt, und du bemerkst Heiterkeit und Leichtigkeit und siehst so viele Vorkriegszeit-Gesichter. Hier sehen die Menschen aus, wie sie aussahen, als es noch ein Europa gab, das richtige Europa, durch das man ohne Paß reisen konnte. Aber das ist schon lange her, das klingt wie ein Märchen. Kopenhagen ist eine Stadt, die ihren Kopf in der hellsten Gegenwart trägt, während die Beine sachgemäß in dänische Erde gepflanzt sind. Die ist *noch*, und die ist *schon*. Kopenhagen ist *Gestern*, *Heute* und *Morgen*.

*

Die Möwen schweben über dem Fischmarkt, einige von ihnen haben sich auf Krügen und Tellern der Porzellanmanufaktur niedergelassen, und dort führen sie ein dekoratives Dasein. In vielen alten Häusern schreibt man viel moderne Literatur, große Schiffe segeln durch die hochgezogenen Brücken, und die Radfahrer warten mit einem Bein auf dem Boden, bis sie vorbeigefahren sind. Liva Weel nimmt, hoppla, ihr Publikum zur Brust und spielt virtuos auf ihrer Gefühlsharmonika. Dort sitzen vier Damen in einem Zimmer und erzählen sich Klatschgeschichten. Klatsch, sage ich Ihnen, der einem eine vierfache Gänsehaut den Rücken herunterlaufen läßt. Und plötzlich stößt die eine der anderen eine lange Stricknadel der Boshaftigkeit ins Herz. Wenn Witze töten könnten, ganz Kopenhagen wäre eine tote Stadt.

Sind die Menschen hier boshafter als anderenorts?

Nein, aber etwas, das ich «soziale Verknüpfung» nennen möchte, ist hier dichter als in anderen Städten, fast so dicht wie in Paris. In Berlin leben die Leute gegeneinander, in Paris leben sie ineinander, in Kopenhagen leben sie miteinander. «Aha, Sie wollen uns auch erzählen, daß wir kleine Engel sind und Choräle singen?» Nein, Herr Kopenhagener, keine Engel. Aber das gesellige Interesse unter denen, die zum gleichen Kreis gehören, ist sehr groß. Ihr habt eine sehr homogene Bevölkerung, die nicht in so feindliche Kasten oder Klassen aufgeteilt ist, wie man es in vielen anderen Ländern antrifft.

Das kann man hervorragend im Theater beobachten. Welch ein Publikum! Das ist, als ob alle nur einen Nerv hätten, als ob dort unten nur ein Ding säße und reagierte ... Und wie es reagiert! Die Engländer lachen schon, wenn ein Kellner über die Bühne geht. Der Franzose ist so unnaiv wie ein Kind. Aber die Dänen erfühlen den Schauspieler mit den Nervenspitzen, das ganze Parkett zittert leicht, und der, der etwas kann, hat die Leute in seiner Hand; sie folgen ihm, und jeder Zuschauer ist eine Taste auf der Orgel der Schauspielkunst. Welch ein Publikum!

Das ist nur möglich, weil die Leute einander so nah sind; sie verstehen einander. Es ist nicht weit von einem Dänen zum anderen. Angeblich soll es Leute geben, wo der eine so weit von dem anderen entfernt ist, daß sie sich nur mit einem Maschinengewehr erreichen können. In Kopenhagen genügt ein Witz ...

*

Ein Reisender, der die Sonntage seines Lebens in einer fremden Stadt verbringt – er müßte den Alltag ganz und gar kennen, um mitreden zu können.

Was ist es, das durch die Straßen Kopenhagens flattert? Was ist es, das hier vor sich geht?

Sie kommen mir vor wie ein Volk, das gerne lacht, weil sie sich schämen zu weinen, worüber der Nachbar anschließend lachen könnte! Die Krise schleicht sich durch Europa, ja, es ist wahr, niemandem von uns geht es besonders gut. Ist Dänemark davon ausgenommen? Es entsteht ein leises Geräusch: das sind die Kaufleute, die sich um Forellen prügeln; nein, sie sind nicht von der Krise ausgenommen; sie leiden noch viel stärker unter ihr. Und doch haben sie es viel besser als die Londoner, die nun Europa vollständig den Rücken gekehrt haben; denn England, jenes große Venedig, interessiert sich jetzt für seine Kolonien, und Neuseeland liegt für sie viel näher als unser ganzer Kontinent.

In Paris heben die Menschen den Kopf, weil einige Räder nicht mehr surren: die Amerikaner fehlen an der Riviera, die

Engländer bevölkern nicht länger die Hotels so zahlreich wie zuvor, und die Deutschen kommen einfach nicht. Das kostet den Franzosen viel Geld; sein Ehrgeiz ist es nicht, in so hohem Maße viel zu verdienen – er will weniger ausgeben als andere. Und das gelingt ihm ja auch hervorragend. Aber in Dänemark hält sich das alte Gleichgewicht so einigermaßen.

*

Sind die großen Städte so verschieden? Reise durch Europa, geh durch die großen Städte London, Paris, Berlin, Stockholm – schneller, schneller – immer noch schneller. Ein Wirbel bleibt in deinem Kopf zurück, überall wird gekämpft und geliebt, gekauft und bestochen, zerstört und wieder aufgebaut. Die Börsen murmeln in jeder Stadt, die gleichen Dummheiten flimmern über die Kinoleinwände – sind die Städte so verschieden voneinander, wie sie glauben? Sie sind es nicht. Wir hatten ein Europa. Leichtsinnig zerstörten wir dieses Europa, weil unsere Technik vom Jahrgang 1932 ist und die Staaten erst von 1850.

Aber in diesem ganzen grauen Tumult gibt es einige lichte Flecken, in der Wüste gibt es einige Oasen – Kopenhagen, Europas Insel – sei gegrüßt!

«Was habt ihr nur gemacht, daß es euch so gut geht?»

Ihr habt das Herz der Demokratie bewahrt, und deshalb: Danke, Dänemark!

Die deutschen Kleinstädter

Ich pflege in Polemiken den Ausdruck «Provinz» zu vermeiden; es hat so einen Nebenklang, als ob Berlin der Nabel der Welt sei, und es schließt eine törichte Verachtung des Eigenlebens deutscher Landschaften ein, kurz: es ist genauso dumm wie das Gekläff gegen Berlin. Doch drängt sich der Begriff einem manchmal auf, fassen wir ihn anders, sagen wir: geistige Kleinstadt, enges Blickfeld, kleiner Mann, dann kommen wir der Sache schon näher.

Die Zeitschrift «Pologne Littéraire» hat eine Rundfrage gemacht, ausgehend von der polnischen Sektion des PEN-Klubs: Was unsereiner von einem Literaturpreis des Völkerbundes dächte. Ich habe geantwortet, ich sei Gegner jedes literarischen Preises. Andre haben anders geantwortet. Zwei will ich herausgreifen.

«Ich bin sicher, daß ein Preis in dieser Höhe eine außerordentliche Wirkung haben wird, nicht der Summe allein halber, sondern der Ehre und der Würde wegen, die ein so hoher Preis in Verbindung mit einer menschlich so hoch stehenden Institution, wie der Völkerbund sie darstellt, haben muß.»

Oberregierungsrat Potzkuchen? Registrator Sengebiel? Nein das ist Schriftsteller Edschmid. Der Fall, daß einer in zwanzig Jahren literarischer Arbeit seine Muttersprache nicht erlernt, ist nicht häufig.

Nun aber eine nicht durchgebackne Schrippe: Josef Ponten.

«An sich kann man natürlich einen vom Völkerbund zu stiftenden und bei ihm zu begebenden Jahresliteraturpreis begrüßen.» Das deutsche Wörterbuch von Sanders kennt diese merkwürdige Anwendung von «begeben» nicht; ich auch nicht. Weiter.

«Aber der Völkerbund hat die Hälfte der Staaten und Völker der Welt tief enttäuscht, ein starkes Mißtrauen hat Platz ergriffen» – richtig, warum? –, «und daran ist die französische Führung schuld. Die Völker sind in ihm in französischer Hörigkeit. Wie für seine politischen Taten, so möchte auch für diese seine literarische die Gefahr des vorbetont Französischen drohen – ich und viele Kollegen in aller Welt würden das ablehnen.»

Frage: Reisen diese Leute nicht? Das ist doch Satz für Satz Unsinn.

Es ist nicht wahr, daß ein beträchtlicher Teil der außerdeutschen Welt gegen Frankreich ist. Die Welt ist auch nicht unbedingt für Frankreich, das braucht man gewiß nicht zu sein – aber so simpel und primitiv sieht es doch nicht aus. Wieder und wieder täuschen sich die deutschen Kleinstädter über die Unbeliebtheit ihres Erbfeindes – wenn es nachher zum Klappen kommt, sitzen sie vor Staunen auf dem Hintern und sehn in den Mond. Es ist auch nicht wahr, daß der Völkerbund unter französischer Führung steht – England dürfte ja wohl auch noch dasein. Reisen diese Leute nicht –? Vielleicht. Aber sie können nicht kieken.

Doch nun kommt die Schnecke aus dem Haus und legt Zeugnis davon ab, wie weit sie sehen kann.

«Denken Sie sich zum Beispiel, mir, dem aus dem heutigen Zwangsbelgien stammenden Romandichter, gelänge ein hochwertiges Werk» – das ist nicht auszudenken –, «in dem ich die unüberwindliche Sehnsucht der Menschen einer Landschaft, zu ihrem Volke zu gehören, ihr in den Sternen geschriebenes Recht darauf, hinreißend und preiswürdig schilderte, was ganz gewiß einen ‹seelischen und geistigen Fortschritt› enthielte, und der Roman spielte in meiner Heimat Eupen, glauben Sie denn wirklich, daß der Völkerbund» – Momang, der Satz ist noch lange nicht zu Ende –, «daß der Völkerbund, in dem von der Führung heute noch an der ‹Unabänderlichkeit der Verträge› festgehalten wird, ein solches Werk krönen würde, auch wenn ich Hamsun hieße» – heißt du aber nicht – «und sich das eingereichte Werk zum nächsten in Wettbewerb tretenden verhielte wie...» Ach, Kinder, gehn wir derweil frühstücken, bis der mit seinem Satz fertig ist!

Deutscher Kleinstädter. Da haben wir ihn ganz.

Man denke sich, Eupen und Malmédy seien Deutschland zugesprochen worden. Und nach zehn Jahren käme Belgien und wollte das Land wiederhaben. Man stelle sich das Geschrei Pontens vor, der dann sicher auf die Unabänderlichkeit der Verträge pochte – welch ein Logiker!

Aber abgesehn davon: ist das nicht jammervoll? Nicht, daß

der Mann seine Heimat liebt, das ist ja schön und natürlich – aber daß er wirklich glaubt, es gebe auf der ganzen Welt nichts Wichtigeres als das Schicksal dieser paar Dörfer, und daß es bei so einem Werk, wie er es da skizziert, auf Eupen ankäme und auf die bewegende Frage, an wen diese Leute ihre Steuern zu entrichten haben, das eben ist: kleiner Mann. Ja, ich weiß. Knie nicht vor dem Grenzpfahl, Pepi Ponten – der Grenzpfahl ist kein Götze. Du betest Holz an.

Man hat Hamsun vorgeworfen, er sei «provinziell», und manchmal ist er das auch. Er schildert Norwegen, kleine Fischerdörfer – und es geht uns alle an. Ponten schildert in zähflüssiger, schlechter Prosa Gott weiß was, und es geht uns gar nichts an.

Deutsche Kleinstädter. Wissen nicht, daß ihre Begriffe, gute und schlechte, nur ein sehr kleines kulturelles Hinterland haben, in dem das Echo ihrer Rufe nur schwach widertönt; ahnen nicht, worauf die ungeheure Macht des französischen Gedankens, ganz unabhängig von jedem Herrn Laval, beruht; hören nichts; schmecken nichts; sehen nichts.

«Die Frau von dem Sohn, wo Paula die Semmeln holt, neben Weyl. Deren Schwester hat auch solch ein Magengeschwür –» heißt es einmal bei Ringelnatz. Und ist überschrieben: «Mutter Frühbeißens Tratsch».

Diese Frau sieht um eine Nasenlänge weiter als Josef Ponten und die deutschen Kleinstädter.

Achtung!

Steigt das Angebot, wird der Nachfragende frech; das ist immer so.

Niemals ist die gewerkschaftliche Moral der Angestelltenschaft schlechter als in Krisenzeiten – die Chefs können heute mit ihren Leuten so ziemlich machen, was sie wollen, vom Gehalt schon gar nicht zu reden. Arbeit als Gnade.

Unter der Überschrift

Achtung!

bietet sich einer so an:

«Zuverlässiger Verkäufer u. Expedient (Textilbranche), guter Hausdetektiv, leichte Auffassungsgabe, sucht per sof. ...»

Ein feiner Herr. Was ist das: ein Hausdetektiv? Früher nannte man das anders, einfacher und bildkräftiger: einen Astkriecher.

Welches Getue, um eine so simple Sache auszudrücken! Was er meint, ist ganz klar: er hinterbringt den kleinsten Knatsch dem Chef, um sich beliebt zu machen. Oder glaubt der Mann, in jedem Betriebe werde unendlich viel gestohlen, und man habe auf ihn gewartet, um das zu enthüllen? Das meint er sicherlich nicht. Der Kerl ist ein Astkriecher, und tausend Chefs finden so etwas sehr schön, «weil es ja immer sehr gut ist, über alles unterrichtet zu sein», es kündigt sich dann leichter. Nie ist die Solidarität der Angestellten schwächer als in Krisenzeiten.

Und nur eines kann man dem smarten Detektiv nicht zubilligen, nämlich jenes Wort, das er selber über seine Annonce gesetzt hat.

Berliner in Österreich? Nein: Sozialisten bei Sozialisten!

Wenn der Norddeutsche zum Österreicher kommt, so ergibt das manchmal jene Figur, die vor dem Stephansturm steht und sagt: «Haben Sie keinen jrößern?» Denn solchen Ruf hat der Berliner, und zum Teil mit Recht.

Was will die «Weltbühne» in Wien?

Die reichsdeutsche Ausgabe unserer Wochenschrift hat in Wien viele Freunde. Doch kann man von keinem Österreicher verlangen, daß er sich nun auch noch mit reichsdeutschen Sorgen belade – gewiß hat die deutsche Politik Rückwirkungen auch in Österreich, aber die sind lange nicht so groß, wie es die Nationalsozialisten wahrhaben wollen. Österreich ist nicht Deutschland. Für unsere österreichischen Freunde geben wir nun eine «Wiener Weltbühne» heraus, denn österreichische Politik kann von Berlin aus nicht gemacht werden. Sie soll von Wien aus gemacht werden.

Was die «Weltbühne» will, hat sie in achtundzwanzig Jahren gezeigt. Von meinem Lehrmeister, dem unvergeßnen Siegfried Jacobsohn gegründet, wurde sie nach dem Tod des Begründers von Carl von Ossietzky und mir weitergeführt. Ossietzky kann sich in dieser Wiener Ausgabe nicht äußern: er sitzt im Gefängnis. In dem Bestreben, gegen den Krieg zu arbeiten, wo immer er seinen bunten Schatten vorauswirft, hat mein Freund Ossietzky einen Artikel veröffentlicht, den wohl jeder Journalist hätte durchgehen lassen: die Arbeit befaßte sich mit eigenartigen Vorgängen in der deutschen Fliegerei. Das Reichsgericht hat den Verfasser des Artikels und den Verantwortlichen, Carl von Ossietzky, zu eineinhalb Jahren Gefängnis verurteilt, eine administrative Maßnahme, die mit Justiz wenig zu tun hat. Der Kampfeswille Ossietzkys ist ungebrochen; er wird so aus der Haft hervorgehen, wie er hineingegangen ist: ein reiner Soldat des Friedens.

Mit ihm und dem Verlag ist diese «Wiener Weltbühne» durchgesprochen worden. Wir wollen unsre Reichweite vergrößern. Darf man das? Darf man sich in die Verhältnisse eines anderen Landes einmischen?

Man darf nicht nur – man muß es manchmal tun.

Man muß es allemal dann tun, wenn es gilt, fremde Bundesgenossen zu unterstützen. Dazu gehören Takt, Verständnis, Ruhe und viel Wissen – aber es gibt keine inneren Verhältnisse, die den Nachbarn nichts angingen. Europa ist ein großes Haus. Seit wann darf eine Mietspartei im zweiten Stock ein Feuer anzünden und dann abwehrend rufen: «Mischt euch nicht in meine Verhältnisse! Das ist meine Wohnung!»? Jede Mietswohnung ist der Bestandteil eines Hauses – jedes europäische Land ist ein Bestandteil Europas. Wer sich abschließt, ist ein Dummkopf und ein Friedensstörer.

Und es ist ja nicht wahr, daß die Nationalisten sich nicht in die Verhältnisse andrer einmischen! Sie tun es dauernd. Die Faschisten machen außerhalb Italiens Proselyten, wo sie nur können, und sehr wenige Regierungen hindern sie daran. Das Pack schlägt sich nicht. Das Pack verträgt sich. Was hat Goebbels in Wien zu tun? Großmäuler habt ihr allein. Wer den Nationalismus predigt, bleibe zu Hause und nähre sich unredlich. Die Internationale der Nationalen ist die Rüstungsindustrie.

Anders aber liegen die Dinge, wenn Anhänger des internationalen Sozialismus sich zu Bundesgenossen gesellen. Für uns ist Österreich kein «deutscher Raum», sondern ein Land, in dem eine sozialistische Partei mehr erreicht hat als die Sozialdemokraten Deutschlands. Wir bejahen die Erfolge der österreichischen Sozialisten; was es an ihnen zu kritisieren gibt, das mögen unsere österreichischen Freunde kritisieren.

Das besorgten wir gegenüber der deutschen Sozialdemokratie, der wir einen großen Vorwurf gemacht haben. Nicht den, daß die Leute paktiert haben, daß sie Grundsätze geändert haben. Politik ist keine Mathematik. Aber daß die deutschen Sozialisten dergleichen getan haben, ohne auch nur das leiseste für sich zu erreichen, daß sie von Fritz Ebert bis zu dem unsäglichen Breitscheid dauernd verraten, ohne etwas dafür nach Hause zu bringen, daß sie zu einem «Novemberverbrechen» viel zu feige gewesen sind: das machen wir ihnen zum Vorwurf. Was ist aus dieser Partei geworden? Ein Judas ohne Silberlinge. Wir wünschen dem österreichischen Sozialismus größere Erfolge.

Da für uns die Interessen der arbeitenden Klassen an erster und die Staatsinteressen an zweiter Stelle stehen, so arbeiten wir auch in Österreich. Wir haben denselben Feind. Wir wollen ihn vereint schlagen.

Dossier

An Lora (Ein Sonett)

Du fährst im Sonderzug mit rohen Menschen,
Auf grobe Bänke legst du deine weißen Glieder;
Der Abend kommt, die Nacht senkt sich hernieder,
Und morgens wirst du Käsestullen lunchen.

Du schämst dich nicht! Du sagst vielmehr: «Na wenn schn.
Ich liebe meine Deutschen, treu und bieder,
Ich liebe ihren Schweiß und ihre Lieder! –»
O Lora! Laß zu meinem Gott mich [lenschen]!

Du bist nicht wert der süßen, schwarzen Locken,
Der roten Lippen und der andern
Notwendigen Requisiten, die dir Gott gegeben!

Vielleicht trägst du ein Jägerhemd und dicke Socken...
Mein Ruh ist hin. Ich muß von dannen wandern,
Und ohne die Geliebte trüb mein Leben leben.

[Im Namen des Herren Schm K. T.]

Das deutsche Geschäftszimmer

In Deutschland und den besetzten Gebieten ist alles organisiert. Jede Organisation ist in Dienststellen eingeteilt. Jede Dienststelle hat ein Geschäftszimmer.

Es gibt militärische und zivilische Geschäftszimmer. Beide sind im wesentlichen gleich. Hier wird die Naturgeschichte beider abgehandelt; die Bezeichnung der nicht feldgrauen Behörden ist in Klammern gesetzt.

Generalia

Cellula curulis communis, das gemeine Geschäftszimmer, auch «Laden» oder «Bude» genannt. Wächst in Mitteleuropa wild. Es besteht aus ein paar Räumen (Achtzehn-Zimmer-Wohnung) mit Schreibtischen, niemals zusammenpassenden Möbeln und einem Terminkalender. An der Wand Hindenburg und eine Kognakreklame. Ferner eine große Karte mit kleinen Rechtecken und langen Linien, die Einteilung der Ämter darstellend; obenan der Insasse des betreffenden Zimmers. Feldwebel (expedierender Sekretär), Adjutant (Regierungsassessor) und der Chef haben je einen Raum für sich.

Personalia

Der Chef

Unterschreibt. Hat seinerzeit den Betrieb mit einem Ukas übernommen, der so anfing:

Ziffer 1. Mit dem heutigen übernehme ich den Befehl über die Dienststelle.

Ziffer 2. Die Schweinerei hört mir von jetzt ab auf.

Das ist aber schon lange her, und es geht alles seinen alten Trott.

Der Chef arbeitet nicht viel, um die Übersicht nicht zu verlieren.

Der Chef kommt morgens um halb zwölf und nachmittags gegen fünf Uhr ins Bureau und nimmt den Vortrag entgegen. Nachdem er seinem Adjutanten Schwierigkeiten gemacht hat, läßt er sich die Unterschriften abhandeln, die er in einer dicken Löschpapiermappe mit Löchern in den Seiten vorgeworfen bekommt.

Ist nach Ansicht seiner sämtlichen Untergebenen total überflüssig.

Der Chef hat Sorgen. Erstens besteht die Möglichkeit, daß der Laden seinem lieben Freund Soundso unterstellt wird, einem alten Schulkameraden, und dann gibt es Mord und Totschlag; zweitens schwebt die Sache mit dem österreichischen Orden noch; drittens: da ist unter U. R. (kabbalistisches Zeichen für U.A.w.g.) ein «Ding» von der vorgesetzten Behörde gekommen – was antworten wir da? Armer Adjutant.

Der Adjutant (Regierungsassessor)

Schmeißt den Kram. (Seiner Ansicht nach.) Kommt schon frühmorgens ins Bureau, hat mächtig zu schuften. Soll alles wissen und weiß auch alles, wenn auch nicht immer ganz einwandfrei. Schnauzt die Schreiber (Buchhalter, Diätare) an, aber nie den Feldwebel (expedierenden Sekretär). Warum nicht, siehe weiter unten. Hat nur einen Kummer den ganzen Tag: wie werde ich den Alten los? Will sich egalweg versetzen lassen und spricht jedem Besucher sein Bedauern aus, hier noch nicht raus zu sein. Übrigens ginge es ohne ihn nicht.

Der Adjutant ist ein jüngerer Herr mit scharfen, etwas abgehackten Allüren. Wenn er vom Vortrag aus dem Zimmer des Chefs kommt, lächelt er diabolisch und befreit, als wollte er sagen: Den habe ich wieder mal schön übers Ohr gehauen! – Fängt die Beschwerden auf, daß der erhaltene Befehl «unmöglich» auszuführen sei, und zuckt für den Alten die Achseln.

Der Adjutant wechselt alle zwei Monate. Ist nach Ansicht seiner sämtlichen Untergebenen total überflüssig.

Der Feldwebel (expedierende Sekretär)

Die Seele vons Buttergeschäft. Der Mann, der die Arbeit wirklich macht. Er ist der einzige, der völlig Bescheid weiß und jeder Sache den gewünschten Dreh zu geben versteht. Schnauzbart, alter gedienter Unteroffizier (mittlerer Beamter). Hat seine Schreiber im Zug, kann furchtbar brüllen. Jedermann läßt ihn gewähren, denn er ist völlig unersetzlich. Leicht philosophisch veranlagt; hat schon fünfzehn Adjutanten und vier Chefs kommen und gehen sehen. Läßt sich auch durch neue Besen nicht erschüttern. Ein Adjutant hat ihn einmal angefahren und ihn strammstehen lassen. Der Adjutant ist nach vier Tagen mit Tränen in den Augen zu ihm gekommen – aber es hat nichts mehr genutzt. Der Adjutant hat sich versetzen lassen.

Geht zum Vortrag zum Adjutanten, dem er alles einredet, was er will. Der einzige Mann, der nicht für überflüssig gehalten wird und es auch – merkwürdigerweise – nicht ist.

Der Registrator

Mann mit Brille. Kennt alle Vorgänge und raschelt beständig in Papieren oder bekritzelt sein Journal mit seiner winzigen sauberen Handschrift. Wenn er böse ist (was vorkommt, wenn mehr als zehn Leute zu gleicher Zeit etwas von ihm wollen), rutscht ihm die Brille auf die Stirn. Hat ein fabelhaftes Gedächtnis. Kann sich noch auf die alte Verfügung über die Abfallkartoffeln von 1916 besinnen. Sucht sie auf Anhieb heraus. Trinkt Kaffee aus einem Blümchentopf.

Der Oberschreiber

Großschnauze. Nur klein beim Feldwebel. Tyrannisiert das ganze Bureau und gibt die ihm vom Feldwebel aufgetragene Arbeit an die Unterschreiber weiter. Tut gar nichts. Weiß auch nichts. Ist nach Ansicht seiner sämtlichen Unterschreiber total überflüssig. Will mal Feldwebel werden.

Die Schreiber

Dumm, frech und faul. (Eine Ausnahme ist in jedem Geschäftszimmer: der sanfte Heinrich.) Sind froh, einen Druckposten ergattert zu haben. (Sinnen nach, wie sie etatsmäßig angestellt werden können.) Grienen diplomatisch, wenn irgendeiner irgendwas sagt. Kennen allen Personalstank; eine klatschgeschwängerte Atmosphäre lagert über dem Bureau. Geben sich vor dem Chef servil und beflissen. Sind nach Ansicht sämtlicher Vorgesetzten total überflüssig.

Ordonnanzen

Phlegmatisch. Sind nie da, wenn man sie braucht. Im Verkehr mit dem gemeinen Publikum leutselig und herablassend.

Specialia

Tätigkeit

Die Tätigkeit eines Geschäftszimmers schwebt abstrakt in der Luft. Weit, weit weg tummelt sich und arbeitet die reale Welt – unberührt davon schnattern hier die Schreibmaschinen und klappen die Löscher. Und ständen die Gurkhas in Berlin: in Allenstein würde doch unentwegt weiter geschäftszimmert. Der Erfolg ist etwas, das ein Geschäftszimmer nicht kümmert; man arbeitet um der Arbeit willen. Das Ideal des Geschäftszimmers: unmittelbar der Obersten Heeresleitung zu unterstehen.

Das Allerwichtigste eines Geschäftszimmers ist: wie stänkere ich meine Konkurrenzbehörden an? Es gibt eine ganze Kunst, im Schriftwechsel unter Wahrung der sanktionierten Form sacksiedegrob und heidenmäßig frech zu sein. (Fachausdruck: «Dem habe ich ein Ding hingewichst.») Nachdem sich herausgestellt hat, daß im vorliegenden Fall keine andere Behörde zuständig ist, auch keine da ist, die «uns» das Recht streitig macht, den Fall bearbeiten zu dürfen, wird er bearbeitet. Es geschieht irgend etwas. Zum Beispiel: die anfragende Partei kriegt den Akt zurück, unter Hinweis auf Verfügung A.V.Bl. 1917 Seite 675 –, (außer dem Feldwebel und dem Oberschreiber, der die Verfügung hat heraussuchen lassen, hat keiner eine Ahnung, was drin steht.) Oder: mancher Akt ist unruhig wie junges Bier, muß erst ein paar Wochen ablagern. Lagert ab. Oder – und das ist das Beliebteste –: das Stück wird weitergegeben, «dem... Amt zur weiteren Veranlassung und Meldung vom Geschehenen nach hier.» Ab geht er.

Die Verordnung

Wenn etwas nicht klappt, wird eine Verordnung verordnet oder ein Erlaß erlassen. Darin werden die Mängel aufgezählt und der Hoffnung Raum und Erwartung gegeben, daß das anders wird. In dem Erlaß steht drin, daß der andere etwas tun soll. Das tut er auch. Er erläßt eine Verordnung.

Verkehr mit dem Publikum

Feindselig. Das Publikum, der gemeine Mann, scheucht erst die Ordonnanz aus süßem Schlummer auf. Das rächt sich. Der Schreiber läßt die meldende Ordonnanz warten. Den Schreiber der Oberschreiber. Den Oberschreiber der Feldwebel. Ein gebeugter Mann mit schlohweißem Bart betritt nach Jahrenden das Zimmer des Chefs.

Winke

Wenn du etwas willst, wende dich niemals an den Chef. Der hört dir mit aufmerksamen Augen gar nicht zu, denkt an ganz etwas anderes, macht sich Notizen auf seinem Block, und schon bist du draußen. Dann hat er alles vergessen, weil die Hilfsdienstmutwillige Clara Willigkeit schon wieder die Tagebuchnummer auf die rechte Seite hingesetzt hat. («Himmelherrgottdonnerwetter! ist das eine Pute!») Und du kannst dich begraben lassen. Wenn du etwas willst, geh zum Feldwebel. Der Feldwebel ist unbestechlich. Er raucht. Der Feldwebel kann – wenn das Wetter gut ist, wenn seine Frau reichlich gekocht hat, wenn er zu einem Orden eingegeben ist –, der Feldwebel kann dir deinen Wunsch erfüllen. Dann tut ers auch. Versäume nicht, dir das Aktenstück anzusehen, das die Gewährung deines Wunsches birgt. Auch nicht ein Wort von den wahren Umständen steht drin. In feierlich hochtrabenden Worten wird verfügt, was du gewollt hast, immer gemäß und laut Verfügung des A.O.K.M. oder sonstiger Buchstaben des Alphabets. Aber das kann dir nachher gleich sein.

Angestelltenversicherung

Alle Vorschriften der Dienststelle finden auf die Angehörigen des Geschäftszimmers keine Anwendung. (Die Bataillonsschreiber treten nicht zum Appell an; die Reichsverteilungsstelle für beschlagnahmte Pauken kann Mann für Mann in je einer prächtigen Pauke nächtigen.)

Der Tätigkeitsbericht

Alle Monate muß die Dienststelle einen Tätigkeitsbericht vom Stapel lassen. Sehr schwierig. Der Alte erinnert den Adjutanten, der Adjutant den Feldwebel, der Feldwebel seinen Lieblingsschreiber. Der macht ihn. Schwitzt furchtbar. Denn was ist getan worden –?

Sachliche Arbeiten

Sachliche Arbeiten werden in den Geschäftszimmern auch erledigt.

Ausklang

Möchte dieser Betrieb uns noch recht lange zum Segen gereichen.

[Gedicht ohne Titel]

Ein Gruß
    allen toten Kameraden,
ein Gruß
    den Opfern der Kriegsparaden,
ein Gruß
    an die da draußen in Flandern,
in Polen,
    Frankreich und alle die andern!
Denkmäler,
    Tafeln, das ist nichts!

Wir geloben
  am Tage des Gerichts:
Die Kameraden
  aus allen Heeren,
die Toten
  wollen wir anders ehren!
Wir alle wollen,
  heute und morgen,
für Frieden,
  für ewigen Frieden sorgen!
Das sei unser Kampf,
das sei unser Sieg!
Ich rufe für euch:
Krieg dem Krieg!

Etzliche Gedanken den Herrn Casanova betreffend

Niedergeschrieben von Adolf für seinen lieben Macks

Zur Geschäftsordnung

Nach gründlicher bibliographischer Vorbereitung, die jeder für sich allein machen kann, wobei es gut wäre, daß man sich wichtige Bücher gegenseitig signalisiert, kann die eigentliche Arbeit am Stück in zwei Monaten beendet sein. Dann, so schlage ich vor, sollte man auseinandergehn und die Arbeit zwei Monate liegen lassen und dann wieder zusammentreffen. In der Zwischenzeit kann jeder, wenn er will, noch daran herumpusseln – dann bekommt die Sache den allerletzten Schliff.

So sollte man also mit der Zeit disponieren.

Diktion

Ihre Ermahnungen, im «Kolumbus» kurz, kurz und noch einmal kurz zu sein, verstehe ich. Im «Casanova» sollte das – bei aller Hochachtung vor den dramatischen Gesetzen – etwas anders sein.

Vergewaltigt fühle ich mich im «Kolumbus» nicht. Doch möchte ich eine Seite meiner Arbeit mehr ans Licht lassen – nämlich die Charakterisierung der Personen, mehr im einzelnen. «Einzelzüge! Einzelzüge!» sagte Kerr, und er hat recht (ganz gleich, wie er sich uns gegenüber benimmt). Im «Kolumbus» ging ja alles sehr summarisch vonstatten – es sind mehr Figurinen als Personen, und vielleicht war es anders gar nicht zu machen, und in der kurzen Zeit sicherlich nicht. Im «Casanova» höre ich die Diktion anders.

Kurze Sätze sind mein Lebenselixier, Sie kennen ja meinen Schrieb. Es gibt aber neben den vielen Punkten auch Perioden im Deutschen, die man *sagen* kann; es ist eben Sache des Schriftstellers, den Atem bis zum Ende nicht zu verlieren – ich bilde mir ein, das zu können, auch fürs Theater. Ich hielte es auch für richtig, daß in einem Personenstück, wie es der «Casanova» sein wird, die Leute mal länger als vier Sätze hintereinander reden zu lassen – und nicht nur: Bobb-bopp – hipp-hipp, Frage und Antwort hintereinander, wie im «Kolumbus». Langweilig braucht das deswegen nicht zu sein.

Kurz: ein andrer Stil. Natürlich immer unter Ihrer Ägide – erst Theater, dann Literatur, erst die Wirkung, dann die schöne Diktion.

Überraschungen

Im «Kolumbus» war der Stoff von vornherein bekannt – es war also notwendig, ihn durch dauernde Überraschungen anders zu drehen – und alles anders kommen zu lassen, als das gebildete Publikum das erwartete. Bon. Im «Casanova» muß man, denke ich, anders arbeiten.

Frau Jenny Mannheimer nach dem zweiten Akt eines Stücks: «Siegmund, paß auf – jetzt kommt die Gerichtsszene, und da wird sie gestehn. Du wirst es sehn – paß auf, was ich dir sage!» – Nach dem dritten Akt: «Na, was hab ich dir gesagt?» – Dies, lieber Herr, ist eines der tiefsten Theatergesetze: Das Publikum will überrascht werden, aber nur durch das, was es schon weiß.

Es muß also im «Casanova» sorgfältig und folgerichtig, Schritt für Schritt aufgebaut werden, so daß man – bei aller Überraschung – manches vorher ahnt. Überraschen in Kleinigkeiten ist immer gut – doch gibt es ein nicht näher zu erklärendes ästhetisches Gesetz: Wenn im «Schwejk» angekündigt wird, Schwejk werde nunmehr von einem Kriegsgerichtsrat, der vorher als lächerlich, streng und dumm gezeigt wird, verhört, so *freut* man sich auf dieses Verhör, dessen Grundzüge ja vorher feststehn. Wie das im einzelnen verläuft, ist eine zweite Sache – aber alles ruckelt bereits in freudiger Erwartung auf dem Stuhl, wenns losgeht – weil die ganze Szene eben richtig *vorbereitet* ist. Das ist es. Und das müssen wir ein paarmal machen. Also: Man kennt den Charakter Casanovas. Man kennt die Strenge des... sagen wir, Ehemannes der Linda – und nun erwartet man ein Zusammentreffen der beiden Männer. Das Zusammentreffen kommt. Dann ist – warum, weiß der Deibel – das Publikum *gespannt*. Das gilt es auszunützen.

Einzeleinfälle

Eine Liebesszene im Bett, bei der man so gut wie nichts sieht. Ein Zimmerchen der Zeit, mit einem Öllämpchen auf dem Nachttisch, das bläst er auch noch aus, nun bloß der Mond durchs Fenster. Und nun ein Gespräch – nichts von Koitus, keine Seufzer, keine Küsse – nur ein merkwürdiges, etwas melancholisches Gespräch. Er am Fenster.

Es kommt ein Mann vor, ein kleiner, trockner Pedant mit einem Zöpfchen, ein Kalkulator, Registrator, so etwas.

Der schreibt die wüstesten Pornographien – er selbst lebt aber ganz brav und bieder. Er ernährt sich von diesen Schweinerein, geht abends in die Kneipe und faßt nie ein Weib an, ist streng moralisch.

Rahmenhandlung: Es fängt bestimmt modern an – die Hauptrolle der Frau kommt bereits am Anfang vor – Casanova würde ich erst und nur im Kostüm der Zeit auftreten lassen. Es wäre zu erwägen, ob es auch modern wieder aufhört – etwa mit der Sehnsucht der Frau: Ja, damals... Aber das ist schief; Casanovas hat es immer gegeben und wird es immer geben. Sie sind nicht an die Zeit gebunden.

Casanova muß einmal – ein einziges Mal – als Unterlegener gezeigt werden. Und zwar zerschellt er vor einer Frau. Wie reagiert er darauf?

Der gehemmte Casanova. Der Arzt hat ihm gesagt: «Herr Casanova, Sie sind mit Ihren Nerven herunter – Sie müssen sich schonen!» (Keine Geschlechtskrankheit.) Er schont sich auch und geht allen Weibern aus dem Wege. Da lernt er eine kennen, er tut nichts, er siegt malgré lui; das, was von ihm da ist, siegt – er sieht sozusagen sich selber zu, bremst, will nicht... hält sich zurück... siegt und geht doch mit ihr ins Bett.

Eine Frau oder ein Mann hört zweimal, wie er zwei verschiedenen Frauen zwar nicht dasselbe sagt, dazu hat er zuviel Phantasie – aber wie er beide Male schwört, treu zu sein, wie er hingerissen ist, als sei dies die erste, die einzige, die richtige Frau... Der Hörer stellt Casanova zur Rede. Er wacht wie aus einer Hypnose auf. Natürlich! Natürlich ist das! Jede ist eben die erste und einzige. Kann ja gar nicht anders sein.

Einmal lassen wir ihn über drei Nebenbuhler siegen: der erste ist sehr reich, den besiegt er beim Kartenspiel durch Bluff; der zweite ist sehr raufboldig, den schlägt er im Duell, und der dritte ist sehr klug, den überchochmetzt er. Die ihm daraufhin zufallende Frau: «Ich wußte nicht, daß du so reich bist, daß du so klug bist, so tapfer bist.» – Er: «Ich wußte [es?] auch nicht. Ich bin es nur durch dich.»

Eines seiner Geheimnisse: sich erst mal bei den Domestiken auszuvögeln, er geht dann ruhiger an die großen Damen heran und kann warten. Zeigen, wie ungeduldig er in eine fremde Stadt kommt. Nie geht er in diesem erigierten Zustand an eine ernsthafte Eroberung.

Das mit der Liebesnacht, die man nicht sieht, nur hört, das ist so: Es ist gegen vier Uhr morgens, und die können – after – nicht schlafen, und so reden sie. Vages Zeug, manches präzise, dann wieder so wie ein verdämmerndes Nachtgespräch, mit kleinen Schlafpausen. Sie sagt einmal im Lauf der Unterhaltung: «Wie Petrus... Giacomo... wie Petrus. Ehe der Hahn dreimal kräht, wirst du mich verraten – wie bin ich müde...» Verstummen.

Dann schläft sie ein. Dann wird es draußen graublau, die ersten Schimmer der Dämmerung. Da kräht ein Hahn. Casanova steigt vorsichtig aus dem Bett, kleidet sich leise an, packt. Als der Hahn ein zweites Mal kräht, geht er mit seinem Köfferchen vorsichtig aus der Tür – sie schläft.

Der Hahn kräht ein drittes Mal – und da fällt langsam der Vorhang.

Einmal, ein einziges Mal, muß das Stück eine Tendenz haben.

Casanova erlebt mit zwei Frauen, einer reichen und einer beinah armen, dasselbe: sie klagen ihm ihre Nöte, sie sind nicht glücklich – beide aus derselben Ursache unglücklich, der Mann, der Mann... Und beide erlöst er, für eine kleine

Zeit. Die Reiche aber sagt: «Vielleicht haben wir zuviel Geld.» Die Arme: «Ja, wenn ich Geld hätte –» Casanova, beide Male: «Nein, mein Kind, daran liegt es nicht.» – These: Der Schwanz ist nicht marxistisch.

Das Spiel darf nicht zu zerrissen werden, also nicht drei oder vier Episoden aus seinem Leben; dann ist das einzig Durchgehende seine Person, und das ist nicht genug dramatisches Rückgrat. Also entweder *eine* von Anfang bis zu Ende durchgeführte Liebesepisode (mit Rankenwerk) oder drei, aber dann eine davon über zwei Bilder gehend.

Als alten Casanova sollte man ihn nicht mehr zeigen. Das ist ein Thema für sich, verwirrt und ist auch abgebraucht.

Es ist ein bißchen literatisch – aber diese schöne Stelle aus dem Vorwort sollte man doch hineinnehmen. Vielleicht, daß in dem modernen Vorspiel sie einer, im «Casanova» blätternd, liest (zu mildern):

«Ich liebte alle scharfgewürzten Speisen: Makkaronipastete von einem guten neapolitanischen Koch, die Olla podrida der Spanier, recht klebrigen Neufundländer Stockfisch, Wildbret im höchsten Stadium des Duftes und vom Käse grade diejenigen Sorten, deren Vollendung sich dadurch zeigt, daß die Tierchen, die sich in ihnen bilden, sichtbar werden.

Stets fand ich süß den Geruch der Frauen, die ich geliebt habe.»

Alles kann ja nicht Casanova in dem Stück tun.

Da ist ein eifersüchtiger Ehemann, und der bekommt einen anonymen Brief oder kommt sonstwie dahinter, daß ihn seine Frau mit diesem Italiener betrügt. Der folgende Monolog (oder Dialog mit einem Freund) spielt in einer Bibliothek; eine Leiter lehnt an der Wand. Der Mann schäumt. Er stellt die Leiter an die Wand – «Was willst du tun?» – «Laß mich...!» Er will die Pistole holen, die auf dem obersten Bord liegt. Langsam klettert er herauf, auf jeder Sprosse wird er wütender, und oben explodiert er beinah. Dann nimmt er die Pistole in die Hand, er wiegt sie, sie ist geladen... langsam fängt er an zu überlegen. Und läßt das Ding oben liegen und klettert wieder herunter, und auf jeder Sprosse wird er vernünftiger, und unten angekommen, ist er ganz friedlich und straft Casanova mit Verachtung. «Ich verachte ihn!» Und stellt die Leiter wieder fort.

Zwei komische Diener oder Nebenpersonen. Der eine spricht – mit Rücksicht auf die im Nebenzimmer befindlichen Herrschaften – ganz leise; der andere grob und laut: «Was sprichst du denn so leise, als ob du heiser wärst! Ach was, die da! Die können uns mal!» – Das geht so drei- oder viermal hin und her, immer einer flüsternd, der andere brüllend – bis beide flüstern, weil die Herrschaft nun wirklich hereinkommt.

«Du fragst», sagt Casanova zu einem Freund, mit dem er mächtig sauft, «wie ich es mache? Du mußt eben mit den Frauen richtig *reden* – das ist die Hauptsache.» Und sauft weiter. Und der Freund geht fort und läßt ihn allein. Casanova schläft ein. Da kommt eine Frau herein, die ihn liebt, aber mit der es bisher noch nichts geworden ist. Und nun macht sie dem Schlafenden eine ganze Liebeserklärung, *sie* sagt alles, sie spricht für sich und spricht für ihn, sie bestreitet das ganze Repertoire allein. Als sie sich ganz bis zum Hinschmelzen geredet hat, wacht er auf. Und nimmt sie. Und geht mit ihr in den Alkoven. Und als der Freund noch mal ins Zimmer kommt, steckt er den Kopf heraus und sagt: «Pst. Stör uns nicht. Du mußt eben mit den Frauen richtig reden –!»

Natürlich alles mit Musik – und wieder mit einer, die organisch aus der Handlung herauswächst, also kein Offsetcouplet. Musik als Signal geht leider nicht, weil es bei Rostand steht. Cyrano stellt zwei Pagen aus, die Gitarre spielen – wenn einer kommt, sollen sie spielen, Dur für einen Mann, Moll für eine Frau. (Sehr witzige Pointe, sie spielen Moll und Dur, weil ein Mönch kommt.) Doch könnten wir etwas Ähnliches machen.

Casanova liegt mit einer verheirateten Frau im Bett – unten ist Gartenmusik. Sie wissen nun, daß der Mann eine Lieblingsmelodie hat, die er immer spielen läßt. Erklingt die, muß Casanova sich verstecken. Und sie erklingt, bricht aber sofort wieder ab. Casanova wieder heraus aus seinem Versteck. Dann erklingt sie noch mal, dann kommt der Mann.

Der Diener des Casanova ist – in einem Akt – ein ruhiger, älterer verheirateter Mann. Der schüttelt nur ganz unmerklich den Kopf. «Was sie alles machen, die jungen Leute!» Aber er wischt alles still ab und regt sich nicht auf. Er darf keinesfalls, wie in den Memoiren, ein Schelm sein – das hebt, scheint mir, die Wirkung auf.

Zur Geschäftsordnung

Es wird gut sein, vorher die Memoiren noch einmal ganz zu lesen, auch Literatur über den Mann. Dann wollen wir alles vergessen.

Weitere Einzeleinfälle

In der Rahmenhandlung stehen einmal er und sie am Grammophon, wo eine alte italienische Weise gespielt wird. Die Situation ist ganz genau fixiert: diese Melodie, er und sie in einer ganz bestimmten Phase (sagen wir: nach der Ablehnung seines Antrages).

Genau, genau dieselbe Situation nachher im dritten Bild – im Kostüm der Zeit, dieselbe Melodie, dasselbe zwischen Casanova und einer Frau.

Denkbar, daß Casanova – im Gegensatz zum modernen Liebhaber – richtig handelt, wo der andere Dummheiten macht. Jedenfalls dieselbe Situation.

Es muß gezeigt werden, wie zwei Kerle eine Frau bestürken: vergeblich. Jeder macht einen charakteristischen Fehler, wie man Frauen eben *nicht* behandeln darf, zu schnell, zu langsam pp. Dann kommt Casanova, macht es richtig, und es geht sofort.

Eine Perle

Die anklägerische Broschüre: «Deutsche Militärpolitik seit 1918» von Carl Mertens, Otto Lehmann-Rußbüldt und Konrad Widerhold enthält neben andern schönen Dingen ein paar Sätze aus der Anklageschrift des früheren Oberreichsanwalts Ebermayer gegen die Organisation Consul. Darin heißt es:

«Die französischen Beamten ließen der ihrem Volkscharakter eigentümlichen Lust, Wehrlose zu quälen, schrankenlosen Lauf.» Und:

«Das Geschick des Andler (gemeint ist: Andlers) bestätigte also die jahrhundertealte Lehre, was dem wehrlosen Deutschen von französischem Haß widerfährt.»

Da der Oberreichsanwalt, als er dies schrieb, noch nicht ganz hundert Jahre alt war, muß er sich diese Lehrsätze der Völkerkunde auf dem Wege der Bildung angeeignet haben. Die ihm staatlicherseits ermöglichten Universitätslehrjahre haben ihm zwar nicht gestattet, auch nur das Allereinfachste über ein großes Nachbarvolk zu lernen, haben ihm aber erlaubt, leichtfertige und falsche Urteile in die Akten zu schreiben.

Daß lateinische Rassen, besonders Tieren gegenüber, sadistische Züge aufweisen, ist richtig. Es hängt das, wie Schopenhauer schon gezeigt hat, aufs engste mit der katholischen

Religion zusammen, die den Tieren keine «Seele» zuspricht. Daß deutsche Kriegsgefangene in französischen Lagern von feigen und bösartigen Unteroffiziersnaturen mit bunten Abzeichen aller Grade gequält worden sind und oft genug Schauerliches durchgemacht haben, ist unbestreitbar – es gibt Fälle, wo die Zugehörigkeit der Quäler zur romanischen Rasse diese Erlebnisse verschärft hat. Aber so, wie der da über die Franzosen urteilt, dazu fehlt ihm erstens einmal die Kompetenz, denn es hat ihn kein Mensch nach seiner unmaßgeblichen Meinung gefragt, und außerdem ist das, was er sagt, nachweislich Unsinn.

Ich lebe jetzt über zwei Jahre in Frankreich und muß sagen, daß ich in der Schlußbilanz die Franzosen nicht für grausamer und gefühlsroher halte als die Deutschen auch. Jeder kocht seine eigne Suppe – und wo ein deutscher Unterbeamter gutmütig brummend fünf gerade sein läßt, womit ich nicht das Trinkgeld meine, da zwiebelt vielleicht der französische Kollege den Gefangenen, den Soldaten, den Arrestanten nicht schlecht. Aber haben die ihr Biribi und ihr Bagno, so haben wir unsre bayrischen Zuchthäuser – und so gleicht sich alles im Leben aus. Was das tägliche Leben betrifft, so müßte man ja wenigstens einmal von der «eigentümlichen Lust» etwas zu sehen bekommen; aber wenn sich der juristische Experte nicht in Pariser Häuser begibt, die grade dieser Lust wegen prosperieren, so wird ers schwer haben.

Jetzt ertappe ich mich dabei, fast ernsthaft über diesen dreisten Unfug zu sprechen. Es lohnt nicht. Spaßig die Amtsmiene, die in scheinbar objektiver Art ihren nationalen Haß heiß kochen läßt und kalt serviert; besonders spaßig, weil so viel ohnmächtige Wut darin liegt. In solchen Ausdrücken mag wohl ein kleiner Amtsrichter «über die auf der Insel Bali schamlose Sitte, unbekleidet die dort vorhandenen straßenähnlichen Gebilde zu betreten», seins in die Akten schmieren.

Aber auf diese Art kommt dann etwas zustande, was der

Oberreichsanwalt bei andern sehr hübsch erkennt und so bezeichnet: «Ein französisches Kriegsgericht fällte gegen ihn einen als Urteil bezeichneten Spruch...» Was? Ein französisches Kriegsgericht? Irrtum in der Person und Irrtum in der Sache:

Eine als Justiz bezeichnete Verwaltungsbehörde fällt ihre als Urteile bezeichneten Sprüche über die als Hochverräter bezeichneten Arbeiterführer –! Fassen Sie sich an die Nase, sehen Sie in den Spiegel, versuchen Sie, vor Ihrer Tür zu kehren!

Ein Trost nur, daß so etwas von Republik wegen delegiert ist, die neue Strafprozeßreform zu beaufsichtigen. Genauso wird sie aussehn.

Fußtritt eines...?

In einem Berliner «Wohlfahrtsamt», ein Wort, das mufft, hat ein Mann, den sie nach sechs Jahren aus dem Zuchthaus entlassen hatten, seine Unterstützung reklamiert, und als sie ihm dreißig Mark boten, alles kurz und klein geschlagen. Die sonst gar nicht so zart besaiteten Schreiber, die da saßen und die man endlich aufhören sollte «Beamte» zu nennen, weil das gleichgültig ist – die Schreiber also bekamen Nervenzustände und ließen sich tagelang beurlauben. Der Zeitungsbericht fügt hinzu, daß der reklamierende Mann sogar einem kommunistischen Stadtrat die Türfüllung eingetreten habe – und nennt den Bittsteller einen «Zuchthäusler», was ganz hübsch ist, wenn man bedenkt, daß er seine Strafe abgemacht hat, um als gebessert entlassen zu werden.

Nun sind Fußtritte gewiß keine Argumente, und da wir den Mann, der sie ausgeteilt hat, nicht kennen und überhaupt der Meinung sind, daß man nicht Lokalitäten zerstören solle, so können wir ein Urteil über den Fall nicht abgeben.

Der Richter, vor den der Mann kommen wird, hat das ganz

anders heraus. Es kribbelt mir in allen Fingerspitzen, wenn ich an die kommende Verhandlung denke. Hei, wird der im Talar da loslegen –!

Nur an eins wird er nicht denken, was vielleicht nicht ganz unwichtig sein dürfte: an die maßlose Gereiztheit eines, den sie von Pontius zu Pilatus schicken, damit er sich seine drekkigen Groschen abhole.

Nicht das ist das Beschämende, daß dieser Staat gar nicht in der Lage ist, für entlassene Strafgefangene zu sorgen – man soll nicht Unmögliches verlangen: die Brüder haben mit ihrem Reichswehretat genug zu tun – für alle ist nichts da. Aber daß er so tut, ist das Gemeine.

Er tut so, als bestünde eine wirkliche Sozialversicherung – aber niemand hat den Mut, in einer kaufmännischen Bilanz (nicht in einem verlogenen Etat) Aktiva und Passiva gegenüberzustellen: das heißt, einmal zu zeigen, wieviel der Apparat kostet und wieviel er wirklich hilft. Und wem er hilft. Und wie er hilft.

Von den trüben Säften, die den meisten Deutschen ins Blut steigen, wenn sie pensionsberechtigt werden, soll hier noch nicht einmal gesprochen werden, obgleich jedem Schreiber hinter einer Barriere wohl zu gönnen wäre, auch einmal davor zu stehen. Aber die völlige Ohnmacht der meisten Ämter, ihre erschreckende Unfähigkeit, auch beim besten Willen mit einem Kummeretat auch nur annähernd zu helfen, gibt doch zu denken, wozu es ein «Volkswohlfahrtsministerium» gibt oder wie diese Zungenverknotung heißt. Das meiste, was da getrieben wird, ist sinnlos – vieles schädlich. Wie etwa der Erlaß über die unmenschliche Behandlung von Untersuchungsgefangenen, der dem Erlasser zu einer schönen Karriere verholfen hat. Das Volk, von dem alle Gewalt ausgeht, hat bei der Zeitungslektüre aber gehörig protestiert.

Anständiger, gescheiter, sauberer und bekömmlicher wäre, diesen Unfug abzubauen, arme Leute nicht noch zu schikanieren, keine Rentenhysterie zu züchten und endlich einmal einzugestehen, daß dieser Staat nicht imstande ist, auch nur das allerschlimmste Elend abzustellen.

Wenn einer in Deutschland in Not gerät, dann gibt es für ihn nur einen Weg: sich in einem Apparat zu betätigen, der für die Linderung der sozialen Not da ist. Es ist seine einzige Möglichkeit, wirklich ausreichend zu funktionieren.

Aus einer kleinen Stadt

Krähwinkel

Am Abend ist die Kleinstadt müd,
neun Uhr ist das Signal.
Ein blauer Rauch die Luft durchzieht,
der Mond scheint in das Tal.
Und welche gehn zur Eisenbahn,
die sehn sich da den D-Zug an,
was der so spät noch macht.
Gute Nacht! Gute Nacht! Gute Nacht!

Und am Stammtisch sitzen, ist die Uhr auch spat,
der Herr Oberförster,
der Herr Apotheker
und ein ganz Geheimer Studienrat
beim Dauerskat – beim Dauerskat –
beim Dauer-Dauer-Dauer-Dauer-Dauer-Skat!
(Gesprochen: «Grand ouvert!»)

Es kommt die Nacht. Die Kater schrein.
Die Bürger gehn ins Bett.
Ein Schreiber steht am Spiegulein
und stiert aufs Chemisett.
Und Liebespaare siehst du gehn,
dahin, wo nicht Laternen stehn.

Da teilt Herr Joseph Schmidt
dem Fräulein Braut was mit...

Und am Stammtisch sitzen, ist die Uhr auch spat,
der Herr Oberförster,
der Herr Apotheker
und ein ganz Geheimer Studienrat
beim Dauerskat – beim Dauerskat –
beim Dauer-Dauer-Dauer-Dauer-Dauer-Skat!
(«Hier wird nicht gemogelt!»)

Ein junger Mann verließ die Stadt,
ging nach Amerika.
Und bis er Frau und Kinder hat,
so lange blieb er da.
Doch plötzlich ihn das Heimweh zieht,
daß er sein Städtchen wiedersieht –
Fährt übern Ozean
und was trifft er da an?

Am Stammtisch sitzen, wenn die Uhr auch spat,
der Herr Oberförster,
der Herr Apotheker
und ein ganz Geheimer Obervicesupernumerar
beim Dauerskat – beim Dauerskat –
beim Dauer-Dauer-Dauer-Dauer-Dauer-Skat...!
(Wer gibt?) –

Berliner Margueritenkranz I

Auftritt: Eine Marguerite in der Hand, sie langsam und versonnen zerzupfend. Nicht aufsehen. Vor sich hin, wie wenn jedes Wort ein Blatt bedeutete: «Berliner – Margueritenkranz – Text – von – Theobald – Tiger. – Musik – von... – Er liebt mich – von Herzen – mit Schmerzen – ein klein wenig – fast gar nicht – er liebt mich!»

Er liebt mich von Herzen

Wenn ick in Jeschäfte an 'n denke –
det is Liebe – det is Liebe.
Wenn ick ihn 'n neuen Zwetter schenke –
det is Liebe – det is Liebe!
Von de Aufsicht kriej ick nischt wie Schimpfe:
Ick verkaufe lauter linke Strümpfe.
Det is jahnich wichtig,
ick bin janz und jar nich richtig,
weil die Liebe in mir wühlt.

Adolf, mir wird so brühwarm um die Brust!
Adolf, ick hab ja früher nich jewußt,
wie det is mit die Liebe.
Det macht mir so froh!
Du bist auch mein Bester!
(Handbewegung: knorke …
gekrümmter Arm, Faust, mit einem Ruck)
Aber *so*!

Wenn ick träume an die Kochmaschine –
det is Liebe – det is Liebe!
Wenn ick Mostrich nehm statt Marjarine –
det is Liebe – det is Liebe!
Wie ick wickel meinen kleenen Bruda,
brüllt die halbe Nacht det arme Luda.
Mutta kommt mal lang
und findet in die Windeln mang
den janzen Lokalanzeijer drin.

Adolf, mir wird so brühwarm um die Brust!
Adolf, ick hab ja früher nich jewußt,
  wie det is mit die Liebe.
  Der macht mir so froh!
  Du bist auch mein Bester!
(Handbewegung: knorke...
gekrümmter Arm, Faust, mit einem Ruck)
  Aber *so*!

  Wenn ers uffn Sonntach mit mir vorhat –
  det is Liebe – det is Liebe!
Sitz ick hinten drauf auf sein Motorrad –
  det is Liebe – det is Liebe!
  Wenn wa denn so um de Ecken stuckern,
  fühl ick alles mächtich an mir puckern,
    platzen mal die Naben:
    Na, denn liejen wir in 'n Jraben,
    und wir sind in Jlück vaeint...

Adolf, mir wird so brühwarm um die Brust!
Adolf, ick hab ja früher nich jewußt,
  wie det is mit die Liebe.
  Det macht mir so froh...
  Mein kleener Malzbonbong...
  (Bewegung)
  Aber *so*!

Berliner Margueritenkranz II

(gesprochen): «Er liebt mich – nicht – liebt mich – ich lieb ihn – lieb ihn nicht – von Herzen – mit Schmerzen – ein klein wenig.»

Fast gar nicht

Ob die Menschen vor Liebe wimmern,
läßt mich kalt – läßt mich kalt.
Ob sie sich um die Liebe bekümmern,
läßt mich kalt – läßt mich kalt.
Erst soll sie bei ihm uffn Schoß sein,
un denn will er sie wieder los sein.
  Det Jemache mit die Meechen, det hat ja keen
    Zweck.
  Man schmeißt sie ja doch balde wieder weg.

Mir nimmt keener wat von de Stulle,
mich läßts kalt – mich läßts kalt.
Un jlupscht er mit die Oogen wie son Bulle –
läßt mich kalt – läßt mich kalt.
Er trägt von sein Sophiechen
mit sich rum die Fotografiechen.
  Nachher is diß der reine Dreck,
  da schmeißt er sie ja alle wieder weg!

Er macht sich fein wien Schneemann
von vorn – von vorn –
und tut sich als Gentleehmann –
von vorn – ja, von vorn –
Er will ihr imponieren
mit seinen fein' Manieren...
  Nachher verschwindet der Heck-Meck,
  da schmeißt er sie ja alle wieder weg!

Wenn eena glaubt, und er müßte...
aba nich jetzt! – aba nich jetzt!
Ick finde: die janze Kiste
wird überschätzt – stark überschätzt!
Nu singt man keene Arien:

det Scheenste sind die Präliminarien!
  Wat danach kommt, det hat keenen Zweck –
  det schmeißt man ja doch balde wieder weg!

Berliner Margueritenkranz III

(Stimme hinter der Szene): «Mit Schmerzen...»
Auftritt: Zerraufte Haare, zerbeulter Hut, alles weint: Nase, Augen, Kleider, Taschentuch, pitschnaß. Einige Takte der Musik, unruhig auf und ab gehend... Sieht aus nach allen Seiten: Wo bleibt er? Nichts...

Im Vortrag alle Möglichkeiten des Heulens: das Geplärr, das leise Geschlucks; das kleine verheulte Kinderstimmchen einer Frau, die sich selbst unendlich leid tut, Rotz und Wasser und den Rest.

Mit Schmerzen

Ick stehe an de Ecke alleine,
die Jeschäfte ham alle schon zu.
Ick steh mir den Leib in die Beine.
Hu – hu – huhu – – *(genau im Takt heulen!)*
Mal muß der Rüpel doch kommen,
det dachte ick mir bis jetzt,
ick hab mir 'n Auto jenommen,
un nu hat det Aas mir vasetzt.
  Man is reineweg der Dumme in der Liebe:
  Vor die Säue wirft man seine Perln!
  Jeder Mann verdient doch wirklich nischt wie Hiebe.
    Man is viel zu nett,
    man is viel zu nett,
    zu den Kerlen, zu denen Kerlen, zu den Kerln!

Sicher is er mit die Meta,
dieser verschrumpelten Kuh!
Nu schmust er mit ihr – det vasteht a –
Hu – hu – huhu – –
Au, wenn ick *die* morjn krieje!
Mit der wer ick aba intim!
Hoffentlich kricht diese Zieje
Zwillinge, nee Drillinge von ihm!
  Man is reineweg der Dumme in der Liebe:
  Vor die Säue wirft man seine Perln!
  Jeder Mann verdient doch wirklich nischt wie Hiebe.
    Man is viel zu nett,
    man is viel zu nett
    zu den Kerlen, zu den Kerlen, zu den Kerln!

Da steht dran: Bürsten und Besen –
Det Schild les ick nu immazu.
Ick kann det schon jahnich mehr lesen!
Hu – hu – huhu – –
Weiberverführer, Aufputscher...
  Da –!
    Ob er diß woll wird sein?
Diß war bloß 'n Müllwagenkutscher,
un ick steh nu wieda allein – –
  Man is reineweg der Dumme in der Liebe:
  Vor die Säue wirft man seine Perln!
  Jeder Mann verdient doch wirklich nischt wie Hiebe.
    Man is viel zu nett,
    man is viel zu nett
    zu den Kerlen, zu den Kerlen, zu den Kerln!

Läßt er mir nu aba laufen,
denn weeß ick, wat ick tu!
Ick wer mir 'n Messa kaufen –
Hu – hu – huhu – –

Die solln ihr Jlick nich jenießen!
Ick bin doch ooch uffn Kien...
Ick will se alle aschießen:
erst mich - und denn sie un denn ihn!

(Kein Refrain mehr. –
Unter großem Geheul ab!)

Der neue Hut

Der Willi ist ein netter Mann,
er hat nur einen Tick:
Er schafft sich so viel Sachen an,
dann hält er sich für schick.
Und jeden Sonntag hat er was,
daß er die Braut erfreu.
Dann geht die um den Jungen rum –
an dem ist doch was neu?
Willi! Dein neuer Hut,
der steht dir so gut – der steht dir so gut!
Willi, dein neuer Hut,
der reizt mich bis aufs Blut!
Du siehst drin aus wie 'n Feuerwehrmann,
der nicht mehr richtig spritzen kann.
Willi – dein neuer Hut,
der reizt mich bis aufs Blut!

Und so ein Lied verbreitet sich
und wird gar rasch bekannt.
Und so ein Lied verwandelt sich
bis hin zum Donaustrand.
Da steht ein kleines Schubert-Haus,
berankt ganz mit Jasmin...
In Grinzing sieht das anders aus –

so schluchzt man das in Wien:
(Walzer)
Willi – Willi – dein neuer Hut –
Willi – Willi – wie steht der dir gut!
(Blaue Donau)
Du siehst darin aus wie 'n Feuerwehrmann,
der nicht mehr richtig spritzen kann!
Willi, du reizt mich bis aufs Blut
mit deinem neuen Hut –!

Und wenns Europa singen kann,
und ist der Song vorbei,
dann kommt Amerika heran
bis hin nach Uruguay.
Das Lied, das läuft die Berge lang,
es singen er und sie,
und traurig tönt der Hirtensang
des Nachts auf der Prärie.
(Tango)
Ach, du, mein Willi –
seh ich den kühn geschwungenen Hut dein –
da könnt ich dir drin gut sein –
mein Willi!
Sei du die Feuerwehr in meinem Flammenherzen –
caracho, nein! caracho, nein! Du kannst das nicht!
Ach, du, mein Willi –
der neue Hut, der ist zum Heulen –
gleich hau ich ihm zwei Beulen –
mein Willi!
Seh auf den Pampas ich leuchten deinen Hut –
dann brennt mein Blut!

Das Lied, das läuft in schnellem Trab
und kommt zu uns zurück.
Gar mancher, der schreibt auf und ab,
und macht damit sein Glück.
Denn was dem einen billig ist,
das ist dem andern recht.
Dieweil die Kunst so willig ist.
Und so heißt das bei Brecht:
(Dreigroschen-Oper, 1. Bild.
«Und der Haifisch der hat Zähne...»)
Mackie Wilhelm trägt ein Hütchen,
und er trägt es im Gesicht.
Aber leider ists nicht seiner,
doch das merkt ja keiner nicht.
Morgenstunde hat Gold im Munde!
Und er sitzt auf hohem Sitze,
denn er ist bei der Feuerwehr.
Doch kaputt ist seine Spritze,
Mackie Wilhelm spritzt nicht mehr.
Morgenstunde hat Gold im Munde!

Seh ich mir so die Lieder an
der Männer und der Fraun –
dann komm ich mit der *ersten* an
die Gassen lang gehaun!
Willi – dein neuer Hut –
der steht dir so gut – der steht dir so gut!
Willi, dein neuer Hut –
der reizt mich bis aufs Blut!
Du siehst drin aus wie 'n Feuerwehrmann,
der nicht mehr richtig spritzen kann –
Willi – der älteste Hut –
für Songs ist er immer gut!

La Goulue

Aus einem Zirkuszelt, wo halb verhungert
ein alter Dachs in einem Käfig lungert,
da trägt man eine Tote durch die Avenue…
Und fragst du: «Wer ist das gewesen?»,
dann kannst du in Pariser Blättern lesen:
   C'est la Goulue… c'est la Goulue…

Vor langer Zeit
lief ganz Paris
nach Moulin-la-Galette:
Plakat, das schreit,
Reklame blies –
denn dort tanzt ein Ballett.
Hoppla, hoppla, mit den Beinen – hoppla, hoppla…
hoppla, hoppla… mit den Beinen in der Luft!
Und eine war dabei, die hieß: La Goulue!
Und wo die war, da weht Pariser Luft.
   Ja, ja – da traten sie zum Cancan an,
   und da stand jeder Mann
   auf seiner Bank.
   So konnt er La Goulue, die Fesche, sehn
   und ihre Wäsche sehn,
   die ganze Wäsche sehn,
   Hallo! Geschrei! Champagner und Gesang!

Dick war sie früh,
denn «La Goulue»
heißt: Freßsack – *die* ging ran!
Und ihre Bank
war der Wäscheschrank,
die rupfte jeden Mann.
Und sie tanzte mit den hübschen Beinen hoppla,
hoppla, hoppla, mit den Beinen in der Luft…

Und ein großer Kerl hat sie gemalt
mit der Wäsche und den Spitzen und dem Duft.
Ja, da – da traten sie zum Cancan an,
und da sah jeder Mann
ihr ins Korsett.
So konnt er La Goulue, die Fesche, sehn
und ihre Wäsche sehn,
die ganze Wäsche sehn –
Wer geht denn heut zu Bett – auf
Moulin-la-Galette!

Ihr Ruhm welkt' bald.
Nun ist sie alt.
Der Cancan macht dem Foxtrott Platz.
Ihre Bilder stehn
in den Museen,
und sie selber auf dem Rummelplatz.
Mit den dicken Beinen tanzt sie nicht mehr hoppla –
hoppla – hoppla – käm ihr selber komisch vor...
aber manchmal – wie ein Tongespenst
wehn bunte Takte an das alte Ohr...
(Musik des Refrains – Cancan, ganz leise –)

(Musik wie am Anfang)
Das Zelt ist fort. Ein Karussell steht jetzt daneben.
's war keine Heilige – die... La Goulue...
Manchmal gehts komisch zu – im Leben...
Viele Menschen gehn durch die Avenue...

Anhang

Textverzeichnis

Im Gegensatz zur Ausgabe «Deutsches Tempo. Gesammelte Werke. Ergänzungsband 1911 bis 1932» sind im nachfolgend abgedruckten Textverzeichnis die in Buchform unveröffentlicht gebliebenen Texte von Kurt Tucholsky nicht enthalten. Sie sind nachgewiesen in der im Deutschen Literaturarchiv Marbach am Neckar in der Reihe «Verzeichnisse, Berichte, Informationen» im November 1989 erscheinenden Personalbibliographie, die von Antje Bonitz und Thomas Wirtz erarbeitet wurde.

Die nachfolgende Übersicht erklärt die im Textverzeichnis verwendeten Abkürzungen.

8	8-Uhr-Abendblatt, National-Zeitung, Berlin
And. Zt.	Die Andere Zeitung, Hamburg
Berl. Bl.	«Berliner Blätter», Die Balldame. Erinnerungsblätter an den Presseball 1920
Bl. Heft	Das blaue Heft, Freie Deutsche Bühne, hg. von Max Epstein
BT	Berliner Tageblatt, Verlag Rudolf Mosse
BVZ	Berliner Volkszeitung, Verlag Rudolf Mosse
Dame	Die Dame, Verlag Ullstein
DMV	Drei-Masken-Verlag, Berlin
Dres.	Dresdner Volkszeitung
Dt. Rfk.	Der deutsche Rundfunk
Frei.	Freiheit, Berliner Organ der Unabhängigen Sozialdemokraten Deutschlands
Fr. W.	Freie Welt, hg. von Felix Stössinger
Hamb.	Hamburger Echo
HV	Henschel Verlag, Berlin (DDR)
Jg. Paz.	Mitteilungen der Jung-Pazifisten, Jugendorganisation der Deutschen Friedensgesellschaft, Bund der Kriegsgegner
Kaho.	Karlshorster Anzeiger
Kunst.	Der Kunstwart, hg. von Ferdinand Avenarius

März	März, eine Wochenschrift, März Verlag, München, gegründet von Albert Langen und Ludwig Thoma
Pan	Wochenschrift, hg. von Alfred Kerr
Plakat	Das Plakat
Pol.	Politiken, Kopenhagen
Pr. Tg.	Prager Tagblatt, Prag
Qua. Verl.	Volker Kühn, «Hoppla, wir beben. Kabarett einer gewissen Republik 1918–1933». Quadriga Verlag, Weinheim und Berlin 1988
RoHe	Der Rote Helfer
SB	Die Schaubühne
Schall	Schall und Rauch
Simpl.	Simplicissimus
Tem.	Tempo, Verlag Ullstein
Text	Text und Kritik
Th. / Film	Paul Leni, «Graphik, Theater, Film», hg. von Hans-Michael Bock, Deutsches Filmmuseum, Frankfurt am Main
Ulk	Wochenbeilage zum Berliner Tageblatt, Verlag Rudolf Mosse
ViV	Vereinigung internationaler Verlagsanstalten Berlin
Vorw.	Vorwärts
Voss.	Vossische Zeitung, Verlag Ullstein
WaA	Die Welt am Abend, Zeitungs- und Verlagskonzern Willi Münzenberg, Berlin
WaM	Die Welt am Montag, Unabhängige Zeitung, Berlin
WB	Die Weltbühne
Werk Verl.	Arno Holz und sein Werk, Deutsche Stimmen zum 60. Geburtstage, Werk Verlag Berlin
Wien. WB	Wiener Weltbühne
Williams	Williams u. Co. Verlag GmbH, Berlin-Grunewald
ZiB	Zeit im Bild

Abkürzungen des Autorennamens

K. H.	Kaspar Hauser
P. P.	Peter Panter
Th. T. TheTi	Theobald Tiger
K. T. Kurt T. tu.	Kurt Tucholsky
I. W. Ignaz I. A. W. iwr.	Ignaz Wrobel

Buch Zeitung Zeitschrift	Nr. u. Seite	Datum	Seite unserer Ausgabe
WB	12/457	22.3.32	429
Pr. Tg.	157/27	9.6.12	30
WB	47/614	13.11.19	97
Kaho		26.7.20	373
Manus.			435
Voss.	21/2	24.1.25	284
WB	32/234	10.8.26	318
Werk Verl.	–/45	1923	236
WB	47/792	20.11.28	349
WB	32/210	6.8.29	375
WB	22/808	2.6.31	412
Vorw.	6/20	9.1.12	21
Manus.			454
WB	44/712	2.11.26	324
Voss.	555/2	22.11.24	259
Wien. WB	1/1	29.9.32	430
Manus.			455
WB	35/333	27.8.29	383
Voss.	300/3	16.12.28	353
Frei.	487/3	18.11.20	134
WB	22/637	27.5.20	118
Vorw.	246/1	20.10.11	17
WB	1/33	4.1.27	331
Plakat	4/180	31.7.13	52
Schall	19/–	1920	151
Manus.			435
Plakat	3/141	31.5.13	44
Schall	17/–	1920	153
Schall	18/–	1920	156
WB	1/6	6.1.25	277
BT	173/2	15.4.20	114
WB	7/273	16.2.26	304

Titel	Autor
Das Schlemmerparadies	P. P.
Das schönste Geschenk	P. P.
Das sprechende Haus	P. P.
Das Wort der Tante	Th.T.
Dem Andenken Siegfried Brycks	P. P.
Der Atlantisfilm	I. W.
Der Bühnenmaler	P. P.
Der Chauffeur	I. W.
Der Dichter der «Weber» bei Ullstein und Mosse	anonym
Der erste Händedruck	I. W.
Der Gassenhauer	Th. T.
Der Geistige und der Sport, siehe unter Rundfrage	
Der Gruß	P. P.
Der Herr Intendant	I. W.
Der kleine Mann spricht	P. P.
Der Knochenzerschlager	I. W.
Der neue Hut	
Der Papagei	tu.
Der Sieg war zum Greifen nahe!	I. W.
Der Tag der Wahrheit	I. W.
Der ungeschriebene Roman	K. T.
Der Vogelladen	K. T.
Der Zauberladen	P. P.
Der Zigaretten-Fritze	K. T.
Der Zweijährig-Unfreiwillige	I. W.
«Deutsch»	I. W.
Dichtung	P. P.
Die beleidigten Hotels	I. W.
Die böhmische Nachtigall	P. P.
Die deutschen Kleinstädter	I. W.
Die Einstellung	I. W.
Die Familie	I. W.
Die Festrede	tu.
Die Fratellinis	P. P.
Die Keuschheitsgürteltiere	I. W.
Die Kinderstube	Ignaz
Die neuen Troubadoure	P. P.

Buch Zeitung Zeitschrift	Nr. u. Seite	Datum	Seite unserer Ausgabe
WB	4/105	26.1.22	206
WB	51/933	18.12.28	358
Tem.	81/11	14.12.28	350
Text	29/21	31.1.71	157
Bl. Heft	5/127	1.12.24	266
Vorw.	335/1	20.12.13	60
SB	36/850	4.9.13	53
Frei.	306/2	19.8.22	216
Vorw.	284/1	5.12.11	18
WB	41/541	9.10.24	254
Th./Film	–/178	1986	237
Voss.	165/1	12.7.29	370
WB	32/164	11.8.21	186
Voss.	12/–	8.1.26	297
BVZ	100/2	24.2.20	108
Manus.			461
Vorw.	134/1	1.6.13	50
WB	52/658	29.12.21	193
BVZ	603/1	17.12.19	98
Pr. Tg.	93/1	4.4.12	24
Simpl.	2/20	7.4.13	42
ZiB	27/1415	2.7.14	74
Qua. Verl.	–/68	1988	166
März	51/899	20.12.13	62
WB	30/155	24.7.24	249
Voss.	591	25.12.24	271
Fr. W.	43/2	14.11.20	132
WB	51/713	16.12.20	149
WB	8/289	23.2.32	426
WB	33/270	14.8.24	250
SB	41/978	9.10.13	55
Vorw.	204/1	1.9.12	36
Voss.	282/2	15.6.24	243
WB	13/477	25.3.30	395
Vorw.	32/1	2.2.14	67
WB	12/342	24.3.21	180

Buch Zeitung Zeitschrift	Nr. u. Seite	Datum	Seite unserer Ausgabe
Frei.	513/2	3.12.20	144
Vorw.	198/1	25.8.12	35
WaA		21.8.22	220
Fr. W.	40/4	24.10.20	126
BVZ		15.2.20	107
Voss.	264/3	4.6.24	241
ViV		1922	199
Frei.	307/3	20.8.22	217
WB	30/147	28.7.25	290
8	191/–	20.8.23	233
And. Zt.	28/14	17.11.55	441
BT	264/2	11.6.19	90
Pr. Tg.	137/6	19.5.12	27
WB	50/686	9.12.20	148
DMV	–/3	1922	224
WB (Druckfahne)			450
Frei.	403/2	25.9.20	123
Schall	22	1920	159
DMV	–/3	1920	160
Manus.			442
Tem.	40/9	26.10.28	348
WB (Druckfahne)			452
Voss.	37/1	12.2.26	300
BT	155/2	4.4.20	111
Pol.	94/9	3.1.32	423
Ulk	50/3	13.12.18	81
WB	34/299	21.8.24	252
WB	34/312	25.8.31	419
Williams		1928	361
WB	42/437	14.10.20	124
DMV		1922	228
DMV	–/2	1922/1923	225
BVZ	126/2	9.3.20	110
BT	11/2	14.1.19	87

Buch Zeitung Zeitschrift	Nr. u. Seite	Datum	Seite unserer Ausgabe
Plakat	3/114	31.5.13	47
Voss.	154/2	29.6.30	399
Vorw.	253/1	28.9.13	54
BT	521/2	3.11.19	94
WB	5/195	1.2.27	332
Vorw.	58/1	9.3.12	23
Kunst.	10/312	Febr. 14	69
Manus.			464
Voss.	157/1	3.7.29	367
Pan	39/1093	15.8.12	34
Vorw.	135/2	13.6.12	33
Fr. W.	30/5	15.8.20	120
WB	5/128	2.2.22	208
B. T.	316/2	12.7.19	92
WB	24/664	16.6.21	185
WB	14/562	5.4.27	335
SB	44/1072	30.10.13	58
WB	4/116	27.1.21	178
Voss.	171/3	18.7.26	312
Voss.	178/1	27.7.28	344
Tem.	24/9	8.10.28	346
Voss.	155/2	30.6.25	285
Voss.	85/1	9.4.26	306
WB	44/497	28.10.20	128
SB	13/378	26.3.14	72
WB	20/564	19.5.21	182
Berl. Bl.	–/3	1920	162
DMV		1922	229
DMV	–/3	1921	194
WB	29/112	20.7.26	317
WB	36/269	2.9.20	121
RoHe	1/5	Jan. 28	343
Voss.	307/1	25.12.30	404

Buch Zeitung Zeitschrift	Nr. u. Seite	Datum	Seite unserer Ausgabe
Voss.	307/1	25.12.28	360
Voss.	308/2	25.12.25	292
Dt. Rfk.	36/1145	6.9.29	385
Voss.	308/1	25.12.26	325
WB	32/149	10.8.22	214
WB	40/514	1.10.29	386
Hamb.	350/1	30.7.21	186
WB	15/384	13.4.22	209
März	52/938	27.12.13	63
WB	1/27	6.1.21	177
Frei.	274/6	18.7.22	211
Dres.		1913	59
WB	29/71	20.7.22	212
WaM	48/2	28.11.21	188
DMV	–/2	1920	163
WB	28/65	13.7.26	310
WB	40/551	5.10.26	322
Jg. Paz.	2/1	März/April 30	398
DMV	–/2	1920	164
WB	29/114	19.7.27	338
WB	48/814	25.11.24	264
HV		1963	327
DMV	–/2	1922	227
Schall	12	1919/1920	100
Voss.	58/3	8.3.31	409
Frei.	487/1	18.11.20	135
Frei.	489/1	19.11.20	140
Dame	12/10	März 27	334
WB	34/205	24.8.22	222
BVZ	514/2	9.11.20	130
Schall		1920	165
Dres.	61/3	15.3.13	41
Voss.	213/2	5.9.26	319

Personenregister

Dieses Personenregister läßt Namen unkommentiert, die als bekannt vorausgesetzt werden oder in mühelos zugänglichen Lexika auffindbar sind (zum Beispiel Äsop, Balzac oder Beethoven). Versucht wurde bei den zahlreichen Anspielungen auf Namen der Geschichte, dem heutigen Leser durch die Annotation eine Verständnishilfe zu geben.

Gelegentlich war die Entscheidung nicht ganz klar: Soll Karl Kraus nicht, aber Werner Krauss doch, soll Franz Liszt nicht und Erich Ludendorff doch erläutert werden? Generell wurde so entschieden, daß Zeitgenossen Tucholskys, die in seinem publizistischen Werk oder in seiner Vita eine Rolle spielten, erläutert werden: also zwar nicht Karl Marx, aber Wilhelm Marx, zwar nicht Jacques Offenbach, aber Carl von Ossietzky, zwar nicht Erich Maria Remarque, aber Max Reinhardt. Das Register versteht sich nicht als Werkkonkordanz; es wurden also keine Verweise auf Tucholskys Beschäftigung mit etwa Maximilian Harden oder Knut Hamsun, Karl Liebknecht oder Fritzi Massary in anderen Arbeiten von ihm hier aufgenommen.

Einige – meist parenthetisch erwähnte – Personen konnten nicht ermittelt werden.

Inhalt

Dossier

Anhang